KB174180

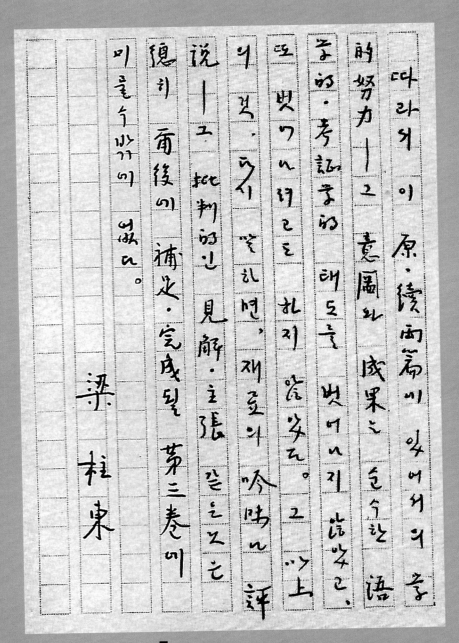

따라서 이 原·續 兩篇에 있어서의 亨

的 努力 — 그 意圖와 成果는 높을지한 語

로的·考證学的 태도를 벗어나지 않았고,

또 벗어나려고 하지 않았다. 그 以上

의 것·다시 말하면, 재료의 吟味나 評

說 — 그 批判的인 見解·主張 같은 것은

德히 爾後의 補充·完成될 第三卷에

미룰수밖에 없다.

梁 柱東

■ 无涯 양주동 박사 手迹

无涯 양주동 박사 尊影

无涯 梁柱東

文學의 研究

无涯 梁柱東
文學의 研究

李 東 喆 著

국학자료원

차례

제1부
도입부 導入部와 시의 연구편

Ⅰ. 서론   13

  1. 연구의 목적과 의의意義   13

  2. 연구사   18

  3. 연구의 방법과 범위   21

Ⅱ. 생애와 시대적 배경   23

Ⅲ. 시의 연구   48

  1. 서언緖言   48

  2. 시 창작의 시대적 배경   57

  3. 시 작품 해설   67

  4. 시의 주제와 작품의 경향   209

  5. 한국 현대시 문학사상의 위상   236

  6. 결어結語   243

  〈참고문헌(Ⅰ~Ⅲ)〉   248

  〈부록〉 시작품 일람표   251

제2부
수필편

I. 서론   259

II. 다양한 주제 의식   266

   1. 회상류   268

   2. 논단류   270

   3. 선학류   273

   4. 비애류   275

   5. 득의류   277

III. 내재의식과 그 갈등葛藤   278

   1. 회상과 동경憧憬   279

   2. 가족애   284

   3. 교육과 학문에 대한 열정   288

   4. 강렬한 자의식   293

   5. 관용과 방달放達   295

   6. 검소儉素와 안빈낙도安貧樂道   298

IV. 결론   300

   〈참고문헌〉   302

   〈부록〉 작품 일람표   303

   ※ 참고사항   310

≪부론附論≫

A.『인생잡기』에 나타난 주제와 내재의식의 갈등

I. 서 론   313

II. 다양한 주제 의식   319

    1. 회상류   321

    2. 논단류   323

    3. 선학류   325

III. 내재 의식의 갈등   328

    1. 회상과 동경   329

    2. 가족애   333

    3. 교육과 학문에 대한 열정   337

    4. 강렬한 자의식   340

IV. 결 론   343

    〈참고문헌〉   345

    〈부록〉 주제 일람표   346

B.『인생잡기』에 나타난 정원情怨의 이쪽과 저쪽

I. 서론   349

II. 주제의 양상   353

Ⅲ. 내면세계의 몇 국면　　　　　　　　　364

Ⅳ. 결론　　　　　　　　　　　　　　372

　〈참고문헌〉　　　　　　　　　　　　373

　〈부록〉 작품 명 및 주제 일람표　　　374

제3부 문예비평편

Ⅰ. 서언　　　　　　　　　　　　　　379

Ⅱ. 문예비평의 배경　　　　　　　　　382

Ⅲ. 문예비평의 내용 개요와 유형　　　388

Ⅳ. 문예비평에 나타난 의식의 몇 국면　483

Ⅴ. 한국 현대문학사상의 공적　　　　512

Ⅵ. 결어　　　　　　　　　　　　　　516

　〈참고문헌〉　　　　　　　　　　　　521

　〈부록〉 문예비평 일람표　　　　　　523

Ⅳ. 결론　　　　　　　　　　　　　　529

〈후기〉　　　　　　　　　　　　　　530

제1부
도입부 導入部와
시의 연구편

Ⅰ. 서론

1. 연구의 목적과 의의

무애无涯 양주동梁柱東 박사(1903~1977)의 생애를 그의 활동 영역의 추이를 고려해서 살펴본다면 '시→ 문예비평→영미문학→국학'의 도식圖式이 성립되지 않을까 한다. 여기에다 부분적으로 '한학漢學', '불문학' 분야를 첨가할 수 있을 것이다. 이를 요약해서 말한다면, 무애는 일생 동안 문예 작품의 창작 활동과 학문 연구에 걸친 광범위하고도 다양한 영역을 끊임없이 넘나들었다고 할 수 있다.

무애는 결과적으로는 국어학 연구사에서 가장 높은 봉우리에 올라 있다가 홀연히 타계했지만, 그의 마음 속 깊은 곳에 자리했던 평생의 염원은 일찍이 고려 중엽의 불우했던 시인 하서西河 임춘林椿이 읊었던

종무공업전천고縱無功業傳千古	千古에 길이 전할 공업功業은 없지만,
지유문장자일가祇有文章自一家[1]	文章만은 스스로 一家를 이루었네.

---

1) 『고려명현집2』(영인본, 성대成大 대동문화연구원, 1973), 11쪽, 「寄友人」條.

와 유사한 간망懇望과 자기 위안의 비감悲感이 서린 그런 심정이 아니었을까?

실제로 무애는 스스로 그러한 소회所懷의 일단一端을 피력披瀝한 바가 있다.

> 국학에 관한 관심이야 어렸을 적부터 엷지는 않았지만 史學, 한글 공부 등을 '취미'의 정도로 하였을 뿐 그에 관한 전문적인 지식을 가지지 못하였으니, 그것의 연구를 생애의 '과업'으로 삼을 계제階梯가 아니었다. 하물며 어려서부터 평소의 야망은 오로지 '불후不朽의 문장'에 있었으며, 시인, 비평가, 사상인이 될지언정 '학자'가 되리란 생각은 별로 없었다.[2]

무애가 노년에 접어들면서 쓴 한 수필에도 이루지 못한 이상, 즉 '문장 일가文章一家'에 대한 짙은 향수와 회한이 스스럼없이 표출되어 있음을 볼 수 있다.

> 소년은 커서 꼭 장수將帥가 되어 三軍을 질타叱咤하거나 사부여의事 不如意하면 차라리 '모닥불'에 몸을 던지리라 自期했었다.
> 그러던 것이 자라서 나는 세상의 이른바 '현실'에 부딪혀 '타협妥協'을 배우고, '절충折衷'을 익히고, 또는 '부전승不戰勝'이란 허울 좋은 내 생각의 '유도柔道'를 터득했노라 했다. 그리고 직업으로 나아가 평범한 '교사'가 되고, 들어선 평생 구구한 '고거考據'나 하잘 것 없는 수상을 쓰는 세쇄細瑣한 '학구學究', 허랑虛浪한 半'문인'이 되었다.[3]

이러한 필생畢生의 소망과는 달리 무애가 일생 동안 이룩한 업적 중 가

---

2) 양주동, 「향가연구에의 發心」, 『문주반생기』(신태양사, 1960), 286쪽.
3) 양주동, 「모닥불」, 『인생잡기』(탐구당, 1962), 22쪽.

장 소중한 분야는 아무래도 국어학자로서의 역할이었다고 할 수 있을 것이다.

저간這間의 사정에 대하여 김완진金完鎭은 다음과 같이 언급하고 있다.

> 향가나 고려가요를 연구하면서 무애가 스스로 국어학자라고 생각하지는 않았을 것이다. 문학 연구에 있어 해독解讀이나 주석註釋은 그 1단계에 해당되는 것으로서 무애의 표현을 빌리면, '소학小學'에 지나지 않는 것이었다. 문학 연구의 궁극적 목표는 문학사 서술이나 평론에 있는 것이기에 훈고訓詁 주석과 같은 소학은 거기에 도달하기 위한 과정에 불과하다. 따라서 역사적 · 문학적 · 철학적 평가를 위한 제 3부를 무애无涯는 예언했던 것이요, 자기의 연구 성과를 가지고 어학적인 체계화를 생각하지 않았었다. 그럼에도 불구하고 끝내 그가 목표했던 제 3부에 도달함이 없이 그의 '소학'으로서 평가되었다는 것은 그에게 있어서 하나의 아이러니라고 할 수 있을지 모른다. (中略) 스스로 어학語學의 문외한임을 자처하면서 실제로 해놓은 일, 평가 받을 일은 어학적인 것이 주가 된다는 것은 무애无涯를 섭섭하게 하는 일이겠지만, 그의 업적들을 계승하는 것이 어떤 사람들인가를 보면 그가 어학자로 평가되어야 한다는 논리가 수긍될 수 있을 것이다.[4]

김완진이 『국어 연구의 발자취(1)』에서 수행한 무애에 대한 연구는 객관적이면서도 애정 어린 접근의 결과물이라고 할 수 있을 것 같다.

그는 기회 있을 때마다 무애의 인품과 향가, 여요 연구의 업적을 기리는 장 · 단문을 누차數次에 걸쳐 진술한 내용을 담아 발표함으로써 후학으로서 깍듯한 예의를 갖춘 거의 유일한 존재가 되고 있다.

이것은 궤軌를 달리하는 얘기가 되겠지만, 아쉬운 일의 하나는 외솔이나 도남陶南, 최재서崔載瑞처럼 그 업적을 집대성한 '평전'과 같은 방대한

---

4) 김완진, 『국어연구의 발자취(1)』(서울대출판부, 1997), 159~160쪽.

개별 연구나 철저한 자료 정리가 무애의 경우는 아직까지 이루어지지 않고 있다는 사실이다.

국어학 분야의 연구 성과의 논의에 비해 무애의 문학 분야에 대한 연구, 특히 시나 수필에 대한 그것은 참으로 적적寂寂하다고 아니할 수 없다. 예를 들면 비슷한 연령대로서 동시대에 활동했던 문인들을 대상으로 한 박사학위 논문의 경우, 김소월: 10편, 정지용: 8편, 김기림: 6편, 김남천: 3편, 박영희: 2편, 김기진·최재서 각각 1편 등으로 나타나 있으나 무애의 경우는 전무한 실정이며, 석사학위 논문마저 겨우 몇 편에 불과하다는 사실이 그 방증傍證이 될 것이다.5)

무애의 문학 활동에 대한 논의가 이처럼 저조한 배경에 대하여 권영민은 다음과 같은 견해를 개진開陳하고 있다.

> 무애의 문학 활동 자체가 객관적 논의를 거쳐 평가되거나 문학사적 측면에서 중요한 관심의 대상으로 부각된 경우는 별로 많지 않다. 그 이유는 생존 시의 무애가 지탱하고 있던 도저한 깊이의 학문과 소탈한 인품이 그 자신의 문학적 활동에 대한 비평적 접근을 무색하게 했으리라는 점, 그리고 그의 젊은 시절의 문단 경력이 그의 유별난 생활 태도로 인하여 문단 주변의 화제가 될 정도로 간단히 처리되어 버린 점 등을 들 수 있다.6)

권영민의 이러한 견해는 상당히 설득력이 있어 보인다.

김영철金榮喆은 무애의 시에 대한 논의가 다소 소홀했던 연유를 그가 국학자로서 성공을 거둔 데에서 찾고 있다.

---

5) 국어국문학회, 「국어국문학 관련 박사학위 논문 목록」(1952~2002), 『국어국문학회 50년』(태학사, 2002), 859~941쪽 참조.
6) 권영민, 『민족문학론 연구』(민음사, 1988), 144쪽.

그동안 이러한 무애의 족적에 대한 분석과 평가 역시 다방면의 연구가들에 의해 이루어졌으나 문학 부문, 특히 시 부문에 대한 논의는 다소 영성했던 것으로 보인다. 이는 아마도 그의 시 창작이 1920년대 청년기로 끝나고 1930년대 장년기 이후에는 국학 연구에 집중됐기 때문일 것이다. 혹자의 지적대로 시인, 비평가보다는 국학자로서 성공을 거두었다는 세간의 평가도 함께 작용한 듯하다. 실제로 무애는 시 창작을 1920년대 초.중반에, 비평을 후반에 집중시켰고, 1930년대 들어서서는 국학 연구에 몰두했다. 그의 말대로 청년 시대는 문학 시대였지만 중년 시대는 국학 시대였던 것이다.[7]

여기에 몇 가지 요인이 더 추가될 수 있으리라 생각된다.

무애는 비록 세칭 '지사'나 '투사'의 반열에 그 이름을 올린 적은 없었으나 반면에 '친일'이나 '어용御用' 운운으로 한 번도 세론의 비판에 대상이 된 적도 없었다는 점을 먼저 지적할 수 있겠다. 그는 비록 적극적인 현실참여는 하지 않았지만 권위주의 정권 시절 '정치교수'로 몰려 한때 교단을 떠나야 했던 것처럼 절박한 시대상황 속에서는 나름대로는 '외유내강外柔內剛'의 처세로 임했다는 점도 지적되어야 할 것이다.

무애는 또 심성이 한없이 순후淳厚하고 소탈하여 어떤 경우에도 적을 만든 적이 없었다는 점, 그리고 이것은 어쩌면 가장 큰 요인이 될 수도 있는 것으로서, 석학이 드물었던 혼효混淆한 시대에 여러 대학을 마치 순회하듯이 출강함으로써 수많은 제자들을 길러낸 사실도 큰 몫을 했다고 본다. 실제로 그는 이십 대의 젊은 시절에 평양의 숭실전문학교 교수를 역임한 것을 필두로 연세대, 동국대 교수로 재직하면서 서울대를 비롯하여 국학대학 · 단국대학, 청구대학, 홍익대학, 경희대학, 이화여대, 숙명여대 등 수많은 대학에 출강한 바가 있었다.

---

7) 김영철, 「양주동의 시세계」, 『한힌샘 주시경 연구16』(한글학회, 2003), 104쪽.

본고의 집필 목적은 무애의 문학 작품 전반에 걸친 선행 연구를 집대성하거나 문예비평 이론에 입각한 철저한 작품 분석이나 비판을 시도하려는 데에 있지 않다. 필자가 평소에 관심을 기울였던 영역과 거리가 멀 뿐더러, 또한 그러한 역량도 갖추지 못했기 때문이다. 다만 무애가 남기고 간 문학 작품들을 장르별로 개관해 보고, 거기에 내재된 의식의 양상이나 경향 등을 주목해 보는 정도에다 일차적인 목적을 두려고 한다. 따라서 제명題名이 '연구'이지 사실은 '개관槪觀'이라는 명칭에 더욱 부합될 것 같다.

어떻든 무애가 공들여 창출했던 문학적 유산을 총괄적으로 정리, 조명해 봄으로써 그의 문학 작품들이 지닌 특질이나 성격 내지는 본원적인 면모가 얼마만이라도 드러나기를 기대해 본다.

이런 시도가 본고 집필의 목적이자 의의가 된다고 할 수 있겠다.

2. 연구사

본 난欄에서는 국문학사 류類의 저서에 개진된 일반론을 중심으로 해서 포괄적 서술을 주로 하고, 보다 구체적인 논의는 시 · 수필 · 문예비평 등 각 장르 별 연구사에서 다루기로 하겠다.

먼저 국문학사 등속等屬에서 살펴본다면 단편적이고 부분적이기는 하지만 무애의 문학 작품에 대한 공식적인 최초의 언급으로 시의 경우는 백철白鐵의 『조선신문학사조사』(수선사, 1948), 문예비평의 경우는 역시 백철의 『조선신문학사조사(현대편)』(백양당, 1949)일 것이다. 백철의 전저에서는 '개념주의 시인'이라는 명목으로 『조선의 맥박』에 대해서 언급

하고 있고8), 후저에서는 '절충파折衷派'라는 명칭 하에 프로문학과의 논쟁에 관해서 논급하고 있다.9)

백철은 그 뒤 이병기李秉岐와의 공저인『국문학전사』(신구문화사, 1959)의「제2부 신문학사」에서는 '절충론'을 중심으로 한 무애의 문학 논쟁과 '민족(국민) 문학'의 입장에서 쓰인『조선의 맥박』을 다루고 있다.『신문학사조사』(신구문화사, 1968)에서도 이와 비슷한 논조는 그대로 반복되고 있다.

도남은『국문학사』(동국문화사, 1949)의 증보판인『한국문학사』(동국문화사, 1963)에서 기존의 여러 논저들을 많이 참고한 듯, 무애의 시와 문예비평에 대해서 비교적 소상하게 언급하고 있다.

조연현趙演鉉은 그의『한국현대문학사』(인간사, 1961)에서 인명사전 정도의 간략한 내용으로 무애를 소개하고 있고, 그 뒤에 출간한『한국현대문학사』(성문각, 1972)에도 이와 비슷하게 서술하고 있다.

문예비평, 시, 번역문학, 나아가 수필에 이르기까지 광범위한 영역에 걸쳐서 무애의 문학을 일괄적으로 서술하고 있는 것은 조동일의『한국문학통사5』(지식산업사, 1988)이다.(이 책은 현재 개정 4판까지 출간되고 있다.)

윤병로尹柄魯의『한국근현대문학사』(명문당, 1991)에서는 무애의 '절충주의 문학 비평'과 문학 운동에 관해서 논하고 있다.

신동욱·조남철 공저의『현대문학사』(한국방송통신대학교 출판부, 1995)는 문예비평가, 시인으로서의 무애를 조명하고 있다.

연민淵民은 그의 방대한 저서『조선문학사 하권』(태학사, 1997)에서

---

8) 백철,『조선신문학사조사』(수선사, 1948), 398~402쪽.
9) 백철,『조선신문학사조사(현대편)』(백양당, 1949), 123~130쪽.

무애의 문예비평과 국어학적 업적에 대해서 간략하게 언급하고 있다.

　권영민의『한국현대문학사 1, 2』(민음사, 2002)는 무애에 대해서 지나 칠 정도로 소략疏略하게 서술하고 있어서 의외의 일로 받아들여진다.

　김용직의『한국근대시사 하권』(학연사, 1991)에서는 무애의 민족문학 적 성향에 대하여 언급하고 있고, 또 그의『한국현대시인연구 하』(서울 대학교출판부, 2000)에서는 육당六堂을 비롯한 여러 개별 시인론 중에서 무애의 시와 시론, 문학적 업적, 나아가 국어학계에 대한 공헌에 이르기 까지 심도 있게 서술하고 있다.

　분야별로 간략하게 고찰한 논집으로는 김장호 외『양주동연구』(민음 사, 1991)가 있다. 여기에는 무애의 문학 세계, 비평, 국문학, 국어학 등 여러 분야에 관한 14편의 논문이 실려 있다.

　강동엽姜東燁은「무애 양주동 선생의 삶과 우리 문학 탐구」,『한힌샘 주시경 연구 16호』(한글학회, 2003)에서 무애의 생애를 중심으로 학문과 문학 활동을 개관하고 있다. 같은 책에 실린 김영철의 논문「양주동의 시 세계」도 상당히 공을 들인 평문評文이라고 할 수 있겠다.

　『양주동박사 프로필』(탐구당, 1973)에서는 각계각층 인사들이 주로 무애의 인간적 면모에 대해 이야기하고 있다.

　결론적으로 말한다면, 지금까지의 많은 논의에도 불구하고 무애의 문 학 작품에 대한 총체적 고찰이나 문학 세계에 대한 구체적, 본격적 연구 는 아직도 미진한 감이 없지 않다. 특히 수필 분야에 있어서는 영성零星하 기 이를 데 없을 정도이다.

3. 연구의 방법과 범위

본고는 무애의 문학 작품에 대한 종래의 연구를 정리하고 집대성해 보려는 것이 아니라 장르별로 작품 내용을 개관해 보고, 거기에 나타난 특징이나 경향, 의식의 양상, 주제 등을 고찰해 봄으로써 무애의 문학 작품이 지니는 본원적인 면모를 탐색해 보려는 것이 일차적인 목적임은 전술前述한 바와 같다.

Hudson은 그의 명저 『An Introduction to the Study of Literature』에서 시 작품 연구의 한 model을 제시한 바 있다.

① 시인의 작품 내용을 분석하고 그 시의 현저한 특색을 음미할 것
② 그 문학적 계통과 친근 관계에 있는 시인의 연구
③ 그 사상 및 시체詩體가 다른 영향을 받았다고 한다면 그 기원에 소급해서 연구할 것
④ 시대의 정신과 운동과의 관계를 고찰할 것.[10]

이것은 비단 시 뿐만 아니라 모든 문학 장르 전 분야의 연구에도 적용될 수 있는 모델이 될 수 있을 것이다.

본고에서는 주로 ①, ④항을 염두에 두고 논의를 진행시키고자 한다.

일반적으로 문학 연구에 있어서 일차적 당면 과제는 작품 자체만을 다룰 것인가, 아니면 시대나 문화적 여건과의 상관성 위에서 이해할 것인가 하는 문제이다. 이 두 영역은 상호보완적 관계에 있음은 물론이다. 왜냐하면 전자에 국한될 경우 사조思潮 부재의 인상비평에 빠지기 쉽고, 후자에만 기울 경우 문학 부재의 함정에 빠지기 쉬운 것은 당연한 논리라

---

10) W.H.Hudson, 『문학원론』, 김용호 역(대문사, 1961), 153쪽.

고 하겠다.11)

따라서 본고에서는 시와 수필의 경우는 구체적인 주제 분석을 시도하고, 문예 비평의 경우에는 내용을 유형별로 분류하고자 한다. 또한 각 작품마다 가급적이면 형성 배경과 연관시켜 서술해 보고자 한다.

주제나 경향의 분석은 통계 수치에 의한 빈도를 중심으로 서술하기로 하겠다.

문인들의 개성적인 내면의 세계의 표출인 문학 작품을 자연계의 사상事像을 대상으로 하듯이 단순히 계량화, 수치화한다는 것은 한갓 도식이나 피상적 해석에 치우칠 우려가 없는 바가 아니나, 작품 평가와 직접적으로 연관시키는 것은 아니기 때문에 그러한 난점은 해소되리라 생각된다.

M. 마렌 그리제바하M. Maren Griesebach도 그의 한 저서에서 문학 작품의 이해를 돕기 위해서 통계적 방법을 활용하는 것은 단순히 주관적 판단에 따르는 것보다는 정밀하며, 특히 미학적 문제에 대해서는 중요한 방법이 될 수 있다고 말하면서, 이 방법은 내용 분석에도 원용援用될 수 있다는 견해를 보인 바가 있다.12)

장르별 작품 이해의 구체적인 방안을 말한다면 먼저 시의 경우는 작품 전편에 대한 해설, 주제의 파악, 내재 의식을 포함한 작품의 경향 등을, 수필의 경우 또한 주제의 파악과 내재 의식의 면면을 살펴보겠다. 문예 비평의 경우는 내용의 개요, 논지의 유형, 이슈Issue가 되고 있는 몇몇 사항들에 대한 서술을 주안점으로 삼으려 한다.

요약해서 말한다면, 무애의 문학 작품을 총체적으로 개관해 보고, 이들 작품에 내재된 의식의 몇 국면도 아울러 고찰해 보고자 하는 것이 본

---

11) 김동욱, 「한국문학의 기저」, 『동방학지 제10집』(연세대 동방학연구소, 1969), 117쪽.
12) M. 마렌 그리제바하, 『문학연구의 방법』, 장영택 역(홍성사, 1986), 180쪽.

고의 의도이자 방법이라고 할 수 있겠다.

각 장르별 논의의 대상과 자료는 다음과 같다.

① 시 : 『조선의 맥박』(문예공론사, 1932)
　　　　　『무애无涯시문선』(경문사, 1960)
　　　　　『양주동전집12』(동국대학교출판부, 1995)
② 수 필:『문장독본』(수선사, 1949)
　　　　　『文酒半生記』(신태양사, 1959)
　　　　　『무애시문선』(경문사, 1960)
　　　　　『인생잡기』(탐구당, 1962)
　　　　　『지성의 광장』(탐구당, 1969)
　　　　　『양주동전집 12』(동국대학교출판부, 1995)
　　　　　기타
③ 문예비평:『양주동전집11』(동국대학교 출판부, 1995).
　　　　　기타

II. 생애와 시대적 배경

"인간은 사회적 동물"이라고 한 아리스토텔레스Aristoteles의 명언을 외연적으로 표현한다면 "사회는 역사적 산물"이라는 명제가 성립될 수 있을 것이다.

한 인간의 생애가 시대와의 함수 관계에서 영위될 수밖에 없는 것이라면 문인들의 내면세계의 표출인 문학 작품 역시 시대의 산물임은 말할 것도 없다.

박용철朴龍喆은 시인을 예로 들어, 시인과 사회나 시대와의 불가분성에 대하여 다음과 같은 비유로써 설명하고 있다.

> 시인은 진실로 우리 가운데서 자라난 한 포기 나무다. 청명한 하늘과 적당한 온도 아래서는 무성한 나무로 자라나고, 장림長霖과 담천曇天 아래서는 험상궂은 버섯으로 자라날 수 있는 기이한 식물이다. 그는 지질학자도 아니요, 기상대원일 수도 없으나, 그는 가장 강렬한 생명에의 의지를 가지고 빨아올리고 빨아드리고 한다. 기쁜 태양을 향해 손을 뻗치고, 험한 바람에 몸을 움츠린다. 그는 다만 기록하는 이상으로 그 기후를 생활한다.[13]

이제 무애의 생애와 창작 활동을 왕성하게 했던 시기의 시대 상황을 살펴보기로 한다.

무애의 생애에 대한 참고 자료로는 그 자신이 저술한 『문주반생기』(신태양사, 1959)와 『无涯 梁柱東 博士 화탄기념논문집』(기념논문집간행위원회, 1963), 『양주동 박사 프로필』(탐구당, 1973)의 「양주동 연보」, 『양주동연구』(민음사, 1991)의 「연보」·「작품 연보」, 『인생잡기』(탐구당, 1962) 외 몇 편의 수필, 강동엽, 「무애 양주동 선생의 삶과 우리 문학 탐구」, 『한힌샘 주시경연구 16호』(한글학회, 2003) 등을 들 수 있다.

먼저 '연보'를 간단히 정리해 보면 다음과 같다.

> 1903년(계묘癸卯). 음력 6월 24일 개성에서 출생하다. (관貫 南原, 고휘
>   考諱 元章 비妣 江陵 金氏)
> 1904년(2세). 황해도 장연長淵으로 이사하여 성장하다. 5세 전후 아버
>   지로부터 『유합類合』을 배우다.

---

13) 박용철, 「시적 변용」, 『삼천리문학 第一號』(삼천리문학사, 1938.1).

1908년(6세).아버지를 여의다.

1910년(경술庚戌, 8세). 망국의 비보悲報를 마을에서 듣다.

1912년(10세). 보통학교 3학년에 입학. 어머니와 함께 『大學』을 읽다.

1914년(12세). 혼인(정씨鄭氏. 그 뒤 10년에 시대적 상황으로 이혼). 어머니를 여의다. 보통학교를 졸업하고 평양 고등보통학교에 입학했으나, 1년 후 중퇴하고 향리鄕里에 돌아가 5, 6년간 定住하면서 漢學과 漢詩에 몰두하다.

1920년(18세). 상경하여 중동학교 고등 속성과에 입학하여 1년 간에 중학 전과全科를 필업畢業하다.

1921년(19세). 일본 동경 와세다대학 예과豫科 불문과에 입학하다. 처음 서구 문학에 접하여 탐미파耽美派, 퇴폐주의 등 시·문에 관심을 갖다. 처녀작 『꿈 노래』를 짓다.

1923년(21세). 同人유엽柳葉, 백기만白基萬, 이장희李章熙 등과 시지詩誌 『금성金星』을 창간하다. 서시序詩 「기몽記夢」 및 「영원한 비밀」 등을 3호 동안 발표하다. 보들레르·베를렌느·타고르 등의 역시譯詩를 발표하다. 예과 졸업 후 1년간 휴학하고 귀국하다. 문학소녀 강경애姜敬愛(1907~1943, 뒤의 소설가)와 함께 상경하여 동거하였으나 1년여 후에 헤어지다. 「별후別後」(1924)는 이를 두고 쓰여진 시이다.

1925년(23세). 와세다대학 문학부 영문과에 진학하다. 하휴夏休에 귀국하여 여순옥呂順玉과 재혼하다.

1928년(26세). 「T.Hardy 소설의 기교론」으로 와세다대학을 졸업하다. 재학 중 T.Carlyle·R.Emerson·J.Keats 등을 애독하다. 평양 숭실전문학교 교수로 부임하다.(10년간 재직)

1929년(27세). 『문예공론』지 발간(3호까지).「조선의 맥박」 등 많은 작품을 발표하는 동시에 '민족문학'과 '계급문학'의 합치·절충을 위한 문예비평을 왕성히 발표하다.

1932년(30세). 시집 『조선의 맥박』을 간행하다. 1935년 경 이후로는 국문학 고전 연구에 잠심潛心하여 일제말기까지 연구를 계속하다.

1937년(35세). 『청구학보 제19호』에 「향가의 해독, 특히 '원왕생가願往生歌'에 취하여」를 발표함으로써 학계에 들어서다. 이는 소창진평小倉進平을 비롯한 내외의 학계에 큰 충격을 준 사건이었다.

1938년(36세). 숭실전문학교 폐교로 교수직에서 물러나다.

1940년(38세). 경신학교儆新學校 교원으로 부임하여 8 · 15 광복 때까지 재직하다.

1942년(40세). 『朝鮮古歌研究』(박문서관)를 출간하다.

1947년(45세). 동국대학교 교수로 취임하여 오랫동안 재직하다.

1954년(52세). 학술원 종신회원 및 추천위원으로 피선被選되다.

1956년(54세). 학술원상 수상.

1957년(55세). 연세대학교로부터 명예문학박사 학위를 수여받다.

1958년(56세). 연세대학교 교수로 취임하여 4년간 재직하다.

1962년(60세). 동국대학교 교수 겸 대학원장에 부임赴任하다.

1965년(63세). '한일회담'을 반대하다가 '정치교수'로 몰려 일시 교수직을 떠나다.

1970년(68세). 대한민국 '국민훈장 무궁화장'을 수령하다.

1973년(71세). 동국대학교 교수직을 정년퇴임하다.

1977년(74세). 2월 4일에 타계하여 2월 8일에 가족장으로 용인 '자연공원묘지'에 영면하다.

이상의 '연보'를 시대 상황과 결부시켜 논의해 보기로 한다.

무애는 1903년 生이니 출생한 지 2년 뒤인 1905년 11월 17일에 '한일합방'의 전초전前哨戰인 '한일신협약韓日新協約'(乙巳보호조약)이 강압적인 분위기에서 체결되었다('일제치하를 41년간'으로 주장하는 이들은 이때부터 실질적인 합병이 이루어져서 국권이 완전히 상실되었다고 보고 있다).

보호 조약, 늑약勒約의 체결을 위하여 일본은 정치계의 원로인 이토(이등박문伊籐博文)를 파견하였다. 이토는 주한 일공사 하야시(임권조林權助)와 함께 일본 군대를 거느리고 궁중에 들어가서 고종황제와 대신들을 위협하여 일본 측의 보호 조약을 승인할 것을 강요하였다. 그러나 듣지 아니하자, 가장 반대가 심하던 참정參政(首相) 한규설韓圭卨을 일본 헌병이 회의실에서 끌어내고 말았다. 그 뒤에 일본 군인이 외부外部로 가서 외부대신의 인장을 가져다가 조약에 날인하여 버렸다. 말하자면 불법적인 절차를 밟아 조약을 성립시킨 것이다. 이것이 광무光武 9년(1905) 11월에 체결된 '한일협약'이란 것으로서 보통 '을사조약'이라고 부르고 있다.

'을사조약'의 내용은 ① 일본 외무성이 한국의 외국에 대한 관계 및 사무를 통리統理 · 지휘한다. ② 금후 한국 정부는 일본 정부를 거치지 않고 국제적 성질을 띤 어떠한 조약이나 약속도 하지 못한다. ③ 일본이 한국의 외교에 관한 사항을 관리하기 위하여 한국 황제 밑에 1명의 통감統監을 둔다는 내용이었다. 요컨대, 한국의 외교권을 완전히 박탈하여 버린다는 것이었다.[14]

당시 대한제국은 황제가 외국과의 조약 권을 가지고 있었으므로 황제의 재가가 없는 이 조약은 당연히 무효였다. 그러나 일본은 이를 유효라고 우기고 나섰다. 이 불법적인 조약을 '제2차 한 · 일 협약' 혹은 '을사조약'이라고 하는데 실제로는 불법적인 '늑약勒約'에 지나지 않는다.[15]

그리고 몇 해 뒤인 1910년(庚戌) 소위 '경술국치庚戌國恥'라는 망국의 비보를 무애는 마을에서 들었다고 한다. 장지연張志淵이 <皇城新聞> (11月 20日字)에 피맺힌 절규인 저 유명한 「시일야방성대곡是日也放聲大哭」이란 논설을 발표한 것도 바로 이 무렵이었다.

융희隆熙 4년(1910) 5월에 일본은 육군 대신 데라우치(사내정의寺內正毅)를 새 통감統監으로 임명하고, 동경에서 경찰권을 위양 받는 조약을 맺어가지고 한국으로 왔다. 그리고는 일본 헌병 2,000여 명을 증원시켜 경

---

14) 李基白, 『한국사신론(신수판)』(일조각, 1995), 397쪽.
15) 한영우, 『우리역사』(경세원, 2000), 464쪽.

찰 업무를 담당시키었다. 부임 직후 <황성신문> · <대한민보>를 정간
停刊시키고, 이완용과 더불어 병합단倂合團을 꾸미어 8월 22일에 드디어
조약에 조인하였다.

이완용은 노怒한 국민들로부터 그의 집이 불태워졌고 또 이재명은 습격
을 받아 자상刺傷을 입기도 하였으나 끝내 뉘우침이 없이 매국賣國의 원흉이
되었다.

일제는 애국 단체를 해산시키며 애국지사들을 무단히 검거하는 등 발
표를 위한 사전의 태세를 갖추고, 드디어 8월 29일에 순종純宗으로 하여
금 양국讓國의 조서詔書를 내리게 하였으니, 이것이 통한의 비극인 '한일
합방'이고 '경술庚戌 국치國恥'였다. 조약의 서문에는 "양국兩國의 상호 행
복을 증진하며 동양의 평화를 영구히 확보하기 위하여 일본이 한국을 통
치한다."고 선언하고 있다. 이리하여 '대한민국'을 '조선'으로 개칭하고
'조선총독부'를 설치하였다.16)

무애의 '연보'에는 8세 때(1910년, 경술) 망국亡國의 비보悲報를 마을에
서 들었다고 한다. 무애는 '을사조약', '한일합방' 등 가장 암울하고 통탄
스러운 시대에 유 · 소년기를 보낸 셈이다.

무애의 천재성은 5세 전후에 아버지로부터 『유합類合』을 배워 이를 외
우고 쓸 줄 알았으며, 한자 1,000자도 진작 알았다고 하는 데서도 알 수
있다. 더욱 10세 무렵에 사숙私塾을 열어 국문 · 영자英字 · 산술算術 · 지
리 · 역사 등을 같은 또래들에게 가르칠 정도였다고 한다.

열두 살 되던 해(1914)에 어머니는 외로운 신세에 어서 손자를 보고자
하였음인지 일찍 장가를 보냈다고 한다. 그러나 어머니는 뜻밖에 병을
얻어 혼인날 며느리의 절도 못 받고, 혼인식 후 닷새 만에 그만 세상을 떠

---

16) 李基白, 上揭書, 400~401쪽.

나고 말았다는 애처로운 이야기가 그의 수필 「어머니 회상」에 담겨 있다. 뒷날에 지은 「어머니 마음」이란 시에는 어머니에 대한 애틋하고 눈물겨운 그리움이 나타나 있는 것도 다 그런 까닭에서일 것이다.

이 해에 보통학교를 졸업하고 평양고보高普에 입학하였으나 일제 교육에 반감을 가져 1년 후에 중퇴하고, 그 후 향리에 돌아가 5, 6년 머무는 동안 한학漢學과 한시에 몰두하였다. 또 經·史·諸子 외에『文選』·『두시杜詩』·『육방옹집陸放翁集』·연의류演義類·方書 등을 두루 섭렵하는 등 한학에 대한 상당한 소양을 쌓았던 것으로 생각된다.

17세 되던 해(1919, 을미己未)에 '삼일운동'을 겪으면서 다시 신학문에 뜻을 세운 무애无涯는 그 이듬해에 상경하여 중동학교 고등 속성과 입학을 계기로 본격적으로 신학문을 접하게 된다.

망명 활동과 비밀 결사結社에 의지하거나 혹은 교육 활동이나 종교 운동에 의지하던 민족 운동을 적극적인 대규모 독립 운동으로 표면화시키는 계기를 마련해 준 것은 '민족자결주의'였다. 이것은 제1차 세계대전의 뒤처리를 위하여 팽창해가는 약소민족의 민족 운동에 호응하여, 미국 대통령 Wilson이 제창한 것이었다.

민족자결의 원칙은 일제의 식민통치 밑에서 신음하던 한국민족에게 열광적인 환영을 받았음은 물론이었다. 민족자결의 원칙에 의하여 한국도 독립할 수 있다는 희망이 민족운동을 일대 독립운동의 전개로 몰아갔던 것이다.

1919년 1월에 상해에 모인 망명 지사들은 '신한청산당新韓靑山黨'을 조직하여 2월 1일에는 파리의 평화회의에 김규식을 대표로 파견하여 독립을 호소하게 하였다. 한편, 일본 동경의 유학생인 최팔용 등은 '조선청년독립단'을 조직하고 독립운동을 계획하게 되었다. 즉, 이들 유학생 600

여 명은 1919년 2월 8일에 동경의 '기독교청년회관'에 모여서 독립을 요구하는 선언서와 결의문을 발표하기에 이르렀다. ('二‧八 독립선언')

국내에 있어서의 독립운동은 천도교‧기독교‧불교 등 종교 단체를 중심으로 계획되었으며, 천도교의 손병희, 기독교의 이승훈, 불교의 한용운 등 33인이 민족 대표로서 '독립선언서'에 서명하였다. 민족 대표들은 3월 1일에 '태화관'에 모여 독립선언서를 발표하여 한국이 독립국임을 선언하였고, 학생들은 탑골공원(파고다공원)에 모여 독립선언서를 낭독한 뒤 독립 만세를 부르며 시위행진을 계속하였다. 이리하여 한국 역사상 최대의 민족 운동인 '삼일운동'은 시작되었던 것이다.[17]

무애가 본격적으로 신학문, 신세계에 눈을 뜨게 된 것은 19세 때(1921) 와세다대학 예과 불문과에 입학하면서부터라고 할 수 있다. 이러한 사정에 대해서 본인은 다음과 같이 술회하고 있다.

> 나의 '신문학'에 대한 열중은 그 해(1921)에 일본에 건너가 조대 예과 불문과 早大 豫科 佛文科(그 뒤 대학은 영문과로 옮았다)에 입학한 때로부터였다. 나는 '신문학'을 보았다. 그것은 내게 전연 알려지지 않았던 '새 천지'(칼라일)였다. 나는 서양 소설을, 소설을 자꾸 읽었다. 『톨스토이』를 읽고, 『투르게넵전집』을 읽고, 루우소오의 『참회록』을 읽었다. 스티븐슨의 『신아라비아야화』를, 칼라일의 『영웅숭배론』을, 내지 보오들레르의 『악의 꽃』과 『베를렌느선집』이며 와일드의 『옥중기』를, 기타 등등을 읽었다. 글자대로 無 선택, 무 목표, 닥치는 대로 읽었다.[18]

그의 '연보'에는 "처음 서구 문학에 접하여 주로 탐미파‧퇴폐주의 등

---

17) 이기백, 前揭書, 433~434쪽.
18) 양주동, 『문주반생기』, 23쪽.

詩·文에 관심"[19]이라고 되어 있다.

　'삼일운동'을 계기로 1920년대로 넘어오면서 문예 사조의 혼류混流 양상에 대하여 백철은 다음과 같이 언급하고 있다.

　　　1919년의 만세운동은 정치적으로 일장 一場의 비극이었으나, 사회적으로 문화적으로 근대적인 기운을 가져오게 된 것도 인정해 봐야 할 것이다. (중략) 그러면 이십 년대로 넘어오면서 등장한 근대문예사조들이란 구체적으로 무엇을 말하는 것인가?
　　　우선 주목을 끄는 것은 일정한 문예사조가 단독으로 주류를 이룬 것이 아니라 한꺼번에 여러 개의 사조적인 것이 들어 와서 혼류를 한 사실이다. 예를 들면 자연주의적인 것, 상징주의적인 것 내지 낭만주의적인 것 등등이다. (중략) 대체로 이 시대의 사조적인 것은 대별하여 소설은 자연주의적인 것, 시는 상징주의적인 것 또는 낭만주의적인 것의 계통을 받아서 문학운동에 반영시킨 사실을 지적할 수가 있다.[20]

　백철은 당시의 퇴폐주의에 대해서도 다음과 같이 언급하고 있다.

　　　1920년 하반기『폐허』지의 창간(1920.7)을 전후한 시기와 1922, 3년 경『백조白潮』시대 이후까지도 포함하여 한국 문단에는 퇴폐적인 분위기가 짙은 안개와 같이 흐르고 있었다. 그리고 이 퇴폐적인 경향은 문단에 한한 것이 아니고, 이 시대의 숯 지식 계급이 공통으로 걸린 하나의 세기병이었다.[21]

　무애는 조대부大 예과 불문과를 졸업하고 1년 간 휴학하고 귀국하게

---

19)『양주동박사 프로필』(탐구당, 1973), 16쪽.
20) 백철,『신문학사조사』(신구문화사, 1968), 126~127쪽.
21) 백철, 上揭書, 147쪽.

된다. 이때(1923) 그의 이십 대의 최대 사건인 강경애(1907~1943)와 상경하여 동거하게 된다. 1년 남짓 후 뜻하지 않는 일(무애는 끝내 그 사연을 밝히지 않았다.)로 헤어지게 되었다. 그때 쓰여진 시가 무애无涯가 뒷날 두고두고 눈물겹게 회상하곤 했던 시 「별후別後」(1924.9)이다. 이 한 편이 무애가 문학소녀 K에게 준 마지막 선물이었다.

이로부터 34년의 세월이 흐른 뒤 쓰인 名文 수필이 바로 「춘소초春宵抄—문학소녀 K의 회억回憶」이다. 무애无涯가 향리에 머물던 비가 내리는 어느 봄날 밤, 문학소녀 K의 첫 방문을 받았던 때의 정겨운 추억은 예의 그 수필에서 다음과 같이 적고 있다.

> 비 오는 그날 밤 우리들이 빗소리에 젖으며 다시 조용히 이마를 맞대고 시와 문학과 청춘과 인생과를 논하다가, 이윽고 화제가 어느덧 '생의 외로움'과 '사랑(!)'에까지 미쳐 드디어 날이 새는 줄도 몰랐다.[22]

또한 K와의 이별의 슬픔을 술회한 대목은 다음과 같다.

> K와 내가 어떤 뜻 아닌 한 불행한 일에 의하여 서로 갈라진 구슬픈 날은 역시 비가 오는 어느 첫 가을날 오후였다. 내가 그녀를 마지막으로 작별하고 그녀의 방을 떠나 바깥으로 나왔을 때, 비가 와서 날이 음침한 탓도 있었겠으나, 대낮인데도 시계가 컴컴하여 길이 온통 보이지 않았다. 아마 내가 K를 무던히 사랑하였던가 보다.[23]

무애의 본격적인 시작 활동은 23세(1925) 시 早大 문학부 영문학과에 진학한 때부터였다고 할 수 있다. 예과 졸업 후 일부러 귀국하여 동인同

---

22) 『문주반생기』, 235~236쪽.
23) 『문주반생기』, 238쪽.

人 유엽·백기만·이장희 등과 詩誌『金星』을 발간하고, 창간호에「기몽記夢」·「영원한 비밀」등을 게재하였다. 3호까지 지속되는 동안 시, 역시譯詩(보들레르, 베를렌느, 타골 등) 등을 연달아 발표하였다.

무애의 시작 활동은 시집『조선의 맥박』(1932)으로 사실상 막을 내린 것과 다름이 없으니, 대개 십여 년 동안 시작활동을 했다고 볼 수 있다. 무애 자신은 <문학개론> 시간에 본인의 시인으로서 활동한 시기를 1923년~1937년, 대개 14, 15년 정도라고 말한 바 있다.

「연보」에 따른다면 첫 번째 문예비평인「作文界의 김억 대 박월탄의 논전을 보고」(『개벽 36호』, 1923.6)가 발표된 시기 역시 早大 예과 졸업과 같은 시기이니, 시작의 초기와 그 시점이 비슷하다고 하겠고, 비평 활동 역시 1933년경에 소강상태로 접어들었다고 볼 수 있으니, 이 또한 시작 활동과 궤軌를 같이 했다고 할 수 있다.

무애가 3년 과정의 早大 예과에 2년을 마치고 1년 간 휴학, 귀국하여『金星』誌를 발간한 사실은 위에서 말한 바 있거니와, 그해 가을인 9월 1일에 일본에서는 '관동대진재關東大震災'사건이 발발하여 日本 관헌이 한인 폭동설을 조작함으로써 우리 동포 5,000여 명이 무고無辜하게 학살되었다.

이때의 사정을 무애는 다음과 같이 언급하고 있다.

그해 가을 九月 一日에 日東엔 史上 유례가 드문 대지진이 일어났다. 그리고 그 통에 일부 악질적인 일인의 근거 없는 유언流言과 선동煽動에 의하여 수다數多한 한인이 저들의 손에 학살되었다. 그런데 나는 그 '휴학' 때문에 게서 그 재난을 당하지 않았고, 유유悠悠히 낙토樂土 본국에서 흥청스럽게 소요逍遙하였으니, 그해 1년 동안의 나의 휴학은 차라리 하늘이 내게 '조호이산調虎離山'의 현묘玄妙 방법을 써 난을 면케 함이었다 할까.[24]

무애가 일본에 머무는 동안 국내에서 일어난 또 하나의 사건은 1926년 6월 10일에 일어난 '6·10 만세 운동' 사건이었다.

1926년 4월에 조선 왕조 최후의 국왕인 순종이 세상을 떠났다. 민족의 비애와 일본에 대한 반항은 왕의 죽음에 대한 애통함으로 표현되었다.

이 기회를 이용하여 장례일인 6월 10일에 항일시위운동을 실행할 계획이 진행되기에 이르렀으나, 일경日警에 의하여 사전에 발각되어 인쇄된 격문檄文도 압수되고, 전국적으로 사회적 명망이 있는 주요 인물들은 검거되었다.

그러나 두 갈래로 진행된 학생들의 계획은 탄로되지 않아 드디어 장례일인 6월 10일에 가두시위를 벌이기에 이른 것이다. 이로 인하여 200여 명의 학생이 검거되기에 이르렀다.25)

1928년 4월 上旬에 무애는 26세라는 앳된 나이로 숭실전문학교 교수로 부임하여 학교가 폐교될 때까지 십여 년간 교수직에 머물렀었다. 부임하던 그 이듬해에는 '광주학생사건'을 겪기도 하였다.

이것이 또한 1973년에 동국대학교 교수직을 퇴임할 때까지 수십 년간의 기나긴 교수 생활의 시발이기도 하였다.

무애가 소위 '절충주의 문학론'으로 성가聲價를 올리던 시기는 1925년(23세) 早大 영문학과에 입학한 해로부터 숭실전문학교 교수로 재직하던 10년간까지를 아울러 대개 15여 년이라고 할 수 있다.

무애가 국학연구, 특히 향가연구에 뛰어든 것은 35세(1937)되던 해에 『청구학총 제19호』에 「향가의 해독─특히 '원왕생가'에 취하여」를 발표하면서부터였다.

---

24)『문주반생기』, 227쪽.
25) 이기백, 前揭書, 461쪽.

무애는 향가연구에 발심發心하게 된 동기에 대하여 자술한 바 있다.

　　나로 하여금 국문학 고전연구에 발심發心을 지어준 것은 日人 조선
어학자 소창씨小倉氏의 『향가 및 이두의 연구』(1929)란 저서가 그것
이었다. 『문예공론』(1929)을 폐간하고 심심하던 차 우연히 어느 날 학
교 도서관에 들렀더니, 새로 간행된 「경성제국대학기요제일권京城帝
國大學紀要第一卷」이란 어마어마한 부제가 붙은 방대한 책이 와 있다.
빌어다가 처음은 호기심으로, 차차 경이, 경탄하였고, 한편으로 비분
한 마음을 금할 길이 없었다. 첫째, 우리 문학의 가장 오랜 유산, 더구
나 우리 문화 내지 사상의 현존 최고원류最古源流가 되는 이 귀중한
「鄕歌」(신라가요, 사뇌가詞腦歌)의 석독釋讀을 근천년래近千年來 아무
도 우리의 손으로 시험지 못하고 外人 손을 빌었다는 그 민족적 「부끄
러움」, 둘째, 나는 이 사실을 통하여 한 민족이 다만 총·칼에 의해서
만 망하는 것이 아님을 문득 느끼는 동시에 우리의 문화가 언어와 학
문에 있어서까지 완전히 저들에게 빼앗겨 있다는 사실을 통절히 깨달
아, 내가 혁명가가 못되어 총·칼을 들고 저들에게 대들지는 못하나
마 어려서부터 학문과 문자에는 약간의 天分이 있고 맘속 깊이 '원願'
도 '열熱'도 있는 터이니, 그것을 무기로 하여 그 빼앗긴 문화유산을 학
문적으로나마 결사적으로 전취戰取·탈취해야 하겠다는, 내 딴엔 사
뭇 비장한 발원發願과 결의를 하였다.[26]

　　무애의 말을 빌자면 "숭전崇專 교수로 재직하면서 문단에서는 시와 수
필과 평론과 번역을 이어 끄적거려 약간의 文名을 들날렸던"[27] 시기에
해당된다.

　　오구라신페이(소창진평小倉進平, 1882~1944)는 일본인으로 언어

---

26) 『문주반생기』, 286~287쪽.
27) 仝上.

학자, 한국어 학자였다. 1906년에 동경대학을 졸업하고 1910년에 내
한하여 한국어 연구에 종사했고, 1926년 경성제국대학의 설립과 함께
同 대학교수가 되었고, 1933년에는 동경대학 교수를 겸하였다.

그의 업적은 국어학의 기초적인 노작勞作들이다. 『국어 및 조선어
를 위하여』(1920), 『국어 및 조선어 발음 개설』(1923), 『향가 및 이두
의 연구』(1929) 등의 저서를 비롯하여 150편이 넘는 논문이 있다.

『향가 및 이두의 연구』는 향가·이두 및 부론附論의 3편으로 되어
있는데, 제1편은 향가 일반에 관한 고찰에 이어 현전現傳 향가 25수를
주해註解하고, 향가에 있어서 한자의 용법·어법·형식 등에 관하여
논술하였고, 제2편에서는 이두의 명칭·의의, 향찰鄕札과의 관계, 작
자, 주해, 한자의 사용 예 등에 관하여 논하고, 제3편에서는 모음조화,
된시옷, 향가와 이두에 나타난 '白'에 관한 논문을 수록한 것이다. 향
가 전반에 관한 주석으로는 최초의 것이므로 높이 평가되고 있다.[28]

무애의 국학 연구의 climax는 『朝鮮古歌硏究』(박문서관, 1942)이다.
자매姉妹篇으로 이루어진 『여요전주麗謠箋注』(을유문화사, 1946) 또한 고
려가요 어석語釋 연구의 금자탑이다.

『朝鮮古歌硏究』는 국판 867+80페이지로서 『삼국유사』와 『균여
전均如傳』에 수록되어 있는 향가 25수에 대한 주석을 가加한 책. 1929
년 오구라신페이小倉進平의 『향가 및 이두의 연구』에 이어서 한국인
으로서는 향가에 대한 본격적인 해독을 시도한 최초의 논저일 뿐만
아니라, 오구라신페이의 오독誤讀을 많이 바로 잡고 해박한 주석과 풍
부한 예증을 보여 줌으로써 향가의 어학적 주석 연구에 신기원을 이
룩한 역저이다. 1957년과 1965년에 각각 정보판訂補版이 나왔다. 일명
『사뇌가전주詞腦歌箋注』라고도 한다[29]

---

28) 서울대 아세아문화연구소, 『국어국문학사전』(신구문화사, 1974), 434~435쪽.
29) 서울대 아세아문화연구소, 上揭書, 400쪽.

무애의 필생의 역저인『조선고가연구』가 출간되기까지의 눈물겨웠던 경위에 대해서는 「연구 삽화插話」[30]에 소상하게 기술되어 있다.

무애는 평소 이 명저에 대해서 무한한 긍지를 가지고 있었다.

　　육당은 내 책을 몹시 높이 평가하여 뒤에 "해방 전과 후에 간행된 저서로 후세에 전할 것은 오직 양梁 모某의『古歌研究』가 있을 뿐"이라고 모某 사학자에게 술회하였다 전문傳聞하였고, 爲堂은 그의 생애의 作 중에도 가장 고심, 득의得意의 역작인「사뇌가증석제사詞腦歌證釋題詞」장시 5수를 나에게 써 주었다. 지금도 나는 각 대학에서 신라 가요의 강의를 시작할 때마다 그「제사題詞」를 먼저 읊고 풀이한다.[31]

위당의 헌시 5수를 무애가 국역한 그 첫 수는 다음과 같다.

　　알천閼川의 냇물은 맑고 또 푸른데
　　싣닉볼 건네는 노래 골안에 꽃이 활짝.
　　그 노래 장단이 어진 성품에 절로 맞아
　　변조變調로 뒤를 잇기를 굳이 마다했더니라.
　　역대의 병화兵火로 옛 문적文籍 다 타버린 뒤
　　노래 적은 책이 겨우 자취뿐 남았으나,
　　이두로 적혔으니 풀기 사뭇 어려웠고
　　게다가 옛말이 지금과는 아주 달라,
　　마치 꽃 피리가 영嶺 지나면 벙어리 되 듯,
　　본래의 그 옛 가락을 낼 사람이 없더니,

　　어와 건장할손 제 누군고? 양주동!
　　또렷한 두 눈동자 까딱 않는 그 눈초리—

---

30)『문주반생기』, 289~291쪽.
31)『문주반생기』, 244쪽.

포정庖丁이 소 가르듯 하룻밤에 홱 갈라내니
변화한 소리 아담한 곡조가 손 가는 대로 울려났네.
지화자 내 일어나 여의如意춤을 추노니,
말로나 감탄으로나 이 기쁨 다 못 펴네[32]

누구의 입론立論으로부터 비롯되었는지는 확인할 수 없으나, 국문학계에서는 '해방 전에 이루어진 국문학계의 3대 명저'라는 통설이 있어 왔다. 즉 조윤제의 『조선시가사강朝鮮詩歌史綱』(박문출판사, 1937), 金台俊의 『조선소설사』(청진서관, 1933), 김재철의 『조선연극사』(학예사, 1939) 등이 그것이다. 그러나 무애无涯의 이 저서는 이들 '삼대 명저'를 훨씬 능가하는 바 있었다.

무애无涯는 1957년에 연세대학교로부터 '명예 문학박사' 학위를 수여받았을 때의 '학위기'에 대하여 무척이나 흐뭇해 한 바 있다. 그 내용은 아래와 같다.

양주동님은 일제의 탄압 아래에서부터 우리 말·우리 문학의 연구에 잠심하여 이래 삼십 년 동안에 그 주저『조선고가연구』,『여요전주』를 비롯하여『국문학정화』,『국문학고전독본』,『민족문화독본』,『조선의 맥박』등 다수의 저서를 내어 八·一五 해방 후 우리나라의 국어학·국문학의 진흥·발전에 큰 공헌을 하였습니다.
특히 그 주저『조선고가연구』와『여요전주』는 희귀한 참고 재료를 널리 모아다가 명철한 지혜와 주도한 이론으로써 앞사람이 일찍 이르지 못한 곳에 도달하여, 그 숨은 것을 드러내며, 그 희미한 것을 똑똑히 하며, 그 끊어진 것을 도로 이어, 현재의 우리 배달겨레로 하여금 능히 조상들의 문화 창조의 유업을 계승하여 새로운 민족 문화 창조에의 광명과 용기를 제공함이 큽니다. 이와 같이 빼어난 학문의 업적

---

32) 양주동,『지성의 광장』(탐구당, 1969), 209~210쪽.

은 학위를 받기에 합당하다고 생각하고서, 이에 그분에게 '명예 문학 박사' 학위를 주기를 추천합니다.

—추천사

　　이이는 우리나라 고문학 연구에 공들이어 신라 · 고려의 옛말을 풀어내고 문학의 연원을 밝히며 또 수많은 지음과 싫음 없는 가르침으로써 우리나라 학술과 문화에 공헌한 바 크므로, 본 대학교 대학원 위원회의 의결을 거쳐 이에 '명예 문학박사' 학위를 수여함.

—학위기

　　내가 이 두 글의 전문을 일부러 여기 인용하는 까닭은 이 글들이 심상尋常한 「학위기」와는 달리 구체적으로 친절히 나의 자그만 학적 업적을 추장推獎하였기 때문이다. 범연泛然한 칭찬의 사辭보다 이렇게 실제적으로 조목조목 애쓴 바를 지적하여 줌이 내게 얼마나 회심 · 득의, 또한 감격된 고마운 일일까[33].

　　무애가 소창진평의 저서 『향가 및 이두의 연구』에 충격을 받고 향가 연구에 발심發心한 것은 30세 전후의 일이고, 회심의 첫 수확인 「향가의 해독—특히 '원왕생가願往生歌'에 취하여」를 세상에 내어놓은 것은 35세(1937) 때이다. 그리고 그의 고심의 역작이요 득의의 명저인 『조선고가연구』(1942)의 발간을 보게 된 것은 40세 때의 일이다. 또 고가연구의 완결편이라고 할 수 있는 『여요전주麗謠箋注』(1946)는 해방 이듬해인 44세 때 발간되었다.

　　이렇게 본다면 무애의 국어학자 · 국문학자로서 잠심潛心한 기간은 16~17년에 이른다. 그가 시인으로서, 문예비평가로서 실질적으로 활동한 기간이 10년 남짓한 것에 비한다면 6~7년의 세월이 덧붙여진 셈이다.

---

33) 양주동, 「學位記」, 『국학연구논고』(을유문화사, 1962), 360~361쪽.

무애가 향가연구에 전심한 16~17년 동안의 시대 상황은 결코 녹록한 녹록碌碌한 편이 아니었다.

향가연구의 도화선이 되었던 소창진평의 『향가 및 이두의 연구』가 출판된 1929년은 '광주 학생운동'이 발발하여 항일 학생운동이 전국적으로 파급된 해이며, 무애가 숭실전문학교 교수로 부임한 바로 이듬해에 해당된다. 1926년 6월 10일에 있었던 '6·10만세운동'이 전국적으로 번져 가서 그 절정에 이른 것이 '광주학생사건'이다.

'광주 학생운동'은 기차통학을 하던 일본학생의 한국대학생에 대한 굴욕적인 언동이 발단이 되었다. 한국학생들은 일본학생들과 충돌을 일으키게 되고, 이 충돌은 1929년 11월 3일에 이르러 시가전과 같은 양상을 띠고 확대되었다.[34]

이 무렵의 시국에 대하여 무애는 「사제기師弟記」에서 다음과 같이 회고하고 있다.

> 학생의 항거가 이어 평양서 일어난 것은 좀 늦어 1930년 바로 원단元旦날 아침이었다. 나는 그때 학교 위층 교수실에 앉아 있었다.
> 교정엔 길길이 눈이 와서 하얗게 덮였는데, 학생들이 시커먼 교복을 입고 당당한 행렬을 지어 눈 위로 굽이굽이 돌아가고 있었다. 백설白雪과 흑장黑裝 속이 돋보여 참으로 씩씩하고 용장勇壯하였다.
> 창으로 내다보며 몹시도 감분感奮된 나는 그만 층계를 뛰어 내려가 나도 그들의 대열에 참가하고 싶은 격렬한 충동을 느꼈다. 그러는 차에 일경과 사복 떼들 수십 명이 미친개처럼 달려들었다. 학생들은 완강히 스크랩을 걸고 버티었으나, 그들의 곤봉에, 검검檢劍에 행렬은 하는 수 없이 차츰 어지러워지고, 이윽고 피·아 간에 격투는 벌어져 저들의 구둣발에 차이고, 몽둥이에 두드려 맞고, 칼끝에 찔려 나의 '학

---

34) 이기백, 前揭書, 461쪽.

생'들은 여기저기 선혈을 뿌리며 군데군데 흘려진 붉은 피가 낭자狼藉
한 발자국들이며, 쓰러진 학도들의 시커먼 옷이 참으로 목불인견의
처절한 광경이었다.35)

이런 처참한 광경을 보고 쓴 즉흥 시가「史論」이다. 그리고 2년 뒤인
30세 때 암울한 시대 상황 속에서 솟구치는 의기를 모아 읊어낸 것이
『조선의 맥박』(1932)이다.

청년기까지의 무애의 삶을 시대적 상황과 결부시켜 강동엽은

> 선생의 삶은 우리 민족의 수난사와 그 궤를 같이하는 것 같다. 우리
> 나라가 일제에 강점당할 무렵에 태어나셨고, 근대화의 새로운 가치관
> 으로 혼란한 시기에 수학함으로써 이 시기의 다른 분들이 대개 보여
> 주는 특징과 같이 지사적 또는 민족 구원의 뜻을 담은 삶의 모습을 보
> 여주는 점이다. 선생의 삶 자체도 이 범주에서 크게 벗어나지 않을 것
> 으로 본다.36)

고 말하고 있다.

「향가의 해독─특히 '원왕생가'에 취하여」(1937, 35세) 발표 이후 무
애는 향가연구에 더욱 박차를 가하였다. 자연스럽게 시인 · 문예비평가
에서 국어 · 국문학자로 방향 전환을 해버린 것이다.

1938년(36세)에 '신사참배神社參拜' 거부로 숭실전문학교가 일제로부
터 강제 폐교됨에 따라 교수직을 잃고 약 2년 간 향리鄕里에 체류하다가
1940년(38세)에 경신학교 교원이 되어서 8 · 15광복 때까지 재직하였다.
이 기간이 향가연구, 국학연구의 절정기라고 할 수 있다.

---

35)『문주반생기』, 281~282쪽.
36) 강동엽,「무애 양주동 선생의 삶과 우리 문학 탐구」,『한흰샘 주시경 연구 16호』
　　(한글학회, 2003), 83쪽.

45세(1947) 때 동국대학교 교수로 취임하면서 무애无涯는 종생토록 대학교수로 일관하게 된다.

수필문학의 경우, 「토방의 새살림」·「나의 아호」·「다락원 야화」 등 경수필류 몇 편은 1920년대 후반에서 1930년대에 발표된 것으로 되어있으나, 220여 장·단편 대부분의 작품은 1958년~1960년대 전반기에 집중적으로 창작되었다. 수필작품이 다산된 기간은 10여 년에 불과한 셈이 된다.

이 시기는 4·19를 전후한 정치적·사회적 혼란기와 5·16으로 일컬어지는 권위주의 통치시대에 해당된다. 1964년에 서울 일원에 위수령이 발동되고, 비상계엄령이 선포된 소위 '6·3사태'의 와중에서 '한일회담'에 반대 입장을 취했던 무애는 소위 '정치교수'로 몰려 한동안 교단을 떠나야 했다. 그때의 섭섭했던 심정을 무애无涯는 다음과 같이 완곡하게 술회하고 있다.

> 얼마 전에 이 유칭謬稱 '국보 교수'가 어설피 한일 수교를 반대하다가 난데없는 '정치교수'로 되었던 것과 그때의 소감으로 "아무리 성이 나기로 국보적인 자기瓷器를 함부로 내던지다니! 섭섭하다." 운운의 치기稚氣 만만한 소감을 지상에 말했던 것을 기억하나, 모두 일시적 지나간 이야기이매 장제長提치 않는다.[37]

이러한 척박한 시대를 살면서 무애는 주로 신변 잡담 위주의 경수필을 쓰면서 교수직을 수행했었다.

문예비평의 경우, 대부분의 작품들이 1923~1933년 즈음에 집필된 것으로 나타나 있다. 早大 예과 졸업시기로부터 숭실전문학교 교수 재직

---

37) 양주동, 「國寶辨」, 『지성의 광장』, 117쪽.

전반기에 해당된다.

무애가 문예비평가로서 낙양洛陽의 지가紙價를 올려가며 활발하게 활동하던 시기는 '프로문학'이니 '국민문학'이니 해서 이념적 색채가 한동안 계속되던 시기이기도 했다.

지금까지 논의해 온 내용을 정리해 본다면 무애无涯의 각 장르 별 활약의 시기별 추이는 '시인 → 문예비평가 → 국학연구 학자 → 수필가'의 도식이 성립될 수 있을 것이다. 또한 이러한 전 시기를 일관되게 유지해 온 것은 교육자, 특히 교수로서의 직분에 충실했다는 점을 지적할 수 있다.

무애가 몸 담았던 시대적 상황은 암울했던 일제치하 → 8·15 광복에서 4·19에 이르는 민족의 격동기 → 5·16에서 유신체제로 규정되는 권위주의 통치시대'로 이어져 있다. 명보다는 암이 勝했던, 현대사의 음울한 터널을 보듬어 가면서 생을 영위해 왔다고나 할까.

무애는 어느 자리에선가 자신의 생애를 뒤돌아보면서 농반진반弄半眞半으로 이런 말을 한 적이 있다.

> 요계澆季·난세亂世에 所謂 '國寶 學者' 有三難하니
> 一日 끽반난 喫飯難이요,
> 二日 저서난 著書難,
> 三日 보명난야 保名難也로라.[38]

끽반 난喫飯 難의 경우.

'6·25 전란' 통에 피난지 대구에서 호구지책糊口之策으로 허름한 시설에서 '영어학원'을 열어 Diagram 강의로 한동안 생계를 꾸려가야 했던 일이 있었다. 영문학자로서의 기량을 한껏 발휘한 이 교수법은 책으로

---

38) 양주동, 「國寶辨」, 『지성의 광장』, 119쪽.

출판되어 상당 기간 동안 중·고등학생들의 영어 학습 필독 도서가 되기도 했다.

이 처량하고 난감했던 처지에 대해서 김완진은 안쓰러운 심정을 다음과 같이 토로하고 있다.

> 6·25사변이 엄습했다. 다시 숨 돌릴 사이도 없이 대구에서의 생활이 이어진다. 곧잘 파안대소破顏大笑하는 외모에서 받는 인상과는 달리 그는 몹시 섬세한 심성의 소유자였기에 이 무렵의 무애는 거의 탈진상태에 있었다고도 전한다. 거친 세파는 이 천재를 너무나 박절하게 대접하였다. 생활을 위해서이기는 하였지만, 어린 중·고등학생을 모아 놓고 영어를 가르치게 되었던 것은 한 폭의 슬픈 희화戱畵가 아닐 수 없다. 이 사이 '국보 양주동'의 신화가 탄생되지만 그 진정한 사연을 아는 사람은 장난으로라도 그 말을 입에 올릴 수가 없다.[39]

무애는 그의 자서전 격인 『문주반생기』에서 젊은 시절 한때의 곤궁의 비애를 추억하고 있다.

> 이제나 저제나, 얼음보다, 빙하보다 더 싸늘한 것은 세상의 인정이요 사회의 생리이다. 조금 전 고향 마을에서 떠나 올 때에도 일찍이 촌항村巷 사이에 송덕頌德 의 구비口碑까지 세울 수 있었던 이 선량한 증경지주曾經地主는 정작 송곳 세울 땅도 없어진 그날에 대단한 푸대접을 받고 총총히 그 고장을 떠나왔다.[40]

무애는 노년에도 가세가 그리 넉넉한 편은 못되었다는 간접적인 징표가 되는 또 하나의 일화를 남겨 놓았다.

---

39) 김완진, 上揭書, 139쪽.
40) 『문주반생기』, 169쪽.

학교에서 강의를 끝내고 나오는 길에 버스나 전차를 타려고 포켓을 만져보니 돈이 한 푼도 없다. 도로 들어가 동료 교수나 혹은 학생에게 이십 원 내지 급환急圜을 꾸려 했으나 '세상에 제일 어려운 일이 남에게 돈 꾸어 달라 손 내밀기'라는 전부터의 신념에 의하여 그것을 단념하고, 학교로부터 집까지 병구病軀를 이끌고 무릇 6km쯤을 걸어 돌아왔다. 몸은 비록 좀 피곤했으나 마음은 편했다.[41]

저서 난難의 경우, 무애는 기회 있을 때마다 『조선고가연구』 · 『여요전주』를 잇는 '제삼의 대저大著'를 약속했으나, 끝내 그 약속을 지키지 못하고 몸이 먼저 떠나고 말았다.

『여요전주』 「서」에서는

이 원原 · 속(『조선고가연구』 · 『여요전주』) 양편兩篇에 있어서의 저자의 학적學的 노력—그 의도와 성과는 순수한 어학적 · 고증적 태도를 벗어나지 않았고, 또 벗어나려고도 안 했다. 그 이상의 것, 다시 말하면 재료의 음미나 평설—그 비판적인 견해 · 주장 같은 것은 서설 기타에 비록 약간언을 부쳤으나 단순한 재료의 소개에 그쳤을 뿐 총總히 이후爾後에 보족補足 · 완성될 제 3권에 미룰 수밖에 없다.[42]

고 하였고, 또 「사뇌가전주詞腦歌箋注」 제어題語에서는

이래 또 十有五 성상, 나로서는 이 학적學的 '약속'에 의하여서도 단연 괄목할 만한 학문적 진전이 있어 단적으로 문제의 그 '제삼 권'을 내놓아야 할 터인데, 탈고만 아스름한 채로 조그만 지병을 핑계로 하여 우보지지牛步遲遲, 지금껏 새 획기적인 저작을 이어 내놓지 못함이 사뭇 부끄러운 일이다.[43]

---

41) 「무전수난기」, 『인생잡기』, 84쪽.
42) 양주동, 「서」, 『여요전주』(을유문화사, 1946), 2쪽.

라고 토로하고 있다.

무애는 결과적으로 그 '제삼 권'의 숙원을 내려놓은 채 총총히 타계하고 말았지만, 그 자신이 전 생애를 통해서 가장 흐뭇해하고 누구에게도 양보할 수 없는 긍지를 느꼈던 업적으로 『조선고가연구』를 말하곤 했다. 아마도 이 대저를 넘어서기 어려우리란 부담감이 '제삼 권'을 끝내 '복고腹稿'로만 머물게 했던 한 요인이 되지 않았을까 한다.

다음의 일화는 『조선고가연구』에 대한 무애의 저간這間의 심정을 잘 보여주는 예가 될 것이다.

> 외솔은 주지하듯이 반생半生을 '한글'에 진췌盡瘁하다가 오래 고생한 분, 해방 직후 안국동 네거리에서 내가 그를 만났을 때 내가 고생도 별로 않고 '밖'에서 있다가 선생을 되 만나게 된 감격을 말하고 그의 저간這間 '고생'을 위로하였더니, 뜻밖에 그의 말이 이러하였다.

> "선생도 그동안 고생하지 않았소? 『고가연구』. 나는 감옥에서 그 책을 일곱 번 읽었소. 『대저大著』였소. 수고했소."

> 기실 내가 해방 직후 지금까지 '학위'에 그리 관심이 없었던 또 다른 이유 중 하나는 그의 이 한 말에 충분히 '지기知己의 감'을 느껴 그윽히 자족하였기 때문이다.[44]

국어학계, 특히 국문법학계에서는 일찍이 상징적 비유가 회자膾炙된 바 있었다. "주시경이 집터를 닦고, 최현배가 집을 짓고, 허웅이 내부공사를 했다."는 비유적 평가가 바로 그것이다. 이처럼 외솔은 『우리말본』, 『한글갈』 등 불멸의 역저를 남긴 국어학계, 특히 국어 문법이론 정립에

---

43) 『문주반생기』, 297쪽.
44) 양주동, 「學位記」, 『국학연구논고』, 361~362쪽.

초석을 놓은 탁월한 학자였다. 더욱 그는 한글 수호와 발전에 일생을 바친 애국지사이기도 했다. 그런 외솔이 "감옥에서 일곱 번이나 읽었다."고 한『조선고가연구』에 대해서 무애는 무한한 긍지와 감회를 맛보았을 것임은 미루어 짐작하고도 남을 일이다.

무애가 이룩한 다양한 업적을 창졸간倉卒間에 단적으로, 간단히 평가하는 것은 온당치 못한 일일 것 같다. 다만 분야별 성취의 비중을 말한다면 '국어학자>시인>문예비평가>수필가'라는 도식은 그 작성이 가능한 일일 듯하다.

또한 40년 넘게 교육자로서, 특히 대학 교수로서 국가와 사회, 학계에 이바지한 공적 역시 지대하다고 아니할 수 없을 것이다. 사실 무애만큼 교육에 대한 열정과 긍지를 갖고 지니는 일이 아무에게나 가능한 일은 아닐 것이다. 다음과 같은 그 자신의 술회를 통해서 우리는 이러한 사실을 충분히 확인할 수 있을 것이다.

> 나는 불행히 추성鄒聖처럼 '天下의 英才'를 만나지 못하여 노상 오히려 득천하둔재이교육지시일고야得天下鈍才而敎育之是一苦也의 嘆을 발하기가 일쑤이다.
>
> 그러나 어떻든 내가 아무리 불사不似한 교사로서 조금도 '권태'를 느끼지 않고, 늙음에 이르러서도 오히려 '神'이 나는 즐거움으로써 약간의 '학문'과 몇 낱의 백묵을 밑천으로 하여 그날그날의 생활을 과히 양심에 어그러짐이 없이 보내고 있음은 인생 만년의 한 '청복淸福'이 아닐 수 없다.[45]

---

45) 양주동,「교사의 자격」,『인생잡기』, 52쪽.

Ⅲ. 시의 연구

1. 서언

한시漢詩나 역시譯詩 등속等屬을 제외하면 6편의 시조를 포함하여 무애의 詩 작품으로 확인된 것은 65편이다. 또 이들 작품 중 51편은『조선의 맥박』에 수록되어 있다. 이 시집에는 총 53편이 실려 있지만「한길우에 나서서」는『詩經』의「정풍鄭風」,「준대로遵大路」를,「나물」은 역시『시경』의「주남周南」,「권이편卷耳篇」을 각각 번역한 역시이다.

또한『양주동연구』(민음사, 1991)의「시작품 연보」중「대동강」,『신동아 33호』(1934. 7)은 詩가 아니고「패강 예찬浿江 禮讚」이라는 수필 작품임이 확인되었다.

전조前條에서 언급했듯이 무애가 시인으로 활약한 것은 십 년 남짓하다고 볼 수 있다. 작품의 양 또한 그리 다작이라고 할 수는 없을 것이다.

무애无涯는『조선의 맥박』의「叙」에서

> 많은 불만이 있는 대로 나는 이 한 권을 나의 정본 시집 제일권으로 간행한다. (중략) 나는 이로써 나의 시작 상上 한 시대를 완전히 끝내고자 한다. 나는 이로부터 시적 관조의 분야를 좀 더 사회적, 현실적 대중적 방면으로 옮기려 한다. (중략) 대개 나는 나의 생애의 제이 시집이 스스로 전신轉身의 송가頌歌가 되기를 바라는 까닭이다.1)

라고 하여『조선의 맥박』이후에 제2 시집을 준비하고 있음을 암시하고 있다.

---

1) 양주동,「叙」,『조선의 맥박』(문예공론사, 1932), 6~7쪽.

김영철은 끝내 미간에 그친 무애의 제이第二 시집의 제명이 『악도惡禱』
일 것이라는 것과 그것이 출간되지 못한 배경에 대하여 다음과 같은 견
해를 보이고 있다.

> 시집 『조선의 맥박』 속표지의 뒷장에 '무애 시집 제일 권'으로 밝히
> 고 있으며, 실제로 제이 시집의 제목을 『악도』로 정해 놓기도 하였다.
> (산문시 「춘소애가春宵哀歌」의 끝, 부기附記 참조).
> 　그러나 끝내 제2시집 『악도』는 나오지 않았다. 주지하다시피 무애
> 는 1920년대 중반부터 비평계에 투신하게 되고, 1930년대 중반 카프
> 가 해체된 후에 소창진평의 『향가 및 이두의 연구』(1929)에 충격을 받
> 은 것을 계기로 국학자로 변신했던 것이다.[2]

무애는 자신의 '처녀작'에 대한 일화를 다음과 같이 들려주고 있다.

> '처녀작'이란 말의 뜻을 몰라 애를 쓰다가 서울 신문사에 편지로 물
> 어 보았더니, 회답이 없었다. 나도 한번 '신시'를 지어 보리라 하여 「月
> 下吟」이라 題한 장편 '산문시'를 투고하였으나, 나지 않았다. (중략)
> 　나의 처녀작 신시新詩가 「월하음」인 것은 앞에 말하였다. 예과 재
> 학 때 '매미'라 제한 한 편의 시를 지어 잡지 『개벽』에 보내어 편집자
> 에게 편지로 자꾸 졸라 게재되었던 일을 기억한다. 아마 무슨 실의失
> 意 비슷한 것을 '날아난 매미'에 비유하여 지은 시인데, 나는 그것을 아
> 주 '상징시'의 '걸작'이라 생각하여 얼른 실어주지 않는다고 편집인의
> '시의 안목 없음'을 힐난詰難하는 편지를 여러 번 보낸 것이다.
> 　대략 같은 시절에 지은 것으로 「꿈 노래」란 한 편이 있다. 이것도
> 사뭇 개념적인 비유체의 것으로 지금 읽어 보면 유치하기 그지없으
> 나, 당시의 나로서는 대단한 '상징시'로 여겼다.[3]

---

2) 김영철, 「양주동의 시세계」, 『한힌샘 주시경연구 16호』(한글학회, 2003), 120쪽.
3) 양주동, 『문주반생기』(신태양사, 1960), 22~41쪽.

「꿈 노래」의 창작 시기는 1922년으로 되어있는데, 이 시기에 발간된 『개벽』지(1월 1일, 제19호~12월 1일, 제30호)에는 무애의 작품이 게재 된 것이 없다. 무애无涯의 시가 『개벽』지에 처음 수록된 것은 제32호 (1923. 2. 1.)로서 여기에는 「어느 해」, 「환상」, 「님의 노래」, 「넷 이약이」 네 편이 무애의 작품으로 되어있다.4)

그러나 앞의 두 작품은 무애의 소작所作이 맞지만 뒤의 두 편은 김소월 의 시로 판명되었다.5)

무애는 시작활동을 하면서 비슷한 시기, 유사한 기간 동안 문예비평에 열중하기도 하였다. 이 중복되는 시기에는 시보다는 문예비평에 더욱 주 력했다고 할 수 있다. 문학의 이 두 분야를 떠나 국학 쪽으로 관심이 옮아 가자 자연히 문필활동에는 소원해질 수밖에 없었을 것이다.

그의 자술처럼 "어려서부터의 야망은 오로지 '不朽의 문장'에 있었으 며, 시인·비평가·사상인이 될지언정 '학자'가 되리라는 생각은 별로 없었던"6) 터에 뜻하지 않게 '국학'의 길로 행로를 바꾸게 된 배경에 대해 서는 여러 가지 추론이 가능할 것이다.

소창진평의 『향가 및 이두의 연구』에 큰 충격을 받고 향가 연구에 일 로 매진한 지 수년 뒤 그 첫 번째 결실인 「향가의 해독―특히 '원왕생가' 에 취하여」를 『청구학보』 19호에 발표한 것은 1937년(35세)의 일이었다.

무애가 향가 연구에 쏟은 열정이 어떠했었던가는 그의 회고담을 통해

4) 김근수, 『한국잡지 개관 및 호별목차집』(영신아카데미 한국학연구소, 1973), 3쪽.
5) a)백순재, 하동호 공편, 『결정판 소월시집 못잊을 그 사람』(양서각, 1966).
　　b) 최하림 편, 『김소월』(지식산업사, 1980).
　　c) 오세영 편, 『김소월』(문학세계사, 1989).
　　d) 오하근 편, 『정본 김소월 전집』(집문당, 1995).
　　위의 4冊 모두 「님의 노래」, 「넷 이약이」가 김소월의 작품으로 되어있음.
6) 양주동, 「향가연구에의 발심」, 『문주반생기』, 286쪽.

서 능히 짐작할 수 있겠다.

　　고가古歌 전수全首를 사벽四壁에, 심지어 뒷간에도 붙여 두고 자나
깨나, 앉으나 누우나, 그 풀이에 온 정신과 힘을 기울였다. 어떤 것은
밥 먹다가 문득 깨쳐 일어나 한바탕 춤을 추어 집사람에게 미친 양 오
해된 적도 있고, 어떤 것은 용변 중 홀연히 터득하여 뒤도 다 못 본 채
크게 소리치며 얼른 적으려고 서실書室로 뛰어든 적도 있고, 또 어떤
것은 전차나 도보 중에, 심지어 어떤 것은 자다가 꿈속에서 깨 소스라
쳐 놀라 깨서 황급히 지필紙筆을 찾아 잊기 전에 그 대강을 얼른 메모
해 두고 잔 적이 있으니, 가위 옛사람의 '마상馬上 침상枕上 칙상廁上'
에 식탁상食卓上'을 더한 '四上'이라 할 만하였다.7)

　무애가 향가 연구에 바친 이러한 혼신의 역공力工에 대하여 노산鷺山이
바친 「헌시」는 참으로 정곡正鵠을 얻었다 할 것이다.

　　채약송採藥頌
　　—无涯 梁柱東 兄의 國學 硏究를 위로하여 부른 노래.

　　지난 날 설악산에서 심멧군을 만났읍덴다.
　　십년 동안에 예닐곱 뿌리 캐었다던가
　　선약仙藥도 선약이려니와
　　정성이 그처럼 무섭더군

　　어허 벌써 스무해로고
　　머리엔 백발을 썼을 게여
　　이 골짝 저 골짝 뒤져
　　몇 뿌리나 더 캐었는지

---

7) 양주동, 「연구 삽화」, 『문주반생기』, 289쪽.

일생을 산으로 다니며
삼 캐는 이도 있소그려

한뎃잠 얼마더며
배고픈 적은 몇 번이런고
아무리 그런들 사 그 공덕 어디 알더라고
말 마오
저 밖에 모르는 공덕이
더 큰 공덕입넨다.[8]

「향가의 해독―특히 '원왕생가'에 취하여」(1937)를 발표했던 바로 그 무렵에 쓴 수필 「나의 문학소년 시대」(1937)에는 당시의 심적인 갈등이 잘 나타나 있다.

文學 少年 시절! 생각하면 나에게는 무엇보다도 먼저 그리운 추억이다. 그것은 무슨 내가 지금 중로中老의 사람이 되었다는 그러함보다도, 또는 이른바 '문청文靑'을 지내왔다고 스스로 믿는 때문이라기보다도, 차라리 어쩐지 현재의 나는 순純문학과는 좀 거리가 멀어져 가는 것 같은―말하자면, 생각과 정열이 옛날과 같이 오로지 문학에만 집중하지 않고 한편으로 학구적인 방면, 또 한편으로 인간 생활의 현실과 역사에 대한 실제적인 방면 등 여러 갈래로 관심이 깨어지는 일방, 지난 일에 가졌던 그 오롯하고 화려한 몽상夢想, 그 낭만적인 문학 열이 차츰 식어가는 듯한 느낌을 가지기 때문이다.[9]

무애는 삼십대 중반에 이미 문필과 국학 사이에서 내면의 갈등을 빚고 있었음을 알려주는 대목이라고 할 수 있다.

---

8) 이은상, 『노산시조선집』(민족문화사, 1958), 131~132쪽.
9) 양주동, 「나의 문학소년시대」, 『인생잡기』(탐구당, 1962), 24쪽.

일반적으로 말해서 "시는 사상과 정서의 등가물等價物"이라 한 엘리엇 T. S. Eliot의 비유적인 언급이 있듯이, 시는 정서나 감성과 이성, 사유의 융합체임에 비해 문예비평까지를 포함해서 학문은 아무래도 이성과 논리쪽이 강한 영역이라고 할 수 있다. 무애가 문예비평에 주력하다가 다시 방향을 달리해서 향가 연구에 잠심潛心하면서부터는 "지난날에 가졌던 그 오롯하고 화려한 몽상, 그 낭만적인 문학열"이 식어간 것은 부득이한 일이었을 것이다.

김용직은 무애가 시인에서 학자로 그 행로를 전환하게 된 배경에 대해서 다음과 같은 견해를 피력하고 있다.

> 이제 돌이켜 보면 양주동이 한국 어문연구로 방향을 돌린 것은 그 나름대로 현명한 처사였다. 그가 시단에 자리를 굳히고 있었을 때 이미 우리 주변에는 신석정 등 일련의 현대적 감각을 지닌 시인이 등장했다. 무애의 근대시와 시론으로는 그들에 견주어 시단의 첫 자리를 차지할 계제階梯가 아니었다.10)

김용직의 견해와 일맥 상통하는 일화로, 실제로 무애는 <문학개론> 강의 시간에 자신이 시작을 포기하게 된 배경에 대하여 진지하고도 심각한 표정으로 그 심정의 일단을 토로한 적이 있었다. 주로 정지용의 시를 언급하면서 "『정지용시집』(시문학사, 1935. 10)에 수록된 감각적이면서도 낭만적인 시편들을 읽고 그 modernity를 도저히 넘어설 수 없을 것 같아서 그만 붓을 꺾을 수밖에 없었다."는 진심을 吿白(?)한 것이다.

무애는 자신이 큰 충격을 받았다는 정지용의 시구詩句들을 구체적으로 적시하기도 했다.

---

10) 김용직, 『한국현대시인연구(하)』(서울대학교 출판부, 2000), 475~476쪽.

① 감람甘藍 포기포기 솟아오르듯 무성한 물이랑이어!

—「다시 해협」의 一節

② 제비도 가고 장미도 숨고
　마음 안으로 상장喪章을 차다.

—「귀로歸路」의 一節

③ 문 열자 선뜻!
　먼 산이 이마에 차라.

　雨水節 들어
　바로 초하로 아츰,

　새삼스레 눈이 덮힌 뫼 뿌리와
　서늘옵고 빛난 이마받이하다.

—「춘설」의 일절

①은 파도가 올망졸망 밀려오는 모습을 시각적으로 뛰어나게 묘사했다고 했다.

②는 가버린 청춘 시절에 대한 애틋한 감수성과 그리움이 절절히 표현되었다고 했다. 이 詩句는 "나의 청춘은 나의 조국"(「해협」의 일절)과 연계되어 있다고 보았다.

③은 시각적, 촉각적(공감각적) 역동성이 아주 뛰어나다고 했다.

무애는 또 노산의 다음 시구도 참으로 오묘하다고 했다.

　금강金剛이 어디더뇨
　동해의 가일러라.
　갈적에 거길러니 올제는

가슴에 있네.
라라라! 이대로 지니고
함께 늙자 하노라.
　　　　　　　　　—「金剛이 무엇이뇨」의 제이련第二聯.:
　　　　　　　　　　『노산시조집』(한성도서주식회사, 1932).

특히 "갈 적에 거길러니 올 제는 가슴에 있네." 句는 정겹고 기발한 착
상이 뛰어나다고 했다.

이러한 일련의 술회는 그의 소탈한 성품만큼이나 소박함이 엿보인다.

이제 연구사적 관점에서 논의해 보기로 한다.

전술한 바와 같이 무애의 詩에 관한 최초의 공식적인 언급은 백철의
『조선신문학사조사』(수선사, 1948)일 것이다.

여기에서는 주로『조선의 맥박』을 염두에 두고 언급하고 있음을 본다.

> 无涯 梁柱東은 사조적인 것과 관련하여 그의 詩 경향을 보면 조선
> 적인 관념을 노래한 하나의 개념주의의 시인이다. 흔히 이 시인을 평
> 가하는 서정소곡抒情小曲 시인이라는 것은 그 버금으로 오는 이 시인
> 의 별개의 요소라고 본다.[11]

백철은 그 뒤에 출간된 『신문학사조사』(신구문화사, 1968)에서도 같
은 논조를 그대로 유지하고 있다.[12]

조윤제는 그의『한국문학사』(동국문화사, 1963)에서 문예비평 활동에
초점을 맞춘 가운데 '민족적 시인'이라는 명칭 하에 「조선의 맥박」을 소
개하고 있다.[13]

---

11) 백철,『조선신문학사조사』(수선사, 1948), 398~399쪽.
12) 백철,『신문학사조사』(신구문화사, 1968), 328~329쪽.
13) 조윤제,『한국문학사』(동국문화사, 1963), 528~530쪽.

국문학사류에서 무애无涯의 시적 영역을 비교적 소상하게 다루고 있는 것은 조동일의『한국문학통사 5』(지식산업사, 2007)이다. 다소 비판적 시각을 유지하면서『조선의 맥박』에 수록된 작품들을 3계열로 나누어서 ① 가냘프고 감미로운 말을 즐겨 사용하면서 애처로움과 그리움을 노래하고, ② 조국을 사랑하고 근심하는 마음을 보란 듯이 나타냈으며, ③ 인생의 의미를 찾는다면서 난삽한 관념을 얽어내기도 했다고 평하고 있다.[14]

시인으로서의 무애를 가장 폭넓고 긍정적인 관점에서 논급한 이는 김용직이라고 생각된다. 그는『한국근대시사 제1부』(새문사, 1983)에서 기초한 내용을 거듭 보완해서 「시와 한국학 연구―양주동」,『한국시인연구(하)』(서울대학교출판부, 2000)에서 무애의 시와 시론을 깊이 있게 다루고 있다. 국어학자로서의 무애无涯를 충정어린 시각으로 논한 바 있는 김완진의『국어연구의 발자취』(서울대학교출판부, 1997)[15]와 궤軌를 같이 한다고 할 수 있다.

개별논문으로는 김영철의 「양주동의 시세계」,『한힌샘 주시경연구 16호』(한글학회, 2003)가 있다. 여기에서는 시세계의 변모 양상과 내용상의 분류 등 깊이 있는 고찰을 시도하고 있다.

본고에서는 우선 시 작품 전편을 해설한 뒤 주제와 소재를 분석해 보기로 하겠다.

내용 분석에 있어서는 백철의 이분법인 '개념시概念詩와 소곡시小曲詩', 조동일이『조선의 맥박』을 대상으로 한 삼분법을 준용해 보기로 하겠다. 아울러 "초기에는 연애시를 중심으로 화려한 수사를 구사했고, 그 뒤 민족적 기개를 회복하는 정열을 시화함으로써 감상과 패배의식을 회복하

---

14) 조동일,『한국문학통사5』(지식산업사, 2007), 140쪽.
15)「序論」註④ 참조.

려고 시도를 했다."16)고 한 신동욱의 견해도 참고하려고 한다.

또한 시 작품에 내재되어 있는 의식의 양상도 살펴보기로 한다.

이러한 제반 분석은 주로 통계적인 수치를 중심으로 해석을 가해 보려고 한다.

2. 시 창작의 시대적 배경

무애는 문학에 전념하던 청춘시대를 회고하는 글에서 다음과 같이 그 회포를 토로하고 있다.

> 一九二一년에 도동渡東하였다가 중간에 진재震災 때문에 一年을 휴학하고 一九二八년 조대早大를 졸업할 때까지 무릇 七年 간은 나의 생애 중의 그리 호화·찬란하지는 못하였으나마 그래도 다사다난한 청춘의 "Strum und Drang"(폭풍노도暴風怒濤)시대였다. 그도 그럴 것이, 그때가 나의 연령年齡으로는 약관 十八~二十歲를 지나 스물다섯 살까지의 한창 젊음의 다감 용맹했던 시절―시대적으로는 三·一운동 이후 十年 간의 환멸기, 그러나 우리의 민족적 감분感憤과 정열은 조금도 가시지 않은 채로 오히려 一路 항상 고조되던 시대.
>
> 그러기에 그 시절의 나의―아니, 우리들의 생활의 특징은 세 가지였다고 기억된다. 첫째는 정열적·혁명적인 이상으로 빛났던 것. 사상 최대·최고의 민족적 흥분을 이어 당시 우리들 젊은이, 특히 유학생들의 포부는 모조리 하늘을 찌를 듯한 의기와 고원高遠한 이상에 빛났고, 공부하는 목적이 모두 민족적·혁명적인 염원과 지향에 불탔었다. 우리들은 그때 개인의 영화나 일신의 이해를 꿈에도 계교計巧 해본 적이 없다. 무슨 과에서 무슨 학문을 공부하든지, 우리의 목표는 오

---

16) 신동욱·조남철, 『한국현대문학사』(한국방송통신대출판부, 1995), 120쪽.

직 하나뿐— 곧, 겨레를 계몽하고, 지도하고, 향상하여서 독립과 해방의 터전을 마련하자함이 그것이었다.[17]

무애는 또 자신의 시 작품을 총평하여 다음과 같이 언급한 바 있다.

시는 워낙 그 소성所成이 신시사상新詩史上 초기에 속하는 것들이라 현금現今의 안목으로 보면 그 거칠고 개념적임이 자못 우스우나, 어떻든 그것들은 나의 청춘과 당시의 민족적 감분感憤을 노래한 것이매 지금 읽어도 그 소박한 정열만은 모두 귀엽고 자랑스럽다.[18]

무애는 또 젊은 날의 자신의 시풍을 언급하여

우리들(1923년에 발간된『금성金星』동인들)의 당시 시풍이 자칭 상징주의요 퇴폐임은 누술屢述한 바와 같다. 그러나 세 사람—뒤에 古月까지를 합한 네 사람의 시풍은 결코 정말 세기말적·「데카덩」적은 아니었고, 차라리 모두 이상주의적·낭만적·감상적인 작품이었다.[19]

고 평하고 있다.

무애는 문학 초년병 시절, 즉 早大 예과에 입학했을 무렵의 자신의 문학적 취향에 대하여 다음과 같이 언급하고 있다.

나의 취미를 '서구의 문학'으로 옮기게 한 기연機緣은 지금 생각건대, 내가 동경 가서 맨 처음 어느 야시장 책사冊肆에서 우연히 사다가 읽은 생전生田 모某의『근대사상십강近代思想十講』과 주천백촌廚川白村의『近代文學十講』이었다고 기억한다. (중략) 내가 그 책(『근대문학

---

17) 양주동,『文酒半生記』, 111쪽.
18) 양주동,「후기」,『무애无涯 시문선』(경문사, 1960), 269쪽.
19) 양주동,『문주반생기』, 50쪽.

십강』)에서 배운 '새말'들은 어느 것이나 내게 '경이의 감感'을 주었지마는 지금에도 특히 기억되는 것은 '세기말', '상아탑' 및 '데카덩 decadent'이란 참으로 매력 있는 세 프랑스어 단어였다. 나는 그 책을 읽고나서 어쩐지 '썩은 송장'을 아름답다 노래한 「악의 꽃」의 작자 보오들레르가 좋았고, 일대의 소년 기재로 천재 시 「모음母音」의 작자 랭보와 그 동성同性 애인으로 '압쌍트' 통음자痛飮者요 최고 음률 상징 시 「가을 노래」의 작자, '데카덩'의 화신 베를렌느가 좋았고, 자기가 고안한 '탐미복眈美服'을 입고 런던 거리를 유유히 만보漫步하면서 아이들의 돌팔매를 태연히 무시하였다는 『옥중기』의 작자, 일대의 교아驕兒 오스카와일드가 좋았다. 요컨대 서구문학의 '신입생'인 다감多感한 이 청년은 서구문학 중에도 주로 세기말적인 퇴폐사상과 탐미주의— 곧 예술지상주의에 감염되었던 것이다. 이 영향은 내가 뒤에 톨스토이와 투루게넵 등 러시아 문학의 인생파 · 사회파에 관심과 흥미를 돌리기까지 몇 해 동안 지속되었다.[20]

'세기말fin de siecle'이란 '19세기 말'을 가리킨다. 이 말 속에는 데카당스의 많은 작가들에 의해 표현된 나른함, 물림, 권태의 뜻이 포함되어 있다. 이 시기에 퇴폐적 경향이 유행하게 된 배경에 대해서 백철은 다음과 같이 진단하고 있다.

> 1920년 하반기 『폐허廢墟』지의 창간(1920.7)을 전후한 시기와 1923년경 『백조白潮』(1922.1) 이후까지도 포함하여 한국 문단에는 퇴폐적 분위기가 짙은 안개처럼 흐르고 있었다. 그리고 이 퇴폐적인 경향은 문단에 한한 것이 아니고, 이 시대의 소 지식 계급이 공동으로 걸린 세기병이었다. (중략)
> 그 배경의 첫째는 정치의 문제다. 정치적으로 패배하고 경제적으로 파멸하고 문학적으로 길이 막힌 추방당한 민족 앞에는 사면이 절벽이

---

20) 양주동, 「요동백시遼東白豕 '데카덩'」, 『문주반생기』, 38~39쪽.

었다. 말하자면 이 시대의 문학자들은 자진하여 어두움을 기다리고 그 어두움 가운데 뛰어들어 그 세계에 처하려고 하였다.

그밖에 퇴폐적 경향이 오게 된 데는 다시 외국의 퇴폐주의 문학의 영향이 큰 것이었다.

그중에도 프랑스의 퇴폐주의 문학은 한국의 퇴폐주의적 문학의 모범이 되었던 것이다.[21]

'유미주의唯美主義'(심미주의審美主義, Aestheticism) 또는 '유미운동'은 프랑스에 그 철학적 본부를 둔 19세기 말엽의 유럽적인 현상이다. 그 뿌리는 칸트가 제창한(1790) 독일 이론에 있다. 그 이론에 의하면 순수한 심미적 경험은 그 실재성이나 유용성 또는 도덕성과 같은 '외적' 목적과 관계없이 심미적 대상을 사심 없이 관조하는 데 있다. '유미주의'의 구호가 '예술지상주의'이다.

예술지상주의를 제창한 사람들, 그 가운데서 특히 보들레르는 데카당스decadence(퇴폐주의)로 불리는 운동으로 발전한 견해와 가치들을 신봉하기도 했다. 이 용어는 후기 로마제국 및 비잔틴 시대의 그리스의 문학과 예술이 지니고 있다고 하는 특성에 그 바탕을 두고 있는데, 그 문학, 예술은 찬란한 황금기를 지나 달콤한 썩은 맛으로 타락해버린 문화와 예술의 세련됨과 아름다움을 지니고 있다고들 말했다. 이런 것이 또한 19세기 말의 유럽 문명의 상태라고 주장하기도 했다.

이 운동의 중심사상은 예술은 생물학적 본질이라는 의미에서의 '자연'과 정반대되는 도덕 및 성행위의 표준적 또는 '자연적' 규범이라는 의미에서의 '자연'과 정반대된다는 것이다. 철저한 데카당스 작가는 문체에 있어서 고도의 기교와 흔히 주제에 있어서 괴상한 것을 연마하기에 힘쓰

---

21) 백철, 『신문학사조사』, 147~153쪽 요약.

며, 본능적이며 유기적인 생명의 다산성과 충일성에서 뒷걸음질 친다.[22)
　이러한 문예사상과 더불어 당시의 사회사상에 대하여 무애가 언급한
바도 있다.

　　특히 1922년경에는 일본과 본국에서 재래 민족주의사상 외에 새로
이 사회주의 사상이 등장되었다. 본국에서는 최남선을 중심으로 한
민족주의적인 잡지 『동명東明』과 새로 주창되는 사회주의적 경향을
띤 김명식金明植 등의 『신생활』誌가 대립 되어 차차 그 사상적 대치對
峙 · 투쟁을 보이는 때였다. 그래 그 여파는 곧 우리들 유학생 간에도
미쳐서 (중략) 부大 유학생들도 민족 · 사회 두 주의와 사상으로 갈려
교내에서 우리 유학생들끼리 공개 토론회를 여러 번 연적이 있었다.
(중략) 이 두 派의 대립은 주지하듯이 당시의 일반적인 경향과 추세로
서 그 후 십 년 동안에 그 신흥 사회주의 사상이 차차 더 고조를 보아
사회 내지 문단에서 한동안 그 이론과 실천이 사상의 우이牛耳를 잡은
듯한 관觀이 있었다.[23)

　　민족의 통합과 단합, 그리고 발전의 이데올로기로서의 민족주의는
프랑스 혁명에 그 기원을 가지며 그 자유와 더불어 19세기 유럽사의
주류를 이루었다. 19세기에 전개된 민족주의 운동은 크게 세 가지 형
태로 나누어지며, 그 첫째는 타민족 지배로부터의 해방과 독립이고,
둘째는 분단 내지 분열되어 있는 민족이나 국가의 정치적 통일의 달
성이며, 셋째는 이미 정치적 통일을 달성한 국가의 발전과 팽창이다.
(중략) 민족주의 그 자체는 정치적 이데올로기이면서도 체제에 관해
서는 무색이며 자유주의나 민족주의, 전체주의나 독재주의, 사회주의
나 공산주의 등 어떠한 이데올로기와도 결합한 형태로 나타날 수 있
다. 또한 민족주의의 과격한 형태로는 국수주의 내지 국가지상주의,
또는 인종주의 등이 있다. 그러므로 민족주의는 억압적이고 배타적인

---

22) 이명섭, 『세계문학 비평용어사전』(을유문화사, 1985), 378~379쪽 참조.
23) 양주동, 「나의 청춘」, 『문주반생기』, 111~112쪽.

어두운 면과 자유롭고 개방적인 밝은 면을 갖고 있으며, 다분히 정서
적이고 낭만적이기도 하다.[24]

    사회주의란 생산 수단이 소수자의 사유가 아니고 사회 전체의 소유인
사회 체제 또는 이것을 주장하는 학설을 말한다. 사회 체제로서 이것은
마지막 계급사회가 되는 자본주의의 뒤를 잇는 것이며, 좁은 의미에서는
고차高次의 공산의 사회의 기초 단계를 가리킨다. 이 경우에는 생산력이
고도로 발달되기 때문에 각자가 그 필요에 따라 분배를 받는 공산주의
사회에 대해, 아직 각자가 노동에 따라 분배를 받는 것과 같은 단계를 의
미한다.[25]

    사회주의Socialism의 학설로서는 계급사회를 엄격하게 비판하면서
도 이 같은 무계급사회의 실현을 단순히 관념적인 방법에 의해 구하
는 견해를 '공상적 사회주의'라고 부르고, 이에 대해 자본주의 사회의
필연적인 발전 법칙에 의하여 사회주의 사회의 도래를 논증하는 학설
을 '과학적 사회주의'라고 부른다. 후자는 곧 마르크스주의의 역사적
전제의 하나가 된 것은 생시몽, 오우엔, 푸리에 등에 의해 대표되는 공
상의 사회주의이다. 그러나 사회주의로는 마르크스에 의하여 당시 이
미 봉건적, 小부르주아적, 브르조아적인 사회가 열거되었으며, 또 마
르크스 이후에도 기독교적 사회주의, 패비언Fabian 사회주의 및 기타
가 있었다.[26]

    사회주의socialism'란 사회사상으로 볼 때 자본주의의 경제적 원리인 개
인주의를 그 반대 원리인 '사회주의'로 대치함으로써 사회를 개조하려는

---

24) 민석홍, 『서양사개론』(삼영사, 2001), 461쪽.
25) 민석홍, 상게서, 同頁참조.
26) 윤명로, 『최신철학사전』(일신사, 1986), 207쪽.

사상 또는 운동의 총칭이다.

19세기의 사회 사상가들은 자본주의 사회의 여러 가지 모순과 병폐들, 즉 생산의 무정부성, 자본의 집중, 자원의 낭비, 실업과 빈곤의 증대, 주기적 공황, 제국주의와 전쟁 등이 나타나는 것은 자본주의의 원리인 '개인주의'에 근본 원인이 있다고 생각하였다. 따라서 자본주의를 개조하기 위하여서는 이 '개인주의'를 폐지하고 그 반대의 원리로 대치해야만 된다고 생각했으므로, 여기에 사회주의란 말이 개인주의의 반대말로서 새로 만들어져 나오게 되었다.

공산주의의 현 단계를 사회주의로 표현할 때 그대로 사회주의자라고 할 것이 아니라 그것이 사회주의 가운데 한 종류임을 나타내는 말이라고 해야 옳을 것이다.

무애가 시작 활동을 주로 했던 1920년대의 정치적, 사회적, 문화적인 주요 사건일지들을 <연표>로 작성해 보면 대략 다음과 같다.

> 1919년
> 1월 21일. 고종, 덕수궁에서 승하崩逝. 일본인에 의한 독살이라는 소문
>   이 퍼짐.
> 2월 1일. 김동인, 전영택, 주요한 등 동경에서 최초의 문예 동인지 『창
>   조創造』 창간.
> 2월 8일. 최팔용, 백관수, 김도연 등 600여 명 동경 '조선기독교회관'
>   에 모여 '독립선언서' 발표. (2·8 독립선언)
> 3월 1일. 손병희 등 민족 대표 33인 '태화관'에서 '독립선언서' 낭독. 전
>   국 각지에서 독립운동 일어남. (3·1 독립운동)
> 4월 13일. 상해임시정부수립 선포. (국호: 대한민국, 국무총리: 이승만)

1920년

3월 5일. <조선일보> 창간.

4월 1일. <동아일보> 창간.

6월 25일. 월간 종합지『개벽』誌 창간.

7월 25일. 오상순, 염상섭 등 순문예지『폐허廢墟』창간.

11월 15일. 국제연맹, 파리에서 제1차 총회 개최.

1921년

5월 24일. 변영로. 황석우 등『장미촌』창간.

7월 10일. 안확 등『신천지』창간.

12월 3일. 김윤경, 장지영 등 '조선어연구회' 창립 (뒤의 '조선어학회')

1922년

1월 9일. 홍사용, 이상화, 현진건 등『백조白潮』창간.

2월 11일. 이광수, 김윤경 등 '수양동우회修養同友會' 조직.

11월. 박승희, 이서구 등 동경에서 극예술연구회 '土月會' 창립.

1923년

9월 1일. 일본 관동진재關東震災 발생. 일인들, 한국인들의 폭동이라고
        헛소문 퍼뜨림.

11월 20일. 양주동, 손진태 등 문예지『금성』창간.

1924년

8월 1일. 김동인, 주요한 등 문예지『영대靈臺』창간.

10월 1일. 방인근, 문예지『조선문단朝鮮文壇』창간.

12월. 최현배『조선민족 갱생更生의 道』발표.

1925년

3월 20일. 김동환 시집『국경의 밤』출간.

4월 17일. 김약수 등 '조선공산당' 창립.

8월. 김기진, 박영희 등 '조선프롤레타리아 예술가동맹'(KAPF)을 결성하여 신경향파문학 운동을 일으킴.
12월. 김소월 시집『진달래꽃』출간.

1926년
1월 6일. '수양동우회'와 '동우회 구락부' 연합하여 '수양동우회'로 개편.
5월 20일. 주요한, 종합지『동광東光』창간. 한용운『님의 침묵』출간.
6월 10일. '6.10 만세운동' 일어남. 순종 국장일에 청년 학생들 서울에서 격문檄文 을 살포하고 독립만세를 외침.
10월 1일. 나운규 감독, 각본, 주연의 「아리랑」이 단성사에서 상연됨.
11월 15일. 이상협, 일간지 <중외일보中外日報> 창간.
12월 25일. 일본 히로히토(유인裕仁) 즉위卽位. 소화昭和로 개원開元.
12월 28일. 의열단원義烈團員 나석주, 식산은행殖産銀行과 동양척식주식회사에 폭탄 던지고 자결自決.

1927년
2월 10일. '조선어학회, 기관지『한글』창간.
2월 15일. 민족운동 單一體『신간회新幹會』서울 YMCA회관에서 창립됨. (회장 이상재)
6월. 최남선, 정인보, 이윤재 등『조선어사전』편찬 착수.

1928년
8월 25일. 이동녕, 안창호, 김구 등 중국 상해에서 '한국독립당 조직.
10월 9일. '한글날' 제정.
12월 27일. 코민테른, 조선공산당 승인을 취소하고 재건 명령 하달.
(12월 테제)

1929년
3월 28일. <동아일보>에 타고르의 「조선은 아시아의 등불」기고寄稿 시 게재.
3월 29일. 최현배,『우리말본』간행.

5월. 방인근,『문예공론文藝公論』창간.

6월 12일. 월간『삼천리三千里』창간. 주간主幹 김동환.

　　1930년

1월 24일. 김좌진, 북만주 산시역山市驛 앞에서 공산주의자에게 암살
　　　　당함.

2월 26일. 일본, 공산당원 재검거.

3월 1일. 이동녕, 안창호, 김구 등 상해에서 '한국독립당'을 창립.

3월 5일. 정지용, 박용철, 김영랑 등『시문학詩文學』창간.

　　1931년

1월 10일. '조선어문연구회'를 '조선어학회'로 명칭 변경.

5월 15일. '신간회' 전국대회에서 해체 결의.

6월. 제1차 카프 검거. (박영희, 김기진, 임화, 김남천 등 70여 명).
　　　<동아일보>, 학생 하기 방학을 이용하여 '브나르도(농민 속으
　　　로) 운동'을 전개.

9월 18일. '만주사변' 발발.

　　1932년

1월 8일. 한국인 애국단원 이봉창, 동경에서 일본 국왕 히로히도(裕仁)
　　　　암살 미수.

2월 26일. 양주동,『조선의 맥박』출간.

4월 29일. 한국인 애국단원 윤봉길, 상해 홍구공원虹口公園에서 '상해
　　　　사변' 축하 식장에 폭탄 던짐.(주중국일본군사령관 백천대장白川
　　　　大將 등 10여 명 살상.)

4월. 이광수, 장편소설『흙』을 <동아일보>에 연재 시작.

11월 8일. 미국 대통령 선거에서 루즈벨트Roosevelt 당선.

3. 시 작품 해설

시의 해설은 선행 연구의 견해를 참고하여 필자 나름의 해설을 기술해 보기로 한다.

작품의 일련번호 중 ( )표를 한 것은 무애无涯 자신이 <문학개론> 강의 시간에 스스로 행한 '자작自作 시 해설'을 표시한 것이다. 따라서 이 경우는 전적으로 본인의 의견을 따르기로 하겠다.

1) 어느 해

머―ㄴ, 먼, 어느 햇 여름이다―
어떤 날, 나는 매암이 우는 소리를 처음 듣고,
그 아릿다운 목소리에 쓰을려,
한거름에 뒷동산으로 쮜어 올라갓섯다.
그러나 내가 매암이 우는 나무 엽해 갓슬 때에
매암이는 노래를 뚝 그치고,
어대로 날어 갓는지, 맵시조차 보이지 안핫다.

뒷동산에서 나려오는 길에,
나는 족으마한 개 한 마리를 보앗다.
개는 잠시暫時 나를 물그럼이 건너다 보더니,
자취업시, 저―편 솔나무 사이로 가고 말앗다.

마을에 돌아오니까, 동무 아이들이 무엇하러 갓섯느냐고 뭇기로,
내가 뒷동산에 올라갓든 말을 한즉, 그 애들은 나를 비웃는 듯이
「그래, 매암이 몃마리나 잡앗느냐?」 햐얏다.
그리고, 족음 잇다가 어떤 아이가
「너희들, 누구, 우리 개 못 보앗늬?」 하는 말을 나는 들엇다.

어쩐 일인지 나는 그때 갑자기 설에젓다.
그래서, 남모르게 실컷 울엇다.

아아, 그것은 분명히 어느해 여름이거니……

무애는 이 시의 창작 시기에 대하여

> 예과 재학 때 「매미」라 제題한 한 편의 시를 지어 잡지 『개벽開闢』
> 에 보내어 편집자에게 자꾸 졸라 게재되었던 일을 기억한다. (중략) 대
> 략 같은 시절에 지은 것으로 「꿈 노래」란 한 편이 있다.[27]

고 말하고 있다.

「꿈 노래」는 『조선의 맥박』에는 '一九二二. 試作'(102쪽)으로 되어 있
고, "대략 같은 시절에 지은 것"으로 『개벽』에 게재된 작품으로는 「어느
해」(『개벽 32호』, 1923. 2)가 유일하다.

무애는 1921년에 早大 예과 불문과에 입학하여 1923년에 졸업하게 된
다. 따라서 「어느 해」의 창작 시기도 이때에 해당된다.

또 내용에 있어서 「매미」는 "아마 무슨 실연失戀 비슷한 것을 '날아난
매미'에 비유하여 지은 시"[28]라고 했으므로 「어느 해」와 연관 짓기에는
다소 무리가 있으나, 「어느 해」의 소재는 매미이며, 시제 또한 '매미'라고
명명하는 것이 더욱 부합된다고 생각된다.

따라서 그 창작 시기나 소재를 아울러 고려해 볼 때 「매미」는 「어느
해」와 연관성이 있을 개연성이 높다고 하겠다.

그렇다면 「매미」라는 작품에 대한 무애의 기억상의 착오가 있거나 혹

---

27) 양주동, 『문주반생기』, 41쪽.
28) 註 25) 참조.

은 작품 자체가 유실되었을 가능성도 있다고 할 수 있다.

정재찬도 이와 유사한 견해를 제시하고 있다.

> 『문주반생기』에는 "예과 재학 때 「매미」라 題한 한편의 시를 지어 잡지 『개벽』에 보내어 편집자에게 자꾸 졸라 게재되었던 것을 기억한다."고 했으나 『개벽』을 통해 확인할 수 있는 시는 「매미」가 아니라 「어느 해」이다. 그가 시제를 착각한 것인지는 알 수 없지만, 바로 「매미」라는 작품이었으리라 추정되는데 별 무리가 없다.[29]

전 6연으로 구성되어 있는 이 시는 그 첫 연과 끝 연이 각각 일행一行으로만 되어 있고 그 내용도 비슷해서 일종의 '수미쌍관법首尾雙關法'을 구사한 것으로 볼 수 있다.

시의 내용은 다음과 같다.

> 제1연 이 시의 시간적 배경이 먼 과거의 어느 해였음을 말하고 있다
> 제2연 어떤 날, 아름다운 매미 소리에 이끌려 뒷동산으로 뛰어 올라갔으나, 매미는 어디로 날아가 버렸는지 맵시조차 보이지 않았다.
> 제3연 산에서 내려오는 길에 작은 개 한 마리를 보았는데, 그 개는 잠시 나를 보자 소나무 사이로 자취를 감추었다.
> 제4연 마을에 돌아와서 동무들에게 내가 산에 올라갔던 일을 말하자 그들은 비웃는 듯했다. 조금 후 어떤 아이가 "우리 집 개가 없어졌다"고 말했다.
> 제5연 웬일인지 그때 나는 갑자기 서러운 생각이 들어서 남모르게 실컷 울었다.
> 제6연 그런 일이 있었던 것은 분명히 어느 해 여름이었다.

---

29) 정재찬, 「양주동의 시와 비평에 관한 연구」, 『국어교육연구16집』(국어교육학회, 2003.6), 401~402쪽.

이 시는 어린 시절의 추억 한 토막을 산문시에 가까운 문체로 풀어쓴 것으로서 실제로는 두, 세연으로 축약해도 좋은 평범한 일상사의 내용이다.

[주제] 어린 시절 어느 여름날의 매미에 대한 추억.

2) 환상幻想

시골,
농가,
골방,
피마자 등잔燈盞
부인婦人,
— 아기 못 나 소박疏薄 마즌 —
한숨,

ㅡㅡㅡㅡㅡㅡ

눈물,
노처녀老處女,
— 앗가운 靑春 —
전등電燈불,
內室.
기와집,
都會,

ㅡㅡㅡㅡㅡㅡ

환상幻想!

─ ─ ─ ─ ─ ─

　그들,
　나…….

　이 시는 크게 3연으로 나눌 수는 있으나, 연의 구분 자체가 별로 의미가 없는 단편적이고 문장의 종결이 결여된 작품이다. 편의상 6연으로 세분한다면 그 절반인 3개 연이 '말 없음'으로 되어있는 독특한 형태이다.

　내용은, 시골 어느 가난한 촌가의 소박疏薄 맞은 부인과 비교적 생활의 여유가 있는 도회지 기와집의 노처녀를 대비시켜, 기혼녀와 미혼녀의 비애를 환상을 통하여 그리고 있다.

제1연 시골의 골방 등불 아래서 출산을 못해 소박맞은 부인의 한숨.
제2연 도회의 기와집 전등불 밑에서 혼기를 놓친 노처녀의 눈물.
제3연 그들과 나의 대비적 환상.

　근대 이전 남성 위주의 폐쇄된 봉건적 사회에서는 여성들에게는 더할 수 없는 악법인 소위 '칠거지악七去之惡'이란 불문율이 있었다. 즉 처에게 일곱 가지 잘못이 있을 때는 일방적으로 파혼을 할 수 있다는 것이다. 그 내용은 "불순부모거不順父母去, 무자거無子去, 음거淫去, 투거妬去, 유악질거有惡疾去, 다언거多言去, 절도거竊盜去" 등이다. 이들 조항 중에는 사리에 맞는 것도 있으나 '무자거, 유악질거有惡疾去'등은 전혀 납득할 수 없는 항목이라고 할 수 있는데, 이 詩 첫째 연에 등장하는 부인은 바로 '무자거'에 해당되는 경우이다.

[주제] 무자식無子息의 기혼녀와 노처녀의 인간적인 고충과 비애.

3) 벗

> 벗은 나를 무릎 위에 올려 앉히고
> 나의 머리를 쓰다듬으면서,
> 「너의 마음은 언제든지 어린애와도 같고나」하였습니다.
> 나는 그때 까닭도 없이 그저 좋아서
> 어리광을 피어가며 웃었습니다.
>
> 나는 벗의 손을 굳게도 쥐이고
> 그의 가슴을 어루만지면서
> 「이 몸이 계집애나 되었더라면」하였습니다.
> 벗은 아무 말없이 나를 꼭 끼어 안고
> 하염없는 눈물만 흘렸습니다.

제1연 벗은 나를 무릎 위에 올려 앉히고 나의 천진난만함을 칭찬해 주어서
　　까닭 없이 좋아서 웃었다.
제2연 내가 벗의 손을 굳게 쥐고 "나도 여자로 태어날 것을….."하고 말하자
　　벗은 하염없이 눈물만 흘렸다.

　여기에 대화의 대상 인물의 성별은 나타나 있지 않지만 詩의 내용으로 보아 연상年上의 여성이었던 것 같다.
　위안 삼아 "이 몸이 계집애나 되었더라면……."이라는 말에 그녀가 왜 하염없이 눈물만 흘렸는지 그 연유는 정확히 알 수 없지만, 아마도 말 못할 비감悲感한 사정이 있었던 것 같다.

[주제] 세파에 시달린 고독한 여인의 비애.

4) 기몽記夢

—『금성』지 발간 序詞—

실검은 뫼를 넘고 넘고, 진흙 빛 물을 건느고 또 건너
님과 나와 단둘이 일음 모를 나라에 다다르니,
눈 앞에 끝없이 깔린 황사장黃沙場 ―
석양夕陽은 아득하게도 지평선을 넘도다.

난데없는 일진음풍一陣陰風이 흑포장黑布帳을 휘날리고
주린 가마귀 어즈러히 떼울음 울자
모래 우에 산같이 쌓인 촉루들은
일시에 닐어나 춤추고 노래하며 통곡하도다.

달이 서산에 기울어, 만뢰萬籟는 다시 잠들고
동편 한울에 오즉 별 하나―
영원의 신비로운 눈을 깜빡일 때에,
나는 님과 함께 상아象牙의 높은 탑 우에 올나가도다.

고요한 바다 한가운데 크나큰 꽃 한 송이 떠올라
다섯 낱 붉은 닢이 장엄히 물 우에 벌어지며,
새벽안개 속에 깊이깊이 감초인 대지로서
풍편風便에 종ㅅ소리 한두번 들려오도다.

「기몽」의 창작 배경에 대하여 무애는 다음과 같이 언급한 바 있다.

예과 3년―곧 1923년 가을에 우리들의 시지詩誌『금성金星』이 드디
어 발간되었다. 나와 유엽柳葉 군과의 발의였고, 간비刊費는 둘의 임의

任意·수시隨時의 출자로 충당하였다. '금성'이라는 제호는 내가 붙인
것으로 기억되는데 아마 '여명黎明'을 상징하는 '샛별'의 뜻과 '사랑'의
여신Venus 두 가지 뜻에 의함이었겠다. 동인으론 나와 유엽柳葉·백기
만白基萬 두 군君 외에 서울에 있는 고故 고월古月 이장희李章熙 군이
뒤에 가입되었다. (中略) 우리들의 당시 시풍이 자칭 상징주의요 퇴폐
적임은 누술屢述한 바와 같다. 그러나 세 사람—뒤에 古月까지를 합한
네 사람의 詩風은 결코 정말 세기말적世紀末的·'데카덩'的은 아니었
고, 차라리 모두 이상주의적·낭만적·감상적인 작품이었다.『金星』
창간호에 나는 그 창간 서사로서「기몽記夢」이란 한 편과 전술한「꿈
노래」·「영원한 비밀」등을 실었고 (中略) 詩誌『金星』발간의 모티
브와 작풍作風은 아무래도 그 첫 호 권두卷頭에 실렸던 졸작「序詞」한
편이 그것을 적절히 대변한 듯하다.30)

　　「기몽」은 무애의 유일한 시집『조선의 맥박』에는 제3부에 속해 있는
작품이다. 무애는 이 책의「서敍」에서 다음과 같이 언급하고 있다.

　　　　이 시집은 전후 삼부작으로 난호여 있다. 흔히 청춘기의 정애情愛를
　　주제로 한 서정시와 및 가벼운 소곡小曲 따위는 '영원한 비밀' 속에 포
　　함되었고, 사상적이요 주지적인 詩作은「조선의 맥박」속에 수집되었
　　다. 전자와 후자와의 차이는 주로 나의 시경詩境이 개인적 정감의 세
　　계로부터 차차 사회적 현실로 전향한 것을 보인다. 그리고 마지막 '바
　　벨의 탑'은 대부분 사색적·반성적 취향을 띠인 人生詩篇 들을 수록한
　　것이다.31)

　　「기몽」은 '바벨의 탑'에 편재編在되어 있으므로 무애의 설명에 따른다
면 "사색적·반성적 경향을 띤 인생시편" 중의 한 작품이라 하겠다.

---

30) 양주동,『문주반생기』, 49~50쪽.
31) 양주동,『조선의 맥박』, 5~6쪽.

이 詩는 전 4연으로 되어 있고 각 연은 4행으로 이루어져 있어서 어떤 정형성 같은 것을 염두에 둔 것 같다.

> 제1연 시커먼 산과 진흙 빛 물을 수없이 넘고 건너 이름 모를 나라에 도착하니 눈앞에는 끝없이 넓은 황사장이 깔려 있고, 이때 석양은 아득하게 지평선을 넘고 있다.

여기서 '싯검은 뫼'와 '진흙 빛 물'은 험난한 행로를 뜻하고, '끝없이 깔린 황사장'은 민족의 장래가 암담함을 나타내고자 하였다.

> 제2연 난데없는 한바탕 음산한 바람이 불어와 흑포장黑布帳을 휘날리고, 굶주린 까마귀들이 어지럽게 떼울음을 울자 무수한 해골들이 일시에 일어나 춤추고 노래하고, 통곡을 한다.

조국의 암담한 현실과 일본의 '용전주의用戰主義'의 잔재殘滓를 빗대어 표현하고 있다.

> 제3연 달이 서산으로 기울자 갖가지 소리들은 잠잠해지고, 동쪽 하늘에 오직 샛별 하나가 영원의 신비로운 빛을 나타낼 때 나는 임과 함께 높은 상아탑 위로 올라간다.

여기서 '상아의 높은 탑'은 새 문화 건설의 지반을 비유적으로 나타낸 것이며, '金星'은 이상의 지표를 나타내고자 하였다. 『금성』지 발간의 취지를 분명히 표현하고자 한 것이다. 무애가 『금성』지 제호를 설명하면서 "아마 '여명'을 상징하는 '샛별'의 뜻과 '사랑'의 여신Venus 두 가지 뜻에 의함이겠다."[32]고 한 것은 바로 제3연의 의취意趣와 부합된다고 하겠다.

> 제4연 고요한 바다 한가운데 큰 꽃 한 송이와 다섯 개의 붉은 잎이 장엄하게
> 벌어지고, 새벽안개 자욱이 낀 대지 위에 종소리가 한두 번 울려왔다.

이 연聯에서는『심청전』의 고사故事를 빌려 조국의 재생을 나타내고자
하였다. '한두 번 들려오는 종소리'는 해방의 날을 비유했다고 하겠다.

「기몽」은 "사색적 · 반성적 경향을 띤 인생 시편을 모아 놓은 제4부 '바
벨의 탑' 모두冒頭에 위치하고 있으나, 이 詩의 성격은 오히려 '사상적 · 주
지적 성격'을 띤 제2부 '조선의 맥박'에 더 가깝다고 할 수 있을 것 같다.

김용직은 「기몽」의 성격에 대하여

> 이 작품은 그가 혼신의 힘을 기울려 발간한『금성』창간호에 그것
> 도「발간 서사」의 부제를 달고 발표한 것이다.
> 이로 미루어 보면 「記夢」은『금성』발간과 함께 한국 시단에 군림
> 하고자 한 무애의 꿈을 집약시킨 작품이다. 아울러 이 작품에는 그 바
> 닥에 무애가 지향한 시의 세계가 깔려있다.[33]

고 언급한 뒤 그 내용을 다음과 같이 분석하고 있다.

> 이 작품을 읽어 보면 우선 그 의미 내용이 크게 二大別 될 수 있음을
> 느낀다. 이 작품의 전반부, 곧 1, 2연은 그 색조가 매우 어둡다. 그런데
> 3, 4연은 그 시상이 크게 바뀐다.
> 구체적으로 3연에서는 '신비로운 눈'을 깜박이는 '별'이 나타난다.
> 그리고 4연에 서는 바로 한가운데 크나큰 꽃 한 송이'가 벌어지고, 땅
> 위에 '종소리'까지 울려 퍼지는 것이다. 여기서 별이나 꽃 · 종소리는
> 물론 희망이라든가 새로운 날을 상징하는 객관적 상관물이다. 그리하

---

32) 註 30) 참조.
33) 김용직, 상게서, 452쪽.

여 전반부의 침울한 세계와는 그 경향이 근본적으로 다르다. (中略) 그는 이 작품이 그 자신의 시적 출발과 『금성』의 세계를 가장 집약적으로 담은 경우라고 말했다.[34]

[주제] 조국의 암담한 현실 속에서 해방의 날을 기약하며 새 문화 건설에 매진하려는 의지.

5) 영원한 비밀

님은 내게 황금으로 장식한 작은 상자와
상아로 만든 열쇠를 주시면서,
언제든지 그의 얼굴이 그리웁거든
가장 갑갑할 때에 열어보라 말씀하시다.

날마다 날마다 나는 님이 그리울 때마다,
황금상黃金箱을 가슴에 안고 그 우에 입 맞흐얏스나,
보담더 갑갑할 때가 후일에 잇슬까 하야
마츰내 열어보지 않앗섯노라.

그러나 어찌 알앗으랴, 먼―먼 후일에
내가 참으로 황금 상을 열고 싶엇을 때엔,
아아 그때엔, 이미 상아의 열쇠를 잃엇을 것을.
(황금상―그는 우리 님께서
날 바리고 가실 때 최후에 주신
영원의, 영원의 비밀이러라.)

무애는 이 시에 얽힌 일화 한 토막을 『문주반생기』에다 적어 놓았다.

---

34) 김용직, 전게서, 453쪽.

예과 재학 때 「매미」라 제題한 한 편의 시를 지어 잡지 『개벽』에 보내어 편집자에게 편지로 자꾸 졸라 게재되었던 일을 기억한다. (중략) 대략 같은 시절에 지은 것으로 「꿈 노래」란 한 편이 있다. 이것도 사뭇 개념적인 비유체의 것으로 지금 읽어 보면 유치하기 그지없으나, 나로서는 대단한 '상징 시'로 여겼었다. 또 한 편은 「영원한 비밀」이라 제題한 '쏘넽'인데, 내가 그때 자못 열렬히 사랑했던 S라는 여성에게 바친 노래, 둘 다 1922년 부大 예과 이년 재학 때에 지은 것. (中略) 두 편 다 뒤에 『금성』지 창간호에 실렸다. 이 알량한 시 「영원한 비밀」이 권두에 실린 것을 자랑하려고 애인 S를 그녀의 하숙으로 방문하여 삼가 『금성』을 두 손으로 그녀에게 바쳤다. 그녀가 책을 펴고 나의 '상징 詩' '걸작'을 읽을 때, 나는 몹시 가슴이 설레고 얼굴이 상기됨을 느꼈다.

읽고 나서 그녀의 입가가 미소를 띠우고 그녀의 눈이 반짝 빛났을 때의 나의 황홀한 기쁨![35]

『금성』시대에 시흥詩興을 못이겨 동경으로, 서울로 횡행 · 활보하면서 카페 · 빠아, 목로 · 선술집 등 가지각색의 '술'을 통음하였음은 앞서 말한 바와 같다. (중략) 하물며 당시의 나는 처음 S라는 여인에게 남모를 '사랑'을 바쳐 그 뜨거운 가슴의 불길을 날마다 하염없이 술로 끄던 판이매 주량이 일로 다량화 · 심화되었음은 사실이다.[36]

그러니까 이 시는 S라는 여성에게 바친 일종의 '헌시'의 성격을 띠고 있다고 볼 수 있다.

> 제1연 임은 나에게 황금으로 장식한 작은 상자와 열쇠를 주면서 그립고 가깝할 때 열어 보라고 했다. 여기서 '황금으로 장식한 적은 상자'는 그녀의 '염통', 즉 진정어린 마음을, '象牙로 만든 열쇠'는 곧고 깨끗한 심

---

35) 양주동, 『문주반생기』, 41~44쪽.
36) 양주동, 『문주반생기』, 69쪽.

성을 비유한 말이다. 곧 그녀는 내게 진정성과 곧은 마음씨로 대해 주었다는 뜻이다.

제2연 나는 날마다 임의 진정을 생각하고 그리워서 황금 상자를 열어보고 싶었으나 더 간절하게 그리워할 때를 생각해서 열어 보지 않았다.

제3연 많은 세월이 지난 뒤 임이 절절히 그리워졌을 때 그 상자를 열어보려고 했지만 상아로 된 열쇠를 잃어버려서 영영 열어보지 못하고 말았다. 즉 먼 훗날임의 소중한 마음씨를 진정으로 느끼고 깨달았을 때는 임은 떠나고 만다는 사실을 미처 알지 못했다는 뜻이다.

이 시에 등장하는 S라는 여성이 구체적으로 누구인지를 무애无涯는 한 번도 밝힌 적이 없지만, 그의 불길不吉한 예감은 훗날 현실로 나타나게 되었다. 다음의 술회가 이를 뒷받침해 주고 있다.

창간호의 첫 '상징시'를 바쳤던 S는 시참詩讖 그대로 '영원한 비밀'을 남긴 채 나의 연래年來의 가슴 속 뜨거운 사랑을 모른 채 가 버렸다.[37]

제4연 '황금 상자'를 끝내 열어보지 못해서 그 안에 든 비밀을 알지 못했다. 곧 임의(진정성)의 본체를 끝내 이해하지 못한 채로 서로 결별하고 말았다는 의미이다.

이 연은 ①~③연을 부연 설명한 것으로서 부가적인 내용에 불과하다. 김현승은 이 시를 두고 다음과 같이 평설하고 있다.

상징시에는 관념 상징과 기분 상징의 두 가지가 있다.
기분 상징이란 의미로는 도저히 포착할 수 없는 현묘玄妙한 심령의 기분을 언어의 포착된 음향과 색채로써 가장 애매하게 상징하는, 상

---

37) 양주동, 『문주반생기』, 52~53쪽.

징으로는 최고의 상징이다.

　이에 비하면 관념 상징이란 이 작품에서 보는 바와 같이, 언어의 의미를 암시적으로 엮어 작자의 관념을 보다 많은 해석의 여지를 두면서 표현하고 있다. 이 작품에서는 상자 속에 든 비밀이 무엇인가를 암시하려는 것이 아니고, 이 시에 나오는 사실, 즉 참고 참다가 정작 열려 하였을 때에는 열쇠를 잃어버리고 말았다는 어이없고 안타깝고 아쉬운 사실을 통하여, 독자에 암시하고 있다. (중략) 이렇게 생각할 때 이 시는 상당히 보편성을 지닌 인생의 기미氣味와 감정을 표현하였다고 볼 수 있으며, 1920년대 초엽에 생산된 古色이 창연蒼然한 다른 작품들에 비교할 때 이 시에 구사된 언어와 표현 형식은 대단히 적절하고 자연스럽다.38)

[주제] 젊은 시절, 연인의 진정성을 끝내 깨닫지 못한 아쉬움.

6) 小 曲

　　삶이란 무엇? 빛이며,
　　운동이며, 그것의 조화―
　　보라, 창공에 날러가는
　　하얀 새 두 마리.

　　새는 어듸로?
　　구름 속으로.
　　뜰 앞에 꽃 한 송이
　　절로 진다.

　　오오 죽음은! 소리며.
　　정지靜止며, 그것의 전율―

---

38) 김현승, 『한국현대시해설』(관동출판사, 1972), 64쪽.

들어라, 대지大地 우에 흩날니는
낙화落花의 울음을.

全 3연으로 이루어진 시이다.

제1연, 삶이란 빛과 운동의 조화임을 노래하였다. "창공에 날러가는/ 하얀
새 두 마리"에서 '창공'은 삶의 무한한 공간을 뜻하며, '날러가는 두 마
리 새'는 삶의 공간에서 이루어지는 조화를 의미하고 있다.
제2연, "구름 속으로 날러가는 새"는 생명의 끝자락, 즉 생의 허무를 의미하
고, "뜰 앞에 절로 지는 꽃 한 송이" 역시 불교적인 허무 사상을 나타
내었다고 하겠다.
제3연, 죽음의 두려움을 "낙화落花의 울음"에 비유하고 있다.

이 詩는 삶이란 빛과 역동의 조화에서 이루어지는 것이지만, 인간이란
결국 대지 위에 흩날리는 낙화처럼 허무한 존재임을 노래하고 있다.
무애는 이 시를 "한흑구韓黑鷗(1909~1979, 수필가)가 영역英譯하여 시
콩클대회에서 장원을 차지했다"고 했으나, 구체적인 내용은 알 수 없다.

[주제] 인생에 대한 허무의식

7) **無題 (어느 밤)**

따뜻한 어머니 품속에 안겨
젖을 문채로, 아기는 사르르 잠들다.
어머니는 가만가만 아기를 들어
벼개에 누이고, 살그먼이 일어나 밖으로 나가다.
븨인 방안에 숨ㅅ리만 그윽하다,

밤은 점점 깊어간다.……

　전 3연, 각 연이 2행으로 된 단시短詩이다.『금성』창간호에는「무제」로 되어 있고『조선의 맥박』에는「어느 밤」으로 개제改題되어 있다.
　시의 내용을 요약하면 다음과 같다.

> 　깊은 밤, 어머니의 따뜻한 품에서 젖을 빨다가 사르르 잠이 든 아기를 잠자리에 가만히 눕혀 놓고 어머니는 살그머니 밖으로 나갔다. 빈 방에는 숨소리만 그윽하고 밤은 점 점 깊어 간다.

　끝없는 모성애와 동심의 세계를 느끼게 하는 시로서, 그 내용이나 소재가 동시童詩에 가깝다고 할 수 있다.

　[주제] 천진난만한 아기에 대한 어머니의 따뜻한 사랑.

8) 악도惡禱

오오 피는 끓는다,
내 가슴에, 내 가슴에, 피는 끓는다.
반밤에 세 번 가슴을 두다리고
이마를 치며 복수를 맹서할 때,
내 가슴의 노기는 끓어올은다

지난 날 나의 양심을 유린한 자,
나의 개성을 약탈한 자,
내 마음의 보배를 도적한 자,
내 길 우의 광명을 가로 막은 자,

오오 너의들 저주할 무리!
영원히 저주받을 너의들의 무리여!

그러면 주여, 내게 무기武器를 주소서!
복수의 무기를 쾌히 빌려 주소서!
그리하야 내손으로 저의들을 다 뭇질은 뒤에
오오 주여, 내 몸까지 유황ㅅ불로 살워주소서.

　'악惡'자字의 음音과 훈訓을 자전字典 류類에서 찾아보면 음音이 [악]의
경우 ①악할 ②모질 ③보기 싫을 ④추醜할 ⑤흠 ⑥거칠 ⑦흉년 ⑧몹쓸 ⑨
똥 ⑩더러울 ⑪(질) 나쁠, [오]의 경우 ①미울 ②투기할 ③꺼릴 ④부끄러
울 ⑤어찌 ⑥아아(欸) ⑦어허 등으로 되어있어서 그 시제詩題에서는 어의
語意가 분명하지 않다. 다만 이 시詩의 마지막 연을 중심으로 생각해 본다
면 ①미운 것, 나쁜 것, 악한 것에 대한 기도 ②부끄러운 마음으로 드리는
기도 등으로 집약할 수 있을 것 같지만, ①의 경우가 내용에 더 부합符合
할 것 같다. 이때에도 그 음이 [악, 오] 중 어느 것이 적당할지 확실하지
않다.
　이 시는『금성』(창간호) 발간 차 동경에서 일시 귀국했을 때 지은 작품
으로 추정된다.

제1연 한밤중에 가슴을 두드리고 이마를 치면서 복수를 다짐할 때 내 가슴
　　　속에는 노여움의 피가 끊는다.
제2연 지난 날 내 양심과 개성을 빼앗은 자, 내 마음의 보배를 빼앗고, 광명
　　　을 가로막은 저주받을 자들이여!
제3연 주여! 저들을 다 무찌를 무기를 주소서!
　　　그런 뒤에 내 몸까지 불살라 주소서!

이 시에서 노기怒氣와 복수復讐의 대상이 구체적으로 무엇인지를 알 수는 없으나, 험난한 시대를 살면서 겪어야 하는 현실적 고뇌를 읊은 것이 아닌가 한다.

[주제] 현실이 주는 시련과 고뇌의 극복을 갈망渴望 함.

9) 단장 이편斷章二篇

    <1>
바다ㅅ가에 오기가
소원이러니
급기야 오고 보니
할 말이 없어,

물결치는 바위 우에
몸을 실리고
한울 끝 닿은 곳만
바라봅니다.

    <2>
여름날의 구름을
치어다보면
잠깐 만난 인생이
애닯습내다.

뭉키엿다 난호인
구름 두 조각,
언제나 한울 가에
다시 만나리.

전 2장, 각장 2연聯으로 되어있다.

원래 '단장斷章'이란 토막토막의 생각을 한 체제로 뭉뚱그리지 않고 몇 줄의 산문체로 적은 글을 말하므로, 여기서는 오히려 '단상斷想'이라는 제명이 더 어울릴 것 같다.

제1연. 그렇게도 오고 싶었던 바닷가에 막상 와 보니 할 말이 없어
제2연. 바위 위에 서서 수평선만 바라본다.
제3연. 여름날의 구름을 보고 있노라면 인생이 애닮게만 느껴진다.
제4연. 뭉쳤다 흩어지는 두 조각 구름은 하늘가에서 언제나 다시 만나려나.

이 시에는 젊은 날의 허전함과 인생에 대한 가벼운 회의懷疑가 드러나 있다. 아울러 아직도 실연의 상처가 남아 있는 것 같다.

이 시는 발표 시기(『金星 2호』, 1924. 1)가 창작 시기 (『조선의 맥박』, 34쪽에는 1925년 7월 29일로 되어 있음)보다 앞서는 오류가 나타나 있다. 아마『조선의 맥박』의 기록에 착각이 있는 것이 아닌가 생각된다.

[주제] 인생에 대한 허무의식과 회자정리會者定離의 정서.

10) 꿈 노래

　　　　가없이 가없이 한울에 닿은
　　　　생명의 푸른 바다 한복판 우에
　　　　동경憧憬의 흰 돛을 높게도 달앗든
　　　　나의 청춘의 외로운 배는, 외로운 배는,

　　　　어느 밤 운명의 물ㅅ결을 맛나

고뇌苦惱의 장풍長風에 휘불리어서
지금은 남모르는 븨인 나라의
권태倦怠의 해안에서 헤매이어도,

날마다 날마다 아츰에 나는
정녈의 호수湖水가 밀려 나간 후,
쓰디쓴 추억追憶의 감탕 속에서
눈물의 진주패眞珠貝를 줍다가서는,

머나먼 낙조落照가 지려할 때에
황량荒凉한 고도孤島에 배를 대이고,
서천西天의 해붉이를 바라보면서
곡조 없는 꿈노래만 혼자 불러라.

　무애의 시는 대부분 3연聯이나 4연으로 구성되어 있는데, 이 시 역시 4
연으로 짜이어져 있고, 음수율音數律은 대개 3~3.5의 리듬을 기본으로
하고 있다.

제1연 끝없는 생명의 수평선 위에 드높은 동경에 찬 나의 청춘은
제2연 암울한 운명 앞에 고뇌와 권태가 교차하고 있다.
제3연 날마다 정열이 사라지면 쓰라린 추억과 비애가 뒤따라
제4연 황량한 고독에 젖어 허망한 꿈만 꾸게 된다.

　무애는 이 시를 자평하여 다음과 같이 언급하고 있다.

　　예과 재학 때 「매미」라 제한 한 편의 시를 지어 잡지 『개벽開闢』에
　보내어 편집자에게 편지로 자꾸 졸라 게재되었던 일을 기억한다. (중
　략) 대략 같은 시절에 지은 것으로 「꿈 노래」란 한 편이 있다. 이것도

사뭇 개념적인 비유체의 것으로 지금 읽어 보면 유치하기 그지없으나 당시의 나로서는 대단한 '상징시'로 여겼었다[39].

무애의 부정적인 자평과는 대조적으로 박목월은

> 양주동 씨의 초기 작품으로 가장 평판이 높았던 시다. 청춘의 고독과 애틋한 애수가 종이장 위에 넘쳐흐른다. 청춘의 그 높은 꿈(이상)이 모조리 부서진 뒤에 외롭고 무료하고 서글픈 날을 노래한 것이다.[40]

라고 하여 호평을 하고 있다.

목월이 이렇게 긍정적으로 평한 것은 이 시가 순수한 서정성에 더하여 그 운율도 대략 3·3·5조의 정형율定形律을 취하고 있어 평소 동요나 민요조의 시를 선호했던 목월의 취향과도 관계가 있는 것 같다.

무애는 또 이 시를 자신의 아호와 결부시켜

> 가없이 가없이 하늘에 닿은
> 생명의 푸른 바다 한복판 위에
> 동경의 흰 돛을 높게도 달았던
> 나의 청춘의 외로운 배는, 외로운 배는,

> 이것은 나의 신시新詩 처녀작 「꿈 노래」의 첫 절이다. 여기에 쓴 바 '가없이 가없이'란 말은 내가 20세 전후에 애용愛用하던 시어詩語 중의 하나이다. 나는 가없는 것을 좋아한다. 바다를 사랑하고, 하늘을 사랑하고, 가없는 사랑을 사랑하고, 가없는 뜻을 사랑한다. 그러므로 나는 자호自號를 '무애无涯'라 하였다.[41]

---

39) 주3) 참조.
40) 박목월, 「시감상론」, 『시창작법』(선문사, 1955), 161~163쪽.
41) 양주동, 『인생잡기』(탐구당, 1962), 72쪽.

고 말하고 있다.

　어쨌든 이 시에 나타난 무애의 시작 당시의 정서는

　　　탄식 끝에 S를 여의고, 다음 K를 만난 뒤에도 나의 주량은 자꾸 늘
　　어만 갔다. 왜냐하면, 이즈음 청춘은 한창 서럽고, 인생도 그저 외롭
　　고, '사랑'도 차츰 권태로웠기 때문이다.[42)]

라는 말 속에 단적으로 표현되어 있다고 할 수 있다.

　[주제] 청춘 시절의 꿈과 좌절의 비애.

11) 풍경風景

　　재ㅅ빛 우에 가로세로 붉은 문의를 돋힌
　　대리석大理石으로 만든 둥그란 테―블이,
　　서재 한모퉁이에서 낡은 벽을 의지하야
　　권태倦怠의 다리를 쉬이고 있다.

　　눈빛같이 하―얀 테―블 클로스 우에
　　조고마한 청자색靑磁色 꽃병이 하나,
　　그 앞에는 커―다란 책 한 권이
　　삼분의 일이나 펴진대로 가만히 누어잇다.

　　바람이 반만 열린 창문으로 자최 없이 들어와
　　부드럽고 향기로운 손으로 꽃송이를 만지며,
　　소리 없이 책장을 한 두페―지 뒤질 때,

---

42) 양주동, 『문주반생기』, 69~70쪽.

차디찬 달ㅅ빛이 꿈과도 같이,
테―블을 향하야 스르르 눈 감고 잇는
젊은이의 얼골을 그윽히 빛의인다.

전소 4연으로 구성된 시이다. 무애는 이 시를 자신의 내면의 세계, 즉
자화상을 비유적으로 표현한 것이라고 했다.

> 제1연 잿빛 바탕에 붉은 무늬가 새겨진 대리석 둥근 테이블이 서재의 낡은
> 벽에 기대어 서 있다.

여기서 '잿빛'과 '붉은 문의'는 식어진 정열과 생동적인 정열을 대비적
으로 표현한 것이며, '서재의 낡은 벽'은 봉건주의를 각각 비유하고 있다.
따라서 봉건적 환경에서 고민하는, 아직도 정열이 남아 있는 청년(시인
자신)의 심정을 나타낸 것이라고 하겠다.

> 제2연 백설白雪처럼 하얀 table cloth 위에 청자青磁 색 작은 꽃병 하나가 놓
> 여 있고, 그 앞에는 삼분지일三分之一 쯤 펴진 큰 책 한 권이 놓여 있다.

본 연에서 '하―얀 테블 클로스'는 순수한 청춘을, '청자색 작은 꽃병'
은 체구가 작은 연인(구체적으로는 강경애)을 비유한 것이다. 또 '커다란
책'은 대학자의 원대한 꿈을, '삼분지일이나 펴진'은 아직도 수학修學의
도상途上에 있는 이십대의 청년(구체적으로는 23세의 무애 자신)을 나타
내고 있다.
  청순한 여성과 대학자의 야망을 지닌 청년의 애환을 노래하고 있는 것
이다.

제3연 바람이 반쯤 열린 창문으로 짝 불어와서 꽃향기를 풍기고 책장 위를
    스쳐갈 때, 즉 학구에 매진邁進하고 있는 청년에게 연인의 따뜻한 정
    념이 느껴질 때,
제4연 차디찬 달빛이 묵상하고 있는 젊은이의 얼굴을 비춘다.

무애는 이 시의 시간적, 공간적 배경이 될 법한 추억담을 다음과 같이
들려주고 있다.

나의 스무 살 직후 청춘기의 '글벗'이요 '애인'이었던 K와 내가 처음
만나 젊음과 인생과, 시와 사랑을 이야기한 것이 워낙 이러한 보슬비
내리는 봄밤이었다.
K는 나와 같은 고향 C읍산邑産. 그때 평양 S여학교 3학년 학생이었다.
내가 1923년 3월 일동日東의 유학에서 학업을 쉬고 잠시 귀국하였
었다. 나는 그 때 한창 서구의 자유·계몽사상과 문학적으로 세기말
적 퇴폐사상에 경도傾倒되어 저 혼자 은연히 고고孤高한 '천재' 또는
외로운 '생활자'로 자임하는 일방, 일체의 인습적 관념이나 해묵은 재
래의 도덕을 멸시하고 신시대의 자유로운 새 사상, 새 살림을 열렬히
주장, 실행하는 터이었다.[43]

[주제] 대학자의 야망을 지닌 청년의 정서와 현실 인식.

12) 옛 사랑

잃어진 옛 사랑을
찾을 길 없어
하염없이 한울을

---

43) 양주동, 『문주반생기』, 230~231쪽.

치어다보니,

한울에는 별 하나
깜뭇그리며
자취없이 꿈같이
사라집니다.

한울에는 별 하나
깜뭇그리며
자최 없이 꿈같이
사라지어도,

잃어진 옛 사랑은
찾을 길 없어
내 가슴은 또다시
눈물집니다.

　이 시는 『조선의 맥박』(23~24쪽)에는 「소곡小曲」이란 시제詩題로 개제되어 있다. 전 4연으로, 7.5조의 정형시의 형태를 취하고 있는 것이 특징이다.

제1연 잃어진 옛 사랑을 생각하며 하염없이 하늘을 쳐다보니
제2연 하늘에는 별 하나가 깜박거리다가 사라진다.
제3연 하늘에는 깜박거리던 별 하나 사라져도
제4연 잃어진 옛 사랑을 찾을 길 없어 또 다시 눈물만 난다.

　시詩 「풍경」이 강경애姜敬愛와의 순결한 사랑을 노래했다고 한다면 이 시는 S라는 여성과의 이별의 설움을 노래한 것이 아닌가 한다.

[주제] 이별離別의 설움

13) 별후別後

발ㅅ자옥을 봅니다,
발ㅅ자옥을 봅니다,
모래 우에 또렷한
발자옥을 봅니다.

어느 날 벗님이 밟고간 자옥,
못 뵈올 벗님이 밟고간 자옥,
혹시나 벗님은 이 발자옥을
다시금 밟으며 돌아오려나,

님이야 이 길로 올 리 없건만,
님이야 정녕코 돌아온단 들.
바람이 물결이 모래를 슻여
옛날의 자옥을 어이 찾으리.

발ㅅ자옥을 봅니다,
발ㅅ자옥을 봅니다,
바다ㅅ가에 조고마한
발ㅅ자옥을 봅니다.

이 시의 창작 배경에 대해서 무애는 『문주반생기』에 두 차례에 걸쳐
서 비교적 소상하게 기록해 두고 있다.

『금성』제3호를 내는 동안 나도 늦게나마 다소 '연애'를 했었나 보다.
창간호의 첫 '상징시'를 바쳤던 S는 시참詩讖 그대로 「영원한 비밀」을

남긴 채 나의 연래年來의 가슴 속 뜨거운 사랑을 모른 채 가버렸고, 뒤에 고향에서 문학 소녀 K를 만나 그녀를 사랑하였다. (중략) K는 참으로 재주 있는 소박한 소녀로서 나에게서 시와 『근대사상십강近代思想十講』기타를 배웠고, 그녀의 시「책 한권」이란 한 편을 '강하마姜珂馬'(그의 아명兒名)란 이름으로 '독자 시' 란에 실어 주었으나, 어찌어찌하여 두어 해 만에 갈리고 말았다.[44]

K와 내가 뜻 아닌 불행한 일에 의하여 서로 갈라진 구슬픈 날은 역시 비가 오는 첫 가을날―곧 24년 9월 1일의 오후였다.

내가 그녀를 마지막으로 작별하고 그녀의 방을 떠나 바깥으로 나왔을 때 비가 와 날이 음침한 탓도 있었겠으나, 대낮인데도 시계가 컴컴하여 길이 온통 보이지 않았다. 아마 내가 K를 무던히 사랑했었나 보다. 그 빛나는 눈, 참새 같은 몸매, 흰칠한 이마, 그 재주, 그 소박素朴, 그 정열, 그 영리, 또 그 까불음―모두 다 좋았다.

졸작拙作「별후別後」한 편이 내가 K에게 준 마지막 시詩였다.[45]

무애는 이 시를 강경애姜敬愛 여사와 이별하던 당일에 엽서에 쓴 것이라고 말한 적이 있다. 이 시는 웬일인지 『양주동연구』(민음사, 1991)(398쪽)「시작품 연보」에는 누락되어 있다.

이 시는 전술 4연으로 구성되어 있지만 첫 연과 끝 연이 거의 비슷한 내용으로 되어 있어서 3연으로 축약縮約될 수도 있다고 생각한다. 일종의 '수미쌍관법首尾雙關法'이라고 할 수 있다. 또 반복법이 많이 구사되고 있는 것도 한 특징이다.

제1연 모래 위에 또렷한 발자욱을 본다. 여기서 '발자욱'은 문학 소녀 K(강경애 여사)와의 이별에 따른 마음의 상처를 비유한 말이다.

---

44) 양주동, 「문학소녀와의 '연애'」, 『문주반생기』, 52~53쪽.
45) 양주동, 「슬픈 종말」, 『문주반생기』, 238쪽.

> 제2연 다시는 못 만날 발자욱이지만, 혹시나 다시 돌아오려나. 미련을 버리
> 지 못하는 심정을 나타내고 있다.
> 제3연 벗님이 이 길로 다시 돌아온다고 한들 그 발자욱은 풍파에 다 지워지
> 고 말 것이다. 결국 미련마저 가시고 말 것이란 내용이다.
> 제4연 바닷가에 조그만 발자욱을 본다. 여기서 '조그마한 발자욱'은 K양의
> 앳된 모습과 그녀와의 많지 않은 사귐의 세월, 많지 못한 경험을 복합
> 적으로 나타낸 것이라고 할 수 있다

이 시에서 사뭇 '발ㅅ자욱' 의 음성 모음이 아닌 '발ㅅ자옥'이라는 양성
모음으로 표기된 것은 은연중에 그러한 의취意趣가 담긴 것이 아닌가 생
각된다.

김용직은 이 작품을 「산 넘고 물 건너」와 비교하면서

> 그 예술적 성과로 보면 「별후別後」는 앞의 것 (「산 넘고 물 건너」)보
> 다 다소간 상위에 속할 것이다. 무애의 작품 가운데 어느 것은 진술 형
> 태로 이루어진 것이 있다. 그리하여 그 내용은 읽는 이에게 감각적 상
> 태로 향수되는 게 아니라 서사적으로 전달된다. 그러나 이 작품에서
> 는 그것이 어느 정도 극복되어 있다. 여기서는 화자가 지닌 그리운 마
> 음이 '발ㅅ자옥'이라는 객관적 상관물로 심상화心象化 되었다.
> 이것은 이 작품이 진술의 차원을 넘어섰음을 뜻하는 것이다. 한편 이
> 작품은 전자 (「산 넘고 물 건너」)보다 강하게 애정시의 성격을 띤다.46)

고 평하고 있다.

[주제] 이별의 설움

---

46) 김용직, 전게서, 465쪽.

14) 나는 이나랏 사람의 자손이외다

이 나라ㅅ 사람은
마음이 그의 옷보다 희고,
술과 노래를
그의 안해와 같이 사랑합니다.
나는 이나라ㅅ사람의 자손이외다.

착하고 겸손하고
꿈 많고 웃음 많으나,
힘 없고 피 없는
이나라ㅅ사람 ─
아아 나는 이 나라ㅅ사람의 자손이외다.

이 나라ㅅ사람은
마음이 그의 집 보다 가난하고,
평화와 자유를
그의 형제와 같이 사랑합니다,
나는 이 나라 ㅅ사람의 자손이외다.

외롭고 쓸쓸하고
괴로움 많고 눈물 많으나,
숨ㅅ결 잇고 생명 잇는
이 나라ㅅ사람 ─
아 아 나는 이 나 라 ㅅ사람의 자손이외다.

이 시는 무애가 『조선의 맥박』「서敍」에서 이 시집 3부 중 "사상적이
오 주지적인 제작諸作"으로 규정한 제2부 첫머리에 수록되어 있다.
무애는 이 시의 창작 배경에 대하여

아마 내가 조대부大 예과 2학년에 재학 중인 때로 기억되거니와, 조
대부大 유학생들도 민족 · 사회 두 주의와 사상으로 갈려 교내에서 우리
유학생들끼리 공개 토론회를 여러 번 연 적이 있었다. 나는 그때 평안
도 출신 공과 재학생 모某군과 어울려 '민족'파 연사로 나서서 '사회'파
로 당시 맹장인 함경도 산産 정치과 H군과 꽤 맹렬한 토론을 거듭하였
던 것을 기억한다. (중략) 또 좌파左派의 기예지사氣銳之士들과 토론회
에서 논전한 뒤에 지은 듯한 다음의 두 수首―「나는 이나랏 사람의 자
손이외다」, 「이리와 같이」―한 편은 나대로의 고집과 신념을 나직히
읊조린 것이요, 한 편은 그들의 울부짖는 정열을 다소 본뜬 듯하다.47)

고 말하고 있다.

그러니까 이 시는 "나대로의 고집과 신념을 나직히 읊조린 것"이라고
했지만 사실은 호흡이 급박한 설교 조의 작품이라고 하겠다.

> 제1연 이 나라 사람은 마음이 순결하고 풍류를 즐기며 낙천적입니
> 다. 나는 이 나라 사람의 자손입니다.

본 연에서 '술과 노래'는 풍류를 뜻하고 있다.

> 제2연 이 나라 사람은 착하고 겸손하고 꿈과 웃음이 많으나, 힘이
> 없고 정열이 부족합니다. 나는 이 나라 사람의 자손입니다.
> 제3연 이 나라 사람은 정직하고 평화와 자유를 사랑합니다. 나는
> 이 나라 사람의 자손입니다.

본 연에서 "마음이 그의 집보다 가난하고…" 운운云云은 『신약성서』,
「마태복음」 5:3의 "심령이 가난한 자는 복이 있나니 천국이 저희 것임이

---

47) 양주동, 『문주반생기』, 112~113쪽.

요"와 5:8의 "마음이 청결한 자는 복이 있나니 저희가 하나님을 볼 것임이요"를 원용援用한 것이다.

제4연 이 나라 사람은 외롭고 쓸쓸하고 괴로움과 서름이 많으나 그
래도 생명력이 있읍니다. 나는 이 나라 사람의 자손입니다.

이 시에 대하여 김영철은 다음과 같이 평설하고 있다.

「나는 이나랏 사람의 자손이외다」는 조선 민족의 특질을 제시하고
그 기질을 타고난 시인 자신에게서 무한한 자긍심을 느낀다는 내용의
시이다. (中略) 비록 지금 식민지 상황에서 '힘없고 피 없는' 그래서 '외
롭고 쓸쓸하고 괴로움 많고 눈물 흘리고' 있으나 조선인의 숨결과 생
명은 영원한 것을 굳게 믿고 있다. 전형적인 조선 혼, 조선 주의를 찬
양한 시이다.48)

이 시의 구조에 대해서 김장호는 다음과 같이 분석하고 있다.

각 주 연主聯은 한 민족의 평화와 자유를 애호하는 긍적적인 면을,
그리고 각 종 연終聯에는 또 듬직한 면, 피압박 상태의 고통 상을 뒤바
꾸어 가며 배치해 놓고, 주 · 종연의 끝 마디에 제목과 같은 구절을 그
대로 반복하되, 단지 종 연에만 감탄사를 더하고 있다. (중략) 주 연을
긴 숨의 장조로 늘어놓고 거기 후렴을 사이하여 숨 막히는 단조로 종
연을 이어붙인 구성상의 배려로 의식된 계산 밖의 것은 아니다.49)

[주제] 순결하고 낙천적이나 고난과 설움이 많은 약소 민족의 비애.

---

48) 김영철, 「양주동의 시세계」, 『한힌샘주시경연구16호』(한글학회, 2003), 130~131쪽.
49) 김장호, 「무애양주동의 시와 역시」, 『양주동연구』(민음사, 1991), 24~25쪽.

15) 춘소애가春宵哀歌 (산문시)—옛날 에레마의 哀歌를 본받아서—

1.

아 애닯어라 이 봄날의 쓸쓸함이여, 옛날엔 그리도 아름답든 봄날이 지금은 늙은 처녀와도 같아라. 옛날엔 그리도 번화하든 봄날이 아─지금은 옛터와 같이 쓸쓸하도다.

내가 밤새도록 울음 울어도 나의 눈물이 달빛에 숨어들어도, 나에게는 위로할 바이 없어라. 나의 모든 친구는 나를 버리며 원수 되도다.

아 애닯어라 봄날의 꿈이어, 잃어진 꿈길은 아득도 하여라. 환상의 궁전은 문허젓슴에 빛나든 촉불은 간 곳이 없고 옛터는 풍우에 잠겨지도다.

아 나는 슲흠에 잠겨 있어라.

나의 친구가 원수 됨이여, 나의 원수가 번창하도다.

나의 「삶」의 고닯흠으로 주께서 나를 쉬이게 하놋다.

아 나의 귀여운 「아들」은 원수 앞으로 잡혀 가도다

권태와 설움에 잠겨진 이 밤에 나는 다시금 옛날을 생각하도다. 나의 영광이 원수에 떨어질 때에 나를 건져줄 이 바이 없어라. 아 원수는 나를 보고 나의 의로움을 비웃는도다.

나의 눈물이 꽃 앞에 있음이여, 내가 「봄」을 노래하지 못하는도다.

나의 힘이 이렇듯 쇠잔하되 나를 니르킬 이 바이없어라. 원수가 스사로 큰 체하 노니 오 주여 나의 괴로움을 굽어보소서.

2.

오 주여 굽어 보소서, 슬픔에 싸여 창자는 괴로웁고 가슴은 끓는 듯하오니 나는 「봄」을 잃었도소이다.

밖으론 외로움의 핍박을 당하고 안으론 권태의 모욕을 밧도소이다..

나의 가슴에 기쁨이 그치고 나의 춤이 통곡으로 변하도소이다. 「왕관」이 머리에서 나려졌사오니 주여 나는 봄날의 영광을 잃었도소이다.

내 눈이 눈물에 부엇사오며 나의 가슴이 뛰여지는 듯하오며 나의 간
폭이 따우에 쏟졌사오니 나는 「사랑」을 잃었소이다. 나의 귀여운 아들
은 길거리에 헤매이도소 이다.

사랑의 따님은 모든 어여쁨을 잃어버리고, 정열의 왕자는 꼴을 찾지
못하는 사슴과 같이 원수 앞에 힘없이 가도소이다.

오 주여 나의 괴로움을 굽어보소서. 나의 무너짐이 바다와 같이 넓도
소이다. 나는 외로운 자식이오 아비 없는 어린애로소이다. 나는 과부와
같이 쓸쓸하도소이다.

주여 바라옵나니 한 방울의 진통제를 내려줍소서.
나의 「삶」을 힘차게 하시고 나의 「봄」을 돌리기 위하여 이 밤에 한
방울의 홍분제를 내려줍소서. 아 나의 설움이 많고 나의 가슴이 괴롭도
소이다.

—시집 『악도惡禱』에서

부제副題에 등장하는 '에레마'는 『구약성서』에 나오는 '예레미야'이
다. 『구약성서』의 편제를 보면 「예레미야」 다음에 「예레미야 애가」가
위치하고 있다.

이 시의 창작 시기는 무애无涯가 불문학을 전공한 예과를 마치고 본과
인 영문과에 진학했던 해(1925. 7)이다. 『문주반생기』에 의하면 1923년
3월에 일동日東의 유학에서 학업을 잠시 중단하고 일시 귀국하였다. 그래
서 『금성』지 속간을 위해 애쓰는 과정에서 문학소녀 K(강경애)와의 비
련을 겪게 되고, 1924년에 다시 일본으로 돌아가 예과를 마친 후 그 다음
해에 본과에 진학한 것으로 되어 있다.

1923년 9월 1일에 日東엔 사상 유례가 드문 대지진이 일어났다. 그
리고 그 통에 일부 악질적인 일인의 근거 없는 유언과 선동에 의하여

수다한 한이 저들의 손에 학살되었다.(中略) 이른바 '관동대진재關東大
震災'.50)

따라서 이 시기는 시대적으로는 격변기요 무애 개인적으로는 시련이
거듭되던 시기였다고 할 수 있다.

'예레미야'에 관계되는 사항들을 고영춘,『구약성서개설』(신생사, 1961)
을 참조하여 정리해 보기로 한다.

A. 예레미야와 그 시대

예레미야는 기원 전 7세기 후반에 예루살렘에서 활동한 예언자이다.
그의 고향은 아나돗이라는 곳으로 예루살렘에서 동북으로 6킬로쯤 떨어
진 곳이다.

그는 옛 엘리의 후손으로 다윗에게 중용되었던 아비야달의 후손이다.
다윗이 죽은 후 솔로몬이 왕위에 오르자 아비야달은 아나돗에서 불우한
제사장으로 있게 되었다. 예레미야는 이러한 불우한 제사장의 후손으로
태어났으나 이스라엘의 예언자 중 그처럼 대대로 종교적 분위기가 농후
한 집안에서 자란 사람은 없다.

예레미아가 예언자로 부름을 받은 것은 유다의 요사야왕 13년(主 前
627~6년) 그가 20~23세 되던 청년시절이었다. 그 후 그의 예언 활동은
예루살렘 함락(BC 586) 후까지 계속되었다.

예레미아가 활동하던 시대는 유다왕국의 역사상 정치적, 종교적으로
매우 혼란하던 때였다.

예루살렘 함락 후의 예레미야는 비참한 운명에 놓이게 되었다. 바빌론

---

50) 양주동,『문주반생기』, 227쪽.

에 끌려갈 번하다가 바빌론왕 느브갓세날이 임명한 그다랴(유대인)가 知事가 되어 그의 보호 아래 있었다. 그러나 그다랴가 살해당하자 많은 동포들이 애급으로 도망하게 되었고, 예레미야도 원치 않으면서 무리로 애급에 끌려갔다.

그 이후의 그의 생애에 대해서는 전혀 알려지지 않았다.

B. 예레미야의 예언

「예레미야 서」는 다른 예언서에서 볼 수 없는 그의 자서전을 보여 준다.

예레미야를 가리켜 "눈물의 예언자"라고 일러 왔다. 그것은 그가 누구보다도 많은 고난을 겪은 예언자임을 말하는 것이며, 조국과 동포를 위하여 많은 눈물을 흘린 다정다감한 비애의 사람이었음을 말하는 것이다.

예언자들에게 공통된 것 중에 으뜸이 되는 것은 스스로 원한 것이 아니라 "하느님의 부르심"으로 되었다는 것인데, 그 시기는 감수성이 예민한 20세 전후에 있었던 것은 주목된다. 그만큼 20세 전후의 청년기가 소중한 때임을 말해 준다.

> 내 마음 속이 슬프고 아프다.
> 내 마음이 답답하여 잠잠할 수 없으니
> 이는 나의 심령 네가 나팔소리와 전쟁의 경보를 들음이로다. (4:19)

이런 구절에서 예레미야의 애국의 정과 하느님과 동포 사이에서 대변자의 역할을 하는 예언자의 쓰라린 마음을 볼 수 있다.

예레미야는 구약에 있어서의 최대의 예언자라고 일컫는데, 그 이유는 그의 종교 경험의 깊이에 있다.

나라가 없어지고 성전이 무너져도 하느님과 개인과의 관계는 선다는 것이 예레미야의 종교이다.

C. 예레미야 애가哀歌

'애가'의 원명은 'Eikah'(아아, 슬프구나)이다. 희랍어로는 'Theinoi'(조가弔歌)이다. 근래의 많은 학자들은 '애가'의 작자가 예레미야가 아니라고 주장하기도 한다.

'애가'에는 전체적으로 침울하고 비관적인 공기가 떠돌고 있으나 예루살렘 멸망 후 눈으로 볼 수 없는 처참한 광경과 고민 속에서도 여호와에 대한 사랑과 신뢰를 버리지 않고, 구원의 내일을 내다본 사람들이 있었다는 것을 보여 준다는 점에서 그 가치가 매우 크다고 할 수 있다.

"사람이 젊었을 때 멍에를 매는 것이 좋다."(3:27)는 말은 깊이 경청해야 할 말이다.

무애가 「춘소애가春宵哀歌」를 지은 시기는 23세 때였으니 예레미야가 예언자로 부름을 받은 때와 동일한 연령이었으며, 암울한 시대적 상황도 비슷한 형국이었다. 이러한 면면들이 일맥상통하는 바가 있다 할 것이다.

이 시는 산문시로서 1장은 3연, 2장은 4연으로 총 7연으로 구성되어 있다.

Ⅰ-1연 옛날에는 그렇게도 아름답던 봄날이 지금은 老處女와 같고, 변화하던 봄날이 지금은 옛터와 같구나. 밤새도록 울어도 위로해 줄 사람이 없구나. 내 모든 친구는 원수가 되었구나.
Ⅰ-2연 봄날의 꿈은 애달프고 아득하기만 하구나.
　　　　친구가 원수가 되어 번창해져서 나는 슬픔에 잠겨 있다.

나의 삶이 고달프고 주께서 쉬게 하였도다.

귀여운 '아들'은 원수 앞으로 잡혀 갔구나.

I —3연 권태와 설움에 잠겨 이 밤에 나는 다시금 옛날을 생각한다.

나의 영광이 원수에 떨어질 때 구해주기는커녕 나의 의로움을 비웃는 구나.

눈물이 꽃 앞에 있어서 봄을 노래하지 못하도다.

나의 힘이 이렇게 쇠잔衰殘하여 일으킬 수 없으니, 주여, 나의 괴로움을 굽어보소서.

II —1연 극도의 슬픔과 괴로움에 쌓인 나는 봄을 잃었으니 주여, 굽어보소서.

밖으로는 핍박을 당하고 안으로는 권태의 모욕을 받습니다.

주여 나는 봄날의 영광을 잃었습니다.

II —2연 눈물이 비 오듯, 가슴이 찢어질 듯, 나는 사랑을 잃고 나의 귀여운 아들은 방황 하고 있습니다. 사랑하는 딸은 어여쁨을 잃고 정열의 왕 자는 원수 앞에 힘없이 무너졌습니다.

II —3연 무너지고, 외롭고 쓸쓸한 나를 주여, 나의 괴로움을 굽어보소서.

II —4연 나의 삶을 힘차게 하고, 나의 봄을 돌릴 수 있도록, 설움과 괴로움에 서 벗어날 수 있도록, 주여, 힘을 주소서.

[주제] 곤고困苦와 실의失意에 빠진 자의 간절한 기도

16) 해곡海曲 3장

1.

님 실은 배 아니언만,

한울ㅅ가에 돌아가는 흰 돛을 보면,

까닭 없이 이 마음 그립습내다.

호올로 바다ㅅ가에 서서

장산에 지는 해 바라보노라니,

나도 모르게 밀물이 발을 적시웁내다.

2.
아츰이면 해 뜨자
바위 우에 굴 캐러 가고요,
저녁이면 옅은 물에서 소라도 줍고요.

물결 없는 밤에는
고기잡이 배 타고 달내섬 갓다가
안 물리면 달만 싯고 돌아오지요.

3.
그대여,
시를 쓰랴거든 바다로 오시오―
바다같은 숨을 쉬이랴거든.

님이여,
사랑을 하랴거든 바다로 오시오―
바다같은 정녈에 잠기랴거든.

이 시의 공간적 배경과 창작 동기에 대해서 무애는 한 수필에서 다음과 같이 언급하고 있다.

내가 노상 그리워하는 고향―내가 자라난 고장은 황해도 장연長淵. 난 곳은 기실 송도松都이나, 두 살 때 부모가 나를 데리고 그리로 이사, 낙향해서 게서 십여 년 간 소년 시대를 자라났다. 그러니 그곳이 형식 상으론 제이의 고향이지만 실질적으론 정작 내 故里인것이다.

장연이라면 황해도 서쪽 끝―황해에 돌출한 장산곶 이쪽에 있는 벽읍僻邑, 소위 강변칠읍江邊七邑의 하나로서 그중 큰 고을이다. 경의선

사리원에서 서쪽으로 180리, 지금은 황해선 기동차의 종점이 되어 교통이 편리하고 시가도 번화하지만, 내가 어렸을 때엔 물론 기차는 없었고, 민가 수천 戶에 인구 만 명 내외의 小邑이었다. 처음 내려갔을 때 전장田庄 관계로 그 고을서 서쪽 五里쯤 떨어진 소잿등(송현松峴) 넘어 '새몰'(신촌新村)이라는 장연평야長淵平野를 面한 小村에 정주定住하였고, 게서 아버지를 여읜 후 학교 입학 관계로 읍으로 이사하여 읍 서쪽 맨 끝 두건산杜鵑山 앞 방퀴(바위)박이 옆집에 살면서 열두 살에 장가를 들고, 어머니를 여의고 孤兒가 되어 유학차 그 고을을 일단 떠났으나, 일 년 뒤 중학을 중퇴하고 다시 그 고을로 돌아가 누이가 출가하여 사는 읍서邑西십리쯤의 '소종동小鐘洞'이라는 마을에서 글자대로 청경야독晴耕夜讀의 생활로 한학 공부를 하다가 三·一운동 다음 해 다시 '신학문'을 계속 하여 그 마을을 영영 떠나오고 말았으니, 그 고장은 내가 실로 근 이십 년 간의 소년 시대를 보낸 정든 고향이다.

장연은 해서海西의 소읍이나 산천이 수려하고 풍광이 명미明媚하며, 평야와 수리水利, 해안과 포구로 농산, 어물의 물산이 풍부하며, 따라서 인심이 자못 순후純厚한 곳이다. (중략) 장연의 정작 절승絶勝은 무엇보다도 장산곶(옛 이름 장잠'長岑')은 주지하는 대로 반도 최서단, 천고千古의 밀림을 그대로 지닌 대산맥의 첨단으로 황해의 전경을 지배할 수 있는 최고 전망대, 그 밑이 바로 『심청전』의 전설 지 '인(임)당소' 로 알려진 '장산소'(장연長淵의 본 이름이 워낙 이에서 유래되었던가?)요, 황해도 민요의 절창絶唱

> 장산곶 나루에 북 소리 나더니
> 금일로 상봉해 임 만나 보겠네.
> 풍세가 좋아서 순풍에 돛 달면
> 몽구미 개암포 들였다 댄다네.

云云의 '장산곶 타령'의 발상지이다.

이 노래에 읊어진 대로 곶 남, 북쪽 일대가 구미포, 몽금포, 아랑포, 개암포 등등의 포구, 포구마다의 절승한 경개. (중략). 내가 거기 가 한

여름을 보내며 그 일대의 절경에 취하여 나도 모르게 시 삼장을 읊었던 것이다.[51]

이 시는 全 3장, 각장이 2연씩, 총 6연으로 구성되어 있다.

Ⅰ—1연 임 실은 배 아니건만 수평선으로 사라지는 흰 돛단배를 보면 까닭 없이 이 마음 그립습니다.

Ⅰ—2연 바닷가에 홀로 서서 장산에 지는 해를 바라보노라면 어느새 밀물이 발을 적십니다.

여기서는 젊은이의 이해타산 없는 정열을 노래했다고 하였다. 춘원의 소설 『무정』과 그 이념이 비슷하다고 하겠다.

Ⅱ—1연 해가 뜨자마자 바위 위에 굴 캐러 가고, 저녁이면 소라도 줍고,

Ⅱ—2연 물결 잔잔한 밤에는 고기잡이 배 타고 달내섬 갔다가 안 물리면 달 빛만 싣고 돌아오지요.

이 聯은 월산대군月山大君의 다음의 시조에서 힌트를 얻은 것이라고 했다.

秋江에 밤이 드니 물결이 차노매라.
낚시 드리치니 고기 아니 무노매라.
無心한 달빛만 싣고 빈 배 저어 오노라.

월산대군(1454~1488)은 왕족으로 이름은 정婷, 호는 風月亭으로 성

---

51) 양주동, 『지성의 광장』(탐구당, 1969), 12~19쪽.

종의 형이다. 書史를 좋아했고, 문장이 뛰어나 그의 시작이 중국에까지 널리 애송愛誦되었다. 경기도 북촌에 정자를 짓고 '풍월정'이라 이름 짓고, 자연에 묻혀 일생을 마쳤다.

Ⅲ-1연 시를 쓰려거든 바다로 오시오, 바다 같은 숨을 쉬려거든.
Ⅲ-2연 임이여, 사랑을 하려거든 바다로 와서 바다 같은 정열에 잠겨 보시오.

장만영은 이 시에 대하여 다음과 같은 감상평을 내놓았다

    이 시는 바다에 가서의 경쾌한 마음을 노래한 퍽 가벼운 기분을 주는 시입니다. (중략) 시인의 바닷가에서의 그날그날의 일과를 짐작할 수 있는 작품입니다. 젊은이다운, 그러면서도 시인다운 면이 유쾌할 정도입니다.[52]

또한 다음과 같은 평언도 있다.

    그의 초기의 작품들은 연애 시를 중심으로 화려한 수사를 구사하고 있는데, 「해곡 3장」(1925)과 같은 시편에서는 그의 서정이 정돈되어 나타나 있다. 이 시에 보이듯이 청년기의 그리움의 서정이 나타나 있다.[53]

이 시는 이상근이 1, 2연을 가사로 하여 작곡함으로써 우리 가곡으로 널리 불리고 있다고 한다.

---

52) 장만영, 『현대시의 감상』(향문사, 1957), 107~111쪽.
53) 신동욱·조남철 공저, 『현대문학사』(한국방송통신대출판부, 1995), 120쪽.

국문학자이며 시인이었던 양주동의 시에 작곡한 「해곡」은 우리의 초기 가곡과는 맥이 다른 작풍을 보인다. 서구의 근대 음악인 인상파 드뷔시의 곡 같은 느낌이 깃들어 있으면서도 토속적인 리듬, 물결의 리듬을 곁들이고 있다. 즉, 한국의 선율을 가미한 인상적 곡이라고 하겠는데, 뒤에 빠른 템포에서는 우리 장단을 그대로 넣고 피아노로 시상 속의 정경을 묘사한다.

가사는 1925년 양주동의 일본 와세다대학 유학 時에 발표한 「해곡海曲 三章」중 의 1, 2장이다.

셋째 장은 남성적인 강한 이미지인데, 첫째, 둘째 장의 여성적 이미지와 걸맞지 않는다고 생각해서 가사로 채택하지 않았다.

이 시는 바다에서 멀리 수평선으로 사라져가는 돛단배를 보고 까닭 없이 눈물이 나는 감상과 굴 따고 조개 캐는 아낙네들의 평화로운 풍경을 읊고 있다.[54]

[주제] 젊은 시절 바닷가에서 느끼는 서정과 풍류.

17) 무덤

全 4연, 한 연이 4행씩으로 이루어져 있는 시이다.

아아 몇 사람이 내 가슴 속에서 죽어갔느뇨,
아아 몇 사람이 내 가슴 속에서 재 되엿나뇨.
오오 가신님이여, 내 가슴 속에 조고마한 무덤을 만들고
길이길이 잠드신 님이여.

가슴 속의 무덤은 쓸쓸도 하여라,
옛날의 자최를 말하는 한낱 비명도 없는,

54) 이향숙, 『가곡의 고향』(한국문원, 1998), 193~195쪽.

조상弔喪하는 이의 술잔을 괴일 한낱 묘석도 없는,
이 헐벗은 무덤 속에 누은 이 과연 그 몇 사람이뇨.

오오 바람이 불도다, 비가 오도다,
황량한 벌판 우에, 가슴 속 븨인 들 우에,
가을의 비가 오도다, 가을의 바람이 불도다,
오오 봉분조차 묻혀진 헤일 수 없는 무덤이여.

그리하야 해마다 가을이 되면, 오오 해마다 가을이 되면,
최후의 심판 날 아츰과 같이,
망령은 무덤 속에 다시 눈을 뜨도다,
망령은 무덤 속에 다시 떼울음 울도다.

제1연 가슴 속에 상흔을 남기고 떠나간 사람들에 대한 상념.
제2연 추억 속으로 사라진 사람들에 대한 허망함.
제3연 뿔뿔이 흩어져간 사람들에 대한 생각과 쓸쓸히 내리는 가을비가 주는
　　　비감.
제4연 해마다 가을이 되면 되살아나는 쓸쓸한 상념과 상흔.

[주제] 추억 속에 남아 있는 사람들에 대한 쓸쓸한 상념

18) 사랑하는 이여

사랑하는 이여, 보라,
내 옷이 해여져 거지 같노라,
그대 오히려 나를 사랑하는가.

그대 나를 위하야
오래ㅅ동안 굶주리고 고생하도다.

그대 오히려 나를 사랑하는가.

볼 것 없는 사나흰지라
많은 계집이 나를 바리엇나니,
아아 그대만은 오히려 나를 사랑하는가.

전 3연, 각 연 3행, 각 연의 마지막 행에 "나를 사랑하는가"라는 의문문
이 반복되어 있다.

이 시의 창작 경위에 대해서는 『문주반생기』(139~141쪽), 『인생잡기』
(160~163쪽)에 비슷한 내용이 수록되어 있다.

이 두 책에는 창작 시기가 1926년 9월로 되어 있으나 『조선의 맥박』에
는 1926년 10월로 되어 있다.

早大 2학년 때인 1926년(24세) 7월 여름 방학에 白手의 신세로 무작정
결혼을 해서 신혼 초의 이루 형언할 수 없는 곤궁한 생활을 조금도 불평
없이 희생적으로 감내해 준 아내의 갸륵한 마음씨에 감동되어 쓴 '송처頌
妻의 우시愚詩'라고 했다.

무애의 「신혼기」.

　　그 중에 기억되는 몇 가지 文 · 酒에 관련된 이야기—아마 모두
　1926년 경 내가 대학 二 年에 재학하던 때의 일이겠다. 그 해가 나의
　빈고貧苦와 그에 정비례된 나의 청춘의 '호담豪膽'이 가장 고조에 달했
　던 해였기 때문이다.
　　여름 방학에 故里에 돌아갔다. (중략) 그때 나는 빈궁리貧窮裏에
　'아내'를 다시 얻어 그와 신혼, · 동거의 '새 살림'을 차리지 않을 수 없
　었다.[55]

---

55) 양주동, 『문주반생기』, 128쪽.

내가 아내와 결혼한 것은 1926년 7월—그러니까 내가 스물세 살, 일본 무大— 학년 재학 때, 그녀가 19세, 여학교를 갓 졸업한 뒤였다. 지금부터 꼭 35년 전, 서양 풍속대로 한다면 은혼식을 십년 전에 지내었고, 금혼식을 치르려면 아직도 십년이 남았다.[56]

『문주반생기』에는 집필 시기의 표시가 없으나 『인생잡기』에는 '1956' 년으로 되어 있다. 후자에 따른다면 혼기가 1923년으로 되어 무애의 착오인지 교정 상의 오류인지 판단할 수가 없다.

또한 『양주동박사프로필』(16쪽)에는 "1925년 (乙丑, 二三세): 와세다 대학 영문학과에 진학하다. 하휴夏休에 재혼하다"로 되어 있어 사뭇 엇갈리고 있다.

『조선의 맥박』에는 「사랑하는 이여」의 창작 시기가 '1926년 10월'로 명기되어 있으므로 『양주동박사 프로필』의 '연보' 중 '재혼'의 시기에 착오가 있는 것 같다. 또 무애는 본인의 연령을 양력으로 계산하고 있음에 비해(예를 들면 1926年을 23세로 계산) 『양주동박사 프로필』에서는 재래식 계산법으로 24세로 보는 경우처럼 연령 산출 기준이 다른 데서 오는 차이일 수도 있는 것 같다.

제1연 사랑하는 이여, 내 차림이 남루한 데도 사랑하는가.
제2연 그대는 나 때문에 오랫동안 굶주리고도 나를 사랑하는가.
제3연 내가 변변치 못한 탓에 여러 번 실연을 했는데, 그대만은 오히려 나를 사랑하는가.

무애는 스스로 이 시를 해학적으로 자평하였다.

---

56) 양주동, 『인생잡기』, 157쪽.

둘째 연은 좀 지나쳤다. 신혼 뒤이니 그리 '오랫동안'도 아니요, 조
· 보리밥이나마 그동안 굶지는 않았으며, '주린' 것은 다만 어젯밤 몇
시간뿐이다. 하물며 일부 무전취식이었을망정, 내가 제법 요릿집의
성찬인 국밥과 안주까지도 아내를 포식케 하지 않았는가.

끝 연의 '많은 계집' 운운이 빈궁한 호걸의 동양식 몰沒경위한 허풍
임에도 불구하고 그녀가 약간 유미柳眉를 거스리기로 내가 연방 어제
C읍 흙방 등 없고 달 밝던 밤에 외상 한턱을 마련, 제공한 그 남편도와
솜씨에 언급하고, 또 지난 어느 밤에 읊었던 그 대단 · 알량한 '월야'
한 편을 높이 읊으며 그 의미심장한 탁의託意를 해설해 주었더니, 그
녀가 나의 기세에 질렸음인지, 아니 그보다도 옆찔러 절 받으려는 나
의 성화에 못 견디어 마침내 「감군은」이란 노래 한 편을 지어 내게 사
례하였다.57)

[주제] 곤고한 중에서도 변함이 없는 아내의 희생적인 사랑

19) 가을밤에 올린 기원의 일절一節

추억의 페―지를 불살워 주소서,
환영의 그림을 먹칠해 주소서,
주여, 이 오식 많은「삶」의 기록에서 「지나간 사랑」의 장을 삭제해
주소서.

단련單聯, 4행으로 된 극히 짧은 시이다.
'일절'이라는 시제로 보아 부가적인 내용이 더 있었던 것 같으나 확인
할 수 없다.
시의 내용은 다음과 같다.

---

57) 양주동, 『문주반생기』, 139~140쪽, 『인생잡기』, 162~163쪽.

쓰라린 추억과 부질없는 환영을 지워주소서.
착오 많은 삶에서 비련의 아픔을 지워주소서.

이 시를 짓게 된 배경과 관련된 저간遮間의 사정에 대하여 무애는 다름과 같이 기록해 놓았다.

> 대학 재학 중 돈 떨어진 약 2년간의 생활은 점잖은 신사로서는 약간 얼굴이 붉을 만한 탈선에 가까운 방날불기放埒不羈한 생활과 사건을 야기하였다.
> 그중에 기억되는 몇 가지 文 · 酒에 관련된 이야기―아마 모두 1926년경 내가 대학 2년에 재학하던 일이겠다. 그해가 나의 빈고와 그와 정비례된 나의 청춘의 '호담豪膽'이 가장 고조에 달했던 해였기 때문이다.
> 여름 방학에 고리故里에 돌아갔다. 땅이 이미 송곳 세울 촌토寸土조차 없어졌으매 소작인들의 닭과 술이 나를 '환영'할 리가 없고, 옛 마을의 '인심'과 '대우'도 그리 두터울 수 없어, 거기 약간의 육친(누이)과 친지가 있음에도 불구하고 잠시 들렀다가 곧 떠나오고 말았다.
> 그런데 그때 나는 빈궁리貧窮裏에 '아내'를 다시 얻어 그와 신혼 · 동거의 '새살림'을 차리지 않을 수 없었다.58)

이 시에서 '추억의 페―지'는 나름대로는 생활의 여유가 있었던, 지난날의 지주地主 생활에 대한 향수를 가리키는 것 같고, '지나간 사랑'은 S여인과 강경애와의 사랑을 두고 한 말인 것 같다.

두 가지 사상事像이 모두 다 지나간 꿈이요, 상흔으로 남게 된 심정을 읊은 시라고 하겠다.

[주제] 후회와 미련의 극복을 기원함.

---

58) 양주동, 『문주반생기』, 128쪽.

20) 十年 前

십년 전 잃어버린 사랑을
가을ㅅ밤에 곰곰히 생각하노라면,
어느듯 눈물이 두 뺨을 적시우나니,

십 년 전의 회상이 이러하거든,
아아 그날의 가슴이야, 눈물이야,
얼마나 뛰어졌으랴, 얼마나 피섞였으랴 .

인생의 길이 하도 얄궂다하니
몰으깨라, 십년 후 가을ㅅ밤엔,
나는 또 누구를 위하야 울음 울난지.

『양주동박사 프로필』의 「무애 양주동박사 약력」에는 다음과 같은 사항이 기재되어 있다.

1914년 (갑인, 20세): 혼인 (정씨鄭氏, 뒤 10년에 시대적 상황으로 이혼. 소생 장녀 혜련, 뒤에 민영희와 결혼). 어머니를 여의다.[59]

이런 사안과 관련하여 무애는 다음과 같이 회고하고 있다.

또 한 가지 또렷한 추억은, 내가 열두 살에 장가가던 일. 어머니는 외로운 신세에 어서 손자를 보고자 하였음인지, 어린 나를 열두 살에 장가보냈다. 그런데 그녀가 이웃 마을의 규수를 며느리로 고르려고 '선'을 보러 갈 때 어린 나를 데리고 갔었다. 당시의 습속대로 중매로 '선'을 보는 혼인제였으나, 그녀는 어디까지나 당자의 자유의사를 존

---

59) 『양주동박사 프로필』, 15쪽.

중하는 근대적 견해를 포회包懷하였던가보다. 그 증거는—모자 두 사람이 규수의 '선'을 보고 돌아온 날 저녁, 내 귀에 은근히 다음과 같이 속삭였다.

"복룡伏龍 (나의 兒名)아, 그 색시 마음에 들던?"

내가 뭐라고 대답했는지는 분명한 기억이 없다. 아마 '예쓰'도 아니요 '노우'도 아닌 일종 호기심에 찬 '응'이었던 모양이다. 그래 그 혼인이 금시 성립하여 곧 혼례식을 거행하게 되었으나, 어머니는 뜻밖에 병을 얻어 혼인식 후 닷새 만에 그만 세상을 떠났다. 더구나 그 임종 때에는 사람도 많은 터에 누가 하필 '외아들' 나를 시켜서 철없는 내가 문복問卜을 가다가 도중에 어머니가 정작 위급하다는 급보를 듣고 돌아오니, 그때 어머니는 벌써 숨을 거둔 뒤였다. 그래서 이 평생 철없는 짓만 거듭하여 어머니를 괴롭혔던 '아들'은 끝내 임종조차 모시지 못한 철천徹天의 한恨을 품은' 불효한 자식'이 되고 말았다. 그리고 그 모자 '이불 속 회의' 밑에 성립된 결혼은—내가 뒤에 일동日東 유학 중 자유사상에 감염되어 상대방이 신식 교육을 받지 않은 여성임을 이유로 하여 당일當日에 내가 입으로 말한 듯한 '응' 日語의 약락約諾을 거연遽然히 배반하고 그 인연을 파기하기에 이르렀으니. 이 역亦 어머니에게 천만 죄송하고 또 서러운 일이다. 60).

'련'은 나의 전처의 오직 하나의 소생, 그녀의 어머니는 시골 무교육한 여성으로 나와 조혼했다가 시대적 사조에 의하여 나와 부득이 갈라졌으나, 그대로 수절하면서 '련'을 여덟 살까지 기르다 그 애 공부의 필요로 그 애를 내게 돌리고, 이윽고 세상을 떠났다.61)

전 3연, 각 연 3행으로 된 이 시는 '눈물겨웠던 일'에 대한 회상과 십년 후에 있을지도 모를 가상적인 '슬픔'을 대우법으로 처리하고 있다.

---

60) 양주동, 『인생잡기』, 104~105쪽.
61) 수上, 120쪽.

제1연 십년 전에 잃어진 사랑에 대한 가을밤의 哀想. "눈물이 두 뺨을 적시
　　　우"는 "십년 전 잃어진 사랑"은 임종조차 하지 못한 어머니에 대한 애
　　　틋한 정과 비극으로 끝난 초혼의 기억일 것 같다.
제2연 십년이 지난 후에 되새겨보는 십년 전 당일의 피맺힌 정한情恨, 이 연
　　　역시 1연과 비슷한 정서를 읊은 것 같다.
　　　'가슴이 미어지도록 피 섞인 슬픔' 역시 어머니에 대한 한 맺힌 불효
　　　를, 또는 시대를 빙자憑藉해서 내친 조강지처에 대한 회한과 죄의식
　　　을 읊은 것 같다.
제3연 기구한 인생 역정 속에서 십년 후 가을밤에 또 겪을지도 모르는 비애
　　　에 대한 애상哀想.

　　이 시의 창작 시기는 무애가 영문과에 진학하여 2학년이 되던 1926년
7월에 일시 귀국하여 재혼, 신혼 초에 해당된다. 따라서 이 시에는 어머
니에 대한 불효, 초처와의 결별이 주는 회한과 재혼이 주는 심적 부담 등
이 교차되는 시점에서 느끼는 번다한 상념들이 저변에 깔린 정조情調라
고 할 수 있겠다.

　　[주제] 회한과 비애로 점철된 추억과 미래의 인생 역정에 대한 불안
　　　　　과 회의

21) 나는 그대에게 온몸을 바치려노라

　　　　나의 가슴 속 붉은 마음을
　　　　현실이 어느 틈에 도적하나니.
　　　　그대여, 내 앞의 현실을 분쇄하여라,
　　　　무쇠같이 튼튼한 그대의 팔로

그대에게 향하는 붉은 정념을,
이지理智는 얄밉게도 썩게 하나니,
그대여, 내 속의 이지를 말려 바리라,
유산 같이 뜨거운 그대의 피로,

아아 해ㅅ빛보다 더 밝은 의義의 원리여,
나는 그대에게 온몸을 바치노라,
현실의 밤ㅅ고개를 넘어, 이지理智의 어스름ㅅ 길을 건너,
아아 이 몸을 오즉 '실천'의 제단 앞에 나가게 하라.

全3연, 각 연은 4행으로 이루어져 있다.
이 작품을 『신동아』 7호 (1932. 5)에도 게재되어 있다.

제1연 나의 강인한 정열로 현실을 극복하고 싶다.
제2연 이지보다는 정열로 그대에게 행하고 싶다.
제3연 밝은 '의義'의 실천으로 암담한 현실과 나약한 이지를 극복하리라.

[주제] 의義의 실천을 통한 암담한 현실의 극복

22) 천재天災 (一名 탄식歎息)

(무진년 여름 조선 각지에는 천재가 심하였다.)

關北에는 사면 백리
전에 없든 큰 장마 지고,
영남엔 가뭄 들어
논밭에 곡식이란 씨도 없이 말랏네,

한우님도 무심치,
무엇 먹고 이 날을 지내가라나,
무엇 입고 이 겨울 지내가라나,
가뜩이나 이 백성들 갈 바를 몰라 하는데.

탄식한들 무엇 하리,
半밤에 일어나 혼자 비는 말―
그나마, 젊은 이 나라ㅅ사람의
붉은 필랑은 마르게 마시옵소서.

    <조선일보>(1928. 10. 13)에 게재된 작품은 단련으로 되어 있으나, 『조선의 맥박』(67~68쪽)에는 「탄식」으로 개명되어 3연으로 분련되어 있고, 해제문과 본문의 일부도 차이가 있다.

    즉 전자의 해제는 "이 해 여름 남북 지방에 수한水旱이 심하다."인데 후자에는 "무진년 여름 조선 각지에는 天災가 심하였다"로 되어 있다. 또 본문의 경우에도 <조선일보>에는 "무엇 먹고 오늘 내일 살아 가라나"가 『조선의 맥박』에는 "무엇 먹고 이 날을 지내 가라나"로 되어 있고, 또 "무엇 입고 추운 겨울 지내가라나"가 "무엇 입고 이 겨울 지내가라나"로 다소 변개되어 있다.

    무애가 평양의 숭실전문학교 교수로 부임한 시기는 1928년(무진) 4월 上旬이고 이 작품은 같은 해에 쓰여진 것인데 『조선의 맥박』에는 창작 시기를 1929년(乙巳)으로 기재하고 있어 착각으로 생각된다.

    또 시제의 경우도 『문예공론』 창간호(1929. 5)에는 「탄식」으로 개제되어 있다. 『조선의 맥박』에 수록되어 있는 「탄식」(114~115쪽, 1926)과는 별개의 작품이다.

제1연 함경도에는 전에 없었던 큰 장마가 지고 영남지방에는 가뭄이 들어 농촌이 큰 흉년을 만나게 되었다.

제2연 하느님도 무심하시지, 무엇을 먹고 살고, 이 겨울을 무엇을 입고 지내야 하나?

제3연 탄식을 해 무엇 하리, 그렇더라도 이 나라 청년들의 '붉은 피'만은 위축되어서는 안 되리.

여기서 '붉은 피'는 '조국애'나 '민족정기'를 상징한다고 할 수 있다.

이 시에는 젊은 지식인의 애국심이 발로되어 있다고 할 수 있다. 이 시에 대하여 신동욱, 조남철의 『현대문학사』에서는 다음과 같이 평설하고 있다.

> 지식인으로서 관념적 시상을 쓸 수도 있을 것이지만, 그것이 좀 더 공감을 얻으려면 시의 형상에 부심할 필요가 있다 할 것이다. 이렇게 볼 때 「탄식」의 시상은 비교적 공감이 가는 작품이라 하겠다. (중략) 이처럼 한 시대의 삶의 현실을 시상의 지반으로 삼을 때 관념 세계의 공소감空疎感을 지양할 수 있고 시적 공감도 확대될 수 있다하겠다.[62]

[주제] 가난한 농촌의 천재天災를 탄식함

23) 조선의 맥박

한밤에 불 꺼진 재와 같이
나의 정열이 두 눈을 감고 잠잠할 때에,
나는 조선의 힘없는 현실을 짚어 보노라
나는 님의 모세관, 그의 현실이로다

---

62) 신동욱 · 조남철, 상계서, 121~122쪽.

이윽고 새벽이 되야, 횐한 동녘 한울 밑에서
나의 희망과 용기가 두 팔을 뽑내일 때면,
나는 조선의 소생된 긴 한숨을 듯노라,
나는 님의 기관氣管이오, 그의 숨ㅅ결이로다

그러나 보라, 일은 아츰 길ㅅ가에 오가는
튼튼한 젊은이들, 어린 학생들, 그들의
공 던지는 날내인 손발, 책보 낀 여성도의 힘 있는 두 팔,
그들의 빛나는 얼골, 활기 있는 걸음거리, ―
아아 이야말로 참으로 조선의 산 맥박이 아니던가

무럭무럭 자라나는 갖난 아이의 귀여운 두 볼,
젖 달라 외오치는 그들의 우렁찬 울음,
적으나마 힘찬, 무엇을 잡으려는 그들의 손아귀,
해죽해죽 웃는 입술, 깃븜에 넘치는 또렷한 눈동자―
아아 조선의 대동맥, 조선의 폐는, 아기야, 너에게만 잇도다.

 全 4연, 1.2연은 각 4행, 3.4연은 각 5행으로 되어 있어서 형식상의 특이성을 지니고 있다. 이 시는 시집 『조선의 맥박』에서 무애 자신이 설정한 제2부 "사상적이요 주지적인 諸作" 중에서도 '사상적'인 내용이 가장 농후한 작품이라고 하겠다. 이 시집의 표제어로 사용된 것도 그런 측면이 있을 것이다.

 무애는 자신의 시를 총괄적으로 평한다면 "정서와 감성의 중간"이라고 언급한 적이 있다. 또 1921년~1928년간의 早大 시절에 쓰여진 시편들에 대하여 다음과 같이 언급하고 있다.

 나는 그때 한창 '신문학'에 열중하였고, 특히 한동안 프랑스 문학의
 퇴폐파, 상징파에 끌렸었다. (중략) 그때 나의 그 일지반해一知半解의

소위 '상징시' 들은 기실 아무런 상징적, 퇴폐적인 것이 아니요, 사뭇 얌전하고 해사한 인생시편에 불과하였다.[63]

무애는 젊은 시절에 쓰여 진 자신의 시를 총평하면서

시는 워낙 소성이 신시 사상 초기에 속하는 것들이라 현금의 안목으로 보면 그 거칠고 개념인 것이 자못 우스우나, 어떻든 그것들은 나의 청춘과 당시의 민족적 감분을 노래한 것이매 지금 읽어도 그 소박한 정열만은 모두 귀엽고 자랑스럽다[64]

고 했는데 『조선의 맥박』의 시편들 중 주로 「제2부」의 작품들이 여기에 해당된다고 하겠다.

제1연 한밤에 불 꺼진 재처럼 정열이 식어지고 용기를 잃었을 때 나는 이 나라 국민의 한 사람임을 인지한다. 여기서 '모세관'은 자신에 대한 겸손의 뜻이 들어 있다.

제2연 이윽고 새벽이 되어 희망과 용기가 솟아날 때면 나는 조선의 긴요한 한 존재임을 깨닫게 된다. 여기서 '기관氣管'은 제1연의 '모세관'보다 더 확충되고 강화된 이미지를 보여주고 있다. 또한 '새벽'이 희망을 뜻하고 있음은 물론이다.

밤에는 '모세관' 낮에는 '기관'으로 자신을 인식한다는 것은 일관성이 결여된 일종의 기회주의적인 세대를 상징하고 있다. 무애는 일제 치하에서 "노년층은 봉건적인 현실 안주의 계층이고, 중년층은 소극적이고 기회주의적인 계층, 그리고 청소년, 즉 학생층은 적극적이고, 격정적인 계층"이라는 인식을 갖고 있었다.

제3연 이른 아침에 활기차게 오가는 청소년들, 약동하는 남학생들과 현실을

---

63) 양주동, 『문주반생기』, 116쪽.
64) 주 18 참조.

타계하려는 여학생들의 모습에서 신세대들의 역동성을 느끼게 한다. 제4연 그러나 무엇보다도 무럭무럭 자라나는 갓난아이들, 막연하나마 무엇인가를 해결해 보려는 그들의 표정에서 그들이 이 나라의 진정한 대동맥. 생명선임을 확신하게 된다.

이정현은 개별 작품「조선의 맥박」과 시집『조선의 맥박』을 연계시키면서 다음과 같이 평하고 있다.

「조선의 맥박」은 나라와 겨레에 대한 생각 또는 사회적 현실을 수용한 작품이다. 뿐만 아니라 이 시는 나름의 격조를 갖추고 있다는 점에서 긍정적이다. 이 무렵 좌파가 아니면서 사회적 현실을 노래했고, 그것이 어느 정도의 성과를 얻은 예는 그리 많지 못하기 때문이다.
따라서 무애의 시집『조선의 맥박』에 대한 이해와 접근은 민족 문학과 당시의 문학이 지켜야 할 지평에 대한 하나의 대안으로서 주목되어야 한다.『조선의 맥박』은 여타의 당시 민족주의 경향의 시 작품들에 비해 선명한 교훈을 보인다.[65]

또 개별 작품「조선의 맥박」에 대해서는 다음과 같이 구체적으로 언급하고 있다.

「조선의 맥박」은 새벽과 아침이라는 시간, 진취적 이미지를 제공받은 길이라는 공간, 그리고 젊은이와 학생과 아기로 형상화된 인물 등을 제시함으로써 희망이라는 선명한 방향성을 제공하고 있다. 그리고 이러한 희망적 세계관의 노출을 위해 명사로 行가름을 하거나 감탄형 어미를 사용함으로써 억양에 의한 음악적 장치를 채택하고 있다.
이같은 내용과 형식의 구성력을 근거로 할 때, 이 시는 이상주의적 세계에 대한 공감을 유도하고 있음을 드러낸다. (중략) 무애의 시가 지

---

65) 이정현,「양주동의 절충론 연구」(碩論, 홍익대교육대학원, 1996), 33쪽.

닌 창작 의도는 시기적으로 보아 둘로 나눌 수 있다. 전반기에 창작된 작품들은 개인적인 성정, 특히 애정 문제 등을 다루고 있으며, 후반기에는 점차 사회문제나 민족 문제로 확대되고 있다. 이 시 「조선의 맥박」은 후자 가운데 대표적인 것이라 하겠다.[66]

김선학은 '조선의 맥박'이라는 어의語義에 대하여 다음과 같이 언급하고 있다.

> 시집 『조선의 맥박』의 표제 시는 1929년 作으로 되어 있다. '조선' 이란 어의가 포용할 수 있는 영역은 대단히 넓다. 그것은 망국의 실체이며, 식민이 발붙이고 있는 피지배인 삶의 현장이며, 회복되어야 할 국권일 것이다. '맥박'이란 그 같은 '조선'의 어제와 오늘과 내일을 가늠할 수 있는 가장 주도한 약동의 극치일 것이다.[67]

한편 김장호는 이 시의 구성을 다음과 같이 분석하였다.

> 전편의 구성을 굳이 분석적으로 내다보면, 한밤중의 명상으로 제1연을 시작하여 제2연, 새벽에 소생하여서는 마침내 제3연에서 아침의 활기를 되찾고, 제4연, 앞날에 대한 희망으로 이어져, 시인 자신이 아닌 청소년에게 소망과 광명을 발견한다. 특히 종연의 마지막 구절은 "아아 조선의 대동맥, 조선의 肺는, 아기야, 너에게만 있도다."로 맺고 있으니, 그것은 낡은 세대에 대한 절망 대신 어린이에게 절체절명絶體絶命의 희망을 걸고 있는 시대의 지침서라 할 것이다.[68]

김현승은 이 시의 역동성과 주제에 대해서 다음과 같이 언급하고 있다.

---

66) 이정현, 상게논문, 34~35쪽.
67) 김선학, 「양주동의 시 연구 서설」, 『동악어문논집17호』(동국대학교, 1983), 367쪽.
68) 김장호, 상게논문, 14쪽.

이 시의 특별한 매력은 표현의 현저한 구체성에 있다. 한국의 맥박도 한국의 젊은이들의 손짓과 팔목과 얼굴과 말과 호흡에서 구체적으로 실존하는 것이지 어딘가에 추상적으로 존재하는 것은 아니다.

이 시는 활기에 넘치는 한국의 맥박을 불 꺼진 재와 같은 기성세대에게서보다도 지금 불붙고 있는 젊은 세대들에게 더욱 뚜렷이 보고 듣는다고 읊고 있다.

이 시의 주제는 '조국의 참 맥박을 지닌 젊은 세대에의 기대'이다.[69]

조남익도 이 시의 경향과 주제에 대해서 언급하고 있다.

이 작품은 민족주의의 바탕 위에서 쓴 계몽적, 교훈적 경향의 시다. 일제시대의 암담한 현실에서 민족 부활의 미래를 소년 소녀들과, 갓난아이의 새싹들에서 발견하고, 꺼진 듯한 조국의 희망을 고동치는 민족의 맥박에 다시 불어 넣고자 의도한 것이다. (중략)

이 시의 매력은 민족주의를 어떤 이념적이거나 정신적으로 추상화하지 않고 '맥박' '숨결' 등 생명적 요소로써 파악, 보다 구체적이고도 근원적인 생명감으로 표현한 데 있다.

주제는 젊은 세대에 대한 기대감이라고 하겠다.[70]

권응은 이 시의 주제를 "오는 세대에 걸어 보는 조국의 희망"이라고 규정하면서 내용의 전개에 대하여 다음과 같이 언급하고 있다.

작자는 조선의 빛나는 내일을 갓난아기의 모습에서 발견하고 있다. 맨 끝 연의 "아아, 조선의 대동맥, 조선의 폐는 아기야 너에게만 있다." 고 했다. 이 시 전체의 무게가 여기에 놓여 있다. (중략) 처음에는 자기와 조선과의 관계, 청년과 조선과의 관계, 유아와 조선과의 관계 — 이

---

69) 김현승, 『한국현대시해설』(관동출판사, 1972), 61~62쪽.
70) 조남익, 『현대시해설』(세운문화사, 1977), 175~176쪽.

렇게 점점 미래로 지향하여 나가고, 약한 모세관에서 점차 기관으로, 숨결로, 참 맥박으로, 대동맥, 폐로 발전함으로써 희망을 보여주고 있다. 이 절망에서 소생하는 기상이 이 시의 장점이라 하겠다.[71]

김태준은 '조선의 맥박'의 정체에 대하여

> 특히 「나는 이 나랏 사람의 자손이 외다」나 「조선의 맥박」에서 그는 민족적 자각, 조선 심을 조선말로 노래하는 현실성을 보여주고 있다.
> 양주동이 말하는 '조선의 맥박'은 이광수의 추상적 '민족혼'과는 달리 '조선의 생활 속에서 우러나는 조선심'으로 보다 구체화한다. 그것은 '조선이란 땅과 민족의 생활 관계 속에서 필연적으로 생긴 민족을 말하는 것임에 틀림없다.[72]

고 말하고 있다.

끝으로 이 시에 대한 김용직의 견해를 들어 보기로 한다.

> 이 작품은 그 제목이 그대로 시집의 제목으로 쓰인 것이다. 이런 사실로 미루어 无涯가 이 작품을 아낀 정도가 짐작된다. 그런데 이 작품은 앞의 것들(「別後」, 「산ㅅ길」)과 달리 상당히 교술적인 경향이 짙다.
> 우선 이 작품의 주제 내용이 되고 있는 것은 무애의 나라 겨레에 대한 생각이다. 첫 연에서 화자는 자신을 바로 나라·겨레의 혈관 맥박과 일체화시킨다. 그리고 이어 3연과 4연에서 젊은이 또는 학생, 그리고 어린이의 손발과 움직임, 숨결 속에서 조선의 맥박을 느낀다. 특히 갓난아기는 나라 겨레의 상징 가운데 으뜸가는 것이다. 그리하여 이 작품 마지막은 "아아 조선의 대동맥, 조선의 폐는, 아기야, 너에게만 있도다."로 끝난다. (中略) 단적으로 말해서 「조선의 맥박」은 나라 겨

---

71) 권 웅, 『영원한 한국의 명시해설』(경원각, 1976), 102쪽.
72) 김태준, 「양주동의 비교문학과 국학」, 『양주동연구』(민음사, 1991), 188~189쪽.

레에 대한 생각, 또는 사회적 현실을 수용한 작품이다. 그리고 그 작품의 격조는 어느 정도는 유지되어 있다. 이 무렵 좌파가 아니면서 사회적 현실을 노래했고, 그것이 어느 정도의 성과를 얻은 예는 그리 많지 못하다. 그런 의미에서 무애의 시와 그의 시집『조선의 맥박』은 마땅히 주목되어야 한다.73)

[주제] 암울한 시대를 극복하려는 청소년들의 역동성

24) 이리와 같이

조선아, 잠들엇는가, 잠이어든
숲속의 이리와 같이 숨ㅅ결만은 우렁차거라

비ㅅ바람 모라치는 저녁에
이리는 잠을 깨어 울부짖는다,
그 소리 몹시나 우렁차고 위대偉大하매
半밤에 듯는 이 가슴을 서늘케 한다,
조선아, 너도 이리와 같이 잠 깨여 울부짖거라,

아아 그러나 비ㅅ바람 모라오는 이「世紀」의 밤에
조선아, 너는 잠ㅅ귀 무된 이리가 아니냐,
그렇다, 너는 번개 한번 번쩍이는 때라야,
우레ㅅ소리 한울을 두 갈래로 찢는 때라야
비롯오 성나 날뛰며 울부짖을 이리가 아니냐,

조선아, 꿈을 깨여라, 꿈이어든
산ㅅ비탈 이리와 같이 꿈자리만을 위트럽거라.

---

73) 김용직, 전게서, 468~469쪽.

총 4연으로, 제1연과 제4연은 각 2행, 제2연과 제3연은 각 5행으로 구성된 다소 특이한 형태를 지니고 있다. 또 1, 4 연의 초두가 '조선아'라는 감탄적 호격어로 시작되고 있는 것과 1, 2, 4연의 말미가 '우렁차거라', '울부짖거라', '위트럽거라' 등 명령 내지는 청유형의 어사語辭를 사용하고 있는 것도 한 특색이라고 하겠다.

무애는 이 시의 성격에 대하여 다음과 같이 언급하고 있다.

> (동경 유학 시절) '좌파'의 기예지사氣銳之士들과 토론회에서 논전한 뒤에 지은 듯한 다음의 두 首—한 편 (「나는 이나랏 사람의 자손이외다」)은 나대로의 고집과 신념을 나직히 읊조린 것이요, 한 편 (「이리와 같이」)은 그들의 울부짖는 정열을 다소 본뜬 듯하다.[74]

이 시의 내용은 다음과 같다.

제1연 조선아, 잠들더라도 숨결만을 이리와 같이 우렁차거라.
제2연 비바람 몰아치는 밤 시간에 몹시 우렁차고 위대하게 울부짖는 이리처럼 조선아, 너도 잠 깨어 울부짖거라.
제3연 조선아, 너는 비바람 몰려오는 '세기'의 밤에 너무 잠귀가 무딘 이리가 아니냐? 번개 치고 우렛소리 들리는 때라야 성나 날뛰고 부르짖는 이리가 아니냐?
제4연 조선아, 꿈을 깨어라. 꿈속이거든 꿈자리라도 위태롭거라.

이 시에서 '이리'는 시인의 대리적 존재라고 할 수 있다. 따라서 시인이 추구하는 바를 이리를 의인화해서 전이시키고 있다고 할 것이다. '비ㅅ바람 모라치는 저녁', '半밤', '산비탈' 등의 소재는 일제 치하의 암담한 시

---

74) 양주동, 『문주반생기』, 113쪽.

대적 상황을 비유하고 있다고 할 것이다.

김선학은 이 시에서 담긴 내재 의식에 대하여 다음과 같은 견해를 보이고 있다.

> 이 시의 경우에 있어서 양주동의 망국적 현실 인식을 "조선=밤=이리의 꿈"으로 도식화할 수 있는 속에서 웅변조로 개탄하고 만다. 그것은 시인 자신이 현실 상황에 대한 어쩔 수 없는 존재임을 고백하는 영역에 머물고 있다는 반증 이외의 것은 아니다. 「탄식」, 「불면야」, 「잡초」, 「정사」, 「나는 그대에게 온몸을 바치려노라」, 「史論」 등 『조선의 맥박』 속의 시편은 모두가 이 같은 영역 속에서 말해질 수 있는 공통성을 갖고 있다.
> 조선이란 당대적 현실에 대응, 극복이란 능동적 입장을 포기한 지식인의 인식은 어둡고 암울한 이 시기 망국적 멍에를 맨 아픈 탄식 속에 있었다.75)

신동욱의 견해도 참고할 만하다.

> 「이리와 같이」에서는 세찬 열정적 어조로 조선을 일깨우는 내용을 읊고 있다. 이 작품에서 조선은 이리로 비유되고 있으며, 용맹스럽고 사나움에도 불구하고 현재는 잠든 상태임을 전제로 하고, 그 잠이 깨일 것을 권고하고 있다. 시의 화자는 힘찬 어조로 말하고 있으며, 또 감상적이고 허무적인 내용을 보이지 않으나, 추상화의 정도가 현실과 거리가 있으므로 일종의 관념적 시상임을 알 수 있다. 지식인으로서 관념적 시상을 쓸 수도 있을 것이지만, 그것이 좀 더 공감을 얻으려면 시의 형상성에 부심할 필요가 있다.76)

---

75) 김선학, 상계논문, 370쪽.
76) 신동욱, 조남철, 전게서, 121쪽.

김영철은 이 시의 고차원적 비유에 대해서 다음과 같이 언급하고 있다.

「이리와 같이」는 당대의 현실 인식이 좀 더 뚜렷한 시적 배경으로 자리 잡고 있는데, 시인은 당대 현실을 어두운 밤으로, 민족의 주체를 이리의 울음소리로 대비시키고 있다. 전경으로 자리 잡은 식민지 현실을 '비바람 몰아치는 세기의 밤'으로 표상하고 있으며, 이 비바람 치는 세기의 밤을 극복하기 위해서는 이리처럼 '성내 날뛰며 우렁차게 울부짖어야 하는 것이다. 역시 극복의 주체를 이리로 표상한 것이 다소 어색하기는 하지만, 질곡桎梏의 밤을 깨는 비유로는 적절한 것으로 보인다.[77]

[주제] 험난하고 암울한 시대에 조선인의 분발을 독려함

25) 잡조雜調 五章

비 오는 밤
자리 우에 누어서 생각나는 것
해질녘 길ㅅ가에 서서
울고잇든 어린아이는
그 뒤에 어머니나 찾어갓을까,
뉘집의 어린아인지.....

「기어코 떠나갓어요,
멀리 북반주도 떠나갓어요
가난의 살림은 참아 할 수 없다고
어제ㅅ밤 잠든 새 기어히 떠나갓어요」
날조차 흐리터분한 봄날 아츰에,

---

77) 김영철, 上揭論文, 131쪽.

행랑行廊어멈의 하소연하는 말, 말하는 얼골

사람의 얼골을 보기 싫은 날
밉든 사람조차 한없이 그리워지는 날

이삼월의
남은 치위가 아즉도 다 가기 전에
성 밖에는 거지의 움막이
하나씩 둘씩 늘어만 간다.
옆으로 지나는 사람 웃고 하는 말
「여름에는 저렇게 한데서 잠자는 편이
집안에서 자는 것보다 시원하렷다.」

「세상이 이제는 말세인가 봐.」
신문의 사회면 보고
강개慷慨롭게 탄식하는 늙은이의 말.
「새로운 세계는 돌진합니다.」
곁에 앉은 젊은이다꼬 하는 말

　전 5연으로 구성되어 있고 각 연의 행수는 2행, 5행, 6행, 7행 등 일정
하지 않다. 무애는 김동리가 이 시에 대하여 찬사를 보냈다고 하나 구체
적인 내용을 확인할 수 없다.

> 제1연 비 오는 밤 잠 자리에 누워서 생각나는 것은 해질녘 길가에서 울고 있
> 던 어린 아이의 모습. 여기서 '울고 잇든 어린 아이'는 방황하는 인간
> 군상을 의미한다. 이 연에서는 걱정만 하고 도와 줄 힘이 없는 안타까
> 운 심정을 읊었다.
> 제2연 가난을 이기지 못해 밤에 몰래 남편이 북만주로 떠나갔다고 흐린 봄
> 날 아침에 하소연 하는 행랑어멈의 실의한 얼굴, 생활고를 이기지 못해

이국땅으로 기약 없이 떠나야 했던 당시 빈민들의 설움을 읊고 있다.
김장호는 제2연과 관련하여 "북간도로 가는 이민 열차에 실려 가고 실려 보
낸 백성들의 처절한 풍속도가 가라앉은 비애감으로 점철되어 있다."
고 했다. 78)
제3연 인간들이 탐탁지 않은 날, 평정한 마음을 지닐 수 없는 고독한 인간 심
리를 나타내 주고 있다.
제4연 봄이 채 가시기도 전에 평양성 밖에 하나 둘씩 늘어나는 乞人들의 움
막을 보고 행인들은 그저 하기 좋은 말로 "걸인들의 여름 생활이 더
좋겠다."고. 이래저래 모두들 가난을 못 벗어나는 군상들.
제5연 기성세대의 세대 비판론과 신진세대의 긍정적인 현실관.

이 시에서는 길 잃은 아이, 남편을 잃은 아낙, 고독한 지식인, 거처할
곳조차 없는 빈민, 혼탁한 세대를 두고 서로 엇갈린 생각을 노정하는 신
구세대 등 다양한 인간 군상을 등장시켜 당시의 혼효混淆한 사회상을 나
타내 주고 있다.

[주제] 곤고困苦하고 기약 없는 상황에서 분출되는 고뇌와 갈등

26) 묘반墓畔 二首─②샘물

무덤ㅅ가에
샘물이 흘은다,
바위틈으로 졸졸 흘러나오는
깨끗한 샘물, 옥 같은 샘물

샘물에 손을 씻을까,
그 샘물이 어쩌나 찬지,

78) 김장호, 前揭논문, 25~26쪽.

곁에만 가도 뼈에 사모치는 듯,
차디찬 샘물, 옥 같은 샘물,

아아 갑짝이 몸서리 치노니,
혹시나 이 샘물이
죽음과 기맥氣脈을 通치 않는가,
무덤ㅅ가의 샘물, 옥 같은 샘물

    프랑스의 시인 테오필 고티에(Theophile Gautier, 1811~1872)의 "This water of diamond has a taste of death."라는 글귀가 부제로 붙어 있다. 무애는 이 시의 소재를 고티에의 이 시구詩句에서 얻었다고 한다. 또 원효대사의 고사에서도 힌트를 얻어서 착상했다고도 한다.

    원효대사가 인생의 무상함을 느껴 의상대사와 같이 당나라로 가던 도중 밤에 갈증이 나서 단 샘물을 마셨는데 이튿날 깨어 보니 사람의 해골에 고인 물이었다고 한다. 그래서 "진리는 결코 밖에서 찾을 것이 아니라 자기 자신에게서 찾아야 한다."는 깨달음을 터득하고, 당나라 行을 포기했다는 일화가 전해 오고 있다.

    고티에는 "예술을 위한 예술"의 주창자로 유명하다.

    그는 처음에는 화가였으나 빅틀 유고의 성공에 자극을 받아 그의 문하에 들어가 화려한 시편과 소설을 써서 일약 낭만주의 운동의 중심인물이 되었다.

    고티에는 낭만주의의 우수를 노래한 시인인 동시에 감각의 세계에 몰입하여 회화주의의 시를 쓰기도 하였다. 그는 보들레르에게 큰 영향을 미치기도 했다.

    이 시는 全 3연으로 되어 있다.

> 제1연 무덤가 바위틈으로 깨끗하고 옥 같은 샘물이 흐른다.
> 제2연 샘물이 어찌나 찬지 곁에만 가도 뼈에 사무치는 것 같다.
> 제3연 혹시나 이 샘물이 죽음과 氣脈을 통하고 있지나 않을까 생각하니 갑자
> 기 몸서리친다.

이 시는 외관상으로 옥같이 맑게만 보이지만 숨겨져 있는 참 모습은 암울과 허망함의 극치일지 모르는, 이중성을 갖고 있는 샘물을 소재로 하여 존재의 다양함을 읊고 있다.

이 작품은 『東光 20호』(1931. 4)에도 게재되어 있다.

[주제] 무덤가를 흐르는 샘물에 대한 성찰省察.

27) 靜思 五篇－① 선구자

「정사」는 「선구자」, 「격론한 뒤」, 「영웅과 志士」, 「나부터 먼저 적인 줄 알라」, 「일절의 의구를 버려라」 등 5편으로 구성되어 있고, "정언사지靜言思之 오벽유표寤辟有摽"라는 『시경』 「패풍邶風」의 一句가 부제로 붙어 있다.

『詩經』은 중국 문학의 시작이라고 할 만큼 중국에서 가장 오래된 시가집이며 후세에 중국 문학에 多大한 영향을 끼쳤다.

사마천司馬遷은 『史記』 「孔子世家」에서, 옛날부터 전해 오는 시가 3,000여 편이 있었는데 공자가 그중에서 예의에 합당한 305편만 골라 『시경』을 편찬하였다고 주장하고 있으나 이설異說이 많다. 『시경』은 그 편차와는 달리 頌, 雅, 風 順으로 시대를 점철하였으니 대강 西周 初에서 春秋 중엽中葉 진영공陳靈公 때(BC 1122~570)까지 500여 년에 걸쳐 생성되었

다. 『書經』, 『易經』과 함께 '三經'으로 稱해지나 『詩經』은 모든 經의 으뜸으로 손꼽혀 왔다.

『시경』은 四詩, 六義로 나누기도 한다.

'四詩'란 風, 大雅, 小雅, 頌을 말하며, '六義'란 風, 雅, 頌의 '三經'과 興, 賦, 比의 '삼위三緯'를 가리키는데, 三經은 시의 내용과 성질을 말하고, 三緯는 시의 체제와 방식을 말한다. 또한 風, 小雅, 大雅를 正·變으로 구분하여 주남周南 소남召南을 正風, 패풍邶風 以下 13 列國風을 變風이라 한다.

이 시의 부제로 인용된 詩句는 變風의 모두冒頭인 邶風 中 '백주栢舟'의 一節로서 무애无涯는 『詩經抄』(을유문화사, 1954) 10쪽에서 "가만히 신세를 생각하면 잠 못 이뤄 가슴을 칠밖에"로 풀이하고 있다.

　　　　　하도 이 마음 울분에 북바치어서
　　　　　半밤에 일어나 방ㅅ바닥 치며,
　　　　　우리 위해 피 흘리고 간 선구자들을
　　　　　위하야 통곡하다가 다시금 저주하여 본다.

　　　　　선구자여, 민중의 자각과, 훈련과, 조직이 없는 때,
　　　　　그대의 용감스러운 일음만은 뚜렷이 들어낫나니,
　　　　　아아 그대는 이 무력한 민중의, 그 무지와, 둔감鈍感의,
　　　　　비통한 희생이오, 저주할 만한 심증일러라,

　　　　　혼자서, 그러나 용감스럽게, 앞길로 나아간
　　　　　의분義憤에 피 끓는 남아여, 순교자여, 영웅이여,
　　　　　그대들인들 얼마나 이 민중을 원망하고,
　　　　　아니 도로혀 불상히 녀기고 갓스리만은,

　　　　　갈 길 몰라 헤매는 이 민중 어이 하자고,
　　　　　그대만 혼자 목표를 바라보며 가고 말엇나,

피 흘리며 그대의 갈 길 몬저 가고 말엇나,
비장하고 무정할 손, 우리의 선구자들아.

아아 선구자여, 우리는 목 말으면,
자곡마다 흘린 그대의 피 마시고 가리만,
대중이 함께 나아가는 날 우리들 중에는
선구자란 일음 가진 이 찾으려야 찾을 길 없으리,

무애는 「선구자」를 쓰게 된 동기에 대하여 "1930년 1월 1일에 숭실전
문 학생들이 '광주 학생사건'(1929. 11. 3)의 여파로 데모를 하매 일경이
무참히 구타하므로 그것을 보고 분개해서 쓴 시"라고 하였다.
저간這間의 사정에 대하여 『문주반생기』에 좀 더 자세히 적어 놓았다.

光州 학생의 항거가 이어 평양에서 일어난 것은 좀 늦어 1930년 바
로 원단元旦 날이었다. 나는 그때 학교 위층 교수실에 앉아 있었다.
교정엔 길길이 눈이 와서 하얗게 덮였는데, 학생들이 시커먼 교복
을 입고 당당한 행열을 지어 눈 위로 굽이굽이 힘차게 돌아가고 있었
다. 白雪과 흑장속黑裝束이 돋보여 참으로 씩씩하고 용장하였다.
창으로 내다보며 몹시도 감분感奮한 나는 그만 층계를 뛰어 내려가
나도 그들의 대열에 참가하고 싶은 격렬한 충동을 느꼈다. 그러는 차
에 일경과 사복 떼들 수십 명이 미친개처럼 달려들었다. 학생들은 완
강히 스크랩을 겯고 버티었으나 그들의 곤봉에, 검검檢劍에, 행렬은
하는 수 없이 차츰 어지러워지고, 이윽고 彼, 我간에 격투는 벌어져 저
들의 구두 발에 차이고, 몽둥이에 두드려 맞고, 칼끝에 찔려, 나의 '학
생'들은 여기저기 선혈을 뿌리며 넘어졌다. 희나 흰 눈이 쌓인 교정에
군데군데 흘려진 붉은 피와, 낭자한 발자국들이며, 쓰러진 학도들의
시커먼 옷이 참으로 목불인견目不忍見의 처절한 광경이었다.
그러나 나는 교수실에서 뛰어나가 교정으로 달려 그들의 흐트러진
대오隊伍 속에 뛰어 들어갈 '용기'가 그에 없었다. 나는 그대로 장승과

같이 창가에 붙어서는 한갓 눈물을 머금은 눈으로 그 처참한 광경을 응시할 뿐이었다. 참으로 나는 그때처럼 인텔리의 무기력을 뼈저리게 느낀 적은 없었고, 자신의 '비겁卑怯'을 이때만큼 부끄럽게 생각한 적은 없었다. 돌아온 그날 밤 내 딴에 자못 비분강개한 詩 한 편을 썼으나, 그것은 또 자신을 '합리화'하면서 부질없이 '남'과 '내일'에 무엇을 기대하는 자위의 비겁한 둔사遁辭에 불과하였다.79)

이러한 동기에서 쓰여진 작품이 「선구자」와 「史論」이라고 했다.
「선구자」는 줄 5연으로, 각 연은 4행으로 구성되어 있다. 이 시에서 '선구자'는 주로 항거에 참가한 숭실전문 학생들을 가리키는 것 같다.

> 제1연 밤중에 일어나, 낮에 일제의 강압에 무참히 희생된 학생들을 생각하면서 통곡하고 저주해 본다.
> 제2연 용맹스러운 선구자들은 자각과 조직적 훈련이 없는 무기력한 민중들의 희생자들이다.
> 제3연 무참하게 희생된 용감했던 희생자들은 의혈남아요 순교자, 영웅들이다.
> 여기서 '순교자'는 숭실전문의 사자死者들을 가리킨다.
> 제4연 혼돈 속에 방황하는 민중들을 남겨두고 선구자들은 목표를 향해 매진하다가 비장하게 희생되고 말았다.
> 제5연 대중들은 그대들의 고귀한 희생에 힘입어 전진하겠지만, 그러나 새로운 선구자의 출현을 기대하기는 어려울 것만 같다.

[주제] 선구자들의 고귀한 희생과 민중의 책무

---

79) 양주동, 『문주반생기』, 281~282쪽.

28) 靜思 5편─② 격론한 뒤

이 시의 제명이 <동아일보>(1930. 2. 19)에는「우리의 이론理論」으로 되어 있으나, 『조선의 맥박』(82~83쪽)과 『문장독본』(47~48쪽)에는 「격론한 뒤」로 개명되어 있다.

이 시는 무애가 당시 좌익이었던 김팔봉과의 논전 후에 쓴 것이라고 밝힌 바 있다. 무애는 「문예상의 내용과 형식」(1929. 6), 「문제의 소재와 이동점異同點」(1929. 8), 「속 문제의 소재와 이동점」(1929. 10) 등을 통해 팔봉과 격렬한 논쟁을 전개한 바 있다.

> 그렇다, 우리의 이론이 정당하고,
> 우리의 주장이 모다 확실타 하자.─
> 우리의 말하는 대중이 어느 곳에 잇는가,
> 우리들 중에 과연 대중이 잇는가.
>
> 대중은 저긔 저 교문을 드나드는 학생의 무리,
> 그보다도 손발에 흙 묻은 농부의 무리,
> 아니다, 도회에 헤매이는 지게꾼들,
> 공장에 헐떡이는 직공들이 아니냐.
>
> 동지여, 테─불을 그만 두다리라,
> 우리 사이의 주장은 모도다 옳은 것이다.─
> 만은, 그대여, 천의 리론을 무삼하리,
> 돌아가 어린애 글人자 한자 가르키려 한다.

이 시는 全 3연, 각 연은 4행으로 되어 있다.

제1연 우리의 이론과 주장이 정당하다고 해도 우리가 말하는 '대중'

은 존재하지 않는다.

  제2연 대중은 지식층이라기보다는 노동자, 저소득층이다.

  제3연 이제 탁상공론은 그만 두고 신세대의 계몽에 앞장서자.

[주제] 공소空疎한 논쟁을 접고 신세대의 계몽에 앞장서자.

29) 정사 5편 ③영웅과 지사

  어제ㅅ 밤 알프스에서 영웅이 나와
  세계의 력사를 마음대로 굴렸다한다,
  동무여 이 말이 참인가.

  오늘 아츰 백두산에서 지사가 모여
  조선의 앞길을 똑바로 잡는다 한다,
  그대여 이 말이 또한 참일 것인가.

  대중아, 영웅을 부인하자
  그들의 허망됨을 똑똑히 인식하자!
  대중아, 일은 바 지사를 전송하자,
  그들의 하욤없는 정체를 폭로식하자!

  력사의 창조자 뉘라 뭇는가,
  모든 것은 우리들의 장중에만 잇지 않으냐.
  앞길의 지도자 뉘라 뭇는가,
  우리의 지도자는 우리들 중의 손목에만 있다.

  아아 오로지 우리들의 힘을 기르자!
  부질없는 영웅의 환상에 무릎 꿇기를 그치고,
  값싼 지사의 눈물에, 변설에, 감격을 그치자!
  진실로 대중이 힘없는 동안

제 아모리 영웅과 지사의 맞춤이라도
「무」에서「유」는 나올 리 없는 줄 알라.

대중아, 우리들의 머릿속에서
관우, 장비, 제갈량이 없어지는 날,
우리의 나아갈 새날이 밝는 줄 알라.
우리들의 창조하는 력사 우에서
일은바 영웅, 지사가 구축되는 날,
우리의 승리하는 그날이 온 줄로 알라.

　全 6연으로, 1.2연은 각 3행, 3.4연은 각 4행, 5연은 6행, 6연은 5행으로 된, 다소 특이한 형태를 띠고 있는 시이다.

제1연 영웅 한사람이 역사를 지배할 수 없다.
제2연 志士 몇 사람이 민족의 진로를 개척할 수 없다.
제3연 허망하고 하염없는 영웅과 지사志士를 배척하자.
제4연 역사의 창조와 진로의 개척은 대중의 역할에 달려 있다.
제5연 영웅의 환상이나 志士의 변설辯舌에 현혹되지 말고 대중의 힘을 길러
　　　야 한다.
제6연 의타심과 선입견을 버리고 우리들 스스로가 장래를 개척하는 것만이
　　　민족이 승리하는 길이다.

　[주제] 영웅과 志士에 대한 의타심을 버리고 민중 스스로가 민족의 진
　　　로를 개척해야 한다.

30) 정사 5편④그리스도를 배우라

　그리스도 ― 인류의 죄를 위하여

몸을 번제燔祭로 제단 위에 희생하시다.
지상에 정의 없음을 두려워하여
몸을 십자가 위에 못 박으시다.

아아 그 불타는 정열과 피 끓는 의분,
바다 같은 사랑과 바위 돌 같은 신념,
사람아, 그의 별 같은 이상을 보라!
달빛 아닌 그의 해빛 같은 희망을 보라!

교만과 이기심과 위선과 핍박,
이는 모든 강한 자의 죄상일러라.
강한 자 죄 많고 약한 자의 없음으로
그리스도 십자가 위에 그 몸을 희생하시다.

아아 옆구리에 흐르는 그의 거룩한 피 줄기,
가시관 밑에 체현된 그의 엄숙한 고민!
민중아, 여기에 참다운 생명과 부활이 있다.
아아 그리스도의 희생을 배우라!
의를 배우라.

全 4연, 각 연 4행으로 구성되어 있다

제1연 그리스도는 인류의 죄를 위하여 십자가에 못 박혀 희생하셨다.
제2연 그리스도의 정열과 의분, 사랑과 신념에 찬 이상과 희망을 되새겨보자.
제3연 교만과 이기심, 위선, 핍박 등 온갖 죄상에 가득찬 자와 약한 자를 위하여 그리스도는 희생하셨다.

[주제] 그리스도의 거룩한 희생과 義로움을 배우자.

31) 정사 5편 ⑤ "일체―切의 의구疑懼를 버리라"(단테『신곡神曲』
　　지옥편)

　　　원칙은 서 잇다. 남은 것은 세목細目뿐이다.
　　　목표는 정하여 잇다, ― 문제는 다만
　　　인식의 조만早晩과 출발의 시각 뿐일다!

　　　그러나, 어이하랴, 아아 어이랴,
　　　민중의 감각 이다지도 무디이고,
　　　민중의 의지와 긔개 이다지도 침체한 것을.

　　　아아 민중아, 귀를 씻으라!
　　　눈을 부뷔라! 머리를 닦으라!활개를 치라!
　　　회색의 꿈에서 깨어 현실에 보조를 맞히라!

　　　민중아, 자각하라, 아아 그러나,
　　　「너부터 몬저 일체의 겁나怯懦를 버리라,
　　　일체의 의구를 헌신짝 같이 내어버리라.」

　　단테의『신곡』의 제1부인「지옥편」대사의 일부를 시제로 내세우고
있다.
　　全 4연, 각 연은 3행으로 되어 있다. 이 작품은「신동아 7호」(1932. 5)
에도 수록되어 있다.

제1연 원칙과 목표가 서 있으니 조속히 실천에 옮겨야 한다.
제2연 민중의 무딘 감각과 침체된 의지와 기개가 문제이다.
제3연 민중들은 새로운 각오로 현실에 적응해야 한다.
제4연 민중들은 겁怯 많고 나약함, 의심과 두려움을 버려야 한다.

조동일은 이 작품에 대하여

> 「정사」라고 한데 수록되어 있는 시 다섯 편에서, 지도자라는 사람
> 들이 사실은 허망하니 대중이 스스로 각성해야 한다고 한 것은 적절
> 하지만, 시가 될 수 있을 만큼 형상화되지는 못 했다.[80]

고 평하고 있다.

[주제] 민중들은 원칙에 입각해서 목표를 설정한 후 새로운 각오로써
　　　이를 실천에 옮겨야 한다.

32) 눈

―어머님 영전에―

이 겨울,
내 고향 앞 뒤ㅅ산에
눈이 몇 자나 쌓엿노,

겨우내
쌓일대로 쌓여도 쓸 이 없는
어머니 무덤의 차디찬 눈

내 고향 뒤ㅅ산
어머니 무덤엔,
이겨울 눈이 얼마나 쌓였노.

---

80) 조동일, 上揭書, 141쪽.

무애는 이 시의 창작 경위에 대하여 다음과 같이 자세히 적어 놓았다.

> 이 단시는 내 시집 『조선의 맥박』 소재所載에 의하면 '을축년(1925) 말일末日'이란 지은 날짜의 부기附記가 있으니, 스물세 살 때 日東서의 作인데, 하필 '을축년 말일'임은 선비先妣의 생년월일이므로 이역에서 그날에 회갑이 될 돌아간 어머니를 생각하여 그 詩를 그적 거렸던 것임이 기억된다. 대개 어머니를 여읜 十年 뒤. 내가 바지 뒷 폭을 찢어 뜨리고 엉덩이가 몹시 싸늘하나 꿰맬 도리가 없어서 사뭇 딱하던 一年 전의 作이다. 그러니 이렇게 실감을 짝함이 없이 자못 관념적일 수밖에.
>
> 또 한편 어머니를 회상한 글은 '선비묘명先妣墓銘'이라 題한 한문으로 의작擬作한 단문 몇 줄인데. 지은 연대는 자세히 기억되지 않으나, 대략 二十여년전—그러니까 이것은 나의 '찢어진 바지'의 사건이 있은 뒤의 作인가 한다. 노산 이은상이 이 글을 보고 좋다 하여 원문보다 훨씬 더 낫게 우리말로 번역하여 오래 전 여성 잡지 『신가정』엔가에 그의 글 중에 인용되어 있던 것을 기억하나 마침 그것을 얻을 수 없으니, 대의大意만 붙여 둔다.
>
> 내가 어려서 아버지를 여의고 나이 열 살에 어머니께서 내게 『大學』을 가르쳤으니, 어머니요 아버지였다. 나를 몹시 사랑하여 자못 촉망한 바 되었으나, 자라남을 보지 못하고 세상을 떠났다. 그 뒤 20여 년, 내가 학문을 이룬바 없고, 구실도 또한 아무런 이룩함이 없어, 매양 무덤 앞을 지날 때마다 감히 무슨 말씀을 드릴 것이 없고, 오직 눈물로 흐느껴 옮길 있을 뿐이다. 아아, 말씀을 드릴 때는 언제료, 아직 기록하여 써 나의 평생 불효한 죄를 나타내노라.[81]

무애는 이 시를 읽노라면 동진東晉의 간문제簡文帝(12代王)의 고사故事가 생각난다고 했다.

---

81) 양주동, 『문주반생기』, 207~208쪽.

아버지와 어머니— 둘 다 어려서 여의었으매 얼굴조차 기억되지 않는다. (중략) 이렇게도 제 부모, 특히 제 어머니에 대한 완전한 무지가 있을까. 옛날 중국 양梁나라의 어린 임금 간문제가 들에 나갔다가, 논의 벼를 보고 그것이 무슨 '풀'인지 몰라 近臣에게 물어서 비로소 그것이 '밥'의 원료인 '벼'라는 것인 줄로 알고,

"아아 세상에 나 같은 바보가 어디 있을까? 그 끝을 먹으면서 그'밑둥을' 몰랐다니!"라 하였다는 말이 있거니와(『世說』 별주別注), 도대체 그 유체遺體를 타고난 '끝'인 이 몸이 그 '밑둥'을 이렇게 전연 모르다니! 생각하면 안타깝고 서러운 일이다.82)

무애는 그러한 심정을 이렇게 토로한 바도 있다.

또 한 가지 무궁한 한은, 내 어머니의 산소가 있는 C읍 서쪽 오리의 메는 위북緯北의 절역絶域이라, 어머님 가신지 지금에 벌써 55년, 내 나이 어느덧 66세에 이르렀건만, 그동안 몇 10년을 산소에도 한번 가 보지 못하였음이다. 내 생전에 국토가 통일되어 한번 그 메를 찾을 기회가 있는지, 감개는 더욱 깊은 바가 있다.83)

이 시는 全 3연으로 되어 있으나 그 문장이 아주 짧게 되어 있다.

제1연 이 겨울 내 고향 산천에도 눈이 많이 내렸겠지.
제2연 겨우내 쌓일 어머니 무덤의 차디찬 눈
제3연 어머니 무덤에 이 겨울에 눈이 많이도 쌓였겠지.

---

82) 양주동, 「하늘 아래 그 무엇이 넓다 하오리」, 『어머니 상권』(창조사, 1969), 830~31쪽. *별주別注 "간문제는 논의 벼를 알아보지 못하고 무슨 풀이냐고 물었다. 左右가 벼라고 대답하자 간문제는 돌아와 사흘을 外出하지 않고 "그 끝(쌀)에 의지해 살면서 그 근본(벼)을 몰랐다니!"라 했다. 유의경劉義慶 찬撰, 『세설신어世說新語』, 임동석 역 (교학연구사, 1989), 404~405쪽.
83) 全上, 40~41쪽.

[주제] 돌보는 이 없는 어머니의 무덤을 슬퍼함.

33) 정사 속편 ①나부터 몬저 적敵인 줄 알라

　　고식姑息과 호의狐疑와 주저躊躇,
　　이기적 타산과 그리고 보수報酬,
　　말좋은 중립, 고답高踏, 기실은 회피,
　　의식적 무의식적 반동의 정체―
　　그의 志士 然한, 이론가 然한 가증한 풍모
　　아아 이는 현대 지식계급의
　　소뿌르 근성 가진 자의 필연의 운명일터라.

　　궤변과, 허위, 호도糊塗,
　　헛되히 벌린 성세聲勢와 그의 무 내용, 무기력,
　　력사를 감히 창조치는 못하고 나아가는대로 쓰을려 가는 가련한
「동반자」―
　　실행에 림하야는 지설持說도 표변豹變하는 「카멜레온」―
　　아아 이는 지나가는 세기의,
　　물러가는 계급의 덮을 수 없는 본색本色일러라.

　　여명에 돌진하는 행렬에
　　알거나 모르거나 고의로 눈감으려 하는,
　　어슬렁어슬렁 뒤나 딸으려 하는,
　　시대의. 민중의, 보잘 것 없는 기생류寄生類―
　　진군에 도로혀 장애나 될 진취성의 불구자―
　　아아 나의 아들아 너의 아비 그러하거든
　　나부터 몬저 새세계의 너의「敵」인줄 알라.

　　全 3연, 각 연은 5+2행의 특이한 형태를 취하고 있다. 즉 각 연의 7.8

행은 일종의 '후렴' 句 비슷한 역할을 하고 있고, 7행 초두初頭는 모두'아
아'라는 감탄어귀로 시작되고 있다.

제1연 임시변통과 의아심, 이기적이고 위선적인 현대 지식인의 근
성은 자본가 계급의 운명이다.
제2연 궤변과 허위, 호도糊塗, 허장성세虛張聲勢와 무기력, 피동적
이고 主見도 없는 것은 금세기 인들의 본색이다.
제3연 개혁을 외면하고 의타적이어서 진로에 방해만 되는 기성세
대는 진취적인 신세대의 적이다.

[주제] 기회주의적이고 소극적, 이기적인 기성세대들은 새로운 세기
를 위하여 그 근성을 타파해야 한다.

34) 정사 속편 ②史論

사나운 권력의
억제하는 명령 앞에서
때로는 양과 같이 무릎을 꿇기 쉬운 대중의 비겁―
혹시는 털끝만한
더러운 리욕의 밋기에 물려
물ㅅ고기 같이 꼬리치며 생명을 애걸하는 개체의 무력―
동지여, 그대는 낙심落心하는가, 아즉 참으라
한숨을 거두고 쾌히 세상을 뒤지라

아아 어인 일가, 양과 같이
그리도 온순하든「작일昨日」의 민중이
하로 아츰「정의」의 기ㅅ발 아래 범 같이 날뛰며 갓도다.
저 보아, 바로 전에 물ㅅ고기 같이

그리도 불상히 파닥으리든 수많은 개체가
　　하로ㅅ밤 「부정」의 낙시ㅅ대를 두 동강에 분질럿도다.
　　동지여, 놀람을 그치라, 이렇므로사
　　비롯오 이 한권이 인류의 역사가 아니뇨,

　　춤 2연, 각 연은 6+2행 형식으로 되어 있다.

　　이 시의 창작 배경은(27) 「선구자」와 궤를 같이 한다. 즉 "광주학생운동"(1929. 11. 3)의 여파로 1930년 1월 1일에 숭실전문 학생들이 데모를 할 때 일경의 가혹한 탄압으로 많은 희생자들이 속출하는 것을 보고 분을 참지 못해서 쓴 시라고 했다[84]

　　이 시의 창작 시기는 『동광 20호』와 『문주반생기』(289쪽)에는 1930년 1월 1일로 되어 있으나, 『조선의 맥박』(95쪽)과 『무애시문선』(70쪽)에는 1931년 1월 1일로 되어 있다. 그러나 「사제기—창가에서 바라본 일」(『문두반생기』, 281~282쪽)을 근거로 보았을 때는 전자의 기록이 맞는 것 같다.

　　제1연 대중은 사나운 권력의 압제에 못 이겨 굴복하기도 하는 무기력한 존재이다. 그러나 동지여, 낙심하지 말고 학업에 매진하라.
　　제2연 아아, 어제는 양같이 순하던 민중이 오늘은 정의를 위하여 범처럼 용맹을 떨치고, 연약하던 개체들이 부정을 척결하려고 분연히 일어났구나. 동지여, 놀라지 말라. 이것이 역사의 새로운 발전이다.

　　김장호는 이 시를 분석하면서 다음과 같이 평하고 있다.

　　6행씩의 2연, 主聯에 각기 2행씩의 후렴을 단 이 시는 제1연에 민중

---

84) 註 79) 참조.

의 비겁상을, 제2연에 그 비겁한 민중의 궐기를 대조함으로써 격동하는 시대의 고민을 펴 보인 위에, 제1 후렴에는 거기에 대한 자신의 할 바를, 그리고 제2후렴에 가서 그것이 역사의 발전이라는 인식에 이르고 있으니, 그런대로 구성적인 의도가 엿보이지 않는 것은 아니지만, 그 언어에 있어, 시인이 그때 의식했든 안했든 내심에 이미 창작 시에 대한 자신의 한고비를 스스로 내비친 것으로 보인다. (중략) 그러나 시인이 그의 시대를 드높은 목소리로 노래할 수 있는 심정이 풍부한 반향 장치, 그것을 유감 없이 울려내고 있는 시인을 가리켜 '시대의 시인'이라 부르는데 인색할 이유를 우리는 가지지 못한다.[85]

[주제] 무기력하고 이기적으로만 보이던 민중이 정의를 위해 권력의 압제에 맞서 분연히 저항하는 역사적 사건을 칭송함.

35) 산 넘고 물 건너

산 넘고 물 건너
내 그대를 보려 길 떠낫노라

그대 잇는 곳 산 밑이라기
내 산ㅅ길을 톺아 멀리 오노라.
그대 잇는 곳 바다ㅅ가라기
내 물ㅅ결을 헤치고 멀리 오노라

아아 오늘도 잃어진 그대를 찾으려
일음 모를 이 마을에 헤매이노라

무애는 이 시의 창작 동기에 대해서 『문주반생기』에다 다음과 같이

---

85) 김장호, 전게 논문, 26~28쪽.

적어 놓았다.

> 그해 (1926년) 겨울 방학이 되어서 내가 '가봉假縫'의 바지를 완전히
> 수선코자 아내가 부쳐준 '金圓'을 여비로 하여 一路 아내가 있는 고국
> 의 마을로 다시 향하였음은 물론이다. (중략) 그날 저녁 나의 바지 꽁
> 무니가 다시 '완폭完幅'의 대단원을 이루었음은 물론인데, 나는 그녀의
> 노고와 그날 저녁에 그녀가 사온 막걸리 여러 주전자의 후의를 사례
> 하기 위하여 다음의 한 편을 써서 그녀에게 보였다. 무슨 굉장한 求道
> 의 정신이나 열렬한 지사의 회포같은 '시'이나, 기실은 소박한 여행의
> 진상을 적었음에 불과하다.86)

　　무애는 『조선의 맥박』 「敍」에서 "흔히 청춘기의 정애情愛를 주제로 한
서정시와 및 가벼운 小曲 따위는 '영원한 비밀'(제1부) 속에 포함되었다."
고 언급한 후에 『산 넘고 물 건너』를 편수編首에 두고 『바벨의 탑』을 권
말미에 붙인 것은 예술에 대한 작자의 조그마한 이상을 보인 것 87)이라
고 말하고 있다.

　　이 시는 全 3연으로, 1연과 3연은 각 2행, 2연은 4행으로 구성되어 있
다. 그러나 2연은 2+2로 분연될 것을 합친 것으로, 실제로는 4연으로 구
성된 것이나 다름없다 하겠다.

제1연 그대를 보려고 험한 길을 마다 않고 왔다.
제2연 그대 있는 곳이 산 밑이라기에 산길을 돌아서 왔고, 또 바닷가라기에
　　　물결을 헤치고 왔다
제3연 오늘도 잃어진 그대를 찾으려 이름 모를 마을로 방황하고 있다.

---

86) 양주동, 『문주반생기』, 216~217쪽.
87) 양주동, 『조선의 맥박』, 5~6쪽.

무애는 이 시에서 '그대'를 '독립'이나 '진리'를 뜻할 수도 있다고 했다.
또 마지막 연의 원시는

아아 오늘도 그리운 그대를 찾으려
이름 모를 이 마을에 다달았노라

이었던 것을 뒤에 수정했다고 한다.

이러한 정황을 미루어 본다면 이 시의 주제는 "상실한 조국에 대한 향념"이나 "진리에 대한 그리움"으로 설정할 수도 있을 것이다.

백두성은 이 시의 성격에 대하여 다음과 같이 평하고 있다.

전 3연으로 되어 있는 단순하고 소박한 서정시이다.
우리나라 초창기의 신시들이 흔히 지니고 있는 소박성과 관념이 이 시에도 다분히 담겨져 있는 것이다.
소재나 시상도 단순하나, 다만 이 시에서 문제가 되는 것은 '그대'라는 말의 개념이다. (중략) 이 시에서는 역시 '사랑하는 사람'이라야 하겠다. 왜냐하면 이 시가 고도로 상징되었거나 또는 전체적으로 은유를 쓴 시가 아니기 때문이다.
단순히 순수한 정을 노래한 것이다.[88]

한편 권웅은 이 시의 주제를 "그리움의 대상을 찾아 헤매는 방랑의 서정"[89]으로 잡으면서, 핵심어의 하나인 '그대'란 어휘에 대하여 주목하고 있다.

88) 백두성, 『현대시의 연구』(동구문화사, 1968), 70~72쪽.
89) 권웅, 『영원한 한국의 명시 해설』(경원각, 1976), 103쪽.

이 시를 이해하려면 우선 '그대'란 말이 뜻하는 것을 알아야 할 것 같다. 그대는 임일 수도 있고, 조국일 수도 있고, 이상일 수도 있고, 친구일 수도 있고, 부모 형제일 수도 있다. (중략) '이상'이란 본시부터 멀리 있는 것이니 잃어질 수 없는 것이다. 그렇다면 '잃어진 그대'는 조국일 것임에 틀림없다. 조국을 잃었다. 조국이 그립다. 어딘가 조국의 그림자라도 남았을까 찾아 헤매어 보지만 조국은 아무데도 없고, 시인은 오늘도 이름 모를 마을만 헤매는 것이다. 90)

김용직은 이 시에 대하여 다음과 같이 평하고 있다.

우선 「산 넘고 물 건너」, 「별후別後」, 「산ㅅ길」 등은 그 세계가 공적인 경우라기보다는 작자의 마음속에 일어난 파문 같은 것을 다룬 작품이다. 「산 넘고 물 건너」는 "산 넘고 물 건너/내 그대를 보러 길 떠났노라"로 시작된다. 이 작품 2연은 그대를 그리는 화자가 산과 바닷가 어느 곳이고 그가 그리는 사람이 있다는 소문을 듣고 찾아 헤매는 내용으로 이루어진다. 그리고 마지막 연은 "아아 오늘도 잃어진 그대를 찾으러/일음 모를 이 마을에 헤매이노라"로 끝난다. 이 작품에 대해서는 무애 자신이 그 제작 동기를 밝힌 바 있다. 그에 따르면 이 작품은 그가 동경 유학 때 귀성길에 한강 하류에서 교편을 잡고 있었던 아내를 소재로 하여 쓴 것이라 한다. 이런 부전附箋이 없더라도 이 작품의 어투는 적지 않게 주정적인 동시에 시적인 세계를 느끼게 한다. 그런 의미에서 이 작품은 무애의 시 가운데서도 가장 연파적軟派的 서정시에 속한다 91)

[주제] 임에 대한 무한한 向念

---

90) 권웅, 상게서, 104쪽.
91) 김용직, 전게서, 464쪽.

36) 산ㅅ길

<1>
산ㅅ길을 간다, 말없이
호올로 산ㅅ길을 간다.

해는 져서 새 소리 그치고
짐승의 발ㅅ자최 그윽히 들리는

산ㅅ길을 간다, 말없이
밤에 호올로 산ㅅ길을 간다.

<2>
고요함 밤,
어두운 수풀

가도 가도 험한 수풀,
별 안 보이는 어두운 수풀.

산ㅅ길은 험하다,
산ㅅ길은 멀다.

<3>
꿈같은 산ㅅ길에
화토ㅅ불 하나.

(길 없는 산ㅅ길은 언제나 끝나리, 캄캄한 밤은 언제나 새리.)

바위 우에
화토ㅅ불 하나.

무애는 시제인 '산ㅅ길'은 인간의 외로운 길이나 혹은 일제 압박 하의 한국인의 길을 뜻한다고 했다.

이 시는 숲 3部, 各部는 各 3聯, 각 연은 2行으로 되어 있으나 크게 보면 숲 3연, 각 연 6행으로 나눌 수도 있다.

여기서는 크게 3연으로 분단해 보기로 한다. 그 내용은 다음과 같다.

제1연 이 연은 "해는 져서 새소리 그치고 짐승의 발자취도 그윽히 들리는 밤에 홀로 산길을 간다."라는 하나의 Sentence로 정리할 수 있다. 처음 2행과 끝 2행은 반복된 문장으로 되어 있다.

여기서 '짐승의 발자취'는 '일제의 무리'를 뜻한다고 했다.

제2연 별도 안 보이는 어두운 밤에 가도 가도 험한 수풀 속 험한 산길을 간다. "별 안 보이는 어두운 수풀"은 희망이 없는 '암담한 현실'을, '산길은 멀다'는 '독립의 서광曙光은 요원遼遠하다'는 의미를 담고 있다고 무애는 말한 바 있다.

제3연 캄캄한 밤, 꿈같은 산길에 바위 위에 화톳불 하나가 보인다. (화톳불은 우둥불이라고도 하는데, 장작을 한군데에 모아 질러 놓은 불을 말한다.)

이 연에서 "화톳불 하나"는 조국의 광복에 대한 희망을 뜻한다고 했다.

이 시의 문장은 대체로 간결한 단문이 많고 명사어로 끝나는 곳이 많아 의취意趣가 함축된 효과를 보이고 있다.

김용직이 이 시를 보는 시각은 무애의 자작시 해설과는 상당한 거리를 보이고 있다.

이 작품은 어떤 인격을 노래한 시가 아니다. 여기서는 그저 나그네의 정 같은 것이 바닥에 깔려 있고, 그 마지막에 기댈 매체로서 '화토스불'이 나온다. 사람에 따라서는 이것을 일제 치하의 암담한 상황과 이를 벗어나고자 하는 희망의 상징으로 불이 제시되었다고 할 이가 있을지 모른다. 그러나 일제 치하와 같은 식민지 체제에 대한 인식을 반드시 그 부수 의식으로 비판, 저항의 자세를 곁들이게 한다. 그리고 식민지 체제 하의 비판 · 저항 의식은 불가결하게 비극적 심상을 부수하는 것이다. 그러나 이 작품에서 그런 단면은 나타나지 않는다. 이런 의미에서 이 작품 역시 서정시의 한 갈래인 여행자의 정서를 읊은 것으로 판단된다. 92)

반면에 최동호의 작품 평은 무애의 자작 시 해설과 궤를 같이하고 있다.

대표작 「산길」은 비유가 선명한 작품이다. '험한 산길'과 '캄캄한 밤'은 시련을 참고 극복하고자 하는 조국애와 미래의 희망으로 읽을 수 있다. 이 시에서는 조국현실에 대한 작자의 인식이 투명하게 드러난다.93)

조동일은 이 시 제3연에 유의하면서 최동호와 유사한 견해를 보여주고 있다.

꿈 같은 산길에/화톳불 하나.
(길 없는 산길은 언제나 끝나리, /캄캄한 밤은 언제나 새리.)
바위 위에/화톳불 하나.

애처로움과 그리움을 노래한 계열의 시에서 이런 것을 찾을 수 있다. 「산길」 세 편 가운데 셋째 것이다. 얼마 되지 않는 말로 인상 깊은

---

92) 김용직, 전게서, 467쪽.
93) 최동호 편저, 『한국 명시, 상』(한길사, 1996) 264~265쪽.

그림을 그렸다. 밤길로 민족의 시련을 나타내고, 화톳불로 시련을 견
뎌내는 뜨거운 마음을 암시했다고 보면 되짚어야 할 뜻이 있다. 이처
럼 알찬 작품이 흔하지 않았다.

　　조국의 현실을 인식하려 한 노력이 적절한 표현을 얻지 못 하고, 난
삽한 관념으로 얽은 시는 다 공감하기 어려운 푸념에 그쳤다.[94]

김윤식도 이 시를 높이 평가하고 있다.

　　우리가 이 시집 (『조선의 맥박』)에서 가장 시적으로 승화된 작품을
고른다면 「산길」을 택할 것이다. 시보다 위대한 사상이나 관념은 따
로 얼마든지 있을 수 있지만, 시는 최소한 詩여야 하기 때문이다.

　　꿈같은 산길에
　　화톳불 하나
　　(길없는 산길은 언제나 끝나리, 캄캄한 밤은 언제나 새리)
　　바위 우에
　　화톳불 하나(1925. 「산길」 끝 연)[95]

[주제] 암울한 일제 치하에서 가져보는 조국 광복에 대한 가느다란 희망.

37) 가을

　　가없는 빈 들에 사람을 보내고
　　말없이 돌아서 한숨지우는
　　젊으나 젊은 안악네와 같이
　　가을은 애처러이 돌아옵니다.

---

94) 조동일, 전게서, 115쪽.
95) 김윤식, 『한국현대문학 명작사전』(일지사, 1992), 268쪽.

애타는 가슴을 풀 곳이 없어
옛 뜰의 나무를 더위잡고서
차디찬 달 아래 목 노아 울 때에,
나무ㅅ닢은 누른 옷 닙고 조상합니다.

드높은 한울에 구름은 개여
간님의 해맑은 눈ㅅ자위 같으나,
수확이 끝난 거츨은 들에는
옛님의 자최 아득도 합니다.

머나먼 생각에 꿈 못니루는
창 밑에 귀뜨람이 섧이 웁니다,
가을의 안악네여, 외로은이여 .....

　전 4연, 각 연은 4행, 각 연의 1, 2행은 대체로 3, 3, 5의 리듬을 밟고 있는 정형시에 가까운 형태를 띠고 있다.

제1연 넓은 들판에서 임을 떠나보내고 말없이 한숨 짓는 젊은 아낙네처럼
　　　 가을은 애처롭다.
제2연 애타는 마음을 진정할 길이 없어 차디찬 달빛 아래 낙엽 지는 나무를
　　　 잡고 목놓아 운다.
제3연 맑게 갠 드높은 하늘은 떠나간 임의 눈자위 같으나, 수확이 끝난 텅 빈
　　　 들판은 옛 임의 자취 찾을 길 없구나.
제4연 밤이 깊도록 잠 못 이루는데, 창 밑에서 귀뚜라미만 슬피 우는구나.

　[주제] 임을 떠나보낸 여인의 가을의 哀想

38) 실제失題

　　　사랑은 달디단 꿈이라 해도
　　　깨면은 섭섭한 눈물이오니
　　　그러면 벗이여, 이 글 보시고
　　　다시는 인연도 맺지 맙소서.

　　　마음과 마음은 합한 적 없고
　　　어제와 오늘은 달러지오니
　　　그러면 벗이여, 이 글 보시고
　　　이제란 사랑도 믿지 맙소서.

　　전 2연, 각 연은 4행으로 정확하게 3.3.5의 율조로 되어 있어서, 완벽한
정형시의 형태를 갖추고 있다.

　　　제1연 사랑은 끝나고 나면 슬픔이 되고 만다.
　　　제2연 사람은 변하기 쉬우니 서로를 너무 믿지 말라.

　　[주제] 사랑의 가변성과 허망함.

39) 남천역南川驛에서

　　<1>
　　남천역에서
　　해가 집니다.
　　차실 안에 어둠이
　　깊어옵니다.

　　그대와 난호인

이날ㅅ밤에,
외로운 나의 마음
어떠하리까.

예서 경성이
세 시간 반,
가거든 밤으로
편지하리다.

<2>
정거장에 사람은
많엇습니다,
오는 사람 가는 사람
그얼만지오

편안히 가시오,
보내는 이 말.
편안히 계시소,
가는 이의 말

나는 천리 밖에
님 두고 온몸,
창 닫고 자리 우에
누엇습니다.

　전 2부, 合部 3연, 각 연 4행의 절제된 간결체의 시이다. 그 자수율字數律
도 거의 정형시에 가깝다.
　이 시는 크게 2연으로 분단할 수 있다.

제1연 해 저무는 남천역에서 서울행 열차에 오르는 마음은 외롭기 짝이 없다,
제2연 정거장은 이별의 공간, 나는 차창을 닫고 누워버린다.

[주제] 이별이 교차되는 기차역의 애상

40) 삼년 후

지난 날 그대를 보내고
호올로 산모롱이에 서서
다시금 그대를 돌아 보앗을 때,

애닯어라, 눈물겨운 눈 앞에
어이한 소나무 한 가지
그대의 가는 그림자조차 가리웟나니,

지금은 옛 산에 돌아와
얄밉든 솔ㅅ가지를 비여바려도,
아아 그대의 얼굴은 볼길 없어라.

몇 번이나 산마루에 올라
(행여나 지금도 그대를 볼까)
한없이 예든 길을 바라보는 이 마음이여.

全 4연, 각 연 3행으로 된 연시戀詩라고 할 수 있다.

이 시의 창작 시기가 1926년이니, 시제대로 3년을 거슬러 올라가면
1923년이 된다.

『문주반생기』에 따른다면, 동경 유학 시절에 S라는 여성과 사귄 것은

1922년이었다. 「영원의 비밀」(1922)은 그녀에게 준 일종의 헌시였다. 이 시가 발표된 것은 1923년 11월 『금성』(창간호)이다.

그러나 무애가 진정으로 이별의 설움을 뒷날까지 두고두고 언급한 것은 '문학소녀 K'(강경애)와의 결별이다. 그때의 심정을 피력한 작품이 「별후」(1924. 9)이다. 『문주반생기』에 의하면 그녀와의 슬픈 이별이 있었던 것은 1924년 9월 1일 오후였다.

따라서 「삼년 후」의 모델이 된 '그대'는 수치상으로만 본다면 S라고 할 수 있겠지만, 시의 소재인 '옛 산', '소나무' 등과 시상의 애틋한 정서 등을 고려한다면 수치상으로 다소 모자라기는 하지만 아무래도 K라고 보는 것이 더 적절한 것 같다. 시에 있어서는 수학적인 정밀성은 별로 의미가 없을 때가 가끔 있어 왔다. 경우는 다르지만 문단에서 한때 호사가들의 논란을 불러 일으켰던 김영랑의 시 「모란이 피기까지는」이 그 한 예가 된다.

> 모란이 피기까지는
> 나는 아즉 나의 봄을 기둘리고 있을 테요
> 모란이 뚝뚝 떨어져 버린 날
> 나는 비로소 봄을 여읜 설움에 잠길 테요
> 오월 어느 날 그 하루 무덥던 날, 떨어져 누운 꽃잎마저 시들어 버
> 리고는
> 천지에 모란은 자취도 없어지고
> 뻗쳐 오르던 내 보람 서운케 무너졌느니
> 모란이 지고 말면 그뿐 내 한 해는 다 가고 말아
> 삼백예순 날 한양 섭섭해 우옵내다
> 모란이 피기까지는
> 나는 아즉 기둘리고 있을 테요 찬란한 슬픔의 봄을

이 시에서 문제가 되는 것은 "모란이 뚝뚝 떨어져 버린 오월 어느 날부터 삼백 예순 날을 한양 섭섭해 운다."는 대목이다. 이 시의 문맥대로라면 적어도 정월부터 사월까지는 울지 않으므로 넉 달 정도를 뺀 "이백오십여 일을 한양 섭섭해 운다."고 해야 수치가 맞는다는 것이다.

이런 것이 예술과 자연과학의 판이한 정서나 기술 태도일 것 같다. 또 「삼년 후」에서 '3'이라는 숫자는 종종 운명적인 숫자로 쓰이는 경우가 있다. 이 시의 내용을 총괄적으로 요약하면 다음과 같다.

지난 날 그대를 보낸 산모롱이, 떠나는 그대를 가렸던 소나무 밑에 왔어라. 지금은 그 얄밉던 솔가지를 베어 버렸어도 그대의 모습은 찾을 길이 없어라. 오늘도 산마루에 올라 그대가 떠나간 길을 바라보노라.

무애는 제2연 중 "소나무 한 가지"는 운명을 비유했다고 했다. 그렇다면, 그대와의 이별을 운명으로 받아들인 것이 된다.

[주제] 이별의 설움

41) 꿈에 본 구슬이길래

꿈에 본 구슬이길래
깨여서도 눈 앞에 선―하지요,
서로 맘 모르고 헤여젓길래
지금껏 못닛어 울음 울지오.

가을 제 웃으시는 그대의 눈은
영원히 알 길 없는 비밀이지오,

지금도 알 길 없는 비밀이길래
꿈에 본 구슬 같이 빛나옵지오.

全 2연, 각 연은 4행으로 된 시이다.

> 제1연 구슬처럼 소중한 그대와의 이별을 지금껏 슬퍼합니다.
> 제2연 떠나갈 때 웃던 그대의 눈은 영원히 알 길 없는 비밀이기에 지금도 구
>   슬처럼 빛납니다.

이 시는 「영원한 비밀」이나 「별후」등 일련의 작품들과 그 시상과 정
조情調가 연결되어 있다고 할 수 있다.

[주제] 이별의 설움

42) 원별怨別 삼장三章

<1>
풋나물 돋아날 제 여흰 그님을
밀보리 익을 때야 맛나 뵈오니,
언약대로 돌아오긴 돌아왔으나
님 없는 세월은 못 보낼러라.

나무ㅅ닢이 붉거든 떠나 갓다가
흰 눈이 나리면 오마하시나,
알고 보니 이별은 사람 못 할 일,
날 두고 이번엔 못 가오리다.

\<2\>
봄ㅅ동산에 나븨도 쌍쌍이고요,
가을 한울 기럭이도 짝이 잇건만,
어찌다, 이 몸은 여자 되여서
님 가는 그 곳에 같이 못가나

님은 곳 떠나시면 가는 곳마다
술 잇고 친구 잇어 위로 되리만,
이 몸은 혼잣 몸, 님 그리워서
기나긴 세월을 어이할까요.

\<3\>
타관에 좋은 음식 많다하여도
내 집에서 자은 것이 더 맛나지오,
객지엔들 비단 옷 없으리까만
내 손으로 만든 것만 못하오리다.

어린애도 이제는 다섯 살이라,
아버지를 부를 줄도 제법 알지오,
님께선 무슨 낙을 위해 보려고
처자를 다 버리고 가시렵니까.

　　全 3장, 각 장이 2연, 각 연은 4행으로, 3. 4. 5조가 기본 리듬을 만들고
있어서 민요조의 시라고 할 수 있다. 또 이 시는 여성의 입장에서 쓴 일종
의 여성 편향시라고 할 수 있다.

1－1연 이른 봄에 여읜 임이 늦여름에야 돌아 왔으니 그동안의 세월은 고통
　　　스러웠네.
1－2연 늦가을에 떠나갔다가 한겨울에 다시 온다지만, 이별은 차마 못할 일,

다시는 가시지 마오.

2─1연 봄 동산의 나비도 쌍이 있고, 가을 하늘의 기러기도 짝이 있는데, 어쩌다 여자로 태어나 임과 함께 못가나.

2─2연 임은 떠나시면 가는 곳마다 위안 받을 일이 많겠지만, 혼자 남은 나는 임 그리워 어떻게 사나?

3─1연 타관의 좋은 음식 비단 옷이라도 내 손으로 만든 것이 제일이랍니다.

3─2연 어린애도 제법 커서 재롱 부릴 나이인데, 임은 어째서 처자식 다 버리고 떠나시나요?

[주제] 낭군郎君과의 이별을 원망함

43) 월야月夜 이제二題

    <1>
    구름ㅅ속에 감초여 잇다고
    행여 그대는 달 적다 마소─
    달은 아즉도 중천에 잇네,
    이 밤이 새도록 노다가 가소.

    <2>
    앞 논에
    개고리 운다─
    아기야, 너도 이 달ㅅ밤을 개고리와 같이 시원히 노래하여라.
    웃는 너의 입술은 개고리의 입과 같고나

　총 2연으로 구성된 이 시는 첫 연과 둘째 연의 창작 시기가 3년이나 시차가 나는 특이한 경우이다. 시의 형태도 첫 연은 4행, 둘째 연은 5행으로 되어 있으며, 내용 또한 앞의 것은 그 대상이 연인이나 뒤의 것은 어린 아이이다.

이러한 사정 때문인지 『조선의 맥박』에는 두 연이 수록되어 있으나 『무애시문선』에는 첫 연만 실려 있다.

> 제1연 구름에 가리어져 있지만 달은 아직 중천에 있으니 밤새도록
> 놀다가 가세요.

무애는 '구름'은 일시적인 고난을, '달'은 즐거움, 행복 등을 비유했다고 한다. 구름이 걷히고 달이 나타난다는 것은 고난이 가고 즐거움, 행복이 도래한다는 의미가 된다. 따라서 이 연은 이른바 '고진감래'라는 교훈적인 내용을 읊은 것이라고 했다.

『文酒半生記』에는 이 시를 짓게 된 동기가 곤고한 신혼 생활 속에서 일종의 여흥餘興으로 짓게 되었다고 했다.[96]

제2연 들판에 개구리 우는 이 달밤에 아기야, 너도 즐겁게 노래해 보렴.

[주제] 달밤의 유락遊樂

44) 추야장秋夜長

밤 깊어
보든 책 덮어 두고
먼 곳에 생각을 달리노라니,
중천에 기럭기럭 외마디 소리.

---

96) 양주동, 『文酒 반생기』, 130쪽 참조.

몰랏더니만, 상 밑에서도
귀뜨람이는 쓸쓸히 우네.
아 아 달빛 좋아 이 밤에 뒤뜰에 나가
차디찬 낙엽을 밟으며 거닐어볼까

해마다 이철이 되면
멀리 떠나 잇는 사람 그리워지며
까닭 없이 그지없이 가슴은 뷔인 듯하이.
아 아 금년도 어느 듯 그러힌 가을철인가

全 3연, 각연은 4행으로 되어 있다.

제1연 깊은 밤, 생각에 잠겨 있는데, 외마디 기러기 소리 들린다. 여기서 "보
　　든 책 덮어두고"는 가을날의 서글픈 기분을 나타내고자 했다고 한다.
제2연 귀뚜라미 쓸쓸히 우는 달밤에 문득 낙엽을 밟고 싶은 충동을 느낀다.
　　이 연의 첫 머리 "몰랏더니만" 운운을 무애无涯는 스스로 절묘한 표현
　　이라고 했다.
제3연 해마다 가을이 되면 사람이 그리워지고, 까닭 없이 마음은 허전하기
　　만 하다.

[주제] 가을에 느끼는 그리움과 허전함

45) Ennui

사랑하는 그대의
가을 한울과 같이 해맑은 눈—
나의 령은 가없이 깊고 고요한 속으로
빨려가도다, 잠겨지도다.

아아 그러나,
내―그대를 바라볼 때마다,
끝없는 쓸쓸한 생각 다시 구름과 같이
그대의 눈ㅅ가에 떠돎을 보나니.

총 2연, 각 연은 4행으로 되어 있다.

이 시의 시제는 권태, 근심, 슬픔, 우울 등의 의미가 있는데, 시의 내용과 연관시켜 보면 '슬픔'의 어의가 가장 근접한 것 같다.

제1연 가을 하늘과 같이 해맑은 그대의 눈동자는 나의 영혼 깊숙이 스며든다.
제2연 그러나 또 한편 그대를 바라보고 있노라면 쓸쓸한 생각을 지을 수가 없다.

[주제] 연모戀慕와 번뇌

46) 불면야不眠夜 二首

1. 기적 소리 들으며

밤ㅅ비에 섞어서
멀리 기적 소리 들리네.
그 소리 어느 듯 가늘 적에는,
아마도 들을 건너 북으로 북으로 달렷나 보이.

어데로 향하는 길ㅅ손들이
이 깊은 밤을 수레 속에 실려서 가나,
고국을 등지고 정처 없이 길 떠난,
한 많은 나그네 저 속에 얼마나 되나.

그렇지 않아도 이 가을엔,
님 리별만도 죽기보다 싫은 때여든.
할 일없이 집을 떠나, 어버이를 떠나,
고국을 떠나, 먼 나라로 향하는 길손.

밤 깊어도 비ㅅ소리는 그치지 않네.
기적소리 들리는 듯 잠 못 닐우네
때는 가을, 가을에도 밤ㅅ비는 궂이 오는데.
떠나가는 사람의 회포야, 오작이나 쓸쓸할나구.

全 4연, 각 연은 4행으로 된 시이다.

제1연 밤 비에 섞여서 들리는 기적 소리는 아마도 북으로, 북으로 달리는 기
적 소리겠지.
제2연 이 깊은 밤, 기차에 몸을 실은 길손들은 어디로 가는 것일까? 저들 속
에는 고국을 등지고 정처 없이 북간도로 가는 이들도 많겠지.
제3연 그렇지 않아도 이 가을에는 임을 떠나는 것조차 죽기보다 싫은 일인
데, 가난을 못이겨 가족들을 남겨 두고 이국으로 떠나야 하는 이들의
심정은 오죽할까.
제4연 밤 빗소리, 기적 소리에 잠 못 이루는데, 떠나가는 사람의 회포야 오죽
이나 쓸쓸하랴.

이 시에는 작자의 우국충정憂國衷情이 가벼운 감상으로 표출되어 있다.
김장호는 「雜調 五章」 제2연과 이 시에 나타나는 정서에 언급하여 "북
간도로 가는 이민移民 열차에 실려 가고 실려 보낸 백성들의 처절한 풍속
도가 가라앉은 비애감으로 점철되어 있다."[97] 평하고 있다.

---

97) 註78) 참조.

[주제] 부득이한 사정으로 고국을 등지는 사람들에 대한 연민의 정

47) 불면야不眠夜 2수

2. 다듬이 소리

이웃집 다듬이 소리
밤이 깊으면 깊을사록 더 잦어가네.
무던히 졸리기도 하렷만
닭이 울어도 그대로 그치지 않네.

의좋은 동서끼리
오는 날의 집안 일을 자미잇게 이야기하며
남편들의 겨울 옷 정성껏 짓는다면은
몸이 갓븐들 오죽이나 마음이 깃브랴만은,

혹시나 어려운 살림살이,
저 입은옷은 헤여젓거나, 헐벗엇거나,
하기 싫은 품팔이, 남의 비단옷을
밤새껏 다듬지나 아니하는가

피마자 등ㅅ불조차
가물가물 조을고 잇을 이 밤ㅅ중인데,
안악네들 얼마나 눈이 감기고 팔이 앞을가,
아즉도 도드락 소리는 그냥 들리네.

어려서는 가을ㅅ밤 다듬이소리,
달밑에서 노래삼아 들엇더니만,
지금은 어지러운 생각 그지없어서
빈풍豳風 七月章 다시 외어볼 홍치도 없네

全 5연, 각 연 4행으로 된 다소 長形의 시이다.

> 제1연 밤이 깊어 닭이 울어도 그칠 줄 모르는 다듬이 소리.
> 제2연 동서들 끼리 정담을 나누면서 남편들 겨울 옷을 마련하려는 정성이라
>   면 좋겠지만,
> 제3연 혹시라도 생활이 곤궁해 품팔이로 남의 비단옷 다듬는 것은 아닌지,
> 제4연 등불조차 가물거릴 이 밤중에 피로함을 무릅 쓰고 아직도 도드락 두
>   드리는 소리 들리네.
> 제5연 어려서는 다듬이 소리 달밤에 흥겹게 들리더니만, 지금은 어지러운
>   생각에 「빈풍豳風」七月 章 외어볼 흥치興致도 없네.

「빈풍」 칠월 장은 『시경』 「빈풍」 중의 일부로서 백성들이 농사의 힘
들고 어려움을 읊은 노래이다. 해당 부분의 번역문은 다음과 같다.

> 칠월에 화심성火心星이 나려 흐르고
> 구월엔 입을 옷 주어야 하네.
> 동짓달이 되면 날씨가 춥고.
> 섣달에는 눈보라 차디차리니,
> 누구나 옷이 없고 털옷 없으면
> 무엇을 입고서 해를 보내리.
> 正月엔 나가서 보습을 닦고
> 여인들 아이들 다 함께 가서
> 저 건너 밭머리서 점심 먹으면
> 때 마침 권농勸農와서 기뻐하시네.[98]
> (후략)

'다듬이 소리'로 널리 알려진 것은 이백의 「자야오가子夜吳歌」이다.

---

98) 양주동 역, 『시경초』(을유문화사, 1954), 123쪽.

이 노래는 악부로서 4세기 경 동진東晉의 子夜라는 여자가 불렀던 남녀 간의 사랑 노래였었는데, 그 애절함이 사람들에게 감동을 주어 오나라(지금의 강소성 일대) 일대에 크게 유행하게 되었다. 「자야가」, 「자야사시가」라고도 불리는 춘하추동의 연작 형태로 되어있는데, 그중에도 특히 유명한 것은 '가을 노래'로서 원정 나간 남편을 애타게 사모하는 여인의 애절한 정이 넘쳐흐르고 있다.

번역된 시를 보면 다음과 같다.

> 장안을 비추는 한 조각 달,
> 만호萬戶엔 다듬이 방망이 소리,
> 가을 바람 그침 없이 부니,
> 이 모두는 옥문관으로 내닫는 마음.
> 언제나 오랑캐들을 평정하고
> 우리 임 원정에서 돌아오실까?[99]

[주제] 늦은 가을밤에 들리는 다듬이 소리가 주는 심회心懷

무애는 「불면야」 2수가 <동아일보>에 발표되자 위당이 "옛사람의 풍미가 있다."고 칭찬한 일이 있다고 했는데, 그 출처는 분명하지 않다.

무애는 「불면야」를 자평하여 "가벼운 감상을 섞어 자신의 공상을 술회한 것"이라고 했다.

또 "시가 다분히 설명적이어서 지루한 느낌을 주어 압축과 시각을 중시하는 모더니즘 계열의 시와는 거리가 멀다."고 했다.

다만 "이런 소재들에까지 우국하는 마음이 깃들어 있어서 스스로 생

---

99) 임창순, 『당시정해』(소나무, 1999), 433쪽.

각해도 호감이 간다"고 했다. 또 " 두보의 시라도 대한 듯, 턱을 고이고 겨레를 근심하는 시인의 명상하는 모습이 눈에 선하다."고도 했다.

장만영은 「불면야」 2수에 대하여 다음과 같이 평설하고 있다.

이 시는 기나긴 가을밤에 들려오는 기적 소리와 다듬이 소리를 들으면서 느낀 것을 가벼운 감상을 섞어 표현한 것입니다. (중략) 이 시엔 쓸쓸한 가을의 가벼운 감상이 있습니다. 다만, 여기저기 설명적이어서 좀 지루한 감이 들지 않는 것도 아닙니다. 이 두 편의 시를 읽는 여러분은 이시가 발표된 연대를 머릿속에 넣고 있어야 이해하기 좋을 것입니다.

이 시는 지금으로부터 30년도 더 되는 오래된 것입니다. 그 당시 많은 우리 동포들이 일제의 탄압과 생활난에 쫓기어 만주로 이주해 떠나갔습니다. (중략) 실로 눈물겨운 정경이었읍니다.

이 시는 그러한 정경을 생각하고 가슴 아파하는 시인의 심회를 표현한 것입니다.[100)

[주제] 늦은 가을밤에 들리는 다듬이 소리가 주는 심회心懷

48) 내 벗을 불으노라

어두운 밤에 혼자 앉엇을 때나,
밝은 날에 문박을 나설 때에나,
내 혼자ㅅ말로 중얼그리며, 손질하며,
내 벗을 불으노라, 마음의 벗을 불으노라.

자다가 잠ㅅ결에 깨여서도,
길 가다가 길ㅅ가에 앉어서도,

---

100) 장만영, 상게서, 177~182쪽.

내 그대를 꿈꾸며 그대에게 노래 불으며
내 벗을 찾노라, 마음의 벗을 찾노라.

벗이여, 마음의 벗이여,
그대는 다만 나의 말ㅅ동무 아니오,
나는 입맞호며 나를 안어주는 벗이 아니오,
오즉 마음의 벗이니, 나는 그대를 그리워하노라.

벗이여, 오라, 나의 벗이여,
그대는 오려는가, 날 위해 오려는가,
또한 그대도 나를 기다리며 잇는가,
오오 마음의 벗이여, 나는 그대를 그리워하노라.

솔 4연, 각 연 4행의 시이다

제1연 밤이나 낮이나 외출할 때나 언제나 혼잣말로 마음의 벗을 부른다.
제2연 자나 깨나 길을 가다가도 내 마음의 벗을 찾는다.
제3연 벗이여, 그대는 관능적이거나 일상적인 벗이 아닌 마음의 벗이기에
더욱 그리워진다.
제4연 그리운 벗이여, 내게로 오라.

이 시에서 말하는 '벗'이나 '그대'는 구체적으로 누구를 지칭하는지 알
수 없다.

이 시를 지은 1925년은 무애가 부大 영문과에 진학하던 해이다. 그해
여름 방학 때인 7월에 귀국하여 재혼을 했다. 따라서 여기서 말하는 '마
음의 벗'은 「별후」(1924. 9)의 모델이 된 문학소녀 K(강경애) 일 공산公算
이 크다고 할 수 있다. 그녀와 애끓는 결별을 告한 것은 같은 해 9월 1일
이고, 이 시를 지은 것은 11월로 되어 있기 때문이다. 이 시에서 말하는

'그리워하는 벗'은 혹은 단순히 막연한 이상형일 수도 있을 것이다.

[주제] 마음의 벗에 대한 그리움

49) 내 다시금 해ㅅ발을 보다

내 세상에 나 아모런 죄 없이
어린 혼이 다만 「삶」의 희망에 뛰놀 때에
내 그날 아츰에 웃는 얼굴로
돋아오는 해ㅅ발을 바라보앗노라.

내 하로ㅅ동안 아모런 허물이 없엇거늘
벗은 나를 바리다, 나를 속이며 나에게 반역하다,
내 그날 저녁에 쓸쓸한 얼굴로
말 없이 지는 해를 전송하엿노라.

이윽고 밤은 오다, 세상은 죽은 듯한데,
선이며 악이며 모든 것이 그의 잠ㅅ자리 속에서
오는 날의 할 일을 고요히 꿈꾸고 잇는데,
나 깊은 밤에 호올로 깨여 목노아 울다.

그러나 보라, 오늘도 아츰의 해ㅅ빛이 빛나지 않느뇨.
내 세상에 나 아모런 죄 없엇노라—
그저 약할 뿐이다, 일어나거라 약한 자여,
내 경건하고 힘찬 마음으로 다시금 해ㅅ발을 보다.

전 4연, 각 연은 4행으로 되어 있다.

제1연 천진무구하게 '삶'의 희망에 차 있던 그날 아침에 나는 웃는 얼굴로 돌
아 오는 햇발을 바라보았노라.
제2연 하루 동안 내게는 아무런 허물이 없었거늘, 벗은 나를 속이고 버렸다.
그래서 그날 저녁 쓸쓸한 얼굴로 지는 해를 바라보았다.
제3연 고요한 깊은 밤, 선과 악 등 모든 할 일을 생각하고 목 놓아 울었다.
제4연 오늘도 아침 햇빛은 빛난다. 나는 심약한 사람일 뿐, 아무런 죄가 없
다. 경건하고 힘찬 마음으로 다시금 아침 햇발은 보아야겠다.

[주제] 순수하고 경건한 마음으로 새 출발을 다짐함.

50) 탄식歎息─어린 딸의 죽음을 듯고─

아기야 너는 갓느냐,
불상한 아기, 나의 아들아,
섫음 많은 인간의 하나로,
고달픈 이나라ㅅ사람으로,
외롭고 가난한 나의 아들로,
잠시ㅅ동안 태여낫든 너─
아아 너는 그만 속절없이 돌아갓느냐?

그러나 아기야, 너는
철들은 그대로 왔다가 돌아갓도다,
너는 아비의 눈물도,
이나라ㅅ사람의 쓰라린 가슴도,
모든 인간의 괴로움도 몰으고
깨끗한 그대로 영원히 떠나갓도다,
아 아 너의 혼은 어대를 가든지 평안하거라

내 너를 위하야 지금 눈물 흘리며

너의 짧은 일생을 조상하노라.
그러나 너는 이 귀찬은 세상을
말도 셈도 알기 전에 떠나 갓거니,
너의 혼만은 고이고이 구해젓도다!
아 아 낼들 어이 어려서 돌아간 너를
하나마 복스럽다고야 하리오만은......

전 3연. 각 연은 7행으로 호흡이 다소 가쁜 시이다.

『조선의 맥박』의 「탄식」(67쪽)은 일명 「천재」로 이 시와는 별개의 작품이다.

그런데 이 시의 부제는 "어린 딸" 云云으로 되어 있으나, 본문에는 "불쌍한 아기, 나의 아들아"로 되어 있어서 불일치의 현상을 노정하고 있다.

또 이 시의 창작 시기는 1926년으로 되어 있는데, 무애는 1925년에 와세다대학 문학부 영문학과에 진학하여 그해 하휴夏休에 일시 귀국하여 여순옥呂順玉과 재혼, 1928년에 영문학과를 졸업했으므로, 동경 유학 시절의 작품으로 볼 수 있다.

『문주반생기』나 『인생잡기』 중 「날아난 새들—'딸'의 이야기」(117~127쪽) 어디에도 자식을 잃은 '참척慘慽'의 기록은 보이자 않는다. 따라서 이 시의 내용과 실제 사실이 부합되는지 확인할 길이 없다.

제1연 고독과 빈한 속에서 일찍 죽은 자식에 대한 애통함
제2연 희노애락의 감정도 모른 채 순수한 영혼으로 살다가 간 어린 자식의
　　　 명복을 빔.
제3연 순결한 마음으로 죽은 것이 일말의 위로는 되지만, 그래도 애통할 수
　　　 밖에 없는 어린 자식의 죽음.

[주제] 어린 자식의 죽음을 애통해 함

51) 삶의 하염없음을 늦기는 때

벗이여, 보라.
어린애의 철없는 장난과 웃음―
그 어느 것이 장차 크랴는 힘의,
완성되랴는 노력의 나타남이 아니뇨.

벗이여, 다시
늙은이의 쇠잔한 살빛과 얼골을 보라,
얼마나 많은, 얼마나 험한 인생의 물ㅅ결이
그의 이마 우에, 뺨 우에 삭여잇나뇨.

아아 그러나 내― 어린이를 볼 때마다,
뒤ㅅ날 사람의 하염없음을 알까 저어하노니,
내 차라리 늙은이에게, 「삶」의 험한 바다 지나온
그 깃븜 그 위로 잇음을 못내 부러워하노라.

어린애는 어린앤지라, 저도 몰으는 깃븜이 있고,
늙은이는 늙은이라, 남 몰을 위로도 잇으려니,
아아 벗이여, 그대와 나, 젊고도 괴로운 우리의
이 젊은 날 권태와 싫음을 어이하리오.

전 4연, 각 연 4행으로 된 시이다.

제1연 어린애의 철없는 행동은 모두 성장과 완성을 위한 노력의 나타남이다.
제2연 노인의 쇠잔한 모습은 험난한 인생 역정의 징표이다.
제3연 어린이들은 인생의 하염없음을 알까 두렵지만, 노인들은 인생의 역경을 극복한 사실이 부러운 일이다.

제4연 어린이는 어린이대로 기쁨이 있고, 노인은 노인대로 위로가 있지만, 젊고도 괴로 운 우리들의 권태와 시름은 어떻게 해야 하나?

[주제] 젊은 날의 권태와 비애

52) 삶의 든든함을 늦기는 때

가사 총알 한 방이
지금 내 머리를 꿰어 뚫는다 하자,
그로 인하야 나의 피와 숨ㅅ결이
과연 끊어질 것인가.

끊어질 것이면 끊어지라 하자.
아아 그러나 나의 이 위대한 생명의
굳세인 힘과 신비로운 조직이야
어이 총알 한방에 해체될 것인가.

全 2연, 각 연 4행의 비교적 短行의 시이다.

제1연 설사 외부의 심한 충격을 받더라도 나의 정열과 생명은 중단됨이 없을 것이다.

제2연 나의 위대한 생명과 굳센 힘, 신비로운 조직은 아무리 심한 충격을 받아도 그대로 유지될 것이다.

[주제] 강인하고 신비로운 생명에 대한 신뢰

53) 그대는 뭍으로, 나는 바다로

그러면 그대는 뭍에 나리라,
나 호올로 꿈배 타고 떠나가리라,

현실에 좌초될까 두려워하야
그대는 이 배에 못 올으나니,

가다가 파선破船이 되드래도
나는 정열의 바다를 건너랴노라.

(그대는 뭍으로, 나는 바다로, 우리는 갈려지나니.)

전 4연으로 되어 있으나, 각 연은 2행으로 비교적 短行의 시이다.
내용을 요약하면 다음과 같다.

현실에 좌초될 것을 두려워하는 그대는 뭍으로 나가라. 파선도 두려워
하지 않는 나는 희망을 품고 정열로써 배를 저어 나가겠다.

[주제] 희망과 정열로써 현실을 극복하려는 의지

54) 묘반墓畔 二首 ①고비古碑

차디찬 바람에
이리저리 낙엽이 구르는 산ㅅ비탈 우에
애닲어라, 외로운 비석을 의지하야
말없이 누어 잇는 무덤, 뉘 무덤인가

잔디 풀은 누구를 위하야
늦은 가을의 남은 해ㅅ빛을 받고 있느냐.
무덤 앞에는 삿기 달린 암소 잔디 우에 누워서
한가롭게 「삶」을 즐기고 잇다.

뉘 무덤인가, 비문의 잇기나 쓸어보자―
지난 날엔 공도 많고 호사도 끔직이 하엿으리만,
글ㅅ자조차 희미한 정삼품, 통정대부通政大夫여,
지금엔 삭기 달린 저 암소 그대보담 위대치 않으냐.

전 3연, 각 연은 4행으로 되어 있는 시이다.

제1연 낙엽 구르는 산비탈에 외로운 비석에 의지한 무덤이 하나.
제2연 늦가을 햇빛을 받고 있는 무덤가 잔디 풀 위에 한가롭게 누워 있는 새끼 딸린 암소 한 마리.
제3연 생전에는 공도 호사豪奢도 많았을 정삼품 통정대부의 이끼 긴 비문, 지금은 무덤의 주인공보다 새끼 딸린 암소가 더 위대하지 않은가?

무애는 이 시를 평양에 있는 고구려의 고분을 보고 지었다고 했다. 또 소재로서 '암소와 무덤'을 등장시켜 삶과 죽음을 대조시킴으로써 인생의 무상함을 시로 나타내었다고 했다.

김장호는 이 시에 대하여 다음과 같이 언급하고 있다.

　　두 편(「고비古碑」와 「샘물」) 모두 무덤가 정경인 까닭도 있지만, 생과 사의 교착을 담담하면서 두드러지게 대조하고 있다. 그것은 가라앉은 어조에서뿐 아니라 전개에 전환점을 마련하여 想의 극적인 발전을 이루는 구성에서 더욱 돋보인다.
　　「고비」는 더구나 일제에 의해서 무참하게 파괴되어 갈 뿐더러 또

동족마저 돌보지 않는 옛것을 바라보는 자조적인 문명 비평적 안목과
함께 묵은 권위에 대신하는 생명의 현장을 강조하고 있다. (중략) 운율
구조라는 거추창스런 외투를 벗고 난 뒤의 신선감이 이 작품에서 보
는 느낌이다.101)

[주제] 권세의 허망함과 인생의 무상함

55) 인간 송가頌歌

가장 사랑하는 이를 위하야 그의 이마 우에 키스를 바칠 때,
의를 위하야 목숨을 바칠 때,
남의 불행을 위하야 한방울의 눈물이나마 정성껏 바칠 때,
길히 잠들기 전 안식의 기도를 검님께 바칠 때,
보라, 우리의 「삶」이 또한 거룩지 않으뇨.

죄악 많고 불행 많은 사람의 세상에
오히려 이러틋 정성스러운 「순간」이 잇나니.

줄 2연으로 구성되어 있으나, 첫 연은 5행임에 비해 둘째 연은 2행으
로 되어 있어 구조상의 밸런스가 맞지 않는, 다소 특이한 형태이다.
이 시는 Walt Whitman(1819~1892)의 영향을 많이 받았을 때 지은 것
으로서 이상주의적, 낙천주의적 경향이 농후한 작품이라고 무애 자신이
피력한 바 있다.

휘트맨은 뉴욕주 롱아일랜드 출신으로 신문기자, 공무원 생활을 하
였으나, 사회적으로는 끝내 불우하였다. 유명한 시집 『풀잎새Leaves of

---

101) 김장호, 전게논문, 22~23쪽.

Grass』(1855)가 발표되었을 때는 문인들 뿐만 아니라 일반인들에게까지 큰 충격을 주었다. 그 이유는 그의 시가 인간의 원시성을 찬양하였기 때문이다. 또 그는 비근한 일상어를 써서 시를 창작하였다.

휘트맨은 이 시집을 통하여 미국인의 개인적 존중심, 평등주의, 민족주의 동포애, 노동에 대한 찬미 등을 대담하게 노래하고 있다. 휘트맨만큼 미국인의 기질, 미국인의 정신을 작품을 통하여 심어주고 자긍심을 갖게 해 준 사람은 일찍이 없었다.

그의 시에서 추구하고자 한 것은 미국 정신에 투철한 인간상의 창조였다. (* 유수한 문예사전류를 참조하였음.)

제1연 사랑하는 이를 위하여 키스할 때, 의를 위하여 목숨을 바칠 때, 남의 불행에 대하여 진심으로 동정할 때, 죽음을 앞두고 하느님께 안식의 기도를 드릴 때, 이러한 때 우리의 삶은 거룩하다. 여기서 '검님'의 '검'은 금>곰'으로, 「단군신화」에 나오는 '곰'을 가리키지만, 이 시에서는 '하느님', '신'의 뜻으로 쓰였다.

제2연 죄악과 불행이 만연된 인간 세상에도 이렇듯 정성스러운 순간이 있다.

[주제] 사랑과 희망, 정성으로 이루는 거룩한 삶

56) 바벨의 탑

영겁의 첫날, 인류의 조상이 그의 손으로 지초ㅅ돌을 바쳐 놓은
「바벨」의 탑—
영겁의 끝 날 인류의 후손이, 그의 손으로 이마ㅅ돌을 더하야 완성될
「바벨」의 탑—

일이 시작된 지 오래였으나, 아즉도 끝나지 않았다.
나는 거긔 돌 하나 쌓으려한다.
그대여, 오라, 영겁의 한순간에
돌 하나 맞들어 탑 우에 올리자.

　이 시는『조선의 맥박』「서」에서 "대부분 사색적, 반성적 경향을 띄인
인생시편을 수록한 것"이라는 '제3부'의 말미에 수록되어 있다. 무애는
이 시를 아마도 '사색적인 범주'에 속한다고 생각한 것 같다.

　'바벨 탑'Tower of Babel은『구약성서』에서 대홍수 후 시날(바빌로니
아) 땅에 세워졌다는 건축물이다. 이 탑을 바빌로니아에서는 밥일루
(bab-ilu; '신의 '문'이라는 뜻)라고 불렀는데, 히브리어로는 바벨(babel,
bavel)이다. 'babel', 과 'bavel'('혼동시키는'이라는 뜻)이 발음이 비슷하
기 때문에「창세기」11장 9절에 나오는 언어의 유용流用이 생겨났다.
　"야훼께서 온 세상의 말을 거기에서 뒤섞어 놓아 사람들을 온 땅에
흩으셨다."고 해서 이 도시의 이름을 바벨이라고 불렀다.
　이 세상에 악이 만연하자 하나님은'노아'의 가족만을 남겨 놓고 전
인류를 대홍수로 멸했거니와('노아'의 洪水) '노아'의 자손들도 그 홍수
가 불어나자 차츰 하나님의 말씀을 멀리하고 우상숭배로 기울기 시작
했다. 그때만 해도 사람들은 어느 곳에서나 같은 언어를 사용하고 있
었다.
　그들은 고향을 떠나 동쪽에 있는 시날평야에 가서 살게 되었는데,
그들은 하나님을 무시하고 "성城과 대臺를 쌓아 대 꼭대기가 하늘에
닿게 하여 우리 이름을 빛내고 온 지면에 흩어짐을 면하자." 이렇게 의
논하여 하늘까지 닿는 탑을 쌓기 시작했다.
　그들의 어리석고 무모한 계획을 본 하나님은 한심한 생각이 들어
그들의 오만함을 꺾기 위해 그들이 사용하는 말을 서로 다르게 만들
어 버렸다.
　말이 달라져서 의사소통이 안 되니 혼잡만 빚어질 뿐 일이 될 이 없

어 마침내 그들은 탑의 축조를 포기하고 세계 곳곳에 흩어져 언어가 통하는 무리들끼리 모여 살게 되었다. 그리고 쌓다가 만 탑을 '바벨' 즉 히브리어로 '혼란'이라 불렀다.

오늘날 일반적으로 실현 불가능한 계획이나 일 따위를 두고 '바벨의 탑'이라 부른다. 또는 공을 들인 끝에 무너져버린 탑처럼 공들인 일이 허망하게 끝남을 일컫는 말이기도 하다.

이 작품은 총 2연, 각 연은 4행으로 되어 있으나, 첫 연의 문장 말미가 '바벨의 탑'이란 명사형으로 끝나는 것이 특징이다.

> 제1연 아득한 옛날 인류의 조상이 초석을 놓고, 아득히 먼 훗날 인류의 후손이 맨 윗돌을 놓아 완성시킬 바벨의 탑.
> 제2연 일이 시작된 지 오래 되었으나 아직도 미완성인 거기에 돌 하나 쌓으려 한다. 영겁의 한 순간에 우리 모두 돌 하나 맞들어 탑 위에 올리자.

「인간 송가」와 「바벨의 탑」에 함유된 시적 정서에 대하여 무애는 다음과 같이 언급하고 있다.

당시(早大 재학시절) 우리들은 「좌」파건 「우」파건 우선 모두 이상주의자요, 지도자연指導者然한 절규를 보이는 졸작 두 首一.[102]

[주제] 새로운 역사 건설에 대한 염원

---

102) 양주동, 『문주반생기』, 112쪽.

57) 대동강

『양주동 연구』(민음사, 1991), 399쪽 「시」 작품 연보에는 시로 되어 있으나, 『신동아』, 33호(신동아사, 1934. 7)에는 「대동강 예찬禮讚」이라는 제하의 수필 작품으로 되어 있다. 이 수필은 『문장독본』(수선사, 1949)에는 「패강송浿江頌」으로 개명되어 수록되어 있다.

58) 님께서 편지 왔네

님께서 편지 왔네
날 사랑한다고 쓰여졌네
그러나 사랑 愛字는 잘못 썼든지
근심 우優ㅅ자를 만들어 놓았네

글자야 무슨 자이든
마음만 알면 그만 아니리
하물며 사랑이 근심인 줄을
님도 나도 아는 배어늘

全 2연, 각 연 4행의 단시短詩이다

제1연 애愛를 우優로 잘못 쓴 임이 보낸 편지가 왔네.
제2연 사랑이 근심이 될 수도 있지만, 중요한 것은 서로 간의 이해라네.

[주제] 진실한 사랑의 소중함

59) 어머니 마음

　　　　나실 제 괴로움 다 잊으시고
　　　　기를 제 밤낮으로 애쓰는 마음,
　　　　진자리 마른자리 갈아 뉘우며
　　　　손발이 다닳도록 고생하시네
　　　　하늘 아래 그 무엇이 넓다 하오리
　　　　어머님의 희생은 가이업서라

　　　　어려선 안고 업고 얼러주시고
　　　　자라선 문 기대여 기다리는 맘,
　　　　앓을 사 그릇될 사 자식 생각에
　　　　고으시든 이마 우에 주름이 가득
　　　　따 우에 그 무엇이 높다 하오리
　　　　어머님의 정성은 지극하여라.

　　　　사람의 마음속엔 온가짓 소원
　　　　어머님의 마음속엔 오즉 한 가지
　　　　앗김 없이 일생을 자녀 위하야
　　　　살과 뼈를 깎아서 바치는 마음
　　　　인간의 그 무엇이 거룩하오리
　　　　어머님의 사랑은 그지업서라.

　　전 3연, 각 연은 본문 4행+후렴後斂 2행, 기본 리듬 3.4.5조의 정형시라고 할 수 있다.

　　이 시는 이흥렬이 곡을 붙여 인구에 널리 화자되는 가곡이 되었다.

　　무애는 이 시의 창작 경위에 대하여 다음과 같이 자술하고 있다.

　　　　해마다 오월 '어머니' 날 전후가 되면 나의 구작인 '어머니 노래'가

도처에서 불려짐을 듣고 흐뭇한 마음과 감개로운 회포를 가지곤 한다. 아마 내가 지은 시가 중에서 가장 통속적이요 또 제법 人口에 회자된 작품인가 보다. 이 노래는 일제 말기에 저들 당국이 '가정가요家庭歌謠'로 작사를 청하기에 다른 주제의 시사적인 노래와는 달라 내 양심에 어긋남이 없겠기로 지어 보냈던 것이 뜻 밖에 정식 '가정 가요'로 제정되었던 것이라 기억 되는데, 그야말로 모성애는 국경을 초월했는가 싶다.[103]

실제로 이 시는 "신가요집新歌謠集"이라는 명목으로 춘원의 「지원병 장행가壯行歌」, 「애국의 노래」 등 친일적인 색채가 짙은 작품들을 비롯한 22편의 노래 중 정치적인 색채가 전혀 없는 내용으로, 「어머니 마음」이란 제목으로 『삼천리』지에 게재되어 있다.[104]

무애는 이 시를 자평하면서 어머니에 대한 애틋한 추억의 일단을 다음과 같이 술회하고 있다.

나의 구작舊作 통속가요 한 편. 작곡을 위한 단순한 '글자 맞춤 노래'로서 개념적, 평판적인 평범한 일편이나, 이만한 졸작을 지은 것도 기실 나의 추억 중의 약간 실감이 그 바탕을 이룬 것이 아닐까.

나의 어머니는 내가 다섯 살 때, 곧 그녀가 마흔세 살 때 남편인 나의 아버지를 지원至冤 하게 잃고, 홀몸으로 갖은 애를 다 쓰며 외아들인 나를 열두 살까지 기르다가 내가 장성함도, 무엇을 성취함도 보지 못한 채 한을 안고 홀홀히 세상을 떠났다. 철없는 나를 가르치느라고 그간 애쓰고 속 태우고―그야말로 그 한 조각 모심을 외아들인 나에게 오로지 바친 것이야 다시 일러 무삼하리. 집이 그리 가난한 것은 아니었다. 시골의 小 지주로 생활에 그리 걱정은 없었다손 치더라도, 한편 여인의 손으로 가산을 다스리고, 유지하기에, 주로 나를 기르고 보

103) 양주동, 『지성의 광장』, 37~38쪽.
104) 『삼천리』148호 (삼천리사, 1941.9), 173쪽.

호하고 교육하기에 그녀는 얼마나 온몸의 역량과 오롯한「정신」을 바쳐왔던가! (중략) 다섯 살에 아버지에게『유합類合』을 배워 한자 천자를 진작 알았으나, 그 아버지는 나를 당시 '신학문'을 가르치는 '학교'에 입학시키려 뜻을 이루지 못한 채 급서急逝하였고, 어머니가 그의 유지대로 내개 '사포'(모자)를 씌워 학교에 보냈었다. 더구나 어머니는 나에게 신.구학의 병행을 꾀하여 나로 하여금 '학교'에 다니는 일방 한문도 학습케 하여『계몽편』,『동몽童蒙』,『사략史略 초권』쯤을 뗀 뒤『소학』도 읽기 전에 어머니가 내게 껑충『대학』을 구수하여 가르쳤다. 그리하여 가을 밤 C읍 서쪽 맨 끝 우리 집 사랑에서는 모자가 목소리를 어울려『대학』을 읽는 소리가 이웃집 다듬이 소리와 함께 낭랑히 들렸것다— "대학지도大學之道는 재명명덕在明明德하고 재신민在新民하고 지어지선止於至善이니라, "

아아, 그 가을 밤 외로운 모자가 마주 앉아 등잔불을 돋우고『대학』을 읽던 날의 한 폭의 그림! 어떤 명장名匠의 화필을 빌어 지금 그 한 폭을 그려다가 벽 위에 걸고 당일을 다시금 회상하며 한편 내'아들'을 또 권장할꼬.

위당 정인보선생이 일찍 나의 이야기를 듣고 처연히 한 절을 지어 내게 보내준 것이 있것다.

대竹 호롱 밑에 글 가르친 엄마 마음 슬펐것다.
만사가 아득해도 '네' 재주만 믿었더니,
東. 西의 글과 학문 다 통했건만,
문 열고 반가이 맞는, 웃는 얼굴 없어라!(무애 번역)105)

무애는 이 시가『시경』의「육아편蓼我篇」과 그 정서가 닿아 있음을 다음과 같이 언급하고 있다.

옛날 중국 사람들은『시경』의「육아편」(나를 낳고 길러준 부모의

105) 양주동,『인생잡기 』, 100~103쪽.

은덕을 노래한시)을 읽고 효심을 발하지 않는 자는 사람이 아니라 했거니와, 이 고려가요高麗歌謠 「사모곡恩母曲」 한편을 읊조리고 유연히 모성의 지극한 사랑을 느끼지 않는 자는 그야말로 인성을 잊었거나 잃었다 하리라. 어머니의 사랑이란 그처럼 만인에게 보편적인 것이요 '모성'이란 지상의 모든 아름다운 제일 숭고한 찬미의 대상이 아닐 수 없다.

「육아편」의 첫 절과 셋째 절을 옮겨 본다.

엄방진 나물이
나물이 아니라 쑥이었네
애닲어라, 부모님,
나를 낳아 수고하셨네.

아버님 날 낳으시고
어머님 날 기르실 제,
어루만지고, 먹이시고
키우시고 양육하시고
돌아보시고 얼르시고
나명들명 안으시니
그 덕을 갚을 양이면
저 하늘 그지없네.[106]

이홍렬李興烈은 이 시를 가곡으로 작곡하게 된 경위에 대하여 다음과 같이 증언하고 있다.

지금으로부터 35년 전인 1937년, 당시 경성방송국에서 '가정가요' 라고 해서 몇 편의 曲을 제정하게 되어 나에게 위촉된 것이 양주동 선

---

106) 양주동, 『어머니 상권』(창조사, 1969), 28~29쪽.

생의 「어머니의 마음」이다.

작사자 양주동 선생은 조실부모하고 특히 그 사상을 『부모은중경
父母恩重經』에서 착상했다고 하거니와, 나는 일찍이 3살 때에 아버지
를 여의고, 3년 전까지 89세의 어머니를 모시고 지내왔던 만큼 어머니
의 사랑을 몸소 체험했고, 특히 내가 아직 젊었을 시절 즉 28살 되던
해에 처음으로 이 양주동 선생의 「어머니의 마음」을 읽고서는 그대로
악상이 아니 나올 수 없었다. (중략) 더욱이 이 곡을 작곡할 시절은 우
리들이 피압박 민족이었던 만큼 나는 육신의 어머니와 더불어 나의
조국, 삼천리 강산의 어머니를 생각하면서 작곡하였던 것이다[107].

이홍렬이 언급한 "『부모은중경』에서 착상했다."는 말과 관련하여 이
책자에 대한 이민수李民樹의 해설을 들어본다.

『부모은중경』은 유교에 있어서의 『효경孝經』과 같이, 불교에 있어
서의 자식 된 도리로서 부모의 은혜와 그 보답을 새삼스러이 깨닫게
하는 경전이다.

흔히 상식적인 견해로서, 불교는 부모의 은혜를 모르는 종교라고
생각하기 쉬우나, 불교가 오히려 부모의 은혜를 더욱 강요하는 종교
인 것임은, 이 『부모은중경』에서 부모의 은혜를 저버리는 자는 지옥
에서 벌을 받는다고 가르치고 있는 것으로도 알 수 있다. (중략)

시대적으로 볼 때 『효경』이 한자본으로 먼저 보편화되었기 때문에
『부모은중경』이 중간에 유교적으로 변용되었는지는 모르나, 이 『부모
은중경』은 고대로부터 불교 경전의 하나로 널리 애송된 것만은 틀림
없는 일이다. 이 『부모은중경』은 부모의 은덕을 열 가지로 나눠서 설
명하는데,

첫째, 어머니 품에 품고 지켜주는 은혜요,
둘째, 해산解産날에 즈음해서 고통을 이기시는 어머니의 은혜요,

---

107) 이홍렬, 「어머니의 마음과 나」, 『양주동 박사 프로필』(탐구당, 1973), 99~100쪽.

셋째, 자식을 낳고서 근심을 잊는 은혜요,

넷째, 쓴 것은 삼키고, 단 것은 뱉어 먹이는 은혜요,

다섯째, 진자리 마른자리 가려 뉘시는 은혜요,

여섯째, 젖을 먹여 기르는 은혜요,

일곱째, 손발이 닳도록 깨끗하게 씻어 주시는 은혜요,

여덟째, 먼 길을 떠나갔을 때 걱정하시는 은혜요,

아홉째, 자식의 장래를 위해 고생을 참으시는 은혜요,

열째, 끝까지 불쌍히 여기는 은혜다.[108]

「어머니 마음」의 내용은 다음과 같다.

제1연 산고産苦와 양육의 괴로움을 감수하시는 어머니의 희생.
제2연 자식의 성장 과정에서의 어머니의 근념勤念과 자정慈情
제3연 심신을 다 바쳐 희생하시는 어머니의 사랑

각 연의 핵심어는 '희생' → '정성' → '사랑'으로 그 극진함을 칭송하고 있다.

이 시의 원래의 시제는 「어머니 마음」이다.[109] 그 뒤 「인생잡기」나 『어머니 상권』, 『지성의 광장』등에서 무애는 「어머니 노래」라고 그 제명을 써왔다. 그리고 작곡가 이흥렬은 전인한 대로 「어머니의 마음」으로 부르고 있다. 또한 각급 음악 교본이나 교재 등속等屬에서는 대개 「어머니의 마음」이나 혹은 「어머님 마음」으로 쓰이고 있다.

가사 내용도 원시原詩에서 변개된 것이 많이 있다. 예를 들면 첫 연의 초두初頭가 원시에는 '나실제'인데 변개된 것은 '낳실제'로 되었고, 각 연

---

108) 이민수 역, 『부모은중경』(을유문화사, 1972), 3~5쪽.
109) 「신가요집」, 『三千里』148호(삼천리사, 1941.9), 173쪽.

의 제 5행 말미 부분이 원시에는 '하오리'인데 변개된 각종 음악 교본이
나 교재 등속에는 모두 '하리오'로 되어 있다. 또 제2연의 말행末行 "어머
님의 정성은 지극하여라."가 "어머님의 정성은 그지없어라."로, 제3연의
말행 "어머님의 사랑은 그지없어라."가 "어머님의 사랑은 지극하여라."
로 임의로 바꾸어 놓았다,

심지어 초등학교 음악 교재에는 이 시를 흉내 낸 유사한 내용의 「어머
니 노래」까지 등장하고 있어 씁쓸한 마음을 금할 길이 없다.

문법적으로 오류가 있거나 어의語義가 적합하지 못한 경우가 아니라면
멋대로 원시를 개작하거나, 혹은 모방 내지는 표절 비슷한 행위는 삼가
야 하지 않을까.

[주제] 어머니의 희생적인 사랑

60) 희작戲作 3장

― 처妻 근래에 양복을 입겠노라 은근히 시론試論하는지라, 웃으며
이 글을 써 보이다.

양복을 떨쳐 입고 어느 곧에 가려느뇨,
삼천리 흰옷 무리 모다 아니 헐벗은가,
자랑도 운치 아니랴, 뉘게 자랑 하리오.

몸매사 좋을시면 무명아니 아담한가,
작으만 그대 키엔 치마 저골 알맞아를,
굳하여 인견人絹 양복을 입어 무삼하리오.

나서매 한길 우에 모던인양 놀랍더니,

색실塞室에 들어서니 빈사貧士님의 안핼러라
아궁 앞 양장洋裝 려인麗人을 바라보고 웃노라.

全 3연으로 된 연시조이다. '병기幷記'에서처럼 아내에게 은근히 검소
함의 미덕을 강조하는 내용이다.

제1연 백의 민족이 다 헐벗었는데 양장을 하고 나다닌다면 곤란한 일이 아
  니겠소?
제2연 체구가 작은 그대에게는 무명 한복이 잘 어울리는데, 구태여 인견人絹
  양복을 입을 필요가 있겠소?
제3연 외출했을 때의 모습은 세련된 현대풍이더니, 초라한 집에 돌아오니
  가난한 선비의 아내 모습이구려. 아궁이 앞에 앉은 양장 미인은 어울
  리지 않는다오.

[주제] 아담한 체구의 아내에게 어울리는 검소한 한복 차림을 선호함.

61) 임을 잠깐 뵈옵고

정녕 뵈왔고나, 임을 다시 뵈왔고나
하도 오래 여흰 임을 얼결 마조 뵈왔고나,
아무리 어수선엔들 내 님 몰라 보리오.

어둠도 긴저이고, 빗바람 재오친제,
먼 불 혹 깜박인가, 저벅 소리 행여 긘가,
창 옆에 언 몸 기대어 몇 밤 샌 줄 몰라라.

내 이제 돌아오다, 우렁차신 그 목소리,
꿈결엔들 안 익으리, 소스라쳐 내다르니,

아니나, 그리운 그님 우뚝 거기 스셨네.

어허 내 님 이르고나, 분명 내 님 이르고나,
자나 깨나 보고지고, 울명 불명 찾던 그님,
지화자 내 님이로구나, 어화 내 님 이르고나.

외마디 소리 치자 억 막혀 가슴 쥐고,
냅다라 부여잡고 얼빠진 듯 춤추다가,
흐느껴 얼싸 안긴 채 몸부림을 쳤소라.

벙어린양 말 못하고 못난인 듯 짓밟혀서,
숨막히고 가무라쳐 몇 고비를 지내언고,
이제사 고개 제치니 한숨 휘유 나깨라.

타오신 그 수레를 몇몇 분이 미웁신고,
손발사 묶겼던 줄 임은 하마 아웁서도,
앉은 채 뵈옵는 마당 눈물 글썽 고여라.

임 뫼신 이뒤에란 푸념 아예 마오리라,
잔 투정 그만 두고 옥신각신 마오리라,
여흰 적 시틋한 일이 뼛골 아니 저리뇨.

오늘은 임의 방에 손 가득 떠들석을,
겪기 아니 분주한가, 서두른채 흥겨워를,
오랫만 벌어진 잔치 날 가는 줄 몰라라.

밤이 하마 이슥커다, 손님 상긔 계오신가,
고대 촛불 앞에 오붓할 줄 알건마는,
그사이 또 기다려져 문을 자조 바라라.

전 10수로 된 연시조이다.

이 작품은 『해방기념시집解放記念詩集』(중앙문화협회, 1945. 12)에 실려 있다. 이 시집의 성격에 대해서 권영민은 다음과 같이 서술하고 있다.

　　파당적인 분열을 극복할 수 있는 민족 전체의 문화 운동을 염원하면서 민족 해방의 감격을 문학의 세계에 영원히 담아 두기 위해 범 문단적으로 작품을 모아 『해방기념시집』(1945. 12)을 내놓았다. 이 시집은 "건설 도정의 새로운 시가의 한 지표"를 삼고자 한다는 이헌구의 서문을 싣고 있는데, 정인보, 홍명희, 안재홍, 이극로, 김기림, 김광균, 김광섭, 김달진, 양주동, 여상현, 이병기, 이희승, 이용악, 이헌구, 이흡, 임화, 박종화, 오시영, 오장환, 윤곤강, 이하윤, 정지용, 조벽암, 조지훈 등의 작품이 수록되어 있다. 문단의 파당적인 구분에 거의 무관하게 중요 시인과 문사들의 글을 포괄하고 있었다는 점에서 이 시집의 간행과 함께 중앙문화협회의 성격이 더욱 선명해졌음을 알 수 있다.[110]

이 시제에 등장된 '임'은 조국, 대한민국을 의인화한 명칭이다.

내용을 요약하면 다음과 같다.

제1연 오랫만에, 그것도 얼결에 조국을 되찾은 감격.

제2연 길고도 암울했던 격동기를 지내온 고통과 조국 광복에 대한 기다림. 초장의 '긴 저이고'는 '길구나'의 뜻. '재오치다'는 '빨리 몰아치거나 재촉한다'의 뜻. 중장의 '근가'는 '그것인가'의 뜻. ○ 빗바람 재우친제: 세계1.2차 대전을 가리킴. ○ 먼 불 혹 깜박인가: 미국의 윌슨 대통령의 '민족자결주의' 제창.

　　둘째 연 전체를 통석通釋하면 "장기간의 일제치하에서 제 1.2차 세계 대전이 있었고, 때마침 미국 윌슨 대통령의 '민족자결주의'의 제창으로 한 가닥 희망을 품고, 자나 깨나 조국의 광복을 기다리며 고통스러

---

110) 권영민, 『해방 직후의 민족문학운동 연구』(서울대출판부, 1986), 12쪽.

운 세월을 겪어 왔다."의 의미로 해석할 수 있다.

제3연 갑작스럽게 맞이한 조국 광복의 감격.

제4연 자나 깨나 잊지 못했던 조국의 광복을 확인함.

제5연 조국 광복의 날에 느끼는 벅차고 감격스러운 심정.

제6연 일제강점하의 강압과 속박에서 벗어난 안도감.

제7연 애국지사들의 투쟁으로 되찾은 조국의 광복을 맞이하여 적극적으로 투쟁하지 못했던 자괴감.

제8연 앞으로는 이념 갈등, 계급투쟁과 같은 동족간의 부질없는 분쟁은 없었으면 한다.

　　무애는 계급투쟁에 대한 혐오감을 표시해 왔는데, 이것 때문에 프로 문학파들로부터 공격을 받은 적이 있었다. "잔 투정 그만 두고 옥신각신 마오리라."는 부질없는 갈등의 조장을 자제하자는 제안이다.

　　'시툿하다'는 '시뜻하다'의 거센 표현. ①마음이 내키지 않아서 시들하다 ②어떤 일에 물리거나 지루해져서 싫증나다.

제9연 광복의 날에 벌어진 축제 분위기의 들뜬 기분.

제10연 끝날 줄 모르는 축제의 분위기, 여기서 '오붓하다'는 ①홋홋하게 필요한 것만 있다 ②살림이 옹골지고 포실하다의 뜻.

[주제] 조국 광복의 감격과 회포

62) 수수께끼 4장

　　—어느 종이 만드는 친구가 「종이」를 제題로 한 희시戱詩를 청하기에 즉흥적으로 약간의 딴 「뜻」을 곁들여—

　　고대—설산雪山 몇 만 겹이 아니언만, 안타까이 고鼓(금琴)를 안고 노래하는 사내 앞에 전불 랄 전불 랄 고운 사람을 가린 것은 무엇이뇨?

　　첫 사랑 옛 글월에 사연도 많았것다!

썼다 또 썼다가 모두 다 지워 버리고
하야한 넓은 한 끝에 동그라미를 그리느라.

옛츠와 두보杜甫가 잔 들고 탄식하네, 곁들어 방옹放翁도 한 句를 읊
는 소리―
엷어도 말세 인정보다는 두터운 것 있어라!

순수. 말라르멘 고고孤高가 병病이랐다.!
붓방아 노 찧다가 흰 채로 남겼다 네만,
白也는 그 무슨 객기, 푸른 하늘을 펴 접으니?

全 4수로 된 연시조.

이 시조는 『인생잡기』(215~222쪽)에 「전불랄기顚不剌記―정초의 시
와 술―」이란 제하題下 수필에 삽입되어 있다. 무애无涯는 이 수필을 1958
년 1월 <한국일보> 신년호에 게재한 바 있다고 했다. '顚不剌的'(전부라
디)는 '몹시 예쁘다'는 金代의 속어이다.

제1연 거문고를 타는 사내 앞에 예쁜 여성이 종이 한 장을 가리고 들고 있다.
　　元의 왕실보王實甫(혹或은 오승은吳承恩)가 지은 잡극雜劇 『서상기西
　　廂記』의 두 주인공 장공張珙과 앵앵鶯鶯의 로맨스의 한 장면을 인용
　　한 것이다.
　　이 story의 climax에 해당되는 부분에서 장생張生이 월화月下의 탄금
　　彈琴으로 충정을 호소하니 앵앵은 그의 「봉구황지곡鳳求凰之曲」에
　　깊이 감동되어 서로 간 서신이 오고간 끝에 결혼에 이르게 된다는 내
　　용이다.
　　종장 "고운 사람을 가리운 것"은 일차적으로는 종이지만, 이를 외연해
　　보면 운명, 생활, 시대의 단층, 혹은 실연, 연령의 차이일 수도 있다,
　　초두의 '고대'는 곧장, 바로의 뜻.
제2연 첫 사랑을 고백할 때 설레는 마음을 다 나타내지 못해서 썼다 지우기

를 거듭한 끝에 동그라미만 그리게 된다. 여기서 '동그라미'는 입맞춤 (출) 자리의 표시.

제3연 W.B.Yeats, 두보杜甫, 육유陸游(방옹放翁)의 詩句들은 다 종이 위에 썼다.

종장 "엷어도 말세 인정보다는 두터운 것"은 두보의 시「빈교행貧交行」과 육유陸游의 詩句 "생전객루분만호生前客屢紛滿戶 신후인정박어지身後人情薄於紙"의 시상과 연결된다.

제4연 말라르메는 글쓰기에 극도로 신중했고, 李白은 호쾌하여 푸른 하늘을 종이 삼아 시를 읊었다.

초, 중장의 '말라르메' 운운은 말라르메가 처음에는 순수시를 쓰다가 상징시로 전향하여 그 작품이 마음에 들지 않자 다 지워버린 일이 있다는 것이다.

종장의 "白也"은 李白을 가리키며 푸른 하늘을 펴 접으니"는 그의 詩句 "청천 일장지青天一張紙 사아복중시寫我腹中詩"의 시상을 가리킨다.

[주제] 종이는 연정이나 詩心을 표출할 때 그 매개체가 된다.

63) 제사題詞 5수

―『노산시조선』에 부침

동도東都 찬 여사旅舍에 한 이불 밑 잠들었고,
새 끼니 밥 한 상을 둘이 갈라 먹었도다,
지금에 어느 '우정'이 이만하다 할소냐

동갑, 그대와 나와 뉘야 더욱 '재주'런고?
한 걸음 앞섰다고 노상 위라 뽐내다가,
'오요요' 구름 부른 날 '내 못 밎다' 하니라.
시조란 무엇이니? 멋진 흐뭇한 '가락―'

상상想과 말이 다 좋아도 요要는 '토'에 달렸으니,
멀고도 가까운 이 '소식' 그대만이 알데나.

육당의 '박달나무', 담원薝園의 '일절미 떡',
'난초'가 가람인가? '봄 구름', '무명 옷', '암고란岩皐蘭'은 누구누구?
여러 체體 다 갖은 노산鷺山을 '늠실바다'라 하리라

젊어 각기 들메 매고 산으로, 바다로, 떠났것다!
내사 산삼 캐려다가 도랏 몇 뿌리 얻었네 마는,
어디 봐, 자네 광우린 구슬 얼마 빛나는가.

무애는 이 시조를 짓게 된 경위에 대하여 다음과 같이 자술하고 있다.

나는 그 뒤(日東 유학 후) 그리도 자긍이 심하던 시를 중단하고 평
론과 잡문에 종사하다가 이윽고 '신라가요'연구에 전하여 비록 한 두
권의 저서를 남겼으나, 문학적으론 워낙 '海東 天才'의 지난날의 포부
를 저바림이 심하였다. 웬만하면 노산이 나의 체동滯東 당시의 그 '夜
郎自大'와 그 뒤에 일은 잊은 '한단구보邯鄲舊步'를 못내 비웃으련만,
그는 나와의 그 구정을 못 잊었음인지, 몇 해 전 그가 시골에 유留할 때
나의 년래의 학적 노력을 위로하는 뜻에서 '채약송採藥頌'시조 3 수를
지어 보내 주었다. 내가 자못 감격하였으나 미처 화답치 못하였더니
저 즈음 그가 나를 찾아 그의 시조 선집이 간행됨을 고하고 그 변권弁
卷의 사詞를 請하기에, 그와 나와의 구연舊緣을 다시금 회억하고 수년
전 증시贈詩 의 화답을 겸하여 다음의 시조 5首를 보내어 그 집集에 실
렸다.111)

「제사題詞 5 수」를 요약하면 다음과 같다.

---

111) 양주동, 『문주반생기』, 89~90쪽.

제1연 곤궁했던 동경 유학 시절의 우정에 대한 추억.

　무애는 제 1연의 부기附記에서 "日東에 유학했을 때 내가 몇 달 동안 노
산의 하숙에 곁들어 지냈다. 그 실사"112)라고 적어 놓았다. 무애는 이 사
실과 관련하여 좀 더 소상하게 『문주반생기』에 기록한 바 있다.

　　　日東서 그와 재회하였다. 내가 그때 학자學資에 궁하여 숙식이 난처
　　해서 그의 하숙에 몇 달 동안 곁들어 지내기로 의논이 되었다. 그는 그
　　때 학교에는 들지 않고 '동양문고'에 다니며 사서史書를 탐독하는 중이
　　었다. 둘이 숙식을 몇 달 동안 같이 했다면 간단히 들릴지 모르지만,
　　거기엔 우스운 '장면'과 감격의 '사연事緣'이 있었다. 방세를 낸 하숙에
　　친구가 같이 자는 것쯤은 문제가 없었으나, 식사는? 식사는 처음 거리
　　의 식당'에 가서 따로 사 먹었는데, 그 후 하루의 식당비 40전에 궁한
　　때도 있어서, 하루의 1.2식 쯤 노산과 의논하여 밥 한상을 둘이 갈라
　　먹기로 하였다. 일인日人의 식량이 워낙 우리보다 훨씬 적기 때문에
　　한 그릇의 밥이 1인분으로도 부족한 터이나, 요행 노산의 식량이 그리
　　크지 않아 둘이 半 그릇씩을 먹어도 과히 시장치는 않았다113).

제2연 서로 재주를 겨루던 추억.

　『노산시조선집』의 부기附記에는 그 일화가 소개되어 있다.

　　　노산과 나는 동갑이다. 내가 몇 달 위다. 그때 둘이 한 방에 엎드려
　　시를 지으며 서로 '천재'라 뽐내었으나 나는 노상 許하지 않았다. 어느
　　날 '구름'을 題로 한 시 한 편을 보이는데, 구름을 어렸을 때 타고 놀던

112) 이은상, 『노산시조선집』(민족문화사, 1958), 7쪽.
113) 양주동, 『문주반생기』, 84쪽.

강아지에 비쁠하였는지라 나는 그것이 두시杜詩의 '천상부운여백의天
上浮雲如白衣 사수개변작창구斯須改變作蒼狗'를 본뜬 것이라 하여 읽지
않으려 하였더니 君은 내 소매를 붙들고 굳이 읽자 하기로 마지 못해
따라 읽어 보매 그 말구에 하였으되

　　　　오요요 부르고 싶은 마음
　　　　그 마음 귀여울러라.

나는 무릎을 치며 苒不及也'라 하고 탄복한 일이 있었다.[114]

이와 비슷한 내용이 『문주반생기』(88~89쪽)에도 수록되어 있다.

이 시에서 "한걸음 앞섰다."는 문단에 먼저 진출했음을 말한 것이다.

제3연 시조는 想과 말이 조화를 이루어야 하며 이때 조사助詞의 역할이 중요
　　하다.

부기는 다음과 같다.

　　　시조의 묘체妙諦는 오로지'토'에 있다. 本集 全 稿를 보다가 내가 문
　　득 노산에게 오래 동안 가슴 속에 간직해 두었던 이 한말을 했더니 그
　　는 '아무렴'하는 것이었다.[115]

제4연 시조 작가들은 대부분 각기 한 특질만을 가지고 있는 것이 상례이지
　　만 노산의 경우는 여러 體를 두루 갖추었다고 할 수 있다.

---

114) 이은상, 상게서, 8쪽.
115) 이은상, 전게서. 9쪽.

이와 관련된 부기는 다음과 같다.

> 시조에 갖가지 '투'와 '체'와 '格'과 '品'이 있다. 시조 작단의 다른 제
> 가諸家들은 모두 각 각 한 특질만을 가졌다.[116]

여기서 비유적으로 사용한 제가들의 특질은 다음과 같은 의미를 가진다.

- ○ 六堂의 '박달나무: '육당은 늘 '단군檀君' (檀: 박달나무 단) 운운
  하면서 그의 史學을 논했다. '박달'은 'ᄇ 러달' 즉 白山, 長白山의
  뜻도 된다.
- ○ 위당의 '인절미 떡: 위당은 한없이 다정다감한 인격의 소유자였
  다. 무애는 『담원시조』의 「序」에서 "위당은 내가 알기에는 가장
  정적情的인 분이다. 그의 감정은 만져지는 그의 손결보다도 더
  욱 만문하고 다정하다[117]"고 하였다.
- ○ 가람의 '난초': 가람 이병기의 시조는 개혁적이기는 하나 내용이
  너무 개념적이고 문장이 너무 우유체이다.
- ○ '봄 구름': 춘원의 특질.
- ○ '무명옷': 무애 자신의 특질.
- ○ '암고란岩皐蘭': 고란사皐蘭寺의 꽃 이름이나, 여기서는 정지용 시
  의 특질을 비유한 말.

한편 무애는 이 연의 중장 '늠실다'는 너무 추켜세우는 것 같아서 '늠실
물결'로 수정했으면 좋겠다고 했다.

제5연 자신의 공업功業을 낮추고 노산의 문학적 업적을 기림.

---

116) 仝上.
117) 양주동, 「序」, 『담원시조집』(진문사, 1948), 4쪽.

본래의 원고에는 종장 중 '몇 낱'이었던 것을 노산이 '얼마'로 고쳤다고 한다.

끝 연의 부기는 다음과 같다.

노산이 몇 해 전에 나의 보잘 것 없는 '學'을 '심멧군이 十年 동안에 예닐 곱 뿌리 산삼을 캐었음'에 뿔하여 '채약송採藥頌'이란 시조 삼장 을 내게 보내어 준 일이 있었다.[118]

이 연 초장의 '들메'는 신이 벗어지지 않도록 끈으로 발에 동여매는 일. 종장의 '얼마 빛나는가'의 '얼마'는 의문과 감탄의 뜻을 겸한 것.

[주제] 노산과의 우정의 추억과 그의 시조에 대한 칭송

64) 문호암 애사文湖巖 哀詞

나보다 열살 위, 점잖은 어디런지,
日束서 늦 사귀긴 대선大扇여관 위일러니,
한중전閑中殿 이야기하던 날 같이 거나했것다.

다리 건너 개천가에 손잡고 저녁마다,
눈 오는 어느 밤엔 우비도 없이 나섰것다,
소주 컵, 간 꼬치 들고 겨레 '혼'을 일컬으니.

전 2수로 된 작품이다. '문호암 애사'[119] 8수 中 제3, 제6수를 본떠서 지었다고 한다.

---

118) 이은상, 전게서, 10쪽. ※ '시조 3장'운운은 註8)참조.
119) 정인보, 『담원시조』(을유문화사, 1974), 93~95쪽.

무애의 「문호암 애사」와 연관되는 위당의 '문호암 애사'의 해당 작품
은 다음과 같다.

　　　나보다 다섯 해 위, 점잖기는 일찍부터,
　　　상해서 처음 보긴 대신여관 위일러니,
　　　진영사陳英士 마중하던 날 같이 거나했것다.
　　　막다른 깊은 골목 날 보려고 아침 · 저녁,
　　　비 오는 어느 밤에 옷이 흠뻑 젖었것다,
　　　고깃 근, 청어 마리를 손수 들고 오시니,

　　문일평(1888~1939)은 정인보(1893~?)보다 '다섯 해 위'가 맞지만 무
애(1903~1977)의 경우는 '열 살 위'가 아니라 '열다섯 살 위'라고 해야 옳
다. (『문주반생기』(92쪽)에도 '근 十年長'으로 되어 있다.)
　　시조 두 수의 내용을 요약하면 다음과 같다.

　　　제1연 日東에서의 교유의 추억
　　　제2연 취중에도 '민족 혼'을 논하던 회고담

　　『문호암 애사』(95쪽)에는 중장에 '겨레 혼'으로 되어 있으나, <한국일
보>(1974. 9. 4.) 게재 분에는 '겨레 체면'으로 되어 있다. 전자가 더 어울
리는 어휘인 것 같다.

　　무애는 문호암과의 교유交遊의 일단을 이렇게 술회하고 있다.

　　　해동海東 6년간에 정다운 주우酒友'로 또 회상되는 이 중에 고故 호
　　암 문일평선생이 있다. 그는 나보다 근 십년 연상이요. 글과 술의 글자

대로 '벗'은 아니나, 나와는 그야말로 '忘形의 交'로 '酒友'를 이루었었다.

1927년 경 호암이 도동渡東하여 中老로서 早大 사학과 '청강생'으로 통학했었는데, 나와 같은 하숙에서 일 년 남아 거처하였다. 그는 의주 출신, 진작 삼일운동의 학생 대표로서 서울 종로 한복판에서 자작 '선언서'를 낭독한 열혈 청년이었고, 상해로 어디로 전전하며 반생을 독립운동에 바친 지사, 국사학자로서 고매高邁한 식견이 있었고, 여러 신문에 그 건전한 붓을 휘둘렀다. (중략) 어느 날 몇 사람이 모여 좌담을 하던 중 이야기가 우연히 한말 사화에 미쳐 누가 명성황후의 불미한 외문外門이 사실인가 하였더니, 그가 아주 정색하며 천부당만부당한 조언造言이라고 궁중의 실정을 미미娓娓히 이야기하며 '국모'를 엄정嚴正히 두호斗護하던 것을 기억한다. (중략) 호암은 저녁이 되면 다정히 나의 손을 쥐고 '술집'으로 나를 끌었다. 둘이 다 학자學資가 넉넉지 못한 터에 빠아나 카페에 갈 수는 없다. 그가 나를 인도한 곳은 早稻田 전차 종점, 조금 걸어 다리 건너 천변에 늘어서있는 노점의 '구루마 야끼도리 집─' 수레 위에 조그만 술안주 가게를 벌려 놓은 곳. (중략) 그는 그 '구루마 야끼도리 집'의 소주와 꼬치 안주를 즐겼고, 나도 그의 '풍류'를 무척 좋아하여 거의 며칠에 한 번씩 그를 따라가 배음陪飮하였다. 그는 병으로 주량이 크지 않아 그저 대여섯 잔, 거나한 정도로 조용히 이야기하기만을 좋아 하였으나, 나는 나대로 또 취하지 않으면 돌아옴이 없어 번번이 선생의 주머니를 털고야 말았다.[120]

[주제] 호암과의 교유와 담론의 추억

65) 의정운擬停雲 3관關

小序: 몸이 하향遐鄉에 있어서 선배와 지기를 오래 뵈옵지 못하고 이제도 신세新歲를 임림臨하매 클클한 회포를 금할 길이 없는지라 몇 수를 노래하여 써 『停雲』에 의의擬하니라.

---

120) 양주동, 『문주반생기』, 92~93쪽.

'정운停雲은 사친우야思親友也'하니 제목이 온당치 못함을 그윽히 두려워하나, 노래하는 자의 구구한 마을을 선배로 보담도 오히려 벗인 양 그리워짐을 어이 하리오,

1. 춘원선생께

어릴 제 눕히었고 자리서 스승이라
지금에 사숙私淑커니 벗인 양 어인 일가
님의 글 뵈올 때마다 벗님이여 합내다.

문장이 적은 일가 천부天賦없이 되올 것이
천부는 있다 하자 경륜 업시 되올 것이
獨八斗 뉘사라더뇨 이 님 말고 어이리

알러라 나의 뜻을 모르쾌라 님의생각
뜻은 같사와도 생각 아니 틀리는가
다만지 똑같을 양이면 생각 외다 恨하랴

'정운'이란 도잠陶潛의 시에 벗을 생각하는 '정운편'이 있는 데서 전하여 친한 벗을 생각하는 우정을 이른다.

시제 뒤의 '소서'에는 "몸이 하향遐鄕에 있어서 선배가 지기를 오래 뵈옵지 못하는 이제도 신세를 임臨하매 클클한 회포를 금할 길이 없는지라. 몇 旨를 노래하여 써 '정운'에 의하니라."라고 하였다. 문의文意로 미루어 보아서 혹은 숭실전문 교수 시절의 작품인 듯. 춘원선생께는 전 3수의 연시조이다. 그 내용을 요약하면 다음과 같다.

제1연 춘원의 인품에 대한 畏敬과 작품에 대한 친근감
제2연 춘원의 문인으로서의 천부성과 경륜을 칭송함

종장의 '獨八斗'운운은 "天下之才一石 曹植獨得八斗"에서 따온 것. 여기서는 춘원의 文才를 극찬한 것. 무애는 평소에 농담으로 "天下之才一石 무애无涯獨得一斗半"이라고 농삼아 말하곤 하였다.

제3연 생각이 다르더라도 뜻을 같이 하면 동지이다. 무애는 여기에 부기하여 "생각은 이른바 사상이니 근자 선생의 생각에 대하여 논란한 바 있으므로 이에 미치다."[121]라고 적었다. 이는 「철저와 중용」(1926), 「집단주의의 魚魯性」(1933) 등 춘원과의 일련의 논쟁을 가리킨 것 같다.

[주제] 춘원에 대한 칭송과 동지애

66) 의정운 3연擬停雲 三闋

◇ 노산형에게

東都 찬 여사旅舍에 한 이불 밑 잠들었고
세끼니 밥 한 상을 둘이 갈라 먹었도다.
지금에 어느 골육이 이만하다 할소냐

어허 才子로고 노산이 정녕 才子로고
비로봉 삼 절창을 벗 말고 누가 쓰리
이 才子 내 벗 아닌가 내 生조차 빗나라

그대는 안빈자류安貧者流 나 역시 낙천자樂天者를
기한飢寒을 마다 말게 영욕榮辱은 뜬구름을
흉중胸中에 뜻만 있으면 구학溝壑인들 어떠리

---

121) 양주동, 「철저와 중용」, 『문주반생기』, 44—46쪽 참조.

첫 수는 실사를 적음이라. 첫 수 末章과 둘째 수 초장은 노산체를 모방하다.

숲 3연으로 된 연시조이다. 내용을 요약하면 다음과 같다.

제1연 곤궁했던 동경 유학시절의 우정에 대한 추억, 前述한 「題詞 五首」중
　　　첫 수와 동일한 내용이다. 다만 종장의 '우정'이 여기서는 '骨肉'으로
　　　바뀌었다.
제2연 노산의 文才를 칭송함.
　　　무애는 '금강산'을 소재로 한 노산의 시조 중에서 「금강이 무엇이뇨」
　　　가 최고의 절창이라고 평한 적이 있다. 그 내용은 다음과 같다.

　　　　금강이 무엇이뇨
　　　　돌이요 물일러라
　　　　돌이요 물일러니
　　　　안개요 구름일러라
　　　　안개요 구름이어니 있고 없고 하여라

　　　　금강이 어디더뇨
　　　　동해의 가일러라

　　　　갈 적엔 거길러니 올 제는 가슴 속에 있네
　　　　라라라! 이대로 지니고 함께 늙자 하노라[122]

제3연 安貧樂道를 생각함.

[주제] 노산과의 우정과 그의 文才를 칭송함.

---

122) 이은상, 전게서, 318쪽.

67) 의정운擬停雲 3연

◇ 정위당모爲堂 선생
  (이 작품은 한시임.)

4. 시의 주제와 작품의 경향

'주제'란 사전적辭典的인 의미에서는 ① 어떤 일에서 중심이 되는 문제를 말하나 ② 문학적인 용어로 쓰이는 주제의 의미는 작가가 그려내려고 하는 주요한 題材, 곧 작품의 중심이 되는 사상 내용을 말한다.

> 서양의 테마thema란 말과 서브젝트subject란 말을 다 나무의 잎과 잔가지를 달고 있는 중심 줄거리'란 뜻을 가진 낱말이다. 그러니까 문학 작품의 소재, 낱말, 비유, 문장 등의 요소들이 나무 잎새와 잔가지라면 그것들이 흩어지지 않게 하면서도 그 자체는 눈에 띄지 않는 중심의 큰 줄기가 테마라고 할 수 있다. 즉 테마는 구조적 개념이다.
> 그러한 중심의 줄기, 다시 말하면 문학의 각 요소들을 적절한 배열 순서를 따라 붙들고 있는 그 중심적 뼈대가 무엇인가가 문제가 된다. [123]

주제 고찰의 중요성에 대하여 엘리엇T. S. Eliot은 시 의식의 발전과 시의 주제 사이의 관계를 설명하는 가운데 다음과 같이 강조한 바 있다.

> 가장 먼저 발생한 시에 있어서나 혹은 시를 감상하는 초보 단계에 있어서는 시를 듣는 사람이 주목하는 것은 주제이다. (중략) 처음에는 style에 대하여, 마지막에는 주제에 대하여 우리가 드러내는 완전한 무

---

123) 이상섭, 『문학비평용어사전』(민음사, 2001), 322쪽.

의식이나 무관심은 우리로 하여금 시를 등지게 할 것이다[124].

본란本欄에서는 'I—3, 연구의 방법과 범위'에서 언급한 것처럼 M.Maren-Griesebach의 제안대로 주제와 경향의 고찰은 주로 통계적인 방법을 원용援用하기로 하겠다.

본고의 대상이 되는 무애의 시 작품은 65편이다.

『양주동연구』(민음사, 1991)의 '시 작품 연보'에 올라 있는 「대동강」은 시가 아니고 일명 「패강浿江 예찬禮讚」인 수필이기 때문에 제외시켰고, 또 몇 편의 한시, 일문시 역시 논의에서 제외하기로 했다.

먼저 『조선의 맥박』(문예공론사, 1932)에 수록된 작품을 논의해 보기로 한다. 여기에 수록된 시 작품은 『詩經』의 것을 번역한 「한길우에 나서서」와 「나물」두 편을 제외하면 51편이 된다. 김선학의 작품 통계는 잘못된 것으로 볼 수 있다.

총 47편의 詩가 수록된 『조선의 맥박』은 그중 2편의 譯詩를 제외하면 창작시는 모두 45편이 된다. 45편에서 「月夜 二題」가 각각 창작 연도를 달리하므로 사실상 46편의 창작시가 연도별로 정리, 분류될 수 있게 된다.[125]

그러나 필자의 통계는 다음과 같다.

年度	1922	1923	1924	1925	1926	1927	1928	1929	1930	1931	小計
篇數	5	1	6	10	11	3	5	5	5	1	52
順位	4	9	3	2	1	8	4	4	4	9	.
年度	1922	1923	1924	1925	1926	1927	1928	1929	1930	1931	小計

---

124) 송　욱, 『시학평전』(일조각, 1983), 342쪽에서 전재轉載.
125) 김선학, 상게논문, 379~380쪽.

| 篇數 | 5 | 1 | 6 | 10 | 11 | 3 | 3 | 5 | 1 | 1 | 46 |
| 順立 | 4 | 8 | 3 | 2 | 1 | 6 | 6 | 4 | 8 | 8 | · |

　그런데 「月夜 二首」의 제1연은 1926년 8월, 제2연은 1929년 5월로 되어 있어서 실제의 편수는 51편이 된다. 김선학의 통계와는 1925년과 1930년에서 차이가 나고 있다.

　참고로 『조선의 맥박』에 수록되지 않은 작품들을 출전 연도별로 집계해 보면 다음과 같다.

| 年度 | 1925 | 1930 | 1931 | 1935 | 1941 | 1945 | 1958 | 1974 | 末計 | 小計 |
| 篇數 | 3 | 1 | 1 | 1 | 1 | 1 | 2 | 1 | 2 | 13 |

　김선학은 연도별 통계 수치를 창작 활동과 연계시키면서 다음과 같이 언급하고 있다. <표>에서 보는 대로 1925년, 1926년이 가장 왕성했던 詩作의 시기였다. 이 시기는 양주동이 대학 영문학부에 재학한 시기와 일치한다. (필자 註: 무애无涯의 「연보」에는 1925년 에 早大 영문학과에 진학하여 1928년에 졸업한 것으로 되어 있다.)

　이것은 그가 대학 재학 시절에 그의 왕성한 시 창작 의욕을 현실화시켰음을 의미하고, 그의 시집 Ⅰ부의 대부분이 이 연도에 창작되었다는 것은 정애情愛 및 소박한 시정의 토로가 대학생이라는 신분과 유관함을 의미한다고 볼 수 있을 것이다. 그리고 1923년 시 동인지 『금성』의 창간 직후란 점도 간과할 수 없을 것이다.[126]

　무애는 『조선의 맥박』, 「敍」 에서 수록된 작품의 주제와 경향에 대하

---

126) 註 125) 참조.

여 다음과 같이 언급하고 있다.

> 이 시집은 전후 삼부작으로 나누어 있다. 흔히 청춘기의 정애를 주
> 제로 한 서정시와 및 가벼운 小曲 따위는「영원한 비밀」속에 포함되
> 었고, 사상적이요 주지적인 제작은「조선의 맥박」속에 수집되었다.
> 전자와 후자와의 차이는 주로 나의 시경詩境이 개인적 정감의 세계로
> 부터 차차 사회적 현실로 전향하는 것을 보인다. 그리고 마지막「바벨
> 의 탑」은 대부분 사색적, 반성적 경향을 띤 인생시편들을 수록한 것이
> 다. (중략) 작품의 배열순서는, 전편의 건축적 구조를 위하야 첫머리
> 기타에 다소의 예외가 있으나, 힘써 연대순으로 하였으니, 이는 시풍
> 의 옮겨진 흔적을 알기에 편한 까닭이다.[127]

이들 3부에 속하는 시편들을 열거해 보면 다음과 같다.(숫자는 작품
발표 순서에 따른「시작품」해설의 일련번호임)

○ 第一部「영원한 비밀」:
　35, 36, 5, 12, 13, 37, 38, 16, 9, 17, 32, 39, 40, 41, 20, 19, 42, 43, 18,
　44, 45 (21편)
○ 第二部「조선의 맥박」:
　14, 23, 24, 22, 46, 47, 25, 27, 28, 29, 33, 31, 21, 34 (14편)
○ 第三部「바벨의 塔」:
　4, 10, 6, 7, 8, 11, 48, 49, 50, 51, 52, 53, 54, 26, 55, 56 (16편)

第一部「영원한 비밀」에 해당되는 작품들의 주제를 열거해 보면 다음
과 같다.

---

127) 양주동,『조선의 맥박 』, 5~6쪽.

35. 산 넘고 물 건너: 임에 대한 무한한 向念

36. 산ㅅ길: 암울한 일제치하에서 가져보는 조국광복에 대한 가느다란 희망.

 5. 영원한 비밀: 젊은 시절, 연인의 진정성을 끝내 깨닫지 못한 아쉬움.

12. 옛사랑: 이별의 설움.

13. 別後: 이별의 설움.

37. 가을: 임을 떠나보낸 여인의 가을의 애상.

38. 失題: 사랑의 가변성과 허망함.

16. 海曲 三章: 젊은 시절 바닷가에서 느끼는 서정과 풍류.

 9. 斷章 二篇: 인생에 대한 허무의식과 회자정리會者定離의 정서.

17. 무덤: 추억 속에 남아 있는 사람들에 대한 쓸쓸한 상념想念.

32. 눈: 돌보는 이 없는 어머니 무덤을 슬퍼함.

39. 남천역에서: 이별이 교차되는 기차역의 애상.

40. 삼년 후: 이별의 서름.

41. 꿈에 본 구슬이길래: 이별의 설움.

20. 십년 전: 회한과 비애로 점철된 추억과 미래의 인생 역정에 대한 불안과 회의.

19. 가을밤에 올린 기원 의 一節: 후회와 미련의 극복을 소망함.

42. 원별怨別 3장: 낭군과의 이별을 원망함.

43. 월야月夜 2제: 달밤의 유흥.

18. 사랑하는 이여: 곤고한 중에서도 변함이 없는 아내의 희생적인 사랑.

44. 추야장秋夜長: 가을에 느끼는 그리움과 허전함.

45. Ennui: 연모와 번뇌.

무애는 『조선의 맥박』, 「敍」에서 '제일부 영원한 비밀'은 "흔히 청춘기의 정애情愛를 주제로 한 서정시와 및 가벼운 小曲따위"가 여기에 속한다고 하였다.

먼저 '청춘기의 정애를 주제로 한 서정시'로 볼 수 있는 작품으로는 35, 5, 12, 13, 37, 38, 9, 19, 40, 41, 20, 19, 42, 18, 45 등 15편이 여기에

속한다고 할 수 있다. 이들 중에서도 이러한 정서를 대표할 수 있는 작품
으로는 우선 13, 「별후別後」를 꼽을 수 있을 것 같다.

발ㅅ자욱을 봅니다.
발ㅅ자욱을 봅니다.
모래 우에 또렷한
발ㅅ자욱을 봅니다.

어느 날 벗님이 밟고 간 자욱,
못뵈울 벗님이 밟고 간 자욱,
혹시나 벗님은 이발자욱을
다시금 밟으며 돌아오려나.

님이야 이 길로 올리없지만,
님이야 정녕코 돌아온단들,
바람이 물결이 모래를 슻어
옛날의 자욱을 어이 찾으리.

발ㅅ자욱을 봅니다.
발ㅅ자욱을 봅니다.
바다ㅅ가에 조고마한
발ㅅ자욱을 봅니다.

이별의 설움을 주제로 한 이 작품은 문학소녀 강경애와의 이별에 따른
마음의 상처를 애끓는 심정으로 표현한 시이다.

또 16, 43, 44 3편은 '가벼운 소곡'으로 볼 수 있는 작품이다. 이 정서에
대표적인 것으로는 16, 「해곡海曲 3장」을 둘 수 있다.

<1>

님 실은 배 아니언만,
한울 가에 돌아가는 흰 돛을 보면,
까닭없이 이마음 그립습네다.

호올로 바닷ㅅ가에 서서
장산에 지는 해 바라보노라니,
나도 모르개 밀물이 발을 적시웁내다.

<2>

아츰이면 해 뜨자
바위 우에 굴 캐러 가고요,
저녁이면 옅은 물에서 소라도 줍고요.

물결 없는 밤에는
고기잡이 배 타고 달내섬 갔다가
안 물리면 달만 싯고 돌아오지오.

<3>

그대여,
시를 쓰랴거든 바다로 오시오
바다 같은 숨을 쉬이랴거든.

님이여,
사랑을 하랴거든 바다로 오시오
바다 같은 정널에 잠기랴거든

'젊은 시절 바닷가에서 느끼는 서정과 풍류'를 주제로 한 이 작품은 경쾌한 느낌을 주기에 足한 작품이라고 할 수 있다.

그런데 17, 32는 딱히 어느 쪽으로 분류하기가 곤란한 작품이다. 또 36

은 무애无涯 자신이 "인간의 외로운 길이나 일제압제 하의 한국인의 길"을 뜻할 수 있지만 후자 쪽에 비중을 둘 수 있다고 한 바 있다. 이 작품 역시 그 범주를 가름하기가 어렵다고 하겠다.

어떻든 제1부에서는 '청춘기의 정애'를 주제로 한 작품이 主流를 이루고 있는 것은 사실이다.

'제2부 조선의 맥박'은 "사상적이오 주지적인 제작諸作"이 여기에 든다고 하였다.

이들 작품들의 주제를 열거해 보면 다음과 같다.

14. 나는 이나랏 사람의 자손이외다: 순결하고 낙천적이나 고난과 설움이 많은 약소민족 의 비애.
23. 조선의 맥박: 암울한 시대를 극복하려는 청소년들의 역동성.
24. 이리와 같이: 험난하고 암울한 시대에 조선인의 분발을 독려함.
22. 탄식(一名 天災): 가난한 농촌의 천재를 탄식함.
46. 기적소리 들으며: 부득이한 사정으로 고국을 등지는 사람들에 대한 연민의 정.
47. 다듬이 소리: 늦은 가을밤에 들리는 다듬이 소리가 주는 심회.
25. 잡조雜調 5장: 곤고하고 기약 없는 상황에서 분출되는 고뇌와 갈등.
27. 선구자: 선구자들의 고귀한 희생과 민중들의 책무.
28. 우리의 이론: 공소한 이론을 접고 신세대의 계몽에 앞장서자.
29. 영웅과 지사: 영웅과 지사에 대한 의타심을 버리고 민중 스스로가 민족의 진로를 개척해야 한다.
33. 나부터 먼저 적인 줄 알라: 기회주의적이고 소극적, 이기적인 기성세대들은 새로운 세기를 위하여 근성을 타파해야 한다.
31. 일체의 의구를 버리자: 민중들은 원칙에 입각해서 목표를 설정한 후 새로운 각오로써 이를 실천에 옮겨야 한다.
21. 나는 그대에게 온몸을 바치려노라: 의의 실천을 통한 암담한 현실의 극복.

34. 사론史論: 무기력하고 이기적으로만 보이던 민중이 정의를 위해
     권력의 압제에 맞서 분연히 저항하는 역사적 사건을 칭송함.

　사전적인 의미에서 '사상'이란 ① 사회, 인생 등에 대한 일정한 견해,
특히 정치적인 일정한 생각 ② 통일된 판단 체계를 말한다. 또 '주지主知'
란 이성, 지성, 주지적인 면이 짙다고 할 수 있다. 그러나 작품 전체의 주
조主調는 '사상적'이라고 할 수 있다.

　또한 47, 「다듬이 소리」는 사상적이나 주지적 어느 쪽에도 해당되기
어렵다고 하겠다. 또 결정적으로 '주지적' 주제를 담고 있는 작품을 가려
내기가 어려운 면이 있다.

　합리성 등을 위주로 하는 일을 말한다.

　이러한 어의를 전제로 먼저 사상적인 범주에 든다고 할 수 있는 작품
들을 열거해 보면 14, 23, 24, 22, 46, 25, 27, 28, 29, 33, 31, 21, 34 등 13
편이 여기에 속할 수 있을 것이다. 다만 25, 「雜調」는 5연으로 구성되어
있는데, 2, 4, 5연은 사상적인 범주에 해당되나 제3연은 제1연과 함께 단
순한 정회를 읊은 것으로 볼 수 있다. 이들 중 '사상적'인 내용이 짙은 대
표적인 작품으로는 23, 「조선의 맥박」과 34, 「史論」을 들 수 있다.

　다음은 「史論」의 그 전문이다.

　　　　사나운 권력의
　　　　억제하는 명령 앞에서
　　　　때로는 양과 같이 무릎을 꿇기 쉬운 대중의 비겁―
　　　　혹시는 털끝만한
　　　　더러운 리욕의 밋기에 몰려
　　　　물ㅅ고기같이 꼬리치며 생명을 애걸하는 개체의 무력―

동지여, 그대는 낙심하는가, 아즉 참으라,
한숨을 거두고 쾌히 세상을 뒤지라

아 아 어인일가, 양과 같이
그리도 온순하든 「작일」의 민중이
하로 아츰 「정의」의 기ㅅ발아래 범같이 날뛰며 갓도다.
저보아, 바로 전에 물ㅅ고기같이
그리도 불상히 파득으리는 수많은 개체가
하로ㅅ밤 「부정」의 낙시ㅅ대를 두동강에 분질럿도다.

동지여, 놀람을 그치라, 이렇므로사
비롯오 이 한권이 인류의 력사가 아니뇨

'제3부 바벨의 탑'은 "대부분 사색적, 반성적, 경향을 띄인 인생시편 들
을 수록한 것"이라고 했다. 이 범주에 속한 16편의 주제를 보면 다음과
같다.

4. 기몽記夢: 조국의 암담한 현실 속에서 해방의 날을 기약하며 새 문화
   건설에 매진하려는 의지
10. 꿈노래: 청춘 시절의 꿈과 좌절의 비애
6. 소곡: 인생에 대한 허무의식
7. 무제無題(어느밤): 천진난만한 아기에 대한 어머니의 따뜻한 사랑
8. 악도惡禱: 현실이 주는 시련과 고뇌의 극복을 갈망함
11. 풍경: 대학자의 야망을 지닌 청년의 정념과 현실 인식.
48. 내 벗을 부르노라: 마음의 벗에 대한 그리움
49. 내 다시금 햇발을 보다: 순수하고 경건한 마음으로 새 출발을 다짐함
50. 탄식―어린 딸의 죽음을 듯고―: 어린 자식의 죽음을 애통해 함
51. 삶의 하염없음을 늣기는 때: 젊은 날의 권태와 비애
52. 삶의 든든함을 늣기는 때: 강인하고 신비로운 생명에 대한 신뢰.

53. 그 대는 뭍으로, 나는 바다로: 희망과 정열로써 현실을 극복하려는 의지
54. 묘반墓畔 ①고비古碑: 권세의 허망함과 인생의 무상함
26. 샘물: 무덤가로 흐르는 샘물에 대한 성찰
55. 인간송가: 사랑과 희망, 정성으로 이루는 거룩한 삶
56. 바벨의 塔: 새로운 역사 건설에 대한 염원
    사색적인 시로 볼 수 있는 작품: 6, 7, 48, 26, 52(5편).

대표적인 작품으로는 6, 「소곡」을 들 수 있다.

    삶이란 무엇? 빛이며,
    운동이며, 그것의 조화―
    보라, 창공에 날러가는
    하얀 새 두 마리

    새는 어듸로?
    구름 속으로
    뜰 앞에 꽃 한 송이
    절로 진다.

    오오 죽음은! 소리며,
    정지靜止며, 그것의 전율―
    들으라, 대지 우에 흩날리는
    낙화의 울음을

또 반성적인 작품으로 볼 수 있는 시는 4, 10, 8, 11, 49, 50, 51, 53, 54, 55, 56(11편).

대표적인 예로는 10, 「꿈 노래」를 들 수 있다.

가없이 가없이 한울에 닿은
생명의 푸른 바다 한복판 우에
동경憧憬의 흰 돛을 높게도 달앗든
나의 청춘의 외로운 배는, 외로운 배는,

어느 밤 운명의 물ㅅ결을 맛나
고뇌의 장풍長風에 휘불리어서,
지금은 남모르는 븨인 나라의
권태의 해안에서 헤매이어도,

날마다 날마다 아츰에 나는
정녈의 호수가 밀려 나간 후
쓰디쓴 추억의 감탕 속에서
눈물의 眞珠貝를 줍다가서는

머나먼 낙조가 지려할 때에
황량한 고도孤島에 배를 대이고,
西天의 해붉이를 바라보면서
곡조 없는 꿈 노래만 혼자 불러라.

위의 집계에서 보면 '사색적'인 것들에 비해 '반성적'인 시들이 우위를
차지하고 있다는 점을 지적할 수 있다.

지금부터는 평자들의 견해를 살펴보고자 한다.

백철은 무애의 시 경향에 대하여 다음과 같이 언급하고 있다.

문예사조적인 면에서 무애 양주동의 시 경향을 보면 그는 조선적인
관념을 노래한 개념주의의 시인이다. 흔히 이 시인을 평가하여 서정
소곡 시인이라는 것은 그 버금으로 오는 이 시인의 별개의 요소라고
본다. 梁氏 시집 주제명의 시 「조선의 맥박」(1926년 6월, 『문예공론』)

도 개념의 시인데. 이 시는 후기의 작품이지만, 전기의 시로서 「나는 이나랏 사람의 자손이외다」(1925년 2월, 『개벽』. 백철의 저서에는 「나는 이나랏 사람이로소이다」로 오기誤記되어 있음. 『신문학사조사』(신구문화사, 1968)에도 그대로 오기되어 있음)는 그 조선적인 것을 노래한 일 예가 된다.[128]

『조선신문학사조사』(수선사, 1948)의 「序」가 1947년 11월 1일자로 되어 있으므로 백철의 무애无涯 시에 대한 시평은 「어느해」(1923. 2)에서 「임을 잠간 뵈옵고」(『해방기념시집』, 1945. 12)까지 60편이 그 대상이 된다.

　백철이 시평에서 말하는 '개념'은 '관념'과 흡사한 어휘로서 T. S. Eliot이 시를 정의하여 "시는 사상과 정서의 등가물等價物"이라고 했을 때의 '사상'과도 비슷한 어의語義인 것 같다. 즉 시에 있어서는 순수 서정시와는 달리 사상이나 사회 문제, 시대 상황, 윤리나 도덕상의 문제 등을 강조하거나 제재로 삼는 시, 이를 테면 사회시, 참여시, 목적시, 도덕시, 관념시 등의 포괄적인 명칭으로 '개념시'conceptiomal poem라고 명명한 것 같다. 이 '개념시'와 연관되는 용어에 대하여 사전적인 측면에서 그 어의를 참고해 보기로 한다.

　　○ 개념concept: 어떤 사물 현상에 대한 일반적인 지식, 전통적 논리학의 입장에서 말한다면, 한 무리의 개개의 것에서 공통적인 성질을 빼내어 새로 만든 관념, 예를 들면 자신의 부모, 형제, 친구, 명사, 그리고 자기 자신이라는 개개인에 공통되는 성질, 즉 인간이라는 성질에 대한 관념이 만들어졌을 때, 이 관념을 인간의 개념이라고 말한다.
　　○ 관념idea: ① 어떤 일에 대한 견해나 생각

---

128) 註 ⑪同頁.

② 현실에 의하지 않는 추상적이고 공상적인 생각

③ 사람의 마음속에 나타나는 표상, 상념, 개념 또는 의
식 내용을 가지는 일

○ 도덕morality: 사회의 구성원들이 양심, 사회적 여론, 관습 따위에
비추어 스스로 마땅히 지켜야 할 행동 준칙이나 규범의 총칭(외적 강
제력을 갖는 법률과 달리 각자의 내면적 원리로서 작용하며, 또 종교
와 달리 초월자와의 관계가 아닌 인간 상호 관계를 구성한다.)

○ 윤리moral principles: 사람으로서 마땅히 행하거나 지켜야 할 도리

○ 개념시conceptional poem: 감각적인 이미지보다는 관념적인 의미
를 강조하여 표현한 시. 이데올로기적인 면은 부족하고 관념적인 경
향이 많다. 그러므로 예술적으로는 별로 그 가치를 높이 평가 받지 못
한다. 한편 F. A. Lange는 형이상학을 개념시라는 명칭으로 불렀으며,
이것은 19세기 말의 유행어가 되었다. 형이상학은 경험적 세계를 초
월한 것이지만, 경험 과학이 단편적 지식만을 제시하는데 반해 전체
적이고 보편적인 이념을 제시한다. 그러나 그 진리성의 논리적 실증
적인 보증은 불가능하며, 다만 시적 표현의 성격을 띠게 된다.

○ 관념시ideological poem: 작가의 주관적인 관념을 표현한 시, 어떤
관념이나 사상을 상형화한 시. 풍부한 체험과 깊은 사색을 기초로 하
여 주체적 관념이나 사상을 작품화한 시

○ 목적시objective poem: 정치적, 사상적 목적을 이루기 위하여 지은 시

○ 참여시participational poem: 정치, 사회의 문제에 관심을 가지고 비
판적인 의식으로 그 변혁을 추구하는 내용을 담은 시.

※ '小曲'은 영어의 piece, sonnet의 역어譯語이다

○ piece小曲: 규모가 작은 작품, 소품이라고도 한다.
음악 용어로는 보다 한정된 뜻으로 쓰이며, 다악장多樂章이 아닌 독립
된 기악곡을 가리킨다. 그것들은 자유로운 형식으로 쓰여지고 거의
다 독주곡들이다. 베토벤의「베가델」슈베르트의「즉흥곡」,「악흥의
한 때」등이 선구적인 역할을 한, 19세기의 캐릭터 피스는 기악 소품의
전형적인 타이프이다.

○ 소곡sonnet: 정형시 중에서 가장 대표적인 시형. 소곡 또는 14행
시라고 번역한다. 13세기 이탈리아의 민요에서 파생된 것이며, 단테

나 페트라르카에 의해서 완성되었고, 르네상스기에는 널리 유럽 지역에 유포되었다.

내용적으로는 '서곡序曲→ 그 전개→ 새로운 시상의 도입→ 종합 결말'이라는 기승전결 방식이다. 대부분이 연애시로 수 십 편의 연작으로 된 것이 많다. 페트라르카의 「칸초니오레」는 소네트 중에서 가장 아름다운 것이라고 한다. 전체는 14행으로 4행 2절, 3행 2절로 나누어지는 정형시이다.[129]

「개념시」와 「소곡」에 대한 이상의 개념 내지 어의를 전제로 하여 백철의 견해대로 무애의 시 60편을 편의상 두 그룹으로 분류해 보면 대략 다음과 같을 것으로 생각된다.

> ① 개념시 범주에 속할 수 있는 작품: 14, 23, 24, 22, 46, 25, 27, 28, 29, 32, 33, 31, 21, 34, 36, 6, 7, 26, 52, 4, 10, 8, 11, 49, 50, 51, 53, 54, 55, 56, 2, 15, 3, 61, 19 (35편)
> ② 서정 소곡의 범주에 속할 수 있는 작품: 35, 5, 12, 13, 37, 38, 9, 40, 41, 20, 42, 18, 45, 16, 43, 44, 47, 57, 59, 60, 39, 48 (22편)
> ③ 범주가 불분명한 작품: 17, 1, 3(3편)

위에서 보인 통계 수치를 근거로 한다면 백철이 "무애无涯 양주동의 시 경향을 보면 그는 조선적인 관념을 노래한 개념주의 시인"이라고 한 단정은 다소 무리가 있다고 볼 수 있다. 대상 작품 60편 중에서 개념시로 분류될 수 있는 작품은 34편으로 58% 정도이기 때문이다. 한편 "흔히 이 시인을 평가하여 서정소곡 시인이라는 것은 그 버금으로 오는 이 시인의 별개의 요소"라고 한 평언도 소곡의 범주에 드는 작품이 22편(37%)임을

---

129) '小曲'에 대해서는 『동아세계대백과사전』(동아출판사, 1987)과 서정주 『시문학원론』(정음사.1969)을 참조했음.

감안하면 다소 과소평가한 감이 없지 않다.

　백철의 견해는 무애의 유일한 시집 제명이 『조선의 맥박』인 데서 오는 선입견적인 측면이 있지 않나 생각된다.

　위의 3계열의 대표적인 작품 한편씩을 예시해 보기로 한다.

① 개념시: 22. 「천재天災」(一名「탄식」)

(무진년 여름 조선 각지에는 천재가 심하였다.)

　　　관북關北에는 사면 백리
　　　전에 없든 큰 장마 지고,
　　　영남엔 가뭄 들어
　　　논밭에 곡식이란 씨도 없이 말랏네.

　　　한우님도 무심치,
　　　무엇 먹고 이 날을 지내가라나,
　　　무엇 입고 이 겨울 지내가라나,
　　　가뜩이나 이 백성들 갈 바를 몰라하는데.

　　　탄식한들 무엇하리,
　　　ᄽᅡ밤에 일어나 혼자 비는 말
　　　그나마, 젊은 이나라ㅅ사람의
　　　붉은 피 고랑은 마르게 마시옵소서.

　'가난한 농촌의 천재를 탄식함'이란 주제를 가진 이 시는 시제 다음의 부기에서도 나타나 있듯이 여름에 전국적으로 천재가 심한 것에 대한 우려와 안타까운 심정을 토로한 '사회시'social poem라고 할 수 있다.

　'사회시'란 문자 그대로 주제나 제재 면에서 사회 문제를 다루고 있는

시들을 가리킨다. 개인의 순수 체험이나 정서를 축으로 하는 순수 서정
시와는 달리 주로 서민들의 곤고와 사회적 비리 등을 국외자의 입장에서
부각시키거나 비판하는, 목적의식이 강한 시가 사회시이다.

　이 시는 관북지방의 장마와 영남지방의 가뭄을 부각시킴으로써 궁핍
한 농민들의 곤고한 삶이 잘 각인되어 있다.

　② 서정소곡抒情小曲: 12. 「옛사랑」 (일명 「小曲」)

　　　　일허진 옛 사랑을
　　　　찾을 길 없어
　　　　하욤없이 한울을
　　　　치어다 보니,

　　　　한울에는 별 하나
　　　　깜못그리며
　　　　자최 없이 꿈같이
　　　　사라집니다.

　　　　한울에는 별 하나
　　　　깜못그리며
　　　　자최 없이 꿈같이
　　　　사라지어도,

　　　　잃어진 옛 사랑은
　　　　찾을 길 없어
　　　　내 가슴은 또다시
　　　　눈물집니다.

　‘이별의 설움’을 주제로 한 이 시는 시제 자체가 일명 ‘소곡’으로 되어

있다. 정확하게 7, 5조의 정형율을 밟고 있는 정형시로서 내용은 애조哀調를 띠고 있으나 외형율은 대단히 음악적이라고 하겠다.

③ 범주가 불분명한 작품: 1.「어느 해」

머ㅡㄴ, 먼, 어느 햇 여름이다ㅡ
어떤 날, 나는 매암이 우는 소리를 처음 듯고,
그 아릿다운 목소리에 ㅅ그을려,
한거름에 뒷동산으로 뛰어 올라갓섯다.
그러나 내가 매암이 우는 나무 엽해 갓가이 갓슬 때에
어대로 날어 갓는지, 맵시 조차 보이지 안핫다.

뒷동산에서 나려오는 길에,
나는 족으마한 개 한 마리를 보았다.
개는 잠시 나를 물그럼이 건나다 보더니,
자취 업시, 저ㅡ편 솔나무 사이로 가고 말앗다.

마을에 돌아오니까, 동무 아이들이 무엇하러 갓섯느냐고 뭇기로,
내가 뒷동산에 올라갓든 말을 한 즉, 그 애들은 나를 비웃는 듯이
「그럼, 매암이 몃 마리나 잡앗느냐?」 하얏다.
그리고 족음 잇다가 어떤 아이가 「너의들, 누구, 우리 개 못 보앗늬?」
하는 말을 나는 들었다.

어쩐 일인지 나는 그때 갑자기 설에젓다.
그래서, 남모르게 혼자 실컷 울었다.

아아, 그것은 어느 해 여름이거니....

'어린 시절 어느 여름날 매미에 대한 추억'을 주제로 한 이 시는 그 내

용이 개념시라고 할 수가 없고, 외형율도 산문시에 가까워 '소곡'과도 거리가 멀다고 하겠다.

조동일은 『조선의 맥박』에 수록된 작품들을 3계열로 나누어서 "① 가냘프고 감미로운 말을 즐겨 사용하면서 애처로움과 그리움을 노래하고, ② 조국을 사랑하고 근심하는 마음을 보란 듯이 나타냈으며, ③ 인생의 의미를 찾는다면서 난삽難澁한 관념을 읽어내기도 했다.130) 평한 바 있다.

이 평언은 아마도 무애 자신이 『조선의 맥박』「敍」에서 "① 제1부「영원한 비밀」: 흔히 청춘기의 정애情愛를 주제로 한 서정시와 및 가벼운 小曲 따위 ② 제2부『조선의 맥박』: 사상적이오 주지적인 諸作. ③ 제3부「바벨의 탑」: 대부분 사색적, 반성적 경향을 띄인 인생시편"이라 분류한 것과 그 연장선상에 있는 것 같다.

최동호도 이와 유사한 내용으로 3분하고 있다.

> 『조선의 맥박』에 수록된 시들은 대체로 세 가지 경향을 보이고 있다. ①감미로운 언어를 통한 애상과 그리움의 표현 ②조국을 사랑하고 근심하는 민족주의적 경향 ③관념적인 시어에 의한 인생의 의미 탐구가 그것이다. 131)

김태준은 보다 축소된 관점에서 이 시집의 내용을 三分하고 있다.

> 3부작으로 된 이 시집은 시인으로서 뿐 아니라 한 인간으로서 양주동의 정신사적 변혁을 보여주고 있다
> 첫째 편「영원의 비밀」에 담긴 시들이 주로 '개인적 감정의 세계를 그린 시들'이라면, 둘째편의「조선의 맥박」속의 시들은 '사회적 현실

---

130) 주 ⑭ 동혈 同頁.
131) 최동호, 상게서, 265쪽.

로 전향한' 작가의 모습을 보여 주고 있다. 그는 스스로 자갸의 시풍詩風의 변천과 시경詩境의 전향을 보이도록 이 시집을 엮고 있다.[132]

조동일, 최동호의 견해에 준거準據하여『조선의 맥박』에 수록된 작품들을 분류해 보기로 한다.

◎ 제1부「영원한 비밀」:
○ 가냘프고 감미로운 언어를 사용한 시: 12, 13, 37, 38, 16, 9, 39, 40, 20, 42, 45 (11개 작품)
○ 애처로움과 그리움을 노래한 시: 35, 36, 5, <u>12</u>, <u>13</u>, <u>37</u>, <u>38</u>, <u>16</u>, <u>9</u>, 17, 32, <u>39</u>, <u>40</u>, <u>20</u>, 19, <u>42</u>, 44, <u>45</u> (18개 작품)
○ 특색이 뚜렷하지 못한 시: 48, 18, 41 (3개 작품)

여기서 볼 수 있는 특이한 현상은 가냘프고 감미로운 언어를 사용한 작품은 예외 없이 애처로움과 그리움을 노래했다는 점이다. (위의 밑줄 그은 작품) 그러나 35, 36, 5, 17, 32, 19, 44 등 애처로움과 그리움을 노래한 작품은 가냘프고 감미로운 언어를 사용했다고 보기는 어렵다.
전자의 예로서 우선「옛사랑」(『금성3호』의 명칭,『조선의 맥박』에는「소곡」으로 개명改名되어 있음)을 들 수 있겠다.

　　　잃어진 옛사랑을
　　　찾을 길 없어
　　　하욤없이 한울을
　　　치어다보니,

_____

132) 김태준, 상계논문, 188쪽.

한울에는 별 하나
깜뭇그리며
자최 없이 꿈 같이
사라집니다.

한울에는 별하나
깜뭇그리며
자최없이 꿈같이
사라지어도,

잃어진 옛사랑은
찾을 길 없어
내 가슴은 또다시
눈물집니다.

주제가 애상哀想을 자아내는 '이별의 설움'인 이 시는 7.5조의 정형시로서 가냘프고 다분히 감미로운 우유체優柔體 문장으로 애처로움과 그리움을 노래하고 있다.

후자의 예로는 「추야장秋夜長」을 들 수 있겠다.

밤 깊어
보든 책 덮어두고
먼 곳에 생각을 달리노라니,
中天에 기럭기럭 외마디 소리

몰랐더니만, 상 밑에서도
귀뜨람이는 쓸쓸히 우네.
아아 달빛 좇아 이 밤에 뒤뜰에 나가
차디찬 낙엽을 밟으며 거닐어 볼까.

해마다 이 철이 되면
멀리 떠나 잇는 사람 그리워지며
까닭없이 그지없이 가슴은 뷔인 듯하이,
아아 금년도 어느 듯 그러한 가을철인가.

'가을에 느끼는 그리움과 허전함'을 주제로 한 이 시는 애처로움과 그리움의 정서를 시정詩情으로 삼고 있고, 문장도 우유체로 되어 있으나, 가냘프고 감미로운 언어를 사용했다고 보기는 어렵다고 본다.

특색이 뚜렷하지 못한 시로는 41, 43, 18 등이 있는데 「월야 2제」를 그 예로 둘 수 있다.

구름ㅅ속에 감초여 잇다고
행여 그대는 달 젓다 마소—
달은 아즉도 중천에 잇네,
이 밤이 새도록 노다가 가소.

앞 논에
개고리 운다—
아기야, 너도 이 달ㅅ밤을
개고리와 같이 시원히 노래하여라.
웃는 너의 입술은 개고리의 입과 같고나.

'달밤의 유락遊樂'이라는 주제가 암시하듯이 이 시는 애처로움과 그리움의 정서와는 거리가 멀 뿐더러, 문장도 건조체에 가까운 그저 덤덤한 일방적 화법으로 되어 있다.

◎ 제2부 「조선의 맥박」: 조국을 사랑하고 근심하는 마음을 보란 듯이

나타냈다. 최동호는 이것을 '민족주의적 경향'이라고 규정하고 있다.

조동일의 견해를 요약하면 '애국정신의 발로'라고 할 수 있다. 이는 '민족주의적 경향'과는 거리가 있어 보인다.

사전적인 의미에서 보면 '민족주의'란 민족의 독립이나 통일, 또는 우월성을 내세우는 사상이나 운동으로서, 분열되어 있는 민적의 정치적 통일을 목표로 하는 형태와, 외국의 지배로 부터의 해방, 독립을 목표로 하는 형태가 있다. 또한 민족주의 문학이란 우리나라에서는 일제 침략의 시대적 상황을 배경으로 민족의 자주독립을 쟁취하려는 목적 하에 1908년부터 1919년까지 최남선, 이광수 등에 의하여 형성되었다.

이 설명에 따른다면 조국을 사랑하고 근심하는 마음은 민족주의와는 다소 거리가 있어 보인다. 이에 비해서 조동일이 언급한 내용은 '애국정신'으로 파악될 수 있을 것 같다.

'제2부'에 속한 14편 중 조동일이 규정한 내용과 부합되는 작품은 14편 중 13편(14, 23, 24, 22, 46, 25, 27, 28, 29, 33, 31, 21, 24)으로서 그 규정이 정확했다고 할 수 있다. 다만 작품 47, '다듬이 소리'는 그 주제가 "늦은 가을밤에 들리는 다듬이 소리가 주는 心懷"여서 '애국정신'과는 거리가 멀다고 할 수 있다.

'제2부'의 정서를 대표할 수 있는 작품 한 편을 예로 든다면 '이리와 같이'를 들 수 있다.

> 조선아, 잠들엇는가, 잠이어든
> 숲속의 이리와 같이 숨ㅅ결만은 우렁차거라.
>
> 비ㅅ바람 모라치는 저녁에
> 이리는 잠을 깨여 울부짖는다,

그 소리 몹시나 우렁차고 위대하매
쌀밤에 듯는 이 가슴을 서늘케 한다.
조선아, 너도 이리와 같이 잠깨어 울부짖거라.

아아 그러나 비ㅅ바람 모라오는 이 「世紀」의 밤에
조선아, 너는 잠ㅅ귀 무된 이리가 아니냐.
그렇다, 너는 번개한번 번쩍이는 때라야,
우뢰ㅅ소리 한울을 두 갈래로 찢는 때라야
비롯오 성나 날뛰며 울부짖을 이리가 아니냐.

조선아, 꿈을 깨여라, 꿈이어든
산ㅅ비탈 이리와 같이 꿈자리만은 위트럽거라.

이 시의 주제는 "험난하고 암울한 시대에 조선인의 분발을 독려함"으로
서 "조국을 사랑하고 근심하는 마음"이 절절하게 나타나 있다고 하겠다.

◎ 제3부 「바벨의 탑」: 이 단원에 속해 있는 16편의 시에 대하여 조동
일은 "인생의 의미를 찾는다면서 난삽한 관념을 얽어버리기도 했다."고
했고, 최동호는 "관념적인 시어에 의한 인생의 탐구"라고 했다.

이들의 견해에 비해 무애 자신이 "사색적, 반성적 경향을 띤 인생시
편"이라고 한 자평이 더 구체적인 언급일 것 같다.

여기서는 '사색적인 경향을 띤' 작품의 예로 「小曲」 한 편을 들어 둔다.

삶이란 무엇? 빛이며,
운동이며, 그것의 조화―
보라, 창공에 날러가는
하얀 새 두 마리

새는 어디로?
구름 속으로.
뜰 앞에 꽃 한송이
절로 진다.

오오 죽음은! 소리며,
정지며, 그것의 전율―
들으라, 대지 우에 흩날리는
낙화의 울음을.

인생에 대한 허무의식을 주제로 한 이 시는 다분히 사색적인 경향을
띠고 있다 할 것이다.

이상에서 『조선의 맥박』에 실려 있는 시편들의 주제와 작품 경향에 대
하여 무애의 자평과 아울러 여러 평자들의 견해를 정리해 보았다.

무애는 동경 유학시절과 『금성』지를 전후한 시기의 자신의 시풍에 대
하여 "우리들 네 사람(무애, 유엽, 백기만, 이장희)의 시풍은 결코 정말 세
기말적, '데카덩'적은 아니었고, 차라리 모두 이상주의적, 낭만적, 감상적
인 作風[133])이라고 술회하고 있지만, 1960년대 초에 행한 문학 강좌에서
는 자신의 시 작품 전반을 총평하여 "감성과 정서의 중간 시풍"이라고 언
급하기도 했다. 무애는 또 '한국 현대시 발전사'를 다음과 같이 구분하기
도 했다.

① 제1기: 개념적, 설명적, 웅변조雄辯調의 시풍으로 교화가 그 목적이
      었다. (춘원, 육당의 시)
② 제2기: 감정sentimental의 시풍(춘원)
③ 제3기: 정서적이며 W.wordsworth(1770~1850)적인 시풍(김소월, 주

---

133) 註 ⑲참조.

요한)

④ 제4기: a) 감각의 시 (정지용, 이장희)

　　　　b) Eliot(1888~1965)풍의 지성파의 시. 정서를 배척하고 감
　　　　　정의 과잉을 초극超克한 지성의 결정結晶(최재서가 이론
　　　　　을 제공, 김기림의 시)

⑤ 제5기: a) S.Freud(1856~1939)의 영향으로 생명을 중시(청록파靑鹿
　　　　　派 시인들, 조지훈: 선禪의 기교, 박두진: 기독교적 신앙,
　　　　　박목월: 동요를 중심으로 한 순수문학의 세계)

　　　　b) 상징의 시(신라 정신, 서정주)

※ ①~④: 외적인 시 / ⑤: 내적인 시

『조선의 맥박』에 실린 51편의 시들이 창작 시기에 따라 3개의 영역이
어떻게 분포되어 있는지를 살펴보는 것도 의미 있는 일이라고 생각된다.

<시기별 분포표>

연도	영원한 비밀	조선의 맥박	바벨의 탑	소계	순위
1922	5		4, 6, 7, 8, 10, 55, 56	8	2
1924	12, 13, 37, 38	14	11,	6	4
1925	9, 16, 17, 32, 36, 39		48, 49	8	2
1926	18, 19, 20, 35, 40, 4, 41, 42(43), 46		50, 51	11	1
1927		21	52, 53, 54	4	6
1928	44	46, 47	26	4	6
1929	(43)	22, 23, 24, 25		4	6
1930		27, 28, 29, 31, 33		5	5
1931		34		1	9
소계	21	14	16	51	―

위의 집계표에 따른다면 세 분야가 함께 나타난 시기는 1924년으로
'영원한 비밀' 쪽에 편중되어 있음을 볼 수 있다. 1926년의 경우는 '영원

한 비밀' 분야에 치우쳐 있고, '바벨의 탑' 분야가 다소 섞여있는 정도이다. 또 어느 한 분야만 나타난 시기는 1929년, 1930년, 1931년으로 '조선의 맥박'에 속하는 작품으로 편중되어 있다. 세 분야가 함께 나타난 경우는 1928년으로 각각의 작품 수는 미약한 편이다.

"청춘기의 정애를 주제로 한 서정시와 및 가벼운 소곡따위"를 읊은 '영원한 비밀'이 많이 분포된 1924년~1926년은 시지詩誌『금성』을 창간하고, 와세다 대학 불문과를 수료하고 영문과에 진학한 시기에 속한다. 이때가 무애로서는 정서상 가장 다정다감한 시기에 속한다고 할 수 있다. 또 "대부분 사색적, 반성적인 경향을 띠인 인생시편"을 내용으로 한 '바벨의 탑'이 많이 쓰여진 시기인 1922년은 와세다대학 예과 불문과에 입학한 이듬해로서 처음 서구문학에 접하여 주로 탐미파耽美派, 퇴폐주의 등 시, 문에 관심을 갖게 된 시기에 해당된다. 시기의 추이에 따른 무애시의 내재적 변모 양상을 언급한 신동욱의 다음과 같은 견해는 정곡正鵠을 얻었다고 할 수 있을 것이다.

> 그의 초기에 작품들은 연애시를 중심으로 화려한 수사를 구사하고 있는데,「海曲 三章」(1925)과 같은 시편에서 그의 서정성이 정돈되어 나타나 있다.「해곡 삼장」은 청년기의 그리움의 서정이 나타나 있다. 그러나 그는 곧 민족적 기개를 회복하는 정열을 시화詩化함으로써 감상과 패배의식을 극복하려는 시도를 하였다. 그러한 시편들은「나는 이나라 사람의 자손이외다」(1925),「조선의 맥박」(1929),「이리와 같이」(1929),「탄식」(1929) 등에서 확인할 수 있을 것이다.[134]

김영철은 이러한 논지를 보다 집약되고 함축된 표현으로 서술하고 있다.

---

134) 신동욱 · 조남철, 전게서, 120쪽.

그의 시 세계는 서정적 자아에서 존재론적 자아, 그리고 사회적 자아(역사적 자아)로 성장하는 내적 성숙의 궤적을 그리고 있는 것으로 판단된다. 시집 『조선의 맥박』에 응집된 10년간의 시작 활동은 이러한 무애 자신의 내적 성숙을 극명하게 보여주는 하나의 삶의 이정표였던 것이다.135)

지금까지 본란에서 논의된 내용들은 대부분 『조선의 맥박』을 대상으로 한 평설들이었다. 무애의 시 작품 65편 중 53편(81.5%)이 여기에 수록되어 있고, 나머지 12편 중 초기에 쓰여진 3편과 국학 연구에 전념한 시기 이후에 가벼운 기분으로 간헐적으로 쓰여진 시들이 대부분이라고 할 수 있다.

따라서 『조선의 맥박』에 대한 주제와 경향에 대한 논의는 무애 시 전편을 조감鳥瞰한 것이라 해도 무방할 것으로 생각된다.

5. 한국 현대시 문학사상의 위상

먼저 논제에 상응하는 몇몇 평언들을 열거해 보기로 한다.

김용직은 무애无涯 시에 대하여 문단과의 관계의 관점에서 평가하고 있다.

구체적으로 1932년에 나온 무애의 처녀 시집 『조선의 맥박』에는 52편의 창작시가 수록되어 있다. 줄잡아 10년 동안 대충 한 해에 다섯 편 이상의 시를 써서 발표한 셈이다.

이런 수량상의 수확과 함께 무애의 시는 문단 안팎에서 상당한 평

---

135) 김영철, 전게논문, 136쪽.

가를 받고 있었다. 우리에게 이런 경우의 좋은 증거 자료로 쓰일 수 있는 것이 한국 근대시를 선별 수록한 사화집들이다.

　본래 사화집이란 제한된 지면에 유의성이 강하다고 생각되는 시인. 작가들의 작품을 수록해서 이루어진다. 그런데 『조선의 맥박』이 나온 후 한국 문단에서 엮어진 사화집에는 반드시 무애의 작품이 수록되어 있다. 이것은 무애의 창작시가 오랫동안 우리주변에서 그 질적인 수준을 인정받고 있음을 뜻한다. 그러나 무애는 1930년대에 접어들면서 그의 정력을 창작시가 아닌 다른 분야로 돌리기 시작했다.[136]

　무애는 사화집을 근거로 보았을 때 한국 현대 시단에서 유수한 시인의 한 사람이라는 논지를 펴고 있다.

　김영철은

　　그가 역술力述한 『조선고가연구』(1942), 『여요전주』(1946)는 국학 연구의 전범이 되었고, 『영시백선』(1946), 『시경초』(1954), 『T. S. 엘리엇 시전집』(1956)은 외국 문학 연구의 귀감이 되었으며, 『조선의 맥박』(1932), 『인생잡기』(1962), 『문주반생기』(1960)는 한국 문학의 동량이 되었다. 어느 한 분야도 천착하기 힘들거늘, 이러한 다방면의 성과는 참으로 무애다운 독보적 행적으로 보여 진다.[137]

고 평하는 한편 시적 성취로서는 다소 아쉬움이 있다는 견해를 다음과 같이 개진하고 있다.

　　무애는 전 생애에 걸쳐 70여 편의 시를 남겼다. 과작寡作이긴 하지만 근대시사에서 일정한 성과를 거둔 것만큼은 분명하다. 김용직은 그의 시가 한국 근대시의 대표적 사화집에 빠지지 않는 것을 근거로

---

136) 김용직, 전게서, 450쪽.
137) 김영철, 전게논문, 104쪽.

그의 시의 질적 수준을 높이 평한 바 있다. 그러나 아쉽게도 시작의 태반은 1932년 『조선의 맥박』이전으로 국한되었고, 이후 거의 絶筆하는 양상을 보인다. 시집 상재 이후 10편 남짓의 작품을 남기고는 있으나 양도 미미하고 절적으로도 시적 완성도가 떨어지는 것들이다. 1941년에 제작된 「어머니 마음」이 눈에 띌 정도이다. 이렇게 보면 양주동은 1920년대 시인일 수밖에 없다. 그러나 1930년대로 국한된 시인이긴 하나 시인으로서의 활동은 자못 활발했던 것으로 보인다. 시전문지 『금성』(1923)의 발간과 함께 그의 시작 활동은 본격적인 궤도에 오른다.138)

정재찬은 무애가 이론과 실천을 병행했다는 데에 주목하고 있다.

그의 성실성과 치열함을 인정하는데 결코 인색함이 있어서는 안된다. 시에서 비평의 세계로 나아갔을 때, 그의 두뇌와 논리가 빛을 발했음에도 불구하고, 그는 결코 시를 버리지 아니하였다. 오히려 그는 자신의 이론과 실천을 병행하고자 끊임없이 고뇌하고 노력했던 것이다. 비평적 논평과 시적 실천을 그처럼 부단히 연계하여 병행한 근대 문인은 매우 드물다.139)

최동호는 무애 시의 특징을 지적하는 가운데 "은유에 대한 무관심"을 들어 현대 시인으로서는 다소 한계가 있다는 점을 지적하고 있다.

양주동 시의 단순하고 일관된 주제 의식을 효과적으로 드러내는 것은 동일한 율격을 앞뒤에 반복하는 율격 구조이다. 양주동 시의 율격이 편안하게 느껴지는 이유는 그가 의도적으로 탐구한 혼합 율격이 작용하고 있기 때문이다. 그는 시조의 네 박자와 7.5조 의 세 박자가

---

138) 김영철, 전게논문, 105쪽.
139) 정재찬, 「양주동의 시와 비평에 관한 연구」, 『국어교육학연구16집』(국어교육학회, 2003. 6), 401~402쪽.

혼합된 율격 구조를 설계하고 적용하였다. 그의 시는 반복과 변의의 형식미에 민감했으며, 균제 된 율격 구조나 구두점의 사용에서 특별한 성과를 보인다. 그러나 은유의 구성에 관한 무관심은 현대 시인으로서 그가 지닌 한계를 보여준다.

무애의 시들은 시의 사상이나 내용보다는 형식의 기법을 중시하는 쪽이었다. 운율을 시의 중요한 요소로 보았으며, 초기 프랑스 시에 경도되어 상징시를 선호하였다.[140)

무애에 대해서 가장 비판적인 입장을 취하고 있는 것은 조동일의 견해이다. 시인과 비평가로서의 무애는 '지식과 재능을 너무 믿은 탓에' 기대치만큼의 성과를 거두지 못했다고 평하고 있다.

(시와 비평에 관한) 그런 경력을 보면 양주동은 모든 조건을 잘 갖추어 그 이상의 시인이나 비평가가 더 없을 것 같지만, 작품의 실상을 보면 그렇다고 하기 어렵다. 발상이 그리 풍부하지 않고, 주장하는 바가 막연한 원칙론에 머물렀다. 고민하고 모색하는 수고는 적게하고 지식과 재능을 너무 믿은 탓에 무슨 문제든지 가볍게 다루어 안이한 결론을 얻었다고 하지 않을 수 없다.[141)

정한모는 무애가 현대 한국 문단과 학계에 공헌한 사항들을 다음과 같이 일목요연하게 정리한 바 있다.

영미문학과 한학漢學, 그리고 우리 고전 등에 걸쳐 해박한 지식을 가진 시인 출신학자로 우리 문단에 끼친 그의 공적은 다음과 같이 광범위하게 걸쳐 나타난다.

---

140) 최동호, 전게서, 265쪽.
141) 조동일, 전게서, 139쪽.

(1) 『금성』, 『문예공론』 등을 주재, 발행함으로써 우리 문단의 작품
활동에 자극을 주고 새로운 국면을 타개한 점

(2) 시작 활동을 하는 한편 평필을 들어 자칫 편향적인 방면으로 흐
를 위험성이 있는 20년 대 후반기의 우리 문단에 절충주의 경향
을 형성케 한 점.

(3) 영문학과 한학의 소양을 이용, 몇 권의 번역 사화집을 상재하여
우리 시를 위한 해외 시 수용을 가능케 한 점.

(4) 향가 및 고려가요 연구에 전념, 방대한 업적을 보여줌으로써 한
국 고전시가 연구의 한 전기를 마련한 점.

특히 이 가운데서 (2)나 (4)는 무애의 독자적인 측면을 드러내 주는
부분으로 그 아니고는 아무도 능히 해 낼 수 없는 일이기도 했다. 한
편 그의 문단활동, 학구생활 속 에서 이루어진 여러 이야기는 그 자
신이 쓴 자서전체의 글인 『문주반생기』(신태양사)에 소상히 적혀져
있다.[142]

(4) 項과 관련하여 고영근은 국어학 연구사의 관점에서 무애의 업적을
다음과 같이 언급하고 있다.

① 비전공자로서 1934년 경에 시작한 향가 연구의 결과물인 『조선고
가연구』(1942)(「서문」을 초한 것은 1940년 11월)라는 방대한 업적을 불
과 6년여 만에 완성한 것을 보면 무애는 확실히 천재형의 학자였다.
② 무애는 고가 연구 과정에서 관찰한 결과 당시 국어학계의 연구 풍
토가 신철자법 연구와 조선어학을 혼동함으로써 결과적으로 과학으로
서의 국어학에 대한 이해가 부족하였다는 점을 날카롭게 지적하였다.
③ 모음을 (a)양성 모음: ㅏ ㅑ ㅗ ㅛ (b)음성 모음: ㅓ ㅕ ㅜ ㅠ ㅡ (c)중성
모음: ㅣ로 분류한 것은 탁견卓見이었다.(소창진평小倉進平은 중성 모
음으로 ㅡ ㅣ를 설정하였음.)

---

142) 정한모 · 김용직 공저, 『한국현대시요람』(박영사, 1975), 267~268쪽.

④ 무애는 이론적으로는 한국 고전문학에 대한 주석과 옛 문법의 연구를 통하여 옛 한국어문법 구조와 한국어의 역사를 밝힐 수 있는 토대를 쌓았으며, 이와 함께 한국 고전문학의 역사를 바로 이해하고 이를 해석, 감상할 수 있는 기틀을 세웠다.
⑤ 무애와 같이 다방면의 학문영역에 걸쳐있는 사람은 21세기가 요구하게 될지도 모르는 바람직한 한국학의 얼굴(像)을 이미 1930년대에 창출한 선구적인 학자였다고 할 수 있을 것이다.[143]

평자들의 일반적인 견해처럼 무애의 실질적인 시작 활동은 『조선의 맥박』(1932)에 수록된 시편들을 창작한 10여 년간이 중심이 된다고 할 수 있다. 「기몽記夢」(1922)에서 「史論」(1931)에 이르는 기간이 여기에 해당되는 것이다.

그 전후에도 얼마 간의 작품이 산생産生되기는 했지만 「어머니의 마음」(1941) 외에는 이렇다 할 작품이 없는 실정이기 때문이다.

무애는 『조선의 맥박』 「敍」에서

나는 이로써 나의 詩作上 한 시대를 완전히 끝내고저 한다. 나는 이로부터 시적관조의 분야를 좀 더 사회적, 현실적, 대중적 방향으로 옮기려 한다(중략) 대개 나는 나의 생애의 제2시집이 스스로 전신轉身의 송가頌歌가 되기를 바라는 까닭이다[144].

라고 하여 '제2시집'의 출간을 공언하고 실제로 「춘소애가春宵哀歌」(『조선문단』, 1925. 7)의 말미에 '시집 『악도』에서'라고 그 제명을 정해 놓기까지 했었다. 그러나 이 계획은 그저 구상만으로 끝나고 말았으니 무애

---

143) 고영근, 「양주동의 국어학연구」, 『국어국문학 133호』(국어국문학회, 2003. 5), 5~49쪽 요약.
144) 『朝鮮의 脈搏』, 6~7쪽.

에게나 우리 문단을 위해서도 실로 아쉬운 일이 아닐 수 없다.

그 연유는 자세하지 않으나 「작문계의 김억 대 박월탄의 논전을 보고」(1923. 6)를 필두로 해서 1925년부터 본격적으로 문예비평에 관심을 갖기 시작해서 「비평계의 SOS―비평의 권위수립을 위하야」(조선일보, 1933. 10. 4)에 이르기까지 부단히 평필을 휘둘렀고, 곧 이어 1937년에 「향가의 해독, 특히 원왕생가에 취하여」(청구학총 19호)를 시발점으로 고가古歌 연구에 전념함으로써 시작활동에서 점점 멀어져 갔던 것이 아닌가 하는 추단推斷이 가능할 것 같다.

시 창작의 실직적인 기간이 고작 10여 년이라는 단기간인 데다가 문예비평, 고전연구 등 다양한 분야에 걸친 활동으로 인하여 오로지 시작에만 수십 년씩 전념했던 동시대 몇몇 시인들만큼의 성취를 이룩하지 못했던 것이 아닌가 한다.

1920년대와 1930년대의 한국 시사詩史에서 무애는 굴지屈指의 반열에 드는 시인은 아닐지 모르지만, 여러 가지 관점에서 볼 때 중요한 위치를 점하는 시인의 한 사람임은 의문의 여지가 없다고 본다.

와세다대학 불문과 예과 시절에 운율과 상징주의 시를 주창했던 P. Verlaine(1944~96)에 매료된 바 있는 시심詩心, 본과인 영문과 시절 이래로 시작과 실천적 이론을 전개한 바 있는 T. S. Eliot(1988~1965)에 잠심潛心한 문학적 소양이 융합된, 이른바 시와 시론을 겸비한 시인이라는 점에서 무애의 위상은 남다르다고 해야 할 것이다.

더욱 암울했던 시대 상황 속에서 창작된 시집 『조선의 맥박』(1932)에 내재된 민족주의적 성향은 그를 평가할 때 또 하나의 상승요인으로 작용할 것으로 생각된다. "무애 시에 나타난 민족주의는 관념적, 추상적 민족

주의가 아니라 실천적 민족주의임이 확인된다."[145] 고 김영철도 지적한
바 있다.

역사적으로 볼 때 민족주의는 최고로 가치 있는 대상으로서의 민족
의 독립·통일·자유를 추구하는 이데올로기이자 운동으로 전개되어
왔다. 이것이 넓은 의미에서 민족주의의 정의이다. [146]

6. 결어

이상 수장에 걸쳐서 무애의 시에 대하여 몇 가지 관점에서 고찰해 보
았다. 지금까지 논의해 온 내용을 요약함으로써 결론을 삼고자 한다.

1. 한시漢詩나 역시譯詩 등을 제외하면 무애는 6편의 시조를 포함하여
모두 65편의 시를 남겨 놓았다. 이들 중 51편은 『조선의 맥박』(1932)에
수록되어 있다.

최초의 작품은 「어느 해」(『개벽開闢』32호, 1923. 2)이다.

2. 무애无涯는 『조선의 맥박』 「서敍」 중에서 '제2시집'을 기약하였고,
또 「춘소애가春宵哀歌」(『조선문단』 10호, 1925. 7)의 말미 '부기附記'에서
『악도惡禱』라는 시집명까지 예정해 두었으나 그 소망은 끝내 이루어지
지 못하고 말았다.

그 연유는 대개 두 가지 측면에서 추단해 볼 수 있을 것 같다.

---

145) 김영철, 전게논문, 138쪽.
146) 서울대학교 역사연구소, 『역사용어사전』(서울대 출판문화원, 2015), 680쪽.

첫째, 무애는 이십 대 중반부터는 문예비평으로, 삼십 대 초반부터는 고전문학 연구로 그 방향을 전환하였다 문예비평이나 학문 연구는 모두 논리적인 사고를 우선시해야 하는 분야이므로 서정이나 상상력을 기저基底로 하는 예술의 분야인 시 창작을 병행하기가 어려웠을 것이라는 점을 들 수 있고, 둘째는 1920년대 후반이나 1930년대 초반부터 정지용, 김기림 등 소위 '모더니즘'의 물결을 타고 참신하고 감각적인 시인들이 속속 두각을 나타냄으로써 무애의 시인으로서의 위상이 적잖이 흔들리기 시작했을 것이라는 점을 그 배경으로 들 수 있을 것 같다.

3. 무애 시에 대한 최초의 공식적인 언급은 백철의 『조선신문학사조사』(수선사, 1948)로 볼 수 있다. 여기서는 주로 시집 『조선의 맥박』(1932)을 염두에 둔 듯 무애无涯를 "조선적인 관념을 노래한 하나의 개념주의 시인"이라고 규정짓고 있다.

4. 무애无涯는 자신의 시를 총평하여 "그 소성이 신문학 사상 초기에 속하는 것들이라 거칠고 개념적인 면이 있으나, 청춘의 낭만과 민족적 감분을 노래한 점은 자랑스럽다."고 했다.

5. 『조선의 맥박』에는 51편의 시가 수록되어 있다. 이들 중 19254년에 6편, 1925년에 10편, 1926년에는 11편이 창작되어 이 3년간이 작품 활동이 가장 활발했던 것으로 보이며, 이때는 무애가 早稻田大學 영문과에 재학했던 시기(1925년에 입학하여 1928년에 졸업)와 거의 일치하고 있다.

6. 무애无涯 시의 내용과 경향

① 무애 자신의 『조선의 맥박』의 구성에 대한 해설

제1부, 영원한 비밀 (21편): 청춘기의 정애情愛를 주제로 한 서정시와 小曲

제2부, 조선의 맥박 (14편): 사상적이며 주지적인 작품.

제3부, 바벨의 탑(16편): 대부분 사색적, 반성적 경향을 띤 인생시편

② 백철의 견해: 무애无涯 양주동의 시 경향을 보면 그는 조선적인 관념을 노래한 개념 시인이다. 흔히 이 시인을 평가하여 서정소곡 시인이라는 것은 그 버금으로 오는 이 시인의 별개의 요소라고 본다.

참고로 백철이 언급한 대상이 된 작품 60편을 분석해 보면, a. 개념시에 속할 수 있는 작품: 35편(58.4%) / b. 서정소곡의 범주에 속할 수 있는 작품: 22편(36.6%) / c. 기타: 3편(5%) 등으로 나타나고 있어서 그 주장에 다소 무리가 있는 것 같다.

③ 조동일은 『조선의 맥박』에 수록된 시들을 내용상 a. 애처로움과 그리움을 노래한 시 / b. 조국애를 노해한 시 / c. 난삽한 관념을 노래한 시로 분류하고 있고, 최동호도 이와 유사한 견해를 보이고 있다.

④ 신동욱은 a. 초기의 작품들은 연애시를 중심으로 화려한 수사를 구사하고 있는 서정성이 잘 정돈된 시 / b. 민족적 기개를 회복하는 정열을 시화한 시로 분류하고 있다.

7. 시인으로서의 무애에 대한 평가

① 김용직의 평가: 시집 『조선의 맥박』으로 문단 안팎에서 상당한 평가를 받고 있었다. 그 이후 한국 문단에서 엮어진 사화집에는 무애의 시가 항상 수록되어 있다. 이런 점으로 보아 그는 시인으로 높이 평가할 만하다.

② 김영철의 평가: 무애는 국학 연구, 외국문학 연구에 큰 공을 쌓았고, 시집『조선의 맥박』, 수필집『인생잡기』, 자서전 격인『문주반생기』를 통하여 한국 문단에 큰 반향을 일으킨 바 있다. 그러나『조선의 맥박』이후에는 이렇다 할 작품이 없어서 1920년대, 1930년대에 국한된 시인일 수밖에 없는 것이 안타깝다.

③ 정재찬의 평가: 무애는 시 창작과 자신의 이론을 병행해서 실천한 드물게 보는 시인이다.

④ 최동호의 평가: 무애의 시는 율격이 편안하게 느껴질 정도로 형식미에 민감했고 균제된 구조를 가지고 있어 특별한 성과를 보여주고 있다. 그러나 은유의 구성에 미흡하여 현대 시인으로서는 한계를 보여준다.

⑤ 정한모의 평가: 영미문학과 한학漢學, 그리고 우리 고전 등에 해박한 지식을 가진 시인 출신 학자로 우리 문단에 끼친 그의 공적은 다방면에 걸쳐 있다.

    a.『금성』,『문예공론』등 문예지를 주재하여 문단의 작품 활동을
      자극했다.
    b. 시작 활동과 평론을 통하여 편향적으로 흐르기 쉬웠던 1920년대
      후반기의 우리 문단에 형평을 유지하게 해 주었다.
    c. 영문학과 한학의 소양을 토대로 몇 권의 사화집을 상재하여 우리
      시를 위한 해외 시 수용을 가능케 했다.

⑥ 조동일의 평가: 양주동은 모든 조건을 잘 갖추어 그 이상의 시인이나 비평가가 더 없을 것 같지만, 작품의 실상을 보면 그렇다고 하기 어렵다. 발상이 그리 풍부하지 않고, 주장하는 바가 막연한 원칙론에 머물렀다. 고민하고 모색하는 수고는 적게 하고 지식과 재능을 너무 믿은 탓에 무슨 문제든지 가볍게 다루어 안이한 결론을 얻었다고 하지 않을 수 없다.

위에 예로 든 평자들의 견해를 요약해 보면, 김용직은 세평世評을 근거로 하여 온건한 평을 내렸고, 최동호의 경우는 운율韻律 분야에 중점을 두고 평가했으나 "은유의 구성에 미흡하여 현대 시인으로서는 한계가 있다."고 지적한 것은 다소 의아스럽다. 통설에 의한다면 수사법에는 대별하여 비유, 강조, 변화가 있고 비유는 다시 직유, 은유, 상징 등 여러 기법으로 세분되는데, 수사에서 은유로만 장단長短을 측정한다는 것은 문제가 있다고 본다. 이때 '은유'가 구체적으로 어떤 의미를 지니고 있는지는 밝히지 않았다.

정한모는 실증적으로 분야별 공헌 사례를 평가함으로써 종합적으로 가장 설득력 있는 평설을 내놓았다고 본다. 이에 비해서 조동일은 실증적인 사례는 제시함이 없는 개괄적으로 부정 일변도에 치중한 듯한 평가를 내리고 있는 것 같다.

무애는 1920년대와 1930년대의 한국현대시문학사에서 굴지의 시인 반열에 오르는 시인은 아닐지 모르지만, 여러 가지 관점에서 볼 때 중요한 위치를 차지하는 시인임에는 틀림없는 사실이라 생각한다.

정한모의 지적이 아니더라도 무애는 ① 시작 활동뿐만 아니라 문예지 발간을 주재함으로써 암울한 시대 상황 속에서 위축되어 있던 문단에 활기를 불어 넣고자 노력하였고 ② 탁월한 외국어 구사능력을 십분 활용하여 해외 시 소개에 앞장서기도 했으며, ③ 가장 큰 업적으로는 향가와 고려가요에 관한 방대한 저술을 통하여 고전시가 연구에 새로운 토대를 마련했을 뿐만 아니라 그를 통해서 한국 시가의 고유한 정서와 전통성을 발견하고 재정립하는 데 크게 기여했다고 생각된다.

〈참고문헌(Ⅰ~Ⅲ)〉

Ⅰ. 자료

1. 양주동. 조선의 맥박. 문예공론사, 1932
2. 양주동. 여요전주. 을유문화사, 1946
3. 양주동. 문주반생기. 신태양사, 1960
4. 양주동. 无涯시문선. 경문사 1960
5. 양주동. 인생잡기. 탐구당, 1962
6. 양주동. 국학연구논고. 을유문화사, 1962
7. 양주동. 지성의 광장. 탐구당, 1969
8. 양주동 外 어머니(上卷). 창조사, 1969
9. 동국대학교. 양주동박사프로필. 탐구당, 1973
10. 동국대학교. 양주동전집 6. 동국대학교출판부, 1998
11. 동국대학교. 양주동전집 12. 동국대학교출판부, 1998

Ⅱ. 단행본

1. 권영민. 한국민족문학론연구. 민음사, 1988
2. 권영민. 해방직후의 민족문학운동연구, 서울대학출판부, 1986
3. 권웅. 한국의 명시해설. 경원각, 1976
4. 김근수. 한국잡지개관 및 호별목차집. 영신아카데미한국학연구소, 1973
5. 김용직. 한국현대시인연구(하). 서울대학교출판부, 2000
6. 김윤식. 한국현대문학명작사전. 일지사, 1992.
7. 김현승. 한국현대시해설. 관동출판사, 1972.
8. 민석홍. 서양사개론. 삼영사, 2001
9. 박목월 外. 시창작법, 선문사, 1955
10. 백두성. 현대시연구, 동구문화사, 1968
11. 백순재. 하동호 공편. 결정판소월시집, 양서각, 1966

12. 백철. 조선신문학사조사. 수선사, 1948

13. 백철. 조선신문학사조사(현대편). 백양사, 1949

14. 서울대학교 아세아문제연구소, 국어국문학사전, 신구문화사, 1974

15. 서울대학교 역사문제연구소, 역사용어사전, 서울대출판문화원, 2015

16. 서정주. 시문학원론, 정음사, 1969

17. 성균관대대동문화연구원, 영인본, 고려명현집2.1973

18. 신동욱, 조남철, 현대문학사, 방송통신대출판부, 1995

19. 윤명노. 최신철학사전.일신사, 1986

20. 이기백. 한국사신론(신수판).일조각, 1995

21. 이민수 역. 부모은중경.을유문화사, 1972

22. 이은상. 노산시조선집.민족문화사, 1958

23. 임창순. 당시정해. 소나무, 1999

24. 장만영. 현대시의 감상. 향문사, 1957

25. 정한모. 김용직 공편. 한국현대시요람. 박영사, 1975

26. 조남익. 현대시해설. 세종문화사, 1977

27. 조동일. 한국문학통사5.지식산업사, 2007

28. 조윤제. 한국문학사.동국문화사, 1963

29. 최동호 편. 한국명시(상), 한길사.1996

30. 한영우. 우리역사, 경세원, 2000

31. M.H.Abrams, 세계문학비평용어사전, 이명섭 역. 을유문화사, 1985

32. M.마렌그리제바하, 문학연구의 방법, 장영택 역, 홍성사, 1896

33. W.H.Hudson. 文學原論, 金容浩 譯.대성사, 1949

III. 논문

1. 강동엽.「무애 양주동 선생의 삶과 우리 문학 탐구」한흰샘 주시경연구 16호, 한글
   학회, 2003
2. 고영근.「양주동의 국어학연구」.국어국문학 133호, 2003.5.
3. 국어국문학회.「국어국문학관련 박사학위논문목록」.(1952~2002), 국어국문

학50년, 태학사, 2002

4. 김선학 「양주동시연구서설」 동악어문논집17집, 동국대학교, 1983

5. 김영철 「양주동의시세계」 한흰샘주시경연구16호, 한글학회, 2003

6. 김완진 「양주동」, 국어연구의 발자취(1)서울대학교출판부, 1997

7. 김장호 「무애양주동의 시와 역시」양주동연구, 민음사, 1991

8. 박용철 「시적변용」삼천리문학 제1호, 삼천리문학사, 1938.1

9. 삼천리 편집부 「신가요집」삼천리 148호, 삼천리사, 1941.9

10. 이정현, 「양주동의 절충론연구」석사논문, 홍익대학교 대학원, 1996

11. 이홍열 「어머니의 마음과 나」양주동박사 프로필, 탐구당, 1973

12. 정재찬 「양주동의 시와 비평에 관한 연구」국어교육연구16집. 국어교육학회, 2003.6

〈부록〉 시작품 일람표

一連番號	詩題	出典	時期	創作年度	備考	主題
1	어느해	開闢 32호	1923.2	–	–	어린 시절 어느 여름날의 매미에 대한 추억
2	幻想	開闢 32호	1923.2	–	–	無子息의 旣婚者와 老處女의 인간적인 苦衷과 悲哀
3	벗	東明 34호	1923.4	–	–	世波에 시달린 고독한 여인의 비애
(4)	記夢	金星 창간호	1923.11	1922	※△○	조국의 암담한 현실 속에서 해방의 날을 기약하며 새 문화 건설에 매진하려는 의지
(5)	永遠한 秘密	仝上	1923.11	1922	※△○	젊은 시절, 연인의 진정성을 끝내 깨닫지 못했던 아쉬움
(6)	小曲	仝上	1923.11	1922	※△○	인생에 대한 허무의식
7	無題(어느밤)	仝上	1923.11	1922	※	천진난만한 아기에 대한 어머니의 따뜻한 사랑
8	惡禱	金星 2호	1924.1	1923.12	※	현실이 주는 시련과 고뇌의 극복을 갈망
9	斷章 二篇	仝上	1924.1	1925.7.29	※	인생에 대한 허무의식과 會者定離의 정서
10	꿈노래	仝上	1924.1	1922	※△○	청춘시절의 꿈과 挫折의 비애
(11)	風景	金星3호	1924.5	1924	※△○	大學者의 야망을 지닌 청년의 情緖와 현실 인식
12	옛사랑	仝上	1924.5	1924.4	※	이별의 설움
(13)	別後	仝上	1924.5	1924.9	※△○	이별의 설움
(14)	나는 이나랏 사람의 자손이외다	개벽 56호	1925.2	1924	※△○	순결하고 낙천적이나 고난과 서름이 많은 약소민족의 비애
15	春宵哀歌	조선문단 10호	1925.7	–	–	困苦와 失意에 빠진 자의 간절한 기도
(16)	海曲三章	조선문단 12호	1925.10	1925.7	※△○	젊은시절 바닷가에서 느끼는 서정과 풍류
17	무덤	조선문단 13호	1925.11	1925, 가을	※	추억 속에 남아있는 사람들에 대한 쓸쓸한 상념

18	사랑하는 이여	東光 8호	1926.12	1926.10	※	곤고한 중에서도 변함이 없는 아내의 희생적인 사랑
19	가을 밤에 올린 祈願의 一節	東光 8호	1926.12	1926	※	후회와 미련의 극복을 소망함
20	十年 前	東光 8호	1926.12	1926. 가을	※	회한과 비애로 점철된 추억과 미래의 인생 역정에 대한 불안과 회의
21	나는 그대에게 온몸을 바치려노라	中外日報	1927. 12.19	1927.5	※	義의 실천을 통한 암담한 현실의 극복
(22)	天災(一名) 탄식	朝鮮日報	1928.10.18	1929	※	가난한 농촌의 天災를 탄식함
(23)	朝鮮의 脈搏	文藝公論	1929.5	1929	※ △ ○	암울한 시대를 극복하려는 청소년들의 역동성
24	이리와 같이	文藝公論	仝上	仝上	※ △ ○	험난하고 암울한 시대에 조선인의 분발을 독려함
(25)	雜調 五章	文藝公論	1929.5	仝上	※ △ ○	곤고하고 기약 없는 상황에서 분출되는 고뇌와 갈등
(26)	墓半②샘물	文藝公論	仝上	1928.晚秋	※ △ ○	무덤가를 흐르는 샘물에 대한 省察
(27)	鄭思五篇①선구자	東亞日報	1930. 2.18	1930.2	※ △ ○	선구자들의 고귀한 희생과 민중들의 책무
28	(激論한뒤)②우리 의 理論	東亞日報	1930. 2.19	1930	※ △ ○	空疎한 논쟁을 접고 신세대의 계몽에 앞 장 서자
29	③英雄과 志士	東亞日報	1930. 2.19	1930	―	영웅과 지사에 대한 의타심을 버리고 민중스스로가 민족의 진로를 개척해야한다
30	④그리스도를 배우라	東亞日報	1930. 2.21	1930	※ △ ○	그리스도의 거룩한 희생과 의로움을 배우라
31	⑤一切의 疑懼를 버려라	東亞日報	1930. 2.11	1930.2	※ △ ○	민중들은 원칙에 입각해서 목표를 설정한 후 새로운 각오로써 이를 타파해야 한다
(32)	눈	新生26호	1930.12	1925.末日	※ △ ○	돌보는 이 없는 어머니 무덤을 슬퍼함

33	靜思續篇①나부터 먼저 적인 줄 알라	東光 20호	1931.4	1930.2	※ △○	기회주의적이고 소극적, 이기적인 기성세대들은 새로운 세기를 위하여 그 근성을 타파해야 한다
34	②史論	東光 20호	1931.4	1931.1.1	※ △○	무기력하고 이기적으로만 보이던 민중이 정의를 위해 권력의 압제에 맞서 분연히 저항하는 역사적인 사건을 칭송함
(35)	산넘고 물건너	朝鮮의 脈搏	1932.2	1926	※ △○	임에 대한 무한한 向念
(36)	산ㅅ길	朝鮮의 脈搏	仝上	1925	※ △○	암울한 일제치하에서 가져 보는 조국 광복에 대한 가느다란 희망
37	가을	朝鮮의 脈搏	仝上	1924.9	※	임을 떠나보낸 여인의 가을의 哀想
38	失題	朝鮮의 脈搏	仝上	1925	※	사랑의 가변성과 허망함
39	南川易에서	朝鮮의 脈搏	仝上	1925	※ ○	이별이 交叉되는 기차역의 哀想
(40)	三年 後	仝上	仝上	1926.4.1	※ ○	이별의 설움
41	꿈에 본 구슬이길래	朝鮮의 脈搏	仝上	1926	※ △○	이별의 설움
42	怨別 三章	朝鮮의 脈搏	仝上	1926	※	郎君과의 이별을 원망함
(43)	月夜 二題	朝鮮의 脈搏	仝上	1연: 1926.6. 2연: 1929.5	※ △○	달밤의 遊樂
(44)	秋夜長	朝鮮의 脈搏	仝上	1928. 가을	※ △○	가을에 느끼는 그리움과 허전함
45	Ennui	朝鮮의 脈搏	仝上	1926	※	연모와 번뇌
46	不眠夜①汽笛소리들 으며	朝鮮의 脈搏	仝上	1928. 가을	※ △○	부득이한 사정으로 고국을 등지는 사람들에 대한 憐憫의 情
(47)	②다듬이소리	朝鮮의 脈搏	仝上	1928.10	※ △○	늦은 가을밤에 들리는 다듬이 소리가 주는 心懷

48	내 벗을 부르노라	朝鮮의 脈搏	仝上	1925.11	※	마음의 벗에 대한 그리움
49	내 다시금 햇발을 보다	朝鮮의 脈搏	仝上	1925.11	※	순수하고 경건한 마음으로 새 출발을 다짐함
50	歎息─어린 딸의 죽음을 듯고	朝鮮의 脈搏	仝上	1926	※	어린 자식의 죽음을 애통해함
51	삶의 하염없음을 늣기는 때	朝鮮의 脈搏	仝上	1926. 겨울	※	젊은 날의 권태와 비애
52	삶의 든든함을 느끼는 때	朝鮮의 脈搏	仝上	1927	※	강인하고 신비로운 생명에 대한 신뢰
53	그대는 뭍으로, 나는바다로	朝鮮의 脈搏	仝上	1927.5	※	희망과 정열로써 현실을 극복하려는 의지
(54)	墓畔①古碑	朝鮮의 脈搏	仝上	1928.晩秋	※ △○	권세의 허망함과 인생의 무상함
(55)	人間頌歌	朝鮮의 脈搏	仝上	1925	※ △○	사랑과 희망, 정성으로 이루려는 거룩한 삶
(56)	바벨의 塔	朝鮮의 脈搏	仝上	1925	※ △○	새로운 역사 건설에 대한 염원
57	大同江(隨筆)	新東亞 33호	1934.7	─	─	(시가 아니고 「浿江 禮讚」이라는 수필임)
58	님께서 편지왔네	朝鮮文壇 26호	1935.12			진실한 사랑의 소중함.
59	어머니 마음	三川理 148호	1941.9	─	─	어머니의 희생적인 사랑
60	戲作 三章(時調))	東光24호	1931.8	─	─	아담한 체구의 아내에게 어울리는 검소한 한복 차림을 선호함
(61)	임을 잠간 뵈옵고(時調)	「解放記念 詩集」	1945.12	─	△○	조국 광복의 감격과 회포
62	수수께끼 4首 (時調)	自由文學	1958.2	─	─	종이는 愛情이나 詩心을 表出할 때 그 매개체가 된다
(63)	題詞 五首(時調)	鷺山時調 選集	1958.5	─	○	노산과의 우정의 추억과 그의 시조에 대한 칭송
64	文湖岩哀詞(時調)	韓國日報	1974.9.4	『문주반생 기』(1960)	─	湖巖(文一平)과의 交遊와 談論의 추억

65	擬停雲三闋①春園 先生께(時調)	(未詳)	—	—	—	春園에 대한 同志愛
66	②鷺山兄에게 (時調)	(未詳)	—	—	——	노산과의 우정과 그의 文才를 칭송함
67	③呈爲堂先生 (漢詩)	(未詳)	—	—	—	*이작품은 漢詩임

※ 참조
① 위의 '시작품 일람표'는 『양주동연구』(민음사, 1991)의 「양주동작품연보」를 참조하였음.
② '비고'란의 ※ 표는 『조선의 맥박』(1932), △표는 『문장독본』(1949), ○표는 『무애시문선』에 수록
　되어 있음을 표시한 것임.
③ 한시 작품은 제외되었음.
④ 작품 일련번호의 ( )표는 무애无涯 자신의 '자작시 해설' 작품임을 표시한 것임.

제2부
수필편

수필의 연구
― 주제와 내재의식을 중심으로

I. 서론

흔히 수필을 가리켜 '고백의 문학'이라고 일컬어 왔다. 어느 장르의 문학 작품이라도 대개는 작자의 내면세계가 표출되게 마련이지만, 수필만큼 그 의표意表가 구체적으로 나타나는 경우도 드물 것이다. 수필의 존재의의意義가 바로 여기에 있다 할 것이다.

문학의 다른 분야와 마찬가지로 수필의 개념에 대해서도 다양한 견해가 제시되어 있다.

최강현은 수필의 개념에 대하여

> 역사적 관습으로 고정된 문학 양식인 시 · 소설 · 희곡의 3분류에 들지 않는 ①자유로운 양식에 ②지은이의 개성을 들어내되 ③재치와 익살을 ④품위品位있는 문장 ⑤분량에 구애되지 않는 글들[1)]

이라고 규정하고 있다.

---

1) 최강현, 『한국 수필문학 신강』(서광학술자료사, 1994), 25쪽.

그는 이어서 수필의 동양적 개념에 言及하여

    어떤 문장 형식에 묶이지 않고 보고, 듣고, 느끼고, 잊지 않고 싶은 것,
    체험한 것 등을 생각나는 대로 쓴 창작성creative과 상상성Imaginative 및
    사실성reality이 복합되어 있는 글, 또는 그러한 작품집2)

이라고 한 뒤에, 수필의 서양적 개념에 대해서는

    어떠한 특수한 주제나 또는 한 주제에 대하여 알맞은 길이의 분량
    에 마음속에 숨어 있는 사상, 기분, 느낌 등을 불규칙적이고, 무형식적
    이며, 잘 다듬어지지 않은 비격식의 글로 표현하고 있다.3)

고 하였다.

　최강현이 언급한 일련의 개념 규정은 다소 경직된 면이 있기는 하지
만, 나름대로 제가諸家들의 소견을 두루 참작한 구체적인 논지論旨라고
할 수 있을 것이다.

　주지하다시피　서구문학론에서는　수필은　'중수필'essay과　'경수필'mis
cellany로 구분하고 있다. 前者에는 어느 정도 지적이고 객관적이며, 사회
적·논리적 성격을 띠는 소논문 등이 포함되며, 후자에는 신변잡기, 즉
감성적이며, 개인의 정서적 특성을 지니는 좁은 의미의 수필이 여기에
포함된다고 할 수 있다.4)

　수필에 대한 보다 구체적이고 평이한 조연현의 설명을 들어 보기로
한다.

---

2) 최강현, 상게서, 13쪽.
3) 최강현, 전게서, 14쪽.
4) 김용직, 『문예비평용어사전』(탐구당, 1989), 142쪽.

우리말의 수필은 영어의 miscellany와 essay에 해당되는 말로서 이 두 가지의 뜻을 다 가진다. 즉 前者는 그대로 수필이란 말이요, 後者는 보통 '에세이'라고 그대로 불리우는 것으로서 소논문, 소논설같은 성격을 띤 것이다. 그러므로 전자의 의미에 있어서의 수필의 내용은 보통의 감상문으로부터 잡다한 신변잡기에까지 이르며, 後者의 의미에 있어서의 수필은 철학적인 격언과 단편적인 소논문 같은 것을 지칭하는 것이 된다. 그러나 수필이라는 일반적인 개념은 물론 이 두 가지 뜻을 다 포함한 것이다.[5]

수필 작품 중에는 앞의 분류 기준에 쉽게 적용시킬 수 있는 것들도 있지만, 개중에는 양자의 성격을 공유하고 있거나, 또는 명백한 구분이 어려운 작품들도 상당수 있게 마련이다.

일반적으로 지적되고 있는 수필의 특질로는 ① 산문 문장 ② 자유로운 형식 ③ 자유로운 주제 ④ 내면세계의 자유로운 표출 등이 있다. 여기에다 성격상의 특질을 덧붙인다면 비전문적, 주정적인 고백 문학이라고도 할 수 있을 것이다.

한국 현대 수필 문학사에서 본격적인 작품으로는 최남선의 '백두산 근참기觀參記'(1926) · '심춘尋春 순례巡禮' (1926)를 그 기점으로 잡고 있는 데에는 대체로 동의하고 있는 것 같다.[6]

통설에서는 1970년대를 하한선으로 잡고, 한국 현대 수필 문학의 발전 단계를 3기로 구분하고 있음을 본다. 즉 ① 초창기(1910~1920년대) ② 정립기(1930~1940년대) ③ 발전기(광복 이후~1970년대) 등의 구분이 그것이다.[7]

---

5) 조연현, 『문학개론』(인간사, 1957), 71쪽.
6) 조연현, 『한국현대문학사』(인간사, 1968), 639쪽.
7) 어문각(1988), 『한국 문학사 개관』에서 오창익은 ①전환기(1895~1907) ②태동기(1908~1919) ③병립 · 상승기(1920~1929) ④형성기(1930~1945) ⑤8 · 15이후

초창기의 특징으로는 수필을 '여기餘技' 정도로 생각했다는 점, 서사적 수필이나 기행문적 수필이 주류를 이루고 있다는 점 등을 들 수 있으며, 이 시기의 대표적인 수필가로는 최남선, 이광수, 민태원 등을 들 수 있다.

정립기의 특징을 꼽는다면, 수필 문학의 이론이 소개되고, 전문적인 수필가들이 출현했는가 하면, 서정적이고 사색적인 수필이 주류를 형성했다는 점 등을 지적할 수 있을 것이다. 이 시기의 대표적인 수필가로는 김진섭, 이효석, 이양하 등을 거명할 수 있을 것이다.

끝으로 발전기의 특징을 보면, 격동기를 거치는 동안 변화된 의식 구조로 시대상을 비판하거나, 자의식을 발견하려는 노력이 배가되고, 본격적인 수필집이 많이 간행되었다는 점 등을 들 수 있을 것이다. 이 시기의 대표적인 수필가로는 한흑구, 김소운, 윤오영 등을 꼽을 수 있겠다.

한국 현대 수필 문학사에서 김진섭의『생활인의 철학』(선문사, 1948)을 한 정점으로 삼는 데는 별다른 반론이 없는 모양이다.

세간에는 김진섭을 필두로 소위 '5대 수필가'니 '7대 수필가'니 하는 애칭어(?)가 한동안 통용되기도 하였다. 수필가로서의 무애无涯(양주동 박사의 아호雅號)의 명성도 이들 반열에 오르내리곤 하였다.

무애에게 붙여진 관어冠語는 참으로 다채多彩 · 다양하기 짝이 없으니, 국어국문학자, 영문학자, 한학자, 시인, 문학평론가, 수필가, 번역 문학가, 논객……. 그 어느 것에도 해당되기 때문이다.

무애는 그의 도저到底한 학문으로 해서 문인으로보다는 학자로, 특히 국어국문학자로 드높이 칭송되어 왔다. 실제로 그가 남기고 간 종횡무진한 업적 가운데서도 이 분야가 상대적으로 볼 때 가장 돋보이는 것도 사실일 것이다. 그는 향가 해독과 여요麗謠 강해講解에다 인생의 꽃다운 황금

───────────

의 수필(1946~1965) ⑥성장기(1966~1985) 등으로 구분하기도 하였다.

기인 삼십 대에 혼신의 열정을 경주한 바 있기 때문이다.(※ ① 향가 연구의 최초의 논문인 「향가의 해독, 특히 원왕생가願往生歌에 취하여」 발표: 1937년(34세) ② 향가 연구를 집대성한 『조선고가연구』 출간: 1942년(39세)

무애 연구에 관한 서지書誌에 따른다면, 실제로 국어학자 내지 주석학자로서의 논의가 주종을 이루고 있음을 알 수 있다.[8] 그 다음으로는 문학평론가, 시인의 관점에서 다소간의 연구가 진행되어 왔다.[9]

이에 비해서 수필가로서의 무애에 대한 논의는 영성寥星하기 이를 데 없다.[10]

그렇지만, 무애에게 있어서 수필은 다른 어느 장르 못지않게 소중한 영역이라고 할 수 있다.

『양주동전집 12』에 따른다면, 최초의 수필인 「교육을 改良하라」, <동아일보>(1922. 11. 13~19)에서 최후의 수필인 「에필로그」, <한국일보>(1974. 10. 5)에 이르는 작품은 무려 300여 편에 달하고 있으며, 창작 기간도 50년을 넘고 있다.

출전별 작품 수는 다음과 같다.(일부 중복된 작품도 있음)

① 문장독본(수선사, 1949): 9편
② 무애시문선(경문사, 1959): 19편
③ 문주반생기 (신태양사, 1959): 95편
④ 인생잡기(탐구당, 1962): 59편

---

8) 김완진(1985), 『한국어 연구의 발자취』(서울대출판부)를 비롯하여 김영배, 고영근, 최세화, 최승호 등 다수의 논문이 있다.
9) 권영민(1982.11), 『소설문학 84호』, 「개성은 예술적 인격인가—양주동의 절충주의 문학론 비판—」, 소설문학사, 김선학(1983), 『동악어문론집 17집』, 「양주동 시 연구 서설」, 동악어문학회를 비롯한 많은 논문들이 있다.
10) 채수영(1991), 『양주동 연구』, 「양주동의 수필 세계」, 민음사가 거의 유일한 예라고 할 수 있다.

⑤ 지성의 광장(탐구당, 1969): 31편
⑥ 양주동전집 12(동국대출판부, 1995): 95편

(小計 308편)

구체적인 내용을 살펴보면 다음과 같다.

①『문장독본』: 9편의 수필이 수록되어 있다.
②『무애시문선』: 수필 18편, 문 7편, 평론 3편이 수록되어 있으나, 문중에서는「면학의 서」만을 수필로 간주할 수 있으므로, 결국 19편의 수필이 수록되어 있는 셈이다.
③『문주반생기』: 95편의 수필 · 수상들이 수록되어 있으나, 작품의 내용은 주로 사건 · 사례에 대한 서술 중심으로 구성되어 있다. 또 문장의 장 · 단이 심한 불균형을 이루고 있어서, 일반적인 통념으로 볼 때, 수필로 보기에는 지나치게 단편적인 촌평, 단상들이 상당수 포함되어 있다.
④『인생잡기』: 명실공히 대표적인 수필집으로서 59편의 수필이 수록되어 있다. 또「후기」에는 이례적으로 저자 자신이 그 내용에 대해서 다음과 같이 언급하고 있다

"「정원기情怨記」는 내 글 중에서도 가장 다정다감한 필치筆致의 문자들. I 에서는 내 향리와 육친들을, II 에서는 나의 청춘 의 낭만과 감격, 허랑虛浪과 방달放達 내지 그 눈물 · 꿈 등, 정한을 읊조린 내 글 중에서 가장 달콤한 '멋'과 회상기들이다.11)"
⑤『지성의 광장』: 여기에는 논설·평문·역문·전기 등 다양한 장르의 작품들이 수록되어 있으나, 수필의 범주에 드는 것으로는 31편 정도라고 할 수 있다.
⑥『양주동전집 12』:「수필편」. 95편의 作品 名이 나와 있다. 주로「조선일보」·「동아일보」등 주요 일간지들에 게재되었던 시평時評 · 단평短評 · 만필漫 등을 모아서 재구성했기 때문에『문주반생기』와는

---

11) 양주동(1962),『인생잡기』,「후기」, 373쪽.

또 다른 측면에서 수필로 간주할 수 있는 작품들은 일부분에 불과하
다고 할 수 있겠다. 또 「나의 이력서」라는 제하의 소제목으로 된 장·
단문 55편 『문주반생기』의 내용을 요약했거나 부분적으로 개조한 것
들이라고 하겠다.

이상 6권에 수록되어 있는, 수필류는 총 308편이지만 중복된 작품이
85편이기 때문에 결과적으로는 223편으로 집계할 수 있다. 그러나 수필
의 일반적인 통념과는 거리가 먼 작품들이 21편이나 되어 (<부록>의
「비고」란 △표 참조) 실제로는 202편만을 수필로 간주할 수 있을 것 같다.
　무애 수필에 대한 본격적인 논의가 필요한 배경과 근거는 대략 다음과
같다고 생각한다.

> ① 창작된 작품이 상당수에 달한다는 점
> ② 무애 자신이 수필을 생활의 한 반려로 생각했다는 점
> ③ 그의 인생 역정과 품성이 작품상에 소상하게 잘 나타나 있다는 점

이제 필자는 이들 여러 수필집에 수록되어 있는 작품들에 나타나 있는
주제를 조감鳥瞰해 보고, 이들 수필을 관류하고 있는 내재 의식들을 점묘
點描 형식으로 고찰해 보고자 한다.
　주제와 더불어 다양한 내재 의식들이 실제의 작품을 통해서 어떤 양상
으로 표출되고 있는지를 고찰해 본다는 것은 무애无涯 수필의 본령에 접
근해 갈 수 있는 한 방법이 될 수 있다고 생각된다.
　정진권은 수필의 범위와 대상을 말하는 가운데

> 그 하나는 논설, 일기, 서간, 기행문, 교우록交友錄(회상기回想記) 등
> 을 제외한다는 것이요, 다른 하나는 비교적 서사적인 것을 염두에 둔

다는 것이다.12)

라고 하여 수필의 범위에 대한 통념과는 다소 다른 견해를 보이고 있다. 논설이야 물론 수필의 범주에 들 수 없지만, 기타는 다 수필의 영역에 포함된다고 보는 것이 지금까지의 통설이라고 하겠다. 다만 200×10 내외의 비교적 짧은 글들을 주로 '수필'이라고 하고, 수십 매를 넘거나 심지어 기백 매에 이르는 장문(예를 들면 모윤숙의 『렌의 애가哀歌』)의 글들은 편의상 '수상'이라고 호칭해 왔던 것이다.

무애의 수필도 이러한 전제를 두고 논의되어야 함은 물론이다.

II. 다양한 주제 의식

theme이란 단어와 subject란 말은 다 같이 '주제'라고 번역해서 쓰기 때문에 가끔 혼동이 생기는 것 같다. 원래 theme란 말은 "나무의 잎과 잔가지들을 달고 있는 중심 줄거리"라는 뜻을 가졌다고 한다.

그러나 subject는 '主된 화제話題'란 의미이므로 theme과는 사뭇 다르다. 어쨌든 주제의 파악은 문학 작품 이해의 한 정점이라고 할 수 있을 것이다.

『문주반생기』 등 6권에 수록되어 있는 수필 작품 223편의 주제를 편의상 15개 항목의 유형으로 분류해서 그 빈도 순위에 따라 정리해 보면 다음과 같다. (<부록> 참조. 주제 용어의 해설은 번잡을 피하기 위해서 생략하겠음)

---

12) 정진권, 『한국수필문학연구』(신아출판사, 1996), 18쪽.

①회상류回想類: 81편 ②논단류論斷類: 39편 ③선학류善謔類: 22편 ④정감류情感類: 14편 ⑤칭송류稱頌類: 13편⑥비애류悲哀類: 10편 ⑦ 희원류希願類, 처신류處身類: 각 8편 ⑧정연류情戀類, 득의류得意類: 각 7편 ⑨회한류悔恨 類: 4편 ⑩회의류懷疑類, 권면류勸勉類: 각 3편 ⑪안 빈류安貧類, 자족류自足類: 각 2편

한 문인의 내면세계의 표출인 문학 작품을 자연계의 구상물具象物을 대하듯이 계수화 한다는 것은 다분히 도식圖式과 피상皮相에 그칠 우려가 있으나, 이를 작품 평가와 결부시키는 것은 아니기 때문에 그러한 난점 은 해소될 수 있을 것으로 본다.

M.Maren-Griesebach도 이러한 계수적(통계적) 방법이 주관적 판단에 따르는 것보다는 정밀하며, 특히 미학적 문제에 대한 중요한 방법이 될 수 있다고 말하면서, 내용 분석 등에도 원용援用될 수 있음을 지적한 바 있다.[13)]

주제 문제에 있어서 먼저 지적할 수 있는 것은 그 다양성이다. 이것은 무애의 대표적인 수필집이라고 할 수 있는 『인생잡기』의 「내용」 項目에 서도 그 윤곽을 짐작할 수 있을 것이다.

무애 자신이 책 내용에 관하여 「후기」에서 言及한 것을 보면 다음과 같다.

1. 「신변초身邊抄」에서는 ①어렸을 적부터 지금까지의 단편적, 半 자전적실기 ②신변의 쇄사鎖事 혹은 수상을,
2. 「정원집情怨集」에서는 ①향리鄕里와 육친肉親들 ②청춘의 낭만 과 감격, 허랑虛浪과 방달放達 내지 그 눈물 꿈 등 情恨에 관한 회 상의 글을,

---

13) M.마렌 그레제바하, 『문학 연구의 방법론』, 장영태 역(홍성사, 1986), 185쪽.

3. 「수상록」에서는 ①생과 사랑에 관한 관점 ②일상생활에 대한
관조觀照와 반성 ③'문자'에 관한 희문戲文 ④여성에 관한 지견
⑤現下 우리 사회·문화 등에 대한 견해와 주장 같은 것들을 적
었다.14)

　「후기」에서 언급한 바를 미루어 볼 때 『인생잡기』에는 다기多岐한 내
용의 수필들이 수록되어 있다는 것을 쉽게 짐작할 수 있다.
　위의 빈도 조사에 나타나 있듯이 주제 또한 매우 다채로운 유형을 보
여 주고 있다.
　본고에서는 빈도가 높은 '회상류'와 '논단류', '선학류', '비애류', '득의류'
등을 중심으로 무애 수필의 주제에 관해서 간략하게 서술해 보고자 한다.

1. 회상류

　무애 수필의 주제들 중에서도 가장 중심이 되는 내용은 물론 '회상'과
'그리움'에 관한 글들이라고 할 수 있다. 221편의 작품들 중 37%에 육박
하는 81편의 주제가 바로 이러한 정서에 연결되고 있는 것이다.
　다음의 글은 소년 시절, 향리에서의 추억을 되새기는 내용이다.

　　남루南樓 가을밤에 등을 달고 글을 읽으며 초문장招逓章과 촉각시燭
　刻詩에, 대귀對句와 글 뜻 토론에 닭이 우는 줄도 모르고 떠들던 적이
　어제 같건마는, 머리를 돌리매 하마 두어 기紀를 지냈다. 그때 모였던
　'문장' 가운데 몇 분은 의구依舊히 그 마을에서 청경우독晴耕雨讀을 하
　고 있으나, 여럿이 벌써 고인이 되었다.

14) 『인생잡기』, 「후기」, 373～374쪽.

언제나 그리운 것은 소년시대요, 언제나 달콤한 것은 지난날의 추
　억이다.15)

　지금은 벌써 사반세기가 지나버린 소년 시절에 대한 그리움과, 덧없는
세월에 대한 허무감이 뒤섞여 있다.
　지난날에 대한 짙은 향수는 어느덧 참기 어려운 비애의 정조情調로 변
환되어 있음을 다음의 글에서 읽을 수 있다.

　　인생 노년, 외로운 밤, 잠자리에 누워서 생애의 전반前半을 곰곰 회
　상하면, 갈수록 깊어지는 것은 '천애天涯 고아'의 감이다. 그래 나도 모
　르게 젖은 눈을 손끝으로 썼고, 억지로 한 조각 '어버이 회상'의 글을
　써 보았다.16)

　회상이 바로 노년의 고독으로 연결되고 있다.

　　문학소년 시절! 생각하면 나에게는 무엇보다도 그리운 추억이다.
　(中略) 어쩐지 현재의 나는 순문학과는 좀 거리가 멀어져 가는 것 같은
　─말하자면 생각과 정열이 옛날과 같이 오로지 문학에만 집중되지 않
　고 한편으로 학구적인 반면, 또 한편으로는 인간 생활의 현실과 역사
　에 대한 실제적인 방면 등 여러 갈래로 관심이 쪼개어지는 일방, 지난
　날에 가졌던 그 오롯하고 화려한 몽상, 그 낭만적인 문학열이 차츰 식
　어 가는 듯한 느낌을 가지기 때문이다.17)

　위의 글에서 '그리움'이 무애 수필의 한 축이라는 사실을 금방 알 수 있다.

---

15) 『무애시문선』, 「다락루야화」, 103쪽.
16) 『인생잡기』, 「사친기」 13쪽.
17) 『인생잡기』, 「나의 문학 소년 시대」, 24쪽.

그는 끝까지 '문인'으로, 가능만 하다면 '시인'으로 남기를 절절히 바랐던 것 같다. 그래서 학자로, 논객으로 입지하고 있는 현재의 자신을 발견하고 못내 아쉬워하고 있는 것이다.

> '천애의 고아'란 말이 있다. 바로 나를 두고 이른 말인가 보다. 다섯 살 때 아버지를 잃고, 열두 살에 어머니를 여의었다. 이런 '뿌리를 잃은 풀' 같은 고아가 용케도 그럭저럭 자라나서 고향을 떠나 사방으로 유학을 가고, 술을 마시고, 연애를 하고, 처자도 이룩하고, 문학을 합네, 학문을 합네, 교사 노릇을 합네 하면서 반생을 지내온다. 대견하다면 대견하고, 신통하다면 신통한 일이다.[18]

'사친기思親記'의 모두冒頭이다.

이 작품 전편全篇을 관류貫流하고 있는 정조情調는 양친에 대한 희미한 추억이지만, 상인上引된 글에서 무애는 자신의 파란 많았던 생애를 뒤돌아보면서 자못 감개로운 회상에 잠기고 있는 것이다.

2. 논단류

무애 수필 주제의 특징 중의 하나는 많은 '논단류'에 있다. 그러한 주제들은 대부분 시사성을 띠고 있으나, 주로 문화 일반에 관한 것들이 많고, 구체적인 정치 현실에 관한 내용은 찾아보기 힘들다.

이것은 아마도 그의 중용적, 절충주의적 현실관의 한 단면을 보여 주는 것인지도 모른다.

---

18) 『인생잡기』, 「사친기」, 11쪽.

무애는 자신의 소극적인 성격에 대해서 이렇게 술회하고 있다.

> 광주학생의거가 일어난 것은 1931년 바로 元旦 아침이었다. (中略)
> 쓰러진 학도들의 시커먼 몸이 참으로 목불인견目不忍見의 광경이었다.
> 　그러나 나는 교수실에서 뛰어 나가 교정으로 달려 그들의 흐트러진
> 대오隊伍 속에 뛰어 들어갈 '용기'가 그때 없었다. 나는 그대로 장승과
> 같이 창가에 기대어 서서 한갓 눈물을 머금고 눈으로 그 처절한 광경
> 을 응시할 뿐이었다.[19]

이 글에서 그는 젊은 날의 '패기'나 극한 상황과 정면 대결하는 '강의剛
毅'가 부족함을 토로하고 있는 것이다.

다음의 글은 '중용적 자세'를 보여주는 논단류의 한 예가 된다.

> 　그들(중국인)이 남녀 간의 '연애'를 애초부터 '성적·육체적'인, 실
> 제로 '生活의 일부'로 간주한 점이다. 그러나 그러기엔 또 그들(남성)
> 의 자존심과 '지위'가 허락하지 않아, 숫제 그것을 육체적인 문제로
> 다루지 않고 짐짓 피부적인 '색'으로 간주키로 한 것이다. (중략) 그런
> 데 갑자기 근대사의 과정을 밟게 된 우리의 '연애'는, 주지하는 바와
> 같이 또 너무나 급격한 외래 물질, 문명, 향락문화의 도도滔滔한 유입
> 과 범람과 함께, 특히 '해방'과 '사변事變'을 지난 거족적擧族的인 혼란
> 기, 수난기에 또 너무나 지나친 물질적·육체적 일변도의 경향으로
> 흐르고 있다.[20]

양비론적인 입장에서 온건한 주장으로 일관하고 있다. 다음의 글은 역
사관에 대해서 소신을 밝힌 대목이다.

---

19) 『인생잡기』, 「교단 삽화」, 66~67쪽.
20) 『인생잡기』, 「나의 연애관」, 235~243쪽.

우리들 연배의 '사학'과 '국어·문학' 연구자들이 과거에 그 연구에서 모두 일종의 민족적·애국적 '감정'을 띠어 왔음이 사실이다. 그런데, 근래 신진 학도들은 흔히 '과학'적인 사관과 비교 어문 '학'적인 연구를 운위云謂하여 전배前輩들의 학풍과 업적을 온통 '쇼빈이즘'으로 간주·비난하는 경향이 있는 듯하다. '쇼빈이즘'(그것은 과연 딱한 사상임에 틀림없다.)까지는 몰라도, 우리들의 당시 계몽적 학풍이 감정'을 띠었던 것만은 솔직히 인정한다.

그러나 내가 여기서 반문하고 싶은 것은―그러면 그들 신인의 '학', 예컨대 그 색 다른 '사관'이나 참신한 '과학적 연구방법'은 과연 아무런 '目的'과 '감정'을 가지지 않는가? 없다면 그야말로 무슨 "'떡'이라도 생기는가?" 묻고 싶은 허전한 가없은 '학'이요, 있다면 그것 역시 다른 무엇에의 일종 '쇼빈이즘'이 아닐까 함이다.[21]

역시 양비론적인 입장에서 자신의 견해를 피력하고 있는 것이다.

무애는 자신의 이러한 중도적, 절충주의적 성격이 형성된 배경에 대해서 스스로 다음과 같이 진단하고 있다.

'한자 철폐론'에 대하여 나는 원칙적 대국적으로 그것을 승인하면서도 그리 적극적으로 찬성·주장하지 못하였고, 그저 '점진론' 쯤에 서성거리고 있는 중이다. 아마 이에는 매사에 '혁명'을 꺼리고 중용의 길'을 즐기는 나의 선천적인 기질과 공자·노자 사상적 영향이 먼 원인이 된 듯하다.[22]

---

21) 『인생잡기』, 「역사」, 372쪽.
22) 『양주동전집 12』, 「한자 철폐와 나」 156~157쪽.

3. 선학류

무애 수필의 또 하나의 특징은 애틋한 주제의 글에서도 대개는 해학이 구사驅使되고 있다는 점이다. 무애는 일군一群의 자기 글들을 평하여 "진지眞摯함 속에 해학諧謔을 풍기고, 해학 중에서도 진지한 것을 잃지 않으려 한 글들"[23]이라 하였다.

해학은 자연스럽게 '웃음'과 연결되고 있다.

> 백 사람이 앉아 즐기는 중에 혹 한 사람이 모퉁이를 향하여 한숨지으면 다들 언짢아지고, 그와 반대로 여러 사람이 침울한 얼굴을 하고 있는 사이에도 어느 한 사람의 화창한 웃음을 대하면 금시 모두 기분이 명랑해짐이 사실이다. 그러기에 '웃음'에는 '소문만복래'란 공리적인 속담이 있고, '웃는 낯에 침 못 뱉는다.'는 타산적 잠언箴言도 있고, 또 누구의 말인지는 잊었으나, '웃음은 인생의 꽃'이라는 자못 시적(?)인 표어標語도 있다. (중략) '웃음'의 능력─또 그 양과 질에 있어서 나는 선천적으로, 또는 여간한 '수양'의 덕으로 남보다 좀 더 은혜를 받았음을 고맙게 생각한다.[24]

무애의 대표적 수필의 하나로 꼽히는 '웃음說'의 모두冒頭 부분이다. 그자신이 '해학' 내지 '웃음'과 이웃하여 '따스한 정'을 풍겨 주고 있다. 이러한 분위기는 '노변爐邊의 향사鄕思'에서 아주 절실한 감동으로 나타나고 있다.

이십 대에 쓴 「여성은 영원한 신비」라는 제하의 글은 그 표현이나 어휘 자체가 해학과 반어反語의 극치를 보여주고 있다.

---

23) 『인생잡기』, 「후기」, 373쪽.
24) 『인생잡기』, 「웃음설」, 207쪽.

고 얄팍한 이해력, 야릇한 오해 투성이, 그 깜찍스레 냉정함, 그 말똥말똥한 무지, 또 저 이유 모를 고집과 히스테리. 다변多辯 등등─모두 다 우리 남성들에겐 수수께끼이다. '여성'이란 남성에게 이토록 비교秘敎적인 존재인가?

같은 말은 여성들이 '남성'에 대하여도 내세울 수 있으리라. 남성들의 그 허황한 수작과 설계, 알 길 없는 '열두 대문', 그 당나귀 같은 싱거운 절규, 하마河馬처럼 우둔한 의욕, 그 쓸모없는 쌈질·투쟁·부질없는 공명심·지위 욕, 허장성세, 거드름, 기실 어슬픔, 속기 쉬움 등등. 결국 남녀, 양성은 서로 영원히 불가해의 존재인가.[25]

이십 대에 쓰여진 이 작품에는 청춘기 남녀의 미묘한 심리 상태를 남성의 입장에서 자술한 듯한 느낌을 주며, 아울러 무애 자신의 심리 상태도 다분히 반영된 듯, 일종의 농 중 진담의 기미가 엿보이고 있다.

다음은 유년 시절의 소화笑話 한 토막.

내가 이웃집 김 집강의 딸 '갓난이'와 어울려서 늘 마당에서 소꿉질을 하였다. 갓난이가 오줌을 누어 흙을 개 놓으면 내가 그것을 빚어서 솥·남비·사발·접시 등을 만들어서 진열해 놓고, 갓난이와 모래나 풀잎 따위로 밥을 짓고, 국을 끓이고, 반찬을 만드는 시늉을 하였다.[26]

유년 시절의 회상 속에 한없이 맑은 동심과 인정이 끝없는 장난기(희학)와 뒤섞여 있다.

---

25) 『지성의 광場』, 「여성은 영원한 신비」, 131쪽.
26) 『인생잡기』, 「큰놈이」, 19쪽.

4. 비애류

그의 수필의 주제를 감싸고 있는 '웃음'과 '인정'의 저편에는 심호흡으로 가다듬는 '애수'와 '한'이 있다.

이러한 애수'와 '한'은 바로 '비애'의 양대 정서라고 할 수 있다.

무애 수필에 나타나는 비애의 원천은 주로 젊은 날에 품었던 원대한 포부를 이루지 못한 아쉬움에서 비롯되었다고 할 수 있다.

> 소년은 커서 꼭 장수가 되어 三軍을 질타叱咤하거나 事 不如意하면 차라리 '모닥불에 몸을 던지리라' 自期했었다. 그러던 것이 자라서 나는 세상의 이른바 '현실'에 부닥쳐 '타협'을 배우고, '절충'을 익히고, 또는 '부전승'이란 허울 좋은 내 딴의 '유도柔道'를 터득했노라 했다. 그리고 직업으로는 나아가 평범한 '교사'가 되고, 들어선 평생 구구한 '고거考據'나 하잘 것 없는 '수상'을 쓰는 세쇄細瑣한 '학구學究', 허랑虛浪한 半 '문인'이 되었다. 모두 소년시대의 기약과는 사뭇 달라진 일이다.[27]

소년기의 '자기自期'를 이루지 못한 '恨'은 '원한'이 아닌 '한탄'을 의미한다. 오세영이 김소월의 시를 논하는 자리에서 "한은 풀 길 없는 맺힌 감정, 즉 모순되는 감정들의 해소할 수 없는 자기 갈등"[28]이라고 한 말은 이 경우에도 해당된다고 할 수 있다.

국어국문학자로서의 무애의 성예聲譽를 충천하게 했던 향가연구의 大成 앞에서도 그는 오히려 '대문호'의 꿈을 성취하지 못한 아쉬움을 다음과 같이 토로하고 있다.

---

27)『인생잡기』,「모닥불」, 23쪽.
28) 오세영 편저(1996),『김소월』, 문학세계사, 300쪽.

국학에 관한 관심이야 어렸을 적부터 엷지는 않았었지만, 사학史學·한글 공부 등을 '취미' 정도로 했을 뿐, 그에 관한 전문적인 지식을 가지지 못했었으니, 그것의 연구를 생애의 과업으로 삼을 계제가 아니었다. 하물며 어려서부터 평소의 야망은 오로지 '불후의 문장'에 있었으며, 시인, 비평가 사상인이 될지언정 학자'가 되리란 생각은 없었다.[29]

안으로 스며든 이러한 '못다 이룬 한'은 때때로 고독의 표상으로 나타나기도 한다. 그리하여 '허무 의식'으로 연결되기도 하였다. 특히 노년으로 접어들었을 때의 외로움에 젖은 그의 모습을

학문 이외의 모든 것이 귀찮아서 눈 감고 썩둑썩둑 잘라 버리며, 그저 무엇인가에 의지하여, 끝내 버티고만 있는 최후의 용장처럼 고독해만 가고 있다.[30]

고 최원식은 적고 있다.

이렇듯 호방豪放·광달曠達하던 '천재'와 '영웅'이 어느덧 중년 이후엔 '범부'와 '졸장부'가 되어서 (중략) 지금은 숫제 '착한 남편, 좋은 아버지, 구수한 교사, 평범한 문인'으로 '하늘의 명한 것을 안'지가 벌써 육, 칠십이 되었으니, 늙음은 역시 가엾은 일이라 할 밖에.[31]

무딘 삶 속에 파묻혀 해져 가는 자신의 자화상을 물끄러미 바라보면서, 그저 무상감에 젖어있음을 본다.

---

29) 『문주반생기』, 「향가연구의 發心」, 286쪽.
30) 최원식, 『양주동 박사 프로필』, 「고독한 용장」(탐구당, 1973) 221쪽.
31) 『인생잡기』, 「청춘·돈·좌우명」, 180쪽.

5. 득의류

타인에 대한 '칭송'과 마찬가지로 자신의 '득의'의 심정을 주제로 한 수필들도 많이 눈에 띈다. 이런 글들은 대개 '웃음'과 '해학'의 이웃이 된다.

> 아닌 게 아니라 기억력을 따진다면 내가 당시 '해서海西'는커녕 '해동 천재'라고 자임할 만큼 탁월한 천분을 믿는 터이었다. 일찍 어렸을 때 고향에서 수십명의 노인들과 함께 시회詩會에 참가하였다가 그들이 지은 '풍월'을 내가 시축 詩軸에 한번 받아쓰고 당장에 그 십여 수의 우작愚作을 모조리 외워서 일좌一座를 경도驚倒케 한 실례實例가 있거니와, 저 한토漢土의 서적은 글자대로 일람강기一覽强記 하였으니 말할 것도 없고, 약부若夫 영어 단어조차 중학 일년 간에 무릇 육천어를 외운 경험이 있는 지라, 이 일에 있어서 내가 깃동 '마산 수재'에게 일보를 사양할 리가 없다.[32]

청년 시절 日東 유학 당시에 이은상과 암기 내기를 했을 때 있었던 일화에 끼어 있는 대목이다. 자신의 천재에 대한 득의와 웃음이 서로 화합되어 있다.

다음의 글은 소위 '박람강기博覽强記'에 대한 득의의 심정을 넌지시 나타낸 대목이다.

> 내가 소위 '인간 국보國寶'니 '국보 교수'니 하는 칭호를 얻게 된 것은 순전히 '박람博覽 · 강기强記의 탁월한 기억력' 또는 문자를 통한 기재奇才, 교단에서의 박학博學과 현하懸河의 변辯, 내지 고전 연구의 사뭇 '박학 · 심사深思 · 명변明辨한 업적'인 듯한데, 그 점에선 약간의 자부심이 없음은 아니다.[33]

---

32) 『인생잡기』, 「기억술」, 290쪽.

무애는 향가나 여요麗謠와 같은 고전문학연구, 그 중에서도 특히 향가 독해에 대한 남다른 자부심을 갖고 있었다. 다음의 글에서도 『조선고가연구』는 가히 '향가 연구의 결정판'이라는 의식이 잘 나타나 있다.

> 나의 솔직히 내면적인 소신으론 금후 오랜 세월과 많은 세대를 기다려도 비鄙 해독에 몇 자의 수정을 보기 어려울 것을 단언한다. 적어도 이것은 한 노학구老學究의 부질없는 장담이 아니요, 학계에 ―특히 '가외可畏한 후생後生'들에게 보내는 전언인 것이다. (중략) 학문이란 진정 그것을 '체험'한 자에겐 스스로 심천深淺의 경지라 할까.[34]

주제에 대한 논의는 빈도 높은 수 개 항목의 서술로 끝내려고 하거니와, 결론적으로 말한다면, 무애 수필의 주제는 '情'과 '怨'이 兩岸을 이루고 있는 형국이라고 할 수 있다. '박학'과 '천재'라는 무한한 자긍심의 저편에는 소년기에 '자기自期'했던 '대문호'의 꿈을 성취하지 못한 끝없는 한탄이 마주 서 있다.

그리고 이제는 건너지 못할 차안此岸과 피안彼岸의 정한을 '웃음'과 '해학'이 아울러 감싸 주고 있는 것이다.

III. 내재의식과 그 갈등

무애 수필에 나타나 있는 내재 의식의 양상은 주제와는 또 다른 측면에서 다양한 모습을 보여 주고 있다.

---

33) 『지성의 광장』, 「국보변」, 111쪽.
34) 『양주동전집12』, 「고전문학의 세계적 진출」, 171~173쪽.

김광섭은 수필 문학을 논한 그의 한 평문에서

> 수필은 달관達觀과 통찰과 깊은 이해가 인격화된 평정한 심경이 무
> 심히 생활 주변의 대상에, 혹은 회고와 추억에 부닥쳐 스스로 붓을 잡
> 음에서 제작된 형식이다.[35]

라고 수필을 정의한 바 있는데, 이 말은 무애 수필을 논하는 자리에서도
적합한 언급이라고 할 수 있다.

이제 무애 수필에 나타난 다기한 의식의 세계를 개관해 보고, 이러한
다채로운 의식들이 대칭적인 면에서 어떤 모습을 띠고 있는가를 고찰해
볼 차례가 되었다. 전 항에서 논급 것처럼 '自飮'과 '한탄'의 대칭 같은 것
이 그 좋은 예가 될 수 있을 것이다.

1. 회상과 동경憧憬

무애 수필에서 가장 빈번하게 만날 수 있는 정서는 회상과 그리움이
다. 이들 정서의 공간적 배경은 주로 그의 향리와 일본 유학 시절의 동경
東京이며, 시간적 배경은 유년기 · 소년기, 또는 숭실전문 교수시절 등 다
양하게 나타나 있다. 이러한 사정은 그의 대표적인 수필집인『인생잡기』
의「후기」에서 진작 언명된 바 있다.

> 문인 대개의 역로가 그러하듯이 나도 초년엔 시작을, 중세中歲 이후
> 엔 자못 수필을 즐겨 했다. 그래 수상隨想 · 만록漫錄 · 잡기雜記 등 필

---

35) 김광섭,『문학』,「수필 문학 소고」(문학사, 1934).

홍필흥弘筆興에 맡긴 문자를 써서 발표해 온 것이 어느덧 근 삼십 년이 된다. 그것들 중의 더러는 스크랩도 해두지 않아 숫제 유실되고 말았으나, 다행히 보존保存수집되어 온 것이 근 백 편. 그 중에서도 하치않은 것을 다시 할애하고 그 상想이나 필치筆致에 있어, 내지 그 글을 쓰게 된 기연機緣과 내용에 있어 내 딴엔 회심의 미소, 칭의稱意의 탄상嘆賞, 내지 감개로운 회고를 지을 만한 일반 이상의 편수篇數를 추려서 한 책으로 모아 놓았다.36)

『인생잡기』의 소재들이 대부분 추체험追體驗이나 회상에 기반을 두고 있다는 내용이다.

오창익은 '수필 주제의 요건'으로 다음과 같은 조건을 제시하고 있다.

① 선명한 주제
② 쉽게 공감할 수 있는 주제
③ 새롭고 독창적인 주제
④ 자기 관조觀照가 가능한 주제
⑤ 가치 있고 유용한 주제
⑥ 자기 경험에서 얻는 주제
⑦ 구체적이고도 한정적인 주제37)

무애 수필집에 수록된 대부분의 수필들은 주제뿐만 아니라 그 내용에 있어서도 위의 요건을 충족할 수 있는 작품들이 주류를 이루고 있다고 할 수 있다.

내가 이웃집 김집강의 딸 '갓난이'와 어울려서 소꿉질을 하였다. 갓난이가 오줌을 누어 흙을 개 놓으면, 내가 그것을 빚어서 솥, 냄비, 사

---

36) 『인생잡기』, 「후기」, 373쪽.
37) 오창익, 『수필 문학의 이론과 실제』(나라, 1996), 46~56쪽.

발, 접시 등을 만들어서 진열해 놓고, 갓난이와 모래나 풀잎 따위로 밥을 짓고, 국을 끓이고 반찬을 만드는 시늉을 하였다. 그래 한창 재미나게 살림을 차려 놓고 즐기는 참인데, 큰놈이가 홀연히 어디서 나타나서 대번에 달려들어

　　"이게 다 무에냐?"

　　하면서 우리들의 솥, 냄비 등속을 발길로 차고 문질러서, 우리들의 재미나는 '살림'을 모두 망쳐버리곤 하였다.[38]

　유년기 · 소년기에 있었던 추억담을 소재로 한 글이 '큰놈이'라는 작품이다. 그야말로 소꿉장난 시절의 그리운 추억담이다.

　이와 비슷한 시기의 것으로 '모닥불'이 있다.

　역시 어린 시절의 아스라한 동심의 세계를 회상하고 있다. 무애는 특히 이 글에서 승부를 위해서 '모닥불'에까지 뛰어 들었던 어린 시절의 '용기'와 '순수'를 지탱하지 못한 현재의 자신의 모습을 한탄하고 있다.

　다음의 글은 그의 나이 11세 때인 '소년 숙장塾長 시절'에 이웃에 살던 사 · 오세 연상의 여성과 주고받은 가녀린 연정의 한 장면이다. 소년 시절의 막연하지만 청순한 정연情戀의 추억이 잘 나타나 있다.

　　몇 해 뒤에 '순초'가 건넌 마을 '김 초시'의 며느리로 시집을 갔다. 가기 전날 그녀는 내게서 받은 열성스러운 '반절半切' 교육에 의한 실력을 충분히 발휘하여, 나에게 "스승이여, 안녕히!" 운운의 기나긴 편지를 보내어 왔다.
　　그녀의 탄 가마가 봄날 아침 아지랑이 낀 파란 산등성이를 넘어갈 때, 나는 제자의 앞날을 축복하는 '스승'의 자격으로 옥색 비단 저고

---

38) 『인생잡기』, 「큰놈이」, 19쪽.

리, 양색 모초 조끼, 흰 바지, 허리띠에는 그 빨간 수繡주머니를 차고, 앞
뜰에 서서 그녀를 멀리 전송하였다.─그러나 괜스레 마음에 들떠서 가
마가 안 보인 뒤에도 하늘 위에 떠가는 흰 구름 조각을 바라보면서. 39)

'회상'과 '그리움'의 정조情調는 「춘소초春宵抄」에서 climax를 이루고 있
다. "문학소녀 K의 추억"이라는 subtitle이 이미 이 수필의 성격을 시사해
주고 있다.

봄은 만물이 소생하는 철, 시렁 위에 얹혀 있는 해묵은 낡은 북(고
鼓)도 다시금 저절로 소리를 내는 때라 한다. 더구나 이 밤은 조용한
비가 시름없이 내리고 ……. 어느 젊은 여류 시인은 비 오는 밤이면 문
득 '人生의 여권旅券'이 함초롬히 젖음을 느낀다 한다. 아닌 게 아니라
봄 밤─특히 비 오는 밤은 우리가 지난날의 추억을 하염없이 눈 감고
더듬어 볼 적당한 시간이다.
나도 이 고요한 봄밤에, 창 밖에 내리는 빗소리에 귀를 기울이면서
젊은 시절에 얼마 동안 흐뭇이 젖었던 '인생의 여권'을 다시금 회상하
여 볼까.40)

아마도 무애의 수많은 수필 작품들 중에서 가장 애틋한 정서와 청징淸
澄한 애련哀戀의 정을 보여 주는 글이 아닐까 한다.
'춘소초春宵抄'는 happy-end가 아닌 sorrow-ending의 情況을 다음과 같
이 적고 있다.

K와 내가 어떤 뜻 아닌 한 불행한 일에 의하여 서로 갈라진 구슬픈
날은 역시 비가 오는 어느 첫 가을 날 오후였다. 내가 그녀를 마지막으

---

39) 『문주반생기』, 「수주머니 삽화」, 137쪽.
40) 『인생잡기』, 「춘소초」, 146쪽.

로 작별하고 그녀의 방을 떠나 바깥으로 나왔을 때, 비가 와서 날이 음침한 탓도 있었겠으나, 대낮인데도 시계가 컴컴하여 길이 온통 보이지 않았다. 아마 내가 K를 무던히 사랑하였던가 보다.[41]

얼핏 보기에는 호쾌豪快 · 방달放達 내지 강건剛健의 심경을 내세우는듯한 수필들도 한 치만 벗기고 나면 대개 동정과 관용 내지 심약한 정서가 숨어 있음을 알 수 있다. 그 좋은 예가 상인上引된 「큰놈이」와 같은 작품이다.

「큰놈이」의 전편에는 '원망'과 '도전'의 자세가 엿보이나, 후반에 와서는 어느덧 '동정'과 '관용'의 心緒로 전환되어 있다.

> 그래 나는 그에 '큰놈이'를 한번 톡톡히 때려 주지 못하고, 골려 주지도 못한 채, 소학교를 마치고 유학차로 고향 마을을 떠났다. (중략) 그 뒤로부터 거의 사십 년, 피차에 소식이 끊겼다. '큰놈이' 녀석, 지금 어디서 무엇을 하는지? 꼭 환갑이 되었을 터인데, 늙마에 과히 고생은 않고 건재한지, 아들 · 딸은 몇이나 두었는지, 혹은 이미 무덤 위에 풀이 더북더북 하였는지……만일 아직도 살아 있으면, 한번 다시 만나 막걸리 동이나 기울이며 팔씨름을 해보았으면 좋겠다.[42]

철없던 시절의 '앙금'을 이제는 '해량海諒'으로 눙친 넉넉하고 정에 넘치는 분위기를 느낄 수 있다.

'Strum und Drang'으로 대표되는 젊은 날의 추억을 무애는 이렇게 적고 있다.

---

41) 같은 책.
42) 註 38) 참조.

나의 '신문학'에 대한 열중은 그 해에 日東에 건너가 早大 불문과(그
뒤 대학은 영문과로 轉하였다)에 입학한 때부터였다. 나는 신문학을
보았다. 그것은 내게 전연 알려지지 않았던 '새 천지'(칼라일)였다. 나
는 서양소설을 자꾸 읽었다 '톨스토이'를 읽고, '투르게넵' 전집을 읽
고, '루소오'의 '참회록'을 읽었다. (중략) 글자 그대로 무선택, 무표준,
닥치는 대로 읽었다. 그리하여 가지각색의 감정과 사상과 주의와 특
히 새 문자를 배웠다. 자유사상을 배우고, '연애'를 배우고 (그렇다, 연
애를 배웠다), 세기말 사상을, 인도주의를, 악마주의를 두서없이 배우
고, 흡수하였다.[43]

문학청년 시절의 지칠 줄 모르는 학구열과 독서욕을 아주 구체적으로
적시하고 있다.

2. 가족애

그의 수필에서 빈번하게 만날 수 있는 테마는 '가족애'이다. '사친기'에
서는 아버지에 대한 추억과 그리움이, '어머니 회상'에서는 어머니에 대
한 애틋한 그리움이 표출되어있다.
그가 특히 어머니를 향한 정이 남다를 수밖에 없었던 내력을 다음과
같이 술회하고 있다.

어머니의 사랑이란 그처럼 만인에게 보편적인 것이요, '모성'이란
지상의 모든 아름다운 것 중 제일 숭고한 찬미의 대상이 아닐 수 없다.
(中略)더구나 사람이란 나이가 차차 들어감에 따라, 늙어감에 따라, 어
버이—특히 돌아간 어머니를 회상하고 추모하는 마음이 더 간절해지

---

43) 『인생잡기』, 「나의 문학소년 시대」, 33쪽.

고, 또 근본적으로 '어머니' 자체 곧 '모성' 자체에 대한 연모가 더욱 심화되어 가는 듯하다.[44]

무애의 '어머니'에 대한 애틋한 사랑은 '국민가요'나 다름없는 '어머니 마음'에 잘 나타나 있다.

> 낳으실 제 괴로움 다 잊으시고,
> 기를 때 밤낮으로 애쓰는 마음,
> 진자리, 마른자리 갈아 뉘우며,
> 손, 발이 다 닳도록 고생하시는 ―
> 하늘 아래 그 무엇이 넓다 하오리,
> 어머님의 사랑은 가이 없어라!

「건부전健婦傳」에는 누나에 대한 눈물겨운 동기애가 잘 나타나 있다. 조실부모한 그에게는 '삼질이'라는 아명을 가졌던 누나의 존재는 어머니의 대리 역 바로 그것이었던 것 같다.

> 입춘 날 아침, 밥상에 놓인 달래 나물을 보고 다시금 위북緯北의 누나를 생각했다.―오래 떨어져 못 본, 그 생사조차 모르는, 아마 십중팔구 이미 세상을 떠났으리라 생각되는 오직 하나 뿐의 동기, 나의 '누나'를. (中略) 누나가 어머니의 결벽을 닮아 몹시 정결한 살림을 좋아하였다. 촌집이나마 집 안팎을 하루에도 몇 번씩 부지런히, 깨끗이, 글자대로 청소해서, 방이나 부엌이나 헛간·마당이나 모두 유리알 같이 정하고 말끔하였다. 그래―독자는 아랫 글을 보고 웃으려니와― 누나는 임산 때가 되면 그 깨끗한 방에서 아이를 낳기를 꺼려 하필 부엌 옆의 '헛간'을 치우고, 멍석을 깔고 그 위에 포단蒲團을 펴고, 거기서 분만을 하는 것이었다. 집안사람들이 아무리 말려도 누나는 막무가내로

---

44) 『인생잡기』, 「어머니 회상」, 98~99쪽.

듣지 않고 번번이, 기어이 게서라야 해산을 했다 한다.[45]

누나의 결벽이 지나쳐서 오히려 구설수에 오를 지경이었다는 이야기이다. 누나에 대한 칭송이 웃음을 자아내다가 곧장 숙연한 마음으로 바뀌게 된다.

천하에 제일 어리석은 일은 첫째가 제 자랑, 둘째가 아내 자랑이라고 한다. 그런데 이 '여성예찬'을 위한 둘째 번 글에서 나는 이 두 가지 어리석음을 한꺼번에 톡히 드러내게 되었으니 딱한 일이다. 그러나 모쪼록은 덜 '어리석게' 보이기 위하여, 아무리 제 부부 간의 결혼 생활, 내지 아내의 '덕'을 찬양한다 하더라도, 글의 형식만은 워낙 그것이 아닌 체, 우회적 · 객관적 서술의 길을 취할 수밖에.

동양 사람이 아내를 칭찬하는 말로는 으레 현처가 있다. '현처'의 경우는 여러 가지가 있겠으나, 얼른 머리에 떠오르는 생각은

가빈즉사양처家貧卽思良妻   가정이 곤궁하면 어진 처가 생각나고,
국난즉사양상國難卽思良相   나라가 어려우면 어진 정승이 생각난다.
　　　　　　　　　　　　　　—『史記』, 「위세가魏世家」

라는 옛 사람의 격언이다.

그러니 나도 그 정의에 따라 우리 부부생활 중에 가장 딱하고 가난했던 시절, 곧 그 신혼시대의 뼈저린 몇 토막의 추억을 더듬음으로써, 용케도 그 가난 한 살림을 달게 여기고, 그 주착主着 없는 궁한 '남편'을 '충성스럽이 따라다닌 아내의 '어짊'을 간접적으로 숫제 다시금 '생각'해 볼까?[46]

---

45) 『인생잡기』, 「건부전」, 107~111쪽.

「신혼기」의 서두 부분이다.

무애는 이 기나긴 글에서 '아내'에 대한 은근하고 지극한 정을 토로하고 있다. 「날아난 새들」이라는 비교적 장문의 글에서는 두 딸에 대한 애처로운 부정이 잘 나타나 있다.

> 딸년들이란 실로 '새 새끼'들처럼 둥주리(가정) 안에서 무한 재깔이며, '새 새끼'들처럼 그 안에서 온갖 재롱을 부리며, 엄지(부모)들의 마음을 한껏 기쁘게, 한껏 즐겁게 한다.
> (중략) '새 새끼'는 크면 날아감이 그 본래의 구실이요, 사명이요, 당연한 일이요, 새끼를 기른 엄지는 새끼가 폴폴 날아감을 보는 것이 서운한 중에도 가장 큰 즐거움인 것을.
>
> 내가 애써 재미있게 길러서 날개가 조금 커지자 그만 폴폴 날려 보낸 '새 새끼'가 두 마리!
> 다음에 나의 가난한 둥우리 안에서 근 이십 년간이나 궂은 일, 어려운 일에 조그만 불평과 불만도 없이 한결같이 의좋게, 다정히, 명랑·쾌활히 재깔이며, 종알이며, 손잡고 살아오던 기특한 '새 새끼' 한 쌍의 이야기를 적어 본다.[47]

다음의 글에서는 손녀에 대한 조부로서의 남다른 자정慈情을 느낄 수 있다.

> 근자에 내가 손녀들을 얻어 그중 세 살짜리 둘째 손녀를 데리고 자는데, 밤이면 서너 번쯤 아직 오줌을 싼다. 내 딴에는 손녀 사랑이 지극하여 아무리 곤한 잠결에도 문득 때맞추어 거의 본능적으로 손으로 자리를 만져보고, 척척하면 곧 후닥닥 일어나 포단을 갈아 뉘기를 밤

---

46) 『인생잡기』, 「신혼기」, 156쪽.
47) 『인생잡기』, 「날아난 새들」, 119쪽.

중에 두어 번, 새벽녘에 한 번씩 정규적으로 실행하여, 애 어머니인 내 며느리가 그 애에게 "너의 엄마는 할아버지시다."라는 말까지 하는 터이나—무엇을 숨기리? 혹시 하도 취해서 곤히 자다가는 그만 의사 '본능'을 깜박 잊고 몇 시간이나 애를 척척한 찬 자리에 그대로 두기가 일쑤요, 더구나 부끄러운 것은—무의식중에 손으로 더듬어 오줌을 싼 줄을 뻔히 알고서도 내가 하도 곤한 김에 "좀 축축하면 어떠리?" 그대로 내버려두고 나만 뜻뜻한 데로 돌아 눕고 자는 일이 번번이 있는 것이다. 내가 아무리 손녀를 사랑한다 해도 나는 결국 '어머니'가 아닌 남성이요, 一촌이 아닌 二촌인 할아버지인 때문.[48]

3. 교육과 학문에 대한 열정

무애의 활동 영역과 가장 잘 어울리는 정서는 물론 교육과 학문에 대한 끝없는 열정, 그것이다.

나는 불행히 추성鄒聖처럼 '천하의 영재'를 만나지 못하여 노상 오히려 득천하둔재得天下鈍才 이교육지而敎育之 시일고야是一苦也' 의 嘆을 發하기도 일쑤이다.
그러나 어떻든 내가 아무리 불사한 교사로서나마 이렇듯 긴 세월 간의 교단생활 중에서도 조금도 권태를 느끼지 않고, 늙음에 이르러서도 오히려 '신'이 나는'즐거움'으로써 약간의 학문과 몇 날의 백북을 밑천으로 하여 그날그날의 생활을 과히 양심에 어그러짐이 없이 보내고 있음은 인생 만년의 한 '청복淸福'이 아닐 수 없다.[49]

그의 교육에 대한 순수한 열정은 다음의 글에서 더욱 구체적으로 나타

---

48) 『지성의 광장』, 「여인 삼대」, 38~39쪽.
49) 『인생잡기』, 「교사의 자격」, 52쪽.

나 있다.

> 인생이 문득 우울한 날도, 집에서 아내와 옥신각신 다투고 나선 아
> 침도, 나는 훤칠한 교정에 들어서서 (中略) 기분은 금방 상쾌해지고, 하
> 물며 교실에 들어가 수많은 학도 중 어느 한 모퉁이의 '빛나는 눈'이나
> 발견할 양이면, 나는 문득 '신'난 무당처럼 몇 시간이고 피곤한 줄을
> 모르고 정신없이 떠들어 대는 것이다. 그래 이 '신'바람에 해방 후에
> 한동안은 일주일에 주야 육십여 시간을 가르치고도 피로를 몰랐다.[50]

이러한 열정은 예삿일이 아닌 것 같다.

"해방 후에 한동안"(그의 사십 대 초에 해당)이란 단서가 붙어 있기는
하지만, 주당週當 육십여 시간이나 강의를 진행한다는 것은 문자 그대로
'초능력'에 가까운 일이라고 할 수밖에 없다. 더구나 교통수단도 여의치
못했던 당시의 여건, 또 여러 대학을 순방(?)하면서 이루어진 강의였으
니, 이것은 아마도 무애의 순수와 열정, 낭만과 서정이 '빛나는 눈'과 함
께 이루어 낸 일종의 '기적'이라고 밖에 달리 표현할 말이 없을 것이다.

그 자신의 술회에 따른다면 교육자로서의 생활은 거의 운명적인 것에
가깝다는 것이다.

> 사람의 한 평생 생애, 속 소위 '팔자'란 진작 유년시대에 그 대부분
> 의 윤곽이 추형적雛形的으로 미리 반半 미신적인 믿음이 내 경험에 비
> 추어 다시 인정되기 때문이다.
> 나의 교원 생활은 엄격히 말하자면, 열한 살 때 우리 집 사랑 무명
> 숙無名塾에서의 '선생' 노릇이 그 효시이다. 나는 그때 내가 사는 동리
> 의 아이들을 밤마다 우리 집 사랑에 모아 놓고, 내가 그 야학숙夜學塾

---

50) 同上.

의 塾長 겸 '선생'이 되어 약 일 년 동안을 열심히 가르친 것이다.[51]

그의 이러한 교육열과 짝을 이루는 것으로는 무엇보다도 먼저 학문에 대한 무한한 열정과 애착을 손꼽을 수 있을 것이다.

무애가 이른바 '적수공권赤手空拳'으로 일구어 낸 '향가'와 '여요' 연구에 대한 불멸의 업적에 대해서는 이런 자리에서 논급할 성질의 것이 아니겠지만, 이 또한 '민족애'를 근간으로 한 학문에 대한 무한한 애정이 아니었다면 애초에 불가능한 일이었을 것이다.

다음의 글은 향가 연구의 배경과 그 과정의 일단을 보여 주고 있다.

내가 혁명가가 못되어 총 · 칼을 들고 저들에게 대들지는 못하나마 어려서부터 학문과 문자에는 약간의 '天分'이 있고, 맘 속 깊이 '願'도 '熱'도 있는 터이니, 그것을 무기로 하여 그 빼앗긴 문화유산을 학문적으로나마 결사적으로 전취 탈환戰取 奪還해야 하겠다는, 내 딴에 사뭇 비장한 발원과 결의를 하였다. (중략) 약 반년 만에 우선 소창小倉氏의 석독釋讀의 태반殆半이 오류임, 그것을 논파論破할 학적 준비가 완성되었다. 그러나 악전, 고투, 무리한 심한 공부는 드디어 건강을 상하여, 대번에 극심한 폐렴에 걸려 발열이 며칠 동안 사십 도를 넘어 아주 인사불성人事不省, 사람들이 모두 죽는 줄 알았었다. 아내가 흐느끼고, 찾아온 학생들이 모두 우는데, 내가 혼미한 중 문득 일어나 부르짖었다.─

"하늘이 이 나라 문학을 망치지 않으려는 한, 모某는 죽지 않는다.

이만한 혈원血願이요, 자부심이었다.[52]

51)『문주반생기』,「무명숙」, 24쪽.
52) 양주동,『국학연구논고』,「향가연구의 회고」(을유문화사, 1962), 344~345쪽.

학문에 대한 열정과 학자적 '天分'에 대한 긍지가 어떠했었던가를 잘 말해 주고 있다.

무애가 향가 연구에 일로 매진할 때의 열정과 진지眞摯함이 어떠했었던가는 다음의 일화가 웅변적으로 잘 말해 주고 있다.

> 고가古歌 전수를 4벽四壁에, 심지어 뒷간에도 붙여 두고, 자나 깨나, 앉으나 누우나, 그 풀이에 온 정신과 힘을 기울였다. 어떤 것은 밥 먹다가 문득 깨쳐 일어나 한바탕 춤을 추어 집 사람에게 미친 양 오해된 적도 있고, 어떤 것은 용변 중 홀연히 터득하여 뒤도 못다 본채 크게 소리치며 얼른 적으려고 서실書室로 뛰어든 적도 있고, 또 어떤 것은 전차電車나 도보 중에, 심지어 어떤 것은 자다가 꿈속에서 깨쳐 스스라처 놀라 깨어 황급히 지필을 찾아 잊기 전에 그 대강을 얼른 메모해 두고 잔 적이 있으니, 가위 옛사람의 '馬上·枕上·厠上'에 '식탁상食卓上'을 더한 '四上'이라 할 만하였다.[53]

일제강점 하의 국학자들이 구국일념으로 학문에 몸 담았던 것은 다 알려진 사실이지만, 무애의 경우는 그 정도가 더욱 치열하고, 격정적이었다고 할 수 있다. 그의 "혈원"이 일구어 낸 것이 바로 육당의 이른바 "해방 전에 이룩한 삼 대 명저" 중 첫 번째로 꼽히는 『조선고가연구』였다.

무애는 향가 연구에 걸었던 소박하면서도 원대한 '꿈'을 낮은 목소리로 이렇게 술회한 바도 있다.

> 이제 여余가 천학淺學과 비재菲才를 돌아보지 아니하고 약간의 고증과 주기注記를 일삼아 감히 전편의 석독釋讀을 시험한 것은, 스스로 돌아보아 먼저 참월僭越한 허물을 도망할 길이 없으되, 구구區區한 미

---

53) 『문주반생기』, 「연구 삽화」, 289쪽.

의微意만은 이 千有餘 年來 창해滄海의 遺珠와 같이 근근僅僅히 길어서 남은 귀중한 고문학의 미래의 면목을 애써 천명闡明하고, 그 진가를 제대로 발휘시켜 후세에 전하고자 하는 진실로 간절한 염원이 있었기 때문이다.[54]

그는 때로는 강렬하면서도 때로는 침전沈澱된 의식의 소유자였다. 그의 '천재' 의식의 저변에는 天眞無垢할 정도의 질박質朴함이 있었다. 학문을 논하는 자리에서는 "산밑으로 지나가는 빗소리"식의 고압적高壓的인 '고와주의高臥主義'를 취하다가도 곧장 몸을 곧추 가다듬곤 하였다.

열한 살의 어린 '교사'가 뒤에 제 버릇을 못 버리어 약관에 교단에 선 후 노령老齡에 이르기까지 '약장수' 비슷한 이 '교수敎手'의 생활을 무릇 삼십 여년간 지속하여왔다.[55]

여기서 무애는 자신을 '약장수'에 비유하고, 그 역할도 '교수敎授'가 아닌 그저 기능인에 가까운 '敎手'로 호칭하고 있는 점이 이색적이다.

위의 글에 등장된 자신의 신분과 연관 있는 용어들은 농반弄半 진반眞半의 언어들이지만, 다른 한편으로는 장구한 세월동안 대과없이 교단을 지켜 온 일종의 자족감 같은 감정도 내포되어 있다고 생각된다. 즉 천직으로서의 '敎授'와, 그런 긴장감을 떨쳐 버린, 그저 생활인으로서의 '敎手'·'약장수'가 일종의 대위對位를 보여 주고 있는 것이다.

---

54) 양주동, 『조선고가연구』, 「序」, 경성: (박문서관, 1942) 2쪽.
55) 『인생잡기』, 「무명숙」, 51쪽.

4. 강렬한 자의식

그는 가끔 자신을 "무뚝뚝한 아비"라고도 했고, 또 '고루固陋한 서생書生'이라는 관어冠語를 사용하기도 했다. 그런가 하면 조실부모한 '천애의 고아'의 몸으로 험난한 풍진風塵 세상을 용케 헤쳐 나온 자신을 대견스럽게 생각해 보기도 하였다.

> '뿌리를 잃은 풀'같은 고아가 용케도 그럭저럭 자라나서 고향을 떠나 사방으로 유학을 가고, 술을 마시고, 연애를 하고, 처자도 이룩하고, 문학을 합네, 교사 노릇을 합네 하면서 반생을 지내온다. 대견하다면 대견하고, 신통하다면 신통한 일이다.56)

> 내가 원래 약한 성격, 혹은 착한 마음씨의 소유주인 때문인지, 남을 대할 때 그의 눈이나 얼굴을 오래 맞바라보지 못하고 번번이 얼른 눈을 딴 곳으로 돌리고 마는 버릇이 있다.
> 그런데 나와 마주서는 남들은 나와 반대로 내 얼굴 내지 내 눈을 얼마든지 몇 분 동안이라도 말똥말똥 들여다보며 말한다. 그것이 꽤씸하고 싫었다. 저들이 내 '마음의 창'을 염치없이 말끄러미 들여다보는데, 나는 그만 내 눈을 돌려 하염없이 먼 산만 바라보게 되니, 어쩌 내가 대인 교섭에 있어 패배나 되는 듯, 내 약한 '성격'이 저들에게 드러나는 것만 같았다.57)

위의 글은 젊은 시절 대학 강단에 처음 섰을 때의 추억담의 일부이다. 자신의 내성적 성격의 일면을 솔직하게 고백하고 있는 것이다.

다음의 글에서 우리는 그의 강렬한 자의식의 한 단면을 잘 이해할 수

---

56) 『인생잡기』, 「사친기」, 11쪽.
57) 『인생잡기』, 「교단 삽화」, 63쪽.

있을 것이다.

오후 돌아오면 즉 접차 고장. 버스나 합승을 타려니 마침 포켓에 무일푼. 동료 교수나 학생에게 일금 30환 내지 백 환을 빌려 달라 할까 생각했으나, 천하의 제일 난사難事는 남에게 손 내밀며 구구한 사정을 말하기. 그만 단념하고 걸어서 집까지 6킬로를 왔다. 당뇨에 걸린 뒤 이렇게 걸어 보기는 몇 해만에 처음. 땀이 나고, 숨이 차고, 몸이 몹시 지쳤으나, 마음만은 편했다.58)

지나칠 정도의 결벽성, 강렬한 자의식이 잘 나타나 있다고 할 것이다. 무애는 자신의 체질처럼 되어 버린 '고와주의高臥主義'의 형성에 대하여 그 경위를 다음과 같이 적고 있다.

그리하여 내가—십여 세 소년이 얻은바 이상적인 '삶'은 남양南陽 융중隆中에 몸소 밭가는 제갈량이었고, 어쩐 셈인지 '미소부답微笑不答, 포슬장음抱膝長吟' 하였다는 그의 금도襟度가 나의 동경憧憬하는 바 '삶'의 태도가 되었다. 그때에 얻은바 소위 '고와주의'는 지금도, 아마 일평생 감염되어 씻어 버리지 못할 것 같다.59)

이러한 일련의 자아 성찰적인 의식의 저쪽에 우뚝 서 있는 것은 여유와 해학이다.

일전 어느 다방엘 들렀더니, 지우 모씨 옆에 일위 백면의 미소년이 동반되어 앉아계신데, 연푸른빛 홍콩사지 양복저고리에 짙푸른 양복 바지, 붉은 넥타이, 로이드 색안경에 三·七로 갈라 제낀 머리— 무론

58) 『양주동전집12』, 「유쾌한 하루」, 161쪽.
59) 『인생잡기』, 「나의 문학소년시대」, 27~28쪽.

왼쪽 손가락 사이에는 '쎄일렘'인가 '바이스로 이'인가의 자연을 성히 올리기를 게을리 하지 않는다.

　그런데 지우 모씨의 소개에 의하면

　"이분이 선생을 자못 경모하는 '미쓰 모'라"하며, 이어 '미쓰 모'는 "땅터 양粱, 만나 뵈어 참 반갑습니다. How d'ye do?"를 연발하며 악수를 먼저 청하고, 문득 '쎄일렘'인가의 하나를 옷 포켓에서 꺼내어 내게 선뜻 희사喜捨한다. 그제야 나는 '그 씨'의 정체가 '여성'임을 만각晩覺하고, 경이의 눈으로 그 씨의 약간 더 붉은 입술과 더 가늘은 손가락을 점검하고, 이윽고 테이블 밑에 숨겨진 그 씨의 넓적한 여화女靴를 감상하는 무례無禮를 감행敢行하고 나서, 비로소 악연愕然의 표정과 안도의 한숨을 지었다.[60]

위에 인용된 글에서는 소위 '신여성'에 대한 칭송이 장난기 서린 해학으로 이어지고 있다. 그녀의 파격적이고 발랄한 언행에 놀라면서도, 한편으로는 흥미와 친근감을 느끼고 있는 것이다.

5. 관용과 방달放達

"글은 곧 그 사람이다." 이것은 문장론에서 일반적 가설처럼 쓰이는 말이다. 무애의 수필 중에는 그 자신의 더없이 너그럽고 자유분방한 성격처럼 '관용'과 '방달'을 기조로 하는 작품들이 상당수에 이르고 있다.

　이러한 정서는 물론 '선학'과 깊은 연관성을 지니고 있다고 할 수 있다.

　오래 전 어느 날 一位 점잖은 손님이 오셔서 나와 응접실에 마주 앉았는데, 그때 열 몇 살이나 먹은 중학생 아들 녀석이 학교에서 돌아와

---

60) 『인생잡기』, 「새 여성미」, 307~308쪽.

방안을 기웃거리더니 아비에게 머리도, 허리도 안 굽히고, 무슨 손님을 거들떠보지도 않고, 한다는 소리가

"따찌(daddy의 변말), 밥 먹었어? 나 돈 백 원만 줘!"

동시에 그가 아비의 귀를 뒤로 잡아당겼다. 내가 무심코 웃으며 돈을 주었으나, 무안하고 겸연쩍었던 이는 나보다도 오히려 그 점잖은 빈객貴客. (때마침 또 식모 아이가 내 급박한 독촉에 의하여 사온 담배를 창틈으로 던졌던가?)61)

이 일화는 그의 관용주의, 자유주의의 한 sample을 보는 느낌이다.

나는 교단에서 노상 박학연博學然 · 응양연鷹揚然한 버릇을 가지면서도 속살론 한편 '진리'에 대한 겸허한 태도를 제법 지니려 하여, 첫째 자설自說이 과연 정당한가를 다시 고려하여도 보고, 둘째 학생들의 이견에 일단 귀를 기울여 자설을 검토하기도 하고, 셋째 설의 진부에 대하여는 늘 '실험', 곧 현실적인 당부를 판단의 마지막 표준으로 삼는다. 그리하여 큰 실수를 범함이 없이 지금껏 교단에 서오는 터이다.62)

'교육자'라는 공인의 입장에서 가능한 한 주관을 자제하고, 타인(학생)의 의사를 수용 · 존중하고자 하는 중도적 · 관용적 태도를 잘 보여주고 있다.

어디서 원고 청탁의 전화가 걸려 오면 나는 그 제목 · 매수枚數 · 기한 등을 물어 본 뒤 대뜸

---

61) 『지성의 광장』, 「나의 가정」, 30쪽.
62) 『인생잡기』, 「자전거 삽화」, 39쪽.

"고료는 한 장에 얼맙니까?"

물어보기가 일쑤이다. 그래 저쪽에선 나를 "점잖지 못하다." 여기는
듯하지만, 나는 워낙 밑천들인 귀한 글을 애써 쓰는 대가를 요구함이
상사常事요 (또한 나는 공성孔聖의 말대로 '값을 기다리는 자), 더구나
이왕 '매문賣文'을 하는 터에 분명한 계약이 필요하다고 생각하여, 양
심상 태연하다.63)

세론世論에 개의치 않는, 솔직하고 초연한 생활태도의 일면이 잘 나타
나 있다.

다음은 문단 · 학계의 대 선배인 최남선(무애는 1903年生이고, 육당은
1890年生)을 느닷없이, 그것도 취중에 방문하였을 때 있었던 방달放達의
한 토막.

내방來訪의 뜻을 통하니, 그는 전에 없던 성성星星한 백발에, 그러나
예의 그 가느다란 눈으로 미소를 지으면서 반가이 맞아 주지 않는가!
내가 들어가며 대번에 큰 소리로 성언聲言하여 가로되

— 선생께서 해내海內의 '문종文宗' 양모梁某를 기억하느뇨?
이야말로 인사가 아니요, 주정酒酊이었다. 64)

이러한 활달豁達과 분방자재奔放自在의 원천은 그의 '자호 변'이 이미 암
시하고 있는 것 같다.

나는 가없는 것을 좋아한다. 바다를 사랑하고, 하늘을 사랑하고, 가
없는 사랑을 사랑하고, 가없는 뜻을 사랑한다. 그러므로 나는 자호를

63) 『지성의 광장』, 「원고료」, 96쪽.
64) 『문주반생기』, 「취중의 선문답」, 99쪽.

'무애无涯'라 하였다.[65]

6. 검소儉素와 안빈낙도安貧樂道

무애 수필에 나타나 있는 가장 평범한 의식 중의 하나는 바로 검소와 안빈낙도의 생활태도이다.

이러한 생활의식의 형성 배경에 대하여 본인의 설명을 들어 보기로 한다.

> 나는 원체 생래生來로 '옷차림'과 같은 바깥 치레, 내지 소위 '변폭邊
> 幅을 꾸미는 일'에 는 애초부터 도무지 관심과 흥미가 없었었다. 게다
> 가 그 뒤 내가 더 한학漢學에 열중 하여 공씨孔氏의 안빈安貧 · 낙도樂
> 道 사상과 진대晉代 청담파淸談派들의 '풍류'에 심취된 뒤에는 남아로
> 서 '옷차림' 같은 데 마음을 씀은 내게는 차라리 경멸輕蔑 · 타기唾棄
> 될 만한 일이었다. (中略) 공성孔聖의 이른바 "士志於道 而飽食暖衣者
> 不足與議也"(『論語』, 「里仁」) 운운이 그것이다.[66]

「나의 가정」이란 글에서는 이러한 '안빈낙도'의 사상이 노년의 생활까지 그대로 실행되고 있음을 알 수 있다.

> 다행히 모든 웃음의 9할의 원천인 경제적 기초도, 비록 현재 벌이꾼
> 대 안非벌이꾼의 比가 1: 3, 한 늙은 學究의 力戰 · 고투苦鬪로 수입은 과
> 히 풍요치 못하나, 우리나라 가구 평균의 수입으로 본다면 아마 상지중
> 上之中, 만인지상萬人之上은 될 판이요, 게다가 호주 자신의 대단한 정신
> 적 생활 무기인 동양적 안빈낙도의 '철학'이 조촐한 생계를 지원支援 ·

---

65) 『무애시문선』, 「나의 아호」, 81쪽.
66) 『문주반생기』, 「폐의 변弊衣辯」, 137쪽.

고무鼓舞해주고, 처자 · 며느리 三位도 그에 대단한 반기를 듦이 없이 모두 자족해 있는 '온순한 백성'들이니, 아직 그리 걱정할 필요가 없다.[67]

이런 '검박儉朴'과 '안빈安貧' 의식의 형성 배경에 대하여 무애 자신은 ① 공자의 안빈 · 낙도 사상 ② 진대 청담파晉代 淸談派들의 풍류에 기인된 바 크다고 말하고 있으나, 기실은 ① 유소년 시절에 천애의 고아가 되었다는 점. ② 소년기에 고향을 떠나서 타관을 전전했다는 점 ③ 천신만고의 학창 생활 (특히 日東 유학)을 체험했다는 점 등 신변적인 요인도 다분히 작용했으리라는 것은 쉽게 유추할 수 있다. 그의 반생의 자전自傳인 『문주반생기』에는 문자 그대로 파란만장한 생의 역정이 그대로 서술되어 있는 것이다.

이상 수 개 항목을 설정하여 무애 수필에 나타나 있는 내재 의식의 양상을 개관해 보았거니와, 그의 수필에 나타나 있는 내면의 세계는 낙천 · 긍정의 이쪽과 비애 · 소극의 저쪽이 갈등을 일으키면서 공존하는 양상을 노정하고 있다.

그의 수필을 두고

한 시대를 풍미한 삶의 도정에서 재주와 학문과 익살과 술, 그리고 문학이 어우러진 스펙타클의 변화 다양한 드라마를 생각하게 하는 것이 양주동의 수필이다.[68]

라고 한 어느 평자評者의 말은 정곡을 얻었다고 할 만하다.

---

67) 『지성의 광장』, 「나의 가정」, 27쪽.
68) 채수영, 상계논문, 118－119쪽.

IV. 결론

이상 소략疏略하나마 무애 수필에 나타난 주제 의식과 작품상에 노정된 내면세계 및 그 갈등 양상을 점묘식으로 개관해 보았다. 지금까지 논의해 온 내용을 요약함으로써 결론을 삼고자 한다.

무애 수필의 주제는 빈도 면에서는 ① 회상 ② 논단 ③ 선학 ④ 정감 ⑤ 칭송 ⑥ 비애 ⑦ 희원, 처신 ⑧ 정연, 득의 ⑨ 회한 ⑩ 회의, 권면 ⑪ 안빈, 자족 등의 순위를 보이고 있으나, 저변적으로 보면 '情'과 '원怨'의 정서가 두 축을 형성하고 있다.

그의 수필에 나타난 내면세계의 모습 또한 다양하기는 마찬가지이다. 빈도 면에서 볼 때는 ① 회상과 동경 ② 가족애 ③ 교육과 학문에 대한 무한한 열정 ④ 강렬한 자의식 ⑤ 관용과 방달 ⑥ 검소와 안빈낙도 등의 순위를 보이고 있으나, 총괄적으로 본다면 활달'豁達'과 '애상哀傷'이 대각對角을 형성하고 있다.

이러한 '정'과 '활달', '원'과 '애상'의 갈등 구조의 연원淵源은 무엇인가?

그것은 아마도 박학과 '천재'라는 무한한 자긍심의 저편에 소년기에 품었던 원대한 포부—'대문호'의 꿈을 성취하지 못한 한탄이 서로 대칭점을 이루고 있는 때문이 아닐까?

이 양안兩岸의 중간 지대에 '웃음'과 해학', '천진무구'와 '낭만'이라는 따뜻한 江이 흐르고 있는 것이다.

흔히 수필을 일컬어 '고백의 문학'이라고 한다. 그러나 여기서 말하는 고백은 '고해성사' 시에 행해지는 그런 사차원四次元의 세계에 대한 these가 아니라, 고단하지만 진지한 '인생'을 추구하는 과정에서 자연발생적으로 도출되는 일종의 '인생 백서'라고 할 수 있다.

그렇기 때문에 수필작품에 담겨 있는 언어의 내밀한 의미를 파악해 본다는 것은 국외자로서는 그저 '유추類推'에 머물 수밖에 없을 것이다.

더구나 한 시대를 풍미했던 당대 최고의 석학이자 pure-romantist였던 무애의 수필이 지닌 깊고도 넓은 '의식의 세계'를 이런 비좁은 자리에서 이러니 저러니 운위한다는 것 자체가 하나의 nonsense인지 모른다.

근근僅僅 월여에 논고를 작성하다 보니 그야말로 '주마간산走馬看山'격榕이 되고 말았다. 그저 의욕만 앞서고, 정작 실행은 따르지 못한 형국이라고나 할까?

결과적으로는 변죽만 울린 격이 되고 말았지만, 이백수여二百數餘 편의 수필 작품들을 한자리 모아서 일차적인 작업을 시도했다는 데에 다소간의 의미를 부여할 수 있을 것 같다.

무애 수필에 대한 보다 진지하고 본격적인 논의는 기약할 수 없는 일이지만, 그래도 후일을 기약하고자 한다.

〈참고문헌〉

I. 資料

1. 양주동(1962),『인생잡기』, 탐구당.
2. 양주동박사 전집간행회(1995),『양주동전집12』, 동국대학교출판부.
3. 양주동(1962),『국학연구논고』, 을유문화사.
4. 양주동(1942),『조선고가연구』, 박문서관.

II. 論著

 1. 김광섭(1934),『문학』,「수필 문학 소고」, 문학사.
 2. 김용직(1989),『문학비평 용어사전』, 탐구당.
 3. 어문각 편집부(1988),『한국문학사 개관』, 어문각.
 4. 오세영(1996),『김소월』, 문학세계사.
 5. 오창익(1996),『수필문학의 이론과 실제』, 나라.
 6. 정진권(1996),『한국수필문학연구』, 신아출판사.
 7. 조연현(1968),『한국 현대문학사』, 인간사.
 8. 채수영(1991),『양주동 연구』,「양주동의 수필세계」, 민음사.
 9. 최강현(1994),『한국수필문학신강』, 서광학술자료사.
10. 최원식(1973),『양주동 박사 프로필』,「고독한 용장」, 탐구당.
11. M. 마렌 그레젠바하(1986),『문학 연구의 방법론』, 장태영 역, 홍성사.

〈부록〉 작품 일람표

一連番號	作品 題目	主題	主題類型	作品出典	創作年度	備考
1	多樂院 夜話	소년 시절의 讀書의 추억	回想	①, ②	1937.9	
2	爐邊의 鄕思	소년 시절의 鄕思	〃	①, ②, ④	1936.11	
3	사랑은 눈 오는 밤에	雪夜의 情戀	情戀	①, ②, ④	〃	
4	노변의 淸談	淸談의 추억	回想	①, ②	〃	△
5	落月哀想	詩友의 夭折을 哀悼함	悲哀	①	1929.11	
6	浿江頌	大同江의 勝景을 稱頌함	稱頌	①	1949	
7	文學 소년 시절	多樣·散漫했던 文學修業의 歷程	回想	①, ③, ④	1937	
8	나의 雅號	無限한 所望	希願	①, ②	1934	△
9	人生·藝術·雜感	인생에 충실한 문학관	〃	①, ⑥	1929	
10	教壇記	少年 時節의 경험과 추억	回想	②, ④	1958	
11	木瓜抄	膳物에 얽힌 逸話	〃	②, ④	1958	
12	牛衣感舊錄	六·二五 戰亂 중의 아내의 快擧	稱頌	②, ④	1957.1	
13	웃음說	웃음의 效能과 逸話	論斷	②, ④	1958	
14	상투說	思想의 過渡期的 混亂을 克服하자	〃	②, ④	1959	
15	姓名說	漢字式 姓名의 不合理性	〃	②, ④	〃	
16	善人說	善人國을 기대함	〃	②, ④	1958	
17	漢字문제	國漢文 混用을 主唱함	〃	②, ④	〃	
18	蕪錢受難記	失手의 逸話	回想	②, ④	〃	
19	愚問賢答抄	教職 生活의 逸話	〃	②, ④	〃	△
20	비지땀	避暑의 逸話	〃	②, ④	1959	
21	나의 戀愛觀	中道的 연애관을 主唱함	論斷	②, ④	〃	
22	'顚不剌'記	自作 詩를 稱頌함	得意	②, ④	1958	
23	勉學의 書	讀書의 要領과 즐거움	論斷	②, ⑥	1960	
24	流水같은 歲月이여	세월의 덧없음	悲哀	③	〃	
25	無名塾	少年 時節의 경험과 추억	回想	③, ④	1958	
26	'新文學'에의 轉身	新學問 習得過程의 逸話와 追憶	〃	③, ④, ⑥	1960	
27	遼東白豕 '데카당'	문학청년시절의 다양한 독서 경험	〃	③	〃	

28	맨 처음 발표한 글	習作期 작품에 대한 추억	回想	③	1960	
29	徹底와 中庸	春園과의 論爭의 逸話	〃	③	〃	
30	고구마 · 소주 · 佛文學	東京 留學 시절의 浪漫과 追憶	〃	③	〃	
31	詩誌 '金星' 발간	<金星> 發刊 시절의 추억	〃	③	〃	
32	문학 소녀와의 '戀愛'	문학소녀 K와의 연애	情戀	③	〃	△
33	夭折한 奇才 詩人	知友 李章熙의 추억	悲哀	③	〃	
34	열살에 술	父子間의 才氣를 비교함	善謔	③	〃	
35	처음 취한 '三日酒'	어린 시절의 飮酒의 추억	〃	③	〃	
36	술과 講義	어린 시절의 詩會의 추억	〃	③	〃	
37	'도련님, 제발!'	어린 시절의 戀情	〃	③	〃	
38	사랑 · 술	젊은 날의 浪漫	回想	③	〃	
39	百酒會	젊은 시절의 文友들과의 友情	〃	③, ⑥	〃	
40	酒友 · '文友'	廉想涉과의 友情	〃	③, ⑥	〃	
41	三部作 長篇	쓰지 못한 장편 소설의 序頭	善謔	③	〃	
42	西歐 '名著'들의 虛頭	〃	〃	③	〃	
43	밥 한 상을 둘이서	李殷相과의 友情	〃	③	〃	
44	記憶術	〃	〃	③, ④	1958	
45	詩人 '印可'	〃	回想	③	1960	
46	소주 · 꼬치안주	文一平과의 우정	〃	③	〃	
47	'學緣'記	崔南善과의 交遊	〃	③	〃	
48	선선히 빌려 준 珍書	六堂의 厚誼	〃	③	〃	
49	醉中의 '禪 問答'	六堂과의 歡談	〃	③	〃	
50	'國際'的 酒宴과 酒酊	젊은 날의 醉興	〃	③	〃	
51	客氣는 燕巖이 먼저	醉中의 豪氣	善謔	③	〃	
52	東京時代 文 · 酒의벗들	젊은 시절의 文友들과의 交歡	回想	③	〃	
53	Strum und Drang	젊은 날의 激情과 理想	〃	③	〃	
54	眼下 無錢	젊은 날의 無慾	〃	③	〃	
55	無一文의 신세로 된 '역사'적인 날	貧寒의 추억	〃	③	〃	
56	車를 끌지는 않았다	〃	〃	③	〃	△
57	土房의 새 살림	新婚 初의 辛酸	〃	③	1928	
58	無錢 取食의 唯一例	〃	〃	③, ④	1960	
59	百結선생의 上京	〃	〃	③	〃	

60	수주머니 揷話	어린 시절의 戀情	情戀	③	〃	
61	敝衣의 辯	安貧의 美德	安貧	③	〃	
62	'一間明月亦君恩'	安貧의 美德	安貧	③	1960	
63	佛手散을 짓는다고	貧寒의 悲哀	悲哀	③	〃	
64	龍頭山 椿事	젊은 날의 醉中의 失手	善謔	③	〃	
65	攻·防戰의 결말	〃	〃	③	〃	
66	'나는 오늘 듣기만 하겠오'	春園과의 酒席에서의 추억	回想	③	〃	
67	'客說이 文學인가?'	金東仁과의 酒席에서의 추억	〃	③	〃	
68	'時調 집어 치워!'	崔鶴松과의 酒席에서의 추억	〃	③	〃	
69	'년·놈'의 提議	三人稱 대명사에 대한 주장	論斷	③	〃	
70	'년·놈'의 辯證說	〃	〃	③	〃	△
71	'내 코는 漆皮코야'	文友들과의 酒席의 추억	回想	③	〃	△
72	값진 '구걸' 편지	困窮했던 젊은 날의 추억	悲哀	③	〃	
73	財上 모호 大丈夫	중학교 은사들에 대한 背恩	悔恨	③	〃	
74	意氣 다시 沖天	日東 留學 出發 時의 辛苦	回想	③	〃	
75	서울驛의 感傷	日東 留學 出發 時의 感傷	〃	③	〃	
76	인생 최대의 難關	日東 留學 시절의 受難	〃	③	〃	
77	孔子는 잃지 않았다	〃	〃	③	〃	
78	바라는 '奇蹟'	〃	〃	③	〃	
79	'암, 그랬을 테지'		善謔	③	〃	
80	밤 車는 간다	日東 列車 중의 閑事	〃	③	〃	
81	'王子'와 그 妃·嬪들	〃	〃	③	〃	
82	아침의 饗宴	〃	〃	③	〃	
83	신선한 가을 바람	〃	〃	③	〃	△
84	日都로 왜죽왜죽	東京에서의 窮相	〃	③	〃	
85	驛前의 '孝子'	日東에서의 先妣에 대한 애틋한 생각	悲哀	③	〃	
86	'愼勿作緣'	異國 少女에 대한 소박한 戀情	情戀	③	〃	
87	가을 바람에 부친 內簡	異國에서의 思良妻	〃	③	〃	
88	산 넘고 물 건너	夫婦 相逢의 기쁨	〃	③	〃	
89	'아킬레스'의 두 弱點	能力 不足의 아쉬움	悔恨	③	〃	
90	獨語교실에서 追放되다	독일어를 학습하지 못한 아쉬움	〃	③	〃	

91	地震과 天意	關東 大震災를 冒免한 僥倖	回想	③	〃	
92	春宵抄	情戀의 슬픈 추억	情戀	③,④	〃	
93	흩어진 '새'들	日東 時節 文友들의 離散	悲哀	③	〃	
94	禪 問答 揷話	柳葉과의 隔意 없는 交遊	回想	③	〃	△
95	英文科로의 轉向	英文學徒 시절의 受講의 추억	〃	③	〃	
96	同級生 '下村'	日本人 學友의 추억	回想	③	1960	
97	大學을 卒業할 무렵	졸업 논문 作成 時의 추억	〃	③	〃	
98	졸업 論文	〃	〃	③	〃	
99	'그까짓 成績쯤'	졸업 우수 성적의 秘話	〃	③	〃	
100	就職은 되었으나	敎授 赴任 前後의 秘話	〃	③	〃	
101	聖書 回電	〃	〃	③	〃	
102	赴任記	赴任 後 첫 강의 시간의 逸話		③		
103	'赤壁大戰'의 前夜	赴任 初의 逸話		③		△
104	初夜 來訪者들	〃	〃	③	〃	
105	十月 事變	失手의 逸話	〃	③,④	〃	
106	師弟記	敎壇 생활의 逸話	〃	③,④	〃	
107	'鄕歌' 硏究의 發心	鄕歌 연구에 대한 熱情과 祖國愛	〃	③,⑥	〃	
108	硏究 揷話	향가 연구에 대한 열정	〃	③	〃	
109	序 · 題詞 · 題語	古歌 硏究의 動機와 著書 出刊의 感懷	得意	③,⑥	〃	△
110	思親記	父母에 대한 희미한 追憶	回想	④	1958	
111	큰놈이	어릴 적 고향 친구에 대한 추억	〃	④	〃	
112	모닥불	이루지 못한 理想에 대한 아쉬움	悔恨	④	〃	
113	몇 · 어찌	新學問 習得 過程의 逸話와 追憶	回想	④	〃	
114	자전거 揷話	失手 認定의 美德	〃	④,⑥	〃	
115	敎師의 '資格'	敎職을 天職으로 생각함	〃	④	〃	
116	敎壇 揷話	敎職 生活 중의 逸話	〃	④	〃	
117	나의 雅號	雅號 禮讚	得意	④,⑥	1948	
118	靑春 · 돈 · 座右銘	靑春 時節의 浪漫과 激情을 그리워함	回想	④	1958	
119	香山 逢變記	失手의 逸話	〃	④	1959	
120	어머니 回想	어머니에 대한 그리움	〃	④	〃	
121	健婦傳	누나에 대한 그리움	〃	④	1958	
122	날아난 새들	異腹 姊妹를 키운 父情	〃	④	〃	

123	新婚記	新婚 初의 辛酸	〃	④	〃	
124	情怨抄	歷史上의 悲戀	悲哀	④	〃	
125	虎不喫虎	合理的 思考의 重要性	論斷	④	1960	
126	花下 禪 問答	禪 問答의 興趣	善謔	④	1936	△
127	옷哲學	儉朴한 生活	處身	④	1959	
128	꽉 찬 舌盒	忍耐性의 重要性	〃	④	〃	
129	五味子 몇 알	愼重한 處身	〃	④	〃	
130	孔子와 顔回	正直의 美德	處身	④	1959	
131	九曲珠 이야기	他人에 대한 畏敬	〃	④	〃	
132	技術의 修鍊	義理의 소중함	〃	④	〃	
133	'그녀' 辯	三人稱 代名詞에 대한 주장	〃	④	〃	
134	花子	女性 名 '子'의 不當性	〃	④	〃	
135	到緩語	閑談	善謔	④	〃	△
136	誤字 · 誤讀	〃	〃	④	〃	
137	prof. Eye-English	〃	〃	④	〃	△
138	새 女性美	男性化 된 新世代 女性	論斷	④	〃	
139	여성 · 살림 · 수다	여성 禮讚	稱頌	④	〃	
140	女性 語	女性 語 禮讚	〃	④	1958	
141	女丈夫 傳	女人의 勇氣	〃	④	〃	
142	昨年의 노루	退步的인 國民 思考를 비판함	論斷	④	1959	
143	유성기	後進國의 妄想	〃	④	〃	
144	燕巖의 地轉說	東洋人의 非科學的 思考	〃	④	〃	△
145	親子丼	日本人의 野卑함	〃	④, ⑥	〃	
146	벚꽃놀이	眞實 把握의 重要性	〃	④, ⑥	〃	
147	土亭秘訣	迷信을 打破하자	〃	④	〃	
148	迷信	迷信으로 인한 後進國의 落後性	〃	④	〃	
149	A字틀	지게에 대한 斷想	〃	④	〃	
150	歷史	歷史 認識 方向 轉換의 重要性	〃	④	〃	
151	'四柱'라는 것	運命論의 非 科學性	〃	⑤	1960	
152	나의 故鄕	고향인 長淵의 勝景을 칭송함	稱頌	⑤	1962	
153	고향의 '설 놀이'	고향에서의 '설 놀이'의 추억	回想	⑤	1960	
154	나의 家庭	자유롭고 和睦한 家庭 자랑	善謔	⑤	1962	
155	어머니	'어머니 노래'의 解說과 感懷	稱頌	⑤	1967	

156	아내	아내의 고마움	〃	⑤, ⑥	〃	
157	며느리	며느리의 고마움	〃	⑤	〃	
158	新春 太平記	元旦 前後의 和平한 雰圍氣	自足	⑤	1966	
159	立春 小感	'立春'日을 맞는 感懷	情感	⑤	1958	
160	歲暮 寸感	크리스마스를 맞는 감회	〃	⑤	〃	
161	'방아타령'說	安貧樂道 사상을 비판함	論斷	⑤	1960	
162	달밤 어느 바닷가에	달밤의 바닷가 風流를 생각함	情感	⑤	1962	△
163	飛仙臺에서	雪嶽山의 勝景을 칭송함	稱頌	⑤	1963	
164	全州에 갔다가	全州 訪問의 情懷	情感	⑤	1964	
165	算術 문제	算術 解法의 可變性	善謔	⑤	1960	
166	'先行詞'說	青年들에게 剛健하고 率直하기를 바람	勸勉	⑤	〃	
167	'마아' 란 말	言語를 醇化하자	〃	⑤	1963	
168	'말띠'의 迷信	迷信을 버리자	〃	⑤	1966	
169	'물'說	물의 중요성	論斷	⑤	1962	
170	'看板'說	看板의 重要性	〃	⑤	1968	
171	原稿料	文人 輕視의 風土를 慨嘆함	懷疑	⑤	〃	
172	卽興 詩 問答	어느 放送 프로에 대한 弄談	善謔	⑤	〃	△
173	笑話 콩쿠르	笑話의 즐거움	〃	⑤	1958	△
174	'國寶'辨	自身의 技倆을 自任함	得意	⑤, ⑥	1966	
175	青春·여인	青春과 女性을 稱頌함	稱頌	⑤	1962	
176	女性은 永遠한 神秘	女性들의 言行의 特異함	善謔	⑤	〃	
177	지난 날의 賢母 良妻	歷史上의 賢母·良妻를 稱頌함	稱頌	⑤	〃	△
178	'七去'의 再評價	不合理한 儒教的 倫理의 한 斷面	論斷	⑤	〃	
179	夫婦 間의 呼稱 문제	夫婦 呼稱의 多樣性과 急進性	〃	⑤	〃	
180	'現代 女性'論	現代 女性의 特徵	〃	⑤	1966	
181	'金星'과 '文藝公論'	文藝誌 發刊 시절의 추억	回想	⑤	1960	
182	子女 教育을 改良하라	男女 平等과 人間 教育을 강조함	論斷	⑥	1922	
183	참된연애는 도깨비입니다	戀愛의 特異性	善謔	⑥	1925	△
184	凉槶熱語	荒廢한 農村의 現實을 慨嘆함	悲哀	⑥	1926	
185	文壇新歲	文壇의 한해를 반성하자	論斷	⑥	1927	
186	感傷語	감상적 생활에 대한 懷疑	懷疑	⑥		

187	친구여	孤獨한 情緒	〃	⑥	〃
188	宗教心	孤獨과 虛無意識의 克服을 기대함	希願	⑥	〃
189	닭의 죽음	生命에 대한 憐憫의 情	悲哀	⑥	〃
190	中國 學生	중국 청년의 정열을 칭송함	稱頌	⑥	〃
191	'方向轉換'의 文學	문학의 지나친 현실인식을 경계함	論斷	⑥	〃
192	'方向轉換'의 문학(續)	문학의 지나친 정치적색채를 경계함	〃	⑥	〃
193	꿈	가을의 서글픈 情緒	情感	⑥	〃
194	三欲	프로레타리아 문학의 關心은 食慾이다	論斷	⑥	〃
195	折衷論	折衷的 思考는 平穩을 가져온다	〃	⑥	〃
196	唯物論	唯物論은 厭世主義를 낳는다	〃	⑥	〃
197	人生·文藝·雜觀	人間 思想은 多樣性을 띠고 있다	〃	⑥	〃
198	作品 正誤	徹底한 推敲의 必要性	論斷	⑥	1928
199	몇 가지 생각	문예지 발간의 覺悟	希願	⑥	1929
200	노래를 잊어버린 카나리아	文學的 歷程과 不振한 創作에 대한 아쉬움	〃	⑥	1933
201	書齋 小聲	古歌 연구의 決心	〃	⑥	1936
202	遼豕記	貴重本에 대한 愛着	情感	⑥	1939
203	夢金浦 雜記	休養地에서의 餘裕	〃	⑥	1936
204	除夜 雜記	歲暮의 風習과 感懷	〃	⑥	〃
205	헤메이는 그림자들	失戀의 傷處	情戀	⑥	〃
206	麗謠·鄕歌의 注釋·其他	古歌 研究의 決心	希願	⑥	1939
207	나의 學窓時代 벗들	學友들에 대한 追憶	回想	⑥	〃
208	古文學 研究 私辯	古典 文學 研究의 方向과 決心	希願	⑥	〃
209	기쁨과 憂鬱	가을이 주는 對照的인 情緒	情感	⑥	1949
210	共亂의 敎訓	共産主義者들의 殘忍性과 欺瞞性	論斷	⑥	1951
211	病床에서	病中의 餘裕	情感	②,⑥	1958
212	漢字 撤廢와 나	漢字의 制限的 使用을 主張함	論斷	②,④,⑥	1959
213	書齋 春想	讀書의 즐거움	〃	②,⑥	〃
214	유쾌한 하루	몸은 疲勞하나 마음은 愉快한 하루의 日課	情感	⑥	〃
215	送年 雜感	除夕의 錯雜한 心情	〃	⑥	〃

216	古典文學의 世界的 進出	<詞腦歌 箋注>의 英·獨文 飜譯 紹介를 기뻐함	得意	⑥	1960	
217	正初의 鄕思	고향에서의 '설날'·'立春'의 風習을 追憶함	回想	⑥	1964	
218	詞腦歌 箋注	鄕歌 硏究의 熱情과 著書 出刊의 感懷	得意	③, ⑥	〃	
219	나의 履歷書	(1.序章~50.鉅著에의 自信) <文酒半生記>의 요약	回想	③, ⑥	1974	△
220	學位·勳章	學位記·勳章證에 나타난 稱頌과 榮譽	得意	⑥	〃	
221	國寶辯	'國寶'라는 지나친 稱號를 辭讓함	善謔	⑤, ⑥	〃	
222	家族記	和睦한 家庭 雰圍氣	自足	⑤, ⑥	〃	
223	에필로그	七十 平生의 回想錄을 쓴 感懷	情感	⑥	〃	

※ 『문장독본』수록 작품의 개명改名

일련 번호	작품제목	개명
3	노변의 사랑	②, ③에는 「사랑은 눈 오는 밤에」로 되어 있음.
4	노변의 담화	②에는 「노변의 청담」으로 되어 있음.
5	낙월애상	③에는 「33.요절한 기재 시인」은 이 작품의 일부분임.
6	「패강浿江 예찬」	일명 「대동강 예찬」『신동아』(1934.7)의 변형
7	나의 문학 청년 시대	③에는 「문학 소년 시절」로 ④에는 「나의 문학 少年 時代」로 되어 있음.
9	수상록	⑥에는 「인생·예술·잡감」으로 되어 있음.

※ 참고사항
1. '비고'란의 △표는 통념상 수필의 범주로 간주하기 어려운 작품을 표시함.
2. 출전의 순서는 ①『문장독본』(1949) ②『무애시문선』(1960. 4) ③『문주반생기』(1960. 6) ④『인생잡기』(1962. 5) ⑤『지성의 광장』(1969. 10) ⑥『양주동전집 12』(1988. 11)로 배열되어 있음.
3. 작품이 중복되어 나타나거나 제명만 달리 했을 경우에는 재론하지 않기로 함.
※ 작품이 중복(혹은 일부 중복)되었거나 개제된 사례
· 작품10(이하 일련번호로 표시함)은 『인생잡기』(이하 출전 순서로 표시함)에는 「무명숙」으로 되어 있음.
· 23을 저자는 '攷'으로 분류하고 있음. 『⑥』의 「서재춘상」과 서두 부분이 중복됨.

· 25는 『③』에는 「무명숙無名塾」·「Trade Mark」·「귀재의 영어 수학」·「몇 · 어찌」·「학만이 혼자 울리」로 세분되어 있으나, 『④』에는 「무명숙」으로 포괄시켰음.

· 26은 『④』에는 「몇 · 어찌」로 개제되어 있음.

· 32는 『④』「춘소초」에 부분적으로 편입되어 있음.

· 39는 『⑥』에는 「횡보 염상섭의 추억」으로 개제되어 있음.

· 40은 『⑥』에는 「상섭과 나」로 개제되어 있음.

· 58~63은 『④』의 「신혼기」와 일부 중복되어 있음.

· 69는 『④』의 「그녀 변」 전반부와 중복되어 있음.

· 70은 『④』의 「그녀 변」 후반부와 중복되어 있음.

· 92는 『④』에 중복되어 있음

· 102는 『④』의 「교단삽화」 중 「검은 안경」과 一部 중복되어 있음.

· 105는 『④』의 「향산봉변기」와 중복되어 있음.

· 106은 『④』의 「교단 삽화」 중에서 「창가에서 바라본 일」, 「빵 두 조각」과 중 복되어 있음.

· 107, 108은 『⑥』의 「사뇌가 전주」의 전반부와 중복되어 있음.

· 107은 『⑥』에 「고가古歌 연구」로 개제되어 있음.

· 109는 『⑥』의 「거저에의 自信」과 일부 중복되어 있음.

· 114는 『⑥』에 중복되어 있음.

· 117은 『⑥』에 중복되어 있음.

· 145, 146은 『⑥』에 중복되어 있음.

· 155는 『④』「어머니 회상」과 일부 중복되어 있음.

· 156은 『④』「牛衣感舊錄」, 『⑤』의 「가족기」와 일부 중복되어 있음.

· 174는 『⑥』의 「국보변」과 일부 중복되어 있음. 소제인 「유청사절」은 『⑥』의 「Decline with thanks」와 중복되어 있음.

· 212는 『②』, 『④』의 「한자 문제」와 일부 중복되어 있음.

· 213은 『②』「면학의 서」의 서두 부분과 중복되어 있음.

A. 『인생잡기』에 나타난 주제와 내재의식의 갈등

I. 서론

흔히 수필을 가리켜 '고백의 문학'이라고 일컬어 왔다.

어느 장르의 문학 작품이라도 대개는 작자의 내면세계가 표출되게 마련이지만, 수필만큼 그 의표意表가 구체적으로 나타나는 경우도 드물 것이다. 수필의 존재 의의가 바로 여기에 있다 할 것이다.

문학의 다른 분야와 마찬가지로 수필의 개념에 대해서도 다양한 견해가 체시되어 있다.

최강현은 수필의 개념에 대하여

> 역사적 관습으로 고정된 문학 양식인 시·소설·희곡의 3분류에
> 들지 않는 ① 자유로운 양식에 ② 지은이의 개성을 들어내되 ③ 재치
> 와 익살을 ④ 품위있는 문장 ⑤ 분량에 구애되지 않는 글들[1]

이라고 규정하고 있다.

---

1) 최강현, 『한국 수필문학 신강』(서광학술자료사, 1994), 25쪽.

그는 이어서 수필의 동양적 개념에 언급하여

어떤 문장 형식에 묶이지 않고 보고, 듣고, 느끼고, 잊지 않고 싶은 것,
체험한 것 등을 생각나는 대로 쓴 창작성creative과 상상성imaginative 및
사실성reality이 복합되어있는 글, 또는 그러한 작품집[2]

이라고 한 뒤에, 수필의 서양적 개념에 대해서는

어떠한 특수한 주제나 또는 한 주제에 대하여 알맞은 길이의 분량
에 마음속에 숨어있는 사상, 기분, 느낌 등을 불규칙적이고, 무형식적
이며, 잘 다듬어지지 않은 비격식의 글로 표현하고 있다.[3]

고 하였다.

최강현이 언급한 일련의 개념 규정은 다소 경직된 면이 있기는 하지
만, 나름대로 제가들의 소견을 두루 참작한 구체적인 논지라고 할 수 있
을 것이다.

주지하다시피 서구문학론에서는 수필은 '중수필'essay과 '경수필'miscellany
로 구분하고 있다. 전자에는 어느 정도 지적이고 객관적이며, 사회적 ·
논리적 성격을 띠는 소논문 등이 포함되며, 후자에는 신변잡기, 즉 감성
적이며, 개인의 정서적 특성을 지니는 좁은 의미의 수필이 여기에 포함
된다고 할 수 있다.[4]

수필에 대한 보다 구체적이고 평이한 조연현의 설명을 들어 보기로
한다.

---

2) 최강현, 상게서, 13쪽.
3) 최강현, 전게서, 14쪽.
4) 김용직, 『문예비평용어사전』 (탐구당, 1989), 142쪽.

우리말의 수필은 영어의 miscellany와 essay에 해당되는 말로서 이 두 가지의 뜻을 다 가진다. 즉 전자는 그대로 수필이란 말이요, 後者는 보통 '에세이'라고 그대로 불리는 것으로서 소논문·소논설 같은 성격을 띤 것이다. 그러므로 前者의 의미에 있어서의 수필의 내용은 보통의 감상문으로부터 잡다한 신변잡기에까지 이르며, 후자의 의미에 있어서의 수필은 철학적인 격언格言과 단편인 소논문 같은 것을 지칭指稱하는 것이 된다. 그러나 수필이라는 일반적인 개념은 물론 이 두 가지 뜻을 다 포함한 것이다.5)

수필 작품 중에는 앞의 분류 기준에 쉽게 적용시킬 수 있는 것들도 있지만, 개중에는 양자의 성격을 공유하고 있거나, 또는 명백한 구분이 어려운 작품들도 상당수 있게 마련이다.

일반적으로 지적되고 있는 수필의 특질로는 ① 산문 문장 ② 자유로운 형식 ③ 자유로운 주제 ④ 내면세계의 자유로운 표출 등이 있다. 여기에다 성격상의 특질을 덧붙인다면 비전문적, 주정적 고백문학이라고도 할 수 있을 것이다.

한국 현대수필문학사에서 본격적인 작품으로 최남선의 '백두산 근참기觀參記'(1926)·'심춘순례尋春巡禮'(1926)를 그 기점으로 잡고 있는 데에는 대체로 동의하고 있는 것 같다.6)

통설에서는 1970년대를 하한선으로 잡고, 한국 현대수필문학의 발전단계를 3기로 구분하고 있음을 본다. 즉 ① 초창기(1910~1920년대) ② 정립기(1930~1940년대) ③ 발전기(광복 이후~1970년대) 등의 구분이 그것이다.7)

---

5) 조연현, 『문학개론』(인간사, 1957) 71쪽.
6) 조연현, 『한국현대문학사』(인간사, 1968) 639쪽.
7) 한국 문학사 개관(어문각, 1988)에서 오창익은 ①전환기(1895~1907) ②태동기(1908~1919) ③병립·상승기(1920~1929) ④형성기(1930~1945) ⑤8·15이후

초창기의 특징으로는 수필을 '여기餘技' 정도로 생각했다는 점, 서사적 수필이나 기행문적 수필이 주류를 이루고 있다는 점 등을 들 수 있으며, 이 시기의 대표적인 수필가로는 최남선, 이광수, 민태원 등을 들 수 있다.

정립기의 특징을 꼽는다면, 수필 문학의 이론이 소개되고, 전문적인 수필가들이 출현했는가 하면, 서정적이고 사색적인 수필이 주류를 형성했다는 점 등을 지적할 수 있을 것이다. 이 시기의 대표적인 수필가로는 김진섭, 이효석, 이양하 등을 거명할 수 있을 것이다.

끝으로 발전기의 특징을 보면, 격동기를 거치는 동안 변화된 의식 구조로 시대상을 비판하거나, 자의식을 발견하려는 노력이 배가倍加 되고, 본격적인 수필집이 많이 간행되었다는 점 등을 들 수 있을 것이다. 이 시기의 대표적인 수필가로는 윤오영, 한흑구, 김소운 등을 꼽을 수 있겠다.

한국 현대 수필문학사에서 김진섭의 <생활인의 철학>(선문사, 1948)을 한 정점으로 삼는 데는 별다른 반론이 없는 모양이다.

세간에는 김진섭을 필두로 소위 '5대 수필가'니 '7대 수필가'니 하는 애칭어(?)가 한동안 통용되기도 하였다. 수필가로서의 무애无涯(양주동 박사의 아호)의 명성도 이들 반열에 오르내리곤 하였다.

무애에게 붙여진 관어冠語는 참으로 다채多彩 다양하기 짝이 없으니, 국어국문학자, 영문학자, 한학자漢學者, 시인, 문학평론가, 수필가, 번역문학가, 논객…… . 그 어느 것에도 해당되기 때문이다.

무애는 그의 도저到底한 학문으로 해서 문인으로보다는 학자로, 특히 국어국문학자로 드높이 칭송되어 왔다. 실제로 그가 남기고 간 종횡무진한 업적 가운데서도 이 분야가 상대적으로 볼 때 가장 돋보이는 것도 사실일 것이다. 그는 향가鄕歌 해독解讀과 여요麗謠 강해講解에다 인생의 황

의 수필(1946~1965) ⑥성장기(1966~1985) 등으로 구분하기도 하였다.

금기인 삼십대에 혼신의 열정을 경주한 바 있기 때문이다.

무애연구에 관한 서지書誌에 따른다면, 실제로 국어학자 내지 주석학자로서의 논의가 주종을 이루고 있음을 알 수 있다.[8] 그 다음으로는 문학평론가, 시인의 관점에서 많은 연구가 진행되어 왔다.[9]

이에 비해서 수필가로서의 무애无涯에 대한 논의는 영성寥星하기 짝이 없다.[10]

그렇지만, 무애에게 있어서 수필은 다른 어느 장르 못지않게 소중한 영역이라고 할 수 있다.

<양주동전집 12>에 따른다면, 최초의 수필인 "교육을 改良하라", <동아일보>(1922. 11. 13−19)에서 최후의 수필인 "에필로그", <한국일보>(1974. 10. 5)에 이르는 작품은 무려 331편에 달하고 있으며, 창작기간도 50년을 넘고 있다.

출전 별 작품 수는 다음과 같다. (일부 중복된 작품도 있음)

① 무애시문선(경문사, 1959): 25편
② 문주반생기 (신태양사, 1959): 94편
③ 인생잡기(탐구당, 1962): 59편
④ 지성의 광장(탐구당, 1969): 58편
⑤ 양주동전집 12(동국대출판부, 1995): 95편

---

8) 김완진, 『한국어 연구의 발자취 I』('서울대출판부, 1985)을 비롯하여 김영배, 고영근, 최세화, 최승호 등 다수의 논문이 있다.
9) 권영민, 『개성은 예술적 인격인가—양주동의 절충주의 문학론 비판—』, 「소설문학 84호」(소설문학사, 1982. 11), 김선학, 『양주동 시 연구 서설』. 동악어문논집 17집 동악어문학회, 1983)을 비롯한 많은 논문들이 있다.
10) 채수영, 『양주동의 수필 세계』, 『양주동 연구』(민음사, 1991)가 거의 유일한 예라고 할 수 있다.

무애 수필에 대한 본격적인 논의가 필요한 배경과 근거는 대략 다음과 같다고 생각한다.

① 창작된 작품이 상당수에 달한다는 점
② 무애 자신이 수필을 생활의 한 반려伴侶로 생각했다는 점
③ 그의 인생 역정과 품성이 작품상에 소상하게 나타나 있다는 점

이제 필자는 <인생잡기>에 실려 있는 작품들을 중심으로 해서 주제를 조감鳥瞰해 보고, 이들 수필을 관류貫流하고 있는 내면세계의 갈등의 양상, 즉 무애의 이상과 그 이상이 굴절된 좌절의 모습을 점묘點描 형식으로 고찰해 보고자 한다.

그는 여러 번 수필집을 출간한 바 있으나, <인생잡기>가 가장 대표적인 수필집이라고 생각한다.

따라서 본고는 무애 수필 전반을 논의하기 위한 일차적인 단계의 의미를 갖는다고 할 수 있다. 또한 <인생잡기>가 그의 수필에 있어서 대표성을 지니고 있는 만큼, 무애 수필의 한 단면을 조명해 보는 작업의 성격도 동시에 지닌다고 할 수 있을 것이다.

<인생잡기> '후기'의 일부를 인용해 보기로 한다.

'정원기情怨記'는 내 글 중에서도 가장 다정·다감한 필치筆致의 문자들. I에서는 내 향리와 육친들을, II에서는 나의 청춘의 낭만과 감격, 허랑과 방달, 내지 그 눈물·꿈 정한情恨을 읊조린, 내 글 중에 가장 달콤한 '멋'과 회상기들.[11]

---

11) 양주동, 『인생잡기』(탐구당, 1962) P.373, '후기'조.

여기서 '낭만'·'감격'·'꿈'·'정' 등은 이상과 가까운 정서의 목록들이라 할 수 있고, '허랑'·'방달'·'눈물'·'한' 등은 좌절에 근접한 정서들이라고 할 수 있을 듯하다.

이런 다양한 정서들이 실제의 작품을 통해서 어떤 양상으로 표출되고 있는지를 고찰해 본다는 것은 무애無涯 수필의 본령에 접근해 갈 수 있는 한 방법이 될 수 있다고 생각된다.

정진권은 수필의 범위와 대상을 말하는 가운데

> 그 하나는 논설 일기, 서간, 기행문, 교우록(회상기) 등을 제외한다는 것이요, 다른 하나는 비교적 서사적인 것을 염두에 둔다는 것이다.[12]

라고 하여 수필의 범위에 대한 통념과는 다소 다른 견해를 보이고 있다. 논설이야 물론 수필의 범주에 들 수 없지만, 기타는 다 수필의 영역에 포함된다고 보는 것이 지금까지의 통설이라고 하겠다. 다만 200×10 內外의 비교적 짧은 글들을 주로 '수필'이라고 하고, 수십 매를 넘거나 심지어 기백 매에 이르는 장문(예를 들면 모윤숙의『렌의 애가』)의 글들은 편의상 '수상'이라고 호칭해 왔던 것이다.

II. 다양한 주제 의식

theme이란 단어와 subject란 말은 다 같이 '주제'라고 번역해서 쓰기 때문에 가끔 혼동이 생기는 것 같다. 원래 theme란 말은 "나무의 잎과 잔가

---

12) 정진권,『한국 수필문학 연구』(신아출판사, 1996), 18쪽.

지들을 달고 있는 중심 줄거리"라는 뜻을 가졌다고 한다.

그러나 subject는 '주된 화제'란 의미이므로 theme과는 사뭇 다르다.

어쨌든 주제의 파악은 문학 작품 이해의 한 정점이라고 할 수 있을 것이다.

<인생잡기>에 수록되어 있는 수필 59편의 주제를 몇 개의 유형으로 나누어서 그 빈도 순위에 따라 적어 보면 다음과 같다. (<부록> 참조)

①회상류回想類: 22편 ②논단류論斷類: 18편 ③처신류處身類: 6편
④선학류善謔類: 5편 ⑤칭송류稱頌類: 3편 ⑥득의류得意類: 2편 ⑦其他:
3편

한 문인의 내면세계의 표출인 문학작품을 자연계의 구상물을 대하듯이 계수화 한다는 것은 다분히 도식圖式과 피상에 그칠 우려가 있으나, 이를 작품 평가와 결부시키는 것은 아니기 때문에 그러한 난점은 해소될 수 있을 것으로 본다.

M.Maren-Griesebach도 이러한 계수적(통계적) 방법이 주관적 판단에 따르는 것보다는 정밀하며, 특히 미학적 문제에 대한 중요한 방법이 될 수 있다고 말하면서, 내용 분석 등에도 원용될 수 있음을 지적한 바 있다.13)

주제 문제에 있어서 먼저 지적할 수 있는 것은 그 다양성이다. 이것은 해서該書의 '내용' 항목에서도 윤곽을 짐작할 수 있겠다.

무애 자신이 내용에 관하여 '후기'에서 언급한 것을 보면 다음과 같다.

---

13) M.마렌 그레제바하, 『문학 연구의 방법론』, 장영태 역(홍성사, 1986) 185쪽.

1. '신변초身邊抄'에서는 ①어렸을 적부터 지금까지의 단편적, ꞙ 자
전적 실實記 ②신변의 쇄사鎖事 혹은 수상을,
2. '정원집情怨集'에서는 ①향리와 육친들 ②청춘의 낭만과 감격, 허
랑과 방달 내지 그 눈물 · 꿈 등 정한情恨에 관한 회상기들을,
3. '수상록'에서는 ①生과 사랑에 관한 관점 ②일상생활에 대한 관
조와 반성 ③'문자'에 관한 희문 ④女性에 관한 지견知見. ⑤現下
우리 사회 · 문화 등에 대한 견해와 주장 같은 것들을 적었다.14)

'후기'에서 언급한 바를 미루어 볼 때 <인생잡기>에는 다기多岐한 내
용의 수필들이 수록되어 있다는 것을 쉽게 짐작할 수 있다.
위의 빈도 조사에 나타난 있듯이 주제 또한 매우 다채로운 유형을 보
여 주고 있다.
지면 관계상 본고에서는 빈도가 높은 '회상류'와 '논단류', 그리고 무애
수필의 특징을 가장 잘 보여 주고 있는 '선학류'에 주안점을 두고 간략하
게 서술해 보고자 한다.

1. 회상류

<인생잡기>에 실린 59편의 수필들 중에서도 가장 중심이 되는 내용
은 물론 '회상'과 '그리움'에 관한 글들이라고 할 수 있다.

> 인생 노년, 외로운 밤 잠 자리에 누워서 생애의 전반을 곰곰 회상하
> 면, 갈수록 깊어지는 것은 천애 고아'의 감이다. 그래 나도 모르게 젖은
> 눈을 손끝으로 썼고, 억지곰 한 조각 '어버이 회상'의 글을 써 보았다.15)

---

14) 『인생잡기』 373~374쪽, '후기'.

노년의 고독이 회상으로 연결되고 있다.

> 문학소년 시절! 생각하면 나에게는 무엇보다도 그리운 추억이다.
> (중략) 어쩐지 현재의 나는 순문학과는 좀 거리가 멀어져 가는 것 같은
> ―말하자면 생각과 정열이 옛날과 같이 오로지 문학에만 집중되지 않
> 고 한편으로 학구적인 반면, 또 한 편으로는 인간 생활의 현실과 역사
> 에 대한 실제적인 방면 등 여러 갈래로 관심이 쪼개어지는 일방, 지난
> 날에 가졌던 그 오롯하고 화려한 몽상夢想, 그 낭만적인 문학열이 차
> 츰 식어 가는듯한 느낌을 가지기 때문이다.16)

위의 글에서 '그리움'이 무애 수필의 한 축이라는 사실을 금방 알 수 있
다. 그는 끝까지 '문인'으로, 가능만 하다면 '시인'으로 남기를 절절切切히
바랐던 것 같다. 그래서 학자로, 논객으로 입지하고 있는 현재의 자신을
발견하고 못내 아쉬워하고 있는 것이다.

> '천애의 고아'란 말이 있다. 바로 나를 두고 이른 말인가 보다. 다섯
> 살 때 아버지를 잃고, 열두 살에 어머니를 여의었다. 이런 '뿌리를 잃
> 은 풀' 같은 고아가 용케도 그럭저럭 자라나서 고향을 떠나 사방으로
> 유학을 가고, 술을 마시고, 연애를 하고, 처자도 이룩하고, 문학을 합
> 네, 학문을 합네, 교사 노릇을 합네 하면서 반생을 지내온다. 대견하다
> 면 대견하고, 神通하다면 신통한 일이다.17)

'사친기思親記'의 모두冒頭이다.

이 작품 전편을 관류貫流하고 있는 정조情調는 양친에 대한 희미한 추
억이지만, 상인된 글에서 무애는 자신의 파란 많았던 생애를 뒤돌아보면

---

15) 『인생잡기』 13쪽, '사친기'.
16) 『인생잡기』 24쪽, '나의 문학 소년 시대'.
17) 『인생잡기』 11쪽, '사친기'.

서 자못 감개로운 회상에 잠기고 있는 것이다.

2. 논단류

무애無涯 수필 주제의 특징 중의 하나는 많은 '논단류'에 있다. 그러한 주제들은 대부분 시사성을 띠고 있으나, 주로 문화 일반에 관한 것들이 많고, 구체적인 정치 현실에 관한 내용은 찾아보기 힘들다.

이것은 아마도 그의 중용적, 절충주의적 현실관의 한 단면을 보여 주는 것인지도 모른다.

무애는 자신의 모질지 못한 성격에 대해서 이렇게 술회하고 있다.

> 광주학생의거가 일어난 것은 1930년 바로 원단元旦 아침이었다. (中略) 쓰러진 학도들의 시커먼 몸이 참으로 목불인견目不忍見의 광경이었다.
> 그러나 나는 교수실에서 뛰어 나가 교정으로 달려 그들의 흐트러진 대오 속에 뛰어 들어갈 '용기'가 그때 없었다. 나는 그대로 장승과 같이 창가에 기대어 서서 한갓 눈물을 머금고 눈으로 그 처절한 광경을 응시할 뿐이었다.[18]

이 글에서 그는 젊은 날의 '패기'나 극한 상황과 정면 대결하는 '강의剛毅'가 부족함을 토로하고 있는 것이다.

다음의 글은 '중용적 자세'를 보여 주는 논단류의 한 예가 된다.

> 그들(중국인)이 남녀 간의 '연애'를 애초부터 '성적·육체적'인, 실

---

18) 『인생잡기』, 66~67쪽, '교단 삽화'.

제로 '생활의 일부'로 간주한 점이다. 그러나 그러기엔 또 그들(남성)의 자존심과 '지위'가 허락하지 않아, 숫제 그것을 육체적인 문제로 다루지 않고 짐짓 피부적인 '색'으로 간주키로 한 것이다. (中略) 그런데 갑자기 근대사의 과정을 밟게 된 우리의 '연애'는, 주지하는 바와 같이 또 너무나 급격한 외래 물질문명·향락 문화의 도도滔滔한 유입과 범람과 함께, 특히 '해방'과 '사변'을 지난 거족적인 혼란기, 수난기에 또 너무나 지나친 물질적·육체적 일변도의 경향으로 흐르고 있다.[19]

양비론적인 입장에서 온건한 주장으로 일관하고 있다.

다음의 글은 역사관에 대해서 소신을 밝힌 대목이다.

우리들 연배의 '사학'과 '국어·문학' 연구자들이 과거에 그 연구에서 모두 一 種의 민족적·애국적 '감정'을 띠어 왔음이 사실이다. 그런데, 근래 신진학도들은 흔히 '과학적인 사관史觀과 비교어문학적인 연구를 운위云謂하여 전배前輩들의 학풍과 업적을 온통 '쇼빈이즘'으로 간주·비난하는 경향이 있는 듯하다 '쇼빈이즘'(그것은 과연 딱한 思想 임에 틀림 다.)까지는 몰라도, 우리들의 당시 계몽적 학풍이 '감정'을 띠었던 것만은 솔직히 인정한다.

그러나 내가 여기서 반문하고 싶은 것은一 그러면 그들 신인의 '學', 예컨대 그 색다른 '사관'이나 참신한 '과학적 연구방법'은 과연 아무런 '목적'과 '감정'을 가지지 않는가? 없다면 그야말로 "무슨 '떡'이라도 생기는가?" 묻고 싶은 허전한 가엾은 學'이요, 있다면 그것 역시 다른 무엇에 일종의 '쇼빈이즘'이 아닐까 함이다.[20]

역시 양비론적인 입장에서 자신의 견해를 피력하고 있는 것이다.

---

19)『인생잡기』, 235~243쪽, '나의 연애관'.
20)『인생잡기』, 372쪽, '역사'.

3. 선학류

무애 수필의 또 하나의 특징은 애틋한 주제의 글에서도 대개는 해학이 구사되고 있다는 점이다. 무애는 일군一群의 자기 글들을 평하여 "진지眞摯함 속에 해학을 풍기고, 해학 중에서도 진지한 것을 잃지 않으려 한 글들"21)이라 하였다.

해학은 자연스럽게 '웃음'과 연결되고 있다.

> 백 사람이 앉아 즐기는 중에 혹 한 사람이 모퉁이를 향하여 한숨지으면 다들 언짢아지고, 그와 반대로 여러 사람이 침울한 얼굴을 하고 있는 사이에도 한 사람의 화창한 웃음을 대하면 금시모두 기분이 명랑해짐이 사실이다. 그러기에 '웃음'에는 '소문만복래笑門萬福來'란 공리적인 속담이 있고, '웃는 낯에 침 못 뱉는다.'는 타산적 잠언箴言도 있고, 또 누구의 말인지는 잊었으나, '웃음은 인생의 꽃'이라는 자못 시적(?)인 표어도 있다. (중략) '웃음'의 능력—또 그 양과 질에 있어서 나는 선천적으로, 또는 여간한 '수양'의 덕으로 남보다 좀 더 은혜를 받았음을 고맙게 생각한다.22)

무애의 대표적 수필의 하나로 꼽히는 '웃음설'의 모두 부분이다. 그 자신이 '해학' 내지 '웃음'과 이웃하여 '따스한 정'을 풍겨 주고 있다. 이러한 분위기는 '노변爐邊의 향사鄕思'에서 아주 절실한 감동으로 나타나고 있다.

> 내가 이웃집 김집강의 딸 '갓난이'와 어울려서 늘 마당에서 소꿉질을 하였다. 갓난이가 오줌을 누어 흙을 개 놓으면 내가 그것을 빚어서 솥 · 남비 · 사발 · 접시 등을 만들어 서 진열해 놓고, 갓난이와 모래나

---

21) 『인생잡기』, 373쪽, '후기'.
22) 『인생잡기』, 207쪽, '웃음설'.

풀잎 따위로 밥을 짓고, 국을 끓이고, 반찬을 만드는 시늉을 하였다.23)

유년 시절의 회상 속에 한없이 맑은 동심과 인정이 끝없는 장난기(희
학)와 뒤섞여 있다.

그의 수필의 주제를 감싸고 있는 이러한 '웃음'과 '인정'의 저편에는 심
호흡으로 가다듬는 '애수'와 '한'이 있다.

> 소년은 커서 꼭 장수가 되어 삼군을 질타하거나 사事 불여의不如意
> 하면 차라리 '모닥불에 몸을 던지리라' 자기自期했었다.
> 그러던 것이 자라서 나는 세상의 이른바 '현실'에 부닥쳐 타협'을 배
> 우고, '절충'을 익히고, 또는 '부전승'이란 허울 좋은 내 딴의 '유도柔道'
> 를 터득했노라 했다. 그리고 직업으로는 나아가 평범한 '교사'가 되고,
> 들어선 평생 구구한 '고거考據나 하잘 것 없는 '수상'을 쓰는 세쇄細瑣
> 한 한 '학구', 허랑한 반 '문인'이 되었다. 모두 소년시대의 기약과는 사
> 뭇 달라진 일이다.24)

소년기의 '자기自期'를 이루지 못한 '한恨'은 '원한'이 아닌 '한탄'을 의미한
다. 오세영이 김소월의 시를 논하는 자리에서 "한은 풀 길 없는 맺힌 감
정, 즉 모순되는 감정들의 해소할 수 없는 자기 갈등"25)이라고 한 말은
이 경우에도 해당된다고 할 수 있다.

안으로 스며든 이러한 '못다 이룬 한'은 때때로 고독의 표상으로 나타
나기도 한다. 그리하여 '허무 의식'으로 연결되기도 한다. 특히 老年으로
접어 든 때의 외로움에 젖은 그의 모습을

---

23) 『인생잡기』, 19쪽, '큰놈이'.
24) 『인생잡기』, 23쪽, '모닥불'.
25) 오세영 편저, 『김소월』(문학세계사, 1996), 300쪽.

학문 이외의 모든 것이 귀찮아서 눈 감고 썩둑썩둑 잘라 버리며, 그
저 무엇인가에 의지하여, 끝내 버티고만 있는 최후의 용장처럼 고독
해만 가고 있다.26)

고 최원식은 적고 있다.

이렇듯 호방豪放 광달 · 曠達하던 '천재'와 '영웅'이 어느덧 중년 이
후엔 '凡夫'와 졸장부'가 되어서 (중략) 지금은 숫제 '착한 남편, 좋은
아버지, 구수한 교사, 평범한 문인'으로 '하늘의 命한 것을 안'지가 벌
써 六, 七十이 되었으니, 늙음은 역시 가여운 일이라 할 밖에.27)

무딘 삶 속에 파묻혀 무기력해져 가는 자신의 자화상을 물끄러미 바라
보면서, 그저 허무감에 젖어 있음을 본다.

이상에서 회상 · 논단 · 선학을 주제로 한 작품들을 실제의 문장을 통
해서 소략疏略한 채로 일별一瞥해 보았거니와, 그의 수필에는 여타의 주
제들도 다양한 모습으로 나타나 있음은 누누이 언급한 바와 같다.

무애 수필에는 '처신'을 주제로 한 작품들도 상당수에 달하고 있다. 전
인한 '교단 삽화' 같은 것이 그 좋은 예가 된다.

타인에 대한 '칭송'이나 자신의 '득의'의 심정을 주제로 한 수필들도 많
이 눈에 띈다. 이런 글들은 대개 '웃음' · 과 '해학'의 이웃이 된다.

아닌 게 아니라 기억력을 따진다면 내가 당시 '해서海西'는커녕 '해
동海東 천재'라고 자임할 만큼 탁월한 천분을 믿는 터이었다. 일찍 어
렸을 때 고향에서 수십 노인들과 함께 시회詩會에 참가하였다가 그들

---

26) 최원식, 『고독한 용장』, 「양주동 박사 프로필」(탐구당, 1973), 221쪽.
27) 『인생잡기』, 180쪽, '청춘 · 돈 · 좌우명'.

이 지은 '풍월'을 내가 시축詩軸에 한번 받아쓰고 당장에 그 십여 수의 우작愚作을 모조리 외워서 일좌를 경도케 한 실례가 있거니와, 저 한 토漢土의 서적은 글자대로 일람강기一覽强記하였으니 말할 것도 없고, 약부若夫 영어 단어조차 중학 一年 간에 무릇 6천어를 외운 경험이 있는 지라, 이 일에 있어서 내가 깃동 '마산 수재'에게 일보를 사양할 리가 없다.[28)

청년시절 일동日東 유학 당시에 이은상과 암기내기를 했을 때 있었던 일화에 끼어 있는 대목이다. 자신의 천재에 대한 득의와 웃음이 서로 화합되어 있다.

주제를 중심으로 해서 볼 때 무애의 수필은 '情'과 '원怨'이 양안을 이루고 있는 형국이라고 할 수 있다. '박학'과 '천재'라는 무한한 자긍심의 저편에는 소년기에 '자기'했던 '대문호'의 꿈을 성취하지 못한 끝없는 한탄이 마주 서 있다.

그리고 이제는 건너지 못할 차안과 피안의 정한을 '웃음'과 '해학'이 아울러 감싸 주고 있는 것이다.

III. 내재 의식의 갈등

무애 수필에 나타나 있는 내재 의식의 양상은 주제와는 또 다른 측면에서 다양한 모습을 보여 주고 있다.

김광섭은 수필 문학을 논한 그의 한 평문에서

---

28) 『인생잡기』, 290쪽, '기억술'.

> 수필은 달관達觀과 통찰과 깊은 이해가 인격화된 평정한 심경이 무
> 심히 생활 주변의 대상에, 혹은 회고와 추억에 부닥처 스스로 붓을 잡
> 음에서 제작된 형식이다.[29]

라고 수필을 정의한 바 있는데, 이 말은 무애 수필을 논하는 자리에서도
적합한 언급이라고 할 수 있다.

이제 무애 수필에 나타난 다기한 의식의 세계를 개관해 보고, 이러한
다채로운 의식들이 대칭적인 면에서 어떤 모습을 띠고 있는가를 고찰해
볼 차례가 되었다. 전항에서 논급한 것처럼 '자긍'과 '한탄'의 대칭 같은
것이 그 좋은 예가 될 수 있을 것이다.

1. 회상과 동경

무애 수필에서 가장 빈번하게 만날 수 있는 정서는 회상과 그리움이다.
이들 정서의 공간적 배경은 주로 그의 향리와 일본유학시절의 동경東
京이고, 시간적 배경은 유년기 · 소년기, 또는 숭실전문 교수 시절 등 다
양하게 나타나 있다.

이러한 사정은 '후기'에서 진작 언명된 바 있다.

> 문인 대개의 역로歷路가 그러하듯이 나도 초년엔 시작을, 중세 이후
> 엔 자못 수필을 즐겨 했다. 그래 수상 · 만필 · 잡기 등 필흥筆興에 맡긴
> 문자를 써서 발표해 온 것이 어느덧 근 삼십 年이 된다. 그것들 중의 더
> 러는 스크랩도 해두지 않아 숫제 유실되고 말았으나, 다행히 보존 · 수

---

29) 김광섭, 『수필 문학 소고, 문학』(문학사, 1934. 1).

집되어 온 것이 近 백편. 그 중에서도 하찮은 것을 다시 할애하고 그 想이나 필치筆致에 있어, 내지 그 글을 쓰게 된 기연機緣과 내용에 있어 내 딴엔 회심의 미소, 칭의稱意의 탄상嘆賞, 내지 감개로운 회고를 지을 만한 일반 이상의 편수篇數를 추려서 한 책으로 모아 놓았다.[30]

<인생잡기>의 소재들이 대부분 추체험이나 회상에 기반을 두고 있다는 내용이다.

오창익은 '수필 주제의 요건'으로 다음과 같은 조건을 제시하고 있다.

① 선명한 주제
② 쉽게 공감할 수 있는 주제
③ 새롭고 독창적인 주제
④ 자기 관조가 가능한 주제
⑤ 가치 있고 유용한 주제
⑥ 자기 경험에서 얻는 주제
⑦ 구체적이고도 한정적인 주제[31]

<인생잡기>에 수록된 대부분의 수필들은 위의 요건을 충족할 수 있는 작품들이 주류를 이루고 있다고 할 수 있다.

내가 이웃집 김 집강의 딸 '갓난이'와 어울려서 소꿉질을 하였다. 갓난이가 오줌을 누어 흙을 개 놓으면, 내가 그것을 빚어서 솥, 냄비, 사발, 접시 등을 만들어서 진열해 놓고, 갓난이와 모래나 풀잎 따위로 밥을 짓고, 국을 끓이고 반찬을 만드는 시늉을 하였다. 그래 한창 재미나게 살림을 차려 놓고 즐기는 참인데, 큰놈이가 홀연히 어디서 나타나서 대번에 달려들어

---

30) 『인생잡기』 373쪽, '후기'.
31) 오창익, 『수필 문학의 이론과 실제』(나라, 1996), 46~56쪽.

"이게 다 무에냐?"

하면서 우리들의 솥, 냄비 등속을 발길로 차고 문질러서, 우리들의 재
미나는 '살림'을 모두 망쳐 버리곤 하였다.[32]

유년기 · 소년기에 있었던 추억담을 소재로 한 글이 '큰놈이'라는 작품
이다. 그야말로 소꿉장난 시절의 그리운 추억담이다.

이와 비슷한 시기의 것으로 '모닥불'이 있다.

역시 어린 시절의 아스라한 동심의 세계를 회상하고 있다. 무애는 특
히 이 글에서 승부를 위해서 '모닥불'에까지 뛰어 들었던 어린 시절의 용
기'와 '순수'를 지탱支撐하지 못한 자신의 모습을 한탄하고 있다.

'회상'과 '그리움'의 정조는 '춘소초春宵抄'에서 climax를 이루고 있다.
"문학소녀 K의 추억"이라는 subtitle이 이미 이 수필의 성격을 시사示唆해
주고 있다.

봄은 만물이 소생하는 철, 시렁 위에 얹혀 있는 해묵은 낡은 북鼓도
다시금 저절로 소리를 내는 때라 한다. 더구나 이 밤은 조용한 비가 시
름없이 내리고……. 어느 젊은 여류 시인은 비 오는 밤이면 문득 '人生
의 여권'이 함초롬히 젖음을 느낀다한다. 아닌 게 아니라 봄 밤―특히
비 오는 밤은 우리가 지난날의 추억을 하염없이 눈감고 더듬어 볼 적
당한 시간이다.

나도 이 고요한 봄밤에, 창 밖에 내리는 빗소리에 귀를 기울이면서
젊은 시절에 얼마 동안 흐뭇이 젖었던 '인생의 여권'을 다시금 회상하
여 볼까.[33]

---

32) 『인생잡기』, 19쪽, '큰놈이'.
33) 『인생잡기』, 146쪽, '춘소초'.

아마도 무애의 수많은 수필 작품들 중에서 가장 애틋한 정서와 청징淸澄한 낭만을 보여 주는 글이 아닐까 한다.

'춘소초'는 happy-end가 아닌 sorrow-ending의 정황을 다음과 같이 적고 있다.

> K와 내가 어떤 뜻 아닌 한 불행한 일에 의하여 서로 갈라진 구슬픈 날은 역시 비가 오는 어느 첫 가을 날 오후였다. 내가 그녀를 마지막으로 작별하고 그녀의 방을 떠나 바깥으로 나왔을 때, 비가 와서 날이 음침한 탓도 있었겠으나, 대낮인데도 시계가 컴컴하여 길이 온통 보이지 않았다. 아마 내가 K를 무던히 사랑하였던가 보다.[34]

얼핏 보기에는 호쾌 · 방달 내지 강건의 심경을 내세우는듯한 수필들은 한 치만 벗기고 나면 대개 동정과 관용 내지 심약한 정서가 숨어 있음을 알 수 있다. 그 좋은 예가 상인上引된 '큰놈이'와 같은 작품이다.

'큰놈이'의 전편에는 '원망'과 '도전'의 자세가 엿보이나, 후반에 와서는 어느덧 '동정'과 '관용'의 심서로 전환되어 있다.

> 그래 나는 그에 '큰놈이'를 한번 톡톡히 때려 주지 못하고, 골려 주지도 못한 채, 소학교를 마치고 유학 차로 고향 마을을 떠났다. (中略) 그 뒤로부터 거의 사십 년, 피차에 소식이 끊겼다. '큰놈이' 녀석, 지금 어디서 무엇을 하는지? 꼭 환갑이 되었을 터인데, 늙마에 과히 고생은 않고 건재한지, 아들딸은 몇이나 두었는지, 혹은 이미 무덤 위에 풀이 더북더북 하였는지……. 만일 아직도 살아 있으면, 한번 다 시 만나 막걸리 동이나 기울이며 팔씨름을 해보았으면 좋겠다.[35]

---

34) 동상.
35) 주 32) 참조.

철없던 시절의 '앙금'을 이제는 '혜량海諒'으로 눙친 넉넉하고 정에 넘치는 분위기를 느낄 수 있다.

'Strum und Drang'으로 대표되는 젊은 날의 추억을 무애无涯는 이렇게 적고 있다.

> 나의 '신문학'에 대한 열중은 그 해에 日東에 건너가 早大 불문과(그 뒤 대학은 영문과로 전轉하였다)에 입학한 때부터였다. 나는 신문학을 보았다. 그것은 내게 전연 알려지지 않았던 '새 천지'(칼라일)였다. 나는 서양 소설을 자꾸 읽었다. '톨스토이'를 읽고, '투르게넵' 전집을 읽고, '루소오'의 '참회록'을 읽었다. (중략) 글자 그대로 무선택, 무표준, 닥치는 대로 읽었다. 그리하여 가지각색의 감정과 사상과 주의와 특히 새 문자를 배웠다. 자유사상을 배우고, '연애'를 배우고 (그렇다, 연애를 배웠다), 세기말 사상을, 인도주의를, 악마주의를 두서頭緖없이 배우고, 흡수하였다.[36]

문학 청년시절의 지칠 줄 모르는 학구열과 독서욕을 아주 구체적으로 적시하고 있다.

2. 가족애

그의 수필에서 빈번하게 만날 수 있는 테마는 '가족애'이다.

'사친기'에서는 아버지에 대한 추억과 그리움을, '어머니 회상'에서는 어머니에 대한 애끓는 그리움을 보여 주고 있다.

그가 특히 어머니를 향한 정이 남다를 수밖에 없었던 내역內譯을 이렇

---

36)『인생잡기』, 33쪽, '나의 문학 소년 시대'.

게 술회하고 있다.

> 어머니의 사랑이란 그처럼 만인에게 보편적인 것이요, '모성'이란 지상의 모든 아름다운 것 중 제일 숭고한 찬미의 대상이 아닐 수 없다. (中略) 더구나 사람이란 나이가 차차 들어감에 따라, 늙어감에 따라, 어버이―특히 돌아간 어머니를 회상하고 추모하는 마음이 더 간절해 지고, 또 근본적으로 '어머니' 자체, 곧 '모성' 자체에 대한 연모가 더욱 심화되어 가는 듯하다.[37]

무애의 '어머니'에 대한 애틋한 사랑은 '국민가요'나 다름없는 「어머니 마음」에 잘 나타나 있다.

> 낳으실 제 괴로움 다 잊으시고,
> 기를 때 밤낮으로 애쓰는 마음,
> 진자리, 바른 자리 갈아 뉘우며,
> 손, 발이 다 닳도록 고생하시는―
> 하늘 아래 그 무엇이 넓다 하오리,
> 어머님의 사랑은 가이 없어라!

'건부전健夫傳'에서는 누나에 대한 눈물겨운 동기애가 잘 나타나 있다. 조실부모早失父母한 그에게는 '삼질이'라는 아명兒名을 가졌던 누나의 존재는 어머니의 대리 역 바로 그것이었던 것 같다.

> 입춘 날 아침, 밥상에 놓인 달래 나물을 보고 다시금 위북緯北의 누나를 생각했다.―오래 떨어져 못 본, 그 생사조차 모르는, 아마 十中八九 이미 세상을 떠났으리라 생각되는 오직 하나 뿐의 동기, 나의 '누

---

37) 『인생잡기』, 98~99쪽, '어머니 회상'.

나'를. (중략) 누나가 어머니의 결벽을 닮아 몹시 정결한 살림을 좋아 하였다. 촌집이나마 집 안팎을 하루에도 몇 번씩 부지런히, 깨끗이, 글 자대로 청소해서, 방이나 부엌이나 헛간·마당이나 모두 유리알같이 정하고 말끔하였다. 그래―독자는 아랫 글을 보고 웃으려니와―누나 는 임산臨産 때가 되면 그 깨끗한 방에서 아이를 낳기를 꺼려 하필 부 엌 옆의 '헛간'을 치우고, 멍석을 깔고 그 위에 포단을 펴고, 거기서 분 만을 하는 것이었다. 집안사람들이 아무리 말리어도 누나는 막무가내 로 듣지 않고 번번이, 기어이 게서라야 해산을 했다 한다.[38]

누나의 결벽이 지나쳐서 오히려 구설수에 오를 지경이었다는 이야기 이다. 누나에 대한 칭송이 웃음을 자아내다가 곧장 숙연한 마음으로 바 뀌게 된다.

천하에 제일 어리석은 일은 첫째가 제 자랑, 둘째가 아내 자랑이라 고 한다. 그런데 이 '여성 예찬'을 위한 둘째 번 글에서 나는 이 두 가지 어리석음을 한꺼번에 톡톡이 드러내게 되었으니 딱한 일이다. 그러나 모쪼록은 덜 '어리석게' 보이기 위하여, 아무리 제 부부 간 결혼의 결 혼생활, 내지 아내의 '덕을 찬양한다 하드라도, 글의 형식만은 워낙 그 것이 아닌 체 우회적·객관적 서술의 길을 취할 수밖에.

동양 사람이 아내를 칭찬하는 말로는 으레 '현처'가 있다. '현처'의 경우는 여러 가지가 있겠으나, 얼른 머리에 떠오르는 생각은

가빈즉사양처家貧則思良妻　　집안이 빈궁하면 어진 아내가 생각나고
국난즉사양상國難則思良相　　나라가 어려우면 어진 정승이 생각난다.

이라는 옛 사람의 격언이다.

38) 『인생잡기』, 107~111쪽, '건부전'.

그러니 나도 그 정의에 따라 우리 부부생활 중에 가장 딱하고 가난
했던 시절, 곧 그 신혼시대의 뼈저린 몇 토막의 추억을 더듬음으로써,
용케도 그 가난한 살림을 달게 여기고, 그 주책없는 궁한 '남편'을 '충
성'스러이 따라 다닌 아내의 '어짊'을 간접적으로 숫제 다시금 '생각'해
볼까?39)

'신혼기'의 서두 부분이다.

무애는 이 기나긴 글에서 '아내'에 대한 은근하고 지극한 정을 토로하
고 있다.

'날아난 새들'이라는 비교적 장문의 글에서는 두 딸에 대한 애틋한 부
정이 잘 나타나 있다.

딸년들이란 실로 '새 새끼'들처럼 둥주리(家庭) 안에서 무한 재깔이
며, '새 새끼'들처럼 그 안에서 온갖 재롱을 부리며, 엄지(父母)들의 마
음을 한껏 기쁘게, 한껏 즐겁게 한다.
(중략) '새 새끼'는 크면 날아감이 그 본래의 구실이요, 사명이요, 당
연한 일이요, 새끼를 기른 엄지는 새끼가 폴폴 날아감을 보는 것이 서
운한 중에도 가장 큰 즐거움인 것을.
내가 애써 재미있게 길러서 날개가 조금 커지자 그만 폴폴 날려 보
낸 '새 새끼'가 두 마리!
다음에 나의 가난한 둥우리 안에서 근 이십 년간이나 궂은 일, 어려
운 일에 조그만 불평과 불만도 없이 한결같이 의좋게, 다정히, 명랑 ·
쾌활히 재깔이며, 종알이며, 손잡고 살아오던 기특한 '새 새끼' 한 쌍
의 이야기를 적어 본다.40)

---

39)『인생잡기』, 156쪽, '신혼기'.
40)『인생잡기』, 119쪽, '날아 난 새들'.

3. 교육과 학문에 대한 열정

무애의 활동 영역과 가장 잘 어울리는 정서는 물론 교육과 학문에 대한 끝없는 열정, 그것이다.

나는 불행히 추성鄒聖처럼 '천하의 영재'를 만나지 못하여 노상 오히려 '득천하 둔재得天下鈍才 이교육지而敎育之 시일고야是一苦也'의 탄탄嘆을 발하기도 일쑤이다.

그러나 어떻든 내가 아무리 불사한 교사로서나마 이렇듯 장 세월 간의 교단 생활 중에서도 조금도 '권태倦怠'를 느끼지 않고, 늙음에 이르러서도 오히려 '신'이 나는 '즐거움'으로써 약간의 학문과 몇 날의 백묵을 밑천으로 하여 그날그날의 생활을 과히 양심에 어그러짐이 없이 보내고 있음은 인생 만년의 한 '청복淸福'이 아닐 수 없다.[41]

그의 교육에 대한 순수한 열정은 다음의 글에서 더욱 구체적으로 나타나 있다.

인생이 문득 우울한 날도, 집에서 아내와 옥신각신 다투고 나선 아침도, 나는 훤칠한 교정에 들어서서 (중략) 기분은 금방 상쾌해지고, 하물며 교실에 들어가 수많은 학도 중 어느 한 모퉁이의 '빛나는 눈'이나 발견할 양이면, 나는 문득 '신'난 무당처럼 몇 시간이고 피곤한 줄을 모르고 정신없이 떠들어대는 것이다. 그래 이 '신'바람에 해방 후에 한동안은 일주 간에 주야 육십 여 시간을 가르치고도 피로를 몰랐다.[42]

---

41) 『인생잡기』, 52쪽, '교사의 자격'.
42) 동상.

이러한 열정은 예삿일이 아닌 것 같다.

"해방 후에 한동안"(그의 사십 대 시절에 해당)이란 단서가 붙어 있기는 하지만, 주당 육십여 시간이나 강의를 진행한다는 것은 문자 그대로 '초능력'에 가까운 일이라고 할 수밖에 없다. 더구나 교통수단도 여의치 못했던 당시의 여건, 또 여러 대학을 순방(?)하면서 이루어 진 강의였으니, 이것은 아마도 무애의 순수와 열정, 낭만과 서정이 '빛나는 눈'과 함께 이루어 낸 일종의 '기적'이라고 밖에 달리 표현할 말이 없을 것이다.

그의 이러한 교육열과 짝을 이루는 것으로는 무엇보다도 먼저 학문에 대한 무한한 열정과 애착을 손꼽을 수 있을 것이다.

무애无涯가 이른바 '적수공권赤手空拳'으로 일구어 낸 '향가'와 '여요麗謠' 연구에 대한 불멸의 업적에 대해서는 이런 자리에서 논급할 성질의 것이 아니겠지만, 이 또한 '민족애'를 근간으로 한 학문에 대한 무한한 애정이 아니었다면 애초에 불가능한 일이었을 것이다.

다음의 글은 향가 연구의 배경과 그 과정의 일단을 보여 주고 있다.

내가 혁명가가 못되어 총·칼을 들고 저들에게 대들지는 못하나마 어려서부터 학문과 문자에는 약간의 '천분'이 있고, 맘 속 깊이 '원願'도 '열熱'도 있는 터이니, 그것을 무기로 하여 그 빼앗긴 문화유산을 학문적으로나마 결사적으로 전취 탈환해야 하겠다는, 내 딴에 사뭇 비장한 발원과 결의를 하였다. (中略) 약 반년 만에 우선 소창씨小倉氏의 석독釋讀의 태반이 오류임과, 그것을 논박할 학문적 준비가 완성되었다. 그러나 악전·고투, 무리한 심한 공부는 드디어 건강을 상하여, 대번에 극심한 폐렴에 걸려 발열이 며칠 동안 사십 도를 넘어 아주 인사불성人事不省, 사람들이 모두 죽는 줄 알았었다. 아내가 흐느끼고, 찾아 온 학생들이 모두 우는데, 내가 혼미한 중 문득 일어나 부르짖었다.—

"하늘이 이 나라 문학을 망치지 않으려는 한, 모某는 죽지 않는다.

이만한 혈원血願이요, 자부심이었다.43)

학문에 대한 열정과 학자적 '천분'에 대한 긍지가 어떠했던가를 잘 말해 주고 있다.

일제강점 하의 국학자들이 구국일념으로 학문에 몸 담았던 것은 다 알려진 사실이지만, 무애의 경우는 그 정도가 더욱 치열하고, 격정적이었다고 할 수 있다. 그의 "혈원"이 일구어낸 것이 바로 육당의 이른바 "해방전에 이룩한 삼 대 명저" 중 첫 번째로 꼽히는 <조선고가연구>였다.

무애는 향가 연구에 거는 소박한 '꿈'을 낮은 목소리로 이렇게 술회한 바도 있다.

이제 여余가 천학淺學과 비재菲才를 돌아보지 아니하고 약간의 고증과 주기註記를 일삼아 감히 전편의 석독을 시험한 것은, 스스로 돌아보아 먼저 참월僭越한 허물을 도망할 길이 없으되, 구구區區한 미의微意만은 이 千有餘 年來 창해滄海의 진주遺珠와 같이 근근僅僅히 길어서 남은 귀중한 고문학의 본래의 진면목을 애써 천명闡明하고, 그 진가를 제대로 발휘시켜 후세에 전하고저 하는 진실로 간절한 염원이 있었기 때문이다.44)

그는 때로는 강렬하면서도 때로는 침전沈澱된 의식의 소유자였다. 그의 '천재' 의식의 저변에는 천진무구할 정도의 질박함이 있었다. 학문을 논하는 자리에서는 "산 밑으로 지나가는 빗소리"식의 고압적인 '고와주

---

43) 양주동, 『국학연구논고』(을유문화사, 1962), 344~345쪽, 「향가연구의 회고」.
44) 양주동, 『조선고가연구』(경성: 박문서관, 1942), 2쪽, '서'.

의高臥主義'를 취하다가도 곧장 몸을 곧추 가다듬곤 하였다.

> 열한 살의 어린 '교사'가 뒤에 제 버릇을 못 버리어 약관에 교단에
> 선 후 노령에 이르기까지 '약장수' 비슷한 이 '교수敎手'의 생활을 무릇
> 삼십 여년 간 지속하여 왔다.45)

여기서 무애는 자신을 '약장수'에 비유하고, 그 역할도 '교수敎授'가 아
닌 그저 기능인에 가까운 '교수敎手'로 하고 있는 점이 이색적이다.

위의 글에 등장된 자신의 신분과 연관 있는 용어들은 농반진반弄半眞半
의 언어들이지만, 다른 한편으로는 장구한 세월동안 대과大過 없이 교단
을 지켜 온 일종의 자족감 같은 감정도 내포되어 있다고 생각된다. 즉 천
직으로서의 '敎授'와, 그런 긴장감을 떨쳐 버린, 그저 생활인으로서의 '敎
手'·'약장수'가 일종의 대위代位를 보여 주고 있는 것이다.

4. 강렬한 자의식

그는 가끔 자신을 "무뚝뚝한 아비"라고도 했고, 또 '고루한 서생'이라
는 관어冠語를 사용하기도 했다. 그런가 하면 조실부모한 '천애의 고아'의
몸으로 험난한 풍진 세상을 용케 헤쳐 나온 자신을 대견스럽게 생각해
보기도 하였다.

> '뿌리를 잃은 풀' 같은 고아가 용케도 그럭저럭 자라나서 고향을 떠
> 나 사방으로 유학을 가고, 술을 마시고, 연애를 하고, 처자도 이룩하

---

45)『인생잡기』, 51쪽, '무명숙'.

고, 문학을 합네, 교사 노릇을 합네 하면서 반생을 지내 온다. 대견하다면 대견하고, 신통하다면 신통한 일이다.[46]

내가 원래 약한 성격, 혹은 착한 마음씨의 소유주인 때문인지, 남을 대할 때 그의 눈이나 얼굴을 오래 맞바라보지 못하고 번번이 얼른 눈을 딴 곳으로 돌리고 마는 버릇이 있다.

그런데 나와 마주 서는 남들은 나와 반대로 내 얼굴 내지 내 눈을 얼마든지 몇 분 동안이라도 말똥말똥 들여다보며 말한다. 그것이 꽤 씀씀하고 싫었다. 저들이 내 '마음의 창'을 염치없이 말끄러미 들여다보는데, 나는 그만 내 눈을 돌려 하염없이 먼 산만 바라보게 되니, 어째 내가 대인 교섭에 있어 패배나 되는 듯, 내 약한 '성격'이 저들에게 드러나는 것만 같았다.[47]

위의 글은 젊은 시절 대학 강단에 처음 섰을 때의 추억담의 一部이다. 자신의 내성적 성격의 일면을 솔직하게 고백하고 있는 것이다.

무애는 자신의 습관처럼 되어 버린 '고와주의'에 대하여 그 경위를 다음과 같이 적고 있다.

그리하여 내가―십여 세 소년이 얻은 바 이상적인 '삶'은 남양南陽 융중隆中에 몸소 밭가는 제갈 량이었고, 어쩐 셈인지 '소이부답笑而不答', '포슬抱膝 장음長吟'하였다는 그의 금도가 나의 동경하는 바 '삶'의 태도가 되었다. 그때에 얻은바 소위 '고와주의'는 지금도, 아마 一 평생 감염되어 씻어 버리지 못할 것 같다.[48]

이러한 일련의 자아 성찰적인 의식의 저쪽에 우뚝 서 있는 것은 여유와 해학이다.

---

46) 『인생잡기』, 11쪽, '사친기'.
47) 『인생잡기』, 63쪽, '교단 삽화'.
48) 『인생잡기』, 27~28쪽, '나의 문학 소년 시대'.

일전 어느 다방엘 들렀더니, 지우知友 모씨某氏 옆에 일위 백면白面
의 미소년이 동반되어 앉아 계신데, 연푸른 빛 홍콩 사지양복 저고리
에 짙푸른 양복바지, 붉은 넥타이, 로이드 색안경에 3.7로 갈라 제낀
머리— 물론 왼쪽 손가락 사이에는 '쎄일렘'인가 '바이스로이' 인가의
자연紫煙을 성盛히 올리기를 게을리 하지 않는다.

　그런데 지우 모씨의 소개에 의하면

　"이분이 선생을 자못 경모하는 '미쓰 모'라"하며, 이어 '미쓰 모'는 "딱
터 양, 만나 뵈어 참 반갑습니다. How d'ye do?"를 연발하며 악수를 먼저
청하고, 문득 '쎄일렘'인가의 하나를 옷 포켓에서 꺼내어 내게 선뜻 희사
한다. 그제야 나는 '그 씨'의 정체가 '여성'임을 만각晩覺하고, 경이의 눈
으로 그 씨의 약간 더 붉은 입술과 더 가늘은 손가락을 점검하고, 이윽고
테이블 밑에 숨겨진 그 씨의 넓적한 여화를 감상하는 무례無禮를 감행하
고 나서, 비로소 악연愕然의 표정과 안도의 한숨을 지었다.49)

위에 인용된 글에서는 소위 '신여성'에 대한 칭송이 장난끼 서린 해학
으로 이어지고 있다. 그녀의 파격적이고 발랄한 언행에 놀라면서도, 한
편으로는 흥미와 친근감을 느끼고 있는 것이다.

　무애의 수필에 나타나 있는 내면의 세계는 낙천 · 긍정의 이쪽과 무상 ·
소극의 저쪽이 갈등을 일으키면서 공존하는 양상을 노정露呈하고 있다.

　그의 수필을 두고

　　한 시대를 풍미한 삶의 도정에서 재주와 학문과 익살과 술, 그리고
　　문학이 어우러진 스펙타클의 변화 다양한 드라마를 생각하게 하는 것
　　이 梁柱東의 수필이다.50)

라고 한 어느 평자의 말은 정곡正鵠을 얻었다고 할 만하다.

---

49) 『인생잡기』, 307~308쪽, '새 여성미'.
50) 채수영, 상게논문, 118~119쪽.

IV. 결론

이상 소략하나마 무애 수필에 나타난 주제 의식과 작품상에 표출된 내면세계의 갈등 양상을 그의 대표적 수필집인 <인생잡기>를 중심으로 해서 고찰해 보았다. 지금까지 논의해 온 내용을 요약함으로써 결론을 삼고자 한다.

무애 수필의 주제는 양적인 면에서는 ① 회상 ② 논단 ③ 처신 ④ 선학 ⑤ 칭송 등의 순위를 보이고 있으나, 저변적으로 보면 '정情'과 '원怨'의 정서가 두 축을 형성하고 있다.

그의 수필에 나타난 내면세계의 모습 또한 다양하기로는 마찬가지이다. 빈도 면에서 볼 때는 ① 회상과 동경 ② 가족애 ③ 교육과 학문에 대한 무한한 열정 ④ 강렬한 자의식 등의 순위를 보이고 있으나, 총괄적으로 본다면 '활달'과 '애상'이 대각을 형성하고 있다.

이러한 '정'과 '활달', '원'과 '애상'의 갈등 구조의 연원은 무엇인가?

그것은 아마도 '박학'과 '천재'라는 무한한 자긍심의 저편에 소년기에 품었던 원대한 포부―'대문호'의 꿈을 성취하지 못한 한탄이 마주 보고 서 있는 형국이 그 연유가 아닐까?

이 양안兩岸의 중간 지대에 '웃음'과 '해학', '천진무구'와 '낭만'의 따뜻한 강이 흐르고 있는 것이다.

흔히 수필을 일컬어 '고백의 문학'이라고 한다. 그러나 여기서 말하는 고백은 '고해성사' 시에 行해지는 그런 사차원의 세계에 대한 These가 아니라, 고단하지만 진지한 '인생'을 추구하는 과정에서 자연발생적으로 도출되는 일종의 '인생 백서'라고 할 수 있다.

그렇기 때문에 수필 작품에 담겨 있는 언어의 내밀한 의미를 파악해 본다는 것은 국외자로서는 그저 '유추'에 머물 수밖에 없을 것이다.

더구나 한 시대를 풍미했던 당대 최고의 석학이자 pure-romantist였던 무애 수필이 지닌 깊고도 넓은 '의식의 세계'를 이런 비좁은 자리에서 이러니 저러니 운위한다는 것 자체가 하나의 nonsense인지 모른다.

삼백여 편의 수필을 모두 한자리에 모아 놓고, 좀 더 성실하고 맑은 눈으로 바라보는 일이 필자가 맡아야 할 다음 과제가 아닌가 생각한다.

〈참고문헌〉

I. 자료

1. 양주동(1962).인생잡기, 탐구당.
2. 양주동박사전집 간행회(1995). 양주동전집12, 동국대출판부.
3. 양주동(1962). 국학연구논고, 을유문화사.
4. 양주동(1942). 조선고가연구. 박문서관.

II. 논저

1. 김광섭(1934). "수필 문학 소고".문학, 문학사.
2. 김용직(1989). 문학비평 용어사전, 탐구당.
3. 어문각 편집후(1988). 한국문학사 개관, 어문각.
4. 오세영(1996). 김소월, 문학 세계사.
5. 오창익(1996). 수필문학의 이론과 실제, 나라.
6. 정진권(1996). 한국수필문학연구, 신아출판사.
7. 조연현(1968). 한국 현대문학사, 인간사.
8. 채수영(1991). "양주동의 수필세계". 양주동 연구, 민음사.
9. 최강현(1994). 한국수필문학신강, 서광학술자료사.
10. 최원식(1973). "고독한 용장". 양주동 박사 프로필, 탐구당.
11. M. 마렌 그레젠바하(1986).문학 연구의 방법론. 장태영 역, 홍성사.

〈부록〉 주제 일람표

順次	題目	主題	內容	創作年度
1	사친기思親記	부모에 대한 희미한 추억	回憶	1958
2	큰놈이	故友에 대한 추억	回憶	1958
3	모닥불	이루지 못한 이상에 대한 아쉬움	回憶	1958
4	나의 문학 소년 시대	다채로우나 체계가 없었던 문학 수업의 역정	回憶	1937
5	몇, 어찌	신학문 습득 과정의 일화와 추억	回憶	1958
6	자전거 삽화	실수 인정의 미덕	回憶	1958
7	무명숙無名熟	소년 시절의 경험과 추억	回憶	1958
8	교사의 '자격'	교직을 천직으로 생각함	回憶	1958
9	교단 삽화	교직 생활의 일화	回憶	1958
10	현문우답초	교직 생활의 일화	回憶	1958
11	나의 아호	아호 애찬	得意	1948
12	청춘·돈·좌우명	청춘 시절의 낭만과 격정을 그리워 함	回憶	1958
13	무전수난기	실수의 일화	回憶	1959
14	향산봉변기	실수의 일화	回憶	1959
15	비지땀	피서의 일화	回憶	1959
16	노변爐邊의 향사	소년 시절의 향수	回憶	1936
17	어머니 회상	어머니에 대한 그리움	回憶	1959
18	건부전健婦傳	누나에 대한 그리움	回憶	1958
19	날아난 새들	이복자매를 키운 부정	回憶	1958
20	목과초	선물에 얽힌 일화	回憶	1958
21	춘소초	정렬의 추억	回憶	1958
22	신혼기	신혼의 신산辛酸	回憶	1958
23	牛衣감분록感舊錄	육·이오 전란중의 아내의 쾌거	回憶	1957
24	정원초	역사상의 비련	哀傷	1958
25	웃음설	웃음의 효능과 일화	論斯	1958
26	전불라'顚不刺'記	자작시에 대한 칭송	得意	1958
27	사랑은 눈오는 밤에	설야의 정련	相思	1936
28	나의 연애관	중도적 연애관의 주창	論斯	1959

29	호불끽호	합리적 사고의 중요성	論斷	1960
30	화하선문답	선문답의 흥취	善謔	1936
31	옷 철학	검박儉朴한 생활	處身	1959
32	꽉찬 설합	인내심의 중요성	處身	1959
33	오미자 몇알	신중한 처신	處身	1959
34	공자와 안회顔回	정직의 미덕	處身	1959
35	구곡주 이야기	타인에 대한 외경	處身	1959
36	기술의 수련	의리의 소중함	處身	1959
37	한자 문제	국한문 혼용을 주장함	論斷	1959
38	'그녀'변	삼인칭 대명사에 대한 주장	論斷	1959
39	성명 설	한자식 성명의 불합리성	論斷	1959
40	化子	여성名'子'의 부당성	論斷	1959
41	기억술	한담閑談	善謔	1959
42	도철어	한담	善謔	1959
43	오자 · 오독	한담	善謔	1959
44	prof.Eye-English	한담	善謔	1959
45	새 여성미	남성화된 신세대 녀성	論斷	1959
46	여성 · 살림 · 수다	여성 예찬	稱頌	1959
47	여성어	여성어 예찬	稱頌	1958
48	여장부전	여인의 용기	稱頌	1958
49	'선인'설	善人國을 기대함	論斷	1958
50	작년의 노루	퇴보적 국민 사고를 비판함	論斷	1959
51	상투설	사상의 과도기적 혼란을 극복하자	論斷	1959
52	유성기	후진국의 망상	論斷	1959
53	연암燕巖의 지전설	동양인의 비과학적 사고	論斷	1959
54	친자정親子井	일본인의 야비 野鄙함	論斷	1959
55	벚꽃놀이	진실 파악의 중요성	論斷	1959
56	토정비결	미신 타파	論斷	1959
57	미신	미신으로 인한 후진국의 낙후성	論斷	1959
58	A子틀	지게에 대한 단상 역사	閑談	1959
59	역사	역사인식 발상 전환의 중요성	論斷	1959

IV-B. 『인생잡기』에 나타난
정원情怨의 이쪽과 저쪽

I. 서론

서구문학론의 관점에서는 수필을 '중수필'essay과 '경수필'miscellany로 나눈다고 한다. 전자에는 어느 정도 지적이고 객관적이며, 사회적 · 논리적 성격을 띠는 소평론 등이 포함되며, 후자에는 신변잡기, 즉 감정적이고 주관적이며 개인의 정서적 특성을 지니는 좁은 의미의 수필이 여기에 포함된다고 할 수 있다.[1]

한편 심각하고 공식적인 수필formal essay과 사사로운 수필informal essay 등으로 분류되기도 한다. 전자에는 소논문 따위가, 후자에는 일반적인 의미의 수필이 각각 해당된다.

일반적으로 지적되고 있는 수필의 특질로는 ① 산문 문장 ② 자유로운 형식 ③ 자유로운 주제 ④ 내면세계의 자유로운 표출 등이다. 아울러 성

---

1) 김용직, 『문예비평용어사전』(탐구당, 1989), 142쪽.

격상의 특질을 덧붙인다면 비전문적, 주정적 고백 문학이라고도 할 수 있을 것이다.

수필 작품 중에는 앞의 분류 기준에 쉽게 적용할 수 있는 것들도 있지만, 개중에는 양자의 성격을 겸했거나, 또는 명확한 구분이 어려운 작품들도 상당수 있게 마련이다.

한국 현대 수필의 경우, 본격적인 작품으로 최남선의 '백두산 근참기觀參記'(1926) · '심춘순례'尋春巡禮'(1926)를 그 起點으로 잡는 데는 대체로 동의하고 있는 것 같다.2)

통설에서는 1970년대를 상한선으로 잡고, 한국 현대 수필 문학의 발전 단계를 三期로 구분하고 있음을 본다. 즉 ① 초창기(1910~1920년대) ② 정립기(1930~1940년대) ③ 발전기(광복 이후~1970년대)등의 구분이 그것이다.3)

초창기의 특징으로는 수필을 여기餘技 정도로 생각했다는 점, 서사적 수필이나 기행문적 수필이 주류를 이루고 있다는 점 등을 들 수 있으며, 이 시기의 대표적 수필가로는 최남선, 이광수, 민태원 등을 들 수 있다.

정립기의 특징으로는 수필 문학의 이론이 소개되고 전문적인 수필가들이 출현했는가 하면, 서정적이고 사색적인 수필이 주류를 형성했다는 점 등을 지적할 수 있을 것이다. 이 시기의 대표적인 수필가로는 김진섭, 이효석, 이양하 등을 꼽을 수 있다.

끝으로 발전기의 특징을 보면, 격동기를 통한 의식 구조의 변화로 시대상을 비판하거나 자의식을 발견하려는 노력이 배가 되고, 본격적인 수

---

2) 조연현, 『한국현대문학사』(인간사, 1968), 639쪽.
3) 『한국문학사 개관』(어문각, 1988)에서 오창익은 ①전환기(1895~1907) ②태동기(1908~1919) ③병립 · 상승기(1920~1929) ④형성기(1930~1945) ⑤8 · 15이후의 수필(1946~1965) ⑥성장기(1966~1985)등으로 구분하기도 하였다.

필집이 많이 刊行되었다는 점 등을 들 수 있을 것이다. 또 이 시기의 대표적인 수필가로는 윤오영, 한흑구, 김소운 등을 거명할 수 있을 것 같다.

한국 현대 수필문학사에서 김진섭의 <생활인의 철학>(선문사, 1948)을 한 정점으로 삼는 데는 별다른 이의가 없는 것 같다.

세간에는 김진섭을 필두로 소위 '오대 수필가'니 '칠대 수필가'니 하는 애칭어(?)가 한동안 통용되기도 하였다. 수필가로서의 무애无涯(양주동 박사의 아호)의 명성도 이 반열에 오르내리곤 하였다.

무애 양주동에게 붙여진 관어冠語는 국어국문학자, 영문학자, 한학자, 문학평론가, 시인, 번역문학가, 논객, 수필가……. 어느 것이든 해당이 된다.

무애는 그의 도저到底한 학문으로 해서 문인으로 보다는 학자로, 그것도 국어국문학자로 드높이 칭송되어 왔다. 실제로 그가 남긴 종횡무진한 업적 가운데서도 이 분야가 상대적으로 볼 때 가장 돋보이는 것도 사실일 것이다. 특히 그는 향가 해독과 여요麗謠 강해講解에다 인생의 황금기에 혼신의 열정을 경주傾注한 바 있기 때문이다.

무애 연구 서지에 따른다면 실제로 국어학자로서의 논의가 주종을 이루고 있음을 알 수 있다.4) 그 다음으로는 문학평론가, 시인의 관점에서 많은 연구가 축적되어 왔다.5) 이에 비해서 수필가로서의 무애에 대한 논의는 영성蓁星하기 짝이 없다.6)

그러나 무애에게 있어서 수필은 다른 어느 장르 못지않게 소중한 영역

---

4) 김완진, 『한국어 연구의 발자취 1』(서울대 출판부, 1985)을 비롯하여 김영배, 고영근, 최세화, 최승호 등 다수의 논문이 있다.
5) 권영민, 「개성은 예술적 인격인가.─양주동의 절충주의 문학론 비판 ─」, 『소설문학 84호』(소설문학사, 1982.11), 김선학, "양주동 시 연구 서설", 동악어문논집 17집(동악어문학회, 1983)을 비롯한 많은 논문들이 있다.
6) 蔡洙永, 「양주동의 수필 세계」, 『양주동 연구』(민음사, 1991)가 거의 유일한 예라고 할 수 있겠다.

이라고 할 수 있다. <양주동전집 12>에 따른다면 최초의 수필 "교육을 개량하라", <동아일보>(1922. 11. 13~19)에서 최후의 수필 "에필로그", <한국일보>(1974. 10. 5)에 이르는 작품은 331편에 달하고 있으며, 창작 시기도 50년을 넘고 있다. 출전별 수록 작품 수는 다음과 같다. (總 331편 ※ 중복된 경우도 있음)

① 무애无涯시문선 (경문사, 1959): 25편
② 문주반생기 (신태양사, 1959): 94편
③ 인생잡기 (탐구당, 1962): 59편
④ 지성의 광장 (탐구당, 1969): 58편
⑤ 양주동전집 12 (동국대출판부, 1995): 95편

후학들이 지금부터라도 본격적으로 그의 수필에 접근해야 하는 배경은 대략 다음과 같다고 생각한다.

① 작품 수가 상당수에 달한다는 점
② 무애 자신이 수필을 생활의 한 반려伴侶로 생각했다는 점
③ 그의 인생 역정과 품성이 소상하게 나타나 있다는 점

이제 필자는 <인생잡기>에 실려 있는 작품들을 대상으로 해서 주제와 의식의 몇 국면을 고찰해 보고자 한다. 이들 59편은 전체 작품 대비 18%에 불과하지만, <인생잡기>는 실질적인 그의 대표적 수필집이라고 할 수 있다. 이렇게 함으로써 무애 수필의 한 본령을 조명해 볼 수 있으리라고 생각한다.

II. 주제의 양상

서양의 테마thema란 말과 subject란 말을 다 같이 '주제'라고 번역해서 쓰기 때문에 일부 혼란이 생겼다. 원래 Theme이란 말은 "나무의 잎과 잔가지들을 달고 있는 중심 줄거리"란 뜻을 가졌다고 한다.

그러나 Subject란 "主된 화제"란 의미이므로 테마와는 사뭇 다르다.

어쨌든 주제의 파악은 문학 작품 이해의 한 정점이라고도 할 수 있다.

먼저 무애 수필의 주제를 계수적인 관점에서 분석해 보기로 한다.

한 문인의 내면세계의 표출인 수필 작품을 자연계의 구상물을 대하듯이 계수화 한다는 것은 다분히 도식과 피상에 머물 우려가 있을 수 있으나, 이를 작품 평가와 결부시키는 것은 아니기 때문에 그러한 난점은 해소될 수 있으리라고 본다.

M.Maren-Griesebach도 통계학적 방법이 주관적 판단에 따르는 것보다는 정밀하며, 특히 미학적 문제에 대한 중요한 방법이 될 수 있다고 말하면서, 내용 분석 등에도 원용될 수 있음을 지적한 바 있다.[7]

<부록>에 의거해서 <인생잡기>에 실려 있는 수필 59편의 주제를 다시 몇 개의 유형으로 나누어 계수로 나타내 보면 다음과 같다.

① 회상류回想類: 22편
② 논단류論斷類: 18편
③ 처신류處身類: 6편
④ 선학류善謔類: 5편
⑤ 칭송류稱頌類: 3편
⑥ 득의류得意類: 2편

---

7) M.마렌 그레제바하, 『문학 연구의 방법론』, 장영태 역(홍성사, 1986), 185쪽.

⑦ 기타其他: 3편

먼저 지적할 수 있는 것은 주제의 다양성이다. 이것은 본서의 목차에서도 이미 그러한 사실을 뒷받침해 주고 있다고 하겠다.

<인생잡기>의 내용에 대해서 무애 자신이 言及한 것을 보면

1. '신변초身邊抄'에서는 ① 어렸을 적부터 지금까지의 단편적, 반자전적 실기 ② 신변의 쇄사 혹은 수상을,
2. '정원집情怨集'에서는 ①향리와 육친들 ② 청춘의 낭만과 감격, 허랑과 방달, 내지 그 눈물·꿈 등, 정한情恨에 관한 회상기들을
3. '수상록'에서는 ① 생과 사랑에 관한 관점 ② 일상생활에 대한 관조와 반성 ③ '문자'에 관한 희문戲文 ④ 여성에 관한 지견知見 ⑤ 現下 우리 사회·문화 등에 대한 견해와 주장같은 것들을 적었다.[8]

고 말하고 있다.

이러한 다채, 다양한 제 편들 중에서 가장 중핵적인 내용은 물론 '회상'과 '그리움'에 관한 글들이라고 할 수 있다.

인생 노년, 외로운 밤 잠 자리에 누워서 생애의 전반을 곰곰 회상하면, 갈수록 깊어지는 것은 '천애 고아'의 감이다. 그래 나도 모르게 젖은 눈을 손끝으로 씻고, 억지로 한 조각 '어버이 회상'의 글을 써 보았다.[9]

노년의 고독을 회상에 의지하고 있음을 알 수 있는 대목이다.

문학소년 시절! 생각하면 나에게는 무엇보다도 먼저 그리운 추억이

---

8) 『인생잡기』 '후기' 373~374쪽.
9) 『인생잡기』 13쪽, '사친기'.

다.. (中略) 어쩐지 현재의 나는 순문학과는 좀 거리가 멀어져 가는 것
같은 말하자면, 생각과 정열이 옛날과 같이 오로지 문학에만 집중되
지 않고 한편으로 학구적인 반면, 또 한편으로는 인간생활의 현실과
역사에 대한 실제적인 방면 등 여러 갈래로 관심이 쪼개지는 일방,
지난날에 가졌던 그 오롯하고 화려한 몽상, 그 낭만적인 문학열이 차
츰 식어 가는듯한 느낌을 가지기 때문이다.[10]

위의 글에서도 '그리움'이 무애无涯 수필의 한 축이라는 사실을 감지할
수 있다. 그는 끝까지 '문인'으로, 가능만 하다면 '시인'으로 남기를 切切
히 바랐던 것 같다. 그래서 학자로, 논객으로 입지하고 있는 현재의 자신
을 발견하고 못내 아쉬워하고 있는 것이다.

무애 수필 주제의 또 하나의 특징은 '논단류'가 많다는 점이다. 그 주제
들은 대부분 시사성을 띠고 있으나, 주로 문화 일반에 관한 것들이 많고,
구체적인 정치 현실에 관한 것들은 제외되어 있다. 이것은 아마도 그의
중용적, 절충주의적 생활 태도의 한 단면을 보여주는 것인지도 모른다.
무애는 자신의 나약한 개성에 대해서 다음과 같이 술회한 바 있다.

광주학생의거가 이어 평양서 일어난 것은 1931년 바로 원단元旦 아
침이었다. (중략) 쓰러진 학도들의 시커먼 몸이 참으로 목불인견의 처
절한 광경이었다.
그러나 나는 교수실에서 뛰어 나가 교정으로 달려 그들의 흐트러진
대오 속에 뛰어 들어 갈 '용기'가 그때 없었다. 나는 그대로 장승과 같
이 창가에 기대어 서서 한갓 눈물을 머금고 눈으로 그 처참한 광경을
응시할 뿐이었다. [11]

---

10)『인생잡기』, 24쪽, 'u의 문학소년 시대'.
11)『인생잡기』, 66~67쪽, '교단삽화'.

이 글에서 그는 젊은 날의 '패기'나 극한 상황과 정면 대결하는 '강의剛
毅'가 부족했음을 토로하고 있는 것이다.

때로는 온건하고 유연함이 지나쳐서 이른바 '소극성'을 노정露呈하기
도 하지만, 어떻든 그의 수필 주제의 큰 몫을 차지하고 있는 것은 논단류
이다.

> 그들 (중국인: 필자 주) 이 남녀 간의 '연애'를 애초부터 '성적·육체
> 적'인, 실제로 '생활의 일부'로 간주한 점이다. 그러나 그러기엔 또 그
> 들(남성)의 자존심과 '지위'가 허락지 않아, 숫제 그것을 육체적인 문
> 제로 다루지 않고 짐짓 피부적인 '색'으로 간주코자 한 것이다. (중략)
> 그런데 갑자기 근대사의 과정을 밟게 된 우리의 '연애'는, 주지하는 바
> 와 같이 또 너무나 급격한 외래물질 문명·향락 문화의 도도滔滔한
> 유입과 범람과 함께, 특히 '해방'과 '사변'을 지난 거족적인 혼란기·
> 수난기에 또 너무나 지나친 물질적·육체적 일변도의 경향으로 흐르
> 고 있다. 12)

양비론적 입장에서 펼쳐진 온건한 주장으로 일관하고 있다. 말하자면
중도적 연애관의 일면을 보여주고 있다.

다음은 역사관에 대해서 소신을 밝힌 대목이다.

> 우리들 연배의 '사학'과 '국어·문학' 연구자들이 과거에 그 연구에
> 서 모두 일종의 민족적·애국적 '감정'을 띠어 왔음이 사실이다. 그런
> 데, 근래 신진학도들은 흔히 '科學'적인 사관과 비교어·문학적인 연
> 구를 운위云謂하여 전배前輩들의 학풍과 업적을 온통 '쇼빈이즘'으로
> 간주·비난하는 경향이 있는 듯하다. '쇼빈이즘'(그것은 과연 딱한 사
> 상임에 틀림없다.)까지는 몰라도, 우리들의 당시 계몽적 학풍이 '감정'

---

12) 『인생잡기』, 235~243쪽, '나의 연애관'.

을 띠었던 것만은 솔직히 승인한다.

　그러나 내가 여기서 반문하고 싶은 것은—그러면 그들 신인의 '學', 예컨대 그 색다른 '사관'이나 참신한 '과학'적 연구 '방법'을 가지지 않는가? 없다면 그야 말로 무슨 "'떡'이라도 생기는가" 묻고 싶은 허전한 가엾은 '學'이요, 있다면 그것 역시 다른 무엇에의 일종 '쇼빈이즘'이 아닐까 한다.13)

역시 양비론적인 입장에서 자신의 견해를 피력하고 있다.

무애 수필에서 논단적 주체들은 이렇게 대부분이 문화 일반이거나 혹은 예민하지 않은 문제들을 소재로 하고 있다. 따라서 가치관이나 전통, 관습 같은 것들이 주된 대상으로 등장되곤 한다.

무애 수필의 또 하나의 특징은 애틋한 주제의 글에서도 대개는 해학이 구사되고 있다는 점이다. 무애无涯는 스스로의 일군의 글들을 자평하여 "진지한 속애 해학을 풍기고, 해학 중에서도 진지한 것을 잃지 않으려 한 글들"14)이라고 하였다.

　해학은 자연스럽게 웃음과 직결된다고 할 수 있다.

　백 사람이 앉아 즐기는 중에 혹한 사람이 모퉁이를 향하여 한숨지으면 다들 언짢아지고, 그와 반대로 여러 사람이 침울한 얼굴을 하고 있는 사이에도 어느 한 사람의 화창한 웃음을 대하면 금시 모두 기분이 명랑해짐이 사실이다. 그러기에 '웃음'에는 '소문만복래笑門萬福來'란 공리적인 속담이 있고, '웃는 낯에 침 못 뱉는다'는 타산적인 잠언도 있고, 또 누구의 말인지는 잊었으나, '웃음은 인생의 꽃'이라는 자못 시적(?)인 표어도 있다. (中略) '웃음'의 능력—또 그 양과 질에 있어서 나는 선천적으로, 또는 여간한 '수양'의 덕으로, 남보다 좀 더 은혜를 받았음을 고맙게 생각한다.15)

---

13) 『인생잡기』, 372쪽, '역사'.
14) 『인생잡기』, 373쪽, '후기'.

위의 글은 무애의 대표적 수필의 하나인 '웃음설'의 모두冒頭 부분이다. 그 자신이 '해학' 내지 '웃음'과 이웃하여 '따스한 정'이 자리 잡고 있다.

그의 집 단칸방에 있는 다 깨진 질화로가 점심 먹으로 돌아오는 예의 '서당 애'를 기다리는 따뜻한 토장찌개를 가졌음은 무론이다. 그 아들이 '천자문'을 읽는데 '질그릇 도陶, 당국 당唐'이라 배운 것을 어쩐 셈인지 '꾀꾀요 陶, 당국 唐'이라는 기상천외의 오독誤讀을 하였다. 이 것을 들은 늙은 '오마니'가 알지는 못하나마 하도 괴이하게 생각하였던지 의의를 삽揷한즉, 늙은 영감이 분연히

"여보 할멈, 알지도 못하면서 공연히 쓸데없는 소리 하지 마소. 글에 별소리가다 있는데, '꾀꾀요 도陶'는 없을라구."
이렇게 단연히 '서당 아이'를 변호한 것도 바로 질화로의 찌개 그릇을 둘러서이다. 얼마나 인정미 많은 태고연한 진실한 풍경이냐.16)

'꾀꾀요 도陶'를 화두로 하는 웃음의 언저리를 따뜻한 가족애가 감싸고 있다. 무애의 또 다른 대표작의 하나인 이 작품은 제목 그대로 '太古'와 '質朴'과 '해학'이 '인정미'의 울타리 안에 녹아 있다고 할 수 있다.

그의 수필의 주제를 감싸고 있는 이러한 '웃음'과 '인정' 저편에는 심호흡으로 가다듬는 '애상'과 '한'이 있다.

소년은 커서 꼭 장수가 되어 三軍을 질타하거나 事 不如意하면 차라리 '모닥불에 몸을 던지리라' 自期했었다.
그러던 것이 자라서 나는 세상의 이른바 '현실'에 부닥쳐 '타협'을 배우고, '절충'을 익히고, 또는 '부전승'이란 허울 좋은 내 딴의 '유도'를 터득했노라 했다. 그리고 직업으로는 나아가 평범한 '교사'가 되고 들

15)『인생잡기』, 207쪽, '웃음설'.
16)『인생잡기』, 96~97쪽, '노변의 향사'.

어선 평생 구구한 '고거考據'나 하잘 것 없는 '수상'을 쓰는 세쇄한 '학구', 허랑한 ¾ '문인'이 되었다. 모두 소년 시대의 기약과는 사뭇 달라진 일이다.[17]

소년기의 '자기'를 이루지 못한 '한'을 토로하고 있다. 물론 여기서 말하는 '한'은 '원한'이 아니라 '한탄'을 의미한다. 오세영이 김소월의 시를 논하는 자리에서 "한은 풀 길 없는 맺힌 감정, 즉 모순되는 감정들의 해소할 수 없는 자기 갈등"[18]이라고 한 말은 바로 이 경우를 가리킨 것으로 볼 수 있다.

안으로 숨겨진 이러한 '못다 이룬 한'은 순간순간 고독의 표상으로 나타나기도 한다. 그리하여 '무상감'이라는 곁가지를 태생시키기도 한다. 특히 老年으로 접어든 때의 외로움에 젖은 그의 모습을 최원식은

학문 이외의 모든 것이 귀찮아서 눈 감고 썩둑썩둑 잘라 버리며, 그저 무엇인가에 의지하여, 끝내 버티고만 있는 최후의 용장처럼 고독해만 가고 있다.[19]

고 표현하고 있다.

이렇듯 광달 · 하던 '천재'와 '영웅'이 어느덧 중년 이후엔 '범부凡夫'와 '졸장부'가 되어서 (중략) 지금은 숫제 '착한 남편, 좋은 아버지, 구수한 교사, 평범한 문인'으로 '하늘의 명한 것을 안'지가 벌써 6, 7년이 되었으니, 늙음은 역시 가엾은 일이라 할 밖에.[20]

---

17) 『인생잡기』, 23쪽, '모닥불'.
18) 오세영 편저, 『김소월』(문학세계사, 1996), 300쪽.
19) 최원식, 『고독한 용장』, 『양주동 박사 프로필』(탐구당, 1973), 221쪽.
20) 『인생잡기』, 80쪽, '청춘 · 돈 · 좌우명'.

무덤덤한 생활 속에 파묻혀 무기력해져만 가는 자신의 자화상을 물끄러미 바라보면서 그저 무상감에 젖어 있는 것이다.

무애 수필에는 '처신'을 주제로 한 작품도 상당수 있다.

> 광주학생의거가 이어 평양서 일어난 것은 좀 늦어 1931년 바로 원단 날 아침이었다. 나는 그때 학교 윗층 교수실에 앉아 있었다.(중략) 이윽고 피아간에 격투가 벌어져 저들의 구둣발에 차이고, 몽둥이에 두드려 맞고, 칼끝에 찔려, 나의 '학생'들은 여기저기 선혈을 뿌리며 넘어졌다. 희나 흰 눈이 쌓인 교정에 군데군데 흘려진 붉은 피와, 낭자한 발자국들이며, 쓰러진 학도들의 시커먼 몸이 참으로 목불인견의 처절한 광경이었다.
>
> 그러나 나는 교수실에서 뛰어나가 교정으로 달려 그들의 흐트러진 대오 속에 뛰어 들어갈 '용기'가 그에 없었다. 나는 그대로 장승과 같이 창가에 붙어 서서 한갓 눈물을 머금은 눈으로 그 처참한 광경을 응시할 뿐이었다. 참으로 나는 그때만큼 인테리의 무기력을 뼈저리게 느낀 적은 없었고, 자신의 '비겁'을 이때만큼 부끄럽게 생각한 적은 없었다.[21]

젊은 날의 한때 자신의 나약했던 처신에 대한 절절한 자괴감을 토로하고 있다.

이처럼 그의 수필에는 강인하지 못한 성격에 대한 후회와 갈등이 도처에 배어 있다. '빵 두 조각'도 물론 그러한 예에 속한다.

'칭송'이나 '득의'를 주제로 한 작품들도 중요한 축의 하나가 된다. 이런 작품들은 그 성격상 '웃음'과 '해학'의 이웃이 된다.

> 누나가 어머니의 결벽을 닮아 몹시 정결한 살림을 좋아하였다. 촌

---

21) 주⑪ 참조.

집이나마 집 안팎을 하루에도 몇 번씩 부지런히, 깨끗이, 글자대로 청소해서, 방이나 부엌이나 헛간·마당이나 모두 유리알 같이 정하고 말끔하였다. 그래―독자는 아래 글을 보고 아마 웃으려니와―누나는 임산臨産 때가 되면 그 깨끗한 방에서 아이를 낳기를 꺼려하여 하필 부엌 옆의 '헛간'을 치우고, 멍석을 깔고 그 위에 포단을 펴고, 거기서 분만을 하는 것이었다. 집 안 사람들이 아무리 말려도 누나는 막무가내로 듣지 않고 번번이, 기어이 게서 라야 해산을 했다 한다.[22]

누나의 청결 벽이 지나쳐 오히려 구설수에 오를 정도라는 이야기이다. 칭송과 웃음이 한 가닥을 이루고 있다.

일전 어느 다방엘 들렀더니, 지우 모씨 옆에 일위 백면의 미소년이 동반되어 앉아 계신데, 연푸른 빛 홍콩 사지양복 저고리에 짙푸른 양복바지, 붉은 넥타이, 로이드 색안경에 三·七로 갈라 제낀 머리 ―무론 왼편 손가락 사이에는 '쎄일렘'인가 '바이스로이'인가의 자연紫煙을 성盛히 올리기를 게을리 하지 않는다.

그런데 지우 모씨의 소개에 의하면

"이분이 선생을 자못 경모하는 '미쓰 모'라"하며, 이어 '미쓰 모'는 "딱터 양, 만나 뵈어 참 반갑습니다. How d'ye do?"를 연발하며 악수를 먼저 청하고, 문득 '쎄일렘'인가의 하나를 웃 포켓에서 꺼내어 내게 선뜻 희사한다. 그제야 나는 '그씨'의 정체가 '여성'임을 만각晩覺하고 경이의 눈으로 그 씨의 약간 더 붉은 입술과 더 가는 손가락을 점검하고, 이윽고 테이블 밑에 숨겨진 그 씨의 넓적한 여화女靴를 감상하는 무례를 감행하고 나서, 비로소 악연愕然의 표정과 안도의 한숨을 지었다.[23]

위에 인용된 글에서는 소위 '신여성'에 대한 칭송이 장난기 서린 해학으로 이어지고 있다. 그녀의 파격적이고 발랄한 언행에 놀라면서도 한편

22) 『인생잡기』, 111쪽, '건부전'.
23) 『인생잡기』, 307~308쪽, '새 '여성미'.

으로는 흥미와 친근감을 느끼고 있는 것이다.

끝으로 '득의'를 주제로 한 작품들을 보기로 한다.

무애에게 있어서 득의는 주로 '박학'과 '천재' 내지는 '시재詩才'에 대한 자긍에서 연유되고 있다.

아닌게 아니라, 기억력을 따진다면, 내가 당시 '해서海西'는커녕 '해동 천재'라고 자임할 만큼 탁월한 천분을 믿는 터이었다. 일찍 어렸을 때 고향에서 수십 노인들과 함께 시회에 참가하였다가 그들이 지은 '풍월'을 내가 시축詩軸에 한번 받아쓰고 당장에 그 십여 수의 우작愚作을 모조리 외워서 일좌를 경도驚倒케 한 실례도 있거니와, 저 한토漢土의 서적은 글자대로 일람첩기一覽輒記 하였으니 말할 것도 없고, 약부若夫 영어 단어조차 중학 1연간에 무릇 6천어쯤을 외운 경험이 있는지라, 이 일에 있어서 내가 깃동 '마산 수재'에게 일보를 사양할 리가 없다.[24]

청년기 일본 동경유학시절에 李殷相과 암기 내기를 할 때 있었던 일화에 끼어 있는 대목이다. 이 글에서는 자신이 '조숙한 천재'임을 과시하고 있다.

그는 '博學'에 대해서도

어려서부터 조그마한 '박식博識'에 남달리 자부심을 가져 온 나는 한편 남에게 그 지식을 가르침에 비상한 취미와 열의를 가졌었다.[25]

고 무한한 자긍심을 토로하고 있다.

---

24) 『인생잡기』, 290쪽, '기억술'.
25) 『인생잡기』, 52쪽, '교단기'.

이 한 장章에 있어서의 묘처妙處는 내가 앞에 일부러 주기註記까지
붙인 '던부라顚不剌'라고 제가의 주의를 자로 환기하였다.
　　이 '던부라'란 사뭇 난해요 현학적衒學的인 여진女眞 말 시어가 나의
시의 광염光焰을 만장萬丈이나 돋구어 제가의 찬탄을 모조리 박득博得
하였음은 毋論이어니와, 그윽히 걱정되는 바는, 혹시 이 一語의 부정
확한 발음이 인국어隣國語의 '덴뿌라'(그역 외래어일 터이나)와 통하여
그 화禍가 드디어 '고운 임'에 미치고, 연延하여는 나의 '걸작 시' 제1장
전체, 내지 이하 속장續章 전편에 미치면 큰일이다.[26]

　　위의 글은 '종이'라는 제목으로 쓴 자작 시조를 자평한 글의 일부이다.
첫째 수 종장 첫귀 '顚不剌'(던부라)라는 시어에 대한 극도의 상찬賞讚이
지만, 이 글 속에는 자신의 시재에 대한 남다른 긍지가 스며져 있다. 그것
은 "나의 걸작 시" 운운에서도 알 수 있는 일이다.

　　그는 이러한 시재를 종생토록 유지하지 못한 한을 '모닥불'에서 "허랑
虛浪한 반 문인이 되었다."는 말로 대신하고 있다.

　　주제를 중심으로 해서 살펴본 무애无涯의 수필에는 '정'과 '원'이 양안
을 이루고 있는 형국이라고 할 수 있다. '박학'과 '천재'라는 무한한 자긍
심의 저편에는 소년기에 자기했던 '대문호'의 꿈을 성취하지 못한 끝없
는 한탄이 있다.

　　그리고 이제는 건너지 못할 차안此岸과 피안彼岸의 정한을 '웃음'과 '해
학'이 감싸 주고 있는 것이다. 이러한 주제 의식은 그의 수필 도처에서 다
기한 정서로 나타나고 있다.

　　오창익은 '수필 주제의 요건'으로

　　① 선명한 주제

---

26) 『인생잡기』, 218~219쪽, '전불랄기'.

② 쉽게 공감할 수 있는 주제
③ 새롭고 독창적인 주제
④ 자기 관조가 가능한 주제
⑤ 가치 있고 유용한 주제
⑥ 자기 경험에서 얻은 주제
⑦ 구체적이고도 한정적인 주제

등을 꼽고 있는데, 27) 무애无涯 수필의 주제들은 대략 이와 부합符合될 수 있다고 할 수 있다.

III. 내면세계의 몇 국면

무애 수필에 나타나 있는 의식의 양상은 '주제'와는 또 다른 측면에서 다양한 모습을 보여 주고 있다 하겠다.
김광섭은 수필 문학을 논한 그의 한 평문에서

> 수필은 달관과 통찰과 깊은 이해가 인격화된 평정한 심경이 무심히 생활 주변의 대상에, 혹은 회고와 추억에 부닥쳐 스스로 붓을 잡음에서 제작된 형식이다.28)

라고 수필을 정의한 바 있는데, 이 말은 무애无涯 수필을 설명할 때도 적합한 언급이라고 할 수 있다.
무애 수필에서 가장 빈번하게 만날 수 있는 정서는 회상과 그리움이

---

27) 오창익, 『수필 문학의 이론과 실제』(나라, 1996), 46~56쪽.
28) 김광섭, 『수필 문학 소고』(문학사, 1934.1).

다. 이들의 공간적 배경은 주로 향리와 일본 동경이고, 시간적인 배경은 유년기와 소년기, 또는 숭실전문 교수시절 등 광범위하게 걸쳐 있다.

이러한 사정은 '후기'에 진작 밝혀 놓았다.

문인 대개의 역로가 그러하듯이 나도 초년엔 시작을, 중세 이후엔 자못 수필을 즐겨했다. 그래 수상·만록·잡기 등 필흥筆興에 맡긴 문자를 써서 발표해 온 것이 어느덧 근 30년이 된다. 그것들 중의 더러는 스크랩도 해두지 않아 숫제 유실되고 말았으나, 다행히 보존·수집되어 온 것이 근 백 편. 그 중 에서도 하치 않은 것을 다시 할애하고 그 상이나 필치에 있어, 내지 그 글 을 쓰게 된 기연機緣과 내용에 있어 내 딴엔 회심으 미소, 칭의稱意의 탄상嘆賞, 내지 감개로운 회고를 지을 만한 일반 이상의 편수를 추려서 한 책으로 모 아 놓았다.[29]

내가 이웃집 김집강의 딸 '갓난이'와 어울러서 소꿉질을 하였다. 갓난이가 오줌을 누워 흙을 개놓으면 내가 그것을 빚어서 솥·남비·사발·접시 등을 만들어서 진열해 놓고, 갓난이와 모래나 풀잎 따위로 밥을 짓고 국을 끓이고 반찬을 만드는 시늉을 하였다. 그래 한창 재미나게 살림을 차려 놓고 즐기는 참인데, 큰놈이가 홀연히 어디서 나타나서 대번에 달려들어

"이게 다 무어냐?"

하면서 우리들의 솥, 남비 등속을 발질로 차고 문질러서 우리들의 재미나는 '살림'을 모두 망쳐 버리곤 하였다.[30]

시기적으로 가장 이른 시기에 있었던 추억담을 소재로 한 것이 이'큰놈이'라는 작품이다. 또 이와 비슷한 시기의 것으로는 '모닥불'이 있다.

---

29) 『인생잡기』, 373쪽, '후기'.
30) 『인생잡기』, 19쪽, '큰놈이'.

역시 유년기의 아스라한 동심의 세계를 들려주고 있다. 무애无涯는 특히 이 수필에서 승부를 위해서 '모닥불'에까지 뛰어 들었던 어린 시절의 '용기'와 순수"를 지탱하지 못한 자신의 모습을 한탄하고 있다.

회상과 그리움의 climax는 아무래도 '춘소초春宵抄'일 것이다. "문학소녀 K의 추억"이라는 Subtitle이 이미 이 글의 성격을 시사해 주고 있다.

> 봄은 만물이 소생하는 철, 시렁 위에 얹혀 있는 해묵은 낡은 북(고鼓)도 다시금 저절로 소리를 내는 때라 한다. 더구나 이 밤은 조용한 비가 시름없이 내리고⋯⋯.어느 젊은 여류 시인은 비 오는 밤이면 문득 '인생의 여권'이 함초롬히 젖음을 느낀다 한다. 아닌게 아니라 봄 밤―특히 비오는 밤은 우리가 지난날의 추억을 하염없이 눈감고 더듬어 볼 적당한 시간이다.
> 나도 이 고요한 봄밤에, 창 밖에 내리는 빗소리에 귀를 기울이면서 젊은 시절에 얼마 동안 흐뭇이 젖었던 '인생의 여권'을 다시금 회상하여 볼까.[31]

아마도 무애无涯의 수많은 수필 작품들 중 가장 애틋한 정서와 가냘픈 낭만을 보여주는 작품이 아닐까 한다. '춘소초'는 happy-end가 아닌 sorrow-ending을 다음과 같이 적고 있다.

> K와 내가 어떤 뜻 아닌 한 불행한 일에 의하여 서로 갈라진 구슬픈 날은 역시 비가 오는 어느 첫 가을 날 오후였다. 내가 그녀를 마지막으로 작별하고 그녀의 방을 떠나 바깥으로 나왔을 때, 비가 와서 날이 음침한 탓도 있었겠으나, 대낮인데도 시계가 컴컴하여 길이 온통 보이지 않았다. 아마 내가 K를 무던히 사랑하였던가 보다.[32]

---

31) 『인생잡기』 146쪽, '춘소초'.
32) 주 31) 참조.

무애는 소위 'Strum und Drang' 시대의 동경 유학의 추억을 이렇게 적고 있다.

> 나의 '신문학'에 대한 열중은 그 해에 일본에 건너가 조대부大 예과 불문과(그 뒤 대학은 영문과로 전轉하였는데)에 입학한 때부터였다. 나는 '신문학'을 보았다. 그것은 내게 전연 알려지지 않았다. '새 천지'(칼라일)였다. 나는 서양 소설을 자꾸 읽었다. '톨스토이'를 읽고, '투르게넵' 전집을 읽고, '루소오'의 '참회록'을 읽었다. (중략) 글자 그대로 무선택, 무표준, 닥치는 대로 읽었다.[33]

그의 수필에서 두 번째로 빈번하게 만날 수 있는 정서는 '가족애'이다. 즉 '사친기'에서는 아버지에 대한 추억과 그리움을, 그리고 '어머니 회상'에서는 어머니에 대한 절절한 그리움을 토로하고 있다. 그가 특히 어머니에 대한 정이 더할 수밖에 없는 배경을 이렇게 적고 있다.

> 사람이란 나이가 차차 들어감에 따라, 늙어감에 따라, 어버이—특히 돌아간 어머니를 회상하고 추모하는 마음이 더 간절해지고, 또 근본적으로 '어머니' 자체, 곧 '모성' 자체에 대한 연모가 더욱 심화되어 가는 듯하다.[34]

우리의 애창 가곡, 국민가요와 다름없는 '어머니 노래'를 무애가 창작했다는 것은 바로 여기에 그 배경이 있는 것이다.

'건부전健婦傳'에서는 누나에 대한 애끓는 정이 잘 나타나 있다. 조실부모한 무애에게 있어서 '삼질이'라는 아명兒名의 누나는 어머니의 대리 역

---

33) 『인생잡기』 33쪽, '나의 문학소년 시대'.
34) 『인생잡기』, 99쪽, '어머니 회상'.

이였던 모양이다.

그의 누나에 대한 가장 인상 깊은 일화에 대해서는 '주제'(칭송)조에서 소개한 바 있다.

'날아난 새들'에는 두 딸에 대한 자별自別한 부정父情이 진솔하게 나타나 있다. 전처소생인 '혜련'과 후처 소생인 '혜순'을 동복同腹자매姉妹처럼 키우려는 안쓰러운 부정이 눈물겹다.

무애의 활동 영역과 가장 어울리는 정서는 교육과 학문에 대한 열정일 것이다.

> 나는 불행히 추성처럼 '천하의 영재'를 만나지 못하여 노상 오히려 '득천하둔재得天下鈍才 이교육지而敎育之 시일고야是一苦也'의 탄을 발하기도 일쑤이다.
> 그러나 어떻든 내가 아무리 불사不似한 교사로서나마 이렇듯 장세월 간의 교단생활 중에서도 조금도 '권태'를 느끼지 않고, 늙음에 이르러서도 오히려 '신'이 나는 '즐거움'으로써 약간의'학문' 과 몇 낱의 백묵을 밑천으로 하여 그날그날의 생활을 과히 양심에 어그러짐이 없이 보내고 있음은 인생 만년의 한 '청복'이 아닐 수 없다. 35)

그의 교육에 대한 순수한 열정은 다음의 글에서 더욱 구체성을 띠고 있다.

> 인생이 문득 우울한 날도, 집에서 아내와 옥신각신 다투고 나선 아침도, 나는 훤칠한 교정에 들어서서 (中略) 기분은 금방 상쾌해지고, 하물며 교실에 들어가 수많은 학도 중 어느 한 모퉁이의'빛나는 눈' 이나 발견할 양이면 나는 문득 신' 난 무당처럼 몇 시간이고 피곤한 줄을

---

35) 『인생잡기』. 52쪽, '교사'의 '자격'.

모르고 정신없이 떠들어 대는 것이다.

　그래 이 '신' 바람에 해방 후에 한동안은 일주간에 주야 육십여 시간
을 가르치고도 피로를 몰랐다. 36)

이것은 예삿일이 아닌 것 같다.

"해방 후에 한동안"이란 단서가 붙어 있기는 하지만 (그의 사십대 시절에 해당) 육십여 시간의 강의를 소화해 내기란 문자 그대로' 초능력 '에 가까운 일이었다고 할 수밖에 없다. 더구나 교통수단도 여의치 못했던 당시의 여건과, 여러 대학을 순방하면서 이루어진 강의였으니, 이것은 아마도 무애의 낭만과 서정과 순수가 빛나는 눈과 함께 이루어 낸 일종의 '기적'이라고 밖에 달리 표현할 말이 없을 것이다.

　그의 이러한 교육열과 짝을 이루는 것으로 학문적 열정을 꼽을 수 있다. 무애无涯가 적수공권으로 일구어 낸 '향가'와 '여요麗謠' 연구에 대한 '불멸의 업적'에 대해서는 이런 자리에서 상론할 필요를 느끼지 않지만, 이 또한 '민족애'를 바탕으로 한 학문에 대한 무한한 애착이 아니었다면 애초에 불가능했을 것이다.

　다음의 글은 향가 연구의 배경과 그 과정의 일단을 보여주고 있다.

　　내가 혁명가가 못되어 총·칼을 들고 저들에게 대들지는 못하나마 어려서부터 학문과 문자에는 약간의 '천분 ' 이 있고, 맘속 깊이 '원顧' 도 '열熱 '도 있는 터이니, 그것을 무기로 하여 그 빼앗긴 문화유산을 학문적으로나마 결사적으로 전취, 탈취해야 하겠다는, 내 딴에는 사뭇 비장한 발원과 결의를 하였다. (中略) 약 반 년 만에 우선 소창씨小倉氏의 석독釋讀의 태반이 오류임과 그것을 논파論破할 준비가 완성되었다. 그러나 악전·고투, 무리한 심한 공부는 드디어 건강을 상하여

---

36) 주35) 참조.

대번에 극심한 폐렴에 걸려 발열이 며칠 동안 사십 도를 넘어 아주 인사불성, 사람들이 모두 죽는 줄 알았었다. 아내가 흐느끼고 찾아 온 학생들이 모두 우는데, 내가 혼미한 중 문득 일어나 부르짖었다. ─

"하늘이 이 나라 문학을 망치지 않으려는 한 , 모는 죽지 않는다!"

이만한 혈원이요, 자부심이었다. 37)

학문에 대한 열정과 학자적 '천분'에 대한 긍지가 어떠했었던가를 구체적으로 보여 주고 있다.

일제강점 하의 학자들이 구국 일념으로 학문연구에 몸 담았던 것은 주지의 사실이지만, 무애의 경우는 그 정도가 더욱 치열하고, 격정적이었다고 할 수 있을 것 같다. 그의 저만한 '혈원血願'이 이만한 성취를 일구어 낸 것이리라.

무애는 강렬하면서도 침전된 의식의 소유자였다. 그의 '천재' 의식의 저편에는 천진무구한 질박質朴함이 있었다. 학문을 논하는 자리에서는 "산 밑으로 지나가는 빗소리" 식의 고압적 · 고와주의를 취하다가도 때로는 극도로 몸을 가다듬곤 하였다.

열한 살의 어린 '교사' 가 뒤에 제 버릇을 못 버리어 약관에 교단에 선 후 노년에 이르기까지 '약장수' 비슷한 이 '敎手'의 생활을 무릇 삼십여 년간 지속하여 왔다. 38)

여기서 무애는 자신을 '약장수' 에 비유하고, 그 역할도 '敎授' 아닌 그

37)『국학연구논고』. 344~345쪽, ' 향가연구의 회고 '.
38)『인생잡기』, 51쪽, ' 무명숙 '.

저 지능인에 불과한 '教手'로 호칭하고 있다. 그는 가끔 자신을 "무뚝뚝한 아비"라고도 했고, 또 "고루한 서생"이라는 관어를 사용하기도 했다. 또 조실부모한 천애'의 '고아'의 몸으로 풍진 세상을 용케 극복한 자신을 대견스럽게 생각해 보기도 했다.

> '뿌리를 잃은 풀' 같은 고아가 용케도 그럭저럭 자라나서 고향을 떠나 사방으로 유학을 가고, 술을 마시고, 연애를 하고, 처자도 이룩하고, 문학을 합네, 교사 노릇을 합네 하면서 평생을 지내 온다. 대견하다면 대견하고, 신통하다면 신통한 일이다. [39]

그의 '자의식'은 낙천적 · 긍정적인 이쪽과 소극적이고 무상감에 젖은 저쪽이 공존하는 양상을 보여 주고 있다.

무애의 수필을 두고

> 한 시대를 풍미한 도정에서 재주와 학문과 익살과 술, 그리고 문학이 어우러진 스펙타클의 변화 다양한 드라마를 생각하게 하는 것이 양주동의 수필이다. [40]

라고 한 어느 평자의 말은 정곡을 얻었다고 하겠다.

---

39) 『인생잡기』, 11쪽, '사친기'.
40) 채수영, 상게논문, 118~119쪽.

IV. 결론

지금까지 산만하게 서술해 온 무애无涯 수필에 대한 논의를 요약함으로써 결론을 삼고자 한다.

무애无涯 수필의 주제는 양적으로는 ① 회상 ② 논단 ③ 처신 ④ 선학 ⑤ 칭송 등의 순위를 보이고 있으나, 저변으로는 '정'과 '한'이 두 축을 형성하고 있다.

'박학'과 '천재'라는 무한한 자긍심의 저편에는 소년기에 품었던 원대한 포부—'대문호'의 꿈을 성취하지 못한 한탄이 마주하고 있는 형국이다. 이 양안을 사이에 두고 웃음과 해학의 따뜻한 강이 흐르고 있다.

그의 수필에 나타난 내면의 세계 또한 다양하기는 마찬가지이다. 양적인 면에서 볼 때는 ① 회상과 동경 ② 가족애 ③ 교육과 학문에 대한 무한한 열정 ④ 강렬한 자의식 등의 순위를 보이고 있으나, 역시 '당당함'과 '애틋함'이 편을 가르고 있다. 이 양편을 '천진무구'라는 크나 큰 손이 맞잡고 있다.

한 시대를 풍미했던 '대석학'의 수필에 나타난 깊고도 넓은 '의식'의 세계를 이런 옹색한 자리에서 이러니 저러니 운위한다는 것 자체가 하나의 nonsense인지 모른다.

삼백여 편의 수필을 다시 한자리에 모아 놓고, 좀 더 성실하고 밝은 눈으로 바라보는 일이 필자가 맡아서 완수해야 할 다음 단계의 책무가 아닌가 생각해 본다.

〈참고문헌〉

Ⅰ. 자료

1. 양주동. 인생잡기. 탐구당, 1962.
2. 양주동 박사 전집간행회. 양주동 전집 12. 동국대 출판부, 1995.
3. 양주동. 국학연구논고. 을유문화사, 1962.

Ⅱ. 논저

1. 김광섭. "수필 문학 소고", 문학. 문학사, 1934.
2. 김용직. 문예비평용어사전. 탐구당, 1989.
3. 어문각 편집부. 한국문학사 개관. 어문각. 1988.
4. 오세영. 김소월. 문학세계사, 1996.
5. 오창익. 수필 문학의 이론과 실제. 나라, 1996.
6. 조연현. 한국현대문학사. 인간사, 1968.
7. 채수영. "양주동의 수필 세계" . 양주동연구, 민음사, 1991.
8. 최원식. "고독한 용장", 양주동박사 프로필. 탐구당, 1973.
9. M. 마렌 그레젠바하. 문학 연구의 방법론. 장태영 역. 홍성사, 1986.

〈부록〉 작품명 및 주제 일람표

順次	題目	主題	內容	創作年度
1	사친기思親記	부모에 대한 희미한 추억	回憶	1958
2	큰놈이	故友에 대한 추억	回憶	1958
3	모닥불	이루지 못한 이상에 대한 아쉬움	回憶	1958
4	나의 문학 소년 시대	다채로우나 체계가 없었던 문학 수업의 역정	回憶	1937
5	몇, 어찌	신학문 습득 과정의 일화와 추억	回憶	1958
6	자전거 삽화	실수 인정의 미덕	回憶	1958
7	무명숙無名熟	소년 시절의 경험과 추억	回憶	1958
8	교사의 '자격'	교직을 천직으로 생각함	回憶	1958
9	교단 삽화	교직 생활의 일화	回憶	1958
10	현문우답초	교직 생활의 일화	回憶	1958
11	나의 아호	아호 애찬	得意	1948
12	청춘 · 돈 · 좌우명	청춘 시절의 낭만과 격정을 그리워 함	回憶	1958
13	무전수난기	실수의 일화	回憶	1959
14	향산봉변기	실수의 일화	回憶	1959
15	비지땀	피서의 일화	回憶	1959
16	노변爐邊의 향사	소년 시절의 향수	回憶	1936
17	어머니 회상	어머니에 대한 그리움	回憶	1959
18	건부전健婦傳	누나에 대한 그리움	回憶	1958
19	날아난 새들	이복자매를 키운 부정	回憶	1958
20	목과초	선물에 얽힌 일화	回憶	1958
21	춘소초	정렬의 추억	回憶	1958
22	신혼기	신혼초의 신산辛酸	回憶	1958
23	牛衣감분록感舊錄	육 · 이오 전란중의 아내의 쾌거	回憶	1957
24	정원초	역사상의 비련	哀傷	1958
25	웃음설	웃음의 효능과 일화	論斷	1958
26	전불라'顚不剌'記	자작시에 대한 칭송	得意	1958
27	사랑은 눈오는 밤에	설야의 정련	相思	1936
28	나의 연애관	중도적 연애관의 주창	論斷	1959
29	호불끽호	합리적 사고의 중요성	論斷	1960
30	화하선문답	선문답의 흥취	善謔	1936

31	옷 철학	검박儉朴한 생활	處身	1959
32	꽉찬 설합	인내심의 중요성	處身	1959
33	오미자 몇알	신중한 처신	處身	1959
34	공자와 안회顔回	정직의 미덕	處身	1959
35	구곡주 이야기	타인에 대한 외경	處身	1959
36	기술의 수련	의리의 소중함	處身	1959
37	한자 문제	국한문 혼용을 주장함	論斷	1959
38	'그녀'변	삼인칭 대명사에 대한 주장	論斷	1959
39	성명 설	한자식 성명의 불합리성	論斷	1959
40	化子	여성名'子'의 부당성	論斷	1959
41	기억술	한담閑談	善謔	1959
42	도철어	한담	善謔	1959
43	오자 · 오독	한담	善謔	1959
44	prof.Eye-English	한담	善謔	1959
45	새 여성미	남성화된 신세대 녀성	論斷	1959
46	여성 · 살림 · 수다	여성 예찬	稱頌	1959
47	여성어	여성어 예찬	稱頌	1958
48	여장부전	여인의 용기	稱頌	1958
49	'선인'설	善人國을 기대함	論斷	1958
50	작년의 노루	퇴보적 국민 사고를 비판함	論斷	1959
51	상투설	사상의 과도기적 혼란을 극복하자	論斷	1959
52	유성기	후진국의 망상	論斷	1959
53	연암燕巖의 지전설	동양인의 비과학적 사고	論斷	1959
54	친자정親子井	일본인의 야비 野卑함	論斷	1959
55	벚꽃놀이	진실 파악의 중요성	論斷	1959
56	토정비결	미신 타파	論斷	1959
57	미신	미신으로 인한 후진국의 낙후성	論斷	1959
58	A子틀	지게에 대한 단상 역사	閑談	1959
59	역사	역사인식 발상 전환의 중요성	論斷	1959

제3부
문예비평편

Ⅰ. 서언

무애의 다양한 활약과 우리 문단에 끼친 광범위한 공적에 대해서는 정한모가 자상하게 정리한 바가 있다.

① 『금성』, 『문예공론』 등을 주재, 발간함으로써 우리 문단의 작품 활동에 자극을 주고 새로운 국면을 타개한 점
② 시작활동을 하는 한편 평필을 들어 자칫 편파적인 방향으로 흐를 위험성이 있는 20년대 후반기의 우리 문단에 절충주의 경향을 형성케 한 점
③ 영문학과 한학의 소양을 이용, 몇 권의 번역 사화집을 상재하여 우리 시를 위한 해외 시 수용을 가능케 한 점
④ 향가 및 고려가요 연구에 전념, 방대한 업적을 보여줌으로써 한국 고전시가 연구의 한 전기를 마련한 점

특히 이 가운데서 ②나 ④는 무애无涯의 독자적인 측면을 드러내 주는 부분으로 그가 아니고는 아무도 능히 해낼 수가 없는 일이기도 했다.[1]

---

[1] 정한모 · 김용직 공저 『한국현대시요람』(박영사, 1975), 267쪽.

세론世論은 국학자로서의 업적이 가장 두드러졌음을 말하고 있지만, 정한모의 지적대로 시인으로, 문예비평가로서의 활약 역시 만만치 않은 족적을 남긴 것은 사실이다.

무애의 문학 내지 비평 활동에 대한 초기의 논의는 백철에 의해 종합적, 체계적 검토가 시발이 되어 (백철, 『신문학사조사: 현대편』, 백양당, 1947년, 초간본 발간은 1949년임) 조연현에 와서 보다 학술적인 가치 평가가 행해졌으며 (조연현, 『한국현대문학사』, 성문각, 1969), '절충론'에 대한 본격적 연구는 김윤식에 의해 이루어졌고(김윤식, 『한국근대문예비평사 연구』, 일지사, 1976), 김용직에 의해 무애无涯의 시인 및 비평가로서의 초기의 활동에 대한 깊이 있는 연구가 이루어졌다. (김용직, 『한국근대시사: 제 일부』, 새문사, 1983)

이 시기에는 권영민이 보다 본격적인 무애론을 서술해 놓았는데. 그는 무애无涯의 문학 내지 비평 활동을 크게 두 가지 단계, 즉『금성』시대와 『문예공론』시대로 나누어 그 변천 과정을 상당히 체계적으로 정리해 놓았다. (권영민, 「절장보단折長補短의 논리」, 『한국근대문학과 시대정신』, 문예출판사, 1983)[2]

그 뒤 정종진의 『한국현대시론사』(태학사, 1988)와 김영민의 『한국근대문학비평사』(소명출판, 1999) 등의 논저가 출간되었고, 최근에는 한형구가 이색적인 시각에서 무애无涯에 대한 논의를 한 바 있다.(『한국근대문예비평사절요』, 우덴스, 2015)

이상의 몇몇 논자에서 볼 수 있듯이 무애의 문예비평의 중추를 이루고 있는 것은 '절충론'이겠지만, 이와 더불어 민족문학(국민문학), 무산문학(혹은 프롤레타리아 문학)에 대한 견해 또한 논의의 대상이 될 수 있다고

---

2) 최승호, 『양주동문학연구』(석론, 서울대대학원, 1988), 2~3쪽 참조.

할 수 있다. 절충론의 본령이 내용, 형식의 미학적 측면과 사회주의 대 민족주의의 사상적 측면으로 형성되어 있으므로, 따라서 미학적 측면과 사상적 측면으로 구분해서 논의해야 한다는 주장은 타당성이 있다고 할 수 있다.3)

한형구는 무애의 비평에 대한 연구가 今後에라도 더욱 지속되어야 함을 다음과 같이 강조하고 있다.

> 일제하에서 이루어진 한국 문학의 비평적, 실천 면모와 관련해서도 그 합리적 설득의 지표, 준거로 보아 양주동의 비평 곧 '절충론'으로 회자된 양주동의 민족문학론의 경우처럼 조리 정연하게 빈틈없는 담론 형상을 구축하고 있는 사례란 별달리 유례를 발견하기 어려운 정도라고 생각한다. 하지만 그 논리적 성취의 예외적 달성 수준과 보편적 설득력의 남다른 획득 수준에도 불구하고 양주동의 비평적, 문학적 성취 전반과 관련하여 한국 문학사 연구자들은 그 동안 그에 대한 관심 기울이기에 이상하게도 소홀, 인색한 배려에 머물러 왔다고 할 수 있으며, 이 때문에라도 지금 이 시점에서 우리의 그에 대한 연구 관심의 투자는 정당화 될 수 있으리라고 본다. (중략) 특별히 오늘 우리가 구성하고 있는 근대적 知의 일부로서 '한국문학'이라는 지식 체계의 형성 역사를 돌아보게 될 때 더욱 그렇다.4)

본고에서는 무애 자신의 입론과 종래에 논의되어 온 제반 견해를 참고하여 몇 개의 사항에 대해서 논의해 보고자 한다.

---

3) 최승호, 상게 논문, 3쪽.
4) 한형구, 『한국근대문예비평사절요』(루덴스, 2015), 300쪽.

II. 문예비평의 배경

<부록> 「문예비평일람표」에서 볼 수 있듯이 무애의 문예비평 활동
은 「<작문계>의 김억 대 박월탄의 논전을 보고」(1923. 6)를 기점으로
하여 진행되다가 「농민문학의 개념」(1933. 6)에서 사실상 마감되었다고
할 수 있다. 시집 『조선의 맥박』(1932)이 간행된 그 이듬해에 해당된다.
그 후에도 간헐적으로 몇 편의 평문이 발표되었지만, 본격적인 비평문으
로는 「비평의 이론과 실제」(1950. 3)가 유일하다.

그의 비평가로서의 활약은 대략 십여 년에 걸쳐 행하여졌다고 할 수
있다. 이 기간의 연표를 초록抄錄해 보면 대략 다음과 같다.

○ 1921년(19세)
· 와세다대 불문과에 입학.
· 김억의 역시집 『오뇌의 무도』 발간(3月).
· 변영노. 황석우 등 『장미촌』 발간 (5月).
○ 1922년(20세)
· 홍사용, 노자영, 박종화, 나빈, 이상화, 오천석, 이광수, 박영희,
현진건 등 『백조』 창간(1월).
· 이광수 「민족개조론」 발표.
○ 1923년(21세)
· 시지 『금성』 발간(11月)
· 유엽, 백기만, 이장희 등 동인, 3호까지 발간).
· 예과 졸업 후 1년간 휴학. 귀국(11月)
○ 1925년(23세)
· 문학부 영문과에 전학.
· 『신민』 창간(5月).
· 문예지 『조선문단』 창간(9月).
· 박영희. 김기진. 최학송 등이 <조선프롤레타리아 예술가연

맹>(KAPF)을 조직 하여 '신경향파' 문학 운동을 일으킴.

○ 1926년(24세)
  · 양주동, 염상섭 등이 '프로문학'에 대항해서 '국민문학 운동'을
    일으킴.
  · 이병기, 이은상 등 시조 부흥운동을 일으킴.
  · 김진섭, 이하윤 등 '해외문학연구회'조직.

○ 1927년(25세)
  · <신간회>창립. 회장에 이상재 선출.

○ 1928년(26세)
  · 와세다 대학 졸업, 숭실전문대 교수로 부임.

○ 1929년(27세)
  · 방인근과 함께『문예공론』발행(5月, 3호까지 발간)

○ 1930년(28세)
  · 정지용, 박용철, 김영랑 등『시문학』창간 (3月)

○ 1931년(29세)
  · 조만식. 양주동 등 <한글연구회> 조직 (6月),
  · 제1차 '카프사건 발생, 박영희 · 김기진 · 임화 등 70여명 검거
    됨.(6月)

○ 1932년(30세)
  · 시집『조선의 맥박』간행(2月)

○ 1935년(33세)
  · 이후 신라 고가 연구에 발심發心.

백철은 전인한 그의 저서에서 무애가 중추적인 역할을 한 '절충파' 등
장의 배경에 대해서 다음과 같이 언급하고 있다.

1928~9년대에 와서 조선 문단에는 소위 절충파라는 것이 등장하
였다. 그것은 프로문학의 등장과 함께 계급론과 민족론이 대립된 때
에 그 절충론을 들고 등장한 사람들인데 주요한 인물은 염상섭, 양주

동, 정노봉의 제인이었다. 그 中 廉梁, 양인은 1926년의 국민문학파에 속했던 이론가들로서 그 뒤 국민문학파의 행방이 미분명해진 사실과 연관하면 결국 그 국민문학파의 사업은 이 절충파가 계승한 형식으로서 간주할 수 있다. 그러나 한편 이 절충파는 1927년 이래의 조선 사회운동의 일 형태이던 소위 민족단일당인 신간회파의 이론을 간접으로 배경에 둔 것이라고 생각된다. 그들 절충파가 주장한 것은 민족문학론이었다. 그리고 당시 조선의 현실로 봐선 민족문학 즉 무산문학이라는데 절충파의 근거가 있었던 것이다.[5)]

한편 김윤식은 무애의 절충파의 시발始發과 진행, 또 그 성격에 대해서 다음과 같이 언급하고 있다.

프로문학과 민족문학의 타협, 모색을 발견하려 노력한 문학가를 광의의 절충파라고 할 수 있다면 이에는 김팔봉, 김화산, 이향, 양주동, 염상섭, 김영진, 정노풍 등이 전부 포함될 수 있다. 그러나 협의의 절충주의는 프로문학과 민족문학의 공통된 절충의 입장보다는 프로문학을 비판하는 쪽이 勝한 양주동, 염상섭으로 대표되는 이론을 의미한다. 더욱 범위를 한정한다면, 자칭 절충주의자라 한 바 있는 양주동의 이론만을 의미할 것이다.

무애无涯의 절충주의의 윤곽은 「문예비평의 태도 기타」 (<동아일보>1927. 2. 28.) 에서 처음으로 찾을 수 있다. 팔봉, 회월의 형식, 내용 논쟁으로 프로문학이 대립되자 무애无涯는 이 틈을 이용, 대담하게 팔봉, 회월을 비판한다.(중략).

절충주의가 심화, 체계화된 것은 「다시 문예비평의 태도에 취하야」 (<동아일보> 1927.10.12.)와 「문단삼분야」 (『신민』, 1927.4.※ 이 평문은 「문단여시아관文壇如是我觀」의 일부분이므로 1927. 5 『신민』25호에 실려 있음)이다.[6)]

---

5) 백철, 『조선신문학사조사』(백양당, 1949), 123~124쪽.
6) 김윤식, 『한국근대문예비평사연구』(일지사, 1984), 115~116쪽.

또한 최승호는 백철과 김윤식의 견해를 원용하면서 절충론이 대두된 배경에 대해서 좀 더 구체적인 서술을 하고 있다.

1927년 이후 한국에 절충론이 대두된 데는 문단 내외적 배경이 있다. 우선 그 직접적인 계기로서 그 작용하는 문단 내적 배경은 문단 내에서 좌.우의 대립이 그전과는 달리 본격화, 첨예화되었다는 데서 시작된다.(중략) KAPF가 목적 의식기로 접어들면서 그들 내부에 민족적 체취가 점점 희박해지자, 우파 문인들도 보다 본격적이고도 적극적으로 대응하게 된다. 이런 심각한 대립 양상 속에서 소위 절충파들도 그들 나름으로서의 살 길을 찾기 위해 보다 적극적이고도 구체적인 이론을 탐구하기에 이르렀다. 이때 주로 활동한 중간파로 무애, 횡보, 정노풍을 들 수 있다.

그리고 절충파가 등장되는 간접적인 계기로 사회운동과 민족운동의 결합체인 '신간회'의 발족을 들 수 있다. (중략) 비록 그들의 본질적인 이데올로기는 근본적으로 달랐지만, 이렇게 좌.우파 운동가들이 민족 해방이라는 대의명분으로 단일화가 되어 항일 투쟁을 위해 민족적 에네르기를 총동원하려는 움직임이 보이자, 문단 일각에서는 두 문학의 합치점을 찾으려는 노력이 행해졌으며, 그런 배경 속에서 소위 절충론이 나오게 된 것이다.[7]

※ <신간회>: 1927년 1월 15일에 조직된 민족주의 통합 단체. 회장 이상재, 간부 조병옥, 홍명희 등의 민족주의자들과 사회주의 단체에 대항하였으며, 여자는 따로 근우회槿友會를 창설, 이에 합세했다. 박영희는 동회의 간부였는데 이로 인해 카프의 임화. 김남천 일파의 불만을 샀다. 동회는 만주사변이라는 객관적 정세와 좌익 측의 모략으로 내분이 일어나 1931년 5월 17일에 해체되었는데, 그때의 경기지회 해체 위원장으로 박영희가 지목되어 권태휘와 함께 활약했다. 이로 인하여 박영희 등은 카프 전원과 함께 종로서에 검거된 바 있다.[8]

7) 최승호, 전게논문, 53~55쪽.
8) 『문예년표』(한국문화예술진흥원, 1981), 679쪽(<신간회>해체 시기는 5월 16일설

앞에서 잠깐 언급한 바와 같이 무애의 비평가로서의 주된 활약은 대략 10여년(1923~1933)에 걸쳐 行하여졌다고 볼 수 있다. 이 시기의 문단의 지배 사조에 대하여 백철은 다음과 같이 언급하고 있다.

> 1924. 5월경에서부터 1933. 4년경까지의 약 10년간을 프롤레타리아 문예사조가 문단을 제패한 시대라고 볼 수 있다. 그러나 물론 이 기간이 프로 문예사조 일색 시대는 아니었고, 그 사조와 대립하여 민족주의적인 진영이 꾸준한 세력을 갖고 문단에 할거한 시대였다. 이 기간은
> 프롤레타리아 문학의 편에서 보면 프로문학이 성장, 발전한 시대일 것이요, 민족주의적인 문학자의 측에서는 프로문학의 맹렬한 공격 앞에 불굴하고 성문을 굳게 지킨 시대일 것이다. [9]

최승호는 무애无涯의 비평 활동을 3단계로 나누고 있다.

①제1단계: 문학 수업부터 『금성』(1923)시대에 이르는 초기 문학 단계
②제2단계: 『금성』 폐간(1924) 후 와세다대학 본과 영문과로 이적한 후 2년간. 이 시기는 그가 본격적으로 절충론을 내세우기 이전의 과도기적 단계이다. 이때는 신낭만주의론, 국민문학 등을 표방하며 절충론의 초기적 징후를 보이던 때이다.
③제3단계: 1927년 '절충론'을 주장하고 나오면서부터이다. [10]

<문예비평 연보>를 중심으로 추정해 보면 문예비평의 초기의 관심

이 우세하나, 5/15.5/17일 설도 있음).
9) 백철, 상게서, 74쪽.
10) 최승호, 전게논문, 4쪽.

은 시와 미학, 불문학 관계였음을 알 수 있다. 이는 1921년에 와세다 대학 예과 불문과에 입학하여 외국문학, 사상 등에 대한 대학의 강의가 큰 영향을 미쳤을 것으로 추정할 수 있기 때문이다.

이와 더불어 자서전격인 『문주반생기』에

> 나의 취미를 '서구문학'으로 옮기게 한 기연은 지금 생각컨대 내가 동경 가서 맨 처음 어느 야시장 책사에서 우연히 사다가 읽은 生田 某의 『근대사상십육강』과 厨川白村의 『근대문학십강』이었다고 기억한다.[11]

고 술회하고 있어 이들 서적들 또한 적잖은 영향을 끼쳤을 것으로 생각된다.

뒤이어 1925년에 와세다 대학 문학부 영문과에 진학하여 4년여 동안 수학하면서 영미문학을 전공함으로써 문예비평도 이를 바탕으로 하여 다양한 양상을 보이고 있다할 것이다.

1928년에 와세다 대학 영문과 졸업 시기를 전후하여 프로문학파와의 논쟁에 돌입하여 1931년까지 이와 관련된 비평문 십수 편을 남겼다. 이 시기에는 간헐적으로 '민족문학' 내지 '국민문학'에 관한 평문도 수 편 작성되었다.

와세다 대학 영문과 졸업 후 곧 바로 숭실전문대 교수로 부임. 그 이듬해 『문예공론』(1929)을 발행하면서부터는 문예비평의 활동 무대를 한국으로 옮기게 되었다.

이렇게 보면 무애无涯의 비평 활동의 지리적, 역사적 배경은 일본 동경과 한국에 걸쳐 있지만, 문학적, 학문적 배경은 유년기로부터 습득해 온

---

11) 양주동, 『문주반생기』(신태양사, 1960), 38쪽.

한학 내지 동양학에 대한 소양과 불문학, 영문학 등 서구문학에 대한 온축이 융합되었다고 할 수 있을 것이다.

Ⅲ. 문예비평의 내용 개요와 유형

1) <작문계>의 김억 대 박월탄의 논전을 보고

◎ 양인의 논전이 부당하고 무익한 이유
① 이 논전은 양인에게 다 무익하다. 그 이유는 양인의 예술적 태도가 완전히 서로 다른 때문이다.
② 양인의 논전은 상호 감정과 편견에 의한 오해가 있다.
③ 양인은 서로를 이해하지 못하고 있다. 즉, 예술적 견지의 상이, 감정적, 편견적 오해, 글에 대한 무 이해 등으로 논전의 의의를 상실하였다.

◎ 문단 형성의 선행 조건
① 내적 충실을 기할 것
② 작품발표를 좀 더 엄격히 다룰 것

※ 요지: 이 글에서는 논전의 태도를 비판하고, 문단 형성의 선행조건을 논하고 있다.

2) 시란 어떠한 것인가

◎ 시의 정의

시란 인간이 자연이나 인생에 대하여 느낀바 정서를 개성과 상상을 통하여 단순하고 솔직하게 음율적 언어musical language로 표현한 글이다.

◎ 시와 산문의 구별

○ 시란 산문에 대한 운문을 가리킨다.

○ 시와 산문의 구별은 그 형식보다는 리듬에 있다.

○ 시는 음악적 요소를 가장 중요하게 포함하였으므로, 시와 음악과의 관계는 대단히 밀접하다.

◎ 외국 시와 조선 시

○ 서양의 시는 서정시, 서사시, 극시로 나눈다.

○ 한시에는 시, 가, 고풍, 율 등이 있고, 일본시에는 화가, 배구, 신체시 등이 있다.

○ 우리나라의 신체시 (자유시)는 그 근본은 서양에 있고, 그 형식은 일본 신체시에서 빌려온 것이다,

※ 요지: 시의 정의, 시와 산문의 대비, 서양의 시, 한시, 일본시의 분류와 우리나라 신체시의 형성과정을 논하고 있다.

3) 『개벽』 4월호의 『金星』 평을 보고―김안서 군에게

○ 창작시 『기몽記夢』의 어휘 선택에 대한 잘못된 지적을 반박함.

「기몽」의 어휘 중 '황사장黃沙場'은 안서가 주장하는 '누른 모래밭'보다 한자어를 그대로 살리는 것이 어감상 훨씬 좋다. 黃의 長音과 場의 장음이 어울려서 모래밭의 넓으나 넓은 광막한 기분을 나타내게 된다.

ㅇ 번역에 있어서 충실한 직역은 창작적 무드로 인한 의역보다 외국시를 소개함에 있어서 더 정당하다.

ㅇ 「신월新月」의 역시는 원문이 퍽 자유로운 산문시에 가까운 것이므로 자유로운 의역으로 된 것이지, 문법에만 구애 받는다면 졸렬한 직역밖에 안 된다.

※ 요지: 주로 영시 「신월」의 의역과 보들래르의 시 번역에 대한 잘못된 점 지적

※ 이 평문과 관련하여 무애가 한국근대번역문학사 상에 끼친 공적에 대해서 김병철은 다음과 같이 언급하고 있다.

　①『금성』은 동인을 이루어 조직적으로 번역문학에 힘을 기울였고, 역필譯筆을 가장 많이 든 사람은 양주동이었고, 시역詩譯에 있어 이론을 전개시킨 사람도 양주동이었다.

　②『금성 3호』(1924.5)에 게재된 「개벽 4월호의 금성 평을 보고—안서岸曙 군에게」에서 안서의 의역 위주의 번역 태도에 날카로운 공격을 가함으로써 우리나라 최초의 번역 논쟁을 일으킴으로써 그 이후의 번역 태도에 경종을 울린 최초의 시도였다.

　③양주동은 의역이 아닌 충실한 축자적 직역을, 일역日譯의 중역을 배격함으로써 그 뒤에 오는 '해외문학파'의 성실한 번역 태도를 조성시키는데 선구적 역할을 했다.

　이상은 양주동이 한국 번역문학에 끼친 절대적인 업적이라고 할 수 있다.12)

4) 시와 운율

○ 시에 있어서 가장 중요한 것은 음악적 요소요, 음악적 요소는 운율 가운데 대부분이 포함되어 있다.

○ 운율은 대개 형식적 운율과 내용적 운율로 대별될 수 있다.

① 형식적 운율:

a) 평측법平仄法: 한시나 서양 시에서 볼 수 있는 것인데, 언어의 억양·장단으로 나온 것, 우리의 시와는 아무런 관계가 없다.

b) 압운법押韻法: 압운이란 동음의 반복을 밀함인데, 두운, 각운脚韻 등 여러 가지가 있으며, 서양 시나 한시에는 각운이 많다. 우리 시에는 거의 교섭이 없다.

c) 음수율: 서양 시에 있어서는 불란서 시가 특별히 이 음수율의 일정한 법칙을 가졌다. 일본시의 음수율은 근본적으로 5·7, 7·5조이다. 우리의 신체시도 구어체 자유시를 제외하면 모두 7. 5, 5.7 조이다.

② 내용적 운율: 자유시는 음수율을 타파하고 내용 운율을 취하게 되었다. 형식 운율이 전습적傳習的, 형식적 운율임에 반하여 내용운율은 개성적, 내용적 운율이다. 내용적 운율은 내용율, 내재율, 심율 등이 있다. 우리나라 시의 내용율은 여음과 어세 두 가지에 있다.

※ 요지: 시의 음악적 요소인 형식적 운율과 내용적 운율에 대한 설명.

5) 바이론 평전―그의 생애와 작품

영국의 낭만파 시인 Byron의 생애와 작품세계를 간략하게 서술한 내용.

---

12) 김병철, 『한국근대번역문학사연구』(을유문화사, 1975), 468~476쪽, 요약.

6) 문예비평의 세 양식

프랑스의 비평가 산트 비브Sainte Beuve는 비평을 세 가지 양식, 즉 ① 애호가의 비평 ② 지적 비평 ③ 지위적 비평 등으로 나누고 있다.

① 애호가의 비평: 문예에 대한 조예가 그리 깊지 못한 단순한 문예 애호가의 상식적 비평이나, 비평에 대한 조직적 이론이 없는 평자의 비평을 말한다.

② 지적 비평: 작품에 대한 평자의 태도가 단순한 감정이 아니고 투철한 이지력理智力에 있으며, 막연한 기악적嗜惡的 태도가 아닌 조직 이론적인 비평을 말한다.

③ 지위적 비평: 작가의 작품을 동시대와 사회 환경에 결착하여 비평하는 것을 말한다. "이 작가 혹은 이 작품은 이 시대에 무엇을 대표하는가?", "이 사회 환경에 어떠한 효과를 가져 오는가?" 하는 것이 이 비평의 중요한 논점이다.

※ 요지: 산트 비브의 비평의 3 양식을 소개하고 있다.

7) 예술과 인격 ─특히 시적 인격에 취하여

○ 예술적 인격은 자기의 존재를 파악함에서 발생한다. 예술가의 성장은 존재의 확대를 의미하고, 원숙은 존재의 완전함을 의미한다. 존재란 개성이라고 할 수 있다.

○ 시는 예술의 지극히 순수한 형식으로 표현된 것이다. 시의 본질은 예술의 종가이며 시의 내용은 예술의 극치이다. 시의 인격적 요소란 작가의 인격이며, 작가의 인격이란 곧 개성을 말한다.

○ 시적 인격은 존재를 뛰어넘어 좀 더 장엄하고 숭고한 특수한 맛이 있어야 한다.

○ 시적 인격은 온전히 시의 내용 안에 포함된다. 그러므로 시적 인격의 존재는 시와 같이 존재한다.

※ 요지: 예술적 인격이나 시적 인격은 다 같이 존재를 뛰어 넘어 원숙함에 이르러야 하고, 특히 시의 인격은 특수한 맛이 있어야 한다는 내용.

8) 정오正誤 二, 三─김기진 군에게

○ 김기진金其鎭의 프랑스 시에 대한 잘못된 발음과 음수율 계산의 오류를 지적,

○ 김기진은 이상화의 시경이 환상적이므로 그를 Imagist라고 규정한 바 있는데 '이미지스트'란 영미시단의─시파詩派의 명칭이지 '환상주의자'란 의미는 전혀 없다.

※ 요지: 김기진의 프랑스 시에 대한 오류를 지적하고, 아울러 'Imagist' 란 용어에 대한 오해를 지적.

9) 세계문단의 근사일속近事一束─문예가들의 병보, 기타(1, 2)

○ 영국의 문호 키플링의 근황

○ 프랑스의 문호 로맨롤랑의 근황

○ 프랑스의 문호 보니에의 근황

○ 현재 프랑스 문단에서 유행되는 소설: 폴 모랑의 『되설레는 구라파』

○ 프랑스의 극작가 샤를르 빌드락의 신작 『벨리아르 부인』이 극장에서 호황리에 상연되고 있다고 한다.

※ 요지: 영국과 프랑스의 몇몇 문호들의 근황과 프랑스 극장가街의 소식.

10) 철저와 중용─현하現下 조선이 가지고 싶은 문학

○ 모든 가치 있는 작품은 작자의 시대와 환경을 반영한 것인 동시에 작품의 영원성을 가진 것이다. 시대정신이 필연적으로 그 시대의 작품을 만들어 놓은 것은 물론이려니와 문예 작품이 또한 당대의 시대정신으로 인하여 지배되고 혹은 그것을 구상화한다.

○ 위대한 작품에 있어서 꼭 필요한 것은 작품의 영원성이다. 문예상 가치 있는 작품은 당대의 시대정신을 잘 표현하고 또한 될 수 있는 한에서 영원한 미래의 세계까지 그 세력이 미쳐야 할 것이다. 여기에 비로소 문예작품의 영원한 생명을 발견할 수 있다.

문학상 작품은 그 가치를 영원성에서 발견한다. 그러나 그 영원성의 출발점은 시대정신이다. 문예상 위대한 작품은 미래에 영원한 생명이 있는 동시에 현재에서 더 많이 그 정신을 발휘해야 한다. 즉 시대정신의 표현을 우리 문학의 출발점으로 하는 동시에 미래의 영원성을 그 궁극의 목적으로 해야 한다.

○ 문예가 시대의 산물이라 한다면 우리의 현재의 문학은 그 출발점 혹은 ─ 과정으로 퇴폐문학과 혁명문학 두 가지가 있다. 우리 現下의 문학

은 시대정신의 필연적 표현으로 퇴폐문학 혹은 혁명문학의 하나가 되거나 병행並行도 가능하다. 그런데 이 양자는 춘원의 소위 '상적常的', '변적變的'으로 말한다면 '변적' 문학에 속한다,

조선 현하의 시대정신은 '변적' 생활 감정을 구현하는 동시에 그 표현인 문학도 필연적으로 '변적'이 될 것이다. 즉 퇴폐적, 자연적 보다도 혁명적, 보수보다도 퇴폐적 내지 파괴적이라야 할 것이다.

그러나 조선의 문학이 그 궁극적 의미에서 인류 보편의 문학적 통성에 의하여 상적이라야 한다는 결론에 있어서는 춘원이나 나의 견해가 일치한다.

○ '중용'은 평화롭고 안정된 상태에서 수용된 도덕이지, 지금의 우리의 생활은 너무나 조화를 잃었다. 따라서 현하의 道로서는 오직 '철저'와 '극단'이어야 한다.

현하 우리 조선이 가지고 싶은 문학은 소극적으로는 퇴폐적 문학, 적극적으로는 혁명적 문학이다. 이것이 시대정신의 표현인 문학의 필연적 결과이다.

※ 무애无涯 자신이 언급한 요지.

1926년이던가, 「동아일보」 신년호에 춘원의 논문 「중용과 철저— 조선이 가지고 싶은 문학—」(1926.1/1~3)이 사설 모양 크게 제1면에 실렸었다. (중략) 그 내용은 대개 세계의 문학이 영문학과 같은 '밥'과 같은 평범한, 중용적인, 그러나 영속성 있는 문학과 러시아 문학이나 프랑스 문학 같은 '요리'에 비길 만한 '신기'한, 철저적, 혁명적인, 그러나 일시적 자극성 있는 문학으로 대별되는데, 우리 민족성은 '철저'보다는 '중용', '혁명'보다는 '평화'를 좋아하는 타이프로, 우리 민족의 장래의 문학은 후자보다 전자, 곧 영문학 비슷한 '밥'의 문학이어야 할

것이라 주장하였다. (중략) 그의 소론을 반박하는 「철저와 중용」이란 一文을 「조선일보」(1928.1/10~12)에 발표하였다. 그 글에서 나는 벽두에 문학이'환경'의 필연적인 산물이라는 테에느의 설을 인용하여, 우리의 문학도 환경과 생활의 필연적인 산물이매 자의로 '밥'이니 '중용'이니 될 것이 아니라, 필연적으로 약소민족, 가난한 민족의 생활환경에서 당래할 문학은 반드시 반대로 '철저'와 '혁명의 문학일 것이요, 또 그래야만 한다고 력설한 것이었다.[13]

11) 속고일편(1, 2)(※「9. 세계 문단의 근사 일속」의 보완 편)

○ 키플링(영국)의 근황
○ 슈테판 제름스키(폴랜드)의 작품과 타계 소식.

12) 문단산평 ― 조선의 문단

※ 본 작품은 구독이 여의치 못하였음. (당시 문단에 대한 분야별 논평
   일 듯)

13) 예술과 생활 ― 예술과 철학 서설(※「7. 예술과 인격」의 속편)

○ 예술은 생활의 표현이다. 여기서 생활이라 함은 관념적이 아닌 상식의 세계 안에 있는 생활, 즉 생존운동의 행동 및 그 심리를 말한다.
○ 예술은 광의의 생활행동이라 할 수 있다. 행동의 생존상 가치가 예술적 감각을 결정하게 된다. 우리의 생존의 감정은 곧 예술의 감정과 공통된다. 행동의 경험이 곧 예술적 감각의 내적조건이다.

---

13) 양주동, 「철저와 중용 ― 춘원과의 논쟁」, 『문주반생기』(신태양사, 1960), 45쪽.

○ 예술이 생활행동에 환희로써 율동을 일으켜 성립된다는 견해는 예술을 관능적으로 본 것이다.

관능적 예술에는 두 종류가 있다.

① 어떠한 형상을 가진 예술: 건축, 조각, 회화

② 운동 자체의 예술: 연극, 음악

○ 예술의 동기는 환희나 고민 그 자체에 존재하는 것이 아니라, 환희하고 고민하게 하는 우리의 생활 현상에 있다. 예술에 있어서 가장 필요한 것은 진정한 생활의 표현이다, 예술은 사회생활 현상의 표현이므로 사회생활 현상에 따라 三分된다.

① 퇴폐적 예술: 장차 멸망하려는 사회의 생활의 섬광으로 존재하는 예술.

② 혁명적 예술: 장차 건설되려는 사회의 섬광으로 존재하는 예술.

③ 건축적 예술: 이미 건설된 사회에서는 그 사회의 환희, 苦悶으로 인하여 시작되는 예술.

※ 요지: 예술과 생활과의 관계, 관점에 따라서 분류되는 예술의 종류에 대해서 서술하고 있다.

* 김윤식의 評言

양주동의 문학관은 「예술과 철학」(<동아일조>, 1928.2.5.)에 잘 나타나 있다. 그는 H · 테느의 예술 철학의 일편으로, 예술은 생활의 표현이며 그 생활이란 곧 시대성이라 주장하고, 심지어 "예술가는 다만 시대정신 속에서 그 시대와 사회의 생활 현상을 표현할 뿐"이라는 데까지 이른다. 이 속에 이미 절충파적 체질이 비쳐 있거니와, 그가 국민문학을 최종단계로 보지 않는 이유도 이 속에 있다.[14]

14) 김윤식, 상게서 114쪽.

＊신동욱의 평언

양주동은 「예술과 생활」이라는 글에서 문학과 생활의 밀접성을 논하고 있다. 이 글 은 이 시기의 퇴폐주의 문학을 의식하면서 다른 한편으로는 이른바 신경향파 문학도 상당히 의식한 글이라 생각된다.

예술은 광의의 행동이라 할 수 있다. 행동이 없는 곳에 예술은 없다. 그런데 사람 의 행동이란 것은 그 행동자의 의식 여부를 불구하고 반드시 어떤 지정된 목적에 지배되는 것이다. 다시 말하면 행동자의 내적 생활과 환경과의 일치로써 생존과정이 성립함을 가리켜 행동의 목적이라 함이다.

이 글은 생활과 문학 행위의 일체화를 주장한 글로 생각된다. 그러나 내적 생활과 환경과의 일치'는 염원하는 바는 될 수 있지만 현실적으로 볼 때 일치보다는 괴리가 훨씬 더 많을 것으로 보인다. 양주동의 생활과 예술의 일체화 개념은 그 나름대로 문제 삼을 수 있는 것이긴 하지만, 그 보다 더 중요한 것은 내적 생활과 환경의 불일치에서 오는 여러 가지 문제라 할 수 있다.

'행동의 경험이 곧 예술적 감각의 내적 조건'이 되는데 이때의 행동의 경험은 생활 을 뜻하는 것이 될 것이므로, 생활은 예술적 감각을 결정하는 조건이 된다는 뜻이 된 다.[15]

14) 여론餘論 二三―이광수씨에게 답하여―(※「철저와 중용」(「동아일보」, 1926. 1 / 10~12) 보견편補遣篇.)

ㅇ 문학의 본질은 영원성에 있고, 시대정신은 거기에 종속된다. 본질적으로 전자가 끝까지 필요하지만, 그 최초 형식이나 기본 조건으로는 후자가 필요하다.

---

15) 신동욱 · 조남철, 『현대문학사』(방송통신대 출판부, 1995), 164쪽.

15) 삼월 시단 총평

○ 시에 있어서 가장 중요한 것은 '말'이요, 그 말의 음율적 효과, 즉 시의 운율이다.

○ 이 달에 발표된 작품으로는 "이만한 것이면—" 하고 추량할 만한 것이 하나도 없다. 얼마나 쓸쓸한 일이냐.

※ 요지: 작품 발표 시인들에 대한 개별적인 작품 평.

16) 예술의 가치와 도덕성—「예술 철학 서설」속론—

○ 예술의 가치와 예술의 도덕성은 전연 다른 것이다. 예술의 가치는 예술 자체에 있을 내재적 양이요, 예술의 도덕성은 예술이 자체 이외의 대경 인류 사회에 미치는 외급적 영향이라고도 할 수 있다.

그러므로 예술의 가치는 예술의 목적 중 가장 'essential'한 것임에 반하여 예술의 도덕성은 그 목적 이외의 조건이다.

○ 예술의 가치는 예술 자체에 있으므로 예술이 사회에 미치는 효과만으로는 그 가치가 판단되지 못한다. 그러나 예술의 도덕성이란 예술 자체에 내재한 것이 아니라 외적 의미의 한 조건이므로 그것이 온전히 예술 이외의 일반사회에 미치는 효과나 감응, 영향 따위로써 판단될 수 있다.

※ 요지: 예술의 가치와 도덕성의 차이에 대한 논의

17) 사월 시평

○ 김동명의 「전별餞別」: 시체詩體가 산문시답게 전아典雅하다. 작자의 경건한 종교적 정열과 묵직한 고민을 엿볼 수 있다. 타고르의 「고별」을 연상시킨다.

○ 김창술의 「병아리의 꿈」: 침통한 제재를 급박한 리듬으로 약동시켜 표현한 곳에 시적 기량이 엿보인다. 말이 세련되지 못한 것이 흠이다.

○ 이제현의 「갈대꽃」과 권연구의 「반디불」도 비교적 가작佳作이라고 할 수 있다.

※ 요지: 작품을 발표한 시인들에 대한 개별적 작품 평

18) 시단 월단月旦—오월의 시평—

○ 적구赤駒 씨의 「아우의 무덤」: 작자의 혼이 그대로 통곡하는 가작이다. 앞으로도 솔직한 시상을 정로로 삼기를 바란다, 그의 다른 몇 편의 시들은 대개 실패작이다.

○ 이상화 씨의 「시인에게」: 개념에 흐르기 쉬운 제재를 직유법으로 잘 살렸다. 「통곡」도 역작이다.

○ 이은상 씨의 「물벼개」: 풀 냄새 나는 청신한 소 시편이다. 또 「님께」도 성공작에 가깝다. 7 · 5조가 효과적이다.

○ 기맥氣脈 있고 품위 있는 시, 산뜻한 小曲이 아쉽다.

○ 적구의 「여직공 평」: 작자로서는 눌린 계급, 짓밟힌 계급을 위하여 만곡萬斛의 혈루를 뿌려가면서 대성大聲—소위 프로 시편이라 할는지 모르나, 시 감상자인 나에게는 하등의 감명을 주지 못한다. 왜 그러냐 하면,

이 「여직공」이란 일편은 그 시형이나, 그 시어가 너무나 시가 되기에는 조잡하고 '비시적'인 때문이다. 그 일예를 들건대, 편중에 '작업물'이란 말이 있다. 물론 '작업장'이란 문자의 오식인 줄 알지만, 이따위 문자는 산문에도 모름지기 쓰지 않아야 할 것이다. 시에 얼마나 말의 선택이 필요한 것을 알기 전에는 누구든지 자가의 감흥을 시의 형식으로서 표현할 필요가 없다. 또한 표현할 것도 없는 것이다.

※ 요지: 5월에 발표된 몇몇 시인들의 작품에 대한 단평. 형식의 중요성을 강조하고 있다.

19) 근대 영문학 잡고 ―작가의 생애와 및 작품 단상 (1~6)―

○ 로맨주의의 새로운 운동이 일어난 18세기 중엽 이후 현대까지의 영문학사상 유명한 문인들의 생애와 작품에 대하여 단편적인 수감隨感을 서술한 내용.

○ 폽프, 랩서, 골드 스미트, 그레이, 번즈, 워즈워드, 콜릿지, 스콧트, 쉘리, 쉑스핑어, 데퀸씨, 찰쓰램, 메리램, 바이론, 킷츠, 아놀드, 콜릿지, 마클리, 칼라일.

20) 문단 잡설 ―문단의 침체, 프로문학―

◎ 문단 침체의 원인

① 직접적인 원인은 문단의 본영本營인 작품 발표 기관이 적어진 점이다. 『개벽』은 발행 금지가 되고, 『조선문단』은 휴간되었고, 『가면』조차 소식이 없다. 겨우 『동광』과 『신민』이 있을 뿐인데, 둘 다 문

예에 대해서는 그리 중요한 사명을 가지지 않은 것 같다,

② 둘째로 원인이 될 만한 것은 일반 사회의 생활환경이 소색蕭索함에 수반하여 작가들의 개인생활이 몹시도 불완전하게 되는 것이다.

◎ 문사의 三死
① 극작가 김수산金水山의 정사情死
② 나빈羅彬의 죽음은 문인으로서 볼 때 통석痛惜치 않을 수 없다.
③ 문사—특히 현하의 조선의 문사들은 세 가지 죽음이 있는 것 같다. 아사餓死, 병사病死, 정사情死가 그것이다.

◎ 최근의 각지各紙 문예란.
① 동아일보: 문예란의 기사는 가뭄에 콩나 듯한 것 같이 얻어 보기가 어렵다.
② 조선일보: 양으로는 적다하더라도 날마다 몇 단씩이라도 실리는 것이 고맙다. 그러나 소설이나 시의 질은 동아일보와 마찬가지로 발로 말할 것이 없다.

◎ 프로문단은 어디로 갔는가?
『개벽』이 근년에 와서 문예 방면에까지 사회 운동의 전위란 의미로써 프로파를 대표하였음은 다 알려진 사실이다.
『개벽』이 간 뒤 프로문단은 소식이 끊겼다.

※ 요지: 현 문단의 침체 요인, 프로문학파의 쇠퇴.

21) 문단 잡설—신기문학과 프로문학—

○ '문학'의 정의

문학이란 사람의 정서, 사상을 문자로써 표현한 것이다. 문학의 가치는 그것이 사람에게 주는 영적 감화력의 대소로써 판단될 것이다.

정서와 사상은 진실된 것이어야 한다. 참된 문학은 사람의 정서에서 우연히 흘러나오는 진실성, 그것의 표현이어야 한다. 또 문학이 사람에게 주는 영적 감화는 어디까지든지 고상한 것이어야 한다. 진실성 없는 문학은 비문학이고, 고상한 감화력 없는 문학은 무가치한 문학이다. 여기서 '진실성'이라 함은 작자의 정서, 감정, 사상 등 주관적 진실성을 말한다.

○ 神奇派 문학

입체파, 미래파, 다다주의 등 재래의 전통적 표현과 전혀 다른 방식을 안출하여 자가自家의 신기벽을 만족시키고, 아울러 구식의 표현법을 타파하려는 목적으로 생긴 문학이다.

이해하기 어려운 이러한 신기神奇문학, 고의故意문학은 곤란하다.

○ 조선의 현재의 프로문학의 불만 점.

① 그들의 작품에 남의 것을 모방한 것이 많은 점, 특히 일본인의 작품 모방이 두드러졌다.

프로 문사들은 흔히 공장주 직공이며, 매춘부, 고급 유민들의 생활만 기록하는 경향이 많고, 대부분이 무산계급인 농민에 관하여는 진실한 느낌을 주는 작품이 드물다.

② 취재에 모방성이 많고 게다가 작품의 단안斷案이 늘 소극적이 되는 점이다. 지주·소작인 관계라든지, 공장주와 노동자의 관계라든지,

강도 살인, 주먹흥정 등이 프로소설의 결말의 대부분이다.
③ 창작 심리에 대한 불만이다. 프로파의 작품에는 그 창작 동기에 고
의성이 많다.
문학이란 진실성이 있어야 하는데, 진실성이 없기 때문에 독자는
거기서 일종의 고소苦笑나 골계滑稽함을 가질 뿐, 何等의 내심적 감
명을 얻지 못한다.

작품이 실패되는 원인은 불순한 창작 심리의 고의성에도 있고 또는 그
표현 수단의 부족함에 있다.

○ 조선의 문학
조선의 문학은 조선 사람의 생활에서 나온 조선 사람의 정서와 감정
및 사상의 진실한 표현이다. 조선 문학은 조선 정서의 독특한 표정이라
야 할 것이다.

※ 요지: 문학의 정의와 본질, 신기문학의 성격, 프로문학의 발생 배경과
그들 작품들 단처를 지적하고, 아울러 조선 문학에 대한 정의를
곁들였다.

22) 시단의 회고―『시인선집』을 읽고―

○ 최근 시단의 극심한 부진의 원인
시대상, 사회상, 생활의 궁핍, 발표 기관의 감소 등이 그 원인으로 생
각된다.

◎『조선시인선집』(통신중학관, 1926)출간.

① 신시 출발부터 1924년까지 10년 내외의 시단 업적의 총 목록의 성격. 28명의 시인들의 작품 300여 항 수록. 자선 시집.

② 지금까지 발행된 시집 중 사화집으로는 가장 대표적. 완비한 것.

③ 문제점: 수록 작가 및 작품 선정 상 불합리한 점이 내재되어 있다. 즉 미숙한 작품이 많이 수록되어 있고, 시단과 무관한 인사들의 작품도 수록되어 있다. 또 작품을 자선한 것도 불합리하다. 그래서 작품의 질이 일반적으로 不良하다.

이러한 선집류의 인선 방법은 a) 과거 시단에 공로가 있어 史的으로 의의 있는 사람, b) 현 시단에 중견되는 사람이 그것이다.

◎ 수록 작품 단평

o 김기진의 시: 기분만은 인정하나 체體를 이루지 못했다. 나름대로 인상적인 「백수의 탄식」은 일본 시인 石川啄木을 연상한 것뿐.

o 소월의 시: 작품 선정이 잘못된 것 같다. 민요시풍으로도 의도만 엿보일 뿐 그 표현을 얻지 못했다.

o 파인의 시: 「적성을 손가락질하며」라는 거작이 빠져 있어 아쉽다. 북국의 정조가 잘 나타나 있는 시편들이다.

o 김억의 시: 「우정」, 「신미도身彌島 삼각산」은 성공작이라고 할 수 있으나 대체로 서정적 표현수법은 너무나 평범하고 단조롭다. 「지는 봄」은 동요로 보기 어렵다.

o 김탄실: 여류시인답게 섬세한 재기만은 수긍할 만하나, 시편은 구상이 황당하고 어법이 잘못된 곳이 많다.

○ 石松: 민중시의 특장과 결점을 공유하고 있고, 소박하나 단조로움이 있다. 진실성은 있으나 시로서 실패에 가깝다.

○ 故 남궁벽의 시; 착상은 평범하나 진실한 맛이 있고 표현에도 많은 재기가 엿보인다.

○ 조명희: 저주詛呪 많은 시인이다. 한 많은 시상을 살리지 못했다.

○ 춘원: 「기도」 일 편은 장중한 맛이 있고 작자의 호흡이 큰 것을 볼 수 있다.

○ 이상화의 시: 중후한 것과 난삽한 것이 상반된다. 「마돈나」, 「이중의 사망」은 수작秀作이다.

○ 이은상: 「황혼의 묵상」 외 수편은 재구才句를 많이 포함하고 있다. 그러나 「나 와 오늘」 같은 시상이 더 값지다.

○ 이장희: 「청천의 유방」처럼 감각이 거센 것보다 「동경」류의 순정적 시가 더 정로正路이다.

○ 박영희: 시는 상징시에서 연원됨이 많은 듯하다. 암흑 속에서 빛을 찾으려고 헤매는 시인이다.

○ 박종화의 시는 모두 개념적이다.

○ 박팔양: 재능은 있으나 아직 뚜렷한 시풍을 보이지 못하고 있다.

○ 백기만의 시: 모두 진실한 마음의 표현이다. 고별, 실제는 sentinentalism에서 벗어나지 못하고 있다.

○ 변영로: 예민한 감수성과 표현어의 소유자이다. 「버러지도」가 그 대표작이다. 독특한 경지가 엿보인다.

○ 오상순의 시: 보편적 감수성이 적다.

○ 주요한의 시: 우리말 구사에 묘를 얻었다. 「비 소리」는 이미 정평이 있는 작품이다.

○ 홍사용의 시: 민요시적 색채가 엿보인다.

○ 황석우의 시: 초기 상징파 작품을 대표한다. 힘들인 구상은 값지나 지금은 구시대의 유물에 지나지 않는다.

◎ 독후 총평

제일 섭섭한 것은 시단에서 종적을 감춘 시인들이 많다는 점이다. 또 중견시인들의 작품 활동이 미미한 점. 전반적으로 노력이 보이지 않는 점이 아쉽다.

※ 요지:『조선시인선집』에 실려 있는 시인들에 대한 단평

23. 근대영문학잡고 (1~4)

○ 근대 영문학의 큰 특징은 다른 나라처럼 시보다 산문이 우세하다는 점이다. 테니슨의 시대까지만 해도 시가 융성했으나, 그전부터 리챠드손, 골드윈 때부터 소설은 이미 튼튼한 지위를 형성했었다.

○ 저명한 소설가와 시인들.

엣시워드, 오스틴, 가르켈 부인, 킹슬리, 디킨스, 텍커리, 조지엘리오트, 스콧트, 드포, 킷츠, 아놀드, 로셋티, 러스킨, 모리쓰, 톰슨, 테니슨, 바이론, 브라우닝.

24) 잡상수칙雜想數則―묵은 일기에서(속)―

○ 삼욕三慾: 인간 생활의 모든 행동은 식, 색, 명에 삼대 욕망에서 출발하는 듯하다. 개체의 생존을 보존하기 위하여 식이 필요하고, 개체의 연장을 위하여 색이 필요하고, 개체의 정신적 번식을 위하여 명예가 필요하다. 그러나 더 근본적인 문제는 식, 색, 명에 세 가지가 근본적 열망에 착목해야 할 것은 당연한 일이다.

근대까지의 문예는 흔히 그 재료를 색과 명에 문제에서 취하였다. 그러나 현금 이후의 문예는 식욕을 문제로 그 역점이 전환될 것은 명백한 일이다.

○ 절충론

문예에 있어서는 인간성의 근저를 탐색하는 것과 당대의 사회상과 당대인의 생활양식을 표시하는 방법이 있다. 전자의 경우는 오랜 세월 동안 보편적 감명을 주는 대신에 당대인들에게는 구체적으로 실감을 주기 어려울 것이요, 후자의 경우는 아무래도 천박하고 보편적이 못 될 것 같다.

따라서 문학이란 인간성의 표현을 근저로 하고 당대의 실상을 해부, 비판함으로써 윤색해야 할 것이니, 두 가지 요소는 어느 것도 버릴 수가 없다.

문예비평 상에서도 절충론을 주장한 바 있다. 현금 문제되는 문학상 미학적 요소와 사회성적 요소 두 가지에 관하여서도 양자를 겸하여 절장보단의 태도를 취하고자 한다.

○ 유물론

우주 간의 만물을 오직 물질적으로만 해석하여 모든 심력적 현상을 물질에 예속한 것으로 보는 것이 유물론의 강미强味이다.

유물론이 근대 사회주의의 사상적 근저를 이룬 것은 사실이다. 맑스의 사회주의 이론은 유물론의 철학을 기초로 하여 출발한 것이다. 맑스는 다윈이 생물학 상에서 증명한 유물적 진화론을 사회진화학 상에 적용했다. 이것은 근대사상사에서 유물론의 최대공헌이다.

그러나 유물론은 인류에게 영원한 절망을 가르치는 결정주의deter-minism와 운명론fatalism, 그것이다. 유물론은 필연적으로 염세주의와 결합될 것이다.

유물론은 사회주의 철학의 공헌자이지만 한편으로는 보다 큰 인류 전체의 영원한 운명에 대하여 절망과 치명상을 주었다.

※ 요지: 인간의 '삼욕'과 문예에 있어서 '절충론', 사상에 있어서 '유물론'에 대한 서술

25) 시단의 전도前途

ㅇ 문단 전체가 부진한 중에 산문단에 비해 시단이 더욱 그러하다. 시단 부진의 원인은 대개 두 가지이다.

① 내적: 시단 자체의 빈약(시단인의 무능력)

② 외적: 일반의 시단 인식부족(일반의 무교양, 시단의 무능력)

ㅇ 고대에는 시가 문학을 대표할 만큼 시단의 지위가 절대적이었다. 희랍이나 로마 시대에는 시가 곧 문단 전체를 형성했었다.

중세에 있어서도 그러하였다. 근대문예부흥 이후에 시작된 새로운 물질문명이라는 것도 17, 18세기를 지나 19세기 전반에 이르기까지 오히려 문명의 가장 젊은 '로맨티시즘'의 시대를 만들었다. 시란 것의 본질은

그 자체가 '로맨티시즘'의 것이므로 이 시대야말로 스스로 서정시 시대를 만들었으니, 괴테, 쉴레르, 키츠, 하이네를 필두로 하여 세기말의 베를랜느, 보들레르 등 대시인이 배출된 것은 19세기의 일이다.

그런데 현대에 이르러 인류의 문명은 그 청춘 시대를 지나 중년기로 들어왔기 때문에 사람의 정서는 '로맨틱'한 것으로부터 '리얼리스틱'한 것으로 바뀌어 현실적 사상 정서로 말미암아 재래의 공상적인 시적 요소에 대한 기호를 버리고 소설이나 희곡 같은 현실 세계로 향하게 되었다. 즉 현대는 '시의 시대'로부터 '산문의 시대'로 변하게 되었다.

○ 현대에 있어서 시는 이처럼 불리한 지위에 있다.

산문 시대에 있어서 시가 취할 길은 ① 산문 시대인 현대 민중의 기호에 맞게 시를 산문화하는 것 ② 시의 근본의根本義를 주장하며 시의 독립성을 유지하면서 민중에게 접근할 만한 방책을 강구해야 한다. ①은 소극적이요 ②는 적극적인 태도라고 할 수 있다.

시를 산문화 한다면 시의 소멸을 초래하기 쉽기 때문에 민중에게 접근하는 방법으로 민요화하는 것이 한 방법이다. 또한 시를 지을 때는 먼저 시상다운 시상을 취하고, 표현을 平易하고 조율 있게 하는 일이 필요하다.

※ 요지: 문단 부진의 배경, 산문화 시대에 시가 생존하기 위한 방안 모색.

26) 문단 신세어新歲語(※ <동아일보> 1927. 1. 1. 게재분)

○ 문단신세를 말함은 우리 문단의 발전사가 일 년만큼 더 많아졌다는 것, 송구영신이란 의미 중에서 과거를 회상하고 장래를 준비하는 뜻깊은

의미가 있다.

○ 문단의 작금을 바라보건대 우리의 문단은 아직 통정統整되지 못하였고, 우리의 이상인 국민문학 건설의 제일보도 확실하지 못하였다.

프로문예가 발생한 지 거의 2년의 세월이 지난 지금의 문단은 아직도 내용은 망각하고 피상적 싸움만으로 일관한 감이 없지 않다. 그러나 어찌 보면 망아적, 비 민중적인 빗길로 들기 싶던 신문에 운동에 커다란 자극을 준 긍정적인 면도 있었다.

※ 요지: 새해를 맞이한 문단에 대한 성찰

27) 병인문단 개관 ─평단, 시단, 소설단의 조감도─

◎ 문단 형성사

① 제1기: 육당, 춘원 등에 의한 태생기(초창기),『청춘』시대: 극히 소수를 제외하고는 이렇다고 할 작품을 낳지 못하였다. 걸작으로 꼽히는『무정』도 순수 가치로 보면 과도기의 작품에 불과하다.

② 제2기:『창조』,『폐허』등의 생장기: 국민문학에 대한 깊은 자각이 없이 기분과 원기만으로 할거했던 혼란기이다. 향락적 기분에 빠지고, 외래의 세기말 사상, 혹은 표현 방식에 흐르기 쉬웠던 시기이다. 염상섭, 김동인, 주요한, 김억 등이 활약했고, 지금도 활약하고 있다.

『백조』파의 빙허, 도향, 월탄 등이 이를 벗어나려고 했으나 역시 혼돈기에 머무는 감이 없지 않다.

③ 제3기: 정돈기, 유년기: 1926년부터 혼돈기에서 점차 정돈기로 접어들었다고 할 수 있다. 문단적 의식에 눈뜨고, 작품들이 진술한 의도와

형성적 경향을 띠게 되었고, 국민문학에 대한 의식이 뿌리 내리고 있다. 실제 작품에 있어서도 진솔한 태도와 통정적統整的 노력이 엿보인다. 프로파 문학이 등장하고, 천박한 성욕소설이 소멸되었으며, 시들도 많이 정화되었다. 그러나 참다운 국민문학 건설의 기초를 확립하고, 그것이 내용으로, 표현 방식으로 실현되기에는 아직도 요원한 감이 없지 않다. 다만 그 경향과 의도는 일반화, 계통화 되었다고 볼 수 있다.

◎ 평론 없는 문학

조선의 현 문단은 평론문학이 극히 부진한 상태에 있다. 따라서 작가들이 준거할 만한 평가들이 없다. 또 독립한 평가들이 없고 작가들이 겸임하고 있는 실정이다.

그런 가운데 춘원의 「중용과 철저」에 대한 「철저와 중용」이란 논박, 염상섭과 박영희의 프로문학에 대한 논쟁은 의미 있는 수확이라고 할 수 있다. 프로파 문사들의 주장처럼 프로문학만이 유일한 문학 방식인 것은 아니다. 사회상을 기조로 한 문학의 한 방식일 뿐이다. 그러나 우리나라의 현재의 형편에서 프로문학은 필연적으로 발생될 것이요 또 족히 사람을 움직일 만한 참된 문학임은 사실이다.

◎ 시단의 부진

소설 단에 비하여 미약하고 발전이 거의 없다.

이 시대에는 다른 나라에서도 시가 고전苦戰을 면치 못하고 있는데, 이 것은 사람들의 기호와 생활, 기타가 현저하게 산문화한 점, 시단에 정체 불명의 시가 횡행한 때문이다. 그래서 일반인들이 볼 때에 시는 '불가해의 문학'으로 간주되고 있다. 그런데도 『조선문단』이 6월에 폐간되기 전까지 요한, 파인, 노산, 그리고 본인 등의 작품과 『가면』의 소월, 안서, 상화, 『동광』의 춘원, 요한 등의 작품에서 그 노력을 볼 수 있었으며, 또 시단 외인인 만해의 「님의 침묵」은 기억할 만하다.

또한 시조의 부활을 간과할 수 없다. 차제에 시의 민중화, 시단의 정화를 통하여 민족시의 시풍을 공고히 해야 할 것이다.

◎ 소설 단의 진전의 흔적

특히 소설 단에서 정돈기운이 도는 것은 충분히 가치 있는 일이다. 작가들의 창작에서 모티브와 태도, 특히 내용적 경향과 사상적 배경 등에서 많은 진전을 보여주고 있다. 작가들의 소양이 부족하고 사상적 깊이가 부족한 것은 사실이나 그 주동력은 가하可賀할 일이다.

작가들의 작적作的 태도는 일신된 긴장미가 있음에도 불구하고 최근의 소설 단이 침체된 경향을 보이는 것은 그 주된 원인이 작가들의 생활 불안정이라고 생각한다. 이러한 사정으로 가작佳作을 내놓을 여건이 못 되지만, 작품의 사상적 배경이 엷은 것도 문제이다.

장편소설에서는 춘원이 독보적인 것 같으나 너무 흥미 중심이고 작품에 너무 조급한 것 같다. 좀 더 예술성이 요청된다.

단편에서는 서해, 상섭, 故 도향, 춘해 등이 많은 노력을 하고 있다. 도향을 잃은 것은 참으로 큰 손실이다. 또 빙허, 동인의 활동이 없는 것도 유감이다.

소설의 소재가 일반적으로 저급한 성욕 묘사 같은 것을 떠나서 인생에 대한 관조. 혹은 사회상에 근저를 두어야 한다.

○ 극단은 너무 저조하다.

○ 우리는 엄밀한 의미에서 과거에 순 조선적 문학을 남기지 못하고

외래 문학의 영향에만 몰두하였다. 이제부터라도 우리의 문학을 창조해야 할 것이다. 우리의 목표는 '조선 문학의 완성'에 두어야 한다.

※ 요지: 간략한 문단 형성사 및 현 문단 전반에 대한 점검과 비판

28) 영시英詩강화講話 (1)

29) 영시강화 (2)

30) 영시강화 (3)

○ 영시의 일반 형식 소개

○ 시poetry란 것은 성음sound에 의한 일정한 규율 하에서 말words이 조열組列되었다는 점에서 산문prose과 다르다.

시는 리듬으로 인하여 규율화한 성음의 규율적 연속이라 할 수 있으나, 산문은 리듬이 있다고 하더라도 자못 불규칙하여 시에서 얻는 만큼의 쾌감을 얻을 수 없다.

또 산문은 대부분 교화toinstruct의 목적을 가졌음에 반하여 시는 다만 쾌감을 주려는데 불과하다. 시는 또한 그 체style와 용어로 보아 산문과는 판이하다.

◎ 시의 종류
① 서정시Lyric poetry: 단가Oed, 속요Ballard, 찬가의 노래Hi and Song, 만가 Elegy
② 서사시Epic or heroic poetry

③ 극시Dramatic poetry

④ 서술시Descriptive poety

⑤ 교훈시Didatic poetry

ㅇ 시의 근본 요소는 음Sound, 철음Syllable, 음보Feet 등이다. 시는 근본이 철음이며 이것이 둘이나 셋씩 모여서 음보가 되고, 음보들이 모여서 행과 연을 형성한다.

※ 요지: 시와 산문의 차이, 시의 종류, 시의 구성 요소에 관한 서술.

31) 문단 전망

ㅇ 문단의 존재

민중이 없는 곳에 문학이 존재하기 어려운 것처럼 민중을 떠난 문단은 존재할 수 없다. 문학과 문단은 민중을 위하여 존재한다. 문학 작가가 능히 민중의 정신과 생활을 대변하고, 지도하고, 창조하는 조건 아래서 문단과 민중이 밀착될 수 있다.

현재의 조선 문단은 존재하기는 하지만 민중과는 유리된 상태에 있다.

ㅇ 문단 일 년

문단은 때로 공기와 같이 신진대사가 필요할 수 있다. 그런데 병인년 (작년) 문단인의 개황을 보면 손실된 작가, 혹은 동면기로 들어 간 작가는 많아도 새로 얻은 작가는 극히 희소하다.

도향은 손실된 작가이고, 소설 단에서는 동인 · 빙허 등이, 시단에서는 노작, 월탄, 석송 등이 칩거蟄居 상태에 들어갔다. 신진 작가로는 독견, 기영 등의 소설 몇 편이 있을 뿐이다.

춘원은 여전히 정력적으로 활동하면서 좋은 작품을 내고 있으나, 늘 봄, 춘해, 서해, 상섭 등은 최근에 별로 가작佳作을 내지 못하고 있다.

조선의 현 문단이 부진한 이유는 간접적으로는 생활고 때문에 문업文業에 전념할 여유가 없다는 점, 직접적으로는 작가들의 소양이 부족한 점을 들 수 있다.

작년 한 해 동안 문단을 통하여 새삼스럽게 느끼는 것은 국민문학으로서의 작품이 극히 희소하다는 사실이다. 이를 극복하기 위해서는 외국문학 모방의 악폐를 하루 바삐 벗어나야 한다.

문단 상에 나타난 소설 작품을 보면 현 소설가 대부분의 작품이 아직도 자연주의적 묘사의 경지를 벗어나지 못하고 있다. 최고의 문예작품은 사실주의의 정신을 근거로 한 낭만주의, 즉 신로맨주의의 작품이라야 한다.

시단의 Sentimentalism, 소설단의 Realism, 평단의 무주의, 이것이 현재의 우리 문단의 level이다.

◎ 작가들이 현재의 작풍을 지양하는 방안

① 작품의 제재를 잘 선택할 것, 즉 흥미 있는 것, 스케일이 큰 것, 긴장미가 있는 것, 귀결이 있는 것, 통일성이 있는 것 등.

② 새로운 표현법: 간명하면서도 상징적인 수법

③ 작중에 작자 자신의 단안이 있을 것, 객관적 주관

○ 프로문학은 문학의 일지류一支流 형식이다. 그러므로 먼저 문학적 구성을 요구한다. 선전 삐라화 해서는 안 된다.

※ 요지: 현 문단의 부진과 작가들의 폐습을 지적, 부진을 지양하는 방안 제시.

32) 書『백팔번뇌』후 (한문)

　　주지하듯이 『백팔번뇌百八煩惱』는 그때 그(육당)가 '조선'이란 '임'
에게 바친 뜨거운, 뿌리깊은 사랑'과'괴로움'의 노래로서 엮어진 그의
대표작 시조집으로, 조그만 책자이나 시조사상의 한 중흥 기념탑이
될 만한 역작이다. 거기에는 춘원. 벽초·위당 등 당시 문단 거벽들의
序·跋이 즐비櫛比되어 있고, 끝에 석전 박한영 사師의 한시 명작『제
사』가 실려 있었다.

　　나는 그때 그 集을 日東서 보고 그 작자를 다시금 경앙한 나머지 석
전노의 題詞 네 수를 화운하여 다음과 같은 졸작을 <동아>지에 부쳐
실었다.

　　(상략)

지공위국단심재 지차심혜양가비知公爲國丹心在 祇此心兮良可悲[16]

무애는 이 헌시에서 『백팔번뇌』에 담겨있는 육당의 끝없는 나라 사랑
의 애틋한 정을 칭송하고 있다.

임선묵은 이 시조집의 성격에 대하여 다음과 같이 언급하고 있다.

　　『백팔번뇌』 전편의 기조는 결국 조선주의라는 커다란 이상으로 일
원화되고 있다.

　　육당은 자신의 종교적 의지를 '님'이라는 사랑의 대상으로 시화하
여 그 시대 하나의 정신을 시조로 윤색하고 있다. 그는 매양 '조선'의
문화와 국조 단군과 불타를 각기 '님'으로 형상해 온 바이지만, 그것은
결코 '사실'의 기록으로서의 관련성이 아니라 상징적 해명으로서의
'님'이었다.[17]

※ 요지: 육당의 『백팔번뇌』를 독파하고 그 소회를 한시로 작성한 것.

---

16) 양주동, 전게서, 90~97쪽.
17) 임선묵, 『근대시조의 양상樣相』(단대출판부, 1983), 28쪽.

33) 문예비평가의 태도, 기타

◎ 문예비평가의 경우—무산계급 문학의 경우

○ 요사이 노국露國 문단에서는 무산계급 문예 비평가들의 대부분이 이른바 '외재적 비평', '유물사관적 비평', '맑스주의 비평'등으로 문학을 오직 사회 현상의 일부로 설명하고, 유물적 사상 밑에서 그것을 비판하며 사회에 미치는 공과, 심지어 계급투쟁에 쏟아 붓는 가치문제로 일체 문학을 취사선택하는 경향이 있다.

분명히 문학은 사회 현상의 一發現일 뿐더러 그것이 또한 사회에 미치는 動力을 가진다. 조선의 현재의 상황은 계급 투쟁적 시기에 있으므로 그러한 문예가 발생되는 것도 필연적이다.

이러한 견해로 보면 조선의 당래當來 문학 중 프로문예가 자못 은성殷盛할 것을 짐작한다.

○ 내가 진실로 現수 프로문예에 대하여 반대하고 싶은 것은 그들이 문학을 사회 현상의 一發現으로만 설명하고 그것을 오직 문학적으로만 비판하는데 있다. 문학이 초개인주의, 유물주의로 해석되는 외에 일방에는 개인적, 유심적으로 설명될 충분한 증거가 있는 것이다. 문학상의 발생론적 견지에서 보면 오히려 개인적, 유심적인 것에서 출발하여 초개인주의, 유물주의에 귀결되었다 할 것이다.

문학은 개인적 요소가 유심적 요소를 가졌기 때문에 한낱 사회 현상의 기계적 산물이라는 것에서 벗어나 문학으로서의 특수성이 있고, 따라서 그 특유한 내용과 형식의 조건을 필요로 한다. 문학을 유심적으로만 해석하는 것이 오류인 것처럼 유물론으로만 해석함도 역시 편견이다.

문예비평가의 태도는 내재적 비평과 외재적 비평 두 가지 태도를 겸유하여야 한다.

○ 박영희 씨는 문학에 있어 묘사를 무시하고 '힘'만을 요구한다 하니 이것은 문예의 내재 가치를 무시하면서도 자가당착이 된 것이다. 문학적 조건을 갖추지 못하고 선전 삐라가 되는 것에 반대한다.

○ 김기진 씨는 프로문학가 중에도 문예가적 면목을 잃지 않음을 환영하나 문예비평에 있어서 외재비평을 주로 하고 내재비평을 종으로 하려는 경향은 본말의 전도라고 본다.

문학의 의의에 대하여 "문학이냐, 아니냐?" 혹은 "문학으로서 어떠한 조건과 가치가 있느냐? 묘사와 수법이 어떠냐?" 등 내재적 비평이 主요 그 사회적 의의와 문학사적 비판을 의미한 외재적 비평은 종이 되어야 한다. 내재적 가치가 결여되면 문학이라고 할 수 없다.

※ 요지: 프로문학계의 폐단을 지적함

34) 유희문학

○ 일종의 유희적 행위로 自家의 신기한 감각을 무질서하게 표현하고 독자의 호기심을 교사敎唆코자 함은 정당한 예술가의 할 바가 아니다. 더구나 불가해의 문자로써 독자의 안목을 괴롭혀서는 안 된다.

※ 요지: 유희문학의 그릇된 현상을 비판함.

35)『해외문학』을 읽고

○ 자국문학의 새로운 건설에 있어서 더구나 조선과 같이 전통적 국문학의 기초가 빈약한 현상에 있어서 외국문학의 수입 및 그것의 소화는

절대한 의의를 가지지 않을 수가 없다. 우리는 외국문학을 앎으로써 우리의 문학적 소양을 넓힐 뿐 아니라 그 섭취한 지식으로써 자신의 독특한 경지를 새로 개척할 수가 있다. 다시 말하면 외국 문학의 수입은 그 자체로도 필요하거니와 그것을 우리 문학 건설의 참고로 삼는 데 더 한층 의의가 있을 것이다. 나는 위선 이러한 견지에서 『해외문학』의 출현이 다소간이라도 우리 문학 건설에 보익이 있을 것을 믿고 기대한다.[18]

○ 번역의 어려움

해지該誌(『해외문학』) 동인도 이미 말하였거니와 실로 번역이란 난사업難事業이요, 더구나 조선과 같이 어휘가 풍부히 알려지지 않은 형편에서는 난중에도 난사이다. 조선 어휘가 처음부터 부족한지 혹은 우리의 어학적 교양이 적었음인지 그는 여기 논제가 아니요, 하여간 이같이 풍부치 못한 말을 가지고 외국 문학을 번역하여 그 완전을 기하기는 태殆히 절망이라 할 것이다. 더구나 現수과 같은 번역 시대의 초기에 있어서 그러하다.[19]

○ 번역 풍에 대한 苦言

① 소설문학에 있어서 역문체가 자못 낡았다는 점과 또 난해한 한자어를 사용한 논문체의 경문硬文을 피할 것을 권한다. 정인섭의 번역은 正鵠을 얻었다 하겠다.

② 詩에 있어서는 직역보다는 전체의 시상과 시태 시어를 소화하여 의역을 취하는 것이 더 간편한 길일 것 같다. 더구나 전체의 기분과 운율적 해조諧調를 본뜨려면 자유로운 의역을 하지 않은 수 없다.

이하윤의 번역은 그래도 가역可譯이라고 본다.

---

18) 양주동, 『해외문학』을 읽고, 『양주동전집』(동국대출판부, 1998), 188쪽.
19) 양주동, 상게논문, 189쪽.

※ 요지: ① 외국문학 수입의 필요성 ② 번역의 어려움 ③ 번역의 요령

36) 시조는 부흥할 것이냐

○ 조선 시가 운율은 형식의 기초는 특히 민요나 시조에서 얻는 바가 많을 것이다.

○ 현금의 조선 시인들이 운율적 기본 문제를 해결함에 있어서 민요적 보조步調를 옮기는 것을 환영하며, 그런 의미에서 시조의 부활을 환영한다.

○ 재래의 시조는 형식만 조선인의 것이지 내용은 전혀 한학 사상에서 나온 것이다. 그러므로 시조를 시적 가치가 있게 하려면 그 한취적漢臭的 내용을 타파해야 한다.

『신민新民』이라는 잡지 1927년 3월호에서 「시조는 부흥할 것이냐?」는 설문을 내걸고 열두 사람의 응답을 받아 실었다. 응답 내용을 비교해 보면 찬성론이 우세했다. 설문을 내 건 의도가 시조 부흥운동을 지원하자는데 있었으므로, 최남선·이은상·이병기 등의 시조 작가는 물론이고 염상섭·주요한·양주동·손진태 등의 국외자局外者로부터도 긍정적인 응답을 얻었다.

그런데 양주동은 민요의 운율을 살려야 하므로 시조의 부활을 환영한다고 하고, 내용은 근본적으로 개조해 한문투를 없애야 한다고 했다. 손진태는 고형古形을 고집하면 퇴보가 있을 뿐이니 장형도 살려야 한다고 했다. 최남선처럼 폐쇄적인 사고방식의 예찬론을 펴지 않고 다양한 가능성을 열어 놓고 시조를 혁신하면서 계승해야 한다고 했다.

반대론자 가운데 민태원(1894~1935)의 견해를 들 만하다. "시조의 부흥이 침체의 운명을 가진 부흥이 아닐까?"하고 시조는 "형식이 악착齷齪하고, 작법이 난삽하여 창唱의 늘임새에는 하품이 날정도"라는 이유를 들어 반대론을 폈다. [20]

※ 요지: 재래의 시조는 형식은 조선인의 것이나 내용은 한학사상에서 나온 것이므로 시적 가치를 높이려면 한취적漢臭的 내용을 타파해야 한다.

37) 문단여시아관文壇如是我觀

◎ 평론과 문학

○ 근자의 문단 상을 보면 '평론의 유행시대'라 할 정도로 평론이 성행하고 있다. 또 평론의 유파도 다양한 듯이 보이지만 실은 평론계의 일본 의존, 일본 모방이 과다하다, 또 그 내용도 대부분 너무 조잡하다.

우리 문단이 현금에 요구하는 비평가는 우리 문예의 앞날을 계시하는 비평가라야 한다. 또 현 문단에 요구되는 평론은 작품 개개의 평가보다도 근본적으로 문단 금후의 기운을 지시하고 창조하려는 임무를 띤 평론이어야 한다.

현 문단은 아직 초창기이기 때문에 미래의 준비 과정에 있다.

○ 조선의 현금 특수성으로 보아 계급문학이 필요하다. 그러나 맹목적 부화내동은 곤란하다. 계급문학일수록 명철한 이론과 과학적 견해를 가져야 한다. 계급문학이면 계급문학일수록 더 한층 명석한 비평가와 지도자를 요구하는 것이다.

◎ 문단의 3분야

현하 우리 문단의 사상적 분파는 대개 정통파, 반동파, 중간파 3 분야가 있는 듯하다.

---

20) 조동일, 『한국문학통사 5』(지식산업사, 2007), 296~297쪽.

① 정통파: 문학 제일주의를 말하는 순수 문학파. 이들은 문학이란 것을 독립적 가치가 있는 것으로 인식하기 때문에 문학이 문학되는 소이, 즉 문학의 구성 조건과 그 가치를 존중한다. 무엇보다도 선결문제인 것은 문학의 미적 조건이요, 그 형식적 기교 문제 내지 수사학적 공졸工拙 문제이다. 문예의 사회적 효과는 그들에게 있어서는 부산물에 지나지 않는다.

정통파는 순수한 문학적 견지로서는 긍정적이나 너무나 사회적 요소를 결하였으므로 시대정신과의 교섭이 희박하다.

순수문예파의 최대 장점은 창작 심리의 자연성을 주장함이다. 순문학적 문학파이다.

② 반동파: 전통파의 반동으로 일어난 일파이다.

문학의 독립적 가치를 부인하며 심지어 문학의 전 사명을 사회주의 사상의 선전으로밖에 보지 않는다. 근대에 일어난 계급문학파의 극좌익을 대표하는 것이다.

그들에게 있어서 문학이란 사회 문화 현상의 일부분인 동시에 특히 무산계급의 해방 전선을 위한 일 부대에 불과하다. 그들에게 있어서 문학이란 각 시대, 각 계급의 선전에 불과하다.

이 파에 있어서 문제의 초점은 소재에 있다. 소재란 흔히 무산계급의 고민상과 특수계급에 대한 증오와 살벌한 기분을 중시한다.

순사회적 문학파이다.

③ 중간파: 정통파와 반동파를 절충하여 문학의 문학적 가치와 사회적 의의를 이원적으로 승인하는 유파이다.

문학 비평에서 문학의 구성 조건, 미적 결구와 형식적 기교를 무시하지 않는 동시에 그 작품의 내용적 효과로 인한 사회적 의의, 문학적 의의, 계급적 효과까지라도 인식 범위 내에 포용한다.

이 파에 있어서는 문예 작품에 있어서 무엇을 어떻게 표한하여 그러한 결과가 있느냐 하는 것을 총본적總本的으로 평설한다.

권영민은 이를 다음과 같이 요약하고 있다.

① 정동파: 순수문학파 (문학의 문학적 가치와 의의를 고수)
② 반동파: 순수사회파 (문학의 사회적 공과만을 중시)
③ 중간파: 문학의 문학적 가치와 사회적 의의를 이원적으로 승인. 21)

◎ 초설剿說, 뇌동雷同, 악희惡戱

근래에 성행하는 논평은 태반이 천박한 설說, 남의 의견을 그냥 빌려온 것, 함부로 인신공격과 모욕을 일삼는 것들이다. 현금의 조선 문단은 너무 번잡하고 한가롭다

① 초설: 남의 글을 표절하는 것, 필자 자신의 이론적 체계가 서지 않고 모방에 급급함.
② 뇌동: 덮어놓고 남의 설에 부화뇌동함.
③ 악희: 문단인에 대한 지나친 인신공격과 모욕, 욕설.

※ 요지: 현재의 평론가들은 일본 모방이 과다하므로 미래를 계시하고 새로운 기운을 창조하는 근본적인 자세의 변화가 있어야 한다. 지금의 우리 문단은 정통파, 반동파, 중간파로 삼분되어 있으며, 근래에 성행하는 논평은 표절, 뇌동, 악희 등이 너무나 번잡하고 또 한가롭다.

---

21) 권영민, 『한국 민족 문학론 연구』(민음사, 1988), 157쪽.

38) 문단여시아관 (속)

◎ 몰기파 문학, 프로문학

○ 프로문학파들의 주장

① 현재의 문학은 모두 프로문학이어야 하고 또 그렇게 될 것이다.

② 프로문학의 목적은 현재에 있어서 계급전의 선전과 촉진이다. 문학이란 사회 혁명의 ─ 수단이지 완성과 같은 것은 필요치 않다.

③ 프로문학에 있어서는 문학적 기교 같은 것은 도외시한다. 프로 작품에는 혁명적 열정이 있으면 그만이다. 표현 문제보다도 중요한 것은 소재의 사상적 인식과 비판이다.

※ 프로파 문학, 몰 기교주의파 문학. 몰 기교주의파의 주장은 옳지 않다. 표현상 기교를 무시하고 문학을 말할 수는 없다. 표현상 기교는 정히 문학을 문학되게 하는 근거이다.

만일 문학적 기교와 표현법을 무시하는 것이 현금의 프로문예파 좌익의 통설이라면 그들을 축출해야 한다. 그들은 문학을 떠나서 직접 운동선상으로 가는 것이 좋다.

◎ 목표 의식의 착란성錯亂性

현재 우리 문단의 프로문예가들은 사회 운동의 일원임을 자처하나 과연 문학의 효과가 그렇게 힘 있고 신속한 것일까?

만일 열렬한 사회주의자로 무산계급의 해방을 생명의 목표로 삼는다면 문예와 같은 미약한 방법을 취하지 말고 가두로 나가는 것이 좋을 것이다.

◎ 번역 문제에 관하여

역단譯壇 상에 제기된 문제는 다음과 같다.

① 번역자의 태도, 직역과 의역의 문제: 원문 一字 一句에 묘사를 힘쓰는 것이 직역체이고, 원문의 대체를 파악하여 자국어에 맞도록 역자가 다소간 자유롭게 역풍을 취하는 것이 의역이다. 직역을 원칙으로 하되 자국어와 일치가 되도록 의역체를 참작해야 한다.

② 문체에 관한 것, 경문硬文이냐 연문軟文이냐의 문제: 현 문단의 행문체에 준하면 된다. 즉 논문에는 경문체, 소설과 희곡은 연문체가 좋다. 역시의 경우에는 원작의 기분과 nuance를 최대한 역출하여야 한다.

③ 역어譯語에 관한 것, 외국 문자를 그대로 쓸 것이냐의 문제, 즉 역어의 한계성: 가능한 한 순 국어를 쓰되 외국어라도 일반에게 통용되는 말, 외국어 그대로가 아니면 의미를 전할 수 없는 경우는 외국어 그대로를 써도 무방한 것이다.

※ 요지: ① 문학적 기교와 표현법을 무시하고 선전과 목적에만 몰두하고 있는 프로문학에 대한 비판 ② 직역과 의역을 융통성 있게 활용해야 하는 번역의 요령.

39) 미학적 문예론─문예작품 창작과 감상의 미학적 견해와 논거─

○ 미학은 적어도 문예와 기타 일반 예술의 본질에 대하여 그 과학적 근거를 준다. 예술이 예술된 소이연所以然과 그 가치 문제를 엄정히 판단하려면 우리는 불가불 철학적 논거─미학에 귀歸치 않을 수 없는 것이니, 이는 미학이 이미 예술 문제의 실제를 간섭할 능력이 있기 때문이다.

○ 프로문예는 이론상 성립의 문제가 의문에 속한다.

문예를 어떤 문화의 소산이라고 보는 경우에 프로문화를 독립적으로 가지지 못한 '프로레테르'가 프로문학을 가질 수 없다는 문화사적 논평은 고사하고라도, 우선 프로문예는 그 미학적 논거가 박약하다는 점으로 보아 비난을 받는 것이 사실이다. 프로문화가 수립되지 않았음과 같이 프로문예의 철학도 건설되지 않았기 때문에 프로문예는 현재의 형편으로 자못 불리한 처지에 있다.

○ 미학은 지금까지의 발달 정도로 보면 심리학의 일부에 속하고 다시 철학의 영역 안에 들어갔다. 일반 심미적 사실은 결국 심리적 사실의 일부로 간주된다.

문예작품이 무엇으로 어떻게 창작되며 무엇으로 어떻게 감상되는가를 설명하는 것이 문예에 대한 미학의 영역이다.

○ 현재 일반 학설은 선천능력설에 반대하여 미적 태도도 일반 정신적 요소의 결합으로 되는 것으로 보고 있다.

신경 작용은 대개 지, 정, 의 세 가지로 나눌 수 있다. 이 세 가지가 미적 태도에 결합되는 것은 다음과 같다.

① 의지의 요소: ⓐ 전심專心 ⓑ 미적 흥미, 미적 태도

② 감정의 요소: 미적 감정은 특수감정과 쾌락적 기분으로 나눌 수 있다.

③ 知의 요소: 미적 태도로서의 지적 요소가 직관적 구상에 활동한다.

○ 서정시에서는 감정 작용이 훨씬 많고 지적 요소는 결여된 감이 있다. 그러나 근대의 극과 소설류에는 지적 요소가 다분히 혼입되어 있으니 이는 근대 문예가 순 예술적 견지로 보아 예술에서 멀어짐을 말하는 것이다.

※ 요지: 문예와 미학의 관계, 미학적 근거가 부족한 프로문예에 대한 비판, 신경작용이 미적 태도에 결합되는 양상을 설명하고 있다.

40) 다시 문예비평의 태도에 취하여

ㅇ 현재 프로파 비평가들은 外在 비평을 주로 하고 내재적 비평을 從으로 하려는 경향이 있으나 그것은 본말의 전도이다. 어떤 작품의 사회적 의의를 검토하기 전에 그것의 문학적 의의를 밝히는 것이 선결문제이다. 즉 그것이 문학인가의 여부, 문학으로서의 조건과 가치 등 내재적 비평이 主요. 사회적 의의나 문화사적 비판을 의미한 외재비평은 從이다.

◎ 현 문단의 문학상 3 분야 (문예사상적 3 조류)
① 문학의 문학적 가치와 의의만을 고조하는 순수문학파 (정통파)
② 문학의 사회적 공과만을 중요시하는 순수사회파 (반동파)
③ 이 양자를 절충하여 문학의 문학적 가치와 사회적 의의를 이원적으로 승인하는 중간파 (좌익: 사회7, 문학3을 주장, 우익: 문학7, 사회 3을 주장)

◎ 문예상의 주의나 주장의 3가지 태도
① 예술의 존재가치 즉 예술 존립의 근본에 대한 예술가의 태도, 예술은 무엇 때문에 존재하느냐의 문제: 예술의 존재 가치 즉 예술 존립의 근본에 대한 예술가의 태도, 예술이 무슨 까닭으로 (무엇 때문에) 존재하느냐의 문제, 예술의 기원이나 발생에 관한 것이 아닌 그 가치에 관한 것
　여기에는 ⓐ 예술을 위한 예술 즉 예술지상주의 ⓑ 예술을 인생적 가

치에 관련케 하는, 즉 인생을 위한 예술을 주장하는 두 가지 견해가 있다. 이 양자의 태도는 名目에 있지 않고 실질에 있으며, 대극적對極的 태도를 취하면서도 상보적 관계를 가졌다고 할 수 있다. 그러나 결론적으로 보면 예술이란 인생을 위한 예술적 예술이라야 할 것이다.

② 예술가의 사상적 태도, 즉 세계관, 인생관, 사회관 등에 대한 예술가의 태도, 예술가의 사상적 태도(세계관, 인생관, 사회관) 등에 관한 문제: 예술가의 인생 관조에 관한 태도를 말한다.

근대문학을 통하여 보건대 사상적으로 주조主潮를 이루는 것을 변천 순서대로 보면 낭만주의, 자연주의, 무산문학 등이다.

라마주의羅馬主義의 문예는 그 인생 관조에 관한 사상적 태도에 있어서 정열적, 취미적, 도피적이었다.

자연주의는 낭만주의의 반동으로 생긴 사조로서 이는 자연과학의 발흥에 따라 발생된 과학주의, 실증주의의 신 문예사조였다. 자연주의의 사상적 태도는 현실 긍정적, 숙명적이었다.

자연주의 문학의 인생 관조적 태도에 반발하여 일어난 문학이 무산문학이다. 자연주의 문학이 자연과학이 능사인 것처럼 무산문학은 20세기 사회과학의 소산이다.

③작품 구성상 예술가의 태도, 즉 협의의 문예상 제 주의에 관한 문제, 작품 구성상 예술가의 태도, 협의의 문예상의 주의, 즉 자연주의, 표현주의, 다다주의 등을 말한다.

ㅇ 표현 방식은 사상적 태도가 밀접한 관계가 있다. 예를 들면 자연주의의 사상적 태도는 자연과학적 인생관에서 출발하기 때문에 순 객관적 묘사법, 즉 자연주의의 문예 양식이 거기에 타당할 것이다.

요컨대 내용과 형식은 서로 일치되는 것이 이상적이다.

김윤식은 중간파의 분류 비율에 대하여 다음과 같이 이의異意를 제기하고 있다.

> 절충주의가 심화, 체계화된 것은 「다시 문예비평의 태도에 취하야」
> (<동아일보> 1927.10.12.)와 「문단 삼분야」(『신민』, 1927.4)이다.
> 무애无涯는 여기서 문단을 셋으로 나눠 구별했다. ① 순수문학파 즉
> 정통파, ② 순수사회파 즉 반동파, ③ 중간파로 나누고 이 가운데 중간
> 파는 다시 좌익과 우익으로 나누었으니, 좌익 중간파는 사회 칠분七分
> 문학 삼분, 우익 중간파는 문학 칠분 사회 삼분의 비율을 갖는데, 무애
> 无涯 자신은 우익 중간파임을 천명하였다.
> 무애无涯의 이토록 명백해 보이는 비율 분배라든지 문단의 분류는
> 소박한 소인적素人的 견해가 아닐 수 없다. 대체 문학 현상을 이렇게 추
> 상적 비율로 분류함은 지나치게 방편적인 것이다. 그러나 이러한 단
> 순성이 카오스 상태에 있는 문단에서 볼 때 명쾌한 질서로 보였고, 논
> 리의 명확성으로 비쳐 설득력을 획득할 수 있었던 것으로 보인다.22)

※ 요지: 현 문단의 문학상 3류파(조류) 및 문예상의 주의, 주장의 3가
　　　지 태도에 관한 설명

41) 중국 소설의 기교

○ 중국의 대표적인 기서奇書인 『삼국지연의』, 『수호전』, 『서상기』의
작문법, 서사법 등을 김인서金人瑞(성탄聖嘆)의 견해를 빌려 서술하고 있다.

---

22) 김윤식, 전게서, 116~117쪽.

42) 현대 영시 개관 (1) ― 이십세기 이후의 신시단 ―

○Robert Bridges, Thomas Hardy, Lacselles Abercromble, Whitman, Rossetti, Swnburne, Symonds, Wm. Butter Yeats, A.E (George W. Rusell), Arthur Symonds, John Masefield, Walter dela Mare, Ralph Hedgson, John Drink Wafer, Rupert Brooke, Wilfrid Wilson, Gihson, Ezra Pound, Richard Aldinaton, Amy Lowell, John Gould Fletch Flether, D.H. Lawerence, Man Weber, Carl Sandberg, Sara Teasdale 등의 시 작품에 대한 간단한 言及임,

※ 「현대영시개관」 (2) ― 이십세기 이후의 영미 「신시」단
※ 현대영시개관(1)의 내용을 반복한 것임.

43) 정묘 역단譯壇 일별―瞥

○ 외국 문학의 수입과 이식은 그 자체의 지식으로서도 중요하지만, 우리문학 건설에 간접적으로 절대적 참고가 된다. 즉 외국 문학의 수입은 그 자체로서도 필요하지만, 그것을 우리 문학 건설의 참고 자료로 삼는데 더 큰 의의가 있을 것이다.

○ 조선 문단의 현상에 비추어 볼 때 당장 필요한 것은 외국 문학의 개관과 총설이다. 외국 문학의 지식이 결여된 현재의 형편으로는 외국 문학의 부분적, 미세적 소개는 시기상조이며 대체적이고 총괄적 지식이 급선무인 것이다.

또 번역 대상 작품은 우리 문학에 어떤 계시가 되거나, 교역交易을 가지거나, 참고 될 만한 것이어야 한다.

○ 대부분의 독자들은 일역日譯을 통해서 외국 작품을 읽기 때문에 우

리말 번역물은 경쟁이 되지 않는다. 외국 편중과 우리말 경시, 학대는 실로 한탄스러운 일이다.

　ㅇ 백화白華의 중국문학 번역은 작년에도 꾸준한 노력을 보여주었다. 「비파기」, 「서상기론」 같은 것이 그 일례다. 김진섭의 「세계문학에의 전망」은 세계 문학을 관찰하고 일가견을 보여주었다.

　※ 요지: 외국문학의 총괄적 소개의 필요성과 번역 작업의 부진을 비판함.

44) 평단일가언評壇一家言

◎ 문단의 삼 분야

① 정통파: 순수문학적 문학과 예술을 위한 예술을 주장하는 일파와 인생 예술파 중 특히 문학의 형식적 방면을 중시하는 일파.

② 반동파(순수 사회문학파): 문학의 독립적 가치를 부인하고 선전, 투쟁의 사회적 공리功利만을 문예의 전적 목표로 하는 일파. 대부분 무산 문예파로서 대표되는데, 문예적 표현 같은 것을 전연 무시하고, 오직 내용적 효과만으로 문예를 비판한다.

③ 중간파의 좌우익: 사회문학파와 문학적 사회파로 양분된다. 문예의 문학적 가치와 사회적 의의가 교호적으로, 혹은 전후하여 인식되고 비판된다.

　김기진, 염상섭은 중간파 중 사회적 문학파이고, 무애 자신은 문학 적 사회파에 속한다.

◎ 극좌파極左翼의 문예론

순수문학파의 반동으로 일어난 극좌익의 문예론은 박영희를 필두로 하여 윤기현, 이복만 등이 있다.

극좌파는 공연히 문예적 조건을 부인하여 문예와 멀리 떠나고 있다. 프로문학은 애초부터 문예의 일반 가치와 특수 체제까지 부인하고 있으니 가탄이다. 문예적 조건과 형식이 미미한 문예품은 무산문학은 커녕 문학 자체가 될 수 없다. 문예적 조건을 전혀 무시한다는 좌익의 주장은 이미 문예론에 속하지 않는다.

극좌파의 문예운동은 문예 자체 내의 운동이 아니요 사회운동 방면에서 정치 투쟁으로 방향 전환을 한 것이다. 문예의 근본주의는 무시하고 정치 투쟁 운동의 한 방편으로 하는 문예운동은 문예 자신과 거리가 멀다.

※ 요지: 문단 삼 분야에 대한 간단한 설명 및 극좌파 문예에 대한 비판

45) 정묘丁卯평론단총관 － 국민문학과 무산문학의 제 문제를 검토 비판 －

ㅇ 지난 1년의 문단은 비평이 우세하였다. 그러나 결정적 지도 이론은 발견되지 않았다.

지난 1년간의 분분한 의논을 요약 하자면 국민문학과 프로레 문학에 관한 양자에 그치고 있다. 특히 후자의 경우가 빈번하였다.

최근의 '신경향파 문학'은 문예의 제1의적 요소를 표현적으로부터 사상적 내용으로 환위換位하였다.

현금 문단의 경향은 예술을 위한 예술을 주장하는 문예가는 극히 희소

하고 사회 인간을 위한 문예가 일색이라고 할 수 있다.

◎ 국민문학과 계급문학

국민문학이란 민족적 전통과 국민적 개성 위에 근거를 두어서 한 개의 민족이 특수하게 가져야 할 문학을 출발코자 하는 것이며, 계급문학이란 문학의 총체적 단위를 민족에 두는 것과는 반대로 계급 상에 두는 것을 이름이니, 즉 계급적 의식과 투쟁을 토대로 하여 어떤 계급을 내어놓을 바 문예를 운위하는 것이다.

전자의 현저한 특징이 애국심임에 반해 후자의 그것은 무산계급을 대표로 한 계급투쟁의 정신이다.

◎ 평단에 나타나는 국민문학에 대한 세 가지 의견.

① 평자(무애无涯)로서 대표되는 일설인데, "국민문학의 건설이 우리 문예운동의 제일선(최종점은 아니다) 이상"이라 보고 프로문학과 같은 것을 국민문학 중에 포함된 시대적 요소의 문학이라고 보는 것

② 염상섭으로 대표되는 일설인데, 이 양파 문학의 필연적 수립을 승인하면서 양자의 충돌점과 부당성을 並說하였고,

③ 무산무학파의 의견(김기진, 김동환의 논문)으로 그들은 국민문학이 불필요한 뜻을 말하고 심지어 애국문학을 매도하기도 하였다.

○ 국민문학을 주장하는 파에서도 계급圖가 있는 이상은 그곳에서 일어나는 모든 시대적 요소의 문학(선전문학이나 투쟁문학이나)을 부인치 못할 것이요, 계급도 민족적 요소를 토대로 한 문학을 역시 승인해야 할 것이다. 우리는 민족인 동시에 계급이며, 계급이면서도 민족인이다.

국민문학은 민족적 전통 위에 서서 그것을 옹호, 지지할 것이요, 계급

문학은 사회적 전통 위에 서서 그것을 파괴하기에 노력할 것이다. 그러나 양자가 본질적으로 다른 것은 아니다. 민족적 전통 속에도 사회적, 계급적 전통을 받은 것이 있을 것이고, 계급문학에서도 민족적 전통의 필연성과 필요성을 시정할 지경이 피차 많은 공통점이 있을 뿐만 아니라 협력이 요청된다.

◎ 무산문예를 중심으로 한 논평의 유형.

① 무산문학의 본질론에 관한 것

무산계급의 문예가 발생할 수 있고 또 발생되고 있는 것은 조선 문단의 기정의 사실이다.

② 무산문학의 목적론에 관한 것

박영희의 주장의 요지는 "문예의 전 목적은 작품을 선전삐라화 하는데 있다. 예술은 그 자체의 요소를 구비할 필요가 없다, 문학이 선전삐라나 포스터로 화하는 것이 최고의 목적이요, 이상이요, 수단이다."라는 것이다.

극단파의 이러한 주장은 중대한 위험과 오류가 내재되어 있다. 어째서 문학의 전부가 무산문학이며, 또 문학의 전부가 무산계급 운동의 선전 수단이 되어야 하는가!

무산문학적인 요소가 전혀 없어도 순수한 미감美感만으로 노래한 시도 훌륭한 문학이라고 할 수 있다.

③ 무산문학의 사상적 분열에 관한 것

문예상의 주의를 표현법에 의하지 않고 사상 내용에 인과하게 함은 근본적으로 위험이요 착오이다.

④ 무산문학의 제작 내용에 관한 것

광의적으로 보아 고금의 모든 문예작품이 목적의식 없이 산출된 것은 없다. 그러나 현재 프로파에서 창도되는 목적의식은 극히 협의의 개념을 가졌다.

모든 문예 작품의 제작은 목적의식을 기준으로 하여 거기에 맞도록 제작한다. 이것은 자연 생장 문예나 순수한 예술 운동적 창작 심리에 어긋나는 것이다. 문예상에서 광의의 목적의식을 창작 심리에 포함시키는 것은 무방하나, 목적의식에만 편중한다거나, 거기에 지배되거나, 강제로 주입한다면 그렇게 해서 생겨난 문예 작품은 본질적으로 문예와 거리가 멀다.

문예상의 내용과 표현은 일원적으로 해석할 수 있다. 양자는 서로 의존하고, 인과하고, 합일된다.

무산문예에 있어서도 사상 내용에만 치중하는 태도를 버리고 그 사상과 내용에 적합한 새 형식을 안출하여 내용과 표현이 일치하는 경지를 발견해야 할 것이다. 문예상 엄밀한 주의는 사상 내용에 의존할 것이 아니라 그 표현에 달린 것이다.

⑤ 무산문학의 비평론에 관한 것

실제 작품을 비평함에 있어서는 내재적 비평과 외재적 비평은 일치하게 된다. 이를 분리시킬 수 없다.

무산문예 비평가는 문예적 일반 가치와 인생적, 사회적 평가를 겸하여야 한다.

⑥ 무산문학의 변천 과정에 관한 것,

무산문학에서는 혁명 전기의 예술과 후기 예술로 대분된다. 현금 조선 문단은 민족문학과 계급문학이 대립. 병행해 갈 것이다. 민족문학의 이론과 무산문학의 금후 추세론과 아울러 표현 형식론은 우리가 해결해야 할 과제이다.

1928년1월1일자부터 18일까지 <동아일보>에 연재한 「정묘평론 단총관—국민문학과 무산문학의 제 문제를 검토 비판함—」에서 '국민문학'이라고 일컫는 민족문학과 무산계급문학은 표리表裏관계에 있어야 하는데, 무산계급문학에서 민족문학 쪽을 부당하게 비난하고, 민족문학 쪽은 이름도 없고 작품도 없다고 했다.[23]

※ 요지: 현재 조선 문단의 무산문학에 대한 다각적인 고찰

46) 정묘문단 총관—창작계 만평—

◎ 각지各誌의 문예란

○ 『조선문단』: 이 순문예지의 부침浮沈이 안타깝다. 경제 문제 때문이겠지만, 폐간 이후에 문단은 확실히 곤핍困乏되었다.

○ 『동광』: 문단에 다소의 공헌이 있었다. 역시 휴간이 되어 유감스럽다.

○ 『신민』: 문예 방면에도 꾸준히 노력해 왔다. 시 · 소설 · 시조 · 희곡 등 그 내용은 다채로우나 후반기에 투고된 문예들의 질이 저하되었다.

○ 『조선지광』: 프로문예파의 기관지인 그만치 평단에 늘 활기가 있었다. 논문과 소설, 희곡 · 시도 게재되었고, 특히 평론에 공헌한 바 있다.

○ 『현대평론』: 시, 소설에 공헌한 바 있으나 후기부터 질이 저하되었고, 『습작시대』는 신진 작가들의 발표기관이었으나 3호로서 중단되고 말았다. <매일신문> 문예란에는 하등의 주목할 만한 것이 없다.

○ 『예술운동』: '조선 프로레타리아 예술 동맹'의 기관지로서 동경에서 발행되었다. 프로파 중에서도 극좌파의 대표적 기관지이다.

○ <동아일보>: 국민문학에 치중하고 있으나, 중간파의 논문도 실렸

---

23) 조동일, 상계서, 247쪽.

다, 육당, 횡보, 노산, 무애의 글이 많이 실렸고, 타 일간지에 비해 문예물이 적은 편이다.

○ <조선일보>: <동아일보>보다 편집상 활기는 있었으나 프로파의 논문 외에는 별로 신통치 않았다. 최독견의 장편과 현재 연재되는 탐정물 등이 인기를 끌고 있다.

◎ 시단

시단은 너무나 부진해서 전망이 서지 않는다.

○ 파인은 민요시에 천분이 있는 시인으로 민중과 호흡이 잘 맞는다, 「웃은 죄」·「해녀의 노래」·「거지의 꿈」 등은 완벽에 가깝다. 프레 시를 발표하기도 했지만, 그의 본질적 경향은 아닌듯하다.

○ 요한은 작품 활동이 엉성하였다. 명랑한 감각적 필치와 교묘한 말을 가진 그로서 노력이 너무나 없다.

○ 안서는 민요시를 제창했으면서도 볼만한 작품이 없다. 「보슬비」한 편은 성공작이라 하겠다.

○ 노산의 시극 「서동」은 성공작이었다. 시조에도 상당한 조예를 가졌다.

○ 정지용은 신진 시인 중 혜성과 같이 나타나 초연한 지위를 얻었다. 이 시인의 작품은 회화적·감각적인 데에 있어서 거의 독보적이라 할 수 있으나, 가끔 말이 서투르고 다이스틱한 표현이 흠이 되고 있다.

○ 이장희는 감각적인 점에서 지용과 공통되나 특히 착각적 시경_{詩境}을 좋아한다. 「눈은 나리네」 외 1편은 그의 본연의 자태였다. 시는 감각의 유희가 아님을 명심하기 바란다.

○ 김려수의 시는 평이한 민중의 풍이 있어 그 웅변적인 점이 석송의 명작을 닮았다.

○ 유도순은 발표욕이 앞서 미숙한 작품을 내놓았다.

○ 시조는 조선 국민문학 부활 운동의 중요한 내용으로 시형상으로 보아도 우리 민족 사상의 시적 표현법으로 전통적이고 실용적인데, 프로파에서 반대하는 것을 이해할 수 없다.

육당의 『백팔번뇌』는 최대의 공헌이다. 역잡유인亦雜由人, 조운曹雲, 노산, 요한 등의 작품은 주목할 만하다.

◎ 극단

극장 하나도 없는 나라이니 희곡이 발달될 수가 없다. 김운정, 김동환 등의 시험 작품이 있다.

◎ 소설단

문단의 중심에 있는 것이 소설단이다. 민중에 대한 감화나 문예 가치에 있어서도 소설단이 첫째이다.

현대 조선 소설계는 대개 3분야가 있다. 즉 ① 재래의 자연주의적 수법과 내용을 가진 구 작가의 일군 ② 프로레 작가의 일당 ③ 거취에 헤매이면서 그대로 습작을 발표하는 일파 등이다. 이들 중 가장 창작적 활기를 내어 대담한 시험과 새로운 비약을 일삼는 공로는 프로레 소설가들이다.

○ 염상섭: 지난 일 년 간 문단에 공헌이 많은 작가로서 작품의 근저는 자연주의이다. 그는 묘사법에 있어 특히 심리 묘사에 뛰어났다.

흔히 상류가정에서 제재를 취하나 사상의 역점은 민족주의이다. 하층 계급의 생활상을 음미하기도 했으나 한편으로는 인간성 해부를 게을리하지 않았다.

근래의 작품에는 정열보다 의지가, 감격보다 냉정이 강한 것이 유감이다.

『사랑의 죄』, 『두 출발』, 『남충서南忠緖』, 『미해결』 등이 있다.

ㅇ 최서해: 프로레 계급의 비참한 생활상을 여실히 표현하여 독자들에게 호소하는 장점이 있다. 이는 그의 체험의 소산이다. 후반에는 전혀 작품 활동이 없다. 『전아사錢迓辭』, 『홍염紅焰』 등이 있다.

ㅇ 김동인: 신기한 문에 사조를 따르지 않고 순평한 작품을 내는 것은 다행이다. 그는 예술을 위한 예술파와 가깝다. 인간성의 표현과 예술의 구원성 을 추구하는 작가이다.

빙허와 함께 재인류才人流이다.

『딸의 業을 이으려』, 『명화 리디아』 등이 있다.

ㅇ 최독견: 그의 활약상은 놀라울 정도이다. 프로레 작가로 지목되었으나, 그의 본령은 아닌 것 같다. 재지才智가 지나쳐서 독자들에게 순 쾌락만을 줄 뿐이다. 사상적으로 좀 더 중후미를 더해야 한다. 통속 소설가로 기대를 받고 있다.

『조그만 심판』, 『바보의 분노』, 『낙원이 부서지네』 등이 있다. 그의 최대 노력은 <조선일보> 연재 장편인 『승방비곡僧房 悲曲』이다.

ㅇ 이기영: 신진작가 중에서 프로문단에 단연 두각을 나타낸 작가 이다. 작품의 양은 많으나 사색의 노력을 찾았으면 한다. 『실진失眞』, 『어머니 마음』 등이 있다.

ㅇ 주요섭: 『개밥』 하나로 토의거리가 된 작가이다. 초기 프로문예에 있어서 중요한 작가이다.

ㅇ 조명희: 『농촌 사람들』이 주목되는 작품이며 『낙동강』도 화제에 오르고 있다.

ㅇ 이들 외에 이익상, 방인근, 유엽, 김남주, 윤기정, 조중곤, 낙월 등이 있다.

◎ 문단에 대한 제언

① 시단에 있어서는 민중에게 좀 더 가까운 시를 지을 것, 가능한 한 민중의 말과 민중의 조로 지을 것, 시조도 좀 더 통속화할 것. (조선말다운 말로 시를 지을 것)

② 소설단에 있어서는 소설의 기교를 연구할 것, 좀 더 사색과 통찰을 깊이 하여 작품의 심각미, 중후미를 더할 것. 작품의 플롯과 셋트를 공부하여 흥미를 긴장 시킬 것. 자연주의적 구습을 탈피하고 프로레 작가는 작품의 제재와 해결을 신중히 고려할 것 등이다.

※ 요지: 문단의 장르별 비평 및 개선 점 건의.

47) 인생 · 문예 · 잡관—비망록 초—

ㅇ 독단이란 '나'를 찾는 입문이요 '관觀'에 도달하려는 제일보이다. 광막한 인생에 대하여 무슨 정견定見을 세울 수 없다. 정견이 아니면 독단일 것이다.

사람의 사상이 한 개의 '관'이나 '주의'로 일관될 수는 없다. 남의 사상을 이해하려면 먼저 그 사상의 표리가 있음을 알아야 한다.

ㅇ 예술가의 사상적 수양은 편견을 없애는 것이 제일 조건이다. 문예는 인생의 재현이지 그것의 직접 표현은 아니다. 문예를 통하여 인생을 그대로 이해하려는 것은 어리석은 일이다. 대개 문예 속에는 실제 인생보다 과장되거나 과소되어 있다.

그러나 위대한 문예가의 작품이 무엇보다도 가장 친근하게 인생을 계시함은 사실이다. 최고의 문예는 최고의 도덕과 일치한다.

○ 문예의 대상은 미적 대상과 인간성, 생활 문제 등으로 三分할 수 있다. 근대 문예의 대상은 미로부터 인간성으로, 인간성으로부터 사회 문제로 그 역점을 옮겨 왔다.

※ 요지: 문예와 인생, 문예와 도덕과의 관계와 근대 문예의 대상의 변화 추이에 대한 견해.

48) on Milton's 『Comus』

밀턴의 작품 『Comus』에 대한 고찰.

49) 물으신 것의 답안 수제 (上, 下)

◎ 조선 문단이 전체적으로 당면한 중대한 문제.

① 문단 존립과 직접 관계가 있는 경제문제와 검열문제, 즉 무보수로 인한 작가의 생활 궁핍과 압삭押削으로 인한 작품의 치명상이 문단의 진출을 완전히 저지한다는 사실.

② 사회주의 사상과 정신을 완전히 소화한 뒤에 문예론으로 제안할 만한 능력을 가진 두뇌가 없고, 더구나 조선 문예의 특수성을 인식하여 민족적, 계급적 양면의 효과를 원활케 할 만한 지도 이론가가 없다.

◎ 조선의 작가는 현금 사회생활의 어느 부분에서 창작의 제재를 취하여야 하는가?

① 제재에 구애되지 말 것
② 작가가 각자의 체험에 비추어 가장 득의得意한 방면을 택할 것
③ 시대적 경향을 목적으로 한 작품이라면 그 시대의 대다수 민중의 생활에서 취할 것
④ 우화적 · 풍유적 제재도 좋고, 이상 세계나 민족적 사상을 주로 한 문예일 경우는 역사적 사실을 빌어도 무방하다. 무산문학의 경우는 농민 생활이나 노동계급에서 취재할 것
⑤ 남녀 간의 정애情愛를 제재로 해도 좋을 것

◎ 작품이 독자 대중을 획득하려면 어떠한 조건을 요할까?
① 표현을 쉽게 할 것
② 다수 민중의 생활을 그릴 것
③ 소설의 경우는 프롯을 기교적으로 하여 흥미 중심으로 쓸 것

◎ 최근에 읽은 책 중에서 다섯 권은?
『파한집破閑集』, 『문심조룡文心彫龍』, Moulton교수의 『Modern Study of Literature』, Theodere Hunt의 『Literature its Principles and Problems』, Gradey and Scott 공저 『문예비평론』.

※ 요지 : 조선문단이 당면한 과제, 작가들이 실생활에서 취해야 할 제재 등의 문제를 언급한 것

50) 백치白雉─Pauvre Lelian─

○ 풀 · 베를랜느와 그의 시에 대한 찬사
○ 베를랜느의 고우故友 Francois Coppe의 베를랜느에 대한 추도문 소
   개. (『베를랜느 시집』序)

51) 소설가로서의 토마쓰 하디 연구

※ 1928년 와세다 대학 졸업 논문 「T.Hardy 소설의 기교론」의 일부인
   듯. 내용은 확인할 수 없음

52) 구주 현대문예사상 개관

◎ 세계대전 종료 후 십 년간의 문예사상 개관
○ 신낭만주의 (낭만주의 + 자연주의)
○ 퇴폐파 사상
○ 미래주의
○ 다다주의
○ 신인상주의
○ 형식파

53) 조선예술운동의 당면과제─간단한 요령만─

① 민족문학 운동
② 무산문학 운동

③ 양 운동은 대립하면서도 제휴하여 할 것

④ 구구한 이론보다도 실지 작품을 제공할 것

⑤ 작품은 사상적인 동시에 예술적일 것

※ 요지: 민족문학 운동과 무산문학 운동은 대립하면서도 제휴하되,
   이론 보다는 사상적이고 예술적인 작품을 제공할 것

54) 문예사상 문답―이광수 씨와 일문 일답기―

○ 신문예 이래 사상 내용의 변천과 발전에 대하여

○ 프로문학에 대하여

○ 대중 문학에 대하여

○ 톨스토이의 창작 태도에 대하여

○ 조선 문학의 미래에 대하여

○ 비평의 미흡함에 대하여

55) 문예사상 문답―염상섭 씨와의 일문 일답기―

○ 최근의 문단의 여러 현상: 프로문학에 대한 논란에 대하여

○ 순수 예술적 입장에 대하여

○ 대중문학에 대하여

56) 인생 · 예술 · 잡상―무애 어록无涯語錄(1)―

○ 붓을 들자 문상이 흐르듯이 나올 때는 기쁘고 반갑지만, 그렇지 못

할 때도 더욱 귀하다 생각한다.

○ 인생에 환희를 느끼는 날은 행복한 날이다. 회의하고 번뇌하는 순간은 더 행복한 순간이다.

○ 나의 생에 충실하고 싶다. 두려운 것은 정신생활이 탄력을 잃었을 때이다.

○ 대개 인생에 대하여 사색할 만한 여유를 가지지 못한 사람처럼 불행한 자는 없다. 인생에 사색할 능력이 많은 사람도 불행한 자이다.

○ 힘 있는 예술을 창조하고 싶다. 그렇지 않으면 진실한 예술을 만들고 싶다. 형식만의 예술이나 내용만의 예술은 다 보잘것없다.

※ 요지: 인생과 예술에 대한 단상

57) 몇 가지 생각―발간의 취지삼아서―

○ 침체된 문단에 활기를 주기 위하여, 더구나 발전 단계에 있는 신문에 운동을 돕기 위하여 문예 전문지를 발간하게 된 것을 스스로 기쁘게 생각한다.

독자 제위의 부단한 편달鞭撻과 후원을 충심으로 바란다.

○ 불편부당의 중립적 견지에서 모든 주장과 의견을 그대로 수합하기에 힘쓰려 한다. 즉 문예적 다양한 태도를 그대로 받아들이고 발표하는 문단적 공기公器가 되려고 한다.

따라서 다음과 같은 발간의 취지 및 강령을 제시하여 만천하 독자들에게 약속하기로 한다.

① 문단의 총체적 발표 기관으로서 공기가 되려함

② 문예상 모든 의견과 주장을 불편부당의 태도로써 포용하려 함.

③ 문예의 민중화, 사회화를 기하고자 함.

※ 요지:『문예공론』발간의 취지

58) 몇 가지 생각 (2)

○ 근대 프로문예 진영에서 일부 형식론이 대두된 것은 기쁜 일이다. 프로문예도 문예인 이상 양식상의 주의를 가져야 한다. 문학적 일개의 신형식을 안출하기까지는 그저 소재의 나열에 불과하다.

○ 무산파 문사들이 문예 형식에 새삼 고려를 더한 것은 최근 일본 문단에서 논쟁되는 형식주의 문학론에 영향을 받은 것이다. 우리는 어서 남의 영향에서 벗어나야 한다.

○ 춘원이 심한 지병에도 불구하고『단종애사』를 계속해서 집필하는 등 계속 역작을 내고 있어 그 열성과 의기가 장하다 할 것이다. 이에 비해서 좌 우파 간의 문사들이 몰기력한 것은 개탄스럽다.

그나마 염상섭의 노력은 우파 주장의 대표적인 활동이다.

○ 대중문예의 문단적 진출은 주목할 만한 일이다. '대중문학'이란 개념에 '타락된 예술'의 의미가 포함되어서는 안 된다.

○ 민족문학과 사회문학이 상극이라고 생각하는 것은 종파주의이다. 둘 다 현 정세에 타당하다고 보고 서로 합치점을 찾는 것이 필요하다고 본다. 현 정세에 있어서는 민족을 초월한 계급 정신도 없고 계급에서 유리된 민족 개념도 있을 수 없다. 우리의 문학은 민족적인 동시에 무산 계급적이어야 한다. 문학적, 예술적이어야 함은 물론이다.

○ 문단의 질적 향상을 위하여 역량 있는 신인들의 출현을 기대한다. 우리의 과제는 너무나 많고 막중하다. 민족 문학적 건설, 사회 문학적 완성, 더구나 세계적 진출 등 부문도 많고 난문難問도 수다하다.

※ 요지: 무산파 문학 진영에서 형식에 유의하게 된 것은 기쁜 일이다.

문단은 춘원과 염상섭 외에는 다 부진다.

대중 문학의 문단 진출도 뜻있는 일이거니와 역량 있는 신인들의 배출을 기대해 본다.

59) 문예상의 내용과 형식 문제—현 문단의 제 이론을 중심으로 한 단편적 고찰—

○ 예술상의 내용과 형식의 교섭은 예술학 원론 상에서 아리스토틀 이래 누구나 "내용과 형식의 완전한 조화"를 주장하고 있다. 그러나 프로레 문예 비평가들은 수삼 년 이래 형식을 무시하고 내용 만능주의를 주장하여 내용과 형식 문제가 제기되었다.

◎ 문제의 유래

○ 프로레 문예 비평가의 '형식에 관한 재인식'에서 출발되었다.

수삼 년래 그들은 형식을 무시하고 내용 만능주의를 주장해 왔다. 프로레 문예는 내용만으로 ㎙하고 형식을 고려할 필요가 없다는 것이다.

재래在來의 프로레 문예는 일반적으로 예술적 기교 형식을 전연 무시하고 온전히 살벌한 '이야기' 작성에만 주력해 왔다.

◎ 문단 사조의 삼 분야

① 극좌익: 내용만을 주장하는 일파 (박영희)

② 예술지상론자: 형식만을 주장하는 일파 (예술지상주의자)

③ 절충파: 내용과 형식의 조화를 강조하는 일파 (김기진, 횡보, 무애)

※ 김기진은 좌파로 전향했고, 무애는 형식에다 비중을 둠.

◎ 문제의 초점

ㅇ 무산문예 이론의 결함을 확충해서 신경지로 나아가게 하는 것이 문단 전체의 과제이다.

ㅇ 내용과 형식의 문제

형식이란 어떤 사물이 어떤 상태로 성립되고, 어떤 양상으로 발현하는가를 지칭함이다. 형식은 필연적으로 두 가지 구별이 생기는 것이니 ① 사물의 외부만을 보는 경우 ② 구성상의 골격을 보는 경우이다. 예술상의 형식은 후자를 가리킨다. 문예상에 있어서는 그 내용이 '어떻게' 표현되었는가, 즉 표현 방식을 가리키게 된다.

형식이란 내용을 예술화하는 수단, 즉 작품상의 기교, 수사와 묘사법 등부터 작품의 표현형까지도 포함된다.

내용이란 '그 작품 가운데 포함된 정신적 실질'이다. 그러므로 어떤 작품의 내용은 그 작품 총체가 우리에게 적용하는 한 전부를 의미하게 된다. 이를 분석하면 ① 작가가 취해온 소재 ② 작가가 소재 위에다 융합시킨 사상 (의지, 인격 등을 포함) ③ 소재와 사상이 정신적 실질을 발휘하기 위하여 쓰여진 매개, 즉 표현 형식이 있는 것이다. 따라서 '소재+사상+형식=내용'이다.

ㅇ 무산문학은 힘과 열의 문학이다. 또 조직과 신념의 문학이다. 그러

므로 투쟁의 문학이요, 승리의 문학이요, 명일의 문학이다.

무애의 내용과 형식에 대한 이러한 논의에 대해서 조동일은 다음과 같이 논평하였다.

> 「문예상의 내용과 형식 문제」를 『문예공론』(1929년 6월호)에 발표하고, 두 노선 합작의 필연성을 내용과 형식이 따로 놀 수 없고 통일되어야 한다는 데서 찾았다.
> 극좌의 내용 편중과 예술지상주의의 형식 편중이 둘 다 부당하다 하고, 내용과 형식의 조화를 찾는 노력이 소중하다고 했다. 그러면서 내용과 형식의 관계를 살피는 이론적인 논의를 장황하게 펼쳤는데, 형식은 그 자체만으로 예술을 성립시킬 수 없지만 예술이 예술이게 하는 '제일의적 요건'이라는 것이 핵심을 이루었다, 그래서 형식 위주의 통합론에 치우치고 민족문학론의 관점이 결여되어 민족적 형식 문제는 전혀 거론되지 않았다.24)

무애가 「문예상의 내용과 형식문제」에서 제시한 결론을 신동욱은 다음과 같이 요약하고 있다.

> 내용에 대한 인식은 인간의 활동이고 형식을 부여하는 것은 작가의 활동이다. 내용은 존재 자체이며 형식은 존재의 표시인 동시에 가치의 양상이다. 단순한 존재 자체에서는 가치를 추출할 수 없기 때문에 내용만으로는 예술이 성립될 수 없다. 예술을 구성하는 제일의적 요건은 예술의 가치의 세계에 속하는 형식이다. 그러나 형식은 내용에 의해 결정되며 작가의 활동은 내용이 형식을 결정하는 것이다. 바로 이 순간부터 예술이 시작된다. 한편 사회적 사조나 주의는 엄밀히 말해서 예술상의 주의가 될 수 없으며 그것은 내용상의 주의에 불과하다. 내용이 형식을 결정하지만 반대로 형식도 내용을 결정할 수 있다.

---

24) 조동일, 전게서, 247쪽.

왜냐하면 가치는 그 자체 안에서 이미 존재를 상정하기 때문이다. 예술이 형식, 내용의 어느 쪽에 편중하느냐 하는 문제는 시대에 따 라 다른데, 특히 타락한 예술의 경우 한쪽으로 편중된다. 완전한 예술의 경우 한쪽으로 편중된다. 완전한 예술은 양자가 조화됨으로써만 가능하다.

이상의 견해를 살펴볼 때 양주동의 비평은 작품의 형식론을 위주로 한 절충론이 된다고 하겠다.[25]

※ 요지: 문예상의 내용과 형식의 문제를 다루었다. 즉 내용을 예술화하는 수단으로서의 형식과 소재와 작가의 사상을 합친 뜻으로서의 내용을 일치, 조화 시킬 때에 완전한 예술이 가능하다는 취지의 내용이다.

60) 시 작법 강좌―구상과 표현 (1)―

○ 예술에는 내용방면과 형식방면 두 가지 양식이 있다. 예술 작품으로서의 결과를 보면 양자는 혼연일체가 되어야 한다. 그래서 양자가 완전한 조화를 이루어야 한다.

○ 시에 있어서는 우선 그 내용, 형식, 다시 말하면 그 안에 포함될 사상, 감정과 그 음조미, 수사미가 구비되어야 한다. 시에 있어서 상idea이란 곧 내용이요 표현expression이란 곧 형식이다.

시상을 말하려면 먼저 시의 제재를, 제재를 말하려면 시의 개념을 먼저 파악해야 한다.

시의 제재는 우리의 감정과 상상을 통하여, 더욱 미적 활동을 거쳐 오는 물건은 유형 무형을 막론하고 모두 시의 제재가 될 수 있다. 우리의 미

---

25) 신동욱 · 조남철, 상계서, 166쪽.

적 세계는 주관적, 미적 활동으로 말미암아 존재하게 된다.

○ 시는 감정과 의지의 예술이요 또한 그것들의 음악적, 운율적 창조이다.

○ 시인이 되려면 먼저 사물을 깊이 아름답게, 힘차게, 정선精選되게 보는 법을 닦아야 한0다. 처음으로 시를 쓰려는 이는 먼저 사물을 성실하게 보고, 성실하게 읊는 공부를 해야 한다. 성실하게, 느낀 대로 시를 쓰려면 ① 시상의 동기가 순수하고 고결해야 하며 ② 먼저 자신의 인격과 감정을 순화해야 한다.

※ 요지: 시의 정의, 내용과 형식, 초심자의 유의사항 등을 서함.

61) 문제의 소재와 이동점 ─ 주로 무산파 제씨에게 답함 (1) ─

◎ 최근 나와 『문예공론』을 향하여 도전한 중요한 자는 대게 다음과 같다.

· 팔봉:「시평적時評的 수언數言」
· 윤기정:「문단 시언時言」
· 임화:「탁류에 항항抗하여」

그런데 윤 씨의 글은 엄정한 이론적 쟁론으로 보기에는 많은 결함이 있다.

그 이유는 논리로부터 감정으로 탈선하였기 때문이다.

또 임화의 글은 논리가 극히 유치하고 혼란하다. 박영희의 一文 역시 요령을 얻지 못한 비론非論이다. 따라서 팔봉의 글만이 내가 정독한 문자이다.

◎ 팔봉의 「시평적 수언」에 대하여

○ 팔봉은 이 일문에서 소위 '민족문학'을 배격하고, 동시에 '시조의 부흥', '민요의 부흥' 기타 근본적으로 '조선심', '민족주의', '국민문학의 건설'을 반대하였다.

'조선심'이란 결코 관념적으로 공중에 매달린 유령적 현상이 아니며, 보수적인 협소한 의미의 '애×심'을 말하는 것도 아니다. 조선이란 땅과 민족의 생활관계 중에서 그야말로 제씨가 흔히 말하는 유물적, 사회적 관계로 필연으로 산출된 의식이다.

○ 결론적으로 그는 "조선의 민족주의 운동은 철두철미 무산계급 운동"이라고 하였다. 사실 현 단계의 무산계급 운동은 곧 광의廣義로 보아 일종의 민족주의 운동이다. 중요한 것은 민족문학과 무산문학의 교섭이다.

◎ 나의 소신과 무산파의 이론의 이동異同 점을 열거하면 다음과 같다.

① 문예사조에 관한 것

a) 현 단계의 문예운동은 무산문학운동이 그 전부이다. (무산파)

b) 현 단계의 문예운동은 민족문학의 건설과 무산문학의 산출, 이 두 가지의 병행 혹은 제휴로 성립된다. (무애无涯)

② 예술에 관한 것

a) 프로문예는 온전히 '무엇을'에 착안하고 '어떻게'를 무시한다. 환언하면 프로문예에서 형식과 기교는 전혀 문제가 아니다. (무산파 좌익―박영희)

b) 내용이 형식을 결정하고 형식이 내용을 규범한다. (무산파 우익―김기진)

c), b)와 동 형식과 내용은 二가 아니요 一이다.

이상과 같은 취지의 무애无涯의 주장에 대해서 이주형은 다음과 같이 언급하고 있다.

「문제의 소재와 이동점」에서 양주동은 민족문학의 건설이 시급하다는 점과 민족문학이 '조선심'을 바탕으로 한다는 점을 전제한 뒤, 김기진으로 대표되는 계급문학론자들의 입장을 비판하면서 "현 단계의 문예 운동은 민족문학의 건설과 무산문예의 진출이 두 가지의 병행 혹은 제휴로 성립된다."는 결론을 내렸다. 양주동은 '민족문학파'가 내세운 '조선심'이란 '유물적 사회적 관계로 필연적으로 산출된 의식'이며 따라서 '민족운동파'의 입장은 원칙적으로 승인되어야 한다고 말하는 한편으로 '계급문학파'의 입장도 현 단계에서는 필요한 것이라 인정한다. 또 '계급문학파'의 김기진이 "민족주의운동을 철두철미 무산계급운동이라"고 말한 데 대해 양주동은 "현 단계의 무산계급운동은 곧 광의로 보아 일종의 민족주의운동"이라고 말하고 있다. 이를 보면 양주동의 입장은 계급문학만을 인정하는 김기진의 입장과 날카롭게 대립됨을 알 수 있다.[26]

※ 요지: '조선심'의 문제, 민족문학과 무산문학의 관계에 대한 무산문학파와의 견해의 차이를 서술함.

62) 속 문제의 소재와 이동점 ─형식 문제와 민족문학 문제에 관하여─

(김기진 씨 소론에 답함)
◎ 김기진의 「문예적 평론의 평론」의 중요 논거
① 문예상 형식 문제에 대한 소견을 명확히 언명한 것

---

26) 이주형, 「1920~30년대 문학론에 나타난 민족주의 문제」, 『국어교육연구 16』 (국어교육학회, 1984), 35~36쪽.

② 현 문단의 주요 과제인 민족문학과 무산문학의 교섭 문제에 대한 프로문예 측의 주장을 명확히 시사한 것, 특히 '민족주의'의 전적 근거에 대한 총체적 부인

ㅇ 무애가 주장하는 민족문학의 골자인 '조선심'의 구성 요소는 "조선이란 땅과 환경 안에서 필연적으로 생긴 ① 전통 ② 정조情調 ③ 동족애"이다. 그것은 관념론이기 때문에 팔봉은 배격하였다.

그러나 그것은 큰 오해이다. 대개 관념이라 함은 어떤 사물을 유물적, 사회적 근거에서 구상적으로 설명치 못하고, 이념적 · 선험적 · 합리적으로 설명함을 말함이요, 결코 어떤 의식을 표시하는 문자가 관념적임을 말함이 아니다.

예를 들면 조선인의 유연한 정조와 일본의 경박하고 조급한 정조는 그 국토와 기후 등으로 설명된다. 또 조선인의 민족애는 타민족과 사회적, 경제적 교섭을 개시하는 동시에 출발된 것이다.

팔봉은 이와 같은 모든 유물적 · 사회적 조건에서 필연적으로 발생한 민족의식에 대한 설명을 관념론적이라고 오해하고 있는 것이다.

ㅇ 나는 당초부터 문예 원론상 내용, 형식의 완전한 조화를 주장하여 왔었고, 프로 측에서는 한동안 형식 방면을 한각閑却하여 오다가 지금에 와서 다시 나의 주장에 귀결되고 말았다. 나는 문학의 결정적 요소는 형식이라고 생각한다. 물론 내용이 형식을 결정하지만, 문학이 문학으로 구성되는 순간은 내용으로 말미암아 규범되는 형식에서 비로소 발견된다, 진실로 문학이 문학되는 소이연所以然은 형식에 대한 작가활동에 존재한다, 그러므로 나의 문학관은 언제나 형식을 떠나서 존재할 수 없다는 것이며, 어떤 문학이든 내용과 형식이 쌍전雙全하여야 한다는 것이다.

ㅇ 팔봉의 형식관은 문예상의 형식 —프로레 문예의 새로운 양식을 문

에 성립의 근본적 요소로 보지 않고 사회 정세에 응하여서 비로소 문제가 되는 것으로 인식하는 모양이다.

일언으로 하자면 팔봉의 의견은 문학상의 형식 문제라는 것이 사회 정세에 따라서 있기도 하고, 없기도 하고, 혹은 필요하기도 하고 혹은 불필요하며, 문제 되기도 하고 그렇지 않기도 한다는 말이다. 팔봉의 오류는 원칙상 형식과 내용의 불가분의 통일을 말하면서도 실제에 있어서는 양자를 분리하여 파악한 데에 있다.

ㅇ 민족문학의 골자인 '조선심'의 세 가지 속성은 ① 전통 ② 정조 ③ 동족애이다.

민족의식의 양상은 시대적 정세를 따라 변천됨이 있을지라도 그 '저류低流'에 흐르는 의식은 언제나 전통, 정조, 동족애 삼자에 不外한다. 다만 현 계급에 있어서는 동족애가 특히 강조되어 민족적 투쟁의식으로 변했을 따름이다. 민족의식의 사회적 조건은 계급의식과 공통될 때에 더 한층 강조되기도 한다.

◎ 팔봉과 나와의 문예 이론상 중요한 상이점은 대략 다음과 같다.

1. 형식 문제에 관하여

① 팔봉은 문예상의 형식을 사회적 정세의 일시적 필요로서 문제 삼지만, 나는 그것을 문예상 원칙적 조선으로 문제 삼는다.

② 팔봉에 있어서는 형식이 사회적 형세에 의하여 필요하기도 하고 그렇지 않기도 하나 나의 경우는 그것이 문예에 관여하는 한 언제나 필요하다.

③ 팔봉은 문예 이론 체계 중에서 형식과 내용을 불가분의 통일로 역설하나 실제로는 두 개의 분리된 개념으로 파악한다. 그는 양자를 선후

경쟁으로 간주하나 나는 항상 2가 아닌 1로 파악 한다.

2. 민족문학 문제에 관하여

① 팔봉은 민족의식(조선심)을 관념적, 미령적迷靈的 존재로 보나 나는 민족의식(전통, 정조, 동족애)을 존재 사실로 보거나 그것에 의거하는 물적 근거로 보거나 결코 미령적, 관념적 현상이 아니라고 본다. 그것은 원칙적 존재로서도, 현 계단적, 특수적 존재로서도 그러하다.

② 팔봉은 현 계단의 모든 조선 의식은 계급의식으로 본다. 그러나 현 계단의 조선 의식은 민족의식과 계급의식의 병행, 합류, 혹은 교차로 구성된다, 민 의식은 그 민족이 존재하는 이상 표면적 사회 정세에 구애받지 않고 언제나 저류의식으로 존재한다. 현 계급의 민족의식은 특히 민족애가 고조된 것이다.

③ 팔봉은 현 계단의 조선 문예 운동은 세계 프로레타리아 운동의 일환으로서의 조선 무산계급운동의 일익을 담당하는 프로문예운동이 그 전부라고 주장한다.

그러나 조선운동은 조선의식을 토대로 하기 때문에 언제나 민족적 특수성을 잃어버릴 수 없다. 조선의 문예 운동은 조선 의식을 근거로 하는 이상 현 계단에 있어서 계급문학 이외에 민족문학의 병론, 혹은 교차를 필연적으로 상반하게 된다.

이주형은 무애 주장의 요지를 다음과 같이 정리하였다.

다시 양주동은 「속 · 문제의 소재와 이동점」에서 현재의 상황이 민족 대 민족 간의 경제적 착취 관계를 보여주고 있으므로 경제적 문제와 민족적 문제를 동시에 해결하기 위한 운동이 전개되어야 하는데, 우선되어야 할 것은 물론 민족적 투쟁이라 주장했다. (중략) 결국 그의 '제휴 · 병행 · 교차'론은 근본적으로, 대외적 투쟁과 대내적 투쟁의 병행을 주장하는 것이 아니라 큰 세력을 가지고 있는 당시의 '계급문학파'와의 타협을 겨냥하고 있는 것임을 알 수 있다.

「문제의 소재와 이동점」에서는 타협을 통해 '민족문학파'의 입장을 승인받으려 는데 초점을 맞추었고 할 수 있고,「속 · 문제의 소재와 이동점」에서는 한걸음 나아가 타협을 표방하면서 사실상 '계급문학파'의 논리를 부정하고 '민족문학파' 논리의 우월성을 부각시키는 데 초점을 맞추고 있다고 할 수 있다.27)

※ 요지: 팔봉의 '형식'경시의 논조와 '민족의식'의 인식에 대한 협소한 인식을 반박함.

63) 시단 일가언

※ 본 작품은 구독이 여의치 못하였음.

64) 예술과 생활—(사회 예술론 체계) 서설—

예술철학은 일반적으로 예술을 생활과 분리된 독자의 현상이라고 한다. 그러나 일체 예술의 근원은 실제적, 현실적 생활에 두어야 한다.

예술의 동기는 환희나 고민 그 자체에 존재하는 것이 아니요, 환희하고 고민하게 하는 우리의 현실적 생활현상에 있다. 따라서 예술은 사회적 현실생활의 표현이다.

예술의 있어서 가장 근본적인 것은 진정한 생활의 표현, 율동적 표현이

---

27) 이주형, 상게 논문, 36쪽.

다. 생존상 의의가 없는 예술은 사회적 반응과 가치를 요구하지 못한다.

예술가는 그 시대정신 속에서 그 시대, 그 사회의 현실적 생활 현상을 표현할 따름이다.

※ 요지: 예술은 현실과 사회와 밀접한 관계를 가져야 한다.

65) 현대영시 개관(2)

※「현대영시 개관 I」과 비슷한 내용임.

66)「민족문학의 현단계적 의의」회고, 전망, 비판─문단 제사조의 종횡관─

◎ 조선 근대 문예 운동사의 시기 구분(외관적 관점)
① 계몽운동 시대(1910년대: 춘원, 육당 시대)
② 자연주의 시대(1920년대: 상섭, 동인, 빙허 시대)
③ 계급문학의 여명기(1924년 이후: 서해, 팔봉 시대)
④ 현 단계

① 계몽운동 시대: 춘원 · 육당으로 말미암아 조선어 문학, 즉 우리말로 지은 신시와 근대적 의미의 소설이 창작되었고, 애국심의 고취와 민족문화 건설의 이상을 제시하였다.

특히 춘원은 신문에 남상濫觴의 선구자로서 자국어 운동, 민족애 고취, 개인 자유 운동, 인도주의사상 운동에 공헌하였다.

② 자연주의 시대: 낭만주의→ 자연주의→ 신 낭만파, 특히 세기말 사

상 등이 5~6년간에 연달아 일어났다.

상섭의 자연주의도 초기에는 다소 병적인 폐가 있었는데 나중에는 번쇄성煩瑣性만을 배워 사회 질서에 전면적 관찰을 하지 못하였고, 빙허 역시 어느 한 사조에 집중하지 못하고 낭만주의, 신낭만주의로 좌왕우왕하였다.

①, ②기 모두 유파에 관계없이 민족의식을 고취하였다.

③ 계급문학의 여명기: 프로문예가 김기진, 박영희에 의해서 1924년 경에 창도唱導되었다. 이에 김동인의 극구 반대, 염상섭의 반대가 있었고, 춘원은 계급을 초월한 문학을 주장하였다.

프로문예의 대표적인 작가로는 최서해, 이기영 등이 있었다. 두 사람은 모두 기아와 살육을 주제로 한 초보적 염정소설을 썼으나 신기축新機軸을 마련한 것은 사실이었다.

④ 현 단계: 현 문단의 주조主潮는 ⓐ 민족주의 문학 ⓑ 인도주의 문학 ⓒ 사회주의 문학 ⓓ 퇴폐 · 향락주의 문학 등이다

◎ 현 문단의 주조와 해당 작가

ⓐ 민족주의 문학: 문학의 민족적 단위를 주장하고 민족의식을 토대로 하여 민족문화와 민족적 이상을 고조하여 민족애 · 민족정신을 헌양軒揚하고자 하는 문학. 춘원, 요한, 파인, 노산, 위당, 무애 등이 여기에 속한다.

ⓑ 인도주의 문학: 춘원의 독무대

ⓒ 사회주의 문학: 서해, 기영의 초창기를 지나 회월, 포석의 과도기를 거쳐 한설야에 이르렀다.

ⓓ 퇴폐 · 향락주의 문학: 최근 일본에서는 자본주의의 영향으로 '에로', '그 로'의 문학이 유행하여 우리나라에도 그 영향을 미치게 되었다.

최근 독견獨鵑의 에로작품이 있었으나 곧 소멸될 기미를 보이고 있다.

※ 요지: 근대 문단의 발전사적 고찰과 현 문단의 주조主潮를 서술함.

67) 민족문학의 현 계단적 의의 ―「회고, 전망, 비판」의 속―

○ 한설야, 김팔봉의 장편에서는 조야粗野하나마 자본주의의 일면을 파악하려는 의도가 보이나 모두 민족 부르주아지의 착취를 그릴 뿐이요, 몰락하는 자본주의와 제국주의의 현 단계를 해부하는 역량이 보이지 않는다. 무엇보다도 문예 작가의 사회과학연구가 좀 더 치밀하기를 요망한다.

최근 유진오가 동반자의 입장에서 쓴 것 가운데는 전도前途가 촉망되는 작품도 있다.

○ 안서는 퇴폐사상을 일률적으로 노래하고 있다. 그의 작품의 기조는 무위, 퇴폐, 절망, 환멸 등 세기말적 사상으로 몰락해가는 일부 지식층의 고민과 무기력을 표상하고 있다. 그의 사상적 침체와 7.5조의 고정화는 옳지 않다.

◎ 민족주의와 민족주의 문학

① 근대 조선 신문예운동의 남상濫觴과 발생을 같이 하였던 춘원, 육당의 민족주의 사상은 원시 민족주의, 혹은 봉건적 민족주의로서 현 계단적 사회적 의의가 너무나 결여되었다.

② 기미년 이후 사회 정세의 급변으로 말미암아 무산계급 의식의 급격한 진전과 함께 在來의 민족의식이 대중들 사이에서 질적인 앙양昂揚을 보이고 있다.

③민족의식의 질적인 앙양을 계기로 하여 종래의 민족주의 문학도 거기에 상응하는 내용적 진전이 없으면 존립의 의의가 태반은 소멸되고 말 것이다.

○ '조선심'이 근저가 되는 민족주의 문학의 관념적 근거가 되는 '민족의식'의 존재는 ① 원칙적 존재 ② 현 계단적 존재로 이분할 수 있다.

'민족의식'이란 유령적, 순간적이 아닌 조선이란 땅과 기후, 풍토와 그 안에서 역사적으로 거주하여 온 조선인들의 기성旣成 종족 군群의 생활, 정조情調, 풍습, 전통 기타의 요소가 상호관계로 형성된 모든 관념적 형태이다. 민족의식은 우리의 국토와 민족, 생활, 역사와 부착되어 있으므로 물질적, 사회적, 경제적, 또는 관념적 제 조건이 제거되지 않는 한 원칙적으로 붕괴될 수 없다.

○ 좌파 이론가들이 '민족의식'에 대해 흔히 빠져 들어가는 오류의 동기는 ① 최근 수년간 내외 정세의 급변으로 조선 민족 안에 계급적 분열이 사실화, 의식화하여 계급의식의 급격한 대두擡頭만 중시한 나머지 민족의식을 망각忘却한 것 ② 애국심, 민족애 등을 말살하려는 이론에만 충실한 것 ③ 전술상의 필요로 그렇게 된 것 같다.

○ 현 계단적 민족의식은 어디까지나 민족을 단위로 하고 그것을 주체로 하여 발생하는 의식이요, 계급의식은 '민족' 중에도 특히 '무산계급'만을 본위로 하고 그것을 주체로 하는 의식이다.

현 계단적 민족의식은 원칙적 존재로서의 민족적 관념 형태에다 다시 현 계단의 특수한 의식을 합한 것이다.

○ 현 단계에 있어서는 민족문학과 무산문학은 대립이 아닌, 병립이나 교차되어야 한다.

※ 요지: 민족의식과 계급의식의 현실적 대비 파악

68) 문단측면관 — 좌우파 諸家에게 질문 —

○ 1930년(경오) 한 해의 문단은 전에 없이 침체하였다.

문단 상 최 우익에 속하는 예술지상주의자들이나 민족문학파는 물론이요 무산파들도 새로운 국면이 없었다. 현금 조선 문단의 이대 주조의 유파는 민족주의 문학과 무산계급 문학이다.

◎ 민족문학의 위기

수삼 년 내로 춘원과 본인이 속하는 민족주의 문학에 대하여 무산파로부터 맹공을 받아왔었다. 이 방면의 급 선봉장 격인 팔봉의 논지를 요약하면 "민족문학이란 봉건적, 국수적, 전통적 '이데올로기'를 기저로 하는 문학이요, 더구나 그것은 현 단계에 있어서 무산계급운동과 배치되는 '반동적 역할'을 취하는 문학임으로써 절대로 배격하자."는 것이었다. 초기부터 시종일관 민족문학을 고수해 온 춘원은 과학적 근거가 있는 일언의 해설도 발표하지 않았고, 기타의 제씨들도 그저 수수방관으로 지내왔다.

재래의 봉건적 민족주의가 그 내용을 질적으로 변환해야 하는 것은 이미 수삼 년 來로 대중의 민족의식에 현저한 실질적 변전變轉이 있어온 사실 때문이다. 만일 재래의 봉건적 '이데올로기'를 그대로 유지하려는 민족주의라면 그 의의가 태반殆牛은 무조건 말살되고 말 것이다.

민족주의 문학은 지금 중대한 위기에 적면하고 있다.

대중의 의식이 아직 저급함을 기화奇貨로 아무런 이론적 발전을 도모하지 않고 객관적 정세에 상응한 질문적 앙양昂揚을 보이지 않는다면 그들의 작품은 쓸모없는 것이 되고 말 것이며, 그들이 표방하는 원시민족주의는 태반이 무너질 것이다. 현실의 객관적 정세에 상응할 새로운 민족주의 문학의 이론적 전개를 촉구한다.

◎ 춘원의 작가적 태도

춘원은 민족주의 문학과 인도주의 문학의 선봉이었고, 또 그를 위하여 고군분투하며 20여 년간 문단생활을 계속하여 왔다.

춘원은 개인주의로부터 다소의 변형을 가한 인도주의로 전환한 뒤부터는 문예관이나 사상에 하등의 진전이 없다. 때로는 종교를 논하고 '인생관'을 설하여 '궁극 원리'만을 명상하고 있는 반면에 조선의 현하 정세에 대한 과학적 관찰—특히 사회과학 인식이 전혀 결여된 것은 그의 일대 단처이다. 그리하여 그의 이론은 언제나 '희망'의 가설, 신앙의 원리요 결코 '필연'의 이론이나 과학의 입장이 아니다.

그는 언제나 이상가연한 —따라서 비 과학자연한—태도를 고수하여 그의 문예관은 객관적 사회성에서 귀결되지 않고 주관적 개인성에서 출발하고 있다. 이것이 그의 문예사상의 근본적 착오의 기점이다.

춘원의 인도주의는 현실적 조건을 완전히 무시한 순수 이상론에 불과하여 내용이 극히 공소空疎하다.

춘원은 민족문학과 계급문학에 대하여 "민족문학과 계급문학은 원래 대립할 것이 못되므로 논쟁함이 도리어 무의미한 일이다.", "계급문학은 증오의 문학이므로 애愛의 문학인 인도주의와 대립될 것이요, 민족문학은 세계주의 문학과 대립됨이 당연하다."는 의견을 보이고 있다.

춘원이 소박한 재래의 민족주의를 늘 지양止揚하고 보다 고도의 새로운 민족주의로 질적 앙양을 하게 되는 날이 있다면 그의 작품은 획기적으로 새로운 시대적 의의를 띠고 나오게 될 것이다.

　　※ 요지: 민족주의문학 진영의 분발을 촉구하고, 춘원의 민족주의와
　　　　　인도주의의 공소함을 비판함.

69) 무산파 문예의 입장 문제 ―「문단측면관」의 속―

　◎ 무산파 이론가들에게 던지는 질문

　① 제씨의 무산문예운동은 일개의 문예운동을 본위로 하고 목표로 하는 것인가, 혹은 근본적으로 운동의 ― 부대部隊로서 방편적 임무를 다할 뿐인가?

　② 제씨의 문예가 참으로 조선의 현실 무산대중을 자각케 하고 그들에게 의식을 프로화 시킬 목적이면 조선 내 각 신문 · 잡지에 집필하는 까닭은? 또 무산문예 측에서는 자체 내의 '인텔리' 출신 분자를 어떻게 보는가?

　③ 마르크스주의 문예가로서의 궁극적인 태도는 무엇인가?

　◎ 무산파 작품의 원시성

　좌파 이론가들은 ① 제1기: 서해(최학송) 시대 ② 제2기: 이기영 시대 ③ 제3기: 걸석乞石(조명희) 시대로 보고 있지만, 서해의 초기 작품보다 제씨들의 작품이 무슨 발전이 있었는가?

　일찍이 서해는 심각한 자기 체험(?)을 중심으로 하여 무산계급의 비참한 생활을 그려 보였다. 그러나 기실 서해의 『기아와 살육』류의 작품은 작가의 가공적, 비사회적 창조였다. 더구나 식민지로서의 조선의 특수

현실을 그리지 못하고 단순히 일본 문단의 경향을 모방하여 일상 투쟁적 쟁의로만 경향을 모방하여 일상 투쟁적 쟁의로만 작품을 종시하는 것은 무산문예가 답지 않은 태도이다.

무산계급의 현 단계적 수준은 대중에게 환멸을 주고 있다.

○ 조선에 있어서 본격적인 에로문학, 향락 문학은 존재할 가능성이 없다. 그 사회적 근거가 확실하지 못한 까닭이다.

○ 염상섭의 문예사상적 근본 입지를 분명히 이해하기는 어렵고, 김동인의 비현실적 작품 세계도 문제가 많다.

※ 요지: 무산파 문인들의 분명치 못한 명분과 진전 없는 작품의 세계를 비판함. 조선에 있어서의 에로문학, 향락문학의 존재를 부인 부인함.

70) 밋심을 줄 만한 문학을

○ 민족주의 문학: 국수적, 봉건적, 민족 부르적 이데올로기를 근저로 한 구 민족주의 문학은 몰락의 길을 걷고 있다. 신 민족주의 문학을 확립하고 실천해야 한다.

○ 시조: 기존의 형식에다 새로운 내용으로 채워야 한다.

○ 프로문학: 프로문학이 침체에서 벗어나려면 노동자 출신의 작가가 많이 나와야 한다.

○ 극문학: 극문학은 극운동의 성격을 분명히 밝혀야 한다.

○ 번역문학: 번역문학은 먼저 이데올로기적 표준을 마련해야 한다.

○ 조선 사람 다수에게 저력을 줄 만한 문학을 만들고 싶다.

71) 집단주의의 어로성魚魯性— 이광수씨의 소론에 대하여 —

○ 춘원은 「조선 사람이 마땅히 가져야 할 인생관」이란 글에서 고대
조선 사람의 근본 도덕이 집단적, 전체적 정신으로 일관되어 있음을 지
적하고, 현대 조선의 도덕적 경향이 불행하게도 서구적 개인주의에 떨어
져 감을 통탄하였다. 그리하여 개인주의적 인생관에서 집단주의적 인생
관으로 복귀하자고 주장하였다.

○ 「의기론」, 「민족개조론」, 「나의 인생관」 등 십여 년 래의 이와 유
사한 씨의 소론의 입론 방식은 ① 언제나 원리론적, 이상적인 것 ② 관념
적, 비현실적인 점에서 일관된 공통점이 있다. 원리론의 공상성, 비실재
성은 이미 어느 정도까지 대중 앞에 노정된 문제이다.

무릇 한 개의 주장이 사회적 현실에 근거와 조건을 가지지 못할 때 그
주장과 원리는 관념이요 공상이다.

○ 씨의 논은 언제나 '분석 이전'인 것이 한 특징이다.

사랑, 정의, 봉사, 희생, 집단주의, 전체주의 등 씨가 창도唱導하는 제목
은 사회적, 현상적인 분석을 거치지 못한 공소한 관념일 뿐이다.

○ 개인주의로부터 집단주의로 도덕적, 관념 체계적으로 전환되려면
일련의 사회적 현실이 전제되어야 한다.

※ 요지: 춘원이 '사랑, 정의, 봉사, 희생, 집단주의, 전체주의'를 강조
　　하고 있지만, 이것은 사회적, 현실적인 분석이 결여된 관념적

이고 비실제적인 주장에 불과하다.

72) 비평계의 SOS―비평계의 권위 수립을 위하여―(시끄럽게 함부로 날뛰는 알지 못하는 비평 퇴치退治)

요즈음 조선에는 하룻밤 사이에 버섯처럼 많은 비평가들이 속출하고 있고, 사이비 비평가들이 난무하여 세상을 시끄럽게 하고 있다.

비평가들은 좀 더 반성하고 공부해야 한다. 그래서 비평가다운 비평가들에게만 발표의 기회를 주고, 아울러 원고료도 많이 지불해야 한다.

※ 요지: 내실 있는 비평계를 만들도록 하자.

73) 1933년도 시단 연평年評

○ 신시운동은 안서의 7·5조 데카당스 풍에서 파인의 분방한 정열적 넷상에 이르기까지 괄목할 만한 상想과 이즘의 전환을 보였으나 그 뒤에 나타난 프로파 제 시인들의 시풍은 아직 그 율조律調가 상을 담기에는 미흡하다.

시론에 있어서는 이원조의 「낭만시론」이 기억할 만하나 그 뒤를 잇는 사람이 없이 부진하기 짝이 없다.

○ 안서의 시는 몹시 부실하고, 김기림의 시도 미숙하기는 마찬가지이다. 김기림은 천분天分 있는 시인임에는 틀림없으나 작품에서 향기를 느낄 수 없다.

정지용은 현 시단에서 경이적인 존재로서 계속해서 수작秀作을 발표하고 있다. 특히 감각과 기교가 뛰어나다 하겠다. 다만 종교적 내용―예컨대 카톨릭적 내용을 담은 작품들은 격조가 많이 떨어진다.

신석정의 다소 신비성을 띤 로맨티시즘에서 나오는 무기교의 기교는 훌륭하나 너무 자연적인 소재인 석양, 바다 등에만 몰두하는 경향이 있다. 보다 현실적인 것을 노래하기 바란다.

권환의 시는 그 제재가 야심적이나 형식에 대한 새로운 비약이 없다.

ㅇ 프로시단의 부진은 시론의 결핍이 그 주된 연유라고 하겠다.

ㅇ 모윤숙의 시는 분방한 상상력과 대담한 필법이 있으나 예술적 수준은 낮다고 하겠다.

※ 요지: 몇몇 시인들에 대한 개별적 평가를 서술하고 있다. 시론에 있어서는 이원조, 시에 있어서는 정지용의 시를 특히 높이 평가하고 있다.

74) 예술의 기본 문제

※『문장독본』(수선사, 1949)에는 「예술론 ABC」로 되어 있음

◎ 예술이란 무엇인가?

예술은 인간 감정의 감염수단인 인간생활의 율동적 표현이다. 곧 예술의 요소는 인간의 생활인 것, 예술의 목적은 인간 감정의 감염인 것, 예술의 형식은 율동적인 표현이라는 것이다. 그러나 이 삼자는 상관적, 상호 의존적이며, 구경적究竟的 의미에 있어서는 '생활'로써 통일할 수 있기 때문에 이는 '생활 일원적 예술론'이다.

칸트를 필두로 한 미학 상 몰이해파沒利害派나 아리스토틀을 선두로 한

본능파의 근본적인 두 가지 공통점은 예술을 인간의 실천적 생활에서 분리시킨 점, 예술의 기원을 선험적 본능에 둔 점 등이다.

칸트의 유희본능설에 의하면 예술은 실생활로부터 유리되면 유리될수록 보다 더 완전한 예술이 된다는 것이고, 아리스토틀의 모방본능설에 따른다면 인간의 모방 충동이 예술을 낳게 되었다고 주장하고 있다.

예술은 광의의 실생활 행동이고 생활 행동의 한 목적적이다. 그러므로 예술은 감정의 사회화를 목적으로 한 생활행동의 목적적 표현이다.

◎ 예술은 어찌하여 생겼나?

예술은 역사적으로 생활행동의 하나 혹은 생활양식으로 생겼고 또 변천하였다. 엄연한 실천적 필요에서 생긴 것이다. 무용, 음악, 시 등 주요한 몇 부분의 예술을 노동에서 설명하려고 하는 것은 유물사관론의 특징이다.

계급사회의 발생과 더불어 예술은 지배층의 몫으로 되었고, 그 실천적 성질을 따르게 되었다. 그 뒤 신흥계급의 대두擡頭로 예술에 대한 관념도 특수인의 재주로 보던 것을 생활과 결부시키기에 이르렀다.

◎ 예술의 가치는 무엇인가?

예술 지상주의자들은 예외가 없이 예술의 도덕성 내지 사회적 평가를 거부한다, 그러나 프로 비평가들은 예술의 목적을 사회적 직능에서 찾았다.

일체의 예술은 도덕성의 제약을 받고 평가를 받게 된다. 그런데 '도덕성'은 근본적으로 사회적 체제 위에 서 있는 관념 형태이기 때문에 상대적일 수밖에 없다.

고전 예술에서 말하는 장중壯重, 전아典雅, 정제整齊 등의 특장特長은 모두 조화를 기조로 한 것인데, 이것은 사회적 필연이요 동시에 도덕적, 예술적 기준이 되었다.

 귀족사회는 지배적 지위가 고정화 함에 따라 조화적인 사회, 조화적인 도덕을 선호하고 수립하여 조화적인 것을 미의 절대적 형식으로 고정화하였다. 그러나 신흥자본주의의 예술은 '조화' 대신에 '모순'을, '장중' 대신에 '경쾌'를, '전아典雅' 대신에 '발랄潑剌'을 선호하였다.

 '조화'와 '모순'은 예술과 도덕에서 공통적으로 추출되는 대척적對蹠的 가치 형식인 동시에 근본적으로 사회생활(존재)에 기인되었음을 알 수 있다.

 ◎ 예술론의 기본적 결론

 ① 일체의 예술은 생활의 율동적 표현이다. 생존 상 의의가 없는 예술은 예술이 아니다.

 ② 예술은 사회적, 실제적, 구체적 목적을 가졌다. 유희로서의 예술은 언제나 보수적, 반동적 예술이다.

 ③ 예술의 도덕성 내지 사회성을 조화와 모순에서 그 대척적, 상대적인 근본 계기를 발견한다. 진보적 예술은 언제나 모순의 예술이다.

 ※ 요지: 예술의 정의, 예술의 본질, 예술의 기원 및 가치에 대한 서술.

75) 농민문학의 개념

 ○ 조선 인구의 8할이 농민이고, 조선의 문학을 건설하려면 농민의 생활, 감정, 운명을 중심으로 한 문학이 건설되어 그것이 우리 문학의 주류를

형성해야 한다. 춘원의 『흙』도 그러한 의도에서 쓰여진 것으로 볼 수 있다.

ㅇ 농민문학이란 농민이나 농민의 생활을 제재로 한 문학이라는 주장과 농민이 그 작가가 되는 문학이란 주장이 있어왔다. 전자는 제재 중심으로, 후자는 작자 중심으로 정의한 것이다.

농민의 생활을 제재로 하였더라도 그 작품에 흘러 있는 감정, 생각, 취미, 의식 등이 참다운 농민의 것이 아니면 농민문학이라고 할 수 없는 것이 전자의 결함이요, 농민이 썼다 하더라도 농민의 의식과 빗나가서 다른 정신으로 흐를 수 있는 것이 후자의 결함이다.

농민문학을 제재나 작가 중심으로 해석하지 않고 이 두 가지 설의 장점을 취하여 의식을 중심으로 보는 것이 좋을 듯하다.

ㅇ 농민적 생각을 문학상에 표현하려면 농민의 생활을 통하여 표현함이 이상적이다. 그러나 어느 계층의 제재를 취급하든지 그 작품을 관류하는 정신과 인생관, 사회관, 세계관이 농민의 것으로 되었으면 그것으로 좋다. 누구라도 참으로 농민의 감정을 가진 사람이면 그의 작품이 진정한 농민문학에 가깝다 하겠다.

농민문학이란 농민의 생활 감정, 생활 의식, 생활 태도, 즉 그 인생관을 표백한 문학이요, 거기에 자연관, 사회관을 가미한 문학이다. 다시 말하면 농민의식을 토대로 한 문학이 농민문학이다.

※ 요지: 농민문학이란 농민의 생활을 제재로 했든, 작자가 농민 출신이든, 농민의식을 토대로 한 문학이 농민문학이다.

76) 노산 근저 『무상無常』을 읽고

○ 노산은 객년 십일월에 아우 정상군의 타계에 즈음하여 수족의 지정至情으로 비통하고 애상하는 나머지 장편 수필 『무상』을 공간公刊하였다.

○ 노산의 재주와 글은 모든 방면에 능하다.

그의 시조는 명실 공히 당대 제일임은 말할 것도 업고, 기행·사화史話에 능하고, 특히 수필에 장하다. 명상적 필치와 고전적 교양, 더구나 정열과 반성을 알맞게 배합하여 나가는 그의 다정다감한 수필은 참으로 훌륭하다.

다만 그의 수필의 제재는 늘 자연 인생의 객관적 방면에 있어서 그 객관은 주관의 유일한 초점 밑에 충분히 연소燃燒되지 않은 것이 아쉬운 점이다.

그러나 이 책에서는 마음 놓고 생과 사를 논하고 허망을 말하고 있어 마음 내키는 대로 인생관, 운명관을 설說하여 놓았다.

○ 노산은 남보다 더한층 애틋한 정을 가진 다감한 시인이요 누구보다도 더 인생의 고적을 느끼는 사람인데, 수족을 여읜 그 상흔의 심사를 여러 모로 서술하여 놓은 이 문학은 진지하고도 심각한 정의 흐름으로써 사람을 감동시키기에 족하다.

○ 노산의 『無常』은 무상으로 끝난 것만은 아니다. 그의 커다란 무상관이란 불교적 한류寒流 속에 일맥의 따뜻한 현실적 암류暗流가 흐르고 있다.

생사가 모두 공허하다면 순정純情인들, 사랑인들 모두 공허가 아니랴마는, 공허인 줄 알면서도 육친을 울고, 민족을 탄식하고, 정과 사랑의 승리를 말한 것이니, 이는 노산이 아직 미迷한 까닭이나, 이미 속에 오히려 그의 오悟가 있음이 아닐까.

○ 노산의 『무상』을 읽는 자—무상으로써 『무상』을 끝내지 말고 저자

와 함께 보다 높은 '정'과 '사랑'의 세계에『무상』의 종점을 발견하기를
바란다.

※ 요지: 노산의 저서『무상』에 대한 독후감.

77) 회고와 반성 ─평단 20년의 추이─

평단 20년간의 내력은 ① 소박한 인상 비평 혹은 독후감 시대 ② 이데
올로기 만능 시대 ③ 최근의 지성, 인간성 시대 등 3기로 나눌 수 있다.
이 3기 동안의 중요한 특징은 문예비평이 작품의 실체 자체를 떠나 단순
히 그 주제 혹은 그 비평의 기준, 그 척도를 찾기에만 주력해 온 점이다.
즉 비평가는 그들의 비평의 논제, 그 출발점을 모색하고 논란하기에 급
급汲汲했었다.

조선 문단은 초기 10년간 그 주류는 자연주의, 인도주의, 낭만주의, 퇴
폐파 등이 혼재되어 있어서 비평가들은 일제히 '이데올로기' 가부可否문
제에 관심을 두었다. 논란은 경향傾向 문학 시비'란 논제로 모아졌다.

그 뒤에는 문학상의 '내용과 형식' 문제, 대중예술 문제, 예술 · 정치 ·
사회적 문제 등이 교차적으로 등장하였다.

이리하여 최근 3, 4년래 평단의 주요한 관심은 인간성의 모색, 지성의
발견 내지 '모랄', 낭만 정신의 재 제창 등으로 향하여졌다.

그동안 우리가 반성할 일은 ① 비평과 작품과의 거리 ② 주제만의 나
열, 부연 모색 ③ 직수입적 제설, 공식주의 내지 모의론 등이다.

근자에 다시 인상주의 비평이 주류가 된 듯하다. 그러나 총체적으로
볼 때 작가들을 영도領導, 설복시킬 수준에는 도달하지 못하고 있다.

※ 요지: 평단 20년을 ① 소박한 인상비평 혹은 독후감 시대 ② 이데올로기 만능 시대 ③ 최근의 지성, 인간성의 시대 등 3기로 나누고 각 분기마다의 경향을 정리한 후, 현재의 상황을 비판하고 있다. 이 3기간 동안의 중요한 특징은 문단에 소여所與된 작품 자체를 떠나 단순히 주제나 비평의 기준, 척도 척도를 찾기에 골몰하였음을 지적하고 있다.

78) 『담원薝園 시조』, 서序(※ 정인보, 『담원시조』(을유문화사, 1948))

○ 시조란 말의 명칭과 어의에 대한 정설이 없고, 명칭도 '시조' 외에 '신조', 시조'로 되어 있다. 이는 모두 우리의 古語 '시조詩調'의 차자借字, 곧 '동방 고유의 가사'를 뜻한다고 생각한다.

○ 신문학운동 이후 시조가 부흥한 이래 작가와 작품을 약간 손꼽아 볼 만하나, 시조가 가진 면목과 기능을 충분히 체득, 발휘한 이는 자못 드물다.

○ 위당의 시조는 섬세한 채 단단하고, 깊숙한 채 들날리며, 고아古雅하되 사무치는 정서적인대로 사상적이니, 곧 살과 뼈가 있는 강유를 겸비한 작풍이다.

◎ 시조가 쉬운 듯 가장 어려운 문학인 이유

① 워낙 그 형식이 국축局促하여 언어를 자유롭게 구사할 만한 여지가 좁으므로 그 내용이 평판적인 개념으로 고착되기 쉬운 점.

② 그 형식과 규거規矩가 이미 짜여져 있는 점.

③ 그 자체가 아무래도 과거의 것인 점.

④ 시조가 부흥된 역사적 의의는 문학적 감성이나 재화才華의 표현 뿐

만 아니라 정신적인 체취와 이념적 골수를 요구하고 있는 점.

○ 시조를 확충, 발휘코자 함에는 정情, 재才, 식識, 혼魂의 4요소가 생성되어야 한다.

『담원시조』가 사계斯界의 한 모범, 큰 업적을 보임은 위당이 이 4요소를 골고루 깊이 있게 갖추었기 때문이다.

◎ 위당 시조의 특징은 다음과 같다.

① 그의 감정은 만문하고 다양하다.

② 다감, 섬세, 은근한 '정'은 단순한 감상이 아니라 언제나 우리의 정서를 순화, 고결화 하는 차원 높은 감상이다.

③ 재와 식이 도처에 예리한 섬광과 같이 번득이고 둘려 있다.

④ 통편 수처에 고귀한 정신과 사상이 내포되어 있다.

⑤ 문장의 묘와 고 근대어의 풍부하고 다양한 사용으로 우리의 고유한 맛과 정조를 감득케 한다.

※ 요지: 시조의 어의, 시조 창작이 어려운 연유, 위당 시조의 특장을
　　　　서술.

79) 문장론 수칙

김인서金人瑞(자는 성탄聖嘆, 장주인長洲人)의 문장론, 『수호水滸』, 『서상西廂』의 '序'와 외서 및 『서상』을 평한 글 중의 일부를 실었다. 김인서의 본 성명은 장애화張愛和, 자는 약채若采이다. 청조에 들어와서 변성變姓, 개명하였다.

80) 비평의 이론과 실제

○ 자신이 받은 인상들을 법칙의 형식 만에 안정화시키려는 노력 없이 그것들을 기록함에 만족하는 사람은 비평가가 아니다. 반드시 자기 자신의 노력에 의하여 세련된 자기 자신의 법칙, 체계를 세워야 한다.

○ 비평의 기능은 우선 비평가에게 자기표현의 수단을 공급할 문학 자체의 기능이다,

○ 비평은 문학의 한 특수 기술이다.

비평가의 할 일은 자기 앞에 놓여 있는 문학 작품에 대한 자기 의견을 표현함으로써 그 자신을 표현함이다.

◎ 비평가의 역할과 소임

① 비평가는 자기가 비평하고 있는 작품의 숲 효과, 곧 그것의 독특성을 전달하고자 노력해야 한다.

② 그러한 표현을 필요케 한 감성의 독특한 성질을 논정論定해야 한다.

③ 그 감정의 원인을 확실하게 결정해야 한다.

④ 그 감정이 표현화한 방법을 분석해야 한다.

⑤ 어떤 특정적인 문단文段을 좀 더 세밀하게 검사해야 한다.

※ 요지: 비평의 기능과 비평가의 역할

81) 종합 문화의 모색 ― 한국문화의 낡은 것과 새것 ―

○ 민족 문화, 자국 문화를 대하는 태도는 대체로 ① 국수적인 관점 ② 비판적인 관점이 있다. 전자는 자기의 문화유산을 최대한 민족적인 긍지

내지 과장誇張의 입장 위에서 선양宣揚, 보전코자 하는 태도요, 후자는 그것을 새로운 각도에서, 또는 널리 주위와 비교, 검토하는 안목에서 취사, 선택코자 하는 태도이다.

이 두 가지 태도에는 각기 장, 단점이 있다.

국수적인 태도는 민족정신의 위축이나 열등감을 고무 진작振作하는 장점이 있는 반면에 독선주의, 고루한 자기도취에 빠질 수 있고, 비판적인 태도는 객관적, 세계적인 위치에서 자기 문화를 여실히, 적절하게 평가하는 장점이 있는 반면에 너무나 일반적인 것을 강조하는 나머지 오히려 자기의 특점, 발판을 등한시하거나 망각, 상실하기 쉬운 단점이 있다.

○ 우리 문화에 대한 국수주의적 경향은 구한말부터 3.1운동 전후가 절정기였고, 지금도 그 여세가 남아 있다. 이러한 보수적, 감정적인 태도는 일제의 문화적, 사상적 침략에 대한 민족의 수비와 정신적인 항거로서 큰 의의와 성과가 있었다.

○ 지금은 근대적, 혹은 현대적인 사회 체제 밑에서 세계 문화의 일단에 연대하고 있다. 민족 문화, 고유문화란 것도 기실은 역사적, 가변적인 것이며 외래문화가 섞여 있는 종합물이다.

우리가 지금 '새 문화'라 이르는 것은 최근세, 특히 갑오경장 전후부터 처음은 일본을 경유하여 들어온 서구의 '개화' 문명이요, 또 지금도 직수입되는 '아메리카'적인 문화이다.

○ 우리는 지금 부질없이 상고적尙古的, 감상적인 전통 의존주의에 빠지지 말고 우리 문화를 비판적으로 올바르게 계승, 발전시키는 한편, 외래의 제 문화를 취사선택해서 받아들이는 현명한 태도가 요청된다.

※ 요지: 국수적인 태도에서 벗어나 우리의 고유한 문화를 토대로 하

여 외래의 다양한 문화를 취사선택해서 수용함으로써 새로운 종합적인 문화를 모색해야 한다.

82) 한국 문화의 어제와 오늘—내적인 것과 외적인 것—

○ 신문학 운동이 시작된 뒤부터 근 반세기의 세월이 흘렀다.

1917년경의 춘원의 『무정』,『개척자』 등에서 동인, 상섭, 안서, 상아탑 등을 거쳐 소월, 지용, 상鎔, 정주 내지 최근 제 시인에 이르기까지 40여 년의 역사가 되는 동안 우리 문학은 양과 질에 있어서 많은 변천과 변모의 과정을 거쳐 왔다.

그동안 인문학적 사상을 비롯하여 고전적, 낭만적, 사실적, 세기말적 등 다양한 사상이 신문학사상에 나타났으나 모방, 미숙, 유행, 정체를 벗어나지 못하였다.

이러한 결함은 물론 문학사적 변천의 제 과정의 기간이 짧았던 탓도 있지만, 또한 작가, 시인들의 생활과 사상의 미숙성, 유치함에도 그 이유가 있었다 할 것이다.

○ 우리 문학은 일제 말엽에 와서야 '순수문학'의 양상을 띠게 되었다. 외적으로는 서구 문학의 철늦은 수입, 내적으로는 우리 문화에 대한 일제의 혹독한 탄압과 강제에 대항하여 이룩한 것이다.

○ 재래의 우리 문학이 지나치게 민족 사회 현실에 그 모티브를 외면적으로 설정한 결과 개념성, 피상성을 면치 못한 것은 사실이다.

문학도 결국 사회적 현상의 일부이므로 아직도 전근대적 요소가 남아 있고 잡다한 양상을 띠는 것은 부득이한 과도기적 현상이겠다.

※ 요지: 신문학 이래로 우리 문학은 양과 질에 있어서 많은 변모의 과정을 밟아 왔으나, 아직도 잡다한 요소가 혼효되어 있는 것은 과도기적 현상임을 말해 주는 것이다.

83) 역사 <2제>

○ 인류사회에 일어나는 여간한 '사실事實'이 '사실史實'이 되는 것은 아니고' 고략古略 근상近詳'의 원근법에 의하여 배치된다.

그런데도 현하 문단과 학계, 지도급 인사 간에도 이러한 역사적 의의를 오인하는 예가 허다하다.

○ 우리들 구세대들의 '사학史學', '국어 문학' 연구자들이 과거에 모두 일종의 민족적. 애국적 '감정'을 띠어왔음에 비해 근래 신진학도들은 흔히 '과학'적인 사관과 비교문학적인 연구를 내세워 '국수주의' 논쟁이 벌어지고 있는 실정이다.

그러나 신진 세대들도 '참신', '과학'적 방법만을 내세운다면 연구의 목적과 감정이 흐려질 우려가 있다.

※ 요지: 모든 사실이 다 역사가 되는 것이 아니고 '고략 근상'의 원근법에 의해서 '사실'이 배치된다.

구세대의 국수주의적 사관과 신진세대의 과학적 사관은 각각 그 단점을 보완할 필요가 있다.

84) 세계 문단에의 요망—세계문학과 한국문학—

문학이나 학문적 업적이 아무리 본질적, 실력적이라고 하더라도 그 현실적 평가는 결국 정치적—단적으로 말하면 국력에 좌우된다 하겠다. 한 漢문학 세력의 고금의 융체隆替, 오늘날 미 · 영문학의 드높은 지위, 더구나 하잘 것 없는 일본 문학의 약간의 세계 진출 등이 이를 잘 말해 주고 있다. 그러나 우리나라의 우수한 고전문학과 급속도로 내적 진전을 보인 현대문학은 '우물 안 개구리'의 형국이다.

고전을 열심히 주석, 연구하고 시와 소설 등 우수한 작품을 쓰는 것도 중요한 일이지만, 탁월한 재능과 어학적 능력을 가진 이들이 그런 것들을 외국어로 잘 번역하여 세계문학의 한 단위로 진출하는 것은 무엇보다도 훌륭한 일이다. 개인이나 국가가 다 같이 노력해야 할 일이다.

작년에 황순원의 단편(「소나기」)이 영국 문예지에 번역, 소개되어 그곳 전문가들 사이에 호평을 받았다고 한다.

작년 말 소장少壯 문학도 Perter H, Lee (이학수)의 『사뇌가 연구』(Text 는 본인의 『고가연구』)가 로마에서 출간되어 서구 학계와 문단에 큰 반향을 일으켰다는 반가운 소식도 있다.

금년 중에는 학적 · 문단적으로 세계적인 거탄이 연속적으로 나오기를 기대해 본다. 그래서 우리도 좀 긍지를 가질 수 있었으면 좋겠다.

※ 요지: 한국 문학이나 학문적 업적들을 외국어로 번역하여 세계에 널리 알리는 일이 무엇보다도 시급한 일이다.

무애의 문예비평문 84편 중 내용 확인이 여의치 못했던 2편을 제외한 82편의 내용상의 유형을 분석해서 집계해 보면 다음과 같다. (※ <부록>『문예비평일람표」 참조)

① 본격적인 비평문: 36편(43.9%)

② 문예 일반론: 18편 (21.9%)

③ 일반 개념이나 단평, 만평: 8편(9.70%)

④ 설문이나 대담: 6편(7.30%)

⑤ 외국 문학론이나 한국 문학과 거리가 먼 내용: 16편(19.5%)

이렇게 보면 본격적인 문예비평문은 과반이 되지 못하고 문예 일반론도 상당한 비중을 차지하고 있음을 알 수 있다.

본격적인 문예비평문 36편을 구체적인 내용별로 분석해 보면 다음과 같다.

① 프로(무산계급) 문학에 관한 것: 17편(47.2%) (작품 일련번호: 20. 21. 26. 27. 31. 33. 37. 38. 40. 45. 59. 61. 62. 66. 67. 68. 69)

② 시론: 8편(22.2%) (3. 8. 15. 17. 18. 22. 25. 73)

③ 기타: 11편(30.6%) (1. 10. 34. 35. 43. 44. 46. 75. 76. 78. 80)

이상의 집계 내용을 요약해 보면 ① 무애의 문예비평문은 '본격적인 것'이 중심이 되나, 문예 일반론이나 외국 문학에 관한 것도 상당한 비중을 차지하고 있다는 점 ② 본격적인 비평문 중에는 프로(무산계급)문학에 관한 내용이 중심이 되어 있다는 점을 지적할 수 있다.

문장론의 입장에서 보면 36편의 본격적인 평문 대부분이 미괄식 문장들이며, 길이에 있어서는 7개(17. 18. 33. 34. 35. 43. 75)를 제외한 대부분이 중형이거나 장형으로 되어 있다. 또 '잡관', '잡설', '개관', '총관', '전망' 등등의 제명으로 된 평문들은 모두 단일 제명 하에 여러 개의 소재를 다루고 있는 것도 하나의 특색이라고 할 수 있다.

IV. 문예비평에 나타난 의식의 몇 국면

1) 문학관

무애는 문학의 정의를 다음과 같이 내리고 있다.

> 문학이란 사람이 진실로 느끼는바 정서와 사상을 글자로써 표현한
> 것이다. (中略) 문학의 가치는 그것이 사람에게 주는 영적 감화력의 대
> 소로써 판단될 것이다. 그 정서와 사상은 또 다시 '참'이래야 한다. 그
> 리하여 어디까지든지 고상한 것이래야 할 것이다.[28]

여기서 key-word가 될 만한 것은 '정서와 사상, 영적 감화력, 참' 등이
라고 할 수 있다. 즉 "문학은 정서와 사상을 참되게 표현하되 영적 감화
력이 있어야 한다."는 일종의 공리주의적, 기능주의적 문학관이라고 할
수 있다. 또 문학의 본질에 대해서는

> 문학의 본질은 영원성에 있고, 시대정신은 거기에 종속된다. 본질
> 적으로 전자가 끝까지 필요하지만, 그 최소 형식이나 기본 조건으로
> 는 후자가 필요하다.[29]

고 함으로써 '영원성'과 '시대정신'을 문학의 조건으로 제시하고 있다.
「철저와 중용—현하 조선이 가지고 싶은 문학—」에서는

> 문학상 작품은 그 가치를 작품의 영원성에서 발견한다. 그러나 그
> 영원성의 출발점이 시대정신 그것으로부터 있는 것을 우리는 망각치

---

28) 양주동, 「문단 잡설 —신기문학과 프로문학—」, 『양주동 전집11』, 106쪽.
29) 양주동, 상게서, 「여론이삼 —이광수씨에 쑭하야—」, 78~79쪽.

못할 것이다. (중략) 그러므로 우리의 문학은 미래의 영원성을 가져야
함은 물론이려니와 당대의 시대정신을 잘 표현함으로써 그 출발점을
삼아야 할 것이다. 환언하면 시대정신의 표현을 우리 문학의 출발점
으로 하는 동시에 미래의 영원성을 그 궁극의 목적으로 하여야 할 것
이다.30)

라고 말하고 있고, 또 문학을 예술적인 관점에서 언급하면서

예술의 동기는 환희나 고민 그 자체에 존재하는 것이 아니요, 환희
케 하고 고민케 하는 우리의 생활 현상에 있는 것을 잊지 못할 것이다.
그러므로 나는 일체 예술의 본능적 동기를 생활에 두고자 한다. 따라
서 예술은 생활의 표현이어야 한다. 그러므로 예술에 있어서 가장 필
요한 것은 진정한 생활의 표현이다.31)

라고 함으로써 예술의 소재는 어디까지나 생활에 바탕을 두어야 함을 강
조하고 있다.

이러한 일련의 견해를 김윤식은 다음과 같이 집약하여 '절충파' 내지
'국민문학'과 연계시키고 있다.

양주동의 문학관은 「예술과 생활」(<동아일보>1926. 2. 5.)에 잘
나타나 있다. 그는 H.테느의 예술 철학의 일편으로, 예술은 생활의 표
현이며 그 생활이란 곧 시대성이라 주장하고, 심지어"예술가는 다만
시대정신 속에서 그 시대와 사회의 생활 현상을 표현할 뿐"이라는 데
까지 이른다. 이 속에 이미 절충파적 체질이 비쳐 있거니와, 그가 국민
문학을 최종 단계로 보지 않는 이유도 이 속에 있다. (중략)
양주동은 문예를 시대정신 속에서 파악하므로 국민문학 속에 프로

---

30) 전집11, 69쪽.
31) 양주동, 「예술과 생활—생활 철학 서설—」, 전집11, 75~76쪽.

문학을 포함시킬 수 있다는 견해임을 우리는 잘 알 수 있다.[32)]

무애는 또 문단의 사상적 유파를 3분하면서 자신은 '중간적—우익'에
속한다고 주장하고 있다.

> 현 문단 상에는 사상적으로 3개의 조류가 있다.
> ① 문학의 문학적 가치와 의미만을 강조하는 순수문학파(정통파)
> ② 문학의 사회적 공과만을 중요시하는 순수사회파(반동파)
> ③ 이 양자를 절충하여 문학의 문학적 가치와 사회적 의의를 이원
>   적으로 승인하는 파(중간파)
>   a) 중간파 좌익: 사회7, 문학3, 주장
>   b) 중간파 우익: 문학7, 사회3 주장
>   내 입지는 중간파 우익에 처한다.[33)]

김윤식은 '중간파'의 수치에 대하여 이의를 제기하고 있다.

> 좌익 중간파는 사회 7분, 문학 3분, 우익 중간파는 문학 7분, 사회 3
> 분의 비율을 갖는데 무애 자신은 우익 중간파임을 천명하였다. 무애
> 의 이토록 명백해 보이는 비율 분배라든지 문단의 분류는 지극히 편
> 리해 보일지 모르나, 문학을 논하는 마당에서는 실로 소박한, 소인적
> 素人的 견해가 아닐 수 없다. 대체 문학 현상을 이렇게 추상적 비율로
> 분류함은 지나치게 방편적인 것이다. 그러나 이러한 단순성이 카오스
> 상태에 있는 문단에서 볼 땐 명쾌한 질서로 보였고, 논리의 명확성으
> 로 비쳐 설득력을 획득할 수 있었던 것으로 보인다.[34)]

---

32) 김윤식, 전게서, 114쪽.
33) 양주동, 「다시 문예비평의 태도에 취하여」, 『양주동 전집11』, 230~231쪽.
   ※ "문단 삼분야"에 대해서는 「문학여시아관 —문단의 삼분야—」, 『양주동 전집
   11』, 196~200쪽에서 자세하게 서술하고 있다.
34) 김윤식, 전게서, 116~117쪽.

무애가 '문학이 갖추어야 할 요건'으로 들고 있는 '정서와 사상, 감화력, 진실성, 시대정신, 영원성' 등은 르네 웰렉이 '문학의 특질'로 꼽고 있는 허구성, 창의성, 상상'[35]과 어떻게 연결을 시켜야 할지 하나의 숙제로 남는 것 같다.

2) 시 의식과 문단 인식

무애는 「시란 어떠한 것인가」에서 '시의 정의', '시와 산문', '시와 음악, 등의 항목을 설정하여 시에 대한 다각적인 견해를 피력한 바 있다.

> 시란 우리 사람의 자연이나 인생에 대하여 느끼는바 정서를 개성과 상상을 통하여 가장 단순하고 소박하게 음률적 언어로 표현한 것이다.
> 시는 산문에 대한 운문을 가리킨다.
> 시와 산문의 구별은 그 형식보다는 리듬에 있다.
> 시는 음악적 요소를 가장 중요하게 포함하였으므로 시와 음악과의 관계는 대단히 밀접하다.[36]

여기서 '개성의 표현'이란 나만이 느끼는 기쁨이나 감정의 표현을 말하며, '상상을 통한 표현'이란 직감이 아닌 '깊고 공교한 상상력을 통한 표현'을 의미한다.

무애가 가장 중요시하는 것은 '음악적 표현'에 있다고 할 것이다. 그래서 이를 '정서의 활동'으로 규정하고, 그 속에 시의 생명이 있고, 시인의 호흡이 숨어 있다고 했다.

이어서 '음률적 언어로 표현할 것'을 강조하고 있다.

---

35) 르네 웰렉, 오스틴 워렌, 송관식, 윤홍로 역. 『문학의 이론』 (한신문화사, 1982), 18쪽.
36) 전집11, 7~11쪽.

시는 반드시 음률적 언어Musical language로 표현하여야 할 것이다. 음률적 언어로 표현한다는 것이 시의 가장 중요한 특징이다. 아무리 개성과 상상을 통하여 나온 것이라 할지라도, 그것이 음률적으로 표현되지 못하면 도저히 시라고 말할 수 없다, 원래 사람의 감정의 격동에서 우러나오는 소리는 필연적으로 어떠한 음률적 언어가 될 것이다. 시의 음악적 요소—이것이 즉 시의 소위 리듬Rhythm(음조)이라는 것이다. 리듬이란 요컨대, 시의 숨결이다. 감정의 활동이다.37)

시의 내용이 감정의 격동이라고 한다면 그 표현은 당연히 음률적이어야 한다는 논리이다.

「시와 음율」에서는 음율 문제를 보다 심화, 구체화시켰다고 할 수 있다.

시에 있어서 가장 중요한 것은 음악적 요소요, 음악적 요소는 시의 음률 가운데 대부분이 포함되어 있다.
운율 없는 시가 없으리만큼 운율은 시에 있어서 불가결한 것이다.38)

또한 운율은 '현실적 운율'과 '내용적 운율'로 大別할 수 있다고도 했다. 정형시는 외재율, 자유시는 내재율을 가졌다는 의미로 볼 수 있겠다. '내용적 운율'은 '내용율, 심율'이라고 표현하기도 했다.

이 두 편에 나타난 시관에 대해서 권영민은 마음과 같이 언급하고 있다.

그는 시의 의미를 '정서의 격동', '개성의 표현', '상상력' 그리고 '음악적 언어' 등에 입각하여 설명함으로써 시의 본질에 대한 인식에 접근하고 있으며, 특히 운율적 언어에 관한 문제를 중요시하고 있다. 시의 언어적 측면에 대한 그의 관심은 새로운 시 형태에 대한 모색과도

37) 동상, 8~9쪽.
38) 전집11, 22쪽.

관련 된 것이며, 그가 발표한 「시란 어떠한 것인가」와 「시와 운율」에서 이미 이론적인 근거가 마련되고 있음을 본다.[39]

「예술과 인격—특히 시적 인격에 취하여」에서는 시에 대한 최고의 예찬을 나타내고 있다.

> 시는 예술의 지극히 순수한 형식으로 표현된 것이다. 시의 본질은 예술의 종가이며 시의 내용은 예술의 극치이다. (중략) 시적 인격은 다만 개성의 존재로써 만족할 수 없다. 좀 더 장엄하고 좀 더 숭고한 특수한 '맛'이 있어야 하겠다.[40]

「삼월시단 총평」에서는

> 시의 있어서 가장 중요한 것은 말이요, 말의 음률적 효과—즉 시의 운율이다. 시에는 내용과 형식이 완전히 문합吻合되어야 한다.[41]

고 강조함으로써 내용과 형식의 조화를 강조하고 있다.

「시작법 강좌」에서는 예술에 있어서도 형식 제일주의와 내용 편향주의를 모두 비판하고 있다.

> 양자 (형식, 내용)는 다만 편의상 분류에 불과하고, 그것이 실제로 예술 작품의 총역량을 지어서 나올 때에는 벌써 2가 아니고 1이라고 생각한다. 어느 것이 선이냐 후이냐 하는 문제도 있겠지만, 요컨대 예

---

39) 권영민, 상게서, 148쪽.
40) 전집11, 51~52쪽.
41) 전집11, 81쪽.

술 작품으로서의 결과로 보면 양자는 혼연이 일체가 되어야한다[42].

「문단잡설─신기문학과 프로문학」에서는 현 시단에 대하여 회의적인 견해를 표명하기도 하였다.

> 조선의 시단은 확실히 외국의 그것에 비하여 수준이 낮음을 본다. 아직 진보의 역사로 보아 시일이 옅으므로 決코 비관은 아니하나 미상불 빈약하다는 느낌은 어찌할 수가 없다. 극언하자면 현 시단에 시인적 천분들 확실히 가진 사람이 내 생각에는 오지五指를 다 꼽을 수가 없을 정도이다. (中略) 여기서 나는 위대한 국민시인적 천재의 출현을 바라지 않을 수 없으며, 후진에게 많은 것을 또한 바라지 않을 수가 없다.[43]

「문단 신세어」에서는 현 시단 뿐만 아니라 현 문단 전체를 우려스러운 시각으로 진단하고 있다.

> 그윽히 문단의 작금을 바라보건대 우리의 문단은 아직 통정되지 못하였고, 우리의 이상하는 바 국민문학의 건설은 아직 그 제일보도 확실히 나타내진 못하였으니, 낙담할 필요까지는 없으나, 워낙 길 떨어진 손이매 새삼스럽게 더딘 것을 탄식치 않을 수가 없습니다.[44]

또 「시단의 회고─『시인전집』을 읽고─」에서는 시단의 부진한 현실을 진단하여 "최근 시단의 극심한 부진의 원인은 시대상, 사회상, 생활의 궁핍, 발표 기관의 감소 등이 그 원인으로 생각된다."(전집11, 115쪽)고 언급

---

42) 전집11, 567쪽.
43) 전집11, 123쪽.
44) 전집12, 25쪽.

한 뒤 「시단의 전도」에서는 그 타개책을 다음과 같이 제시하기도 하였다.

① 산문 시대인 현대 민중의 기호에 맞게 하려면 시를 산문화해야
　한다.
② 이렇게 하면 시가 소멸될 염려가 있기 때문에 민중에게 직접 접
　근하는 방법으로 민요화 하는 것이 한 방법이다.45)

　무애가 문예비평문에서 언급한 以上의 여러 인용문을 종합해 보면 시의
정의, 시의 요건, 시의 본질에서부터 현 시단의 부진과 그 타개책에 이르기
까지 다양한 내용의 시의식과 시단 인식이 논의되어 있음을 알 수 있다.
　김영철은 문예비평문에 나타나 있는 무애의 시론 내지 시의식에 대해
서 다음과 같이 평하고 있다.

　　무애의 시론은 비록 다소 체계화된 이론은 아니지만 시의 형식과 내
용, 특히 음운론에 초점이 맞춰져 있다는 점이 주목을 끈다. 그는 시 내
용 못지않게 형식에 비중을 둠으로써 예술주의자로서의 면모를 보여
주고 있으며, 그 형식론을 운율론에 초점을 맞춤으로써 논의의 정곡을
찌르고 있다. 그의 운율론은 7.5조론에 집중되어 있는데, 이는 당대 민
요시론과 밀접한 상관관계를 갖고 있다. 아쉽게도 일본 시가의 모방론
적 관점에서 음수율에 머무르고 있지만, 체계적인 운율론이 부재하던
초창기에 운율론의 체계를 세우려던 노력은 높이 평가할만하다.46)

　김용직은 무애의 시론을 다음과 같이 세분하여 그 개요를 정리하고
있다.

45) 전집11, 174쪽.
46) 김영철, 「양주동의 시세계」, 『한힌샘 주시경 연구, 16호』(한글학회, 2003),
　　137~138쪽.

무애의 시론들을 살피면 거기에는 대충 다음과 같은 그의 촉수觸手가 느껴진다.

① 서구의 근대시, 특히 영미계와 프랑스 상징파 시와 시론을 이해, 파악하려는 시도.

② 시의 속성, 또는 본질 이해의 시도, 특히 서정시에 대한 이해, 파악에 관심을 보였다.

③ 시의 운율 또는 형태에 대한 이해, 파악 시도.

①은 대체로『금성』을 통해서 발표된 것들이다.

   ㅇ「역자의 말」,「바이론 평전」
②는「시란 엇더한 것인가」
③은「시와 운율」,「시란 엇더한 것인가」의 속편.[47]

3) 민족문학(국민문학)

'국민문학National literature'이란 한 나라의 국민성 또는 국민 문화를 표현한 독특한 문학 또는 근대 국민 국가의 성립에 따라서 창작된 문학을 말한다.

일반적으로 '국민문학'이란 어떤 특정한 국민이나 민족의 성격을 고도로 표현한 독자적인 문학을 말한다. 그것은 우수한 국민성과 민족성의 표현을 통하여 세계적 보편성에까지 도달하는 것이어서, 우수한 국민문학은 동시에 중요한 세계문학이 된다.

한국의 경우, '국민문학론(운동)'은 두 가지로 大別되는데, 1920년대 프로문학의 계급적 활동에 대항한 문학론과 1940년대 친일 문인들이 제창한 이론을 말한다.

1920년대 최남선에 의해 계기가 된 '국민문학'은 카프의 계급주의 문학에 맞서 이념과 형식에서 조선적인 것을 존중하고 수호하자는 민족주의 문학의 변형이다. 그러나 '국민문학'이 보수적 민족주의 경향

---

47) 김용직,『한국 현대시인연구(하)』(서울대 출판부, 2000), 475~476쪽.

을 띠게 되자 국민문학자들은 점차 중립적인 이론을 추구하게 되었고, 그 결과 『문예공론』(발행인: 방인근, 주간: 양주동)을 중심으로 양주동, 염상섭 등에 의해 절충주의 문학론이 설립하게 되었다.

'민족문학'이란 민족이라는 단위로 묶여 있는 구성원들에 의해 창작되고 향유되는 문학을 민족문학'이라고 한다. 서구적 의미에서 민족문학은 근대국가 성립 과정에서 형성된 국민문학을 지칭한다.

처음 민족문학'민족주의 문학'의 형태로 제기되었으며, 계몽주의적 성격을 지녔었다. 최남선, 이광수 등이 문학을 통해 민족의식의 개조와 각성을 추구하는 문학 운동을 전개했고, 이후 1920년대에 들어서면서 억압적 민족 현실에 대해 각성한 카프 진영에 의해 계급주의 문학 이념이 형성되기 시작했다.

민족문학이 한국 문학사의 전면에 제기된 것은 해방 직후에 조직된 <조선 문학가동맹>의 문학 이념에서부터였다.[48]

'국민문학론'의 대두擡頭와 무애无涯의 역할에 대해 백철은 다음과 같이 언급하고 있다.

1926~7년대는 조선 문단에 민족주의적 국민문학론이 대두하여 프로레타리아 문학과 대립한 시대였다. 그러나 프로문학과 민족주의 문학이 대립한 것은 결코 이 시기에 한한 사실은 아니다. 본래 민족주의 운동체 내에서 분열하여 사회운동이 일어나서 대립한 것과 같이 그 사회운동을 배경하고 일어난 프로문학과는 처음부터 민족주의운동을 문학하고 발전되어 온 종래의 문학과 대립된 것이요, 이 경우를 당하여 종래에는 특별히 민족주의를 이데올로기ー로서 표면에 내세우지 않았던 것이 프로문학의 등장과 함께 자연히 의식화되고 표면화된 것 은 당연한 일이나 (중략) 한편 당시 국민문학운동의 소장파인 양주동은 「문단 전망」(『조선문단』19호, 1927.2)에서 1926년도의 문단

---

48) 한국문학평론가협회, 『문학비평용어사전, 상』(국학자료원, 2006), 277~278쪽 참조.

을 회고하는 대목에서 "민족문학의 건설은 실로 우리 현 문단의 총 목표라야 할 것이다."라고 설파하였다. 그리하여 1926년도에 국민문학 운동이 맹렬히 일어난 것은 주목할 만하였다.[49]

백철이 위의 글에서 인용한 「문단전망」에서 무애는 '국민문학' 활성화의 필요성에 대해 다음과 같이 언급하고 있다.

작년 일 년 문단을 통하여 새삼스럽게 적막을 느끼는 것은 국민문학으로서의 작품이 심히 희소한 것이다. 이 방면에 관하여 나는 늘 춘원, 육당 양씨에게 바라고 사謝함이 많거니와, 국민문학의 건설은 실로 우리 현 문단의 총 목표라야 할 것이다. (중략) 우리는 모름지기 좀 더 본질적이요 좀 더 내 것의 표현인 문학을 산출하여야 할 것이다.[50]

「정묘 평론단 총관」(1928. 1)에서는 이를 한층 더 강조하고 있다.

대개 어떠한 민족임을 막론하고 그 민족 특유의 사상, 감정이 있고, 그 민족적 전통이 있는 이상 필연적으로 그 민족 특유의 문학이 있어야 할 것은 췌언贅言을 불사不俟한다. (극언하면 민족 특유의 문학을 가지지 못 한 민족은 야만민족에 불과하다.) (中略) 국민문학이 우리 문예 운동의 제일선적 급선무인 것, 환언하면 우리는 먼저 우리 민족의 문학을 건설하여 세계 각 민족의 문학과 병가竝駕해야 할 것이다.[51]

국민문학이 갖추어야 할 요건에 대해서 무애는 「철저와 중용—현하 조선이 가지고 싶은 문학—」에서 다음과 같이 주장하고 있다.

---

49) 백철, 전게서, 212~213쪽.
50) 전집11, 174쪽.
51) 전집11, 351쪽.

문학상 작품은 그 가치를 작품의 영원성에서 발견한다. 그러나 그 영원성의 출발점 이 시대정신 그것부터에 있는 것을 우리는 망각치 못할 것이다. (중략) 그러므로 우리의 문학은 미래의 영원성을 가져야 함은 물론이려니와 당대의 시대정신을 잘 표현함으로서 그 출발점을 삼아야 할 것이다. 환언하면 시대정신의 표현을 우리 문학 의 출발점 으로 하는 동시에 미래의 영원성을 그 궁극의 목적으로 하여야 할 것 이다.52)

'중용'은 오직 평화로운 안전한 상태에서만 수용될 도덕이다. 우리 는 지금 자사子思의 중용지도를 밟기에는 너무나 우리의 생활이 조화 를 잃었다. (중략) 현하의 道로서는 오직 '철저'와 '극단'이 있음을 力說 코저 한다.
우리 조선이 현하에 가지고 싶은 문학은 소극적으로 퇴폐적 문학, 적극적으로 혁명적 문학임을 단언하고, 또한 그것이 시대정신의 표현 인 문학의 필연적 결과임을 말하고자 한다.53)

「민족문학의 현 계단적 의의」―회고, 전망, 비판의 속―에서 무애는 민족문학의 관념적 존재가 되는 '민족의식'의 존재를 '원칙적 존재'와 '현 단계적 존재' 두 가지로 분류하고 있다.

① 원칙적 존재: 조선이란 땅과 기후와 풍토와 그 안에서 역사적으 로 거주하여 온 조선의 생활, 정조, 풍습, 전통 등으로 형성된 모든 관 념적 형태.
② 현 단계적 존재: 경제적으로나 정치적으로나 문화적으로 조선의 현실에서 필연적으로 추출된바 민족의식, 다시 말하면 민족적 단결 의식과 아울러 민족적 제 문화재를 보수 확립코자 하는 모든 의식.54)

---

52) 전집11, 69쪽.
53) 전집11, 72쪽.
54) 전집11, 587~590쪽.

무애의 '민족문학론'의 이론적 근거가 되는 '원칙적 존재'와 관련하여 백철은 다음과 같이 언급하였다.

> '조선심'이란 결코 관념적으로 공중에 매달린 유령적 현상이 아니오, 보수적 협소한 의미의 애국심을 말하는 것도 아니오, 조선이라는 땅과 민족의 생활 관계 중에서 그야말로 제씨가 흔히 말하는 유물론적 사회적 관계로 필연적으로 산출된 의식이라는 이 논문(「문제의 소재와 이동점」, 전집, 490쪽)의 소시所示와 같이 양주동은 이 민족문학론의 전개에 있어서 그를 테느 등의 환경 전통 문학론에서 구하고 있는 사실을 알 수 있다. 그리고 실제에 있어 그의 문학적 공적은 주로 이 테느적인 문학론에 있다고 말할 수 있다.[55]

백철이 지적한 "민족문학론의 전개에 있어서 그 근거를 테느 등의 환경 전통문학론에서 구하고 있다는 사실"을 뒷받침할 수 있는 근거로는 「문단잡설—신기문학과 프로문학—」에서 찾아 볼 수 있다.

> 조선의 문학은 조선 사람의 생활에서 나온 조선 사람의 감정 및 사상의 진실한 표현이다. 그 밖에 아무 것도 아니다. 조선 문학은 조선 정조의 독특한 표정이래야 할 것이다.
> 외래의 모든 신기주의는 모 방면의 참고꺼리는 될지언정 전체의 수요로는 될 수 없다. 또한 조선 사람이 조선 사람인 이상 '부르'나 혹은 '프로'라 하는 전형적 문학 이외에 한 걸음 초월한 의미의 총체적 '사람'으로서의 진실한 문학을 가져야 할 것이 물론이다. 조선 사람의 현재 생활이 현금 이러한 경우에 있은 즉, 당래하는 조선문학이 어떤 '힘'의 문학이래야 할 것도 우리가 충분히 스스로 단정할 수 있는 결론이다.[56]

---

55) 백철, 전게서, 125쪽.
56) 전집 11, 114쪽.

권영민은 무애의 '국민문학'의 개념 규정에 대해서 이의를 제기하고 있다.

'조선의 문학'에 대한 무애의 관심은 민족의 사상 감정을 근거로 하는 문학이 곧 국민문학이라는 그 나름의 개념 규정에서 볼 수 있듯이 논리의 소박성을 면하지 못하고 있다.

그 이유는 '민족' 또는 '민족의 사상, 감정'이라는 어사들이 문학의 본질이나 그 속성을 밝혀줄 수 있는 판단 근거로는 지나치게 관념적이거나 심정적인 측면이 강하다는 점을 지적하지 않을 수 없다. 한 시대의 문학은 문학 창조의 주체라고 할 수 있는 개인의 여러 측면과 그 향수자로서의 사회 계층의 의식, 그리고 시대적 상황과 그 변화 등을 함께 포괄하고 규정짓기 어렵다. '민족'이라는 용어가 종족의 차원에서 논의되고 있는지, 계층의 문제를 뜻하는지, 역사적인 개념인지 조차 분명하게 제시되지 못하고 있는 상태에서 민족 문학에 대한 논의가 논리성을 획득하기란 어려운 일이다.[57]

「정묘 평론단총관」에서는 국민문학에 관한 평단의 삼유파三流派를 소개하면서 본인의 관점도 밝히고 있다.

① "국민문학의 건설이 우리 문예론 등의 제일선(최종점은 아니다) 이상理想"이라고 보고, 프로문학과 같은 것을 국민문학 중에 포함될 시대적 요소의 문학이라고 보는 견해(무애无涯)
② 양파 문학(국민문학과 프로문학)의 필연적 수립은 양자의 충돌점과 부당성을 竝說(염상섭)
③ 국민문학이 불필요한 뜻을 말하고 심지어 애국문학을 매도하는 견해(김기진, 김동환)[58]

---

57) 권영민, 전게서, 154쪽.
58) 전집11, 351쪽.

「민족문학의 현단계적 의의—회고, 전망, 비판—」에서는 현 문단의 주조를 3개 파로 분류하고 있다.

① 민족주의 문학: 문학의 민족적 단위를 주장하고 민족의식을 토대로 하여 민족문화와 민족적 이상을 고조하여 민족애, 민족정신을 헌양코자 하는 문학 (춘원, 요한, 파인, 은상, 위당, 무애)
② 인도주의 문학: 오로지 춘원 일 개인의 독무대
③ 사회주의 문학: 서해, 기영 시대의 초창기를 지나서 보무步武의 진전을 보인 것은 사실(한설야의 작품)[59]

김용직은 민족문학파들을 문학적 태도 면에서 삼대 유파로 분류하고 있다.

민족문학의 대전제 가운데 첫째로 손꼽아야 할 것은 계급지상주의에 거부 반응을 보인 점이다. 그러나 정작 문학적 태도에 있어서 이들은 크게 3대분 될 수 있다.

그 하나는 김동인이나 김억, 주요한, 변영로, 염상섭, 박종화 등으로 중심을 이룬 갈래다. 이들은 대체로 작품 활동에 역점을 두고 문학 활동을 전개한 쪽이며, 또한 다소간은 근대주의자로서의 단면을 드러낸다. 그리하여 작품의 실제에 있어서도 새로운 느낌을 담기에 힘쓴 쪽이다.

이에 반해서 최남선, 정인보, 이병기, 이은상, 김영진, 조운 등은 또 다른 단면을 드러낸다. 이들은 새로운 차원을 구축하는 일보다 전통을 효과적으로 계승하는 일에 역점을 둔 쪽이다. 특히 정인보, 최남선, 이병기 등은 고전 연구와 거기서 빚어낼 수 있는 민족의 고유한 정서나 가락, 말씨를 얻는 일에 많은 관심을 기울렸다. 그리고 이들의 사이에서 연계작용을 한 듯이 보이는 것이 이광수나 양주동 등이다.[60]

---

59) 전집11, 583~584쪽.

김윤식은 민족주의 문학을 '의식적인 것'과 '무의식적인 것'으로 대별하고 있다.

> 문학에 있어서는 민족주의라는 것은 계급주의 문학의 대타對他의식에서 출발한 것이다. 민족주의를 의식적인 것과 무의식적인 것으로 대별할 수 있는 것과 같이 민족주의 문학도 두 편으로 나눌 수 있다. (중략) 이 가운데 의식적 민족주의자는 절충파로 자칭된 양주동 및 이광수, 염상섭, 김동인 등이고, 좌파는 무의식적 민족주의, 추수追隨에 머물렀다고 할 수 있다. (중략)
> 민족주의 문학은 범박하게 말해서 조선주의를 바탕으로 한 국민문학으로 대두되었고, 이것이 발전하여 절충주의적 민족주의 문학운동이 되며, 1925년으로부터 1930년 이후까지 프로문학과 함께 한국 문단을 양분하게 된다. 계급주의 문학의 대타의식에서 자동적, 수동적으로 규정된 민족주의 문학은 1930년 이후 프로문학이 퇴조되자 그 참여의 긴장과 의의를 상실하게 된다.[61]

무애는 「정묘 평론단총관」에서 국민문학과 계급문학의 차이를 간명하게 대조시켜서 설명하고 있다.

> 국민문학이란 민족적 전통과 국민적 개성 위에 근거를 두어서 한 개의 민족이 특수하게 가져야 할 문학을 출발코자 하는 것이며, 계급문학이란 문학의 총체적 단위를 민족에 두는 것과는 반대로 계급 상에 두는 것을 이름이니, 즉 계급적 의식과 투쟁을 토대로 하여 어떤 계급을 내어놓을 바 문예를 운위하는 것이다. 후자의 현저한 특징은 무산계급을 대표로 한 계급투쟁의 정신이다.[62]

---

60) 김용직, 『한국근대시사(下)』(학연사, 1961), 227쪽.
61) 김윤식, 전게서, 107~108쪽.
62) 전집 11, 350쪽.

무애는 「물으신 것의 답안 수제數題」에서 민족문학의 수립을 조선 문단이 당면한 최우선 과제로 보았다.

조선 문단이 전체적으로 당면한 중대문제로서 얼른 생각나는 것은 문단 존립과 직접관계가 있는 경제 문제와 및 검열 문제입니다. 다시 말하면 무보수로 인한 작가의 생활궁핍과 압삭押削으로 인한 작품의 치명상이 문단의 진출을 완전히 저지하는 사실입니다. (중략)
조선 문단의 머나 먼 전도는 두 말할 것 없이 국제주의와 인도주의에까지 도달하고야 말 것입니다. 그러나 거기까지 가기 전에 우리는 우선 민족문학을 수립해야 하겠고, 또는 당대의 현실품와 및 시대사조로 인하여 사회주의 문학이 필연적으로 산출될 것입니다.
그런데 문제는 실로 여기에 있으니 즉 사회주의 문학의 완전한 발달과 공과를 수득하려면 우선 그 다양한 구체적 지도 이론이 있어야 하겠으며, 또 민족문학 방면에 있어서도 그 필요성만을 고조함에서 일보 더 나가 실제적 강론으로 작가를 계도하여야 할 것입니다.[63]

무애는 이어서 「민족문학의 현 단계적 의의, 회고, 전망, 비판」에서 민족문학을 위한 다음과 같은 취지의 제언을 하고 있다.

① 민족문학은 재래在來와 같은 봉건적, 국수적, 보수적 태도를 버릴 것.
② 민족적 이해와 충돌되지 않는 범위 내에서 될수록 광범위한 사회 층의 의식을 포용할 것.
③ 계급문학과 대립하지 말고 될수록 교차할 것.
④ 민족문학은 현실적으로 그 원칙적 존재성과 현 단계적 가치를 적극적으로 선양하되, 이상적으로는 코스모폴리타니즘을 방사倣寫하여 민족의식이 궁극의 이상이 아님을 대중에게 보여줄 것.[64]

---

63) 전집 11, 412쪽.

무애가 제시한 이러한 외면적이고 개방적인 민족주의 문학에 대한 견해에 대해서 이정현은 다음과 같이 평가하고 있다.

> 양주동의 민족주의론의 관점을 요약한다면 조선 민족의 단일 노선을 표방했던 신간회의 입장에서 출발하였고, 문학적 측면에서는 육당, 춘원으로 대표되는 계몽적 민족주의의 한계를 극복하고 새로운 민족문학의 입장을 정리함으로써 절충파와 해외문학 및 순수문학파로 이어지는 광의의 민족주의 문학 운동에 새로운 출구를 부여한 것이라 하겠다. 그리고 여기서 새로운 출구란 우리 민족의 실체에 대한 확인과 접근이다.[65]

무애는 '민족주의(민족의식)'에 대하여 다양한 진술을 하고 있지만, 결국은 백철이 지적한 것처럼 "동일한 인종, 환경, 시대에서는 동일한 민족성이 생성된다."는 테느의 민족성의 개념에서 출발하고 있다고 할 수 있다.

민족의식의 핵심이라고 할 수 있는 '조선심'에 대해서 「문제의 소재와 이동점異同點」에서 구체적으로 진술하고 있는 것도 바로 이러한 견해를 나타낸 것이라고 할 수 있다.

> 팔봉은 '조선심'의 전체를 얄궂게도 추급追及한다. 팔봉이기로 조선이라는 땅과 환경과 기후, 생활, 풍습이 모든 것들 가운데에서 필연적으로 생긴 전통과 정조 및 동족애 같은 것을 망각하지는 않았으리라 생각한다. '조선심'이란 결코 관념론적으로 공중에 매달린 유령적 현상이 아니요, 보수적 협소한 의미의 애국심을 말하는 것도 아니요, 조선이란 땅과 민족의 생활 관계 중에서 그야말로 제씨가 흔히 말하는 유물적, 사회적 관계로 필연적으로 산출된 의식이다.[66]

---

64) 전집 11, 594~595쪽.
65) 이정현, 「양주동의 절충론연구」(석론 홍익대학교교육대학원, 1996), 51~52쪽.
66) 전집 11, 490쪽.

라고 설파하고 있다.

무애의 민족주의 문학론은 결국 '조선심'을 기저로 하여 조선주의로 확장되고, 여기서 다시 '민족문학(국민문학)'으로 연결되고 있다고 하겠다.

4) 프로(무산파)문학

프로문학은 경향파傾向派 혹은 신경향파 문학이 진전되거나 강화되어 나타난 문학의 한 형태라고 할 수 있다.

'경향파 문학'이란 작가의 정치적, 사상적 목표 설정이 본래의 관심사가 되는 모든 문학을 총칭한다. 넓게 보면 '예술을 위한 예술'이라는 개별적 역사 상황과 무관한 자율의 영역에 머무르지 않는 한, 모든 문학은 경향문학이라는 정의도 가능하지만, 좁은 의미에서의 경향문학은 정치적인 것, 종교적인 것, 도덕적인 것, 계급적인 것 등 모든 문학의 외적 목적에 문학이 종속되는 것을 의미한다. 더욱 좁게는 선동, 선전문학과 같이 특정한 의견이나 호소를 위해 모든 형상적 수단을 사용하여 기존의 상황을 변화시키려는 사회주의 문학을 가리킨다.

특정한 정치적 목적을 위한 작가의 의식적 당파성은 청년 독일파에서 처음으로 '경향傾向'이라는 말로 표현되었다.

우리나라에서는 사회주의 문학의 도입 및 KAPF의 결성과 더불어 좁은 의미의 경향문학이 시작되었다. 3.1운동 이후 낭만주의와 자연주의가 한동안 성하였으나, 그 퇴조와 함께 1923년을 전후하여 신경향파라는 새로운 조류가 형성되었다.[67]

'신경향파'란 프로레타리아 문학이 목적의식적 계급성을 뚜렷하게 하면서 정치 투쟁으로 방향을 전환하기 이전 단계에 자연발생적으로 나타난 사회주의 문학이다. 신경향파 문학이라는 용어는 박영희가 「신경향파의 문학과 그 문단적 지위」(『개벽』1925.12)에서 처음으로 규정한 것인데, 어떤 주의나 사상을 담고 있다는 의미의 '경향'에 붙은

---

67) 『문학비평용어사전, 上』, 158~159쪽.

'新'은 이전의 창조파와 폐허파의 문학을 부정하고 구체적인 현실 생활에 기반을 둔 새로운 문학을 강조하기 위한 것으로 볼 수 있다.

신경향파 문학의 향성은 3.1운동 이후 『신생활』(1922) 지를 중심으로 확산된 조선의 현실 생활에 대한 관심과 변혁 의지, 외적으로는 바르뷔스의 클라르테clarte운동과 일본의 『씨 뿌리는 사람』의 영향을 받았다.68)

신경향파의 대두擡頭에 대해서 백철은 다음과 같이 언급하고 있다.

신경향이 확실한 논조論調로서 등장한 것은 1923년 『개벽』 7월호에 발표한 임정재任鼎宰와 팔봉의 글에서였다.

회월과 팔봉 두 사람이 신경향파 초기의 활동을 주로 담당 했지만, 그 외에 같은 백조파 동인으로서 월탄도 찬동하고 나섰다.

물론 신경향파 문학은 단순히 백조파에 대한 반동에서만이 아니고 당시의 문단 일반에 대한 비판문학으로서 등장한 것이다.69)

백철은 이어서 신경향파 문학과 프롤레타리아 문학과의 관계에 대해서도 언급하고 있다.

신경향파 문학 운동은 계급문학을 자처한 것이면서도 확고한 조직성을 통한 것이 아니고 분산적이며 그 문학 경향이 자연 발생적인 한계를 넘어서지 못한 것이었다. 그렇기 때문에 이 문학은 뒤에 오는 프롤레타리아 문학을 위한 일종의 준비기의 문학이었다고 할 수 있다. 그 준비기의 문학은 자기비판 위에서 드디어 다음의 프롤레타리아 문학운동으로 넘어가게 되었다.70)

---

68) 『상게서, 하』, 334~335쪽.
69) 백철, 전게서, 2~5쪽 참조.
70) 백철, 전게서, 70~71쪽.

신경향파 발생의 배경에 대해서 백철은 또 다음과 같이 언급하고 있다.

그때까지의 근대적인 문예사조를 토대로 한 신문학 운동의 모두가 민족주의운동을 배경으로 전개되어 온 데에 반하여 이 신경향파 문학은 당시에 새로이 일어 난 이른바 사회운동을 배경으로 한 것이었다. 신경향파적인 문학사조는 이 땅의 문학사조이기 전에 먼저 세계적 사조요 한국의 일반 사조였던 것이다.

1921년에 이르러서 민족주의운동과 사회운동은 명확히 분열되기 시작하고, 대립이 명백해졌던 것이다. 나아가 1922년에 이르러서는 사회운동이 더 한층 선명해졌다. (중략)

유물사관이 세계를 휩쓰는 영향을 받아 이 땅에도 사회운동이 민족주의사상을 맹렬히 비판하면서 등장한 사실과 마찬가지로 문학운동 사상史上에서는 신경향파 문학운동이 기성의 문학계를 비판하면서 등장하였다.71)

'프로(무산) 문학'이란 Proletarian(무산계급, 노동자계급)의 생활을 제재題材 로 하여 그들의 계급적 자각에 의한 계급 대립의 현실을 사회주의 리얼리즘의 입장에서 표현하는 문학이다. 무산파문학, 경향문학, 계급주의문학 등으로 불린다.

프롤레타리아Proletariat라는 말은 고대 로마의 하층 빈민을 뜻하던 'Protarius'에서 유래하였다. 프로레타리아 문학은 부르조아(bourgeois, 중세 유럽도시에서의 중산계급의 시민, 유산자, 자본가)계급문학에 대항하여 가난한 하층민의 각성과 권리의 쟁취, 해방을 위해 목적의식적으로 쓰인 문학을 말한다. 한국에서는 KAPF(프롤레타리아 예술연맹)를 중심으로 김기진, 박영희, 임화, 최학송, 이기영, 한설야 등이 다수의 프롤레타리아 문학작품을 産出하면서 활발한 운동을 벌였다.

프롤레타리아란 무산계급, 또는 노동자 계급이라고도 하는데, 정치상의 권력이나 병역의 의무도 없고, 다만 지식 밖에 남길 수 없는 무산자들을 의미하는 라틴어 'Proletarius'에서 나온 말이다. 즉 자기 자신

---

71) 백철, 전게서, 16~22쪽.

의 생활수단을 갖고 있지 않으며, 오직 살기 위한 노동만을 필요로 하는 임금 노동자 계급을 말한다.

자본주의사회에서 자산의 노동력을 판매하여 생활을 영위해 가는 무산자계급, 노동력 이외에는 생계수단을 갖지 못한 빈곤층을 지칭하기 위해 독일의 사회학자인 마르크스(Maex, K.O)가 1840년대에 사용한 개념이다. 유한계급인 부르조아에 대비되는 개념이다.[72]

무애는 「문단 잡설」에서 조선의 프로문학의 기원을 구체적으로 적시한 가운데 주로 일본 문단으로부터 영향을 받았음을 언급하고 있다.

조선의 프로문학 기원이, 역시 타 문학 방식과 같이, 일본 문단의 영향에 있음은 췌언贅言할 필요가 없다. 물론 그 내적 동기로는 자발적임을 인정할 수 있으되, 그 外的 원인은 일본 문단 추세의 一 모방模倣이라 할 수 있다. 그것은 문단인들이 일본 현 문단 이외의 타국문학을 직접으로 소화할 만한 소양이 없었다는 일반一伴으로 족히 證左할 것이다. 프로문학의 본존本尊인 노문학露文學에서 직접으로 유입치 않은 것은 누구나 인정할 사실일 줄 안다.[73]

무애는 이어서 프로문학 작품에 대해서 몇 조항의 비판을 가하고 있다.

① 그들의 작품이 남의 것을 모방한 것이 많은 점(주로 일본인의 작품 취재를 빌려오는 것).
② 취재에 모방성이 많고, 게다가 작품의 단안斷案이 늘 소극적인 점.
③ 창작 심리에 대란 불만(창작 동기에 故意心이 많은 것).[74]

---

72)『문학비평용어사전, 하』, 1089~1091쪽 참조.
73) 전집11, 109쪽.
74) 동상 평문, 111~112쪽.

「병인 문단개관」에서는 프로문학의 긍정적인 측면에 대하여 다음과 같은 견해를 보이고 있다.

> 나는 근본적으로 조선의 사회상에 비추어 프로문학의 근본정신을 존중코자 합니다. 대개 프로문학은 사회상을 기초로 한 문학의 어떤 일방식이라고 밖에 생각지 않습니다. 그러나 사실 조선의 현금 형편에 있어서 프로문학은 필연적으로 발생된 것이요, 또 그것이 족히 사람을 움직일 만한 참된 문학이면은 더 한층 가상할 것입니다.
> 문학상 취재는 그 범위가 자못 광범한 것이니 우리는 프로 생활과 프로 의식을 제재로 한 문학을 결코 거부할 수 없을 것이요, 한 걸음 더 나가서 그것의 사회성, 현실성을 많이 표현하였다는 장점을 인정하여야 할 것입니다.[75]

이 평문에서는 "조선의 現今 형편에 있어서 프로문학은 필연적으로 발생된 것"이라고 하여 수용 불가피성까지 언급하고 있다.

「물으신 것의 답안 수제數題」에서도

> 조선 문단의 머나먼 前途는 두말할 것 없이 국제주의와 인도주의에까지 도달하고야 말 것입니다. 그러나 거기까지 가기 전에 우리는 우선 민족문학을 수립하여야 하겠고, 또는 당대의 현실고와 및 시대사조로 인하여 사회주의 문학이 필연적으로 산출될 것.[76]

이라고 하여 역시 프로문학의 대두가 필연적임을 언급하고 있다.

한편 「다시 문예비평의 태도에 취하여」에서는 프로문학이 표현적 기교 내지 형식을 등한히 하고 있음을 비판하고 있다.

---

75) 전집 11, 146쪽.
76) 전집 11, 412쪽.

내용과 형식은 서로 일치됨으로써 이상경을 삼는다. (중략) 프로레 문예에서 표현적 기교를 무시하는 것은 용서할 수 없는 착오라 단언한다. 온갖 문예는 광의廣義上 주의主義— 다시 말하면 사상적 주의만으로는 성립되지 못한다. 어떤 표현 양식의 주의를 기다려야 한다. 내가 일찍이 프로레 문예 (현금現今 조선의)를 용의容疑하였음은 까닭이 여기에 있다. 표현적 기교양식이 없는 문예는 문예로서 성립될 수 없다. 늘 하는 말이지만 사상과 힘과 熱만으로는 문학이 될 수 없고, 그것을 어떻게 표현할까 하는 것이 실은 문제다.[77]

「정묘평론단총관」에서 '국민문학'과 '계급문학'은 '방패防牌의 양면'이라고 하면서 무산문학가 측에서 국민문학을 '반동적'이라 함은 편견에 불과하다고 신랄하게 비판하기도 했다.

국민문학과 계급문학은 일언으로 하건댄 현금 우리의 전적 목표를 위한 노력의 '방패'의 양면에 불과하다. 우리는 조선인으로도 무산계급이요, 세계 무산계급 중 조선이라는 의미로 보더라도 넉넉히 저간這間의 소식을 엿볼 수가 있다. 투쟁의 의무로써 보더라도 민족적 투쟁과 계급적 투쟁은 서로 제휴할 수가 있을 것이요, 의식상으로 논하더라도 민족애나 계급 정신은 서로 모순될 증적證跡이 없다. 그럼에도 불구하고 무산문예가 측에서 극력으로 국민문예를 반동적이라 함은 너무나 근시안적 편견이다. 더구나 계급의식을 고조하기에만 골몰하여 민족사상을 망각함은 천부당 만부당한 일이요, 감정적 이론으로써 국민문학 배격론을 일삼는 것은 대개 그 죄가 적다고 할 수 없다.[78]

권영민은 평문에 나타난 프로문학(무산문학)에 대한 무애无涯의 견해를 세 가지로 요약하고 있다.

---

77) 전집 11, 243쪽.
78) 전집 11, 354쪽.

① 무산문학은 시대적인 상황으로 보아 그 타당성을 인정하나, 제작 내용에 있어서는 사회성만을 고집하면 문학의 본질적 요건을 무시하는 우를 범하게 되므로, 내용과 표현의 합일을 기해야 한다.

② 계급론자들의 문학론이 어떤 면에서는 문예의 원칙이나 본질론에 근거하고 있는 것이 많으므로 국민문학의 실천 요건이 될 수 있다.

③ 민족문학을 반동으로 비판하는 계급문학자들의 극단론은 무의미하다. 따라서 '절장보단'으로 민족문학과 계급문학은 절충을 시도해야 한다.[79]

5) 절충론(절충주의)

'절충론'Eclectism이란 철학적 의미로는 상이한 견해나 이론들을 기계적으로 조합하여 만든 새로운 견해나 사상체계를 말한다.

한국 문단에서는 1920년대 말에 서로 대립적인 문학론에 대해 절충론이 제기되었다. 1926년 무렵 한국문단에는 프로문학의 등장과 함께 계급문학론과 민족문학론이 대립하였고, 이때 염상섭, 양주동은 두 문학론에 대한 비판에서 절충적 논리를 펼치며 논쟁을 전개하였다.

염상섭은 계급문학에 대한 비판적 입장을 취하면서 자신의 절충론을 펼쳤다. 그는 계급문학의 존재 가능성을 원칙적으로 인정하지만, 기존의 예술 형식을 무시하면서 새로운 형식적 대안을 개발하지 못하는 현재의 계급 문학적 현상에 대해서는 동의할 수 없다고 말하였다.

양주동은 이광수나 염상섭의 견해뿐만 아니라 계급문학의 견해까지 수용하는 절충론을 펼쳤다. 계급문학이 유일한 문학 방식은 아니지만, 그 문학의 근본정신은 존중함 가치가 있다는 것이 양주동의 견해이다. 그는 계급문학이 문학의 한 유파로서 구비해야 할 문학적 형식을 결여한데 대하여 지적하였고, 「문예비평의 태도, 기타」(<동아일보> 1927.2.28, 3.1, 2 참조)에서는 내재적 가치가 결여된다면 이미 문학이라 할 수 없다는 형식주의적 입장을 취하였다.

---

79) 권영민, 전게서, 162쪽.

양주동은 당시 문단을 3분하여 ①순수문학파, 즉 정통파 ② 순수사회파, 즉 반동파 ③ 중간파, 문학적 의의와 사회적 의의를 모두 승인하는 입장으로 나누고, 다시 중간파를 좌익과 우익으로 나누었다. 그리고 자신은 우익계열 중간파에 속한다고 자처함으로써 우편향적 절충론의 입장을 표명하였다.

　　양주동은 계급문학의 근시안적 편견을 비판한 것뿐만 아니라 국민문학파의 이론 결여에 대해서도 비판하며, 두 문학의 서로에 대한 배격에 종파주의라는 비교적 객관적인 지적을 하기도 했다. 그러나 그의 절충론은 우편향적이며 형식주의에 치우쳤다는 평가를 받는다.[80)]

　이 '절충주의(절충론)' 등장의 배경과 입론적 근거에 대해서 조연현은 다음과 같이 연급하고 있다.

　　1926~7년으로부터 1928~9년에 이르는 기간 동안은 이를테면 민족주의계열과 계급주의 계열과의 사이에 맹렬한 교전이 벌어진 시대라고 볼 수 있다. 이러한 양자의 교전에 민족주의 계열의 전투를 대신했던 것이 국민문학파였다. 그러나 국민문학파들로는 그들의 최초의 주창이었던 국민문학론이란 것이 계급 제일주의에 대한 민족 제일주의요, 사상 제일주의에 대한 문학 제일주의적인 처지에 섬으로써 보수적인 민족주의문학을 대신하는 것이 되자, 1929년을 전후하면서부터 그들의 이론적 근거를 점차 제삼자적인 중립적 입장으로 변경시키게 되었다. 그러한 중립적인 처지로 그 이론적 근거를 바꾸어 나타난 것이 양주동, 염상섭 등이 중심이 되어 주로 『문예공론』(1929)을 통하여 제시된 소위 절충주의였다.
　　그러므로 절충주의란 보수적 면을 반성한 이론인 동시에 프로문학의 계급주의와 약간의 타협을 허락한 중립적인 조화주의 이기도 했다.
　　절충주의의 가장 입론적인 근거는 프로문학의 계급 제일주의와 민족문학의 민족 제일주의가 다 같이 일방적인 극단론이라는데 있었다.

---

80) 『문학비평용어사전, 하』, 806~807쪽.

즉 "민족을 떠난 계급이 없고, 계급을 떠난 민족이 있을 수 없다."는 것
이 그들의 원칙이었다.

　　그러므로 계급주의적인 것과 민족주의적인 것은 서로 분리, 독립될
수 없으므로 이 양자의 조화를 기도해야 한다는 것이었다.[81]

　이 절충파로 활약한 문인들의 범위에 대해서 김윤식은 다음과 같이 언
급하고 있다.

　　프로문학과 민족문학의 타협, 모색을 발견하려 노력한 문학가를 광
　　의의 절충파라 할 수 있다면, 이에는 김팔봉, 김화산金華山, 이향李鄕,
　　양주동, 염상섭, 김영진金永鎭, 정노풍鄭魯風 등이 전부 포함될 수 있
　　다. 그러나 협의의 절충주의는 프로문학과 민족문학의 공변된 절충의
　　입장보다는 프로문학을 비판하는 쪽이 勝한 양주동, 염상섭으로 대표
　　되는 이론을 의미한다. 더욱 범위를 한정한다면 자칭 절충주의자라
　　한 바 있는 양주동의 이론만을 의미할 것이다.[82]

　이 절충파 등장의 의의에 대해서 김윤식은 다음과 같이 언급하기도
했다.

　　프로문학과 민족주의문학이 함께 절대의 차원에서 대립, 응고되자
　　이를 종합해보려고 중간파인 절충파가 나타났으며 그 대표적인 논객
　　이 무애无涯와 팔봉이었다. 그러나 이 중간파는 두뇌상의 추상론으로
　　혹은 방편적인 것으로는 가능할 수 있어도, 이데올로기끼리의 대결장
　　에 있어서는 근본적으로 불가능한 것으로 보인다.
　　한동안 시류를 얻어 절충파가 비평계에 등장했으나 얼마 못가 좌익
　　중간파 팔봉은 프로문학으로, 우익 중간파 무애无涯는 민족주의 문학

---

81) 조연현, 『한국현대문학사』(성문각, 1972), 329~330쪽.
82) 김윤식, 전게서, 115~116쪽.

으로 귀착하게 된다. 무애无涯는 마침내 민족주의 문학파의 이론의 대변자의 위치를 지녀 염상섭과 함께 프로문학과 정면으로 대결하기에 이른다. 이것으로 보아 절충파란 중간 단계적 의의만으로 보아야 할 것이다.[83]

무애가 절충적 입장을 처음으로 펴기 시작한 것은 「잡상 수칙」에서 비롯된다고 자주 지적되어 왔다.

나는 최근의 모든 사색적 결론이 절충적으로 유도됨을 느낀다. 예컨대 문예의 중심 제재와 사상적 구조를 생각한다 하자. 문예에 있어서 우리는 인간성의 깊은 저류를 길을 '급汲' 것인가? 혹은 당대의 사회상과 당대인의 생활양식을 표시할 것인가?

전자를 취하는 경우에 그 문예품은 확실히 만대萬代 만인에게 보편적 감명을 줄 것이로되 당대인에게는 필경 격화소양隔靴搔癢이 있을 것이요 피안망화彼岸望火의 관觀이 없지 못할 것이다. (중략)

그러면 후자를 택하면 어떠할까? (가령 텐―느와 같은 태도를 취한다고 하자) 그것은 아무래도 천박하고 비보편적일 것 같다.

당대만을 대상을 한 문학이 과연 얼마만한 생명이 있을 것인가? 나는 여기서 절충적 견지에서 쓴다. 문학이란 인간성의 표현을 근거로 하고 당대의 상像을 해부 비판함으로써 윤색 되어야 하리라고 생각된다. 두 가지 요소는 그중 어느 것이라도 버릴 수가 없다. (중략)

문예비평 상에서도 나는 절충적 논단을 세웠다. 현금 문제되는 문학상 미학적 요소와 사회적 요소 두 가지에 관하여서도 나는 양자의 합일론을 주장하며, 이른바 '절장보단'의 태도를 취하고자 한다. 그렇다, 내용과 형식에 관하여서도 나는 양자의 합일론을 주장하며, 동시에 절충적 견지에 선다.[84]

---

83) 김윤식, 전게서, 186쪽.
84) 전집 12, 44쪽.

구체적으로 절충론의 입론의 주장을 표명하고 있다.

이러한 논리와 주장이 좀 더 주체적으로 드러난 것이 「문예비평의 태도. 기타」이다.

> 문학은 개인적 요소와 유심적 요소를 갖추었기 때문에 한낱 사회 현상의 기계적 산물임에서 벗어나 문학으로서의 특수성이 있고, 따라서 그 특유한 내용과 형식의 조건을 요청한다. (中略)
> 문학을 유물적으로 해석한 것은 '텐느'이래의 일이다. 우리는 물론 그것을 발생론 상으로, 목적론 상으로 시인한다. 그러나 문학은 유심론적으로만 해석하는 것이 오류인 것만치 유물론적으로만 해석함도 역시 편견의 일종이다.[85]

절충적 입장을 처음으로 펴기 시작한 「잡상 수칙」에서 무애는 이미 스스로 그 주장의 長·단점을 지적함으로써 자가비판을 기함과 동시에 그 입론의 명분도 내세우고 있다.

> 나 역시 절충론 이론가의 단점을 모름이 아니다.
> 절충적 이론은 이론으로서 온건하고 현명하기는 하지마는 결국은 보수적이요, 언짢게 말하자면 소극적이다. (중략) 절충론은 새로운 발명이나 시험에는 소용이 없다. 많은 극단적 의견을 조직하고 수정하고 재건하는 데만 소용이 있다. 그러므로 이 혼돈한 사상적 조류 중에서 나는 절충파에 섰노라고 자위나 하여둘까.[86]

무애의 절충론이 갖는 의의에 대한 방인석의 견해는 일면 수긍이 가는

---

85) 전집 12, 185쪽.
86) 전집 12, 44~45쪽.

바가 있다.

　　무애의 절충주의 문학론은 식민 현실의 극복이라는 대전제 아래 양
대 문학의 갈등과 분열을 봉합하고 새로운 민족문학을 건설하고자 했
던 양주동의 역사적 전망과, 문학의 예술성과 사회성을 동시에 추구
하고자 했던 그의 문학적 이상을 잘 보여 준다.[87]

V. 한국 현대문학사상의 공적

　정한모는 무애가 우리 문단에 끼친 공적에 대해서 다음과 같이 평가하
고 있다.

　　무애는 영미문학과 한학, 그리고 우리 고전 등에 걸쳐 해박한 지식
을 가진 시인 출신 학자로 우리 문단에 끼친 그의 공적은 다음과 같이
광범위에 걸쳐 나타난다.
　　① 『금성』, 『문예공론』 등을 주재, 발행함으로써 우리 문단의 작품
활동에 자극을 주고 새로운 국면을 타개케 한 점.
　　② 시작 활동을 하는 한편 평필을 들어 자칫 편향적인 방향으로 흐
를 위험성이 있는 1920년 대 후반기의 우리 문단에 절충주의 경향을
형성케 한 점.
　　③ 영문학과 한학의 소양을 이용, 몇 권의 번역 사화집詞華集을 상
재하여 우리시를 위한 해외시 수용을 가능케 한 점.
　　④ 향가 및 고려가요 연구에 전념, 방대한 업적을 보여줌으로써 한
국 고전시가 연구의 한 전기를 마련한 점.
　　특히 이 가운데 ②나 ④는 무애无涯의 독자적인 측면을 드러내 주는

---

87) 방인석, 「해설」, 『양주동평론선집』(지식을 만드는 지식, 2015), 347쪽.

부분으로 그 아니고는 아무도 능히 해낼 수가 없는 일이기도 하다.[88]

문단과 학계에 걸쳐 광범위하게 끼친 무애의 공적에 대해서 비교적 소상昭詳하게 평가하고 있음을 알 수 있다.

백철은 무애가 고희를 맞이해서 각계각층 인사들의 헌사를 집성한 한 문적文籍에서 다음과 같은 평을 내놓았다.

> 우리 신문학사에 있어서 1920년대는 (중략) 「계급문학시비지론」 등을 비롯하여 이론 대립이 격심했으며, 그런 뜻에선 이론과 비평의 시대이기도 했다. (중략) 문제는 이때의 시대적, 사조적인 세력으로서 프로문학 편이 승리했기 때문에, 그 편의 이론과 주장을 꺾고 나선다는 것은 여간 대담하고 어려운 일이 아니었다. 말하자면 문학론에 있어서 올바른 자세를 취하여 서기 힘들고 문학 독자의 이론을 펴는 일이 어려웠던 때이다. 그런데 이런 어려운 혼란기에 있어서 대담하게 정론을 내세우고 문학을 지키는데 거의 단신으로 일선에 선 사람이 바로 무애无涯 양주동선생이었다.[89]

김팔봉 · 박영희를 중심으로 한 이른바 프로문학(계급문학)파들과 맞섰던 그룹의 선봉에 서서 치열하게 논쟁을 벌인 '절충주의' 파로서의 존재를 부각시키고 있다. 김윤식이 절충파 문학가를 논하는 가운데 "협의의 절충주의는 양주동 · 염상섭으로 대표되는 이론을 의미하지만, 더욱 범위를 한정한다면 양주동의 이름만을 의미할 것"[90]이라고 한 논평과 궤를 같이하는 견해라고 할 수 있다.

조연현은 평생의 공적으로 집대성한 그의 『한국현대문학사』에서 무

---

88) 정한모 · 김용직 공저 『한국현대시요람』(박영사, 1975), 267쪽.
89) 백철, 「1920년대의 무애无涯 비평」, 『양주동박사프로필』(탐구당, 1973), 93쪽.
90) 주73)참조.

애无涯의 비평가로서의 활동에 대해서 다음과 같이 언급하고 있다.

> 『금성金星』 동인으로 문단에 등장, 염상섭 등과 함께 『문예공론』
> 발간.
> 　초기에는 민중적인 민족주의적 경향의 시를 많이 발표했고, 1929
> 년을 전후하면서부터는 민족주의와 계급주의를 절충하는 소위 절충
> 주의를 표방하는 비평 활동에 더 많은 정력을 기울려 평론가로서의
> 위치가 더 중시되었다.
> 　양주동의 선구적 공적은 절충주의라는 일 기묘한 술어 아래 민족
> 주의와 계급주의, 혹은 내용주의와 형식주의가 서로 일방적인 독선으
> 로서 상대방을 공격하고 있을 무렵, 쌍방의 논리적 결함과 모순을 지
> 적하고, 문학에 대한 본질적인 이해를 증진시킨 점이다. 말하자면 문
> 예비평의 정당한 자세와 그 방향을 보여줌으로써 비평의 개념적 명확
> 성과 논리적 타당성을 확립한 것이다.
> 　이러한 그의 비평적 방향이 그 자신으로 하여금 나중에 학문적인
> 세계로 들어서게 한 것이 되기도 했지만, 1920년대에서 1930년대로
> 넘어가는 한 기간에 있어서의 그의 그러한 활동은 이 땅의 문예비평
> 이 명확한 개념과 논리적 질서 위에서 출발될 수 있는 귀중한 기초를
> 마련해 준 것이 되었다.91)

　① 절충론의 입론 과정에서 문학에 대한 이해를 증진시킨 점 ② 문예
비평의 명확한 개념과 논리적 질서의 기초를 마련해 준 점 등을 들어 문
예비평가로서의 온당한 자세와 이론가로서의 역할을 높이 사고 있어 포
괄적으로 그 공적을 평가하고 있는 점은 전인한 정한모의 소견과 일맥상
통한다고 하겠다.

　권영민은 무애의 절충론이 민족문학의 새로운 진로를 모색했다는 점
에 역점을 두고 그의 업적을 평가하고 있다.

---

91) 조연현, 『한국현대문학사』(성문학, 1972), 463쪽.

무애无涯는 예술이 본질적으로 내용과 형식의 조화 일치를 통해 그 가치를 발현할 수 있는 것이라고 말하여, 내용과 형식의 극단적인 이원분리론을 일축했고, 국민문학과 프로문학의 병립, 제휴를 강조하여 민족문학의 새로운 진로를 모색했던 것이다. 그의 주장과 견해가 시기 편승적인 속성을 드러내고 있다고 하더라고, 우리는 1920이라는 범주 속에 함께 다루어질 수 있기를 기대한다. 식민지 지배의 현실에 대응하는 문학의 방법으로서 두 개의 문학운동이 존재했음을 인정한다면, 그것은 당연히 우리 민족문학의 논리로 재조명할 필요가 있다.[92]

한편 김시태는 ① 민족주의문학의 노선을 정립한 점 ② 순수문학운동의 이론적 기초를 확립한 점 ③ 서구문학이론을 도입함으로써 민족문학의 논리적 근거를 체계 있게 제시한 점 등을 무애无涯의 업적으로 꼽고 있다.

양주동은 초기 근대문학운동기에 활동한 대표적 비평가의 한사람으로서 민족문학 논의에 주도적 역할을 담당했다. 특히 민족, 계급, 양파의 이데올로기 및 문학관의 대립으로 점철된 이 시기의 이원적 갈등 구조를 해소하고 그 집합 점을 모색하는데 이바지했다. 이러한 그의 선구적 업적은 ① 이광수 유의 보수적 민족관념을 지양하고, 동시기의 퇴폐문학과 함께 계급문학까지도 모두 민족문학의 큰 틀 속에 끌어들임으로써 범민족주의 문학 노선을 수립하고, ② 식민지시대의 특수한 현실인식을 문학적으로 수용하여 동시기 문학의 당대적 의의를 파악하는데 기여한 점, ③ 문학의 사회적 효용 가치를 강조하는 나머지 그 본질적 가치를 망각하기에 이른 극좌파 문인들의 편협성을 지적하고, 그 일방통행을 견제하는 한편, 1930년대 순수문학운동의 이론적 기초를 마련하는데 공헌하게 된 점, ④ 서구문학에 대한 폭넓

---

92) 권영민, 전게서, 167쪽.

은 교양 체험을 바탕으로 하여 민족문학의 논리적 근거를 과학적, 분석적으로 제시하려고 한 점 등으로 요약할 수 있다.[93]

　이상의 평언들을 종합해 보면 무애가 한국 현대문예비평사 내지 한국 현대문학사에 끼친 공적을 대략 다음과 같이 정리될 수 있을 것 같다.

　　①『금성』,『문예공론』등 문예지를 발간, 주재함으로써 침체되어 있던 문단에 자극을 주고, 새로운 국면을 타개토록 한 점, ② 극단적인 대립양상으로 치닫던 민족주의문학과 프로문학을 아우르는「절충론」을 제창함으로써 새로운 민족문학 건설을 모색토록하게 한 점, ③ 영미문학 등 서구문학 작품과 문학이론을 소개, 활용함으로써 문예비평의 명확한 개념과 논리를 정립하게 해 준 점.

以上 몇 개 항으로 요약할 수 있을 것 같다.

VI. 결어

　지금까지 논의되어 온 것을 요약함으로써 결론을 삼고자 한다.
　무애의 문예비평가로서의 활약에 관해서는 백철의『신문학사조사, 현대편』(백양당, 1949)에서 이루어진 개괄적 평가를 시발점으로 하여 조연현의『한국현대문학사』(성문각, 1969)에 와서 좀 더 학술적인 가치 평가가 이루어졌고, 그 뒤 김용직, 김윤식 등의 심도 있는 논의에 이어 권영민의『한국현대문학과 시대정신』(문예출판사, 1983)에서 본격적이고 체계

---

93) 김시태『양주동연구』(민음사, 1991), 144~145쪽.

있는 논의에 이르게 되었다고 할 수 있다.

권영민은 무애의 문학 내지 비평 활동을 『금성』(1923) 시대와 『문예공론』(1929) 시대로 크게 두 가지 단계로 설정하였다.

무애의 문예비평은 『작문계의 김억 대 박월탄의 논전을 보고』(1923. 6)를 출발점으로 하여 진행되다가 「농민문학의 개념」(1933. 12)에서 사실상 마감되었다고 할 수 있다. 그 뒤에 발표된 본격적인 비평문은 「비평의 이론과 실제」(1950. 3)가 유일하다.

이렇게 본다면 그의 비평가로서의 활약은 대략 십여 년에 걸쳐 행하여졌다고 해도 무방할 것 같다.

1928~9년대에 와서 프로문학의 등장과 함께 계급론과 민족론이 대립되었을 때에 조선 문단에는 소위 '절충파'가 등장하게 되었는데, 그 주요한 인물로는 양주동과 염상섭을 들 수 있다. 이들은 워낙 민족문학(국민문학)파 출신들이었으므로, 절충파는 결국 민족문학의 계승자들이라고 할 수 있다. 김윤식은 프로문학을 비판한 강도가 가장 강했던 이가 무애无涯였기 때문에 절충주의를 최대한 좁혀서 말한다면 양주동의 이론만을 의미한다고 말한 바 있다.

절충파 등장의 배경은 계급론과 민족론, 즉 프로문학과 국민(민족)문학의 극심한 대립에서 주된 원인을 찾을 수 있겠지만, 간접적인 계기로는 사회운동과 민족운동의 결합체인 '신간회'의 등장과도 연관된다고 할 수 있다.

1924, 5년경부터 1933, 4년경까지 약 10년간은 프로문학파가 문단을 지배했다고 해도 과언이 아니지만, 민족문학(국민문학)파들도 꾸준한 세력을 갖고 문단에 할거한 시대이기도 했다.

무애无涯는 1928년에 와세다대학 영문과 졸업 시기를 전후하여 프로문학파와의 논쟁에 돌입하여 1931년에 이르는 동안 이와 관련된 평문 십여 편을 산출하였다. 또 이 시기에는 간헐적으로 민족문학에 관한 평문도 수 편 작성하였다.

지금까지 확인된 무애无涯의 문예비평문은 84편으로 알려져 있는데, 내용 확인이 어려웠던 두 편을 제외한 82편을 유형별로 나누어 보면 다음과 같다.

① 본격적인 비평문: 36편
② 문예 일반론: 18편
③ 일반 개념이나 단평, 만평: 8편
④ 설문이나 대담 형식: 6편
⑤ 외국문학론이나 한국문학과 거리가 먼 내용: 16편

또 본격적인 비평문 36편을 세분해 보면 다음과 같다.

① 프로문학에 관한 것: 17편
② 시론: 8편
③ 기타: 11편

문예비평문에 나타난 의식의 몇 국면을 간략하게 정리해 보면 대략 다음과 같다.

① 문학관: 문학이란 사람이 진실로 느낀바 정서와 사상을 문자로써 표현한 것이다. 문학은 고상한 감화력이 있어야 하고, 또 생활의 표현이어야 한다. 다시 말하면 문학적 가치와 사회적 의의를 추구해야 한다.
문학이 갖추어야 할 요건으로는 정서와 사상, 감화력, 진실성, 시대정신, 영원성 등이다.

② 시 의식: 시란 우리 사람의 자연이나 인생에 대하여 느낀바 정서를 개성과 상상을 통하여 가장 단순하고 소박하게 음률적 언어로 표현한 것이다.

시에 있어서 운율은 형식적 운율(외재율, 정형시)과 내용적 운율(내재율, 자유시)이 있다.

시는 예술의 극치이며 종가宗家이다.

③ 국민문학(민족문학): 국민문학이란 한 나라의 국민성 또는 국민문화를 표현한 문학으로서 근대 국민국가의 성립에 따라서 창작된 문학이다.

1920년대에 최남선에 의해 계기가 된 국민문학은 카프의 계급주의 문학에 맞서 이념과 형식에 있어서 '조선적'인 것을 존중하고 수호하자는 민족주의문학의 변형이다.

무애는 국민문학의 건설을 우리 문단의 총 목표라고 보았다. 무애의 '국민문학론(민족문학론)'은 '조선심'을 기저로 하여 조선주의로 확장되고, 거기서 다시 국민문학으로 진전된 것이다.

④ 프로문학(계급문학): '경향파' 혹은 '신경향파' 문학이 진전되거나 강화되면서 나타난 것이 프로문학이다.

'프로문학(계급문학)'이란 무산계급, 노동자 계급의 생활을 제재로 하여 그들의 계급적 자각에 의한 계급 대립의 현실을 사회주의 리얼리즘의 입장에서 표현하는 문학이다.

무애는 프로문학은 현금 형편에 있어서 필연적으로 발생한 것으로 보고, 수용의 불가피함을 주장하였다. 국민문학과 프로문학은 방패의 양날이라고도 했다.

그러나 프로문학파들이 사회성만을 고집하여 문학의 본질적 요건을 무시하는 것은 그릇된 일이므로, 그들도 내용과 표현의 합일을 기해야 한다고 주장하였다.

⑤ 절충론: 한국 문단에서는 1920년대 말에 계급문학론과 민족문학론이 대립하였고, 이때 양주동, 염상섭 등이 두 문학론에 대해서 비판적 입장을 취하면서 내세운 문학론이 절충론이다.

무애는 계급문학파의 근시안적 편견을 비판하면서 동시에 국민문학파의 이론 결여에 대해서도 비판을 가했다. 그래서 '절장보단折長補短'의 논리로써 이를 극복하여 민족문학으로 진전시켜야 한다고 주장하였다.

김윤식은 "프로문학과 민족문학의 타협, 모색을 발견하려고 노력한 문학가를 다 절충주의자라고 할 수도 있지만, 좁은 의미에서 보면, 프로문학을 가장 강도 높게 비판한 무애无涯의 이론만이 절충주의에 해당할 수 있다."고 하였다.

무애无涯는 자신이 내세운 절충적 이론에 대해서 "온건하고 현명하기는 하지만 결국은 보수적이요 소극적인 면이 있다."고 자가 비판을 하기도 했다.

무애가 한국 현대 문예비평사 내지 한국 현대문학사에 끼친 공적은 대략 다음과 같다.

> ① 『금성』, 『문예공론』 등 문예지를 발간, 주재함으로써 침체되어 있던 조선 문단에 자극을 주고, 새로운 국면을 타개토록 한 점.
> ② 극단적인 대립 양상으로 치닫던 민족주의문학과 프로문학을 아우르는 '절충론'을 제시함으로써 새로운 문학 건설을 모색토록 한 점.
> ③ 영미문학 등 서구문학작품과 문학이론을 소개, 활용함으로써 문예비평의 명확한 개념과 논리를 정립하게 한 점.

이상 몇 개의 항목으로 요약할 수 있을 것 같다.

〈참고문헌〉

I. 자료

1. 양주동, 『양주동전집11, 12』 동국대학교출판부, 1998.
2. 권영민 편 『한국현대문예비평사―자료목록: 1910~1950』, 단국대학교출판부, 1991.
3. 한국문학평론가협회, 『문학비평용어사전 上, 下』, 국학자료원, 2006

II. 단행본

1. 권영민, 『한국민족문학론연구』, 민음사, 1988.
2. 김병철, 『한국근대번역문학사연구』, 을유문화사, 1 975.
3. 김시태, 양주동연구, 민음사, 1991.
4. 김용직, 『한국근대시사, 하』, 학연사, 1961.
5. 김윤식, 『한국근대문예비평사연구』, 일지사, 1984
6. 방인석편, 『양주동평론선집』, 지식을 만드는 지식, 2016.
7. 백철, 『조선신문학사조사: 현대편』, 백양당, 1949.
8. 신동욱 · 조남철, 『현대문학사』, 방송통신대학출판부, 1995.
9. 양주동, 『문주반생기』, 신태양사, 1960.
10. 임선묵, 『근대시조집의 양상』 단국대학교출판부, 1983.
11. 정한모 · 김용직 공저, 『한국현대시요람』, 박영사, 1975.
12. 조동일, 『한국문학통사5』, 지식산업사, 2007.
13. 조연현, 『한국현대문학사』, 성문각, 1972.
14. 한형구, 『한국근대문예비평사절요』, 루덴스, 2015.

Ⅲ. 논문

1. 이정현, 「양주동의 절충론연구」(석론, 홍익대교육대학원, 1996.
2. 이주형, 「1920~30년대 문학론에 나타난 민족주의 문제」, 『국어교육연구16』, 국
　　　　어교육학회, 1984.
3. 최승호, 「양주동문학연구」(석론, 서울대대학원, 1988.

〈부록〉 문예비평 일람표

일련 번호	연 월 일	논문 제목. 기타	논문의 요지, 기타	게재지	비고
1	1923.6	<작문계>의 김억대 박월탄의 논전을 보고	논전의 태도 비판, 문단 형성의 선행조건을 논함	『개벽』 36호	○
2	1924.1.25	시란 어떠한 것인가	시의 정의, 시와 산문의 대비, 외국시의 분류와 우리나라 신체시 형성 과정 설명	『금성』 2호	시 □
3	1924.4.23	『개벽』 4월호의 『금성』 평을 보고―김안서 군에게	창작시 '기몽'의 어휘선택과 영시「신월」의 번역에 대한 안서의 오류를 지적함.	『금성』 3호	시 ○
4	1924.4.23	시와 운율	시의 음악적 요소인 형식적 운율과 내용적 운율에 대한 설명	『금성』 3호	시 □
(5)	1924.4.23	바아론평전―그의 생애와 작품	바이론 평전	『금성』 3호	×
6	1925.7/7.9	문예비평의 삼양식(1.2)	프랑스의 비평가 산트비브(Sainte Bebuve)의 비평 소개 ※ 비평의 3양식 ①애호가의 비평 ②지적 비평 ③ 지위적비평	「조선일보」	□
7	1925.7	예술과 인격―특히 시적인 격에 취하여	예술적 인격과 시적 인격의 함수 관계	『조선문단』 창간호	시 □
8	1925.10	정오이삼―김기진 군에게	김기진의 프랑스시에 대한 오해를 지적, 이상화의 시경을 '이마지스트'라고 한 잘못도 지적	『조선문단』 12호	시 ○
(9)	1925.12/27.28	세계문단의 근사 일속―문예가들의 병보, 기타(1, 2)	영국과 프랑스의 문인들과 문단의 근황을 소개함.	「조선일보」	×
10	1926.1/10~12	철저와 중용―현하조선이 가지고 싶은 문학	세계의 문학은 영문학처럼 평범하고 중용적이고 영속성있는 문학과 러시아, 프랑스처럼 혁명적이고 신기하고 자극적, 혁명이나 일시적 문학으로 대분되는데, 우리 문학은 후자처럼 되는 것이 바람직하다.	「조선일보」	○
(11)	1926.1/11.12	속고 일편 (1.2)	※「9. 세계문단의 근사 일속」의 보완편	「조선일보」	×

12	1926.1	문단 산평―조선의 문단	※ 작품 구독이 여의치 못하였음. (당시 문단에 대한 분야별 논평인 듯함)	『신민』 9호	.
13	1926.2/5.6	예술과 생활―예술과 철학 서설	예술과 생활과의 관계, 예술의 종류	「동아일보」	□
14	1926.2.19	여론이삼―이광수씨에게 답하여	※「10. 철저와 중용」의 보견편. 예술의 본질은 영원성에 있고 시대정신은 거기에 종속된다.	「조선일보」	△
15	1926.4	삼월시단 총평	발표된 시인들의 작품 평	『조선문단』 15호	시 ○
16	1926.5.2	예술의 가치와 도덕성―「예술과 철학 서설」속론	예술의 가치와 도덕성의 차이	「동아일보」	□
17	1926.5	사월시평	발표된 시인들의 작품 평	『조선문단』 16호	시 ○
18	1926.6	시단월단―오월의 시평	4월과 5월에 발표된 시인들의 작품평	『조선문단』 17호	시 ○
(19)	1926.10/2.9.16 .23.26.11/1	근대 영문학 잡고―작가의 생애와 및 작품 단상(1~6)	18세기 중엽이후 현대까지 영문학사상의 저명한 문인들의 생애와 작품평	「동아일보」	×
20	1926.10	문단잡설―문단의 침체, 프로문당	현 문단의 침체 요인, 프로문학파의 쇠퇴 현상	『신민』 18호	○
21	1926.11	문단잡설―신문학과 프로문학(其2)	문학의 정의와 본질, 프로문학의 발생 배경과 작품 평, '조선 문학'에 대한 정의	『신민』 19호	○
22	1926.11/29.30 12/1~4	시단의 회고―『시인선집』을 읽고	『조선시인선집』에 수록된 시인들의 작품에 대한 단평	「동아일보」	시 ○
(23)	1926.12/21.23. 24.25	근대 영문학 잡고(1~4)	근대 영문학의 특징과 유수한 문인들에 대한 단평	「동아일보」	×
24	1926.12.23	잡상 수칙	인간의 삼욕, 문예에 있어서 절충론, 사상에 있어서 유물론에 대한 언급.	「동아일보」	□
25	1927.1.1	시단의전도	문단 부진의 배경, 시의 활로 방안	「조선일보」	시 ○
26	1927.1/1~5	문단신세어	문단의 침체상태지속현상, 프로문예가 다소 자극을 주었다. (새해를 맞아 문단에 대한 성찰을 서술)	「동아일보」	△

27	1927.1	병인문단개관—평단. 시단. 소설단의 조감도	간략한 문단 형성사, 현 문단 전반에 대한 점검과 비판	『東光』9호	○
(28)	1927.1	영시강화(1)	영시의 일반 형식, 시의 종류, 시와 산문의 차이점	『조선문단』18호	×
(29)	1927.2	영시강화(2)	영시의 일반형식, 시의 종류, 시와 산문의 차이점	『조선문단』19호	×
(30)	1927.4	영시강화(3)	영시의 일반형식, 시의 종류, 시와 산문의 차이점	『조선문단』20호	×
31	1927.2	문단 전망	현 문단의 부진과 작가들의 폐습, 부진탈피의 方向제시	『조선문단』19호	○
32	1927.2.17	서『백팔번뇌』후(한문)	육당의 『백팔번뇌』에 대한 독후소감	「동아일보」	시 △
33	1927.3.1	문예비평가의 태도·기타 1. 문예비평가의 태도	프로문학계의폐단 을 지적함	「동아일보」	○
34	1927.3.2	문예비평가의 태도·2. 유희문학	유희 문학의 그릇된 현상을 비판함	「동아일보」	○
35	1927.3.3	문예비평가의 태도·3.『해외문학』을 읽고	외국문학 수입의 필요성, 번역의 어려움과 요령	「동아일보」	○
36	1927.3	시조는 부흥할 것이냐?—한취적 내용을 타파하라	재래의 시조는 형식은 조선인의 것이나 내용은 한자사상에서 왔음으로 한취漢臭를 탈피해야 된다.	『신민』23호	시 △
37	1927.5	문단 여시아관 1. 평론과 문학	현재의 평론가들은 일본 모방을 지양해야한다. 지금의 문단은 삼분되어 있으므로 이를 극복해야 한다.	『신민』25호	○
38	1927.6	문단 여시아관 2.「몰기교」파문학	프로문학에 대한 비판, 번역의 요령	『신민』26호	○
39	1927.6/18.19.22.23~27	미학적 문예론(1~8)	문예와 미학의 관계, 프로문학 비판	「동아일보」	□
40	1927.7/12~14 19.21.22	다시 문예비평의 태도에 취하여 (1~6)	현 문단의 삼류파와 각각의 문예상의 주의, 주장내용	「동아일보」	○
(41)	1927.9/29.30 10/1.2.3.5. 6.12	중국소설의 기교 (1~3)	중국소설의 技巧에 대한 서술	「동아일보」	×
(42)	1927.10	현대영시개관(1)	현대 영시를 개관함	『현대평론』	×

43	1927.12/30.31	정묘 역단 일별一瞥	외국문학의 총괄적 소개의 필요성, 번역 문학의 부진에 대한 비판	「중외일보」	○
44	1928.1/1~6	평단일가언	문단의 삼분야 및 극좌파 문예에 대한 비판	「중외일보」	○
45	1928.1/1~12. 17.18	정묘평론단총관—국민문학과 무산문학의 제문제를 검토, 비판함	조선 문단의 무산문학에 대한 다각적 고찰	「동아일보」	○
46	1928.1	정묘문단총관—창작계 만평	문단의 장르별 비평, 개선점	『신민』33호	○
47	1928.5/19. 20.22.23	인생, 문예, 잡관	문예와 인생, 도덕과의 관계와 근대문예의 대상의 변화 추이	「동아일보」	○
(48	1928.6	On Milton's 『Comus』	밀턴의 작품 『Comus』에 대한 고찰	『숭실』	×
49	1928.6/25.26	물으신 것의 답안수제 (上)(下)	조선 문단의 당면 과제와 작가들이 실생활에서 취해야 할 제재 (문답형)	「중외일보」	◇
(50)	1928.7	백치	Francois Coppe의 『베를렌느 시집』, 「序」	『白光』7호	×
(51)	1928.12/1~9. 11~28	소설가로서의 토마스 하디 연구	소설가 토마스 하디에 대한 연구	「동아일보」	×
(52)	1929.6/25.26	구주 현대문예사상개관	세계대전 종료 후 10년간의 문예 사상 개관	「동아일보」	×
53	1929.1	간단한 요령만	민족문학 운동과 무산문학 운동은 대립하면서도 제휴가 필요함.	『조선지광』 82호	△
54	1929.5	문예사상문답(이광수씨와 일문일답기)	이광수씨와 일문일답기	『문예공론 창간호』	◇
55	1929.5	문예사상문답 (염상섭씨와 일문일답기)	염상섭씨와 일문일답기	『문예공론 창간호』	◇
56	1929.5	인생, 예술, 잡관	인생과 예술에 대한 단상	『문예공론 창간호』	◇
57	1929.5	몇 가지 생각—발간에 취지 삼아서	『문예공론』 발간의 취지 (침체된 문단에 활기를 주기 위함)	『문예공론 창간호』	◇
58	1929.5	몇 가지 생각 (2)	문단의 부진, 대중문학의 출현을 환영함	『문예공론 창간호』	◇
59	1929.6	문예 상의 내용과 형식 문제	문예상의 내용과 형식 문제	『문예공론 창간호』2호	○

60	1929.6	시작법강좌—구상과 표현(1)	시의 정의, 시에 있어서 내용과 형식의 조화를 강조	『문예공론 2호』	시 □
61	1929.8/8~16	문제의 소재와 이동점—주로 무산파제씨에게 답함(1)	'조선심'의 존재, 민족문학과 무산문학의 관계에 대한 무산파와의 견해차이	「조선일보」	○
62	1929.10/10~2 7. 11/1~4. 7~9	속 문제의 소재와 이동점— 주로 김기진씨소론에 답함	팔봉의 '형식 경시론과 협소한 '민족의식'의 인식을 비판함	「중외일보」	○
63	1930.2/ 14~21	시단 일가언 (※ 작품 구독 이 여의치 못했음)	※ 내용을 추단할수 없음	「중외일보」	시.
64	1930	예술과 생활	예술은 현실이나 사회와 밀접한 관계를 가져야 한다.	『숭실』 9호	□
(65)	1931	현대영시개관(2) (※ 「현대영시 개관(1)」과 비슷한 내용임)	※ 「42. 현대 영시개관」과 유사한 내용임	『숭실』 12호	×
66	1931.1/1~3	「민족문학의 현 단계적 의의」회고, 전망, 비판—문단제 사조의종횡관	근대 문단의 발전사적 고찰과 현 문단의 主潮	「동아일보」	○
67	1931.1/5~9	「민족문학의 현단계적의의」회고, 전망, 비판—문단 제 사조의종횡관 (속)	민족의식과 계급의식의 현실적 대비 파악	「동아일보」	○
68	1931.1/1~6	문단측면관	민족주의문학 진영의 분발 촉구, 춘원의 민족주의, 인도주의의 공소함을 비판함	「조선일보」	○
69	1931.1/7~14	무산파 문예의 입장 문제—「문단측면관」의 속	무산파 문인들의 부분명한 명분과 진전없는 작품 비판, 에로문학과 향락문학의 존재를 부인함	「조선일보」	○
70	1932.1.4	밋심을 줄만한 문학을	현 문단의 침체 상태와 쇄신책 강구 요청	「동아일보」	□
71	1933.1/3~9	집단주의의 어노성—이광수씨의 소론에 대하여	춘원의 관념적이고 비현실적인 주장을 비판함	「조선중앙일보」	□
72	1933.10.4	비평계의 sos—비평계의 권위 수립을 위하여—(시끄럽게 함부로 날뛰는 알지 못하는 비평퇴치 退治)	내실 있는 비평계를 만들자	「조선일보」	△

73	1933.12	1933년도 시단 년평	몇몇 시인들에 대한 작품 평	『신동아』 26호	시 ○
74	1933.12	예술의 기본 문제 (『문장독본』(1959)에는 「예술론 AB」로 되어 있음)	예술의 정의, 본질, 기원 및 가치	『신동아』 26호	□
75	1933.12	농민문학의 개념	농민문학의 개념을 서술함	『농민생활』 5권 16호	○
76	1936.12/ 9~12	노산 근저『무상』을 읽고	『무상』에 대한 독후감	「조선일보」	○
77	1940.6/2~7	회고와 반성—평단 20년의 추이	평단 20년의 변천사, 총체적 평가	「동아일보」	○
78	1948	『담원시조』「서」	위당 시조의 특장을 평가함.	『담원시조』	○
(79)	1949.9	문장론 수칙 (※ 김성탄의 문장론을 소개한 것)	김성탄의 문장론을 소개한 것	『문예』 2호	×
80	1950.3	비평의 이론과 실제	비평의 기능과 비평가의 역할	『백민』 21호	○
81	1959.1	종합 문화의 모색	우리의 고유한 문화를 토대로 외래문화를 수용하여 종합적인 문화를 모색해야 한다.	『무애无涯詩文選』	□
82	1959.1	한국문학의 어제와 오늘	양과 질에 있어서 상존하고 있는 우리 문화의 혼효상	『무애무애시문선』	□
83	1959	역 사 2제	구세대의 국수주의적 사관과 신진세대의 과학적 사관은 서로 상보해야 한다.	『人生雜記』	□
84	1960.1.9	세계문단에의 요망—세계 문학과 한국 문학	한국 문학이나 학문적 업적을 세계에 홍보해야 한다.	「동아일보」	△

※ 참조: ①논제의 표기는 현행 철자법에 따랐음. ② 「비고」란의 기호: (시)론, ○ 본격적인 문예비평문, □ 문예일반론, △ 일반개념이나 단평이나 만평, ◇ 설문이나 대담, × 외국문학론, 기타 한국문학과는 거리가 먼 내용임을 각각 표시한 것임. 또 괄호( )로 묶은 일련 번호의 작품도 이와 같은 내용임을 표시한 것임. 또 괄호( )로 묶은 일렬번호의 작품도 이와 비슷한 내용임을 표시한 것임. ③ 위의 「일람표」는 『양주동연구』(민음사, 1991)의 「양주동 작품 연보」(평론)와 권영민, 『한국현대문학비평사』(단국대출판부, 1981), 「자료목록1910~1950)를 참조하여 작성하였음.

Ⅳ. 결론

무애의 시작품과 시인으로서의 평가, 수필작품과 수필가로서의 평가, 문예비평문과 문예비평가로서의 평가 등은 각 장르별 '결어'로써 일차적 결론으로 하고, 무애无涯가 한국 현대문학사에 끼친 공적을 적시하는 것으로 총괄적인 결론으로 삼고자 한다.

종래에 거론되어 온 그의 공적은 간략하게 정리하면 대략 다음과 같다.

① 시작 활동뿐만 아니라 『금성』·『문예공론』 등 문예지를 발간, 주재함으로써 일제의 압정 하에서 침체되어 있던 당시의 문단에 자극을 주고, 새로운 국면을 타개할 수 있도록 도와준 점.
② 영문학과 불문학, 한학의 소양을 이용, 해외 시 소개와 문예비평의 명확한 개념과 논리를 定立토록 한 점.
③ 절충론을 제창하여 새로운 민족문학 건설을 모색토록 한 점.

以上이 무애无涯가 한국현대문학사에 기여寄與한 면면들이라고 할 수 있을 것이다.

〈후기〉

　십유여 년의 공정工程을 겪어 겨우 이 소책자小冊子 한 권을 내놓는다. 우보牛步라고 말하기조차 자못 민망한 바가 없지 않다.

　제명을 '연구'라고 칭했지만 실은 '개관'이라고 하는 것이 더 온당한 명칭일 것도 같다. 책의 내용은 시, 수필, 문예비평 등 3부로 구성되어 있지만, 나름대로 다소나마 공을 들인 부분은 시의 영역이라고 생각된다. 물론 허술한 곳은 수필이나 문예비평 분야일 것이다.

　옛 사람은 "세월은 사람을 기다려 주지 않는다."(세월부대인歲月不待人)고 했다던가?

　이 소품小品이나마 어느 후일에 공력功力을 들여 증감增減해 볼 기회가 있을 것인지, 기약 없는 일이 되고 보니 한편으로는 애틋한 감이 없지 않다.

　너무나 소탈하셨기에 오히려 고독하셨던 불세출不世出의 천재, 당대 최고의 석학碩學이셨던 무애无涯 스승님에 대해서 그 수많은 제자들 중에 누군가 한 사람 있어 최소한『김태준 평전』(김용직 저, 일지사, 2007, 총 625 page) 정도로라도 '평전' 한 권쯤은 상재上梓해 주기를 기다려 보았지만, 아직까지는 아무런 소식을 접할 수 없다는 현실이 그저 안타까울 뿐이다. 그래도, 비록 간략한 '소전小傳'이지만 김완진이『국어 연구의 발자취(1)』(서울대학교출판부, 1985)를 출간해 준 것은 참으로 고마운 일이라고 아니 할 수 없겠다.

　스승님께서 유명幽明을 달리 하신지도 어언 사십여 성상星霜!

　푸념 비슷한 서술로 일관한 이 부실한 저술이 지금은 닿을 길 없는 머나먼 나라에 계신 스승님께 한 오리 위안이라도 되어 드릴 수 있다면 그 이상의 영광은 없을 것 같다.

　이 야박한 풍진 세상에 아무런 학적인 도움도 주지 못할 졸고의 출판을 흔쾌히 맡아 주신 정찬용 원장님의 후의에 거듭 사의를 표하고 싶다.

2022年 5月 20日

저 자 著 者

* 『국어연구의발자취1』은 1.주시경(이병근) 2.최현배(안병희) 3.양주동(김완진, 131~164쪽) 4.박승빈(김완진) 5.람스테드(이병근) 등 전 5부로 구성되어 있다.

李 東 喆

경상북도 출생,
연세대학교 국문학과 졸업
고려대학교 대학원에서 문학석사, 문학박사 학위를 받음
고려대학교, 서울시립대학교 강사 역임.
관동대학교 교수 역임.

<論 著>
* 『백운 이규보시의 연구』
* 『시조문학산고』 외 십여 권.
* 「원천석元天錫 사회시의 고찰」 외 논문 다수.

양주동 문학의 연구

| 초판 1쇄 인쇄일 | | 2022년 6월 14일 |
| 초판 1쇄 발행일 | | 2022년 6월 21일 |

지은이		이동철
펴낸이		한선희
편집/디자인		우정민 김보선
마케팅		정찬용 정구형
영업관리		한선희 남지호
책임편집		정구형
인쇄처		으뜸사
펴낸곳		국학자료원 새미(주)

등록일 2005 03 15 제25100−2005−000008호
경기도 고양시 일산동구 중앙로 1261번길 79 하이베라스 405호
Tel 442−4623 Fax 6499−3082
www.kookhak.co.kr
kookhak2001@hanmail.net

| ISBN | | 979-11-6797-054-1 *93800 |
| 가격 | | 38,000원 |

* 저자와의 협의하에 인지는 생략합니다.
  잘못된 책은 구입하신 곳에서 교환하여 드립니다.
  국학자료원·새미·북치는마을·LIE는 국학자료원 새미(주)의 브랜드입니다.